문학사회학을 위하여

김치수

1940년 전북 고창에서 태어났다. 서울대학교 문리대 불문과를 졸업하고 같은 과 대학원에서 석사학위를, 프랑스 프로방스 대학에서 「소설의 구조」로 박사학위를 받았다. 1966년『중앙일보』신춘문예 평론 부문 입선으로 등단,『산문시대』와『68문학』『문학과지성』동인으로 활동하였으며, 1979년부터 2006년 2월 정년 퇴임 시까지 이화여자대학교 불문과 교수를 역임했다. 2011년부터 2013년까지 이화여자대학교 학술원 석좌교수로 재직했다. 2014년 10월 지병으로 타계했다.

주요 저서로는『상처와 치유』『문학의 목소리』『삶의 허상과 소설의 진실』『공감의 비평을 위하여』『문학과 비평의 구조』『박경리와 이청준』『문학사회학을 위하여』『한국 소설의 공간』등의 평론집과『누보로망 연구』『표현인문학』『현대 기호학의 발전』등의 학술서가 있다. 역서로는 르네 지라르의『낭만적 거짓과 소설적 진실』, 마르트 로베르의『기원의 소설, 소설의 기원』, 알랭 로브그리예의『누보로망을 위하여』, 미셸 뷔토르의『새로운 소설을 찾아서』, 알랭 푸르니에의『대장 몬느』, 에밀 졸라의『나나』등이 있다. 현대문학상(1983)과 팔봉비평문학상(1992), 올해의 예술상(2006), 대산문학상(2010) 등을 수상했다.

김치수 문학전집 2

문학사회학을 위하여

펴낸날 2015년 10월 14일

지은이 김치수
펴낸이 주일우
펴낸곳 ㈜**문학과지성사**
등록번호 제1993-000098호
주소 121-894 서울 마포구 잔다리로7길 18(서교동 377-20)
전화 02) 338-7224
팩스 02) 323-4180(편집) / 02) 338-7221(영업)
전자우편 moonji@moonji.com
홈페이지 www.moonji.com

© 김치수, 2015. Printed in Seoul, Korea

ISBN 978-89-320-2786-9 / 978-89-320-2784-5(세트)

김치수 문학전집 2

문학사회학을 위하여

문학과지성사

2015

김치수 문학전집을 엮으며

여기 한 비평가가 있다. 김치수(1940~2014)는 문학 이론과 실제 비평, 외국 문학과 한국 문학 사이의 아름다운 소통을 이루어낸 비평가였다. 그는 '문학사회학'과 '구조주의'와 '누보로망'의 이론을 소개하면서 한국 문학 텍스트의 깊이 속에서 공감의 비평을 일구어내었다. 그의 비평에서 골드만과 염상섭과 이청준이 동급의 비평적 성찰의 대상이 되는 것은 자연스러웠다. 문학 이론들의 역사적 상대성을 사유했기 때문에 그의 비평은 작품을 지도하기보다는 읽기의 행복과 함께했다. 그에게 문학을 읽는 것은 작가와 독자와의 동시적 대화였다. 믿음직함과 섬세함이라는 덕목을 두루 지녔던 그는, 동료들에게 훈훈하고 한결같은 문학적 우정의 상징이었다. 지난해 그가 타계했을 때, 한국 문학은 가장 친밀하고 겸손한 동행자를 잃었다.

김치수의 사유는 입장을 밝히는 것이 아니라 입장의 조건과 맥락을 탐색하는 것이었으며, 비평이 타자의 정신과 삶을 이해하려는 대화적 움직임이라는 것을 확인시켜주었다. 그의 문학적 여정은 텍스트의 숨은 욕망에 대한 심층적인 분석에서부터, 텍스트와 사회구조의 대응을 읽어내고 문학과 사회의 경계면 너머 그늘의 논리까지 사유함으로써 당대의 구조적 핵심을 통찰하는 데까지 이르고 있다. 그의 비평은 '문학'과 '지성'의 상호 연관에 바탕 한 인문적 성찰을 통해 사회문화적 현실에 대한 비평적 실천을 도모한 4·19 세대의 문학 정신이 갖는 현재성을 증거 한다. 그는 권력의 폭력과 역사의 배반보다 더 깊고 끈질긴 문학의 힘을 믿었던 비평가였다.

이제 김치수의 비평을 우리가 다시 돌아보는 것은 한국 문학 비평의 한 시대를 정리하는 작업이 아니라, 한국 문학의 미래를 탐문하는 일이다. 그가 남겨놓은 글들을 다시 읽고 그의 1주기에 맞추어 〈김치수 문학전집〉(전 10권)으로 묶고 펴내는 일을 시작하는 것은 내일의 한국 문학을 위한 우리의 가슴 벅찬 의무이다. 최선을 다한 문학적 인간의 아름다움 앞에서 어떤 비평적 수사도 무력할 것이나, 한국 문학 비평의 귀중한 자산인 이 전집을 미래를 위한 희망의 거점으로 남겨두고자 한다.

2015년 10월
김치수 문학전집 간행위원회

문학사회학(文學社會學)을 위하여

문학과 사회라는 말을 써놓고 보면 이 두 가지 말처럼 포괄적이면서 상관적인 것도 드물지 않을까 생각된다. 문학이 그것이 태어난 사회에 있어서 모든 인간 현상을 문학이라고 하는 특수한 예술적 장치에 의해서 파악하고 분석하고 해석하는 것이라면, 사회는 그러한 문학을 가능하게 하는 여러 가지 재료를 제공해주면서 동시에 그 문학마저도 자신의 일부로 포용하게 되는 대단히 넓은 대지라고 할 수 있을 것이다. 그렇기 때문에 이 두 가지의 관계에 대해서는 누구나 그 중요성을 인정하고 있지만, 그 관계를 어떻게 보아야 할 것인가 하는 문제에는 대단히 많은 이견들을 보여왔다. 전통적인 관점 중에서 가장 대표적인 것을 들면 문학작품은 그 사회의 거울이라는 단순한 반영 이론이 될 것이다. 물론 이때 문제가 되는 작가는 19세기 프랑스 사회를 '반영'

하고 있는 발자크가 된다. 여기에서 우리는 두 가지 문제를 제기할 수 있을 것이다. 즉 첫째는 사회를 반영하는 문학이란 사회의 종속 개념을 떠날 수 없는 것인가 하는 문제이고, 둘째는 사회를 반영한 발자크 문학 이후에 온 문학은 그 사회와 어떤 관계에 있는 것인가 하는 문제일 것이다.

첫번째 문제는 우선 문학이 어떤 사회의 산물이라는 전제를 받아들이면서도 그 전제를 뛰어넘어야 한다는 관점에 서게 되면 극복이 될 수 있을 것이다. 즉 어떤 문학작품이든지 그것을 태어나게 한 사회를 가지고 있고, 따라서 문학이 그 사회의 산물이라는 점에서는 그 종속 개념을 떠날 수 없는 것이다. 그러나 문학작품의 열린 공간이, 그것의 종속 관계 때문에 그 사회 속에 국한된 것이라면, 그것은 자식이 자기를 세상에 내놓은 부모보다 언제나 작은 개념이라고 이야기하는 것과 같은 단순 논리에 지나지 않을 것이다. 문학작품은 그것이 태어난 사회의 특수성을 표현하고 있을 뿐만 아니라 인간 현상의 보편적이지만 감추어진 모습들을 사회 이상으로, 혹은 최소한 사회와 동등하게 다양하고 복합적으로 제시하고 있다. 그렇기 때문에 시간적으로 공간적으로 한정된 어떤 사회에 대한 연구가 끝없이 행해지는 것과 마찬가지로 하나의 작품에 대한 연구는 언제나 '새롭게' 이루어질 수 있는 것이다. 그러한 점에서 문학작품을 사회와의 연관 속에서 파악하는 것은, 단순한 반영이라는 소극적 관계보다는 보다 적극적이고 열린 관계에 입각해야 할 것이다.

그렇게 되면 둘째번 문제에 대한 자연적인 해결책이 논의될 수 있을 것이다. 그것은 발자크가 자신의 작중인물들과 그들 사이의 관계를 통해서, 혹은 자신의 소설 양식을 통해서 그 사회를 반영했다고 한다면,

그 이후의 작가들도 모두 그 나름의 독특한 방법으로 자기 사회와의 관계를 드러내고 있다는 것을 말한다. 이때 중요한 것은 이들 작가들이 맺고 있는 사회와의 관계를 어떤 성질의 것인지 알아보는 것이며, 그것이 결국 인간 현상에 있어서 어떤 의미를 띠는 것인지 밝히는 것이다. 그 때문에 문학사회학은 어떤 특정한 경향의 작가나 작품을 대상으로 삼는 것이 아니라 모든 작가와 작품, 요컨대 모든 문학 현상을 대상으로 삼는 것이다.

그렇다면 문학사회학이란 문학인가, 사회학인가? 골드만의 표현에 의할 것 같으면 "인간 현상과 분리된 사회적 현상들이란 없는 것이고 사회적 현상이 아닌 역사적 현상들도 없다. 〔……〕 인간 현상들을 그 본질적인 구조와 그것들이 일어난 구체적 현실과 관련시켜서 연구해야 한다는 요구는 곧 사회학적이면서 동시에 역사학적인 어떤 방법을 가정하는 것이다."[1] 여기에서 인간 현상을 문학 현상으로 바꿔놓으면 골드만의 표현이 갖고 있는 의미를 충분히 알 수 있다. 물론 루카치처럼 경제적인 구조가 문학 구조와 철저하게 일치한다고 생각하는 견해도 있고, 소설 주인공들의 욕망에 대한 분석을 통해서 주인공들을 태어나게 한 사회의 욕망에 대한 해석을 내린 지라르와 같은 견해도 있고, 소설의 미학적 양식의 변화를 통해서 그 소설이 태어난 사회 변화의 해석에 도달한 제라파의 방법도 있고, 소설이 독자들에게 어떻게 받아들여지고 있고 그러한 문학 수용 현상을 어떻게 해석할 것인가 하는 문제를 다룬 에스카르피의 방법도 있다.[2] 물론 그 밖의 아우어바흐

---

1 골드만, 「문학사회학에 있어서 발생구조론」, 『문학과 사회』, 브뤼셀, 1967, p.195.
2 여기에 관한 책으로 루카치의 『소설의 이론』, 르네 지라르의 『낭만적 거짓과 소설적 진

의 『미메시스』도 빼놓을 수 없는 업적에 속한다. 따라서 이 모든 방법들은 문학작품과, 그것이 태어나고 생명을 유지하고 있는 사회를, 다각적인 관련 체계로 파악하고자 하는 것이다. 그것은 한편으로 문학 현상에 있어서 변화의 문학적 의미를 추출하는 작업이면서 다른 한편으로 '세계의 비전'을 문학의 차원에서 발견하는 작업인 것이다. 이러한 노력의 필요성은 한국의 최근 비평사나 문학 연구의 현실로 볼 때, 그리고 인간 현상 속에서 문학 현상의 위치를 파악하는 데 오래전부터 강조되어왔다.

이 책은 그러한 하나의 목적을 위해서 씌어진 것은 아니다. 그러나 문학사회학의 정립을 갈수록 더 절실하게 느끼고 있는 필자로서는 이 책이 그러한 논의의 거점이 되거나 혹은 계기가 되었으면 하는 바람에서 '문학사회학을 위하여'라는 제목을 붙였다. 제1부는 문학사회학의 이념과 대상과 관점에 관한 다각적인 문제 제기로 이룩된 것이고, 제2부는 구체적인 작가와 작품에서 문학과 사회의 관계를 다룬 글들로 이루어진 것이다. 제3부는 오늘날 문학을 연구하는 여러 가지 방법과 경향 들에 대한 검토를 통해서 문학사회학이 문학비평 혹은 문학 연구에서 차지하고 있는 위치를 설정해보고자 하는 의도에서 이룩된 것이다. 문학사회학에 관한 좀더 통일적인 작업을 준비하기 위해서는 이러한 과정이 필요하다고 스스로 다짐하면서 이 작은 책을 출판할 용기를

실』, 미셸 제라파의 『소설과 사회』, 로베르 에스카르피의 『문학사회학』을 들 수 있을 것이다. 이 가운데 골드만의 『소설 사회학을 위하여』는 그 서론이 오생근에 의해 번역되었고 르네 지라르의 책은 김윤식에 의해, 미셸 제라파의 책은 이동렬에 의해 최근에 번역되어 단행본으로 출간되었다.

갖게 되었다.

이 책을 내는 데 제작부터 교정에 이르기까지 세심한 주의를 기울여 준 나의 친구 김병익을 비롯하여 문학과지성 동인들에게 감사한다. 장정을 맡아준 문우 오규원에게, 그리고 문학과지성사의 편집과 업무를 맡고 있는 여러분들께도 이 자리를 빌려 감사한다.

1979년 10월

김치수

차례

김치수 문학전집을 엮으며 **4**
서문 **6**

I

문학과 문학사회학 **15**
산업사회와 소설의 변화 **54**
여성해방과 소설 **113**
신문소설과 예술성 **139**
문학에 있어서 사조와 반사조 **152**
비판의 양식으로서의 비평 **170**
문화에 있어서 주변성의 극복 **215**

II

자아와 현실의 변증법 **227**
모순과 의식화 **237**
질서에서의 해방 **248**
소설가와 이야기의 기법 **259**
융합되지 못한 삶 **267**
사건과 관계 **278**
소설에 대한 두 질문 **287**
초월적 힘, 혹은 파괴적 힘 **307**

III

골드만과 발생구조주의(發生構造主義) **321**
구조주의와 문학 연구 **332**
러시아 형시주의 이론 **347**
분석비평서론(分析批評序論) **357**
누보로망의 현재 **375**
누보로망의 문학적 이념 **388**

일러두기

1. 문학과지성사판 〈김치수 문학전집〉은 간행위원회의 협의에 따라, 문학사회학과 구조주의, 누보로망 등을 바탕으로 한 문학이론서와 비평적 성찰의 평론집을 선별해 10권으로 기획되었다.
2. 원본 복원에 충실하되 '한글 맞춤법'과 '외래어 표기법'은 국립국어원에 따라 바꾸었다.

I

비평은 일정의 조건과 맥락을 탐색하는 것이었으며, 비평이 타자의 정신과 삶을 이해하려는 대화적 중심임이라는 것을 확인시켜주었다. 그의 문학적 여정은 텍스트의 숨은 욕망에 대한 집중적인 공식으로부터 텍스트의 사회 구조와

비평은 '문학'과 '지성'의 길로 단련에 비롯 한 인문적 감성을 통해 사회문화적 현상에 대한 세밀성 성찰을 도모한 4·19세대의 문학정신이 갖는 현대성을 증거 한다 그는 관심의 욕망과 의식의 배후

문학과 문학사회학

1

소설과 현실과의 관계는 오늘날 대단히 복합적으로 인식되고 있다. 소설이 현실을 그대로 반영할 수 있다고 생각했던 시대에 있어서 소설은 기술(記述)을 통해서 현실을 문학으로 바꿔놓을 수 있으며 동시에 그 문학은 바로 현실 그 자체라는 생각을 가능하게 하였다. 발자크로 대표되는 이러한 경향은 그래서 현실에서 어떤 '전형(典刑)'을 끌어내는 것과 소설에서 어떤 '전형'을 설정하는 일이 똑같은 작업이라고 생각하게 했던 것이다. 이와 같은 관점에 섰던 소설의 사회학은 그러나 발자크 이후 어쩔 수 없는 수정을 하지 않을 수가 없었다. 미셸 제라파와 같은 문학 연구가가 극명하게 보여주고 있는 바와 같이(문학과지성사에서 간행된 『소설과 사회』 참조) 사회의 전형 자체가 변하기도 했지만 그런 방식으로 소설을 보려는 경향이 이미 발자크 이후에 온 소설에 의해 불가능하게 되었음이 증명된 것이다. 그것은 소설의 두 가지 상치되는 성격에 의해 입증된다. 즉 한편으로 소설이 태어나고 문학의 장르를 구성하게 되는 것은 역사적, 사회적 현상을 통해서 그리고 그것을 위해서지만, 다른 한편으로는 바로 그러한 현상에 대항해서 소설이 예술이라는 규범에 도달하게 된다. 그렇게 때문에 소설은 한 사회의 현상과 밀접한 관계에 놓여 있으면서도 그 현상에 대해 전위적 자세를 취하게 된다. 소설에 있어서 전위적 자세란 소설의 예술적 규범과 상관되는 것으로서, 기술의 제양식(諸樣式)에 대해서 검토하고 반성하면서 어떻게 하면 하나의 작품이 그 사회적 현상 속에 흡수되지 않고 그 현상을 파괴할 수 있는가 모색하게 된다. 하나의 소설이 사회적 현상 속에 흡수된다는 것은, 사회적 현상이 우리의 삶을 비극적인 것으로 만들어놓고 있는 한, 부정적인 것이다. 지금까지의 어떠한 체제도 인간의 행복을 보장해주지 못하고 있을 뿐만 아니라 끊임없이 자유를 박탈하려는 음험한 구속으로 우리를 길들이려 하고 있다. 따라서 인간의 완전한 자유를 목표로 하는 문학은 현재 존재하고 있는 더 나은 어떤 체제를 꿈꾸는 것이 아니라 일종의 이상적 상태를 목표로 하고 있는 것이다. 물론 이와 같은 이상적 상태란 완전한 자유라는 말과 같이 대단히 막연한 상태에서밖에 이야기될 수 없는 것이다. 왜냐하면 그것은 지금까지 존재한 것이 아니고 앞으로 존재해야 할 것이기 때문이다. 지금 우리가 상정할 수 있는 이상적 상태란 우리 자신이 구속되고 있다는 사실 때문에 그것 자체로 이상적인 것이 될 수가 없다. 우리의 사고는 현실이라고 하는 대단한 구속적 현상에 의해 조건 지어진 것이기 때문이다. 그렇기 때문에 문학이 목표로 하는 것은 어떤 구체적 체제가 될 수 없고, 어떤 구체적 도덕률이 될 수 없는 것이며, 이미 존재하는 어떤 이념이 될 수가 없는 것이다. 현실에 의해 조건 지어진 상태 속에서 바라는 구체적인 체제나 도덕률이나 이념은 하나의 체제를 위해서 문학이 이용당하는 것에 지나지 않으며, 그것은 곧 문학이 스스로를 구속하고자 하는 것에 지나지 않는다. 보다 더 깊이 관찰해보면 그것은 지금까지 경험했던 구속으로부터 벗어나고자 하면서 동시에 스스로가 구속된 존재가 되고자 하는 이율배반을 낳게 된다. 우리는 최근의 경험을 통해서 자유를 혼란으로 생각하고 스스로 질서와 구속을 요구했던 사실을 알고 있다. 윤흥길의 「어른들을 위한 동화(童話)」가 갖는 우화(寓話)가 보여주는 것도 바로 그러한 데 있음을 주목해야 한다. 말하자면 구속에 익숙하다 보면 구속에서 벗어나는 상태에 대한 공포를 갖게 되고, 따라서 구속과 다른 상태를 곧 혼란이란 이름으로 규정하게 된다. 그러나 하나의 상태에서 보다 나은 다른 하나의 상태로 넘어가는 것은 하나의 상태에 의한 가치관을 갖고 있기 때문에 다른 하나의 상태를 혼란으로 보는 결과를 가져오고, 따라서 다른 하나의 상태를 원하기는 하면서도 자신의 조건 지어진 가치관을 고집하는 모순을 낳는다. 이것은 다른 하나의 상태를 바란다고 하면서도 혼란을 피하기 위해 어떤 도덕, 어떤 이념을 고집한다는 것이 얼마나 위선적이며 허위의식에 가득 차 있는지 말해주는 것이다. 가장 도덕적이고 이념적인 포즈를 취하는 사람들에게 있어서 우리가 경계해야 할 것은 바로 여기에 있다.

일반적으로 어떤 도덕의 정립이나 이념의 건설과 관계된 것은 정치적 차원에 속한다. 정치 행위가 언제나 하나의 체제를 유지, 혹은 정립하려는 데 그 목적이 있는 것이라면 문학은 바로 그러한 체제가 가질 수밖에 없는 인간의 불편함, 혹은 구속을 벗어나고자 하는 것을 최대의 목표로 삼고 있다. 그래서 도덕과 이념을 강조하는 쪽에서는 당대를 언제나 과도기라고 이야기한다. 과도기라는 것은 다시 말하면 하나의 가치관이 다른 가치관으로 '대치'되는 시기를 지칭하는 것이어서 어떤 도덕과 이념을 상정하는 경우에는 언제나 '가치관의 위기'가 운위되고 있다. 그러나 사실 좀더 주의 깊게 관찰해보면 우리가 배운 역사 속에서 과도기가 아니었던 시대가 없었던 것처럼 가치관도 끊임없이 대치되어왔다. 여기에서 주목할 필요가 있는 것은 하나의 가치관이 다른 하나의 가치관으로 대치되려는 시기에는 선행된 가치관의 입장을 취하고 있는 사람의 입에서 가치관의 위기가 이야기되었다는 사실이다. 역사가 만일 이와 같이 끊임없는 가치관의 대치로 이루어진 것이라면 역사에 있어서 가치관의 위기란 하나의 허구적 구호에 지나지 않는다. 만약에 문학이 기존의 어떤 가치관을 벗어나고자 한다면 그것은 문학이 그 가치관에 의한 체제로부터 야기된 인간의 구속 상태를 깨뜨리기 위한 것이다. 그리고 정치적 행위로서 새로운 가치관을 이야기하는 것이 하나의 체제로부터 다른 체제로의 이행을 목표로 하는 것이라면 문학은 그 다른 체제마저도 조상(俎上)에 놓은 것이어야 한다. 말하자면 어떤 체제 속에서도 문학이 존재하게 되는 것은 그 때문이며, 그것은 비단 문학뿐만 아니라 '문화' 전체가 그러한 속성을 지니고 있는 것이다. 하나의 체제가 인간의 자유를 보장해주리라는 환상을 문학은 적어도 가질 수 없는 것이다. 문학의 전복적 성격이 강조되는 것은 여기에서 비롯된다.

문학의 전위적 성격은 문화의 역사 속에서 충분히 그 전거를 찾아볼 수 있다. 발자크가 19세기 프랑스 사회 전체를 그리려고 했을 때 문학의 사회학은, 발자크에 의해 그려진 소설적 상황과 동시대의 현실적인 상황을 대비시키려고 했다. 이른바 소설적 상황과 현실적 상황의 일치를 꿈꾸던 시대에 있어서 이와 같은 경향은, 그러나 그런 상황 속에서의 '개인'과 '자아'의 문제를 제기한 스탕달·플로베르의 작품에 의해 새로운 차원으로 진행된다. 즉 스탕달은 쥘리앙 소렐이 감옥에 들어가서 '자아'의 문제에 대해 심각한 명상을 하게 함으로써, 그리고 플로베르는 마담 보바리의 개인적 심리의 세계를 그림으로써, 발자크가 언제나 생각하고 있던 집단 속의 개인과는 다른 문제를 제기했던 것이다. 이 경우, 소렐의 자아에의 눈뜸이나 보바리 부인의 심리 세계를 사회현상과 상관없는 것으로 볼 수는 없을 것이다. 말하자면 우리가 경험하고 있는 현실이 소설에 재료를 제시해주는 것은 사실이지만 그것은 두 가지 점에서 주목받아야 한다. 즉 현실이 소설에 재료를 제공해준다고 하더라도 그것이 일단 소설이란 공간 속에 들어왔을 때는 이미 현실 그 자체가 아니라 언어를 매체로 해서 소설 속에 들어와버린 허구적 현실이라는 것이 그 하나이다. 그리고 일단 소설적 현실이 되어버린 재료로서의 현실은 소설 양식이라는 특수한 예술 장치와 상관되지 않을 수가 없다. 그렇기 때문에 똑같은 현실을 놓고 어떤 사람은 시로 쓰고 어떤 사람은 소설로 쓰게 되는 것이며, 같은 소설 분야에서도 소설가는 각자의 개성이나 관점, 혹은 방법론에 따라 독특한 소설의 형태를 취하게 된다.

그런 면에서 작가란 지금까지 씌어지지 않은 어떤 작품을 쓰는 사람이라는 어떤 작가의 말은 대단히 의미심장하다. 작가란 아마 누구보다도 다른 사람의 작품(고전이든 동시대 작가의 작품이든)을 많이 읽는 사람이다. 한 사람의 작가가 태어나기 위해서는 '읽는' 사람의 입장에 있던 어떤 사람이, 그러나 이미 씌어진 것을 보고 거기에 무엇인가 결핍되어 있다고 생각하고 바로 그 결핍된 구멍을 메우기 위해 글을 써야 된다고 느끼는 것이 필요하다. 만약 어떤 사람이 이미 씌어진 작품과 같은 작품을 썼을 때 우리는 그를 작가라고 부를 수 없는 것이다. 작가가 이미 씌어진 작품을 쓰지 않는다는 것은 작가의 창조적 성격의 요체를 이룬다. 앞에서 언급한 '결핍된 것'도 사실은 작가의 창조성과 상관되는 것임은 두말할 필요가 없다. 여기에서 주목해야 할 것은 작가가 이미 씌어진 것에서 어떤 결핍을 느끼는 이유가 어디에 있는 것인가 하는 질문이다. 그것은 쉽게 말해서 작가의 세계관이나 인간관, 혹은 사고 양식의 차이에서 오는 것이 아닌가 생각된다. 발자크에게 있어서 가장 중요한 것이 부르주아혁명 이후 이른바 시민사회에서 그 집단 속에 있는 개인의 전형의 추구에 있었다면, 졸라 시대에 있어서 가장 중요한 것은 부르주아사회의 심화 속에서 계급사회의 또 다른 극화 현상(極化現象)과 과학적 결정론의 지배였다고 할 수 있을 것이다. 그리고 이러한 작가들의 뒤를 이어서 나타난 프루스트는 어떻게 보면 이미 소멸되어가는 계층에 대한 일종의 향수를 그렸다고 할 것이다. 그러나 프루스트에게 있어서 더욱 주목해야 할 것은 '화자'가 자아의 복수성(複數性)에 천착하고 있는 것이다. 오늘날의 문학사회학에서 그들을 다룰 때 그들의 관심이 그들이 살았던 시대의 사회와 결코 무관하지 않다고 이야기하고 있는데, 즉 발자크 시대는 부르주아 문명의 융성기였기 때문에 권력에의 의지가 그의 문학의 요체를 이루고 있고, 프루스트 시대는 집단의 도덕 사회 속에서 개인이 설 자리가 없어졌기 때문에 개인의 삶, 혹은 세계를 들고 나올 수 있었다는 것이다. 이와 같은 관심의 변화는 필연적으로 소설 양식의 변화를 수반하게 된다. 소설 양식의 변화는 말하자면 작가의 사고 양식의 변화를 가져온 사회 자체의 변화에 근거를 두고 있으며, 동시에 작가의 문학에 대한 태도의 변화이자 세계관의 변화를 의미한다. 그리고 문학이 지금까지 체제에 의해 수렴당한 역사에 비추어 볼 때 변화 없는 문학 양식을 주장하는 것은 가장 보수주의적 사고에 근거를 두고 있음을 간파할 수가 있다. 1950년대 중반 이후 프랑스 문학에 있어서 누보로망(신소설)의 출현은 이러한 프랑스 문학의 전통에 비추어 볼 때 너무나 당연한 변화 양식인 것이다. 극도의 자본주의 체제에 의해 개인이 인간적인 것과 인간성을 잃어버리고 한 사회의 '사물'에 지나지 않게 되어버린 현실 속에서 인간적인 인물을 그리는 것은 문학에 있어서 신비주의인 것이며 동시에 인간에 대한 허위의식에 지나지 않고, 인간의 환상적 파악으로 일종의 기만행위였을 것이다. 따라서 문학이 현실의 반영이라고 생각하는 사람들이 누보로망을 물신주의라는 이름으로 비난했던 것은 일종의 자가당착(自家撞着)의 표현에 지나지 않음이 스스로에 의해 증명되었다. 뿐만 아니라 현실의 모든 위선과 카리스마적 요소를 부정한다고 하면서 문학작품 속에서 그리는 인간을 신비화한다는 점에서 가장 반동적 입장을 취하고 있다는 사실을 오늘의 많은 분석비평가에게 지적당했던 것이다. 이와 같은 누보로망에 대한 긍정적 해석은 이른바 구조주의 비평에 의해 확립된 것인데, 여기에서 다시 한 번 상기해둘 필요가 있는 것은 구조주의 문학비평이 방법적으로는 구조 언어학 이론의 도입에 근거를 두고 있지만 정신적으로는 이른바 부르주아 철학의 정수라고 할 수 있는 형이상학에서부터 분석철학으로 옮겨가고 있는 철학계의 움직임에 근거를 두고 있다는 사실이다. 이미 앙드레 말로의 주인공에 의해서 이야기된, "삶이란 아무런 가치가 없는 것이다. 그러나 아무것도 삶만큼의 가치가 없다"는 명제에 대한 정직하고 지속적인 검토를 한 프랑스의 소설 문학이 인간의 사물화라는 현실을 자각하고 직시하게 된 것은 결코 우연일 수가 없다. 그것은 이른바 '시장 경제'가 1세기 이상 지배해온 유럽 사회에 있어서 집단에 소속된 개인이나 그 개인들의 관계가 이제는 결코 '인간적'일 수 없고 오히려 '사물화'된 것에 지나지 않는다는 사실을 예리하게 통찰한 데서 비롯하고 있는 것이다. 실제로 자유경쟁을 원칙으로 하고 있는 자본주의 경제체제나 하나의 이념의 실현을 위한 사회주의 경제체제에 있어서 개인이란, 한편으로는 자유라는 것이 시장경제의 메커니즘 속에서 대자본의 전유물이 된 사실과 다른 한편으로는 이념이라는 것이 생산 체제 강화의 도구로 떨어져버린 사실을 통해서, 결국 하나의 상품이나 하나의 도구가 되어버렸던 것이다. 이러한 인간의 현실 속에서 소설 문학이 '바람직한 인간'을 그리고자 하는 것이나 혹은 '있는 그대로의 인간'을 그리고자 하는 것은 다 같이 소설 사회학의 대상이 될 수 있다.

그러나 여기에서 '있는 그대로의 인간'이란 어떻게 규정지을 수 있는 것인가? 이처럼 분명한 것 같은 개념이 사실은 그 개인이 소속된 체제가 어떤 것이든 체제 자체가 갖고 있는 '감추려'는 성격 때문에 대단히 모호한 것이 되고 만다. 그 구체적인 예는 어떤 체제든지 그것이 보다 인간적이라고 표방하면서도 실제로는 비인간화의 작업을 강화시켜왔다는 사실을 역사가 증언하고 있는 데서 찾아볼 수 있다. 이른바 휴머니즘 이론의 허구적·허위적 사용이 오늘날 뛰어난 문학 이론가나 사회학자에 의해 지적된 것도 바로 그 때문이다. 보다 인간적이고 보다 잘사는 사회의 건설을 표방했음에도 불구하고 인간의 상품화나 도구화는 어디에서나 심화되고 있고 보편화되고 있는 것이다. 의식의 사물화réification와 물신숭배fétichisme의 이론이 발생구조주의(發生構造主義)에서 문제되는 것도 그 때문이다. 소설 문학의 변천 과정에서 볼 때 소설은 눈에 보이고 경험된 현실의 구조를 드러낸다기보다는 체제가 표방하는 것 뒤에 감추어진 눈에 보이지 않는 현실의 구조를 보여주는 것이고 소설 사회학은 바로 그러한 것을 밝혀내는 데 중요한 의미를 갖는다. 발자크가 사회적 현실의 번역을 소설로 삼았던 데 반하여 제임스 조이스나 프루스트에게서는 바로 그러한 현실이 소설의 배경을 이루고 있을 뿐 소설의 표면에 등장하지 않고 있다는 사실을 본다는 것은 주목할 일이다. 이 경우 조이스나 프루스트에게 왜 발자크와 같은 소설을 쓰지 않느냐고 힐난하는 것은 소설 사회학이 할 일이 아니라, 상품의 생산을——그러니까 결과를——중요시하는 체제 쪽에서 할 수 있는 일이다. 소설 사회학은 말하자면 작가가 어떤 작품을 썼고 독자가 어떤 소설을 읽든 간에 이미 존재하고 있는 작품을 대상으로 삼는 것이지 존재해야 할 작품(그건 '없는 것'이지 '있는 것'이 아니라는 점에서 대상이 될 수가 없다)을 이야기하는 것이 아니며 동시에 존재하고 있는 작품의 숨은 의미와 구조를 찾아내고 드러내는 것이다. 그렇기 때문에 소설 사회학은 로브그리예와 같은 작가의 작품에서도 훌륭한 의미를 추출해낼 수 있었던 것이다.

반면에 '바람직한 인간'을 그리고자 한 소설이 있다고 할 경우에도 소설 사회학은 그 소설이 가능하게 된 사회적 현상을 충분히 다룰 수 있을 것이다. 그것은 주로 신화적 발상에서 찾아볼 수 있는 경우이기는 하지만 소설이 고통스러운 현실과 대응 관계에 놓일 수 있는 인물을 얼마든지 그릴 수 있을 것이고, 이때 그런 인물의 상상적 출현은 말하자면 현실을 뒤집어놓은 모습이라고 할 수 있을 것이다. 그러나 이런 인물이 진정으로 바람직한 인물이 될 수 있는지 검토해보지 않으면 안 된다. 우선 바람직한 인물은 이미 존재하지 않는 인물이기 때문에 상상력의 소산이다. 이때 상상력은 현실과의 대응 관계 속에서 발휘된 창조적 힘이기는 하지만, 그것이 바로 이상적인 상태 그 자체는 아니다. 여기에서 강조해두어야 할 것은 바람직한 인물의 중요성이 현실과의 대응 관계 속에서 발휘된 창조적 성격에 있는 것이지 그 인물의 이상적 성격에 있는 것이 아니라는 사실이다. 이상적인 성격이란 이미 거기에 어떤 가치관이 개입되어 있음을 전제로 하고 있다. 그러나 앞에서도 언급한 것처럼 가치관이 이미 경험되어진 것을 근거로 하고 있기 때문에 그것 자체로서 보수적일 수밖에 없는 것이다. 하나의 개인이 어떤 가치관을 부르짖을 경우에 그 개인은 필연적으로 자신의 출신 계층의 눈을 빌릴 수밖에 없다는 사실은 두 가지 방향에서 검토되어야 한다.

하나는 어떤 가치관인데, 그것은 그것을 말하고 있는 사람이 소속된 사회의 세계관 혹은 이념을 어느 정도 대변하고 있고 따라서 그때의 가치관은 이상적인 것이 전혀 아니고 자신이 소속된 사회에 의해 조건 지어진 범위 안에서 이루어진 것이라는 사실이다. 지금까지 문학비평이 다루어온 가치관의 문제는 대부분 이러한 사실을 전제로 하지 않았기 때문에 소설 속에서 어떤 가치관—인물을 통해서건 줄거리를 통해서건—을 찾아내고 바로 그 가치관을 이념적 측면에서 강조하고 강요하게 되었던 것이다. 그러나 중요한 것은 그 가치관을 찾아내는 것만이 아니라 그것을 가능하게 한 숨은 구조와 그 가치관이 갖는 한계를 인식하는 작업이다. 말을 바꾸면 가치관을 찾아내는 것은 이미 작품 속에 있는 '의미sens'를 찾아내는 것이라고 할 수 있고 작품의 숨은 구조와 가치관의 한계를 인식하는 것은 그 작품을 '의미화signification'하는 것이라 할 수 있다. 작가가 하나의 작품을 쓰는 경우 작가는 '있는 그대로의 삶의 모습'과 '바람직한 삶의 비전' 사이에 놓여 있는 간격을 주목했던 것이고, 따라서 작가는 처음부터 현실에 대한 '의미'를 갖고 출발하는 것이다. 그러나 이런 단계의 '의미'는 대부분의 지각 있는 사람들이 갖게 되는 것이어서 작가 특유의 전유물이 될 수 있는 것은 아니다. 그러나 작가는 그러한 의미를 출발점으로 해서 작품 속에 들어온 현실의 단편들을 문학이라는 미학적 양식 속에서 의미화시키게 된다. 그렇다면 작가가 현실을 분석하고 종합하여 하나의 작품을 완성하였을 때 이것을 '의미'에서 '의미화'로 가는 작업이라고 한다면, 문학사회학은 하나의 작품을 분석·종합하여 그 작품의 '의미'에서 '의미화'로 가는 작업을 수행하는 것임을 알 수 있다. 이러한 사실을 받아들인다면 문학비평이 어떤 작품에서 하나의 가치관을 주창하거나 이러이러한 작품이 씌어져야 한다거나 이러한 주인공이 바람직하다고 이야기하는 것은 작품의 의미 수준에 머물고 있음을 이야기하는 것에 지나지 않음을 알 수 있다. 그것은 어떤 작품이 존재하고 있고, 읽히고 있고, 그리고 내포하고 있는 수많은 의미군(意味群)의 단선적(單線的), 도덕적 파악에 그쳐버려서 현실과 이상이 갖게 되는 복합적 대응 관계를 은폐하고 말 뿐만 아니라 문학작품을 의미화시키려 하지 않고 어떤 이념이나 가치관의 도구로 전락시키고 만다. 문학이 문학작품을 체제의 도구로 전락시키려는 무수한 음모로부터 벗어나려고 하는 것을 현실과의 싸움의 일환으로 생각하지 않을 수 없는 오늘날, 이와 같이 '도구'로서의 문학은 스스로의 모순 속에 빠지지 않을 수 없다.

　다른 하나는, 작가가 자신의 형성 과정과 출신 계층에서 나온 가치관을 드러낼 수밖에 없다고 한다면, 문학사회학은 그 가치관을 보완하고 합리화시키는 작업을 하는 것이 아니라 반대로 그 작품 속에 내재해 있는 파괴의 요소를 찾아내고 문학작품을 가치관의 확립이나 전통의 계승이라는 보수적 측면에서 바라보기보다는 부인(否認)과 파괴를 통해서 전통의 창조적 부정을 노려야 한다는 것이다. 전통의 창조적 부정이란 소설에서는 바로 소설의 제도화(制度化)를 방지하는 것으로 나타나며 그 구체적인 예로는 플로베르, 조이스, 프루스트, 포크너, 카프카, 그리고 누보로망 작가들을 들 수 있다. 이들은 한편으로는 그들이 소속된 사회체제와 기존 질서, 가치관과 관습에 대항하여 그들의 소설을 썼고, 다른 한편으로는 지금까지 있어온 소설 양식의 제도화에 대항해서 새로운 양식을 개발하였던 것이다. 이들의 소설 양식의 변화에서 '인물'의 왜소화 현상을 발견하게 되는 것은 당연하다. 그것은 발자크 시대의 '인물'에서부터 누보로망의 '인물'로 변화해온 소설의 역사가 이야기하는 것처럼 부르주아사회 융성기에서부터 고도의 산업화를 밑바탕으로 한 오늘날의 테크노크러시 시대에 이르기까지 사회와 개인과의 관계가 그러했기 때문이다. 특히 소설이 신화의 영향으로부터 완전히 벗어나게 되는 것도 이러한 영웅적 주인공과 결별하게 되면서부터였다. 그것은 이상과 가장 가까웠던 신화시대 이후, 이상과 현실이 갈수록 그 거리를 넓혀온 우리의 역사에 비추어 볼 때 당연한 것이 아닐 수 없다. 그렇기 때문에 오늘날 '교훈 소설'을 써야 한다는 주장은 이상과 현실의 거리가 지금보다는 가까웠던 과거에 대한 동경은 될 수 있을지언정 불행한 현실에 대한 냉정한 인식과 자각을 하자는 고통스러운 태도는 아닌 것이다. 현실이 불행하니까 그걸 바라보는 것보다는 이상적 인물이 있는 소설이나 읽겠다는 것이 사회심리학에 의해 소외 현상임이 입증된 이상, 바람직한 인물의 주창은 또 하나의 현실 도피에 지나지 않으며 괴로운 현실의 자각이라기보다 그것의 감정적·감상적 처리에 지나지 않는다. 그렇기 때문에 전통의 창조적 부정이란 문학의 가치와 기능에 어떤 급격한 변화를 가져오게 하는 것이어야만 한다. 실제로 이러한 현상은 유럽에서 이미 제1차 세계대전 이전부터 모든 예술 세계를 지배했고 그 이후 더욱더 강화되었다. 그것은 바로 사회의 급격한 변화가 '새로운 감수성'과 '새로운 합리성'의 결합을 내포하게 되었기 때문이다. 프랑크푸르트 학파의 표현을 빌리면 '예술의 부정하는 힘'과 '문학의 탈승화(脫昇華)'를 부르짖게 되었던 것이다.

그러므로 현대 예술의 출현은 전통적인 방법으로 하나의 양식이 다른 양식으로 대치된 것을 의미하지만은 않는다. 마르쿠제의 표현을 빌리면 추상화나 현대 조각, 형식주의 문학이나 의식 흐름의 문학, 12음계 음악이나 재즈, 이런 것들이 옛날 양식을 강화하거나 방향 전환하게 되는 지각(知覺)의 새로운 양식이 아니라, 지각의 구조 자체를 '해체 구성décomposition'하는 것이다. 따라서 현상을 모든 억압으로부터의 완전한 자유에 두고 있는 마르쿠제는 "예술의 새로운 대상은 아직 주어지지 않았지만 예술의 전통적인 대상은 이제 틀에 박힌 불가능의 것이다"라고 하면서 그것을 발견해내고 상상해내는 것이 문제라고 한다. 그렇게 되면 작가나 독자(문학비평가를 포함한)는 자신들이 형성한 질서를 쫓아가며 사물을 보아도 안 되며 이미 존재하고 있는 규칙에 따라서 사물을 보지 않는 것을 배워야만 한다. 여기에서 문학을 포함한 예술이 예술의 절대적 자치령을 주장하고 나서게 된다. 소설가는 소설의 '형식' 속에 구속되어 있고 화가는 그림의 '형식' 속에, 음악가는 음악의 '형식' 속에 구속되어 있기 때문이다. 이때 '형식'은 예술의 순수한 현실로서의 형식을 의미하며 구속되어 있다는 것은 참여되고 있다는 것을 의미한다.

그렇다면 플로베르, 조이스, 프루스트, 포크너, 카프카 등에게서 보인 소설의 변모란, 인물이 왜소화되었다든가 사회가 소설의 표면에서 배면으로 넘어갔다는 내용 자체의 변화와 함께 필연적으로 소설 형식의 변화를 의미하게 되는데 이것은 곧 내용과 형식의 일원론(一元論)을 입증하고 있을 뿐만 아니라 소설 사회학이 문학의 한 양식을 다루기 때문에 필연적으로 소설의 형식을 분석해낼 수 있음을 시사해주고 있다. 러시아 형식주의자 에켄바움이 "형식이라는 개념이 하나의 새로운 의미를 획득하였다. 즉 그것은 이제는 (어떤 내용을 담고 있는) 하나의 봉투가 아니라 구체적이고 역동적인 하나의 총체——모든 상관관계를 고려하지 않더라도 그 자체로서 내용이 있는 총체——인 것이다"라고 주장한 것은, 문학이(모든 예술이 그렇지만) '형식'의 덕택으로 주어진 현실을 극복하고 바로 그 현실 속에서 현실에 대항하는 것이기 때문이다. 문학은 말이라는 형식 밑에서 경험의 대상들을 재구성함으로써 경험을 변형시킨다. 왜냐하면 문학의 언어는, 보통의 언어나 경험으로는 도달할 수 없는 진리와 객관성을 전달하는 것을 사명으로 삼고 있기 때문이다.

그러므로 새로운 문학 양식이 경험의 대상들을 해체 구성한다는 것은 문학작품이 가지고 있는 가장 본질적이고 전복적이며 전위적인 성격에 속한다. 이러한 문학의 성격은 독자로 하여금 이미 존재하고 있는 가치관 속에 안주하게 하는 것이 아니라 스스로 그 가치관을 깨뜨리게 하는 고통스러운 상황 속에 빠지게 하는 것이다. 거듭 말하거니와 가치관이란 문제의 해결을 완수한 것이 아니라 스스로 문제의 일부로 남아 있는 것이어서, 문학은 그 속에 안주하려는 우리 스스로의 구속 욕망을 인식하게 하고 깨뜨리게 하는 것이어야 한다. 그렇기 때문에 문학이나 예술은 이따금 '허용된 폭력'의 수행자로 등장하게 된다. 예를 들면 초현실주의의 문학 양식을 보았을 때 그 이전까지의 문학에 대한 태도로 보면 엉뚱하고 말도 되지 않는 '놀음'이나 '놀림'에 지나지 않을 것이고, 돈을 주고 그 작품을 보게 된 사람에게는 일종의 폭력을 사용하는 것이나 다름없을 것이다. 이런 현상은 오늘날의 전위 음악이나 해프닝과 같은 전위 미술에서도 마찬가지로 일어난다. 가령 교향악의 연주는 정장을 하고 엄숙한 분위기 속에서 들어야 하며 하나의 연주가 끝난 뒤에는 지휘자와 연주자에게 몇 분 동안 열렬한 박수를 치고 그리고 지휘자는 승리자처럼 여기에 답례를 하는 작곡자 – 연주자 – 청중이 이루는 관계란 우리가 언제나 예견할 수 있는 것이다. 그러나 때로는 악보 없이 구성된 전위 음악은 '아름다움'에 대한 우리의 기대를 배반하는 것이다. 또한 하나의 화폭 속에 담고 있는 어떤 그림을 보는 데 익숙해 있는 관람자에게 해프닝은 '말도 되지 않는' 배신감을 갖게 한다. 여기에서 배신감은, 음악이나 미술에 있어서 '아름다움'이란 이러이러한 것이어야 한다는 전제 때문에 생긴 것이다. 그러나 한 번 더 생각해야 될 것은 그때의 아름다움이 부르주아시대에 형성된 것이라는 사실과 그러한 작품의 유통 과정이 자본주의 사회의 모순을 그대로 내포하고 있다는 사실이다. 이 경우 작자의 예술적 가치관은 이미 존재하고 있는 작품을 낳은 사회적 가치관에 대항하는 길이 새로운 미(美)의 양식을 찾는 데 있음을 표현하고 있는 것이다. 그리고 이러한 전위 예술이 갈수록 넓은 호응을 얻게 되는 것은 그것을 바라보는 사람들의 의식 속에 사물에 대한 새로운 자각이 생긴 때문이다. 그런데 자유를 웬만큼 표방하고 있는 체제는 이러한 예술 활동에 대해 규제를 하지 않는다. 물론 이것이 겉으로는 예술의 독자성을 인정해주는 부르주아사회의 관용이라는 것 때문이기는 하지만, 사실은 이것 자체가, 이미 존재하고 있는 미의식(美意識)의 절대적 지배하에 있는 상황 속에서, 별로 큰 영향력을 행사하지 못하리라는 지배 심리의 오만에서 기인한 것이다. 그런데 문학이나 예술의 영향은 정치·경제·사회 등의 그것보다 눈에 보이지 않고 장기적인 성격을 띠고 있다. 따라서 문학이나 예술이 그러한 성격을 이용하는 것은 당연한 귀결인 것이다. 이러한 성격을 받아들이는 한 문학에 있어서 전위적 움직임을 기존의 도덕률에 의거하여 비판하는 것은 문학을 옹호하는 태도가 아니라 체제를 옹호하는 태도임을 인식해야 한다. 오히려 전위적 움직임에 대해서 취해야 할 태도는 그것의 정신의 중요성을 찾아내는 일이고, 동시에 그것으로 하여금 단단한 기성관념에 대응할 수 있는 힘을 갖게 만들어주는 일이다. 왜냐하면 새로운 미의식은 새롭기 때문에 미숙하고 동시에 시행착오적 아류를 동반할 수 있기 때문이다.

2

최근의 한국 사회는 경제적 측면에서든 정신적 측면에서든 상당한 변화를 감당하고 있다고 한다. 이러한 변화의 진상이 어떠한 것인지는 이 분야에 관한 다양한 자료들을 분석·종합해보아야 알겠지만, 그러나 분명한 것은 그 변화 자체가 우리에게만 있지 않다는 것이다. 가령 우리나라에서 텔레비전 수상기의 보급률이 올라갔다든가, 국민의 개인소득이 상승되었다든가, 대외무역이 급속도로 확장되어 경제 수지가 개선되었다든가, 농촌의 가구당 소득이 도시의 가구당 소득을 능가했다든가 하는 것처럼 통계 경제학으로 증명될 수 있는 변화들은 괄목할 만한 단계에 접어들고 있다. 이러한 숫자로 나타낼 수 있는 것만을 놓고 볼 때에 우리 사회가 내포하고 있는 많은 문제들이 해결되고 있다는 낙관적 근거를 갖게 된다. 그러나 문학이 대상으로 하는 것이 앞에서도 언급한 것처럼 눈에 보이지 않는, 다시 말하면 숫자로 나타나지 않는 사회구조와 삶의 조건이라고 했을 때, 과연 우리가 낙관적 미래를 내다볼 수 있는가 하는 질문을 문학작품에 던져볼 수 있는 것이다.

해방 이후 한국 소설의 변화를 구획하는 데 있어서 한국 사회의 변화에 초점을 맞추는 작업이 꾸준히 진행되어왔다. 1950년 6·25동란을 중심으로 한 이른바 1950년대의 문학, 1960년 4·19혁명을 중심으로 한 1960년대의 문학, 그리고 국내외 격변적 사건으로 점철된 1970년대의 문학이라는 구분은 문학의 변화를 사회의 변동기에다 초점을 맞추어서 보려는 태도였는데, 이것은 문학이 사회와 시대의 산물이라는 점에서 상당한 설득력을 갖고 있기도 하다. 그러나 다른 한편으로 생각하면 문학작품의 변화 양상을 문학작품에서 찾으려 하기보다 문학 외적 요소들에 종속시키려는 태도에 다름 아니며, 따라서 과연 문학의 변화가 사회의 변동과 일치하여 이루어졌느냐 하는 타당성이 검토되었는지 의문시된다. 이러한 질문법에 근거를 누고 이야기할 때, 전쟁으로 생활의 기반을 잃은 주인공들이 비 내리는 구질구질한 뒷골목의 어두운 골방에서 생활을 빼앗긴 삶을 한탄하고 있는 모습에서부터 (손창섭의 경우), 남성 지배(男性支配)의 사회 속에서 여성으로서의 삶을 지탱하지 못하고 알코올중독 상태에서 죽어가는 주인공의 모습(최인호의 경우)에 이르는 동안 사회적 현실이라는 것이 소설 속에서 어떠한 비중을 차지하게 되는지 알아볼 필요가 있다.

이른바 1950년대 작가들의 경우 소설의 소재 면에서 볼 때 비 내리는 골방에서 자기 삶의 해결책을 발견하지 못하고 있는 손창섭의 주인공이나, 전장에서 탈주하여 후방의 뒷골목을 배회하며 승화되지 못하고 있는 자신의 젊음과 투쟁하고 있는 서기원의 주인공이나, 피란민들의 대열에서 국수 가게의 종업원 노릇을 하는 이호철의 주인공이나, 시골 사람으로서 정치적 색채와는 상관없는 세계를 살다가 처음으로 그 비극을 경험하게 되는 하근찬의 주인공 들이 모두 전쟁과 비극이라는 소재를 한결같이 소설 속의 삶으로 삼고 있다. 반면에 전쟁과 같은 비극적 현실이 없는 1960년대에 오면, 전쟁과 비극이라는 소재는 소설에서 사라지고 일상적 개인이 자기가 소속된 세계 속에서 삶의 의미란 무엇인가 하는 질문을 던지는 것이 소설의 중요한 테마가 되고 있다. 시골에서 상경하여 출세한 주인공이 고향에 가서 자신의 과거와 현재의 삶 속에 자리 잡고 있는 허위와 허무를 발견하게 되는 김승옥의 세계, 시골의 우등생이 자라면서 열등생이 되어버리는 서정인의 세계, 장인(匠人)의 세계에서 개인의 비극적 삶의 상징을 발견하고 글을 쓰는 행위에 대한 질문을 끊임없이 제기하는 이청준의 세계, 외촌동(外村洞)이라고 하는 소외된 지역에서의 삶과 그 삶을 어떻게 바라볼 것인가 하는 문제를 제기하는 박태순의 세계는 '근대화'라는 팽창 경제 사회에서의 집단적 풍속과 대립된 개인이 어떻게 자아의 발견과 소외감의 극복이라는 문제를 제기하게 되고 추구하게 되는지 보여준다. 이렇게 보면 1950년대의 문학이 소재상으로는 전쟁이라는 역사적 상황을 직설법의 방법으로 다루고 있다고 이야기할 수 있을 것이다. 이것은 전쟁이라는 충격적 현실이 직접적으로 소설로 번역되었음을 의미하는데, 이와 비교해서 1960년대 문학은 전쟁과 같은 충격적이고 순간적인 대사건(大事件)이 없는 현실을 그대로 소설로 번역할 수 없었던 것이다. 물론 1960년의 4·19가 그렇다고 6·25와 비교해서 작은 사건이라고 말하는 것은 아니다. 6·25와 4·19가 갖는 의미의 차이는 한쪽이 전쟁이란 극단 상황 속에서 승자도 패자도 없는, 그러면서도 우리 민족 모두가 피해만을 입은 사건인 데 비하여 후자는 지배층 자체에 변동을 가져온, 우리가 자랑으로 생각하는 일종의 역사적 계기였다. 그렇기 때문에 후자의 경우 민족적 차원에서는 그것의 피해자가 있을 수 없으며 그것의 정신적인 경험은 그 후에 온 닫힌 상황 속에서 일종의 지주 역할을 해온 셈이다. 물론 이러한 단정은 소설 자체가 그것을 문학의 소재로 삼았기 때문이 아니라 생활이 파괴되지 않고 경험한 이 사건을 통해서 개인이 자신의 삶에 대해서 질문을 던지게 된 결과를 놓고 유추한 데서 가능한 것이다. 말을 바꾸면 1950년대 문학이 현실의 불행을 적어도 전쟁 때문이라고 이야기할 수 있었던 데 반하여 1960년대 문학은 전쟁이 없으면 행복하기에 충분한 조건이 갖추어지리라는 단순 논법으로 이야기할 수 없는 불행을 짊어지고 있었던 것이다. 따라서 1950년대 문학은 '인간'의 이름으로 이야기할 수 있었고 또 생활이 있던 전쟁 이전의 상태에 대한 향수를 강하게 내보일 수 있었다. 그러나 1960년대 문학은 전쟁에 불행의 원인을 전가시킬 수도, 생활이 있다 해서 행복할 수도 없었고, 동시에 '인간'이라는 감상적 이름으로 현실에 대응할 만큼 순진하지도 못했던 것이다. 그렇기 때문에 1960년대 문학은 권력과 금력이 지배적인 힘으로 등장한 시대에 있어서 개인의 삶이란 어떤 것인가 하고 질문을 던졌던 것이다. 이것은 결국 개인과 집단을 대립 개념으로 놓게 되는 최초의 시도라는 데 그 중요성이 있다. 다시 말하면 인간의 이름을 빌린다는 것은 이미 개인이 집단과 대립된 것이 아니라 그 집단의 윤리와 도덕과 풍속의 변형에 지나지 않는 것이다. 앞에서 전쟁 이전 생활에 대한 강력한 향수가 자리 잡고 있다는 말은 따라서 그 시대의 윤리와 도덕과 풍속에 대한 향수라고 해도 지나치지 않다. 1950년대의 소설 속에서 고통받는 주인공들은 틀림없이 바로 전쟁으로 파괴된 생활과 윤리와 도덕 때문에 존재하고 있었다. 이 시대의 소설에서 이념적인 문제가 제기되지 않았던 것은 물론 전쟁으로 경직되었던 상황 때문이기도 했지만, 여기에 '인간'이라는 집단적 개념을 앞세웠던 이유도 있을 것이다. 그런 의미에서 동시대의 작가와 비평가 들이 휴머니즘을 운위한 것도 우연한 일이라고 할 수 없을지도 모른다. 그러나 이러한 것은 1950년대 문학에 어떤 비난을 하기 위한 것이 아니다. 적어도 근대적 의미에서의 정치적 훈련이 적었던 그 시대의 작가들이 전쟁의 피해를 입고 있는 현실을 소설로 번역한 작품을 남긴 것만으로 그들의 역할은 충분하다고 할 수 있을 것이다. 소설 사회학은 이미 씌어진 작품에서부터 출발해야 하기 때문에 어떠한 현실에 필요했거나 필요한 작품을 이야기하는 것은 아니다. 이와 같은 관점에서 1950년대 작품들과 1960년 벽두에 발표된 최인훈의 「광장」을 비교해본다는 것은 흥미 있는 일이다.

이미 1960년을 정치사적 측면에서 학생의 시대로 보고 소설사적 측면에서 「광장」의 시대로 본 비평가가 있는 것처럼 최인훈의 「광장」은 당시의 역사적 상황으로 보아서나 독자의 호응으로 보아서 대단한 바람을 일으켰다. 이러한 외형적 반응을 뒷받침해주는 요인을 오늘날 다시 읽으면서 찾아보면 아마도 6·25전란과 남북 분단을 다룬 작품들 가운데 최초로 이데올로기 문제를 다룬 것이 이 작품이 아닌가 생각된다. 이데올로기가 한 집단이나 그 집단 내부에 있어서 지배 계층의 이념이라고 한다면, 현실을 소설로 번역하는 데 있어서 필연적으로 거쳐야 할 단계가 바로 이데올로기의 검토다. 최인훈은 주인공으로 하여금 두 개의 이데올로기 사이를 왔다 갔다 하게 함으로써 대립하고 있는 두 사회의 허위와 위선을 드러나게 했던 것이다. 따라서 주인공인 개인 이명준이 제3국(第三國)을 선택하게 되는 것은 개인과 집단이 대립 관계에 놓일 수밖에 없다는 최초의 예증이었다. 그런 면에서 정신적으로 개인이 어떤 집단 속에서 소외될 수밖에 없는 것을 괴로워하고 삶의 허무주의에 빠지는 1960년대 문학에 대해서 최인훈의 출현은 대단히 시사적인 것이었다. 최인훈에게 있어서 문학은 집단의 이념에 순응하는 것이 아니라 그것을 깨뜨리고 그것이 우리의 정신에 군림하고 있는 '구속'의 요인임을 밝혀내는 작업이었다. 그렇게 때문에 그 이후에 씌어진 최인훈의 작품들에서 사회적 현실은 작품의 표층 구조를 형성하는 것이 아니라 심층 구조 속에 감추어져 있게 된다. 사실상 사회적 현실의 모순은 이미 너무나도 잘 알려져 있고 또 그것을 전문적으로 다루는 분야가 소설보다 훨씬 더 이로정연(理路整然)하게 그것을 밝혀야 한다면, 문학은 겉으로 드러난 이 모순의 뒤에 감추어진 것의 정체를 밝혀야 한다. 그렇게 때문에 최인훈의 작품에서 사회적 현실이 배경으로 자리를 잡게 되고 주인공의 개인적 현실이 소설의 표면으로 나오게 되는 것은 당연한 것처럼 보인다. 그런데 사회적 현실을 정면으로 다룰 때의 양식과 주인공의 개인적 현실을 다룰 때의 그것 사이에는 어떠한 변화가 예상된다. 실제로 「총독의 소리」 계열의 작품들과 『소설가 구보씨의 일일』 등에서 최인훈은 새로운 소설 양식을 시도하고 있다. 이것은 지배 이념의 힘이 압도적으로 우리를 구속하고 있는 시대에 있어서 소설이란 무엇이고 소설을 쓴다는 것이 무엇이며 소설을 읽는다는 것이 어떤 의미를 갖는가 하는 질문을 최초로 던진 것이라고 할 수 있다. 그것은 소설에 대한 우리의 태도를 재검토하게 한다는 점에서 전위적 성격을 띠게 된다. 이와 같은 시도는 경제적 성장과 함께 개인이 이념적 체제의 도구로 떨어져버리는 현실에 대한 강력한 도전이며 그러한 사회 속에서 문학이 취해야 할 입장을 밝힌 것이다. 최인훈의 소설 양식에 대한 검토는 그러므로 소설의 규범이라고 할 수 있는 미학적 양식에 대해서 이 작가가 투철한 의식을 갖고 있음을 말한다. 그렇기 때문에 최인훈 이후의 소설에서 대부분의 경우 신화적 영웅이 사라진 것은 우연이 아니다. 새로운 소설 양식에 대한 검토를 하다 보면 주인공이나 화자의 역할과 서술 양식(가령 지문에서의 한자어 사용이나 띄어쓰기 규칙의 무시)을 검토하는 게 당연하다.

최인훈과 마찬가지로 글을 쓴다는 것이 무엇인가 하는 질문을 던지면서 바로 그 질문을 소설의 테마로 삼고 있는 작가가 이청준이다. 초기 장인적(匠人的) 삶의 불가능에 대해 괴로움을 이야기한 바 있는 이청준은 그 후 「소문의 벽」 「조율사」 「자서전들 쓰십시다」에서 소문만이 난무하고 진실의 정체는 감추어지고 있는 사회, 또 지식인 내부에 자리 잡게 될 수밖에 없는 모순과도 싸워야 하는 사회, 그리고 가식과 허위의식이 지배하고 있는 사회에서 '글' 쓰는 행위 자체를 방해하는, 그리고 글을 왜곡시키는 요소들에 대해서 괴로운 성찰과 질문을 던지고 있다. 물론 이러한 이청준의 소설 속에도 개인과 사회를 동질성(同質性)의 차원에서 받아들인 것이 아니라 대립된 관계로서 파악한 것이 뚜렷하게 드러난다. 그것은 바로 작가가 집단의 지배 이념에 동조할 수 없는 괴로움을 안고 있으며 '완전히 자유로운 자아'의 상태를 지향하고 있는 데서 기인한다. 따라서 소설 사회학은 왜 이들의 소설이 글을 쓰는 문제를 문제로 제기하고 있는가 하는 것을 검토하지 않으면 안 된다.

최인훈이 새로운 소설 양식을 시도하면서 화법을 다양하게 구사하고 있는 것이나 이청준이 글을 못 쓰는 이야기를 통해서 글을 쓰는 이유를 들려주고 있는 것은 김승옥의 표현을 빌리면 "남들은 별생각 없이 예사로 사는 그런 생활을 할 수는 도저히 없는" 것이기 때문이다. 물론 여기서 "남들은"이라는 표현은 다른 사람과의 관계에서 자신이 더 많은 지식과 더 투철한 의식을 가지고 있다는 것이다. 그러나 이들 작가들이 모두 대학 출신이라는 사실은 우리의 사회적 현실로 볼 때에 이미 혜택을 받은 계층에 속하게 된다는 것을 의미하며, 따라서 작가가 사회적 현실을 보는 데 있어서 자신의 출신 계층의 관점을 완전히 떠날 수 없다는 것을 상기하면 충분히 이해할 수 있을 것이다. 그렇다면 "예사로 사는 그런 생활"이란 이 사회의 감추어진 모순에 대한 인식이라고 번역해도 틀리지 않을 것이다. 이러한 유추를 뒷받침해주는 것은 "이 가족의 계획성 있는 움직임, 약간의 균열쯤은 금방 땜질해버릴 수 있도록 훈련되어 있는 선진적 태도, 무엇인가 창조해내고 있다는 듯한 자부심이 만들어준 그늘 없는 표정—문화라는 말을 쓸 수 있는 사람들이 바로 이 사람들이었다"와 같은 표현에서 찾을 수 있을 것이다. 이것은 사회적인 현실 자체가 어떤 거대한 힘으로 조직되어 있고 그 거대한 힘을 지배하는 것이 질서라고 했을 때 그 질서는 그 사회가 표방하는 가치관이라고 할 수도 있고 도덕관이라고 할 수도 있음을 의미하는 것이다. 그렇기 때문에 체제는 언제나 질서를 주장하게 되고 도덕이라는 허위의식에 의해 무장하려고 하고 있다. 그러나 모든 체제가 그러한 것처럼 거기에는 지배와 피지배가 근본적인 질서로 되어 있기 때문에 그 질서의 뒤에는 수많은 모순과 폭력이 도사리고 있는 것이다. 김승옥의 주인공이 스스로도 "비겁한 보상 행위"라는 자책을 즐겁게 받아들이게 되는 것도 그 때문인데, 이러한 김승옥의 소설은 우리를 지배하고 있는 이념들이 우리 자신 속에 얼마나 뿌리 깊게 자리를 잡고 있으며 동시에 그 이념에 훈련된 우리 자신이 언제든지 지배당하고 싶어 하는 모순 속에 빠지게 되는 것을 자괴감을 갖고 관찰해야 됨을 보여주는 것이다. 그렇기 때문에 자칫하면 우리 스스로도 이 작품들의 반도덕주의나 반질서주의를 비난하게 될 가능성을 갖게 되고, 그것이 이루어지는 순간 우리가 우리 자신의 의사와는 상관없이 지배 이념의 관점에 서서 우리와 똑같이 소외된 사람들을 비난하는 오류를 범하게 된다. 문학은 사회적 현실이 지배당하고 있는 힘에 대해서 스스로 시녀적(侍女的) 위치에 놓여 있지 않은가 자문하게 되고, 바로 그러한 질문이 소설 자체에 대한 질문과 소설 양식에 대한 새로운 검토를 가능하게 한다. 그렇기 때문에 이들 작품들에서는 사회적 현실이 뒤로 물러나 있고, 그런 현실 속에서 개인이 삶에 대해 느끼고 있는 허무주의가 사회적 현실보다 더욱 표면에 나서게 된다. 그것은 개인이 전체의 체제 속에서 어떤 톱니의 역할밖에 할 수 없다는 기능사회의 이론을 체제 쪽으로부터 끊임없이 받아온 결과에 대해서 개인이 할 수 있는 가장 큰 저항 중의 하나인 것이다. 그러므로 거대한 힘에 의해 지배당하고 있는 자기 외부 세계와의 싸움에서 주인공은 끊임없는 패배를 경험하게 되고 따라서 이들 주인공들은 집단과의 정면 대결만을 염두에 두고는 패배주의의 고통스러운 모습만을 보여준다. 이때 패배는 전혀 그 주인공 자신이나 작가의 책임이 아니라 사회적 현실이 그렇게 만들었던 것이다. 소설 사회학은 이와 같은 패배나 허무를 비난하는 것이 아니라 바로 그 패배와 허무의 요인을 통해서 사회적 현실을 밝히는 것이다. 그렇게 본다면 1960년대 소설이 비정치화된 것이 아니라 오히려 보다 차원이 높아진 단계에서 정치화된 것이라는 사실을 받아들일 수 있다. 소설가는 사회적 현실 그 자체를 고발함으로써만 정치화되는 것이 아니라 패배 자체를 그림으로써 '예사롭게' 생각하는 삶의 일종의 의식화 작업을 가능케 하고 우리 눈에 보이는 현실 밑바닥에 웅크리고 있는 정체불명의 것을 정체 분명의 것으로 바꿔놓음으로써 진짜 현실을 그릴 수 있는 것이다. 따라서 이 시대의 작가들이 쓴 작품들을 통해서 우리는 바로 그 시대의 샤머니즘이 무엇인지 알게 되고 이들의 정신적 현실이 무엇인지 찾아낼 수 있는 것이다.

그런데 이와 같이 소설 사회학이 취하는 태도에 대해 일부에서 한국인의 미풍양속을 이야기하는 경우를 보게 된다. 물론 이러한 입장에 선 사람들 역시 현실에 어떻게 대응할 것인가 하는 문제로 고민하고 있다는 것도 널리 알려진 사실이다. 그러나 좀더 우리가 살고 있는 사회적 현실을 관찰해보면, 우리가 고유의 것을 이야기함으로써 오늘의 현실에 대응할 수 있을까 하는 의문을 자아낸다. 이른바 토속적 세계의 강조로 나타나는 이러한 경향은 자칫하면 복고적(復古的) 보수주의에 빠질 우려가 있을 뿐만 아니라 이미 다른 삶을 경험한 사람들의 완전한 복고가 불가능함을 도외시한 결과를 가져오기 쉽다. 이미 자유경쟁이라는 자본주의 경제체제가 도입된 이후, 팽창 경제의 잔재들로 생활 자체를 바꾸어온 우리에게 있어서 그 생활 자체가 정신의 사고 구조의 변화마저 초래했다는 사실을 감안하는 한편 현재의 조직 사회 자체를 움직이고 있는 지배 이념의 중추는 바로 현대적 권력 개념, 그것임을 인정해야 한다. 아직도 우리의 마음속에는 전통의 편린들이 있기는 하지만 그러나 그것을 가지고 지배 이념에 대응하기에는 그것의 힘이 너무나 무력한 것이다. 뿐만 아니라 지배 이념이 도덕주의를 통해서 노리고 있는 현상 유지나 체제 강화의 작업에 언제든지 수렴당할 가능성을 갖고 있는 것이다. 다시 한 번 강조하고 싶은 것은 팽창 경제의 잔재물에 오염된 의식은 이미 경험한 것 때문에 그 이전에 있었던 순수한 전통의 세계로 환원될 수 없는 것이고 또 환원될 수 있다고 하더라도 그것은 무의미하다. 왜냐하면 우리 사고 속에 자리 잡고 있는 전통적인 요소는 그것이 완전한 자유라는 이상적 상태에서 이루어진 것이 아니라는 사실 때문에 우리가 극복해야 될 것이지 환원해야 될 것은 아니기 때문이다. 이처럼 사회적 현실의 복합성은 소설 자체가 자신의 제도화를 방지하려는 노력을 수반하게 됨으로써 더욱 다층적으로 강조될 수밖에 없다. 소설의 양식을 크게 보면 바로 우리의 사회적 현실의 한 단면이라고 할 수 있을 것이다. 그렇다면 소설이 이래야 된다는 주장은, 우리 자신이 우리 스스로를 제도화시키고자 하는 모든 보이지 않는 적들에 대항하기 위해 문학을 선택했으면서도, 결국 소설을 제도화시키고자 하는 체제적 입장을 우리 의사와는 상관없이 말하는 것에 지나지 않는다. 실제로 문학을 제외한 대부분의 분야——즉 정치나 경제나 사회나 종교나——는 모든 것을 제도화하려는 노력으로 일관되어 있다. 그렇기 때문에 여기에서는 끊임없이 어떤 가치관이나 이해타산을 체제와 관련해서 생각하게 되고 긍정적 결과를 가져올 수 있다고 판단될 때는 그 결과를 위해 제도화 작업을 서두르게 된다. 그러나 문학은 그러한 제도화가 개인을 억압하는 것 자체이며 억압하는 체제에 기여하는 것이기 때문에 이들 분야와는 다른 존재 이유를 언제나 갖게 된다. 만약 소설이 어떤 방식으로든 제도화된다면 그것은 근본적으로 모순되는 출발이며 따라서 소설의 변화는 모든 제도화에 대항하는 양식이라고 할 수 있다. 여기서 물론 무엇을 위해 제도화에 반대하느냐고 한다면, 그에 대한 대답으로는 파괴를 위한 것이라고밖에 대답할 수 없다. 그러므로 이때 파괴의 대상이 무엇이든 우리의 정신의 자유를 위해서는 소설의 제도화를 방지하는 작업이 문학 내부에서 이루어져야 한다. 그리고 이러한 파괴의 본질 속에 소설의 전위적 성격이 있는 것이라면 그러한 소설의 변화가 이루어질 수 있도록 새로운 어떤 것이 작가나 독자 쪽에서 준비되어야 한다. 이 새로운 어떤 것은 마르쿠제의 표현을 빌리면 새로운 감수성이라고 불러도 좋은 것이다. 그러니까 소설 양식에 어떤 혁명을 가져올 수 있도록 작가에게는 새로운 감수성이 있어야 되며 그러한 작품이 우리의 정신에 의해 선험적으로 거부당하지 않기 위해 독자에게도 새로운 감수성이 필요한 것이다. 이러한 전복으로서의 새로운 양식의 변화는 문학이 바라고 있는 억압이 없는 완전한 자유의 사회가 올 때까지 계속될 수밖에 없다. 이때 '완전한 자유의 상태에 도달한 이후에 문학은 무엇을 할 것인가'라는 질문을 던진다면 여기에는 마르쿠제의 말을 변형시켜서 대답할 수 있을 것이다. 즉 '우리 생애에 최초로 우리는 자유의 상태에서 우리가 무엇을 할 것인가 생각하게 될 것이다.'

3

그렇다면 1970년대에 와서 굉장한 독자의 호응을 얻고 있는 최인호 작품들을 소설 사회학의 입장에서 어떻게 설명할 수 있을까. 1960년대 말에 문단에 등장한 최인호의 작품들을, 사회적 현실과의 대응 관계에 의해 관찰해보면 두 가지로 구별할 수 있다. 그 하나는 사회적 현실을 정면으로 다루고 있는 「미개인」 「뭘 잃으신 게 없습니까」 「다시 만날 때까지」 「가면무도회」 등이고 다른 하나는 『별들의 고향』 『내 마음의 풍차』, 그리고 『타인의 방』이라는 소설집에 실려 있는 대부분의 작품들이 다루고 있는 개인적 현실이다. 물론 여기에서 '개인적 현실'이라고 해서 그것이 사회적 현실과 독립해서 존재하는 것이 아니기 때문에 그것은 바로 사회적 현실의 또 다른 양상이라고 불러도 좋을 것이다. 이 경우 굳이 두 가지로 구분하는 이유는 사회적 현실이 소설 기술(記述)의 표면에 자리 잡고 있느냐 그렇지 않으냐를 이야기하기 위함이다. 1960년대 문학에서 사회적 현실과 대립 상태에 놓여 있는 개인적인 현실이 그렇다면 최인호의 일부에도 그대로 드러나고 있다고 보아도 좋을 것이다. 그러나 소설의 기술 양식이라는 측면에서 볼 때에 최인호의 작품에서 드러나는 현실의 성격은 1960년대의 그것과 별로 다르지 않지만 바로 그 현실에 대응하는 개인의 자세는 전혀 다르다고 이야기할 수 있다. 가령 「미개인」에서, 파월 장병으로 월남에서 한쪽 다리를 잃고 제대한 주인공이 만나는 현실은 서울시에 편입된 새로운 개발 지역의 그것이다. 오랫동안 가난과 싸워온 주민들이 보여주는 이곳의 현실은 국토 개발이라는 경제적 '근대화' 속에서 서민들의 희비

(喜悲)를 담고 있는 것이지만, 벼락부자에의 꿈이 지배하는 정신적 분위기라고 이를 수도 있을 것이다. 이 정신적 분위기는 근대적인 사고와 전근대적 사고를 동시에 내포하는 것으로서, 요행에 운명을 거는 불안한 삶의 현장을 이야기한다. 그렇기 때문에 그 현장은 모순의 현장으로 부각되고, 그 현장에서 드러나는 것은 '이 마을에 일관된 흔들거리는 광기'인 것이다. 따라서 이 광기는 한 마을에 국한된 것이 아니라 이른바 근대화를 지향하고 있는 모든 곳에서의 보편적인 현상으로 확산되는 의미를 띠고 있다. 그것은 한 사회의 구조적 모순이나 역사의 역행(逆行)이 그 시대의 정신 속에 자리 잡은 이 광기에 의해 일어나고 있다는 것을 이야기하는 것으로 라이크W. Reich가 『파시즘의 집단심리학』에서 다루고 있는 명제와 상통하게 된다. 사회를 하나의 집단으로 보았을 때 집단의 이념은 언제나 집단심리학에 호소하게 되는데, 이념에 대한 논의가 열려 있지 않은 상황 속에서는 작가들이 현실 그 자체의 보고를 기도하거나 그렇지 않으면 그 집단 이념에 대응하는 개인을 그리게 된다. 최인호는 말하자면 집단 이념이 지배하는 분위기를 광기라는 작가 특유의 감수성에 의해 파악하고 있는 것이다.

최인호의 주인공이 이러한 광기와 대립된 상태는 1960년대 작가들과 비슷한 발상 위에 서 있음을 이야기해준다. 그러나 1960년대 작가들의 주인공들이 이러한 대립 관계로서 개인을 파악할 때 패배주의의 괴로움을 안고 삶의 의미를 발견하지 못한 것을 아파하고 있었던 것과는 달리 최인호의 주인공은 그러한 아픔이나 괴로움을 가지고 패배한 자아를 한탄하지 않는다. 이것은 말을 바꾸면 1960년대의 주인공이 삶의 본질을 비극적인 것이 아니라는 관점에서 출발했기 때문에 괴로움과 패배주의와 허무 의식에 빠진 데 반(反)하여 최인호의 주인공은 오늘날의 사회적 구조 속에서 삶이 본래부터 비극적인 것이라는 전제로 출발했기 때문에 그들의 삶 자체가 괴로움과 패배주의와 허무 의식을 안게 되는 사실을 그 자체로서 받아들인 데서 태어난 것이라고 생각하고 있음을 말한다. 이것은 1960년대 이후 정치의식의 성장에 기인하고 있다. 집단적인 이념과 정면으로 대결했을 때 개인은 패배할 수밖에 없는 명약관화한 사실에서 출발한 최인호의 주인공은 그러므로 그러한 무수한 패배에 대해서 적어도 겉으로는 비관적인 몸짓을 보이지 않는다. 이와 같이 현실에 대한 한탄을 하지 않는다고 해서 최인호의 주인공이 현실의 순응주의자(順應主義者)인 것은 아니다. 그의 주인공은 사회적 현실에 대한 새로운 대응 방법을 알고 있다. 이 새로운 대응 방법은 힘이 지배하는 현실의 거대함에 대해서 개인의 패배를 괴로워하는 것이 당연하면서도 그 패배를 괴로워하는 대신에 힘이 지배하는 정신의 풍토 속에서 우리가 정신적으로 극복하는 길을 찾아가는 것이다. 이른바 산업사회의 구조 속에서 지배 이념에 대치될 수 있는 새로운 종합적 이념을 내세울 수 없을 때 개인이 '인간적' 풍토의 조성을 요구하는 것은, 한편으로 상품 생산이나 눈에 보이는 '발전'의 양상 때문에 이미 설득력을 잃어버리게 되며, 다른 한편으로 팽창 경제구조가 본질적으로 가지고 있는 비인간적 자본 중심의 체제에 대해서 좀더 인간적이 되어달라고 구걸하는 것에 지나지 않게 된다. 정치 운동이나 사회운동은 눈앞에 보이는 사회적 현실에 대한 개선을 지향하기 때문에 바로 이러한 풍토의 조성을 이야기할 수 있을 것이다. 사회적 현실의 눈에 보이지 않는 감추어진 구조적 모순을 이야기하는 문학에 있어서 사회적 현실에 대응하는 길은 정신의 구조적 측면에서 힘이 지배하는 정신의 풍토를 눈에 보이지 않게 깨뜨리는 것이다. 이와 같은 깨뜨

림의 작업이 최인호에게 있어서는 데뷔작 「견습환자」에서부터 시작된
다. 병원에 입원한 환자가 괴물처럼 거대한 힘을 가진 병원에 대해서
할 수 있는 일이 입원실의 이름표를 바꿔놓는 일이었다. 이처럼 하찮
은 장난으로 보일 행위가 갖는 의미는 모든 것을 통제 속에 놓으려는
체제적 구조에 대해서 적어도 반질서적 행위가 갖는 일종의 탈(脫)음
흥성에 있다. 그렇기 때문에 이 작품을 읽는 독자는 그러한 행위의 심
각성(병원이라는 체제의 입장에서 보면)을 의식화하지 못한 채 그 장난
기 어린 행위에 재미를 느끼게 된다. 최인호의 이러한 감수성은 그 뒤
에 씌어진 「술꾼」「모범동화(模範童話)」「처세술개론」 등의 단편에서
더욱 두드러진다. 어린이들을 등장시켜서 일종의 알레고리의 세계를
만들고 있는 이들 작품 가운데 가령 고아원을 몰래 빠져나와 '아버지'
를 찾는다는 구실 아래 매일 밤 술을 마시는 「술꾼」의 주인공이나, 생
활 속에 자리 잡고 수많은 속임수를 간파하여 자신에게 주어진 대결에
서 이기는 「모범동화」의 주인공이나, 노(老)할머니의 재산을 뺏기 위
해 어른들의 대결에 자신을 투입시킨 「처세술개론」의 주인공 들이 살
고 있는 삶은, 말하자면 부도덕한 이야기들이다. 이 무서운 아이들이
상징하고 있는 것은, 현실에서 어른들이 어린이에게 가르쳐주는 것들
이 현실이란 아름다운 것이고 정의가 이기는 것이라고 하는 등의 일종
의 거짓 교육인 것 같지만 사실은 그러한 허위의식을 통해 배워온 현
실과 장차 대면하게 되었을 때 그들이 경험하게 될 허무주의를 조숙
(早熟)하게도 미리 살게 했을 경우 어떠한 결과를 초래하는지 알게 하
는 직설법의 효과라고 할 수도 있을 것이다. 그러나 좀더 주의 깊게
관찰해보면 이것은 일종의 반어법에 의해 씌어진 것임을 알 수 있다.
즉 이러한 어린이들의 행위를 타락으로 보게 되는 어른들의 태도와,

그러한 삶이 주인공의 현실이 되어버린 소설적 구성이, 서로 긴장 관계에 놓이게 될 것을 작가가 의식했다면, 이것은 어른들의 태도를 전체적으로 대변하고 있는 체제의 질서주의에 대한 가장 강력한 도전의 양성이라고 볼 수 있을 것이다. 달리 말하면 도덕으로 잘 무장되어 있는 것 같은 체제의 '성감대'(이것은 최인훈의 표현을 빌린 것이다)를 건드리는 것에 해당한다.

작가가 사회적 현실을 바라보고 그것을 분석하여 하나의 소설로 번역해놓은 것은 자신이 관찰한 것을 소설이라는 양식으로 재구성하는 작업이라고 했을 경우, 최인호에게 가장 뛰어나게 나타나는 것은 그 논리적인 작업 뒤에 도사리는 뛰어난 감수성이다. 그것은 이미 현실을 지배하고 있는 여러 가지 힘을 '광기'라는 말로 표현하고 있기도 하지만, 적어도 이러한 풍토 속에서 가장 확실한 반응을 얻을 수 있는 길은 이와 같이 체제의 성감대를 건드리는 것임을 이야기하는 것으로 드러난다. 최인호의 소설 속에 자주 등장하고 있는 '단내'라든가 '시리다'는 표현은 그 자체로서 감각적이기는 하지만 문학이 갖고 있는 체제에 대한 눈에 보이지 않는 암종과 같은 성격을 고려한다면 그가 즐겨 쓰고 있는 오늘날의 상업주의의 광고 언어가 소설 속에 들어옴으로써 주는 감각적인 효과 또한 무시할 수 없을 것이다. '코카콜라' '박카스' 그리고 심지어는 유행가까지 등장하고 있는 그의 소설은 동시대인에게 동류의식을 느낄 수 있는 근거를 마련해주면서도 작가가 가지고 있는 예리한 풍자 수법이 오늘의 경제구조가 이루고 있는 풍속에 대한 멋진 희화(戱畵)에 도달하게 한다. 지배 이념은 사회적 현실 속에서 언제나 도덕적 엄숙주의를 강요하고 있다. 이런 엄숙주의에 문학작품이 엄숙주의로 대항하는 것은 그것이 지배 이념보다 강력한 이념으로 무장되어 있지 않는 한, 그리고 사회 자체가 문학의 엄숙주의에 힘을 부여하지 않는 한, 패배를 가져온다는 것을 전제하게 되는 것이다. 바로 이러한 문학작품의 패배를 알고 있는 최인호의 문학은 그렇기 때문에 지배 이념의 도덕적 엄숙주의가 갖고 있는 허위의 베일을 벗기기 위해 여기에 대응하는 새로운 방법을 도입하게 된다. 이 새로운 방법이 지배 이념의 엄숙주의와는 정반대의 방향에서 '장난기'로 등장하는 것이다. 이 장난기는 어떻게 보면 진지하지 못한 것으로 보일 수도 있다. 그러나 겉으로 진지하지 못한 '장난기'에 대한 최인호의 감수성은 도덕적 엄숙주의가 갖는 사회적 현실의 위선을 벗기는 데 결정적 역할을 하게 된다. 최인호의 작품들에서 다루어지고 있는 가족에 대한 문제, 사랑에 대한 문제, 성(性)에 대한 문제, 상업주의에 대한 문제, 팽창 정세에 대한 문제, 힘이 지배하는 사회의 문제, 그리고 우리의 삶이 내포하고 있는 그 거대한 모순에 대한 문제 등이 겉으로 커다란 거부 증세 없이 이야기될 수 있는 것은 바로 엄숙한 얼굴을 벗어버린 장난기 때문인 것이다. 그렇기 때문에 모든 제도가 겉으로는 엄숙한 표정을 짓고 때로는 개인의 생명을 빼앗을 수도 있지만 그것이 체제의 유지와 강화를 위한 도구로 등장하고 있다는 사실을 깨닫는 데서, 그것 자체가 집단 이념의 조작에 의한 것임을 최인호의 감수성은 나타내고 있다. 그리고 이러한 장난기가 그의 소설에 환상적인 세계를 만들고 있는데, 사실은 이 환상 세계가 바로 사회적 현실의 숨어 있는 구조에 대한 알레고리에 다름 아닌 것이다. 그것은 이러한 소비 문명이 오늘날 우리의 정신세계와 갖고 있는 접촉 지점을 건드리는 것이며, 동시에 이러한 소비사회의 신화 속에 소외되고 있는 계층에 대한 이해를 가능하게 한다. 뿐만 아니라 그의 문장 속에는 구어체로 쓰이는 말들이 무수하게 들어와 있어서 마치 유행을 좇는 대중소설 작가의 요소도 보이고 있다. 그러나 그가 다루고 있는 언어를 분석해보는 것이 소설 사회학의 중요한 과제 중의 하나라는 것을 일단 주목하고 넘어가야 한다. 최인호의 언어를 여기에서 분석할 수는 없지만, 그러나 분명히 말해둘 수 있는 것은 상업 언어의 새로운 도입은, 소설 언어에 대한 자동화된 감수성에 일단 제동을 걸고 있다는 사실에서 그가 소설의 제도화에 순응하고 있지 않음을, 동시에 낭비 문명 속에 우리 자신도 모르게 소외되고 있는 정신의 풍속에 대한 자각을 가능하게 한다는 것이다.

그렇다고 해서 최인호의 소설이 소비 문명 자체가 들어오기 이전 상태를 희구(希求)하고 있다는 것은 아니다. 만약 그렇다면 그의 소설이 소비 문명 이전의 시대를 '진지하고' '엄숙하게' 다루려고 했을지 모르지만 그의 소설에 나오는 조숙한 아이들처럼 일단 소비 문명의 경험을 가진 이상 그전 상태로의 복귀는 불가능한 것임을 이 작가는 알고 있다. 그렇기 때문에 이 작가가 『내 마음의 풍차』에서 두 대립되는 인물의 관계를 그리고 있는 것은 우연이 아니다. 이 작품에서 형은 첩의 아들이고 동생은 본처의 아들이다. 첩의 아들은 어려서부터 어머니의 신세타령을 들으며 술도 마시고 어머니의 살갗을 더듬기도 하고 학교에서 상습적으로 물건을 훔쳐낸다. 그러니까 이 작가의 초기 단편들에 등장하던 조숙한 어린이와 비슷한 성질을 갖고 있다. 반면에 동생은 집안의 보호를 받으며 곱게 자랐지만 육체적으로 나약하고 정신적으로는 외부에 의해 침범당하지 않도록 자기 방 속에 완전히 갇힌 세계를 구축하고 있다. 자기 세계의 구축은 방 안에 도시를 건설해놓고 열대어·다람쥐, 그리고 문명의 여러 모형들을 움직이게 하고 그 안에서 안전하게 생활하고 있는 것으로 묘사되고 있다. 대립적인 두 인물의 만남은 바로 두 인물 사이에 어떤 음모 관계의 성립을 의미한다. 어머니의 집을 떠나 동생의 집으로 온 형이 어느 날 그 동생을 안전한 세계로부터 나오게 한다. 동생을 길들이는 형의 이러한 작업은, 한 번의 외출마다 열병을 앓게 되는 동생으로 하여금 열병에도 불구하고 조금씩 더 밖의 세계 속으로 깊이 들어가게 한다. 그러니까 동생이 순수하고 잘 가꾸어진 자기 세계에서 점점 더 멀어지며 마침내 그의 형과 동화되어감을 보여준다. 그래서 형과 동생이 균형의 상태에 이르렀을 때 (이건 동생이 명숙의 겁탈이라는 형의 요구를 거절함으로써 완전히 이루어진다) 형은 동생의 집을 떠나 어머니에게 돌아오게 되고 동생은 자기가 쌓았던 세계를 없애버린다. 여기에서 형은 "동생의 꿈의 세계를 오히려 내가 파괴한 것이 아니라 차라리 파괴당한 결과가 아닌가" 하고 생각하는데 이것은 결국 두 개의 자아가 비로소 동등한 지위에 균형을 이루게 되었음을 의미한다. 균형이란 형의 입장에서 보면 금전의 힘과 문명의 힘이 지배하고 있는 세계로의 외출을 통해서 꾸며진 세계를 파괴하고는 원래의 상태로 돌아온 것이고, 동생의 입장에서 보면 꾸며진 세계에 갇혀 있다가 산업사회에 대응할 수 있는 생명력을 소유하게 되어 밖으로 나오게 된 것이다. 그는 비로소 형의 청을 거절할 만큼 동등한 위치에 서게 되었던 것이다. 그러나 동생은 왜 열병을 앓으면서도 형이 유인하는 대로 외출을 계속했을까. 아마 이것은 새로운 경험을 갖게 되는 한 원래의 상태로의 복귀는 불가능하다는 것을 이야기하는 것이리라. 그런 면에서는 형도 마찬가지다. 비록 자신의 어머니에게 되돌아오기는 했지만 그는 이제 어머니 곁을 떠나기 전의 그가 될 수가 없다. 동생에게 보여주었던 것과 같은 행위를 되풀이할 수 없게 되었으니까. 그러나 이러한 두 사람의 행적을 통해서 설명할 수 있는 것은 무엇인가. 그것은 이 두 인물이 모두 소외당한 자신을 자각하는 상태로 넘어간다는 것이다. 여기에서 작가의 낙관론도 비관론도 작용하지 않고 오직 그의 환상적 모험 감각만이 그 진가를 발휘한다. 특히 여기에서 주목하게 되는 것은 형의 비도덕적인 세계가 도덕적 관점에 의해 단죄되지 않는다는 사실이다. 한 비평가의 표현을 빌리면 "그것은 1970년대 젊은이들의 새로운 모럴의 탄생이다." 말을 바꾸면 기성의 감수성으로는 쫓아갈 수 없는 새로운 감수성의 창조인 것이다. 그것은 기존의 가치관 자체를 거부하는 전위적 태도를 의미한다.

그렇다면 몇 년 전 수많은 독자를 갖게 된 『별들의 고향』을 어떻게 설명할 것인가? 얼핏 보기에 신파조(新派調) 같은 한 여자의 이야기를 담고 있는 이 소설은 그러나 이러한 첫인상과는 달리 대단히 주목할 만한 요소를 안고 있다. 그것을 도덕적인 안목으로 보면 첫사랑에 실패한 한 여자가 도덕적으로 타락해서 비극적인 결말을 갖게 된다는 이야기에 지나지 않을 것이다. 그러나 '경아'라는 이 여자는 남성이 지배하는 사회에서 소외된 채 자신의 출신 계층(여성과 가난)의 한계를 벗어날 수 없음을 이야기해주고 있다. 이 여주인공은 첫번째 사랑에도 실패하고 두번째 사랑에도 실패하며, 이렇게 사랑에 실패하면 삶 자체에도 실패할 수밖에 없는데도 불구하고 자신의 실패를 비관주의라는 틀 속에 가두어놓지 않고 어떻게든지 잘살아보려는 싱싱한 삶의 태도를 갖고 있다. 그녀의 이러한 생명력은 그녀가 비록 술집에서 일을 한다고 해서 꺾이는 것이 아니다. 그녀의 이러한 생명력은 자기를 억압하고 있는 것이 강한 힘을 소유하고 있다는 사실과 그것과의 정면 대결에서 개인이 패배할 수밖에 없다는 사실을 선험적으로 알고 있기 때문일 것이다. 그렇기 때문에 그녀는 희망도 체념도 없는 상태에서 생명을 버티는 힘을 가질 수 있었던 것이다. 그럼에도 불구하고 그녀가 알코올중독 상태에서 죽음을 당하게 되는 것을 그녀의 책임으로 돌리는 것은 바로 그녀를 그런 상태로 살게 한 지배 이념의 편에 서는 행위다. 실제로 그녀가 자기의 몸으로 남자에의 편력을 하는 것 때문에 이따금 '창녀 소설'이라는 범속에 이 소설을 포함시키게도 되는데, 이러한 태도는 편안하게 월급을 받으며 자택과 가정을 가진 사람들이 창녀에게 왜 할 짓이 없어 창녀 노릇을 하느냐고 오만을 부리는 것과 별로 다를 바 없다. 따라서 이러한 남자 편력이 그녀에게 있어서 생존 그 자체였다는 사실을 상기할 필요가 있다. 경아로 대표되는 소외 계층의 문제를 경아가 예쁜 여자이기 때문에 그래서 그것은 그녀의 개인적인 사정이라고 외면하는 것은 가장 도덕적이고 근엄한 태도를 취하는 지배 계층에 자신이 소속된 것만을 다행으로 여기는 것에 지나지 않는다. 이러한 『별들의 고향』이 선풍적인 독자의 호응을 받았다고 하는 것은, 경아처럼 예쁘고 헤픈 여자를 소유해보고 그래서 아무런 말썽 없이 자신의 쾌락을 만족시켜보겠다는 남성 지배 사회에 있어서 성의 소비적 경향을 대변한다고 이야기할 수도 있지만 우리 사회의 도덕적인 얼굴에 어떤 변화가 왔음을 이야기한다. 즉 도덕적 사회 현실 속에 자리 잡고 있는 정신의 풍속 자체에 어떤 변화가 있음을 이야기한다. 그것은 도덕적인 타락이라고 해도 좋고 사랑보다는 거래가 앞선다고 해도 좋고 가정에 대한 개념이 달라지고 있다고 해도 좋을 것이다. 그러나 분명한 것은 경제적 부(富)만을 지향하고 있는 사회 자체가 이러한 변화를 요구한 것이기 때문에 변화 자체를 개탄하는 것은 무의미하다. 문제는 바로 경제적 부만을 지향하면서 부의 편중 현상을 일으키게 되는 정신적 풍토를 깨뜨리는 데 있는 것이고, 그것을 깨뜨리는 것이 도덕이나 질서 개념으로 무장된 지배 이념에 수렴당하지 않는 방법을 바로 도덕·질서 혹은 가치관 자체에서 찾는 것이다. 경아라는 한 개인의 삶에 억압적인 존재가 너무나 많았던 것이고, 바로 억압당하는 개인의 현실이 오늘의 독자들에게는 자신의 억압당하는 현실로 부각된 것일지도 모른다. 경아에게서 발견되는 성도덕(性道德)에 대한 새로운 태도가 어쩌면 많은 공감을 불러일으켰을지도 모른다. 어쩌면 그녀의 낙천적인 성격이 엄숙주의를 강요하는 오늘의 정신적 분위기에 대처하는 자세로 받아들여졌을지도 모른다. 그러나 보다 근본적인 것은, 경아 자신이 그렇게도 충실하게 좇으려고 했던 기성의 가치관이 바로 그 이유 때문에 경아를 배반한 사실에 있을 것이다. 이러한 사실은 독자 내부에서도 이미 그러한 가치관의 변화가 일어나고 있음을 이야기해준다. 그리고 이것이 사실이라면 최인호의 새로운 감수성이 개인이 억압을 받고 있는 오늘의 현실에서 전위적 소설 양식을 개발하고 있다고 해도 지나치지 않을 것이다.

4

물론 새로운 감수성의 개발은 누구 한 사람에 의해 이루어지는 것이 아니다. 그런 면에서 동시대의 다른 작가들에 있어서 새로운 감수성을 발견해내는 일은 대단히 중요한 작업이 될 것이다. 가령 황석영·조해일·조선작·송영 등의 이른바 1970년대 작가들과 최근에 주목을 받고 있는 윤흥길·박완서의 작품들에서 새로운 감수성이 무엇인지 찾아내는 작업은 대단히 시급한 소설 사회학의 한 과제일 것이다. 이들의 작품들에서 단편적으로 찾아진 것들만 해도 이미 한국 소설의 사회적인 공간이 열려 있음을 알 수 있게 된다. 그러한 확신은『아메리카』『겨울 여자』『영자의 전성시대』『객지』『휘청거리는 오후』『황혼의 집』등의 작품을 읽게 되면 더욱 분명해진다. 여기에서 이들을 전부 다룰 수는 없지만 앞으로 이들의 작품들은 물론 새로운 작가들의 작품들에서 소설과 사회의 관계가 어떻게 달라지고 있는지 밝혀져야 할 것이다. 뿐만 아니라 소설이 문학 양식으로서 전위적 요소를 갖고 있고 체제에 수렴되지 않게 하기 위해서 지금까지 읽었던 작품들에 대한 새로운 검토가 행해져야 할 것이다. 이러한 검토는 독자층의 정치의식의 성장에 있어서, 단순 논리로 소설을 보는 각도를 다양하게 해줄 수 있을 것이며 한국 소설의 새로운 가능성을 찾아내게 하는 데 하나의 방법이 될 수도 있을 것이다. 소설 사회학이 모든 소설을 대상으로 하고 있다는, 그리고 작품으로부터 출발해야 한다는 전제를 벗어나지 않는 한 그것은 다른 분야에 예속되지 않을 것이며, 우리로 하여금 문학이 있는 이유를 언제나 의식하게 할 것이다. 소설가나 비평가 쪽에서 새로운 양식의 개발이 이루어진다는 것은 독자에게 새로운 감수성으로 무장하게 한다는 사실을 우리는 기억해두어야 할 것이다.

산업사회와 소설의 변화

1

오늘날 한국 사회는 극도로 빠른 추세에 의해 산업화되어가고 있고 경제적 성장이 놀라운 경지에 도달했다고 매스컴에서는 기회 있을 때마다 보도하고 있다. 실제로 우리 눈에 보이는 변화는 비록 텔레비전 보급률이 몇십 퍼센트 신장되었고, 전자기 산업이 어느 정도 호황을 누리고 있는지 구체적인 수치는 알 수 없지만 놀라우리만큼 피부로 느낄 수 있다. 그러나 이러한 변화에 따른 결과를 어떻게 보아야 할 것인가 하는 것은 아직 아무도 결정적인 결론을 내릴 수는 없을 것이다. 하지만 분명한 것은 이러한 산업화가 '가난'의 절대치를 줄여준 것이고, 그래서 그 점에서는 긍정적인 평가를 내리는 지식인도 상당히 많은 줄 알고 있다. 이러한 사회 변동은 아마도 우리나라 상품 거래 규모에 가장 큰 변화를 가져왔을 것으로 짐작이 되지만, 그것이 얼마만큼 기대할 만한 것인지 우리는 아무런 근거를 갖고 있지 못하다. 그러나 분명한 것은 오늘의 우리 사회에서 소설 작품 가운데 10만 부를 헤아릴 만큼 많이 팔리는 것도 있어서 이른바 베스트셀러의 개념을 달리 갖게 만들고 있다. 그렇다면 한국 소설에도 어떤 변화가 있는 것이 아닌가 추측하게 된다. 소설이 많이 팔린다고 하는 것은 산업사회의 구조로 보아서 그것이 좋은 소설이든 나쁜 소설이든 작가의 명성을 높이는 것이며 인세를 높이는 결과를 가져온다. 그렇게 되면 골드만의 견해를 빌리면[1] 작가란 시장경제체제에 있어서 문제적 개인들로서 그들의 창조적 활동이 겪을 수밖에 없는 타락에 이끌리지 않을 수 없다. 다시 말하면 작품의 교환가치에 의해서 작품의 진정한 가치가 밀려나는 현상이 일어나게 되는데, 이러한 현상 속에서 작가가 추구하는 진정한 가치가 타락한 방법으로만 가능하다고 한다면 소설의 변화는 물론 뚜렷하게 나타날 것이다. 그런 의미에서 한국 소설의 변화는 분석을 거치지 않더라도 소재 면에서 벌써 나타나고 있다. 이른바 호스티스 노릇을 하는 주인공을 내세우거나, 도시의 변두리에서 창녀 노릇을 하는 주인공을 내세우거나, 광주 대단지 사건의 현장에 사는 사람을 주인공으로 내세우거나, 대재벌의 공장에서 일하는 사람을 주인공으로 내세우거나, 간척 사업 현장에서 노동을 하는 주인공을 내세우게 된 것은 모두 우리 사회의 변동과 어떤 연관을 맺고 있는 것이다. 그러나 이러한 연관을 그냥 막연한 상태에서 기술하는 것보다 우리의 '근대 의식'

---

1 골드만, 『소설 사회학을 위하여』, p. 39.

의 발아기 작품으로 알려진『춘향전』과 최초의 근대소설로 알려진『무
정』을 분석한 다음 최근 소설을 분석해보면 보다 확실한 변화 현실을
알 수 있을 것이다. 물론 여기에는 소설 독자들의 의식구조를 통계에
의해 조사하는 방법도 있지만, 여기에서 하고자 하는 것은 소설 작품
이라는 구체적 대상을 분석 자료로 삼고 그것이 어느만큼 우리에게 변
화를 가져왔나 그 폭을 밝혀보려는 것이다. 이 변화의 폭이 오늘의 우
리 사회가 가지고 있는 정신적 구조와 가치 체계를 밝히는 데 도움이
될 수도 있겠지만, 보다 더 중요한 것은 한국 소설의 특징을 양식화할
수 있으리라는 데 있다.

2

현대의 문학사회학 이론[2]에 의할 것 같으면 소설의 짧은 역사(대개
18세기를 근대적 의미의 소설의 출발로 봄)는 산업화와 밀접한 관계를
맺고 있는 것으로 되어 있다. 사실상 유럽의 산업사회가 부르주아혁명
(프랑스혁명)과 더불어 대두되고 번창하였다고 한다면 소설 문학도 바
로 그러한 부르주아혁명과 함께 강력한 문학 양식으로 대두되어서 부
르주아 윤리가 지배하던 19세기에 그 전성기를 맞이하였다고 할 수 있
을 것이다. 그러므로 소설 문학이 대두되기 전에는 서사시나 운문으로
된 희곡이 문학예술의 대종(大宗)을 이루고 있었던 것은 부르주아혁명
이전의 사회적 체제와 관련을 맺고 있음을 유추해볼 수 있는 것이다.

---

2 루카치의『소설의 이론』과 골드만의『소설 사회학을 위하여』, 그리고 제라파의『소설과 사
회』는 그 점에서 같은 의견을 갖고 있다.

실제로 많은 문학사가들과 문학 연구가들은 서사시나 희곡 들의 정형성이 그 사회적 체제와 관련되어 있음을 밝히고 있는데, 그러한 과정과 소설 문학을 비교하게 되면 소설 문학과 혁명 후의 사회체제와의 관련은 쉽게 밝혀질 수 있을 것으로 본다. 왜냐하면 운문시와 희곡의 경우에는 이른바 작시법(作詩法)이라고 할 수 있는 율격(律格)을 갖고 있기 때문에 이것이 시(詩)인지 아닌지, 저것이 희곡인지 아닌지 분명한 것에 반하여, 소설에서는 그러한 율격의 지배를 훨씬 적게 받고 있음을 볼 수 있기 때문이다. 율격의 지배를 적게 받는다고 하는 것은 그만큼 소설이 문학의 한 장르로서 자유로운 것임과 동시에 개개의 작품이 그 작가의 개성을 훨씬 많이 갖고 있음을 의미하기도 한다. 이 말은 소설 작품이 집단의식의 단순한 반영이라고 하기에는 다른 문학 장르보다 그 개성이 뚜렷하다는 것을 말한다. 말을 바꾸면 부르주아 혁명 이전의 사회보다는 그 후의 사회가 보다 더 개성을 존중하는 가치 체계를 가지고 있음을 비추어 볼 때 소설 문학의 이러한 전개는 사회 전체의 변동과 긍정적인 관계를 의미한다. 그러므로 발자크 시대의 소설이 그 사회의 동질성을 소유하고 있다면 그것은 소설이 그 사회의 거울이라는 단순한 반영론(反影論)에 의해서가 아니라 소설 자체가 가지고 있는 개성 중심의 예술 양식이 부르주아혁명 이후의 개성 중심의 사회 형태(여기서 형태라고 하지만 사실은 가치관이라는 사고의 형태를 의미한다)와의 동질성에 의거한 것이다.

산업화 이후라고 할 수 있는 19세기 프랑스 소설에 있어서 그 가장 특징적인 성격을 찾아보면 그것은 소설 문학이 집단과 개인 사이에 있는 갈등의 표현이라는 데서 찾아진다. 다시 말하면 그 이전의 소설이 집단 의식의 표현이었던 데 반하여 산업화 이후에는 개인의식이 전자와 대립 형태로 나타난다는 것이다. 이것은 산업화라는 사회적 구조의 변동과 유사한 형태를 취함을 의미한다. 즉 산업화 이전의 개인은 자신을 집단과 등가(等價)의 가치로 인식하고 있기 때문에 자신의 행동과 사고를 집단의 행동과 사고로 환치시킬 수 있었던 것이다. 그러나 산업화 이후에는 개인이 자신을 사회의 구성원으로, 다시 말하면 사회의 일부로 인식하였을 뿐 자신을 사회와 등가의 가치로 인식하지 못하였던 것이다. 이것은 개인이 자신의 행동과 사고를 사회의 행동과 사고로 생각하기를 그만두었음을 의미한다. 따라서 이 경우의 개인은 자신과 사회를 등식(等式)의 관계로 본 것이 아니라 때로는 대립적인 관계로, 때로는 비례의 관계로 본 것이다. 그렇기 때문에 개인은 자기중심으로 사회를 보고 사물을 파악하고자 할 뿐 사회 중심으로 파악하고자 하기를 그만둔다. 이른바 개인의식의 싹틈이라고 할 수 있는 이러한 현상이 소설에서 드러나고 있는 것은 너무나 당연한 것이다. 골드만의 표현을 빌리지 않더라도 소설의 주인공과 서사시의 주인공은 너무나 세계에 대한 관점의 차이를 보이고 있다.[3] 소설 주인공의 갈등은 자신으로서의 개인과 자신이 소속된 집단 사이에 있는 의식의 차이, 자신이 이상(理想)으로 생각하고 있는 것과 그 집단이 요구하는 것 사이에 있는 단절에서 기인하고 있는 것이다. 그것은 주인공이 자신이 살고 있는 세계와 집단 이념에 대해서 동질성을 느끼지 못함을 의미한다. 이때 주인공은 바로 그러한 단절을 뛰어넘으려고 하는데, 여기에서 주인공이 진정한 욕망의 지배를 받느냐, 간접화된 욕망의 지배를 받느냐 하는 문제에 부닥친다. 물론 산업사회의 구조는 간접화된 욕망

---

3 골드만, 『소설 사회학을 위하여』, p. 24.

의 지배를 받게 되어 있는 것이다. 실제로 우리 사회의 산업화란 어느 시대를 그 기점으로 보느냐 하는 문제는 우리가 여기에서 논할 성질의 것이 아니겠지만, 산업사회의 간접화된 욕망의 정체는 오늘의 한국 소설 어디에서나 찾아볼 수 있을 것이다. 그 현황을 분석해 나가기 전에 우리는 『춘향전』과 『무정』을 분석함으로써 한국 소설의 근대적 모델을 설정할 필요가 있는 것으로 생각된다.

그러나 그러한 분석에 들어가기 전에 산업화가 갖고 있는 우리의 사회적·역사적 의미가 무엇인지 질문을 던지고 넘어갈 필요가 있는 것처럼 보인다. 왜냐하면 분명히 산업화 이후 우리의 경제생활은 절대적인 의미에서 많은 개선을 가져왔다. 예를 들면 보리밥도 먹기가 힘들었던 보릿고개가 사라졌다든가, 가전제품이 농촌에까지 들어와서 농촌에서도 문명의 이기를 사용할 수 있게 되었다든가, 혹은 GNP가 1인당 몇 배로 증가했다는 통계 숫자를 보게 되면 산업화를 추구한 우리 사회가 빈곤으로부터 어느 정도 해방되었다는 사실을 알 수가 있다. 그러나 이러한 통계적이거나 실질적인 경제적 성장은 경제학 쪽에서 보는 것과 똑같은 평가를 문학에서 내릴 수 있을 것인가 묻지 않을 수 없을 것이다. 문학은 '내'가 얼마나 큰 집을 가지고 있고 얼마나 소득을 올리고 있고 그것이 우리 사회의 부와 어떻게 연관이 되고 있느냐 하는 데 관심이 있는 것이 아니다. 왜냐하면 문학은 그처럼 실용적인 성질의 예술이 아니기 때문이다. 문학은 우리의 삶이 주어진 공간과 시간 속에서 어떤 의미를 갖고 있는지, 또 그 삶이 우리에게 왜 고통스러운지 질문을 던지는 것이다. 그런 의미에서 산업화가 공장을 짓고 실업자를 흡수하고 개인 소득을 올리는 것임에도 불구하고 그것이 우리의 삶을 고통에서 구해줄 수 없는 이유를 찾는 것이며, 산업화가 필연적으로 시장경제체제에 호소할 수밖에 없기 때문에 오는 가치관의 전도를 밝히고자 하는 것이며, 산업화를 위해서 개인의 자유가 억압당하고 부가 편중되는 현상을 타파하고자 하는 것이다. 더구나 산업화가 본질적으로 가지고 있는 욕망의 개발은 필연적으로 우리의 의식을 소비화시키는 결과를 가져오고 있다. 산업화는 말하자면 소유의 욕망을 개발시키고 소비 정신을 높이면서 부의 편중 현상을 일으키고 있기 때문에 문제의 초점이 되고 있는 것이고, 그 산업화를 통해서 개인 정신의 사물화가 일어나고 자원의 고갈을 가져왔기 때문에 서구에서 문제가 되고 있는 것이다. 골드만에 의해 사용되고 있는 사물화라는 표현은 니체와 같은 19세기 사상가들에게도 발견되는 표현으로서 루카치가 그 구체적인 의미로서 개념을 세워놓았다. 20세기 초 독일의 사상가 짐멜G. Simmel은 『돈의 철학』[4]이라는 책에서 사물화라는 단어와 여기에서 파생된 표현들을 자주 사용하고 있다. 그는 이러한 표현들을 시장경제체제의 특기할 현상들을 묘사하는 데 사용하였다. 말하자면 이때 시장경제체제의 특기할 현상들이란 사회적 교환이 있기 때문에 일어나는 것이라고 주장하면서 그 현상들을 사물들의 '교환성 échangeabilité'의 표현으로서의 '돈'에서 유래한다는 것이다. 그의 이러한 생각은 가치를 주관적 개념으로 생각한 데서 출발한 것이고, 따라서 가치를 일종의 '감상appréciation'으로 생각한다. 그런데 교환을 하게 됨으로써 그 가치는 객관화된다. 이때 그 사물을 감상하고 있는 '나'와 사물 사이에는 간격이 생기게 된다. 그리하여 일반적으로 이 가치들의 교환 과정에서 주체subjet와 대상objet의 분리가 생기게 된다. 그런데 교

---

4 골드만, 『루카치와 하이데거』, pp. 14~5 참조.

환 관계에서 태어난 '돈'은 그 자체로는 아무런 가치를 가지고 있지 않지만, 그것은 마침내 목적처럼 강요되고 목표의 세계를 만들어내기에 이른다. 그런데 루카치가 생각하고 있는 사물화 현상도 상품의 물신숭배와 함께만 존재하게 된다.[5] 그렇기 때문에 루카치의 사물화는 일반적인 의미에서 상징적인 교환과 함께 시작되는 것이 아니라 오직 상업상의 유통과 함께 시작될 따름이다. 그러니까 노동이 교환가치의 실체로서 객관화되는 것은 상품의 교환에서일 따름이다.

골드만에 의하면 옛날에는 어떤 사람이 옷 한 벌, 집 한 채가 필요할 경우에 그 사람은 ① 자기 자신이 필요한 것을 만들거나 ② 그러한 것을 만들 수 있는 능력이 있는 사람들에게 그것들을 주문하게 되고, 그것들을 주문받은 사람은 전통적인 어떤 규칙 때문이거나 권위·우정 등의 이유 때문이거나 다른 대가를 지불받고서 그것들을 주문자에게 제공할 수 있었다. 그러나 시장경제체제 아래서는 옷 한 벌, 집 한 채를 얻기 위해서는 그걸 살 수 있는 '돈'을 만드는 일이 중요하게 된다. 그렇게 되면 옷이나 집을 만드는 사람은 그 물건의 진정한 가치인 사용가치에는 무관심하게 되고, 자신의 기업의 수익성을 보장하기에 충분한 교환가치에만 관심을 갖게 된다. 따라서 그에게 있어서 사용가치란 이익을 얻는 데 필요한 일종의 필요악이 된다. 이것은 바로 시장경제체제에 있어서 상품과 인간 들의 질적인 관계가 양적인 관계로 대치됨을 의미한다. 따라서 산업사회의 특징은 바로 그 교환가치 중심의 생산 체계를, 따라서 그 상품을 소비하는 사람의 입장에서 본다면 소비 체계를 갖고 있기 때문에 생산자는 끊임없이 소비자들의 가짜 욕망

---

5 골드만, 「루카치 초기 글에 관한 서론」과 『소설 사회학을 위하여』의 서론 참조.

을 개발하는 것이 필요하게 되고 노동자는 그 소비의 대상을 소유하기 위해 '돈'이라는 간접화된 가치를 추구하게 된다. 그것은 노동 자체가 교환가치화함을 의미한다. 그리고 이러한 교환가치의 추구는 필연적으로 가짜 욕망을 추구하게 된다.

3

다 알다시피 『춘향전』은 춘향·이도령·변사또라는 세 인물이 얽힌 삼각관계를 다룬 소설이다. 물론 이 삼각관계는 『춘향전』 이후 오늘에 이르기까지 '사랑'의 문제를 다룬 다른 모든 한국 소설의 한 유형을 이루고 있는데, 그 이유는 한국 사회가 유교적 윤리의 지배를 받는 극도의 도덕 사회이면서 성(性)에 따라서는 비도덕적인 것을 도덕으로 요구하는 데서 찾아질 수 있으며, 동시에 상이한 사회계층 간의 갈등을 개인의 사랑에서 수용하게 되는 데서 찾아질 수도 있는 것이다. 실제로 춘향이 변사또의 수청을 드는 것이 기적(妓籍)에 올라 있는 사람으로서는 당연한 것이지만, 춘향의 주변에서는 춘향의 절개를 높이 사고 있고 그 때문에 변사또는 춘향을 하옥시키고 온갖 박해를 가한다. 이러한 박해는 기생 제도가 존재하던 당시의 도덕규범으로 보면 당연한 것인데 소설 속의 인물들은 춘향의 절개에 대해 찬사를 보내고 있다. 물론 춘향이 양갓집 여자였으면 유교적인 규범에 의해 그 절개를 높이 살 수 있는 일이겠지만, 관기(官妓)의 딸로서 기적에 올라 있는 여자에게 있어서 '절개'란 제도적으로 허용된 것이 아니다. 절개란 '일부종사(一夫從事)'라는 유교적인 가부장제의 지배를 받고 있는 일반 가정의 여성에게 미덕으로 강조되어온 것이지만 기생에게는 처음부터 모순되는 것이다. 그렇게 본다면 기생에게는 일부종사할 수 있는 권리마저 존재하지 않는다는 것을 알 수 있다.[6] 그런데 춘향은 변사또에 대한 수청을 거부하고 이도령에 대한 절개를 지키고 있다. 이것은 춘향이라는 개인이 자신의 신분을 규정하고 있는 제도 자체에 대해서 도전하고 있음을 의미한다. 여기에서 '개인/집단'의 대립이라는 제1의 공식을 도출해낼 수 있다. '개인/집단'의 대립은 근대소설의 특성인 '개인의 발견'과 관련을 맺는다. 이러한 개인의 발견은 춘향이 자신의 사랑을 선택함으로써 계층 간의 갈등을 극화시키고 있는 데서도 보여진다. "기생은 남편을 가질 수 있"고 기생은 "그 남편이 양반인 경우에만 대신정속(代身定屬)할 수 있"[7]다고 하는 것은 법률적으로 반상(班常)의 구별이 뚜렷함을 의미하면서도 반상의 이동이 가능함도 의미한다. 따라서 춘향이 기생으로서의 풍속을 거부하고 이도령을 선택하고 있는 것은 집단적인 가치관을 거부하고 개인적인 사랑을 택하였음을 의미한다. 그러나 이러한 사랑의 선택 자체도 개인의식에서 눈뜸과 관련을 맺고 있는 것이다. 여기에서 춘향이 사랑을 선택한 데는 사랑 자체가 목적인지, 다른 어떤 것을 위한 수단인지 검토하는 것이 필요하다. 춘향은 이도령과 이별할 때 "연근육순(年近六旬) 나의 모친 일가친척 바이없고 다만 독녀(獨女) 나 하나라, 도령님께 의탁하야 영귀(榮貴)할까 바랫더니 조물이 시기하고 귀신이 작해(作害)하야 이 지경이 되얏고나"[8]라고 한탄하고 있다. 그 밖에도 여러 차례에 걸쳐서 양반과 상민

6 조윤제 교주, 『춘향전』 p. 106.
7 김동욱, 「춘향전」, 『월간문학』 2권 7호.
8 조윤제 교주, 『춘향전』, p. 84.

의 관계에 관한 언급을 춘향모의 입을 통해서 듣게 되는데, 이것은 춘향이 제도적으로 기생이라는 신분을 벗을 수 있는 유일한 길을 '사랑'에서 찾고 있음을 의미한다. 다시 말하면 춘향이 자신의 신분을 극복하는 길을 양반과의 사랑에서 찾게 되는데, 그러나 그 사랑이 그렇다고 해서 기생 출신의 춘향을 양반으로 바꾸어놓는 것을 의미하는 것은 아니다. 왜냐하면 춘향은 이도령의 정실(正室)이 될 수 없기 때문이다 (육례를 올릴 수 없다는 것이 그걸 말한다). 그렇다면 춘향이 자신의 신분을 극복하고자 한 것은 진정으로 극복한다기보다는 자신의 생계를 보장받는다는 경제적 측면과 양반 출신의 여성과 비슷한 사회적 대우 (그것은 기생이기를 그만두는 유일한 합법적인 방법이다)를 받는다는 신분적 측면을 갖고 있는 것이다. 여기에서 신분적 측면은 반상의 구별이 없어질 수 있는 것이 아닌 만큼 그 한계가 대단히 뚜렷하다. 따라서 춘향의 사랑의 선택은 양갓집 여성의 사랑의 선택을 모방한 것으로 볼 수 있을 것이다.

바로 이 '모방' 행위가 사실은 『춘향전』에 있어서 '양반'과 '서민'의 갈등을 보여주는 한 양상이 된다. 다시 말하면 '춘향'이 자신의 소속 계층인 '서민'으로부터 이도령의 소속 계층인 '양반'으로의 도약을 시도하는 상징적 의미를 지니게 되는 것이다. 이와 같은 초월의 시도는 체제 자체로부터 철저한 보복을 받게 됨으로써 그 갈등의 정점에 도달하게 된다. 그것은 변학도에 의한 춘향의 핍박으로 나타나고 있다. 변학도가 춘향에게 태형을 가하고 마지막에는 사형까지 시도하기에 이르는 것은 춘향의 행동이 서민의 것이 아니라 양반의 것이기 때문이며, 체제 쪽에서는 위협을 느꼈던 것이다. 그리고 체제에 위협을 느끼게 되면 철저하게 보복하는 논리를 갖게 된다. 그러나 춘향의 도전이 승리로 끝나고 그 절개가 높이 칭송된 것은 춘향으로 하여금 양반의 여성에게 주어진 미덕을 누릴 수 있는 권리를 인정하는 것이며, 동시에 그와 같은 권리 인정을 통해서 당대 사회의 보이지 않는 가치관의 변동을 읽을 수 있는 것이다. 그것은 얼핏 보면 유교적인 '절개'에 관한 찬양으로 보일 수도 있지만, 나아가서는 집단과 대립되는 춘향의 개인의식에 관한 찬양으로 볼 수 있기 때문이다. 이처럼 집단의식과 개인의식의 갈등은 반상의 갈등으로서 이 소설의 두 가지 언어 체계에서도 드러난다.[9] 이미 여기에 관해서 주목한 것처럼 『춘향전』에는 중국의 고사(故事)가 한문으로 나오는 지문(地文)이 있는 데 반하여 대화에서는 거의 우리말의 일상적인 표현들이 극도의 해학을 담고 나타나 있다. 그렇기 때문에 지문들은 극히 엄숙한 데 반하여 대화들은 정반대로 대단히 유머러스하기까지 하다. 여기에서 지문들은 현대 소설들에서처럼 주로 인물의 묘사나 상황의 설명에 사용되고 있고 대화는 등장인물들의 직접적인 관계를 표현하는 데 사용하고 있다. 이와 같은 언어 체계의 이중 구조는 이 소설이 집단과 개인, 양반과 서민이라는 두 부류 사이의 갈등을 표현하기에 충분한 것처럼 보인다. 특히 "사또자제(使道子弟) 이도령이 연광(年光)은 이팔(二八)이요, 풍채(風采)는 두목지(杜牧之)라 도량(度量)은 창해(滄海) 같고 지혜활달(智慧豁達)하고 문필(文筆)은 이백(李白)이요, 필법(筆法)은 왕희지(王羲之)라"라고 하는 표현에서 보는 것처럼 인물에 관한 묘사는 모든 면에 있어서 제일인자(第一人者)를 비유의 대상으로 삼고 있다. 이것은 옛날 특유의 과장 어법으로서 주인공에 관한 호오(好惡)의 감정을 작자가 극

---

9 김윤식 · 김현, 『한국문학사』, 민음사, 1973, p. 58.

도로 과장시키고 있음을 의미한다. 그런 면에서는 춘향에 관한 묘사도 마찬가지이다. "춘향의 효행(孝行)이 무쌍(無雙)이고 인자한 성격이 기린(麒麟)과 같고 칠팔(七八)세에 이미 독서에 취미를 붙여 예모정절(禮貌貞節)을 배웠다"라고 되어 있다. 각 분야의 정해진 제일인자를 참조 대상으로 삼고 그렇게 함으로써 주인공을 최고의 인물로 삼는 것은 이 소설이 개인의식의 눈뜸을 보여주면서도 고대소설의 성격을 지니고 있는 요소라고 할 수 있다. 이 말은 주인공인 이도령이 자신의 개인의식과 세계 사이에 어떤 갈등을 느끼고 있지 못하다는 것을 의미한다. 다시 말하면 서양의 서사시의 주인공과 세계 사이에는 거의 의식의 단절이 존재하지 않는 것처럼 이도령과 이도령이 살고 있는 세계의 이상적인 인물 사이에는 어떤 단절도 존재하지 않음을 의미한다. 이것은 이도령이 당대의 최고로 생각되는 '풍채(風采)' '도량(度量)' '지혜(智慧)' '문장(文章)' '필법(筆法)'을 갖추고 있었던 것으로 증명이 된다. 이도령은 말하자면 당대 사회가 이상(理想)으로 생각하는 인물 그 자체인 것이다. 근대소설의 특성이 주인공과 그 세계의 이상이 일치하지 않는 데 있다면 주인공의 설정에서 본 『춘향전』은 그러므로 전근대적인 요소를 갖고 있다고 할 수 있다. 또 이도령은 선(善)의 표본이고 변사또는 악(惡)의 표본으로서 ① 주인공이 선과 만남, ② 주인공이 선과 헤어짐, ③ 주인공이 악을 만남, ④ 주인공이 선에 의해 구제됨이라는 공식이 프로프의 공식에 어긋나지 않는다.[10] 이와 같은 관찰은 『춘향전』 자체가 가지고 있는 이중적인 성격을 설명하기에 충분한 것처럼 보인다. 여기에서 이중적이라고 하는 것은 집단의식이라고 할

---

10 블라디미르 프로프, 『옛날이야기의 형태학』, pp. 36~78. 프로프는 인물의 기능을 31개로 나눠놓고 있다.

수 있는 도덕적인 행위를 신분적 제한을 뛰어넘어 수행하고 있는 근대적 성격과, 모든 옛날이야기들이 가지고 있는 최선(最善)/최악(最惡)의 대립 관계와 갈등을 묘사하고 있는 전근대적 성격을 동시에 지니고 있기 때문이다.[11] 이러한 이중적 성격은 이 소설 자체가 태어난 그 당대 사회의 이중적 성격에 상응하는 것임에 틀림없을 것이다. 왜냐하면 소설 작품은 그 작품이 태어난 사회와 동질적인 구조를 지향하고 있기 때문이다. 그러한 점에서 관찰해보면 영정조 시대가 가지고 있었던 유교적 이념의 실학적 혁명이 이중적 의미를 가지고 있는 것과 마찬가지이다. 특히 이 시대를 한국에 있어서 자본주의의 맹아(萌芽) 시대로 설정하고 있는 것은 그 시대의 이중적 성격과 상통하고 있다.[12] 모든 경제적 사회적 체제의 초기는 그 앞 체제와의 이중적인 모순을 갈등으로 표시하는 시기이기 때문이다. 문학은 바로 이러한 이중적 구조의 표현을 통해서 동시대의 사회적 구조와 동질성을 지향하게 되어 있는 것이다.

4

이광수의 『무정』은 이미 널리 알려진 것으로 춘원의 '자유연애(自由戀愛)'에 관한 주장이 소설적 구조를 통해서 드러난 작품이다. 이 소설도 『춘향전』과 마찬가지로 삼각관계를 주축으로 구성되어 있다. 그러나 이 삼각관계는 그 축(軸)이 『춘향전』과는 다르다. 『춘향전』은 두 개

---

11 골드만우 『소설 사회학을 위하여』에서 뿐만 아니라 「문학사회학에 있어서 발생구조론」이라는 글에서도 이 점을 강조한다.

12 한국경제사학회 편, 『한국사시대구분론』 참조.

의 축에 해당하는 이도령과 변사또가 권력 구조의 양반에 속해 있었던 데 반하여 춘향이 그 대립 계층인 기생에 속해 있었다는 점에서 두 계층적 갈등이 삼각관계로 표현된 작품이라 할 수 있지만 『무정』은 반상이라는 제도적인 계층이 무너진 뒤이기 때문에 계층적인 갈등이 삼각관계로 나타나 표현된 것이라고는 할 수 없다. 그러한 기준을 찾아볼 수 있는 것은 반상의 계층적 차이가 『춘향전』에서는 타고난 차이인 반면에 『무정』의 인물들은 그 출신 계층이 현실적인 사회적 신분의 차이를 결정하는 것이 아니기 때문이다. 다시 말하면 주인공 이형식이나 김선형이나 박영채는 모두 양반 출신이다. 영채의 아버지는 "평안남도 안주읍에서 남으로 십여 리 되는 동네에서 박진사로 불리우던 사람"이고, 또 형식의 부친은 "이전 박진사와 동년지우"였던 것이다. 또 김선형의 아버지는 "서울 예수교회 중에도 양반이요 재산가"였다. 이처럼 출신 자체는 모두 '양반'이지만 이제 이들 사이에서 문제가 되고 있는 것은 현재의 사회적인 지위인 것이다. 일본 유학생 출신인 '경성학교 영어 교사' 이형식이 재산가의 딸로서 그 전해에 경성학교를 졸업하고 미국 유학 준비를 하고 있는 김선형과, 이제는 기생이 된 박영채와 이루는 삼각관계는 그러므로 계층 변동을 전제로 한 자기 신분의 극복을 지향하고 있는 것이 아니다. 여기에는 '사랑'이라는 극히 개인적인 문제가 결혼이라는 '사회적 제도'를 통해서 획득되는 과정이 나타난다고 할 수도 있을 것이다. 그러나 주목해야 할 것은 사회적인 지위가 '돈'이라는 경제적 측면에 의해 영향을 받고 있다는 사실이다. 다시 말하면 박영채가 기생의 신분이 될 수밖에 없었던 것은 아버지의 몰락으로 인한 빈곤에 이유가 있었던 것이며, 이형식이나 김선형이 결합할 수 있었던 것은 '미국 유학'이라는 당대의 특권을 누릴 수 있는 재산이 '김장로'에게 있었기 때문이다. 그러나 이와 같은 경제적인 이유에서만 사랑의 획득이 가능한 것이라면 이형식과 두 여주인공의 관계는 보다 분명해졌을 것임에 틀림없다. 왜냐하면 경제적으로 김선형과의 결합이 이형식의 장래를 보장해주는 것은 틀림없기 때문이다. 그리고 그 경우에는 돈에 팔렸다는, 말하자면 지나치게 도식적인 것이 된다. 그런데 여기에는 경제적인 것 외의 어떤 요소가 개입된다. 바로 그 요소가 이형식으로 하여금 김선형과 박영채 사이에서 방황을 하게 한다. 첫째 요소가 은혜에 대한 보상 의식이고, 둘째 요소가 부모의 유언에 대한 유교적인 실천 의식이고, 셋째 요소가 이성(異性)에 대한 정서적 불안 상태이고, 넷째 요소가 과연 사랑이란 무엇인가 하는 질문 의식이다. 첫번째 요소는 형식이 "부모를 여의고 의지가지 없이 돌아다니다가 박진사가 공부시켜준다는 말을 듣고 찾아가 그 은혜를 입은" 것 때문에 영채가 나타났을 때 "나같이 은혜 모르는 놈"이라고 자조적인 반성의 뉘우침을 하는 데서 드러난다. 바로 이 보상 의식 때문에 이형식은 스스로 영채를 찾아 나서지만 그것이 곧 두 사람의 사랑을 의미하는 것은 아니다. 둘째 요소는 영채가 기생으로서 자신의 정절을 지킴으로써 "형식의 아내가 되라"는 아버지의 유언을 실천하고자 한 데서 나타나는데 이것은 유교적 교육의 덕택이라고 할 수 있을 것이다. 셋째 요소는 가령 형식이 소설의 첫 페이지에서 김선형의 가정교사로 가는 도중에 여러 가지 상상을 하게 되는 것은 자신의 직업적인 실현이 아니라 이성적 실현을 의식하고 있기 때문이다. 특히 형식이 선형을 만나면 선형에게 마음이 끌리고 영채를 만나면 영채에게 마음이 끌리는 것은 이성에 대한 형식의 정서적 불안 상태를 나타내고 있는 것이다. 이러한 정서적 불안은 오늘의 현실로 보면 사춘기적 고민에 지나지 않는 것이지만, 당시의 사회적 풍속으로 보면 자신이 선택해야 한다는 점에서 대단히 새로운 상황의 제시인 것이다. 물론 이때의 선택은 서로 다른 대상의 선택이겠지만, 실제로 선형과 영채는 현재의 사회적·경제적 환경이 다를 뿐 삶이나 사랑에 대한 태도가 다른 것은 아니다. 영채가 형식에게 정절을 지킨 이유를 "고성(古聖)의 교훈"에서 찾고 있는 것이나, 선형이 형식에게 사랑이 없더라도 "부모께서 정해주신" 혼인을 거절할 수 없다고 생각하는 것은 이 두 여자의 사랑에 대한 태도, 삶에 대한 태도가 같다는 것을 의미한다. 넷째 요소는 김동인의 지적대로 주인공 이형식은 "영채를 생각할 때는 영채를 위하여 눈물을 흘리고 그와 결혼을 할 결심을 하며, 또 한편으로 선형을 보면 선형에게로 또한 마음이 기울어진다."[13] 그렇기 때문에 소설 속에서 "대체 자기는 누구를 사랑하는가. 선형인가, 영채인가, 영채를 대하면 영채를 사랑하는 것 같고 선형을 대하면 선형을 사랑하는 것 같다"고 한다. 그리하여 "자기의 사랑은 과연 문명의 세계를 받은 전 인격적 사랑이라고 할 수 있을까?" 하고 자문을 하고 "자기의 선형에게 대한 사랑은 너무 유치한 것이었다"라고 결론을 내린다. "형식의 사랑은 실로 낡은 시대, 자각이 없는 시대에서 새 시대, 자각 있는 시대로 옮아가려는 과도기의 청년이 흔히 가지는 사랑이다"라고 한 것을 보면 이런 사랑에 대한 회의가 사랑 자체를 문제 삼는 것이 아니라 자신의 사랑을 어떻게 규정할 수 있을지 모르는 것을 의미한다. 그러나 여기에서 과도기라는 표현이 이야기하는 것처럼, 이형식의 사랑의 태도는 논리적으로는 전 인격적인 새로운 사랑을 추

---

13 김동인, 『춘원연구』, pp. 30~1.

구하면서도 실제로는 전통적 사랑에 의존하고 있음을 보여주기에 충분하다. 이러한 자유연애론의 추구는 개인의 발견이라는 점에서 집단적인 도덕률과 끊임없는 갈등을 보여주는 것이기는 하지만, 그러나 그것이 쉬운 화해적 결말에 도달할 수밖에 없는 것도 분명해진다. 주인공 이형식은 "옳은 것은 옳다 하고 좋은 것을 좋다고 할 만한 무슨 표준은 있어야 할 것"이라고 하면서 바로 그걸 소유하기 위해서 "우리들은 배우러 간다. 너나 나나 다 어린애이므로 멀리멀리 문명한 나라로 배우러 간다"고 주장하기에 이른다. 이 화해적 결말이 결국 이형식으로 하여금 모든 사람을 형제요, 누이라는 관용으로 대하게 만든다. 그러나 여기에서 춘원 소설의 도덕적 결함이 드러난다. 그것은 옳고 그른 '기준', 좋고 나쁜 '기준'이 우리의 외부에 절대적인 존재로 있다고 생각하고 있는 데서 찾아볼 수 있다. 이른바 '서양 문명'에 대한, 미지의 새것에 대한 동경이기 때문에 그 기준을 자체의 모순에 대한 분석에서 스스로 만들려 하지 않고 '서양 문명'이라는 간접화된 초월의 방법을 추구하는 것이다. 다시 말하면 모순과 갈등 속에 있는 자신의 삶의 극복이 모순과 갈등에 대한 철저한 분석을 통해서 자연 발생적으로 이루어지고 있는 것이 아니라, 자기 밖에 있는 '서양 문명'에의 호소를 통해서 이루어질 수 있다고 생각하는 것이다. 이것을 그 당시의 사회적 구조로 보면, "이 소설 전편은 과도기의 조선의 진실한 형상이다. 된장에서 구데기를 골라내는 주인 노파며, 기름때가 뚝뚝 흐르는 영채의 양모며, 유리창 달린 집에서 의자를 놓고 초인종을 달고 이것이 개화거니 하고 생활하는 김장로의 집이며"[14] "페스탈로치와 엘렌 케이의

---

14 같은 책, p.34.

발음을 잘못"하면서도 서양 사람의 이름을 들먹여야 교육자의 자질을 가진 것처럼 이야기하는 배학감이 모두 "조선의 모양" 아닌 것이 없다고 하는 김동인의 지적처럼 개항 이후, 그리고 일제 침략 이후 들어온 외래 문물과 전통적인 삶이 동시에 존재하는 데서 이해가 된다. 그러나 이러한 서양 문명에의 인식은 형식과 선형의 약혼에서 드러나고 있는 것처럼 대단히 피상적인 것에 지나지 않는다. "돈과 신식(新式)과 신학문(新學問)을 가진 선형"과 "순정과 눈물과 열(熱)과 자기희생의 크나큰 사랑을 가진 영채"[15] 사이에 대립적인 관계가 성립되는 것 같지만 이 두 여성의 결혼관이나 인생관은 완전히 전통적인 것을 벗어나지 않은 동일한 것에 지나지 않는다. 그렇기 때문에 선형은 형식과 약혼하게 될 때 자신의 '사랑'과는 상관없이 부모의 의견을 따랐던 것이고, 김장로는 서양의 자유연애를 잘못 인식하고 있기 때문에 가정교사의 명목으로 형식을 선형과 만나게 한 다음 마치 두 사람 스스로의 결정이기나 한 것처럼 약혼을 강요하였던 것이다. 그러나 여기에서 더욱 중요한 것은 선형과 영채의 대립이 한쪽은 현재 돈을 많이 가진 자의 딸이고 다른 한쪽은 몰락한 집안의 딸이라는 데서 발견되고 있다는 사실에 있다. 삶에 대한 태도는 같으면서도 '가진 자'와 '갖지 못한 자'의 차이에서 오는 삶의 차이는, 형식 자신이 돈 '천 원'을 갖고 있지 못해서 영채를 기생의 신분으로부터 해방시키지 못한다는 사실에서 표현의 계기를 얻게 된다. 실제로 형식이 자신의 상대적 빈곤을 의식하게 되는 것은 "과연 지금 기생을 앞세우고 인력거를 몰아가는 청년들에게는 천 원이 아니라 만 원도 있기는 있다"고 하는 데서 나타난다. 그

---

15 같은 책, p. 30.

러나 '가진 자'와 '갖지 못한 자'의 차이는 대립 관계로 인식되는 것이
아니다. 그것은 사회적 부의 평등한 분배에 관한 인식을 전제로 하고
있지 않기 때문에 노력과 운이 부를 결정한다는 소박한 단계의 생각
에 머물고 있다. 그렇기 때문에 형식은 "우리 조선 사람의 살아날 유
일한 길은, 우리 조선 사람으로 하여금 세계에 가장 문명한 모든 민족
──즉 일본 민족만 한 문명 정도에 달함에 있다" 하고 "이러함에는 우
리나라에 크게 공부하는 사람이 많이 생겨야 한다"고 하였다. 그러므
로 여기에서 다음과 같은 도식을 끌어낼 수 있다. '조선 민족은 가난
하다.' 그 이유는 '조선 민족이 무식하고' '게으르기' 때문이다. 이러한
현실을 극복하기 위해서는 '조선의 미개한 문명을 일본 문명만큼의 수
준'으로 올려야 한다. 그러기 위해서는 '배워야 한다.' 배우기 위해서
는 '돈이 있어야 한다.' 이러한 도식적인 사고 속에는 왜 한 사회 속에
는 가난한 자와 부자가 있는지, 그리고 왜 세계에는 지배하는 나라와
지배받는 나라가 있는지 그 근본적인 질문이 결여되어 있다. 아니 결
여되어 있는 것이 아니라 지배하는 나라 때문에 식민지가 존재한다는,
가진 자가 있기 때문에 갖지 못한 자가 있다는 간단한 사실에 대한 인
식을 하지 못하고 있으면서 식민지가 된 것은 못난 백성의 탓으로, 자
신이 가난한 것은 노력과 능력이 부족한 때문이라 생각하고 있는 것이
다. 오늘의 교육열의 근원이라고 할 수 있는 교육 제일주의는 말하자
면 당시에 막혀 있는 현실 극복을 위한 즉각적인 노력을 보상하기 위
해 이루어진 장기적이며 간접적인 대책이다. 이때 교육받은 사람은 사
회적으로 그 지위를 어느 정도 보장받을 수 있기 때문에 교육이란 '출
세'의 수단이 되었다. 그래서 형식 자신은 동경 유학을 한 영어 교사
이기 때문에 김장로의 딸과 약혼을 할 수가 있었다. "형식의 모든 희

망은 선형과 미국에 있었다"라고 하는 것처럼 형식에게 선형은 일부일부(一夫一婦)의 강한 소유의 대상이면서 동시에 미국 유학이라는 보다 큰 욕망을 실현시키는 길이었다. 그러나 이러한 교육열이 자신의 엘리트 의식의 지배를 받고 있는 한, 교육은 출세의 도구가 되고 지배수단이 되는 것이다. 이것은 지배와 피지배라는 관계의 존재 자체를 문제로 삼는 것이 아니라, 자신이 지배 쪽이 아니라 피지배 쪽에 속해 있는 사실을 문제로 삼는 것이다. 따라서 자신의 현실 극복이 피지배 쪽에서 지배 쪽으로의 계층적 이동을 이룩하면 이루어지는 셈이 된다. 이른바 출세주의에 해당하는 이러한 이기주의는 이원적(二元的) 현실의 모순 자체를 문제로 제기하지 않기 때문에 자기 자신이 지배 쪽으로 상승하면 해결되는 가짜 현실 인식이 되고 만다. 그렇기 때문에 소설의 마지막 부분에서 모든 인물들이 화해적 결말에 도달함에도 불구하고 그것이 그들의 현실을 가짜 욕망으로 덮어놓는 것에 지나지 않게 된다. 형식과 선형이 미국 유학에서 공부 잘했다고 하는 것이나, 영채와 병욱이 음악계에서 빛을 발한다고 하더라도 그것이 한낱 옛날이야기에서 볼 수 있는 감상적 해피엔딩에 다름 아니게 된다.

물론 당시의 유교적인 사회에서 이만큼 자유연애를 부르짖을 수 있었다는 사실 자체만 보아도 이 소설의 근대적인 의미를 인정하지 않을 수 없다. 그러나 이 소설에는 보다 더 근대적인 양식이 사용되고 있음을 주목해야 된다. 그것은 우선 소설의 서술이 완전히 연대순으로 되어 있는 것은 아니라는 사실에서 알 수 있다. 『춘향전』만 해도 주인공의 연대기를 전혀 벗어나지 못하고 있는 데 반하여 이 소설은 형식이 영채를 만났을 때 이미 과거의 이야기로 되돌아가고 있고, 이처럼 현재 – 과거 – 미래가 교차될 수 있다는 것은 이 소설의 근대적 성격을 드러낸다. 뿐만 아니라 화자가 사건 자체의 보고만을 하고 있는 것이 아니라 주인공의 심리적인 갈등과 변화를 보고하고 있는 것도 이 소설의 근대적 성격에 속한다. 게다가 작자 자신이 직접 개입해서 독자들에게 이야기를 건네는 것은 작가가 소설의 기법에 관해서 상당히 뛰어난 탐구를 하고 있음을 말한다. 작자 자신이 "자기네가 실지로 그러한 사랑을 맛보지 못하여, 소설이나 연극이나 시에서 그것을 보고 좋아서 웃고 울고 한다"고 하는 것은 소설을 비롯한 문학작품이 독자의 욕망을 실현시키는 도구라는 태도임을 알 수 있다. 그렇기 때문에 작자가 기대하는 것은 독자가 주인공과 자신을 동일화시키는 것이다. 이것은 오늘날 모든 삼류 소설이나 신파 소설의 주인공이, 될 수 있으면 파란만장하고, 될 수 있으면 극적(劇的) 전환(轉換)을 많이 갖고, 될 수 있으면 보통 사람보다 뛰어난 능력을 소유하는 것과 마찬가지다. 이 경우 소설은 '우연'에 호소하는 경우가 대단히 많아지고 소설이 독자들의 오락적인 도구로 전락하게 된다. 이형식이 청량리로 영채를 찾아나서는 것이나 영채가 기차 타고 가는 도중에 병욱을 만나는 것들은 모두 그러한 '우연'에 호소하고 있는 것이다. 게다가 이 소설에서 가령 영채의 이야기만을 독립시켜 생각해본다면 영채의 생애는 우리가 고대소설에서 흔히 볼 수 있는 구조를 가지고 있다. ① 영채의 아버지가 잡혀간다. ② 영채는 친척 집에서 자란다. ③ 친척 집 박해를 못 견딘다. ④ 집을 떠난다. ⑤ 중간에서 악한이 개입한다. ⑥ 난관을 극복하고 아버지를 만난다. ⑦ 아버지가 무능한 상태에 있다. ⑧ 선한 사람이 돕게 된다. ⑨ 그러나 아버지는 죽는다. ⑩ 선한 사람이 악한이 되고 영채는 기생이 된다. ⑪ 이형식을 찾아간다. ⑫ 기석에서 빠져나올 수 없다. ⑬ 처녀를 빼앗긴다. ⑭ 죽으러 평양으로 다시 간다. ⑮ 기차에서 선한 사람을 만나 구제된다. ⑯ 일본 유학길에 오른다. ⑰ 이형식과 김선형을 만난다. ⑱ 그러나 이제 같은 동포로서의 사랑에 도달한다. ⑲ 음악 공부가 끝나 귀국하기에 이른다. 반면에 형식의 생애를 본다면 ① 가정교사로 선형을 만난다. ② 영채가 나타난다. ③ 두 여자 사이에서 방황한다. ④ 영채를 곤경에서 구하고자 하나 실패한다. ⑤ 선형과의 결혼을 받아들인다. ⑥ 미국 유학을 떠난다. ⑦ 우수한 성적을 거두고 귀국 준비한다. 말하자면 이 소설은 두 줄기의 이야기를 결합시키고 있는 것이다. 그러나 두 줄기의 이야기는 모두 감상적인 옛날이야기의 주인공의 기능을 가지고 있는 것이다.[16] 이런 구조적 특성은 이 소설이 옛날이야기를 완전히 극복한 것은 아님을 이야기하고 있다. 『춘향전』보다 근대화된 것은 사실이지만, 진보와 보수가 동시에 작용하고 있는 것은 당대 사회의 구조와의 동질성을 의미한다. 더구나 이형식 자신의 서양 문명에 대한 동경은 오늘의 현실로 본다면 산업사회에 관한 동경으로 말할 수 있다. 당시 이형식은 서양 문명이 산업사회에 기초를 둔 팽창주의의 소산이었음을 모르고 그 문명의 힘을 감탄하고 있었던 것이다. 그러나 산업사회가 힘을 숭상하는 문명의 필연적인 결과라고 한다면, 당시 힘이 없어서 일제의 식민지가 되어버린 이 땅의 지식인으로서 서양 문명에의 예찬은 당연할지도 모른다. 하지만 그와 같은 임시변통의 사고방식, 간접화된 욕망의 추구는 필연적으로 그 모순을 낳을 수밖에 없다.

여기에서 주목해야 할 것은 『춘향전』에서는 주인공이 이상적인 최선/최악의 표현이었던 데 반하여 이형식은 우유부단하고 아직도 자기

---

16 프로프의 31개 기능을 상기하기 바란다.

성취에 도달하지 못한 인물로 되어 있다는 사실이다. 뿐만 아니라 선형의 경우에는 모습의 아름다움은 묘사된 적이 있지만, 다른 측면에서도 이상적인 여자라고 할 수 없고, 영채의 경우도 전통적인 의미에서는 이상적인 여자일는지 몰라도 당대의 이상적인 여자는 아니었던 것 같다. 오히려 이 소설에서 화자의 어투는 이들이 외국 유학을 통해서 이상적인 상태에 도달하는 것으로 이야기하고 있다. 그런 점에서 이미 『무정』의 시대에 주인공과 주인공이 살고 있는 세계 사이에 굉장한 간격이 있음을 알 수가 있다. 그러나 오늘과 비교해서 다른 점이 있다면, 그것은 그 당시만 해도 이상적인 인간이, 다시 말해서 전인적(全人的)인 자기실현이 가능하다고 생각하였다는 사실에 있다. 물론 여기에서 말하는 이상적인 인물이 사실은 새로운 문물에 압도된 데서 설정되었기 때문에 진정한 의미에서 이상적이라고 할 수 없다. 다만 주인공과 주인공이 살고 있는 세계 사이에 간격이 극복된다고 하는 것은 이소설이 옛날이야기나 서사시의 결말과 상통하는 결말을 가지고 있음을 알 수 있다. 더구나 이들 주인공들의 이러한 결말은 오늘의 소설에서는 찾아볼 수 없는 현상이라는 데 주목할 필요가 있다. 왜냐하면 이상적인 상태에 도달할 수 있다고 생각된 주인공은 오늘의 현실로 볼때에 이미 조작된 성취를 이룬 것에 지나지 않기 때문이다.

5

이상 두 편의 소설은 한국 사회가 아직 산업사회를 모르던 시대에 있어서 대표적인 작품이면서도 동시에 이 땅에 자본주의의 싹이 터서 자라오던 시대의 작품인 것은 사실이다. 여기에서 중요한 것은 『춘향전』의 주인공은 개인으로서 그 사회의 어떤 모순을 타파하는 능력을 보여주고 있다는 점에서 그가 속해 있는 사회집단의 이념을 실현할 수 있다고 할 수 있을 것이다. 그런 면에서 본다면 춘원의 『무정』의 주인공들도 그들이 속한 사회의 모순을 극복하고 갈등을 해소할 수 있는 능력을 소유하기 위해서 외국 유학이라는 길을 떠나고 그리하여 그들이 돌아와서 '문명 조선'의 실현에 이바지하게 된다고 예측되고 있다. 이것은 주인공들이 자기에게 주어진 현실과 대응할 수 있는 능력을 기른다는 공통점을 통해서 개인이 집단과 거의 같은 의미를 갖고 있음을 말한다. 『춘향전』의 이몽룡은 좀더 공부하여 과거에 장원 급제함으로써 그러한 능력을 소유하게 되었고, 『무정』의 주인공들은 외국 유학을 통해 그런 능력을 소유하게 되었다. 이러한 현상은 주인공이 살던 시대에 있어서 개인은, 주인공이 전지전능할 수 있는 것처럼 아직도 창조적 능력을 소유한, 체제로부터 자유로운 인물이었음을 의미한다. 적어도 삶을 이처럼 감상적으로 낙관적으로 바라볼 수 있었던 시대는 자본주의의 초기일 수는 있지만 산업화 시대는 아닌 것이다. 소설의 결말 자체가 이처럼 화해로 끝날 수 있다는 것이 '옛날이야기'의 전통을 갖고 있음을 이야기하는 것이지만, 그 후 한국 소설은 불과 50~60년에 전혀 다른 얼굴을 소유하게 된다. 이른바 한국 사회의 1970년대 문학이라고 일컬어지고 있는 작가들을 살펴본다고 하는 것은 산업화 시대를 구가하는 사회에 있어서 이들의 문학이 어떤 위치를 점유하고 있는지, 그리고 그것이 무슨 의미를 띠고 있는지 알기 위한 것이다.

　조선작의 소설 세계는 특히 그 주인공들의 사회적 지위로 특징지어진다고 할 수 있다. 그것은 그의 주인공들이 대부분 사회의 하층 계층을 이루고 있는 사람들이라는 사실로 설명된다. 한때 '창녀 소설'이라고 매도되었을 정도로 조선작의 주인공들에서는 창녀들이 많이 등장한다. 그러나 이들이 이처럼 창녀인 것은 우리 사회 자체가 그러한 직업을 가진 여성들을 경멸하고 있는 것처럼 그들의 책임으로 돌릴 수 있을 것인가? 주인공들이 살고 있는 시대를 현실적인 시간과 조응시켜놓았을 때 이들 주인공들의 삶이 이들의 책임으로 이루어진 것이 아님을 이야기해주는 작품이 「시사회」이다. 이 작품의 주인공들인 사춘기의 '나' '진숙' '종복'은 전쟁고아들로서 이때부터 이들의 삶이 '기아' 자체를 면하는 데 급급하게 된다. 이들은 교육을 받다가 중단당했고, 부모 사이의 불화로 불안한 정서의 소유자들이 되었고, 전쟁으로 인해서 부모를 잃음과 동시에 무수한 죽음과 직면하게 되었고, 자신들의 죽음을 극복하기 위해서는 '남의 쌀'을 죄의식에 사로잡힌 채 훔쳐와야 한다는 것을 경험하게 되었다. 뿐만 아니라 이들은 이데올로기의 대립 속에서 무구한 개인이 희생당하는 것을 목격하고서 "순 개판이다. 우리 아버지가 남조선 첩자라구? 개판이다"라고 외치게 된다. 이처럼 사회적 불안을 통해서 자신의 행동 양식을 발견하지 못한 채 정서적 불안 속에서 헤매게 된 이들이 그다음 단계로 나타나는 것이 「지사총」과 「영자의 전성시대」에서다. 이미 청년이 된 이들은 그러나 여전히 하층 계층의 삶을 벗어나지 못하고 있다. 여기에서 나타나고 있는 주인공 가운데 '창숙'은 6·25 때 아버지를 잃고 현재는 '창녀'의 생활을 하고 있고, '영자'는 '식모살이'로 전전하다가 '버스'에서 한쪽 팔을 잃고 '창녀' 생활을 하고 있으며, '영식'이는 철공소 직공으로 있다가 월남전에 참전한 다음 목욕탕에서 '때 미는 사람'으로 생활을 하고 있다. 이들은 대부분 1960년대, 그러니까 아직 산업화가 본격적으로 진행되지 않던 시절의 사회에서 가장 하층민의 삶을 영위하고 있는 것이다. 『영자의 전성시대』라는 이름의 작품집에서 처음 네 편에는 모두 창녀가 등장한다. 이 네 편의 소설에서 창녀가 된 '창숙' '영자' '동순' '근옥'이는 모두 가난을 타고난 사람들이다. 가난을 타고났다고 하는 것은 부모네들이 가난했다는 말이다. 그들의 변화 과정은 처음에는 집에 있거나 다른 사람 집 가정부로 있다가 공장을 거쳐서 창녀가 되는 것이다. 창숙이는 「지사총」에서 아버지가 6·25사변 때 학살당한 뒤 창녀가 되었으며, 동순은 어머니가 달아난 뒤 아버지와 동생의 생계를 유지하기 위해 포장공으로 일하다가 가출하여 창녀가 되었다. 모두 다 불우한 출생을 가진 이들은 그들의 가난 때문에 창녀가 되었지만 그들이 소속된 사회는 그들을 게으르고 부도덕한 사람들로 만들어버린다. 마치 그들이 창녀이기를 선택한 것이 그들의 책임이기나 한 것처럼 말이다. 이들이 바라는 것은 그들 자신의 삶과 경험의 한계 때문에 극히 소박한 것이다. '창숙'이는 매월 3천 원씩이라도 저축을 해서 '영식이'와 함께 생활하기를 바라며, '나' 영식이는 "군대에 가기 전에 나는 철공장 용접공은 면해두려고 했었다. 양복점에서 재단사로 일하게 된다든가 무교동의 한 화려한 술집에서 보타이를 매고 일해보는 것이 나의 꿈이었다"(p. 19). 문맹인 '나'는 지사총에의 초대(추석 때 자신도 모르는 아버지의 성묘에 서울 시장이 초대한 것이다)를 입대 영장으로 생각할 정도이다. 그렇기 때문에 이들에게는 커다란 집을 사서, 좋은 집안의 자식과 결혼해서 행복하게 잘살겠다는 따위의 장래 설계는 있을 수 없다. 기껏 '나'의 계획이라는 것은 '영자'를 어떻게 하면 손아귀에 넣을 수 있을까 하는 궁리에 지나지 않는다. 물론 그것도 실현하지 못하고 '나'는 군대에 들어가고 만다. 이들의 삶은 우리 사회의 표면에서 우리가 우리의 모습이라고 생각하고자 하지 않는 부분에 속하며 따라서 그들은 이 사회의 '부재자'[17]들인 것이다. 그러나 부재자의 있음이 오늘의 사회가 문제로 삼고 있는 것이라면 이들은 분명히 그러한 문제의 대상인 것이며, 사실은 우리가 감추어두고 있는 현실일지도 모른다. 이들에게는 예의, 체면, 고상한 정신, 문화적 행위와 같은 것이 문제가 되는 것이 아니라 그때그때 그들의 순간적인 욕망을 만족시켜줄 수 있느냐 없느냐 하는 것이 문제인 것이다. 배가 고플 때 밥을 제대로 먹고, 추석날 송편을 먹을 수 있고, 육체적 욕망이 생겼을 때 그것을 발산할 수 있는 것만이 이들의 관심의 초점인 것이다. 그렇기 때문에 '영식'은 추석날 음식을 준 주인집 여자에게 감사를 하고, '창숙'이가 지사총에 가자고 했을 때도 그 도시락[18] 때문에 응락했다. 이들의 삶을 부재의 삶이라고 생각하면서 이들을 사람도 아니라고 생각하는 경우는 이들에게 경멸을 퍼부으면서 작가가 이들을 다룬 것을 창녀 문학이라고 비난할 것이다.

삶에는 인간다운 삶이 있고 보다 더 바람직한 교양소설을 쓸 수 있을 것이라고 주장한다면 그것은 삶의 한 양상이고, 더욱이 이 사회에서 혜택받은 측에 속할 것이다. 이들도 남만큼 배우고 그날그날의 생계를 걱정하지 않을 경우 그러한 부재의 삶을 누리고자 하지는 않을 것이다. 그러나 이들은 불우한 가정을 타고났고, 사회적으로 동등한 기회를 갖지 못하였고, 경제적으로 모두 거세된 상태에 있다. 이들이 본 세계는 자신이 살고 있는 세계와 전혀 다른 세계인 것이다. 그러나

---

17 이 표현은 골드만에게서 빌려온 것이다.
18 이 이야기는 소설집 『영자의 전성시대』 p. 19에 나오는데 조선작의 주인공들은 이처럼 행위의 계기가 아주 단순하다는 특색을 지니고 있다.

그 느낌을 이들은 이론화할 수 있는 능력마저 없다. 이 경우 그들에게서 나오는 반응은 비속어이고 욕설인 것이다. "영자는 나에게 마치 길들여지지 않는 독종 애완동물과 같았었다. 그래서 언젠가는 내가 그년을 올라타 깔아뭉개겠다는 생각을 이를 갈아 마시며 다짐하고 있었다. 내가 또 심부름으로 주인집을 찾아가게 되는 어느 날, 영자가 혼자서 낮잠을 자고 있기만 한다면 나는 용코 없이 그년을 올라타겠다. 애를 배게 된다면 저도 별수 없이 내 여편네가 되어주겠지." 이처럼 저속하고 단순하고 즉물적인 반응을 보이게 되는 것을 고상한 교양을 가진, 질서 속에 끼어 있는 사람이 보게 되면 대단히 불쾌하고 상스럽기까지 할 것이다. 그러나 이들에게 있어서 이것은 '불쾌하다'거나 '상스럽다'는 것과 같은 사치로 생각하면 안 된다. 이들에게는 자기네들의 삶이 그럴 수밖에 없다는 사실 자체가 더욱 심각한 것이고 그처럼 소외되고 냉대받는 계층이 사회 속에 존재하지 않도록 하는 것은 그들을 불쾌해하고 상스럽게 생각하는 계층에서 해야 할 일이다. 왜냐하면 그들은 지배받고 있기 때문에 그러한 현실로부터 극복이 거의 불가능하기 때문이다. 우리의 현실 속에서 그러한 계층이 존재하는 한 그것을 보지 않고 무시하려고 하는 것은 위선인 것이다. "식모를 뭐 제집 요강단지로 아는지…… 하룻밤은 주인 놈이 덤벼들면 그다음 날은 꼭지에 피도 안 마른 아들 녀석이 지랄발광이고" "대학생들을 하숙치는 집"에서는 "배웠다는 사람들이 이건 더 악머구리 떼 같았"다는 것이다. "춘자의 시골집 식구들은 춘자 덕분에 굶주림을 모르게 되었다고 하는 것"처럼 이들의 생활은 모두 굶주림에서 기인한 것이다. 여기에서 영자는 '밭 두 뙈기'뿐인 시골에서 가난한 도시로 생활 터전을 옮겼을 뿐 아무런 진전을 얻지 못한다. 이들의 삶은 '욕설'과 '저주'와 원한으로 가득 차 있지만 이들의 그 얽히고설킨 관계를 보게 되면 작가가 빈곤의 현장을 이처럼 철저하게 파헤치고 있음을 알 수 있다.

「성벽」에서 주인공의 아버지는 떠돌이 노름꾼과 "배가 맞아 달아난" 어머니를 향한 무수한 원한을 개를 잡는 일에 풀고 있고, 그 개 잡는 일에 지친 누나가 창녀가 되고, 나는 탱보의 뒤를 잇는 삶을 좇아가고 있는 것이다. 안정되고 교양 있고 모든 것이 조화롭게 흘러가고 있다고 하는 것과 같은 소시민적인 것을 모두 철저히 부정하고 있는 조선작의 언어는 그러므로 우리가 엄숙하게 생각하고 있는 모든 것을 희극적으로 만들어버리는 비극성을 가지고 있는 것이다. 아마도 이처럼 철저하게 부정적인 언어를 들고 나온 경우는 우리의 소설사에서 그 유례를 찾아볼 수 없다고 할 수 있을 것이다. 그러나 이러한 철저한 부정은 조선작의 경우 주인공들의 어린 시절의 정신적인 상처에서 그 원인을 찾고 있는 것 같다. 다시 말하면 아버지로부터 받은 나쁜 상처는 「성벽」뿐만 아니라 「시사회」에서도 드러나고 있다. 물론 '가난'과 '역사적인 사건'과 관련을 맺고 있는 이러한 근친(近親) 증오의 정신분석학적인 상처는 그것이 가정이라는 최소 단위의 상실을 뜻하는 것이기 때문에 어떻게 보면 가장 심한 부정(否定)에 도달할 수 있는 것이기도 하다. 이러한 부정은 인간에 대한 사랑의 부족이라고 하면서 휴머니즘의 결핍을 논의할 수 있는 여지를 철저하게 봉쇄해버리고 있다. 이것은 이들 주인공들이 자기네들과 다른 세계의 사람들과의 관계를 전혀 보여주지 않는 데서도 드러난다. 특이하게도 조선작의 이 네 편 소설의 주인공들은 그들 사이의 관계만이 있을 뿐 다른 계층과 교섭을 갖는 장면을 선혀 갖고 있지 않다. 이것은 이늘의 삶이 다른 계층의 가치관에 의해서 논의되는 것 자체를 거부하는 것이라고 생각할 수도 있

는 것이다. 유일하게 교섭이 있다면 「모범작문(模範作文)」에서 '근옥'
이가 '창길'이의 담임 선생과 관계를 맺는 것이다. 그러나 이것은 상호
적인 관계라기보다는 일방적인 함정에 의한 관계이다. 이처럼 모든 삶
이 마지막에 불화로서 끝나는 것은(「지사총」이 화해적으로 끝나지만 그
뒷작품이라고 할 수 있는 「영자의 전성시대」에서 비극으로 끝나니까 마찬
가지다) 조선작의 삶에 대한 태도를 분명히 드러낸다. 이들이 현재의
구조 속에서는 그들이 태어난 삶을 벗어날 수 없다는 비극적 인식이
그 주제라고 할 수 있을 것이다. 그렇기 때문에 그는 비속어와 욕설로
야유를 철저하게 사용할 수 있었던 것이다. 소시민적 안락을 꿈꾸거나
자신이 소속된 사회에서 이들보다 긍정적인 혜택을 받고 있는 사람들
의 감수성으로 볼 때 이들의 언어는 대단히 귀에 거슬리는 것이며 때
로는 스캔들이라고 할 정도로 충격적인 것이다. 그것은 그러나 자신들
의 안락한 위치를 떠나서 이들의 삶을 살아보지 못했기 때문이다.

골드만의 표현을 빌리면 "소설의 주인공은 문제적 주인공이거나 미
친 사람이거나 범죄자이다. 왜냐하면 그는 절대적인 가치를 알지도 못
하고 그걸 전적으로 살아보지도 못하고 따라서 거기에 접근하지도 못
했으면서도 그 절대적인 가치들을 언제나 추구하고 있기 때문이다." [19]
그러니까 결코 앞으로 나아가지 못하면서 여전히 계속되는 탐구라고
하겠는데 이런 움직임을 루카치는 "길은 끝났고 여행은 시작되었다"[20]
는 공식으로 정의한다. 분명한 것은 그의 소설의 특색이라기보다도 오
늘의 소설의 특색이 그러한 것처럼 소설의 결말이 화해적으로 끝나지
않는다는 사실이다. 이것은 서사시가 주인공과 세계 사이에 간격이 없

---

19 골드만, 「루카치의 초기 글에 관한 서론」.
20 루카치, 『소설의 이론』, p. 176.

었던 문학 양식인 반면에 소설이 주인공과 세계 사이에 뛰어넘을 수 없는 간격을 가진 문학 양식임을 말하는 것이다.

6

조선작의 주인공들이 그들이 소속된 사회에서 뿌리 뽑힌 자들과 조그마한 행복을 추구하는 소시민들로 구성되어 있다고 한다면, 황석영의 주인공들은 모두 그들의 사회에서부터 뿌리 뽑힌 자들이다. 여기에서 뿌리를 뽑힌 자들이라고 하는 것은 가령 『객지』라는 소설집 제목이 이야기해주는 것처럼 자신들의 마음과 정신과 육체를 안주하게 할 고향을 상실했다는 것을 말한다. 우선 「객지」라는 중편에 나오는 인물들은 모두 고향을 떠나서 서해안의 어느 간척지 공사장 현장에서 일하는 인부들이다. 그들이 고향을 떠난 것은 그들에게 고향이 생존의 터전이 되지 못하기 때문이다. 그들은 후조(候鳥)처럼 하나의 큰 공사가 있으면 그곳으로 몰려가서 그 공사가 끝날 때까지 그곳 생활을 하다가 공사가 끝나면 다른 공사장을 찾아 나서는 떠돌이 일꾼들이다. 이들에게는 일당 150원짜리 전표가 유일한 수입이지만 그 수입마저도 월말 계산 전에 할인해서 쓰는 수밖에 없다. 말하자면 노동이 있는 곳에는 언제나 이윤을 추구하고 있는 무리들이 모이는 것이 산업사회의 특징이라고 한다면, 이들 일꾼들의 일당을 자본으로 착취해가는 무리들이 있는가 하면 이들의 노동을 감독하고 관리하는 소장·서기·감독·십장이 있고, 그 감독 밑에서 이들을 억압하는 하수인의 역할을 하는 감독조가 있다. 그들은 모두 간척지 공사장이라는 큰 공사를 찾아 함께 몰려

왔으면서도 그들의 윤리적인 결단으로 감독조가 되든지 노동자가 되든지 할 수 있음을 알 수 있다. 그러나 감독조와 노동자의 차이는 이처럼 간발의 차이에 지나지 않지만 한쪽은 지배의 메커니즘을, 또 다른 쪽은 피지배의 메커니즘을 좇을 수밖에 없는 것이다. 이러한 현장은 노동 쟁의가 억압당하는 산업사회의 생산 현장에서는 어디에서나 볼 수 있다는 점에서 황석영의 『객지』가 갖는 역사적 의미가 있는 것이다. 고향을 빼앗긴 이들이 이곳 공사 현장을 찾아온 것은 오직 자신들의 생존권의 획득을 위해서인 것이다. 그들에게는 자신들의 노동할 권리마저 빼앗길 것이 두렵기 때문에 이들을 억압하는 모든 조처에 대해서 순응하는 습관이 들여져 있다. 그러므로 이들이 쟁의를 벌인다는 것은 생활의 마지막 보루를 위협당한다는 위험 부담을 안고 있는 것이다. 황석영은 이러한 상황 설정을 통해서 우리가 살고 있는 현실의 핵심적이고 상징적인 의미를 추구하게 된다. 바로 그러한 작업을 뒷받침해주는 것이 "개선을 위해서 쟁의해야지 원수 갚는 심정으로 벌이다간 끝이 없어요"라 말하며 노동쟁의의 전략과 작전을 지휘하는 동혁, 정의감에 불타고 대단히 다혈질적으로 행동하는 대위, 만사에 사리를 따지며 조심하면서도 마지막에는 순응하고 마는 나이 많은 장씨라는 세 인물의 창조에 있다. 여기에서 동혁은 노동자들이 그때그때의 기분에 따라 움직일 수 있으면서도 전혀 비조직적이기 때문에 쟁의 자체를 성공시키는 것은 물론 어렵거니와, 공연히 대중심리에 이끌려 폭력을 사용하게 되면 만사를 그르치고 만다는 사실을 너무나 잘 알고 있기 때문에, 적당히 노동자들의 분노의 잠을 깨우면서 그들의 분노를 논리적으로 표현하되 감정을 억제할 수 있도록 인도하고 있는 쟁의의 지도자이다. 대위는 동혁의 작전을 수행하는 사람으로, 자신의 감정과 분노를 터뜨릴 수 있는 의협심이 많은 행동가로서 쟁의 도중에 부상을 당한다. 나의 많은 장씨는 처음에는 이 쟁의에 가담을 했다가 회사 측에서 조건을 수락하며 노동 조건을 개선할 것 같아지자 금방 타협하게 된다. 그는 "봤나들? 저런 정도라면 호화판일세. 내 여태껏 여러 공사판엘 다녀봤지만, 이렇게 큰 성과를 본 쟁의는 없었네"라고 하면서 동혁의 노력을, 다시 말하면 쟁의 자체를 무화시키는 작업에 가담하게 된다. 이와 같은 세 인물의 창조는 황석영 자신이 현실 인식을 하는 데 있어서 예리한 관찰력을 갖고 있음을 말한다. 여기에서 마지막에 쟁의의 평화적인 전개를 지휘하던 동혁이 입에 '한 개의 남포'를 물면서 해보는 다짐은 대단히 의미심장하다. 왜냐하면 쟁의가 폭력의 난무로 끝나지 않게 하기 위해서 그토록 노력했던 동혁이 마지막에 자신의 몸의 폭파를 통해서 "상대편 사람들과 동료 인부들 모두에게 알려주고"자 결심하기 때문이다.

여기에서 마르쿠제가 그의 『해방론』[21]에서 현실 개혁의 모든 투쟁에서 노동자는 마지막까지 그 수행을 감당할 수 있는 세력이 아니라고 한 것을 상기할 필요가 있다. 말하자면 장씨가 마지막에 약간의 노동 조건 개선의 약속에 벌써 인부들의 성공을 내다보는 것과 마찬가지로, 노동자의 쟁의는 단순한 동기와 대단히 감정적인 요인을 갖고 있다. 왜냐하면 노동자는 생존권만 보장되고 자기네들이 내건 조건이 어느 정도 만족되면 그것으로 자신들의 승리감에 도취하기 때문이다. 그래서 마르쿠제는 노동자를 최후의 세력으로 보지 않고 있는 것이고 황석영 자신도 그러한 현실을 간파한 것이다. 그런 의미에서 동혁이란

---

21 특히 제3장 「과도기」 참조.

인물은 결코 순수한 노동자라고 볼 수 없고 이들과 함께 있는 지식인이라고 보아야 옳을 것이다. 물론 이렇게 보는 것은 노동자들의 한계를 평가하고 지식인의 공적을 높이 평가하고자 하는 것이 아니다. 노동자들이 그처럼 즉흥적으로 행동할 수밖에 없는 것은 그들이 지금까지 영위해온 삶이 그들의 사고를 더 이상 깊고 넓게 할 수 없게 만들었기 때문이고 그렇기 때문에 그들은 임금 몇 퍼센트의 즉각적인 인상만 보장받아도 자기네들의 쟁의에 성공이 온 것으로 생각할 수밖에 없는 것이다. 모든 것이 교환가치 체계로 움직이고 있기 때문에 그들에게 임금 인상 이상으로 매력 있고 만족스러운 조건이란 없는 것이다. 그들의 의식의 사물화, 상품의 물신숭배 사상은 그들의 책임이 아니라 그들이 살고 있는 세계의 책임인 것이다. 여기에서 동혁의 마지막 결심은 결국 지식인의 끈질긴 논리적·전략적인 노력이 쟁의에 절대적으로 필요하지만 결정적인 순간에 자기희생을 통하지 않고는 그의 논리가 완성될 수 없음을 이야기하는 것이다.

「한씨연대기」는 이북에서나 이남에서 자기가 소속된 사회로부터 배척받은 한 의사의 문자 그대로 '연대기'이다. 한영덕이란 이름의 이 의사는 이북에서는 자기의 출신 성분과 직업에 충실하려 한 점 때문에 배척을 받고 이남에서는 그의 선의와 사람에 관한 사랑이 무기력으로 받아져 배척을 받음으로써 두 사회에서 뿌리를 뽑히고는 그리하여 알코올중독자가 되어 쓸쓸히 죽어간다. 그러나 그의 죽음에 이르는 삶은 그가 사회적으로 불행한 계층 출신이 아니었음에도 불구하고 삶이라는 이름으로 불릴 성질의 것이 아니었다. 그가 이처럼 억압을 당하며 살 수밖에 없었던 것은 얼핏 보면 두 이데올로기의 대립 속에서 희생을 당했기 때문으로 보일 수 있을 것이다. 그러나 현대소설이 주인공과 세계의 대립을 특징으로 갖고 있는 것처럼 그는 이데올로기를 수용하고 있는 두 사회가 진정한 가치를 추구하고 있지 않는데도 불구하고 혼자서 진정한 가치를 추구했기 때문이다. 그는 그가 소속된 사회로부터 혹독한 보복을 받고 그 보복을 이겨낼 수 있는 능력이 없기 때문에 비극적인 종말을 고하게 된다. 그는 '의사'라는 남들이 말하는 돈 버는 직업을 버리고 결국 장의사에서 염을 해주고 생계를 유지하기에 이를 정도로 자기가 소속된 사회에서 완전히 뿌리를 뽑힌 채 연명을 해간 것이다. 이 보상받을 수 없는 그의 삶은 당대에는 해결될 수 없지만 그다음 세대에는 가능할 것이라는 낙관론을 작가는 펴고 있다. "한혜자는 단신 월남한 주정뱅이 고용 의사와 납북된 경찰관의 아내였던 전쟁미망인 사이에서 태어났다. 그 애는 뒷날 성숙한 처녀가 되었을 때에 자신의 별명을 '개똥참외'라고 지었다. 인분에 섞여 싹이 트고 폐허의 잡초 사이에서 자라나 강인하게 성장하는 작고 단단한 열매"라고 한 것이 그것을 말한다.

그런데 여기에서 주목할 것은 '개똥참외'라는 표현이다. "인분에 섞여 싹이 트고 폐허의 잡초 사이에서 자라나 강인하게 성장"한다는 표현을 통해서 확인할 수 있는 황석영의 지향점은 산업화와 문명이라는 인위적인 세계에 있는 것이 아니라 개똥참외처럼 야성적인 힘의 세계, 인분과 함께 잡초 사이를 뚫고 자라는 자연적인 힘의 세계인 것이다. 그렇기 때문에 「아우를 위하여」에서 "첫째 가다 이영래"의 폭력과 선생에 대한 어른들의 흉내인 "성의의 표시"를 극복하게 되는 것은 "선생님은 선생님다와야 하고, 어른은 어른다와야 하고, 어린이는 어린이다와야" 한다는 데서 볼 수 있는 자연적인 힘과 "우리를 위압하고 공포로써 속박하는 어떤 대상이든지 면밀하게 관찰하고 그것의 본질을 알아차린 뒤, 훨씬 수준 높은 도전 방법을 취하면 반드시 이긴다"는 신념과 "애써보지도 않고 덮어놓고 무서워만 하면 비굴한 사람이 됩니다. 그래서 겁쟁이가 되어 끝내 무서움에서 놓여날 수가 없다"고 한 비겁하지 않은 힘을 통해서인 것이다. 그렇기 때문에 「섬섬옥수」에서 여대생 미리는 파혼한 뒤에 '상수'라는 아파트 관리실 공인(工人)을 유혹하게 되는데, 여기에서 여대생 미리는 같은 계층의 만오에게서 "뭔가 꿀리고 손해 보고 들여다보인다는 느낌을 한편으로 떨쳐낼 수가 없었"던 것을 파혼을 통해서 떨쳐버리게 된다. 그것은 훌륭한 가문의 남자와의 결혼이 이해타산에 근거를 둔 것에 대한 '미리'의 자각이다. 자기 한계를 뛰어넘기 위해 성공한 실업가의 딸을 결혼의 대상으로 생각하고 덤벼드는 '장환'에 대한 감정도 그녀는 좋게 가질 수가 없다. 그것은 "장환에게 짜증이 일어나는 그만큼 너무나 자신만만해하는 만오가 얄밉게 생각되는 것이다"라고 하는 데서도 나타난다. 그러나 그 때문에 그녀는 '상수'를 유혹하지만 자신의 출신을, 자신의 교육된 정서를 뛰어넘지 못하고 만다. 여기에서 작가가 상수의 편에 서 있는 것은 그의 야성적이며 자연적인 힘에 대한 동경을 말해주고 있다. 그러나 그러한 야성적인 힘이 오늘의 사회에서 왜 살아남을 수 없는가 하는 것은 분명해진다. 교육받고 문명화된 세계는 말하자면 그러한 자연적인 힘을 고갈시키는 역할을 하게 되어 있다.

「섬섬옥수」에서 볼 수 있는 것처럼 '상수'는 '미리'에 의해 끝까지 농락당하고 만다. 또한 「장사의 꿈」의 '나' '일봉이'는 자신의 장사 같은 힘을 믿고 '대처'로 성공하기 위해 떠났다가 '문화' 영화의 주인공이 된 다음 결국 자신의 몸을 파는 생활을 하다가는 '거세(去勢)'된 상태에 빠지게 된다. 머리 깎인 삼손처럼 그는 "내 살이여 되살아나라.

그래서 적을 모조리 쓸어뜨리고 늠름한 황소의 뿔마저도 잡아 꺾는 가을날의 잔치 속에서 자랑스럽게 서보고 싶다"라고 외친다. 여기에서 볼 수 있는 것처럼 야성적인 힘이 도시라는 문명권에 들어서서 철저하게 타락하게 되지만, 작자가 서 있는 곳은 시골을 떠나기 전의 일봉의 편이었다. 일봉이 이렇게 힘을 빼앗긴 것은 문명의 더러운 균 때문인 것이다. 말하자면 자연적인 힘이 문명적인 힘에 부딪칠 때 자연적인 힘은 문명적인 힘에 그 자신을 빼앗기게 된다. 그러므로 자연적인 힘은 도시와 같은 문명의 세계 속에서 살기 위해서는 「이웃사람」에서처럼 자신의 피를 뽑아 먹고 살 수밖에 없는 상황에 빠진다.[22] 바로 그러한 세대가 지나간 뒤에야 「한씨연대기」의 한혜자처럼 어떤 수난 속에서도 비관하지 않고 자랄 수 있는 세대가 태어날 수 있는 것이다. 그 이전에는, 그러니까 주인공은 자기가 뛰어든 세계에서는 이질감을 느끼게 되고 자신이 소외되었음을 알게 된다. 이러한 현상이 가장 잘 드러난 작품이 「낙타누깔」이다. 월남전에 참전했다가 돌아온 장병 이야기인 이 작품은 과연 우리가 소속된 사회란 우리 스스로 목숨을 걸고 싸울 만큼 값어치가 있는 것인가 하는 비극적인 질문에 의해 씌어진 것이다. 자기가 '속해 있는 조직'과 자기 '바깥 사람들'을 부끄러워하고 있는 주인공은 그렇기 때문에 자신이 조직에서도 소외되어 있다고 생각하고 자신의 조직을 감싸고 있는 바깥 세계에서도 소외되어 있다고 생각한다. "국가가 추구하는 옳은 가치를 위해 목숨을" 걸고 싸우다 돌아온 '나'는 "내 땅에 발을 디디면서 조금도 자랑스러운 느낌을 갖지 못하였다." 그것은 자기의 급박했던 현실과 상관없이 흥청거리

---

[22] 그런 반문명적인 요소가 황석영에게 나타나는 것은 산업화의 억압적인 진행에 대한 반작용처럼 보인다.

고, 돌아온 자기네들을 외면하고 있는 도시가 이방처럼 느껴지기 때문이다. 그리하여 내가 다른 장병들과 함께 술을 마시고 여자를 끼고 밤새도록 '토악질'을 하고는 만난 현실이 '낙타누깔'인 것이다. 그 '바닥 없는 어둠'을 담은 사자(死者)의 눈이라는 표현이 이야기하는 것처럼, '나'의 이제부터의 생활은 흥청거리는 그 분위기에 휩쓸리거나 그것을 누릴 수 없는 어두운 그림자임을 암시하고 있는 것이다. 그것은 월남전이 대리전이었던 것처럼 우리의 삶 자체가 진정한 것이 될 수 없다는 사실과 상통하고 있다. 그리고 그러한 상황 때문에 고향을 떠났던 이 '객지의 사람들'에게 유일한 희망은 고향에 돌아가는 것이었다. 생계 때문에 '객지'로 떠돌아다니지만, 생계의 보장을 받을 수 있게 되면 돌아가고자 하는 유일한 희망을 이들이 갖고 있는 것은 고향에 가면 자연과 인간다운 인간이 있기 때문이다. 그러나 그러한 희망은 여지없이 깨지게 된다. 말하자면 「낙타누깔」의 주인공이 느낀 것과 같은 배신감을 맛볼 수밖에 없을 정도로 '고향'은 생각했던 고향이 아니라 '변화한' 고향인 것이다. 「낙타누깔」의 주인공이 자신과 전혀 상관없음을 고국의 땅에서 느낀 것과 마찬가지로 한번 고향을 떠난 사람들에게 돌아갈 고향마저 없다는 것이 오늘의 비극이라고 할 수 있다. 「삼포 가는 길」에서 영달과 정씨와 백화가 돌아가는 고향은 이들이 고달픈 생활에 종지부를 찍고 편안한 생활을 찾기 위한 곳이다. 그러나 "고작해야 고기잡이나 하구 감자나 매는 데"인 삼포에 관광호텔이 여러 채 들어섰다는 말을 듣고 정씨는 "마음의 정처를 방금 잃어버렸"고 그리하여 "어느 결에 정씨는 영달이와 똑같은 입장이 되어버렸다."[23] 이들이

---

23 황석영의 주인공들이 느끼는 이러한 동류의식은 그의 작품이 남성적인 성격에 사랑으로 표현된다.

마음의 정처를 잃어버린 것은 이미 고향 자체가 변화해버렸음을 의미한다. 이렇게 변화해버린 고향을 찾을 길이 없다는 데에 그들의 산업시대적 비극이 있는 것이다. 그러나 한 번 더 생각해보면 그들의 고향이 변한 것은 이유 중에 하나일 뿐 또 다른 이유가 있는 것이다. 그것은 이들이 이미 고향을 떠나 경험한 삶 때문에 그들이 다시 고향에 돌아온다고 하더라도 그 고향은 같은 고향, 다시 말하자면 그들이 떠나기 전의 고향일 수 없다는 것이다. 그들이 고향과 맺게 되는 관계는, 그들이 떠나기 전의 그것과 그들이 이미 객지 생활을 한 다음의 그것이 같을 수 없는 것이다. 그래서 일단 새로운 경험을 한 사람의 경우 이전의 순수성을 잃어버릴 수밖에 없음을 작자는 보여주고, 그 때문에 현재의 비극은 고향으로 돌아가고자 하는 의지만으로 가능한 것이 아닌 데 있음을 보여준다.

7

윤흥길의 두번째 창작집 『아홉 켤레의 구두로 남은 사내』[24]는 「엄동(嚴冬)」 외에 「아홉 켤레의 구두로 남은 사내」「직선과 곡선」「날개 또는 수갑」「창백한 중년」이라는 네 편의 연작소설들이 그 주축을 이루고 있다. 이 소설이 다른 작가의 작품이나 그의 다른 소설들에 비해서 특수한 점은 주인공들이 살고 있는 공간이 우리가 성남(城南)이라고 알고 있는 특수한 현실적 지역이라는 데 있다. 이른바 1960년대의 근대

---

24 이 작품집에 수록된 9편의 작품 가운데 다섯 편이 성남과 관련된 주인공들을 다룬다.

화 작업이 한창 진행될 때 서울의 변두리 무허가 건물들을 철거하면서 이들에게 새로운 낙원의 꿈으로 알려졌던 곳으로서, 주인공 '권기용'이 자리를 잡고 있는 곳이다. '권기용'은 '안동 권씨'에 '대학까지' 나온 사람으로서 출판사 교정원 노릇을 하며 한 칸의 집도 갖지 못하고 셋방살이로 전전하다가, 성남에 겨우 집 한 채를 장만한 '오 선생' 집에 세를 들게 된다. 여기에 세를 들면서도 권기용은 전세금 20만 원을 다 내지 못하고 10만 원은 나중에 낸다고 사정을 해서 들어올 정도로 생활의 무능력자이다. 이 생활의 무능력자는 자기 아내가 임신을 해서 출산을 하게 되었을 때 입원비 10만 원을 구할 수가 없어서 '오 선생'에게 빌려달라고 했다가 거절당한 다음, 그날 저녁 '오 선생' 집에 강도질을 하러 들어갔다가 실패하고 나오게 된다. 그길로 그는 양산도 집에 가서 '신양'과 함께 술을 마시고 산에 올라가서 자살을 기도했다가 실패한다. 이러한 무능력자가 집에다 구두를 아홉 켤레나 가지고 있으면서 그걸 매일 닦아 신는다. 이 아홉 켤레의 구두가 그에게는 그의 현재의 삶을 지탱해주는 지주일는지도 모른다. 그가 아홉 켤레의 구두를 가지고 있을 때 그는 자기의 무능력에도 불구하고 자기의 출신 학교나 출신 가문에 대해서 자부심을 표명하고 있었고 출판사라는 직장을 그만두고 공사장의 인부로서 무거운 벽돌 운반을 하면서도 그런 사실을 숨기고 출판사 시절과 다름없이 생활을 계속하고 있는 것이다. 그처럼 자신의 진짜 생활을 숨길 수 있는 것은 그가 아홉 켤레의 구두를 가진 것과 마찬가지 이유이다. 왜냐하면 그가 "스스로 가장 비참하다고 느끼는 순간"에 "이래 뵈도 난 안동 권씨요"라고 하거나 "이래 뵈도 나 대학까지 나온 사람이요"라고 반복하기 때문이다. 철거민들로 가득 찬 가난한 도시에서 단칸 셋방 전세금도 다 지불하지 못했을 뿐 아니라 아내가 해산할 때 드는 비용도 지불할 능력이 없어서 주인 집에 맡기고 도망가버린 이 인물이 자신의 출신을 들먹이는 것은, 첫째 이 인물이 지금으로서 자신을 내세울 수 있는 것은 오직 출신밖에 없으며, 둘째는 춘원의 『무정』 시절의 가치관이 아직 그의 마음속 어느 구석에 남아 있기 때문이다. 그러나 사회는 그러한 그의 형편을 감안할 수 있는 것도 아니고 또 그러한 가치관이 통할 수 있는 곳도 아니다. 그러므로 그럼에도 불구하고 아홉 켤레의 구두를 닦아 신고 자신의 출신을 내세우는 것은 그가 어쩔 수 없는 상황에서 자신의 순진성을 내보이는 것이라고 할 수 있다. 아니 좀더 정확히 말하면 자신이 받아온 교육과 길러온 교양에 의한 모든 성격이 이미 소시민적인 안락을 추구하도록 되어 있다고 말할 수 있다. "대학을 나왔다는 이유로 나는 당연히 분노해야 할 대목에 가서도 감정을 억제하지 않으면 안 되었다. 많이 배웠다는 이유로 세속적인 이익이 보장되는 일에 뛰어들기 앞서 먼저 저열한 본능부터 다스리고 보는 까다로운 절차가 필요했다. 대학이란 이름에 가려 사회의 실상을 보지 못하고 허상만을 보아온 탓일 것이었다. 결국 대학은 내가 애당초 희망했던 훌륭한 생활을 가능하게 해주는 구실을 전혀 못했다." 이 때문에 그는 광주 단지 사건 이후 출판사를 그만두고 '모란'이란 곳의 도로 확장 공사장에 나가 날일을 하고 어느 학교 신축 공사장에서 날일을 하면서도 자기 자신의 생계와 가족의 생존을 어떻게 해서 보장할 수 있는지 속수무책의 상태에 빠져 있다. 그렇기 때문에 그는 "자기도 깊이 관련된 일에 정작 자기는 뛰어들 의사가 없으면서도 남들의 힘으로 그 일이 성취되는 순간이 오기를 기다리는 기회주의의 자세였"다. 그래서 광주 대단지 토지 불하 가격 시정 대책 위원회의 대책 위원과 투쟁 위원을 겸임하고 있는 그가 시위하기로 한 날 출판사에 나가다가 붙들려서 "나체를 확인"하면서 자기와 그들과는 "종류가 다르다고 주장해 나온 근거가 별안간 흐려"져서 행동으로 뛰어들었던 것이다. 그러나 이때까지의 행동은 순간적으로, 우발적으로 발생한 것이지만 사흘 후 붙들려서 재판에서 유죄 판결을 받았다. 바로 그 때문에 그나마 출판사 같은 곳에 취직할 수가 없어서 일당 노동을 하게 됨으로써 그의 생활은 더욱더 헤어날 수 없는 궁핍 속에 빠지게 된다.

  "불만이 있고 억울한 일이 있어도 기껏 꿈속에서나 해결할 뿐이지 행동으로 나타낼 줄" 몰랐던 권기용이 이제 보다 적극적인 행동으로 나서게 되는 것은 자신의 무력을 가장 심하게 느낀 다음 자살을 기도하고부터였다. 말하자면 죽음의 경험을 통해서 '기회주의'의 자세에서 적극적인 생존의 자세로 태도를 바꾸게 된다. 그 첫번째 작업이 아홉 켤레의 구두를 불살라 태우는 것이다. 아홉 켤레의 구두는 그런 의미에서 그를 체면과 교양과 자존심에 묶어놓은 상징적인 끈이었다. 그래서 자신의 구두를 태우며 "내 병적인 자존심 대신에 철면피의 뻔뻔함이, 그리고 인면수심(人面獸心)의 사악함이 아홉 켤레의 구두를 희생으로 드리는 번제(燔祭)를 통해서 굳건히 자리 잡게 되기를 간절히 기대했"던 것이다. 그 후부터 그는 구직 광고를 보면서 취직을 하러 다니다가 교통사고에 대한 보상책으로 '동림산업'에 취직을 하게 된다. 그리고 그는 '피해자'를 '가해자'로 바꿔버린 기사(記事)에 대해서도 보다 더 간교한 반응을 보임으로써 체면보다는 생존의 보장을 선택하게 된다. 이러한 선택은 '대학을 나온 양반'이라는 사실과 현재 사회적인 보장을 받고 있지 못하다는 사실이 양극화된 갈등을 통해서 자신이 어느 쪽에도 예속될 수 없었던 비극적인 애매한 입장에서 빠져나올 수 있는 길이었다. 그러나 이러한 선택이 곧 그의 문제의 해결이었다면 그가 지니고 있었던 고민은 이미 해결책이 있는 가짜 고민이었을 것이다. 실제로 이 부분에 와서 작가는 권기용이 사무직원들로부터 잡역부라는 이유로 배척을 당하고 있으며 자기가 소속된 생산부 제1공장에서는 "잡역부로 꾸미고 슬슬 염탐하러 다니다가 사장한테 일일이 보고"하는 사람으로 따돌림을 받는다. 그래서 그는, 폐결핵으로 고생하면서도 가정의 생계비 때문에 공장을 그만둘 수 없는 안순덕의 딱한 사정을 동정하면서도 그들로부터 오해를 받고, 팔이 달아난 안순덕의 구제를 위해 뛰어다니지만 안순덕과 같은 직공들은 물론이거니와 사무직원들로부터도 "잡역부 주제에 건방 떨긴"이라는 모멸을 당한다. 그러나 이러한 배척과 모멸에 대해서 이제 그는 자신의 출신을 내세우는 것이 아니라 자기가 할 수 있는 일을 하려고 노력한다. 그것은 "자기를 친 가해자는 전과가 있는 막돼먹은 인생에 생계까지 마련해준 미담의 주인공으로 보도된 신문 기사를 읽었을 때, 병원 침대 위에 누워서 수차 경계하고 거기 끝까지 저항할 것을 속다짐"한 결과가 드러난 것이다. 그렇기 때문에 사무실 직원들이 제복에 반대해서 자신들의 직위를 걸고 있을 때, 작업 중에 팔이 뭉텅 잘려져 나간 사람이 있자 자기가 그 팔 값을 찾아주려고 뛰어다닌다. 말하자면 제복은 자유의 억압을 의미하며 잃어버린 팔은 생존의 위협을 의미하기 때문에 이 두 가지를 위한 싸움이 동시에 진행될 수밖에 없음을 권기용이 인정하기에 이른다. 이러한 과정 속에서 작가는 "소비자나 종업원의 취약점을 먹고 살찌고 있는" 대기업들이 "혼란과 무질서를 치부에" 어떻게 이용하고 있는지 산업사회의 모순을 파헤치고 있다. 그러나 그러한 보순 속에서 그는 자신의 분명한 입장을 밝히지도 못하고 회사 측으로부터,

그리고 같은 피해자의 입장에 있는 직공들로부터 똑같은 억압과 핍박을 받고 폭력에 의해 정신을 잃는다. 권기용은 산업사회에 있어서 대단히 상징적인 인물이다. 왜냐하면 두 대립 계층 사이에서 '대학 졸업한 잡역부'라는 이유 때문에——자신이 구두를 태운 이후에는 결코 내세운 적이 없는 자신의 출신 때문에——그는 실패한 삶으로부터 빠져나오지 못한 것이다. 결국 그는 자신이 소속된 세계와의 대립을 해소하는 데 실패하고 만다. 자신과 동료의 존재의 문제가 산업사회의 소유의 양식에 의해 수렴당할 수밖에 없다는 것은 그가 소속된 회사의 구조적 모순과 상통하고 있는 것이다.

8

조세희의 『난장이가 쏘아올린 작은 공』은 그것이 발표될 당시에는 각각 독립적인 작품으로 보였지만 하나의 작품으로 출간된 결과 그것이 하나의 전체적인 세계를 염두에 두고 씌어진 것임을 알 수 있다. 이른바 산업화되어가고 있는 사회에 있어서 한 '난장이' 일가를 중심으로 일어나고 있는 사건을 직면하고 있는 감추어진 문제들을 예리하게 분석해내고 있다. 여기에서 주인공 '난장이'로 상징되는 인물은 그 인물이 소속되어 있는 사회를 구조적으로 표현하고 있는 것이다. '거인'에 반대되는 "키 117센티미터, 체중은 32킬로그램"인 난쟁이는, 그의 신체 발육이 정상적으로 이루어지지 않은 것을 말하고 있는 것처럼 그가 살고 있는 사회에서 제대로 성장할 수 없는 계층을 표상하기에 충분하다. 그런 의미의 확산은 '신애'라고 하는 월급쟁이 부인이 "저희들도 난쟁이랍니다. 서로 몰라서 그렇지 우리도 한편이에요"라고 난장이에게 말한 곳에서나 자신의 남편에게 "우리는 아주 작은 난장이야, 난장이"라고 하는 데서 더욱 가능한 것이다.

이러한 난쟁이 일가가 살고 있는 집은 무허가 건물로서 철거 계고장에 뒤이어 철거민을 위해 지은 아파트 입주권과 대치되고 있지만, 그 아파트에 들어갈 입주금이 없어서 입주를 못하고 있다. 이를 기화로 수많은 부동산 투기꾼들이 아파트 입주권을 싼값에 구입하기에 이른다. 그리하여 그 아파트는 결국 철거민들의 아파트가 아니라 '가진 자'들의 아파트가 되고 만다. 가진 자들이 투기한 아파트는 그 자체로서 그들에게 아무런 사용가치가 없지만 교환가치를 가지고 있기 때문에 투기의 대상이 되고 있다. 그들 투기꾼들은 살기 위해서 아파트를 구입하는 것이 아니라 돈을 벌기 위해서 아파트를 구입하는 것이다. 그러므로 철거민들의 생존의 터전을 빼앗긴 대가가 그 본래의 가치의 지배를 받는 것이 아니라 비본질적인 가치의 지배를 받게 되는 것이다. 이러한 그들의 사회는 철저하게 돈의 교환성이 지배하는 사회인 것이다. 그렇기 때문에 돈이 없어서 들어가지 못한 아파트의 입주권이 '가진 자'들의 가격 조작으로 제값을 받지 못하는 것은 당연하다. 이때 난쟁이의 딸 영희는 입주권을 찾기 위해 자신의 몸마저 바치게 된다. 투기꾼들에게 있어서 아파트는 몇 푼의 돈으로 계산되지만 난쟁이와 같은 계층의 철거민들에게는 생존 그 자체에 해당한다. 그렇기 때문에 지섭이 "지금 선생이 무슨 일을 지휘했는지 아십니까? 편의상 오백 년이라고 하겠습니다. 천 년도 더 될 수 있지만. 방금 선생은 오백 년이 걸려 지은 집을 헐어버렸습니다. 오 년이 아니라 오백 년입니다"라고 이야기하는 것이다. 대대로 빈곤으로부터 해방되지 못해서 무허가 주택을 가질 수밖에 없었던 이들의 삶이 당대의 빈곤에서 허덕이고 있는 것이 아님을 여기에서 뚜렷이 이해하게 된다. "큰오빠는 우리 집을 짓는 데 천 년의 세월이 걸렸다고 말했다"는 것도 그러한 의미일 것이다.

그런데 이러한 철거민 아파트 투기가 법률적으로 허용되어 있기 때문에 가능한 것은 아니다. 이 아파트 임대 조건 중에 "신청자와 입주자는 동일인이어야 하며 제삼자에게 전매하거나 임차권을 채권의 담보로 제공할 수 없음"이라는 조문이 있지만 그것이 '죽어버린 조문'임을 밝힘으로써 법의 시행이 언제나 모든 사람에게 평등하게 적용되는 것이 아님을 드러내준다. 말하자면 이들이 살고 있는 사회에서 평등이 실현되지 않는 것은 법조문이 없어서 아니라 시장경제체제가 갖는 교환가치를 추구하는 사회이기 때문이다. 그러니까 극단적으로 말하면 이러한 법조문들은 평등이 실현되지 않는 사회를 평등한 사회로 보이게 하는 공식적인 역기능(逆機能)을 수행하게 된다. 이것을 이른바 언어의 역기능의 이용이라고 하겠다. 그것은 마치 가난한 가정에서 제대로 학교 교육을 받지 못한 청소년이 독학으로 일류 대학에 들어갔다는 기사와 같은 효과를 내는 것이다. 말을 바꾸면 이 기사에 의하면 그 개인이 일류 대학에 진학하기까지 겪었던 무수한 고통과 고생이 그 사회에서 보상을 받게 되는 것처럼 보인다. 물론 남과 똑같은 기회를 부여받지 못한 이러한 개인의 성공에 대해서 아무도 그것을 출세주의라고 비난할 수는 없을 것이다. 그리고 누구나 그의 개인적 성공이 그의 현실을 극복하는 길이 되길 바랄 것이다. 그러나 여기에서 주의해야 할 것은 그러한 개인적인 성공은 그 개인이 소속된 집단이 끊임없이 그리고 재빨리 수렴하게 된다는 사실이다. 다시 말하면 그러한 성공담을 신문에서 보도하면 많은 독자들이 그를 돕기 위한 장학금을 내놓고 생활 보장에 나선다. 물론 이것은 그 개인의 생계를 보장받는다는 점에서 대단히 잘된 일이라 할 수 있을 것이다. 그러나 여기에서 한 번 더 생각할 수 있는 것은 왜 이런 개인이 사회 속에 존재할 수밖에 없느냐는 것이다. 그것은 그 사회의 소득 분배나 복지 구조에 모순이 있음을 의미하는 동시에 그 입지전적인 노력이 '가진 자'의 명성을 위해 사용됨을 의미한다. 이런 기회에 '가진 자'는 자신이 교환가치만을 추구하는 것이 아니라 진정한 가치를 추구하기 위해서 '소유'를 극대화하였음을 보여주는 것이 된다. 또한 이러한 개인적 성공을 거둔 사람과 독지가가 출현한다는 것은 한편으로 이들이 살고 있는 사회가 '노력하는 사람은 누구나 성공할 수 있는' 정의로운 사회임을 보여주는 것이고 다른 한편으로는 그 사회가 스스로 돕는 자를 내버려두지 않는다는 것을 보여주는 것이다. 그렇게 되면 여기에 두 가지 효과가 나타나게 되는데, 첫째 효과는 자신이 노동의 대가를 제대로 못 받고, 끊임없이 생계를 유지하는 데 고통을 받고, 대학에 진학하지 못한 것은 분배가 제대로 이루어지지 않았기 때문도 아니고 교육의 기회가 주어지지 않았기 때문도 아니라 자신의 노력이 부족했기 때문이라는 자책감을 갖게 된다. 둘째 효과는 그렇기 때문에 평등과 자유가 이루어지지 않은 사회일수록 입지전적 인물의 성공담이 텔레비전이나 라디오나 신문의 가장 중요한 프로그램이 되며 많은 독자들이 그러한 성공담에 자신을 동일화시킴으로써 스스로 소외시키는 결과를 가져오게 된다. 이와 같은 자기소외는 현실을 냉정하게 파악할 수 있는 능력을 마비시키면서 모든 문예 작품들을 오락을 위한 소비재로 전락시켜버린다. 그럼으로써 개인의 성공은 시장경제체제 속에서 완전히 수렴되고 소모되는 것이다. 그리고 자신의 노력이 부족했다는 자책감은 그러

한 경제체제의 위선적 도덕의 지배를 받게 된다. 그래서 자신의 삶이
불편하고 자신의 사회적 지위가 낮은 개인으로 하여금 성공하지 못한
데 대한 '죄의식'을 느끼게 한다. 바로 그 죄의식에 호소함으로써 소비
사회의 대중심리를 이용하게 되고, 그렇게 함으로써 그 사회가 가지고
있는 부도덕성을 은폐할 수 있기 때문이다. 이러한 사회구조는 다음과
같은 대목에서 드러난다.

「회장님이 사회복지를 위해 해마다 20억 원을 내놓으시겠다는 기
사지? 불우한 사람을 위해 해마다 거액을 희사하시겠다는 거야. 이미
복지 재단의 이사진이 결정되었을걸. 그건 훌륭한 일이 아닌가?」
「하지만 노사 협의 때 회사 측에 상기시켜주실 게 있습니다.」
「그게 뭐지?」
「그 돈은 조합원들의 것입니다.」
「어째서?」
「아무도 일한 만큼 받지 못하고 있습니다. 임금은 너무 쌉니다. 제
가 받아야 할 정당한 액수에서 깎여진 돈도 그 20억 원에 포함됩니다.」

시장경제체제에서는 돈이 있어야 명성도 얻고 좋은 일도 할 수 있지만
이것이 바로 산업사회가 갖는 위선과 상통하고 있는 것이다. 근로자의
임금을 내리깎고 있는 경영자가 복지사업에 열성을 보이는 것은 자신
의 명성이 그러한 도덕적인 태도와 관련되고 있음을 알고 있기 때문이
며 그것이 자신의 현재의 지배적 위치를 보장해준다는 것을 알고 있기
때문이다. 그렇기 때문에 경영자나 테크노크라트들은 자기네들이 "낙
원을 이루어간다는 착각을" 갖고 있지만 근로자 측에서는 "설혹 낙원

을 건설한다고 해도 그것은 자기네 것으로 생각할 수 없"게 된다. 여기에서 볼 수 있는 것처럼 이 두 계층 사이의 대립은 뛰어넘을 수 없게 된다. 여기에서 루카치의 소설에 관한 정의를 상기해둘 필요가 있다. 서사시와 소설을 비교하면서 루카치는 소설이란 인간들이 자기가 살고 있는 세계라고 생각할 수도 없고 그렇다고 전혀 낯선 곳이라고 할 수도 없는 어떤 세계의 주요한 문학적 형태라고 정의하고 있다. 그래서 서사적인 문학(소설도 하나의 서사적 형태이다)이 있기 위해서는 기본적인 어떤 공동체가 있어야 하고, 소설이 있기 위해서는 인간과 세계, 개인과 사회의 극단적인 대립이 있어야 한다는 것이다.[25]

실제로 조세희의 소설에서는 여기서 말하는 이러한 대립이 끊임없이 지속되고 있고, 그것이 앞에서 살펴본 1970년대 소설의 특징이기도 하다. 그러나 조세희에게 있어서 이러한 대립의 중요성은 그것이 적대 관계를 의미한다기보다는 주체(主體)에 해당하는 한 사람의 개인이 자기 밖의 모든 것을 대상(對象)으로 인식하고 있다는 대칭적 구조를 의미한다. 그렇기 때문에 전체적인 구조의 파악을 위해서 사용자/근로자, 문명/자연, 개인/소속 사회가 동시에 문제가 되고 고려의 대상이 되어야 한다. 그것을 어느 한쪽에서만 파악하게 되면 그것은 전체적 구조를 보지 않는 것이므로 의미화될 수 없다. 빈곤을 빈곤으로 바라볼 때 그 빈곤은 참조 대상의 결여로 의미화되지 않는다. 특히 산업화 시대의 빈곤이 상대적 빈곤이기 때문에 문제가 되는 것이지 보릿고개가 없어졌다고 하는 절대적 빈곤의 측면에서라면 문제가 되지 않는 것도 그러한 이유에서다. 따라서 빈곤은 부와의 관계 속에서 제대

---

25 루카치, 『소설의 이론』 제3장 참조.

로 의미를 가질 수 있는 것이다. 그것은 어떤 사회가 가난한 사회라는 인식이 다른 사회와의 조응 속에서 가난한 것과 마찬가지다. 도시 노동자의 특색은 대량생산 체제 속에서 소유의 한계에 의한 상대적 빈곤을 아는 데 있다. 조세희 소설의 특색은 이처럼 빈곤의 상대적 성질을 드러내는 구조를 가지고 있는 데서 찾아질 수 있을 것이다. 그의 소설에서는 화자가 끊임없이 바뀜으로써 시점 자체가 여러 계층에 주어지고 있다. 이러한 시점의 바꿈은 다양한 인물들이 그 나름의 관점을 표현할 수 있는 기회를 제공하는 것이며 그것을 통해서 독자들 스스로의 삶을 생각하게 하는 기회를 제공한다. 그래서 가령 '사용자' 측 월급쟁이들은 자기네들이 막노동자들보다 10배 월급을 받고 있으면서 자신들이 낙원의 건설에 참여하고 있다고 생각하는 반면에 근로자 측은 자기네들에게는 그 낙원으로 들어가는 문의 열쇠를 주지 않는다고 생각하고 있다. 경영자 측에서 본다면 "많은 사람들이 우리가 근거 없이 성공한 걸로 믿고 있고 기회만 있으면 때려 부수려고 하는데" "저희들을 위해 우리가 하는 고마운 일을 생각도 하지 않"는다고 생각하는 것이다. 그들은 "대중 앞에 나타나지 않는 몇십 명 정도의 사람"들이며 "우리 경제생활을 실질적으로 지배하는 것이다." 그래서 이들의 대립은 극단으로 치닫게 되고 난쟁이의 큰아들은 살인을 하고 재판을 받고 '지섭'은 그 변호에 나섰던 것이다. 여기에서 주목되는 것은 이들의 대립이 현재 상태로서는 결코 해결될 수 없다는 사실이다. 말하자면 서로가 자신의 상황을 대변하는 경우에는 상대편을 인정하면서도 거기에 도움을 줄 수 없는 것이다. 그 예는 윤호가 영수에게 이끌리면서도 "난쟁이의 큰아들을 도와줄 일이" 없었던 데 있는 것이다. 이들 사이의 대립은 사랑이 결핍된 산업사회가 갈 수밖에 없는 극단적인 대립이다. 왜냐하면 난쟁이만 해도 '사랑'을 이야기함으로써 그러한 극단에는 이르지 않았었던 것이다.

사랑의 결핍은 어쩌면 개인이 총체적 자기실현과 어떤 관계를 맺고 있을지도 모른다. 왜냐하면 산업사회의 기능적인 개인은 자신의 삶을 전체적으로 볼 수 있는 생활 도구를 갖고 있지 않다. 그러한 점에서 난쟁이가 늘 부대에 넣고 다니는 것이 "절단기·멍키·스패너·플러그 렌치·드라이버·해머·수도꼭지·펄프 종이굽·T자관·U자관·나사·줄톱" 등이라고 한 사실은 대단히 의미심장하다. 이러한 도구들은 수도를 고치거나 칼을 가는 것과 같은 수공업 시대의 도구에 지나지 않는다. 난쟁이가 공장의 굴뚝에서 떨어져 죽는 것은 말하자면 수공업 시대의 종말을 의미한다고 할 수 있다. 그리고 이러한 수공업 시대의 종말은 주체와 대상의 관계에 변화가 옴을 의미한다. "아버지 시대의 여러 특성 중에 하나가 권리는 인정하지 않고 의무만 강요하는 것이었다"고 이야기하는 것처럼 의무만 좇아가던 화해의 시대의 종말이 온 것이다. 난쟁이의 아들딸들이 이제는 수공업 시대의 근로자가 아니라 공장 근로자인 것이다. 대량생산의 산업사회에서 대규모의 기계 노동자들인 이들은 단순 노동자들로서 자기네들의 창조적 능력을 발휘하는 것이 아니라 기계를 중심으로 분배된 작업을 함으로써 상품의 대량생산에 기여하는 것이다. 그들은 상품을 어디에 쓰는 것인지 모를 수도 있고 자신이 소유할 수 없는 것일 수도 있고, 그 상품의 생산의 의미 같은 것을 모를 수도 있다. 말하자면 개인의 창조적 자아가 중요한 것이 아니라 기계의 원활한 가동의 보조를 잘하는 것이 중요한 것이다. 그래서 "난장이의 큰아들은 자동차 공장에서 드릴 일을 했고" "작은아들은 연마 일을 했고" "딸은 방직 공장에 나가 틀보기 일을 했다." 또 "우리가 하는 일은 단순 노동이었다. 영호는 쇠로 만든 손수레에 주물을 넣어 날랐다." "영희는 훈련 센터에서 교육을 받으며 작업장으로 이어진 중앙 복도를 청소했다. 나는 승용차 조립 라인에서 일하는 사람들에게 작은 부품을 날라다주었다." 이러한 공장 근로자가 '아버지 세대'들의 의무만을 강요당한 사실을 지적하는 것은 이들 세대에서는 의무만을 강요당하는 것이 아니라 권리를 주장하겠다는 것이다. 여기서 권리를 주장하겠다고 하는 것은 의무를 강요하는 자신의 사회, 자신이 살고 있는 세계와 자기 개인이 보다 큰 대립과 갈등 속에 빠진다는 것을 의미한다. 이들은 빈곤을 운명이나 체념으로 생각하지 않고 구조적 모순으로 느끼기 때문에 바로 그 모순을 극복하기 위해서 자신의 권리를 내세우는 것이다. 이와 같은 권리의 주장은 이들이 '돈'이라는 시장경제체제가 가지고 있는 모순을 그대로 사는 것처럼 보이겠지만, 이들과 "전혀 다른 배를 탄 사람들로 행동"하고, 이들의 "열 배 이상의 돈을 받"고, 저녁때면 "공업 지역에서 먼 깨끗한 주택가, 행복한 가정으로 돌아"가는 사람들이 추구하는 교환가치와는 전혀 다르다. 왜냐하면 이들의 교환가치는 그것이 곧 생존에 필요한 사용가치를 벗어날 수 없는 것이지만 다른 배를 탄 사람들의 교환가치는 존재를 위한 것이 아니라 소유를 위한 것이다. 소유를 위한 가치는 지배하기 위한 가치이며 간접화된 가치인 것이다. 이때 전자와 후자 사이의 이러한 대립은 전자가 주체가 되고 후자가 대상이 되는 데서 더욱 심화된다. 그러므로 전자는 자기 자신을 제외한 모든 사람, 모든 것을 객관화시키게 되는데 이와 같은 객관화 현상은 전자가 자기 자신의 노동 행위에 대해서도 취하게 되는 태도이다. 그는 자기의 노동을 일당 얼마의 가격의 상품으로 인식할 수밖에 없는 것이다.

인간과 인간 사이의 관계, 인간과 사물과의 관계가 모두 이처럼 객관화되고 대상화된다는 것을 골드만은 의식의 사물화라고 불렀고 루카치는 질적인 것이 양적인 것에 의해 대치되었다고 한다. 그래서 아버지 세대의 종말 뒤에 온 아들 세대의 노동은 "지금처럼 많은 사람들이 한 사람의 요구에 따라 일한 적이 이때까지 없었"다고 표현되고 있다. 개성과 고유성이 상실된 기성품화된 개인, 많은 사람의 요구에 의해 일한다고 하는 데 따른 지배와 피지배의 조직화, 이런 것들이 오늘의 산업화가 갖고 있는 가장 큰 모순이며 불평등 조항인 것이다. 특히 개발도상국에 있어서 산업화가 문제가 되는 것은 빈곤으로부터의 해방이라는 당위론이 일사불란한 조직력을 요구하기 때문에 그 자체가 억압의 세력으로 군림하게 되고 그리하여 부의 분배가 불평등하게 되어 본말(本末)이 전도되는 데서 기인한다. 여기에서 주목해야 할 것은 개인의 기성품화가 한편으로 인간의 의식의 사물화를 가져오지만, 지배의 조직화는 억압의 새로운 양상과 관련을 맺고 있다는 것이다. 거대한 생산 체계 속에서 개인은 월급 얼마짜리의 상품에 지나지 않는 것이며 이처럼 분화되고 기계화되고 돈으로 평가되는 개인은 개인의 총체적 실현으로부터 더욱 멀어지며 노동 자체에서도 소외를 느끼게 된다. 요컨대 자신의 창조적 의지로 노동을 하는 것이 아니라 이미 자기 위에서 세워진 계획표에 의해서 자신은 돌아가는 기계처럼 일만 하면 된다. 이러한 현상은 가령 난쟁이의 부대에 들어 있는 "절단기·멍키 스패너·플러그 렌치·드라이버·해머·수도꼭지·펄프 종이굽·T자관·U자관·나사·줄톱" 등으로 충분히 설명될 것이다. 수공업 시대의 이러한 것들은 난쟁이 스스로 필요하다고 생각될 때 사용되는 것으로서 개인의 창조적 능력에 쓰이는 도구들이다. 그러나 난쟁이 아들이 일을 하는 데는 이처럼 여러 가지 물건이 필요하지 않다. 왜냐하면 기계화된 산업사회의 공장에서는 한 가지 기능에만 전념하면 되기 때문이다.

난쟁이의 "죽음을 한 세대의 끝으로" 본 윤호의 견해처럼 산업화는 곧 수공업 시대에서부터 기계공업 시대로의 전환을 의미하면서 동시에 개인의 총체적 실현과는 갈수록 더욱 거리가 멀어지는 것을 의미하고, 의무의 수행만이 아니라 권리의 주장을 요구하는 것을 의미한다. 그렇기 때문에 이들의 관심은 "강제 근로, 정신·신체 자유의 구속, 상여금과 급여, 해고, 퇴직금, 최저 임금, 근로 시간, 야간 및 휴일 근로, 유급 휴가, 연소자 사용" 등의 문제로 집약된다. 이와 같은 문제에 관심을 집중하게 되는 것은 그것이 이들의 소유의 문제가 아니라 생존의 문제인데도 외면을 당하고 있고 "지금은 분배할 때가 아니고 축적할 때"라고 하는 지배자의 위선이 그들을 소외시키고 있기 때문이다.

그러나 이러한 대립의 세계는 대립 그 자체로 소설 세계는 이야기할 수는 있을지언정, 소설 그 자체는 아니다. 여기에 소설 세계를 이야기할 수 있다고 하는 것은 소설의 이론이지 소설 자체가 아니라는 말이다. 소설의 총체성이 현실의 모든 것을 담고 있다는 말이 아니라 현실의 어느 단면도 소설 속에서 읽어낼 수 있다는 말이라면, 조세희의 소설집은 바로 그러한 작업을 가능하게 한다. 그의 소설집에는 지배와 피지배의 대립 현상만이 있는 것이 아니라 이성과 감성의 대조 현상도 뚜렷하기 때문이다. 조세희의 화자는 공장의 무자비한 현실을 이야기하면서 동시에 기타 소리의 슬픈 음악을 떠올리고(p. 177), "살기가 너무나 힘들다"고 고백한 아버지가 "그래서 달에 가 천문대 일을 보기로 했다"(p. 126)고 하고, 집이 철거되는 각박한 현실 속에서 영희는 "온

종일 팬지꽃 앞에 앉아 줄 끊어진 기타를"(p. 107) 쳤고, "아버지의 몸이 작았다고 생명의 양까지 작았을 리가 없다. 아버지는 몸보다 컸던 고통을 죽어서 벗었다"(p. 227)고 서술하고 있다. 이러한 대조법은 조세희 소설에 나타난 반복법과 함께 최근의 어떤 소설가도 도달하지 못한 독창적인 효과를 주고 있다. 반복법은 일정한 구절의 되풀이를 통해서, 다시 말하면 어떤 상황과 감정 상태를 여러 번 경험하게 하여 계속적인 연상 작용을 일으키고 그리하여 산문에 시적 효과를 내게 해준다. 반면에 위의 대조법은 삶을 구성하고 있는 것이 물리적, 물질적, 교환가치적인 것만이 아니라 그와 정반대의 세계가 있음을 우리에게 상기시켜준다. 그러니까 이들 산업사회의 근로자들이 자신들의 삶의 조건과 싸우고 있지만, 그것이 생존을 위해 불가피한 것일 뿐 그것 자체가 그들이 추구하는 진정한 삶이라고 말할 수 없는 것이다. 산업화로 인해서 아버지 시절의 소극적인 대립이 아들 시대의 적극적인 대립으로 바뀌었다고 하더라도 그러한 대립 자체가 그들의 목적인 것은 아니다. 물론 일단 기계공업 시대의 경험을 가진 이상 수공업 시대로 돌아갈 수는 없는 것이지만, 아버지가 꿈꾼 달나라 여행은 그가 소속된 세계에 대한 초월의 의지였다. 그렇기 때문에 그는 단순한 대립과 투쟁을 넘어서 사랑을 이야기함으로써 진정한 초월이 어디에서 가능할지 암시하고 있다. "사랑으로 일하고 사랑으로 자식을 키운다. 사랑으로 비를 내리게 하고, 사랑으로 평형을 이루고 사랑으로 바람을 불러 작은 미나리아재비꽃 줄기에까지 머물게" 하는 세상이 그의 꿈이었다. 이러한 묘사는 뒤에 다시 나온다. "나는 그날 밤 아버지가 그린 세상을 다시 생각했다. 아버지가 그린 세상에서는 지나친 부의 축적을 사랑의 상실로 공인하고, 사랑을 갖지 않은 사람 집에 내리는 햇빛을 가려버리고, 바람도 막아버리고, 전깃줄도 잘라버리고 수도선도 끊어버린다. 그 세상 사람들은 사랑으로 일하고 사랑으로 자식을 키운다. 비도 사랑으로 내리게 하고 사랑으로 평형을 이루고 사랑으로 바람을 불러 작은 미나리아재비꽃 줄기에까지 머물게 한다"고 하고 있다. 바로 아버지의 사랑과 다른 이상을 갖고 있기 때문에 아버지 난쟁이가 자기 자신을 죽인 반면에 난쟁이 큰아들은 경영주를 살해하게 된다. 결국 이상을 가능하게 하기 위해서 살인하게 된다는 모순이 오늘의 산업사회가 안고 있는 고통인 것이며 여기에 폭력의 개념에 대한 재검토가 강요될 때 우리는 돌이킬 수 없는 데까지 갈 위험이 있는 것이다.

9

위에서 살펴본 작가들 외에 최근 몇 년 동안에 수많은 독자를 가졌던 최인호·조해일의 두 장편도 오늘의 산업화 과정과 어떤 관련을 맺고 있었음이 분명하다. 이들 두 작품에 관한 분석은 이미 시도한 바 있지만[26] 이들 두 작품은 그것이 태어난 사회와의 관련 속에서 보면 팽창 경제의 소비적인 속성과 관련을 맺고 있는 것처럼 보인다. 왜냐하면 이 두 작품이 남성 지배 이념의 소산이라고 할 수 있는 두 여성을 주인공으로 내세우고 있기 때문이다. 그러나 이 두 주인공들도 그들이 소속된 사회와 자아 사이의 대립적인 관계를 보여주는 것은 이 두 작품이 오늘의 소설의 특성을 그대로 소유하고 있음을 말해준다. 그러

---

26 졸고 「문학과 문학사회학」(『문학과지성』 30호; 본서 pp. 15~53)와 「여성해방과 소설」(『뿌리깊은 나무』 1979년 2월호; 본서 pp. 112~36).

나 만일 이 두 작품보다도 위에 든 작품들을 보다 어둡게 생각하고 보다 심각한 현실로 받아들인다면 그것은 여성을 인간적 권리의 소유자로 보지 않고 남성의 부수적 존재로 보려는 태도 때문일 것이다. 그렇기 때문에 여성의 현실은 성적인 측면에서만 이해가 되고 있고, 그러한 측면이 아닐 경우에는 여성적인 문제로 생각하지 않고 인간적인 문제로 생각하는 경향을 보이게 된다.

　오늘날 상당히 많은 사람들이 왜 소설이 삶의 어두운 면만을 다루고 있느냐 하는 질문을 던지고 있다. 그러나 그것은 문학 자체가 가지고 있는 본질 가운데 가장 중요한 것이 우리의 보이지 않는 모순에 관한 인식과 분석이라는 것을 망각한 것이다. 물론 전통적인 의미에서의 미(美)를 추구하는 것이나 삶의 부정적 측면을 다루는 것이 모두 문학의 사회학적인 한 현상인 것은 두말할 필요가 없다. 그러나 소설이 무엇을 다루거나 현대소설의 특징이 바로 주인공과 그 주인공이 살고 있는 세계의 대립이기 때문에, 소설에서 편안한 이야기, 주인공의 아름다운 일생, 주인공과 세계의 화해를 기대하고 있는 사람들에게 오늘의 소설이 부정적으로 보일 수는 있을 것이다. 문학사회학은 말하자면 어떤 경향의 소설을 놓고 부정적으로 보느냐 긍정적으로 보느냐 하는 독자의 태도도 분석의 대상으로 삼아야 할 것이다. 하지만 여기에서 주목하고 싶은 것은, 산업화 자체가 구미에서 먼저 일어났고 또 거기에 따른 소설의 변화가 있었지만 오늘의 우리 소설에서 볼 수 있는 것과 같이 생존 자체를 직접적으로 문제로 삼고 있는 경우는 드물다는 사실이다. 따라서 우리 소설이 독특한 현실을 가지고 있음을 인정하지 않을 수 없다. 이것은 말을 바꾸면 산업화가 사회 전체의 경제적 수준을 향상시킨 것은 사실이지만 그 향상의 과정에서 사랑과 자유와 평등에 해당하는 부르주아혁명의 이념과 정신 같은 것이 실제적으로 전혀 고려의 대상이 되지 않았기 때문에 생긴 차이인 것이다. 그것은 산업화로 부의 편중에 따른 상대적 빈곤의 증대가 이루어졌음을 의미한다. 단시일 내에 벼락부자가 되고자 하는 개인이 투기를 하거나 협잡을 하거나 사기를 하는 것은 다른 방법이 없기 때문이며, 이것의 사회적 차원으로의 확대는 경제성장 자체가 개인의 생존의 위협이나 억압적인 요소가 됨을 의미한다. 소설이 사회의 보이지 않는 구조를 드러낸다고 하는 것은 바로 그러한 현실에 대한 자각을 가능하게 하기 때문이다.

여성해방과 소설

1

여성해방운동이라는 표현이 이 땅에서 사용되기 시작한 것이 언제였
는지는 분명하지 않지만, 대체로 19세기 말에서부터 20세기 초까지에
이른바 '새로운 문물'이 들어오면서부터였다고 해도 지나친 말이 아닐
것이다. 이른바 '자유연애'라고 하는 새로운 남녀 관계가 전통적인 규
율을 깨뜨리고 등장한 것이 이광수의 소설, 아니 더 정확하게 말하자
면 신소설에서였다고 한다면 여성해방의 움직임이 이 땅에서 벌써 7,
80년 전부터 계속되어왔음을 알 수 있다. 이 경우에 여성해방이란 무
엇으로부터 해방되느냐 하는 문제를 제기하지 않을 수가 없다. 여성해
방이라는 말이 나온 것은 여자를 여성이라는 표현의 반대 개념인 남성

이 지배하고 있기 때문일 것이다. 그렇다면 해방 자체가 남성의 지배로부터 해방되는 것을 의미하는 것은 분명해진다. 남성의 지배로부터 해방된다는 것은 무엇을 의미할까? 여기에는 인간의 모든 행위가 한꺼번에 문제로 제기되기 때문에 한마디로 이야기하기가 대단히 어렵다.

약 4년 전에 유엔에서 세계 여성의 해를 선포했고 여성의 국제적인 모임이 남미에서 열린 것과 거의 비슷한 시기에 우리나라에도 여성에 관한 관심의 표현이라고 할 수 있는 저서들이 출판되었으며 여성 자신의 표현이라 할 수 있는 출판물이 나오고 있다. 물론 우리나라 전체 출판물의 부수와 종수에 대한 이들 출판물의 부수나 종수의 비율은 우리의 전 인구에 대한 여성 인구의 비율과 비교해볼 때 극히 소수에 지나지 않는다는 것은 사실이지만 지금까지 여성의 존재론적인 질문과 여성의 사회적인 지위 혹은 성(性)의 정치라는 측면에서 접근한 것으로는 아마도 시몬느 드 보부아르의 『제2의 성』 출판 이후 처음 있는 일처럼 보인다. 이와 같은 출판계의 움직임 가운데서 그 대표적인 것을 들면 케이트 밀레트의 『성의 정치학』, 베티 프리단의 『여성의 신비』 등의 번역 서적과 이효재·김주숙의 『한국 여성의 지위』를 들 수 있을 것이다. 한국 여성에 대한 역사적 고찰로는 이들보다 6~7년 먼저 출간된 『한국여성사』(이대 출판부)가 있다. 그러나 오늘의 여성해방운동 관련 아래서 볼 경우에는 최근의 몇몇 출판물들은 그 이전의 것들과 비교해서 대단히 진보적인 것들이라고 말할 수 있다. 여기에서 진보적인 것이라고 하는 것은, 지금까지 남녀동등권이라고 하는 대단히 추상적인 상태에서 이야기되어온 여성해방운동에 구체적인 내용을 포함하게 되었음을 의미한다. 다시 말하면 법률적으로 여성의 참정권이라든가 노동에 대한 권리들을 보장해줄 것을 요구하는 것으로 만족하게 된 여성해방운동은 개화 이후 상당히 오랜 세월 동안 남녀의 사회적 지위가 동등하다는 환상을 가져왔었다. 이들에게 있어서 남자와 여자의 차이는 전혀 사회학적인 차이에 기인하는 것이 아니라 생리학적인 차이에 기인하는 것으로 보였던 것이다. 다시 말하면 남자는 여자와 생리 구조가 다르기 때문에 '남자가 할 일' '여자가 할 일'이 같을 수 없다는 대단히 결정론적인 사고를 하게 되고, 그리하여 일반적으로 사회 활동은 남자가 맡고 가정생활은 여자의 차지가 된 것이 당연하다는 것이었다. 그러나 이러한 추상적인 현실 인식에서부터 그 인식의 오류를 들고 나오면서 남성과 여성의 모든 차이를 남성 지배 사회의 이념의 소산으로 보려는 노력이 몇몇 뛰어난 여성들에 의해 이루어졌다. 위에서 든 밀레트와 프리단의 저서는 바로 그러한 노력의 성과로서 드러난 것이며, 최근 서성미의 「성과 노동」이라는 글도 그러한 현실에 대한 뛰어난 분석에 속한다.

그렇다면 여성의 해방운동은 왜 다시 거론되고 있으며 무엇 때문에 역사적인 중요성을 갖게 되는가? 여기에 대한 가장 직접적이며 간단한 대답은 여성이 억압을 받고 있고 그 억압을 자각하여 여성 자신이 그것으로부터 벗어나고자 하기 때문이라고 할 수 있을 것이다. 그러나 이러한 대답은 어쩌면 너무나 단순화된 것일는지도 모른다. 왜냐하면 남성이 지배해온 부계 사회의 전통은 어제오늘에 생긴 것이 아니라 수십 세기를 거듭하고 있고, 억압의 현실이 드러난 것도 어제오늘의 일이 아니라 오래된 것이고, 이런 운동이 시작된 것도 여성 지배의 새로운 사회가 건설되어야 한다고 주장하기 위해서가 아니기 때문이다. 역사적으로 최근의 여성해방운동은 1949년에 시몬느 드 보부아르에서 출발하고 있다. 보부아르는 『제2의 성』에서 남성과 여성 사이의 진정한 관계를 설정하려고 시도하고 있는데, 그녀에 의하면 남성의 특권화된 사회적 상황과 성적 상황과는 독립적으로 '공통의 존재론적 구조'가 있는데 이것이 바로 남성과 여성의 진정한 관계라는 것이다.

이와 같은 보부아르의 실존적이며 정신분석학적인 분석이 이루어진 뒤 20년 만에 유럽과 미국에서는 또다시 여성해방에 관한 새로운 자각이 일어났다. 이 새로운 자각은 주로 성의 해방과 관련된 것으로서, 1968년 프랑스의 5월 사태의 발단이 여자 기숙사의 폐쇄성에 대한 항의에서 출발하고 있고, 미국의 학생운동도 또한 이와 비슷한 양상을 띠었을 뿐만 아니라 한때 미국 사회의 중요한 움직임으로 등장했던 히피 운동에도 성의 분배라는 여성해방의 일면이 근본적인 요소 가운데 하나로 나타났던 점으로 볼 때에 우연의 소산이라고 할 수 없다. 그것은 오히려 이 세계 자체의 사회 속에 존속하고 있는 여러 가지 불평등의 현실에 대한 폭넓은 자각의 한 표현인 것이다. 이 폭넓은 자각은 제2차 세계대전이 끝난 이후 세계의 지성이 전쟁에 대한 고찰을 하게 됨으로써 시작된다. 전쟁에 대한 고찰의 결과는 일반적으로 19세기 식민주의 잔재에서 전쟁의 요인을 발견하게 되었던 것이었다. 다시 말하면 19세기의 식민주의가 타국에 대한 지배 욕망과 지배권의 확대에서 연유된 것과 마찬가지로 20세기의 전쟁도 지배하고자 하는 힘의 숭상에 의해 일어난 것이었다. 이러한 현상에서 인류가 지금까지 추구해온 문명은 바로 힘의 축적과 그 힘에 의한 지배의 원리의 작용을 받아왔던 사실을 깨닫게 된다. 이른바 '문명'이라는 이름으로 서구 사회가 스스로를 '야만'과 대립시켰던 사실에서 가장 주목을 요하는 것이 그 '문명'의 공격적인 성격이다. 이 공격적인 성격은 패러다임이 다른 두 사회의 갈등에서 강자의 편에 서왔던 것이고, 이와 같은 승자로 이어지는 '문명'은 바로 힘에 대한 숭배를 그 특징으로 갖게 된다. 힘에 대한 숭배는 문명의 척도를 개인의 에너지 사용량에서 찾고 있는 사실로 충분히 증명될 수 있는 것이다. 따라서 힘을 숭상하고 있는 '문명'이 존속하는 한, 이 지상에 전쟁이 계속될 것이고, 전쟁이 계속되는 한 인간이 행복해질 수 있는 가능성은 더욱 희박해지고 있는 것이다. 이와 같은 국제사회에 있어서 지배와 피지배의 관계는 한 사회 내부에도 존재하며 한 가정 안에서도 발견될 수 있는 것이다. 이른바 '소유'의 개념으로 구체화되어 나타나고 있는 개인의 욕망에 대한 정신분석학적 연구를 통해 지배의 심리학적 의미를 도출해냄으로써 개인과 사회 사이에, 혹은 사회와 문명 사이에 있는 구조적 동질성이 밝혀진 것도 그 때문이다.

그런데 이처럼 소유하고자 하는 욕망이 국제사회에서는 식민주의와 인종 차별주의와 국수주의, 더 나아가서는 패권주의로 나타나게 된다. 그러나 바로 이러한 현상에 대한 검토와 반성 과정에서 자연 발생적으로 일어나게 된 것이 한편으로는 제2차 세계대전 이후 대부분의 약소 국가들의 독립운동이며, 다른 한편으로 1960년대의 서구 사회 내부에서 가령 히피 운동과 같이 새로운 사회집단을 형성하려는 노력이다. 히피 운동은 집단과 공동체 개념을 구분하는 것으로서 얼핏 보면 구미 사회의 병폐처럼 보이지만 사실은 구미 사회의 가장 심각한 자기 반성의 양심적 표현이다. 여기에서 집단이라고 하는 것은 그 집단보다 더 크고 강한 체제에 의해서 제시된 이념에 따라 개인이 어쩔 수 없이 참가하는 작은 사회를 말하며, 공동체라고 하는 것은 그 공동체를 구성하고 있는 개인 하나하나의 일치된 이념에 따라 개인들이 자연 발생적으로 참여하고 이끌어가는 작은 사회를 말한다. 이 진정한 의미에서의 공동체는 물론 현재의 여건으로 보아서 이상적인 성질을 띠고 있고, 따라서 현실적으로 큰 성공을 거둔 것은 아니다. 그러나 중요한 것은 실현 그 자체에 있는 것이 아니라 실현과는 상관없이 그러한 자각과 반성을 하게 된 사실에 있다. 왜 이러한 자각과 반성이 일게 되었는가. 여기에서 제일 먼저 들 수 있는 것이 가족 이기주의일 것이다. 자신의 가정, 자신의 가문을 위해서 다른 사람들과의 힘의 경쟁을 끊임없이 시도하고 그리하여 '나의 집' '내 마누라' '내 자식'이라는 강한 소유 개념이 자기실현의 전면에 나타나게 됨으로써 '나만 빼놓고는 모두 망해도 좋다'는 극도의 이기주의로 발전하게 되는 것이다. 이 이기주의는 개인과 개인의 관계를 평등하고 화평하게 만드는 것이 아니라 지배의 위치를 다투게 만든다. 남보다 강한 경제권을 쥐고 남보다 예쁜 마누라를 갖고 남보다 큰 집을 마련해서 살고 남보다 좋은 차를 굴리며 다니고 싶어지는 지배 심리는 가족 이기주의의 핵심을 구성하고 있는 것이다. 두번째로 들 수 있는 것은 여성이 남성의 소유의 대상으로 인식되고 있는 사실이다. '내 마누라'라는 표현에 이미 들어 있는 것처럼 남성 지배 사회의 편리한 윤리에 따라 남성에게는 '정조'에 대한 강요가 없지만 여성에게는 강력한 정조 관념이 부과된다. 따라서 남성은 여성을 소유하지만 여성은 남성을 소유하는 것이 아니라 남성에게 소유당하는 것이다. 셋째로 남성의 소유 대상이 된 여성은 따라서 가정에서의 역할도 남성과 구분된다. 여성은 어머니로서, 아내로서 그리고 누이로서의 역할을 할 수 있을 뿐, 남성의 역할에서는 제외된다. 프리단에 의해서 '여성의 신비'라는 표현을 얻고 있는 이른바 여성의 여성성은 그러나 그것이 타고난 성질이 아니라 남성의 지배 이념에 의해 오랜 세월에 걸쳐 만들어진 것이며 그 때문에 여성은 가정의 경제권에서 소외된 채 그 능력의 열등성을 운명으로 체념하게 되었던 것이다.

이처럼 한 가정에서 그 집단이 지향하는 이념과 그 이념을 실현하기 위한 그 집단 내부의 구성원들의 관계가 보여주는 구조는 그 가정을 포용하고 있는 사회의 구조와 동일한 것으로 나타나고 있는 사실을 보게 되면, 1960년대에 있었던 세계적인 움직임들이 여성해방운동과 이념적인 어떤 접근 가능성을 내포하고 있었던 것으로 보인다. 모든 권위주의와 지배 이념에 반기를 들고 공동체를 형성함으로써 가족 이기주의를 극복하고 시장경제체제에 있어서 가짜 욕망을 극복하려는 정신이 히피 운동에서 이미 나타났다는 사실, 그리고 미·소의 패권주의를 배격하는 제3세계의 세력이 의식화되고 있다는 사실, 남성 지배의 세계로부터 여성해방을 부르짖고 있는 뉴퀸운동에서 세계 여성의 해가 선포되었고, 어른 지배의 세계로부터 어린이들의 해방을 논의하게 된 데서 어린이의 해가 선포된 사실 등에서 그 유사성을 찾는다는 것은 그다지 힘든 일이 아니다.

2

여성해방에서 가장 핵심적인 문제는 여자가 인간으로 해방되는 것이라고 할 수 있다. 인간이라는 보통명사 속에 포함되는 여자와 남자는 그 구분 자체에, 다시 말하면 그 '성'의 구분에 이미 불평등의 요소를 품고 있다. 그 불평등의 내용을 이루고 있는 여러 가지 요인들 가운데 가장 먼저 들 수 있는 것이 '성적'인 요소라고 할 수 있을 것이다. 이미 시몬느 드 보부아르가 명쾌하게 분석하고 있는 바와 같이 여자의 여성적인 특징은 태어나서 말을 배우게 되는 과정에서 사회적이거나 가족적인 여러 관계에 따라 만들어지는 것이지만 그러한 문제는 이 분야의 전문가들에게서 좀더 논증적인 이론을 기대하는 것이 바람직한 일일 것이다. 다만 우리에게 필요한 것은 그러한 논증적인 이론의 근거가 되는 불평등을 의식하는 일일 것이다. 봉건 체제에서 벗어나면서부터 법률적으로 이미 여자는 남자와 거의 동등한 권리를 갖게 된 것이 사실이다. 그러나 그러한 동등의 뒷면에는 남자 중심의 사회가 그보다 열등한 여자에게 은전을 베푸는 것과 같은 '관용'의 개념이 자리를 잡고 있다. 예를 들면 법률적으로 동등한 지위를 갖고 있으면서, 여자가 청바지를 입는 것은 다른 사람에게 혐오감을 불러일으키는 것이기 때문에 금지되어야 한다는 이론이 나온다거나, 여자는 여자다운 아름다움을 갖추어야 한다는 주장이 나온다. 이것은 여성이 한갓 남성 중심의 사회에서 다만 '장식물'이라는 것을, 그리하여 남성에게 '소유된' 사물이라는 것을 설명해주기에 충분한 것이다. 이와 같은 사실은 남자 사회에만 퍼져 있는 생각이라기보다는 실제로 여성이 스스로 끊임없이 주장해온 것이기도 하다. 세계적인 모임에 참가하고 온 많은 사람들이 한국 여성의 아름다움을 뽐냈다고 이야기하거나 여자는 여자로서 할 일이 있고 남자는 남자로서 할 일이 있다고 주장하는 것은 여성의 사고 속에 스스로 이미 그러한 장식물의 지위를 받아들이는 것과 다를 바가 없다. 물론 이것은 오늘의 여성의 지위가 열등과 종속의 관계에 놓여 있는 것이 바로 여성 자신의 책임이라고 말하려는 것은 아니다. 지배와 피지배와의 투쟁에서 오래전부터 피지배 측에 들어온 여성은 말하자면 남성 중심의 사회에서 그렇게 자라온 것이며 교육을 받아온 것이다. 그러한 교육을 받아온 여성은 자신이 그와 같은 '규범'을 벗어날 때에 남성 중심의 사회에서 어떻게 추방되는지를 충분히 알고 있다. 그것은 여성이 그 사회에 대해서 끊임없이 소외 공포증에 사로잡혀 있는 이유이다. 식민지 시대에 식민지적인 상황을 민중이 무식했기 때문이라고 하는 것과 같은 이러한 태도는 한편으로는 여성의 열등성을 증명하는 결과를 가져오면서 다른 한편으로 여성으로 하여금 자각할 수 있는 계기를 갖지 못하게 하려고 끊임없이 음모를 꾸미고 있다. 여기에서 자각할 수 있는 계기를 박탈하는 근본적인 개념이 '죄의식'을 의미하는 것은 두말할 필요도 없다. 이 '죄의식'의 계념은, 여성적인 특성에 훈련된 사람에게는 그 많은 구속을, 다시 말해서, 계율을 어겼다는 의식 때문에 스스로 질책하게 만든다. 그것은 여자로 하여금 규범 속에 살게 하는 가장 큰 힘이 되고 있다.

그렇다면 규범 속에 사는 것은 무엇을 의미하는가? 그것은 여자에게 있어서 '주어진' 조건 속에 산다는 것이다. 그러한 조건을 낱낱이 예를 드는 것은 나로서는 대단히 힘든 작업이다. 하지만 이를테면 앞에서 든 서정미의 글에서 한국 여자의 노동 조건 같은 것을 생각해볼 수가 있다. 얼마 전에 신문에 발표된 우리나라의 실업률은 2.6%였다. 직장을 갖고자 하는 사람들이 아직 직장을 갖지 못한 경우를 백분율로 표시한 것이라고 볼 수가 있는 이 실업률을 보고 정말로 노동 능력을 가진 그 많은 여자들이 포함되어 있는지를 묻지 않을 수가 없다. 인구 조사 결과로 보아도 남자보다 여자가 더 많은 우리나라에서 여자는 노동에서 '사람'으로 대접을 받는다기보다는 '비존재자'로 다루어지고 있다. 늘이가는 산업 인구의 수요 때문에 곳곳에서 인력난을 외치면서도 대학을 나온 여자도 아주 적은 수효만이 취직을 하게 되는 현상을 보아도 법률의 평등이 한낱 관용에서 나온 사탕발림임을 증명하기에 충분하다. 이처럼 좁은 취업의 문에 들어선 여자들도 자신이 갖고 있는 지식을 사용하는 전문직에 종사하는 경우는 아주 드물고 거의가 단순노동이나 서비스업에 종사하는 실정이다. 국영기업체의 기준을 따르게 되어 있는 은행과 모든 기업체에서는 거의 혼인을 하면 직장을 그만두어야 되는 것은 이미 알려진 사실이다. 그러니까 여자는 이런 식으로 직장으로부터 밀려나는 경우에 경제 형편에 따라 가정이라는 곳으로 들어가거나 그렇지 않으면 좀더 조건이 나쁜 직장으로 옮겨가지 않을 수가 없게 된다. 가정으로 들어가면 애를 낳고 기르고 남자들 뒷바라지를 하며 집안 살림을 하는 전통적인 규범을 좇을 수밖에 없다. 그러면 남자는 집안의 경제권을 쥐고 있는 것을 기화로 온갖 폭력의 주인이 되고 밖에서는 무슨 짓을 해도 집에 오면 근엄한 남편이 되며, 여자의 나들이까지도 극도로 제한하게 된다. 그 이유는 가정의 화평과 행복을 지키기 위한 것이다. 따라서 가정에서 남편은 경제권을 쥐고 군림하게 되고, 여자는 남편이 마련한 '큰 집'을 가지고 호화로운 가구로 장식하고 이따금 남편이 베풀어주는 '외식'이라는 관용과 몇 가지 장신구를 가지는 것으로 행복을 느끼면 된다. 그러면서도 이처럼 소외된 삶에 대한 무의식적인 탈출이 학교에서 치맛바람을 일으키게 만들고, 복부인이 되어 강남에서 설치게 만든다. 또 이따금 그것이 주부 도박단의 단원이 되는 탈선으로 나타나면, 그것을 모두 그 여자의 책임으로만 돌려 힐난하게 된다. 경제생활의 주체에서 소외됨으로써 사회 경험이 남성보다 적은 여자가 사회생활의 미숙함을 드러내는 이유는 여자라는 데 있다. 그렇기 때문에 여자는 사회생활의 미숙자로 남게 되고 무능한 존재로 낙인찍히게 된다. 따라서 여자는 혼인 전까지만 부족한 노동 인구의 보완자로서, 그것도 거의가 공원으로서 경제생활에 참여하게 되고, 여기에서 얻어진 수입은 시장경제의 중요한 속성인 가짜 욕망을 만족시키기 위한 소비재의 구입에 투자된다(공단 주변에서 화장품의 소비가 많다는 사실이 이를 말해준다). 물론 이때에 여자만이 가짜 욕망에 사로잡혀 있다는 것을 말하려는 것도 아니고, 그것이 여자의 책임이라고 말하려는 것도 아니다. 다시 말하면 사회구조 자체가 이처럼 불평등의 관계로 이루어져 있기 때문에 그러한 결과를 가져온 것이고, 그것은 남자 지배 사회 자체의 모순인 것이다.

얼마 전에 어떤 국회의원이 여고생들에게 온갖 추잡한 일을 했다고 떠들썩했던 사건이 있었다. 그때에 그 국회의원에 대한 저주와 욕설은 누구나 쉽게 했고 또 마땅히 청소년들의 성도덕을 걱정하는 발언도 했다. 그러나 그러한 당위론을 한 번 더 생각해보면, 돈과 권력을 쥔 '남자'가 자신의 남성적인 힘을 뽐내기 위해서는 무슨 짓을 하게 되는지, 또 청소년에게 순결 교육을 하고자 하는 어른들의 세계는 청소년들의 탈선과 정말 아무런 상관이 없는 것인지 하는 근본적인 의문이 생기게 된다. 여성에게만 순결이 강요되고 남성에게는 모든 것이 허용되는 사회 풍토는, 어른들에게는 모든 것이 허용되면서도 청소년들에게만은 도덕적인 생활이 강요되는 현상과 조금도 다를 바가 없는 것이며 나아가서는 이것이 두 세대끼리의 충돌을 가져올 가능성을 갖게 한다. 이것은 어쩌면 여성해방운동이 성의 해방이라는 새로운 국면으로 진행될 수 있음을 암시하며 실제로 아직은 많은 여자들이 '죄의식'의 상태에 머물러 있지만, 언제 그것이 표면화될지는 알 수 없는 것이다.

3

여성해방운동은 그것이 남성 지배로부터의 해방을 노리고 있다는 점에서, 모든 억압으로부터 벗어나서 완전히 자유로운 개인의 확립을 목표로 하는 문학의 본질적인 관심으로부터 멀어질 수 없는 것은 물론이거니와 문학의 근본적인 성질 중의 하나라고 해도 지나치지 않을 것이다. 여성을 남성과 똑같은 '인간'으로 만드는 것이 아니라 주부로 만드는 것은, 남성 지배 이데올로기의 억압적인 정치를 의미하는 것이다. 문학 자체의 제도화마저 거부하고 그것을 문제화하고 있는 문학이 남성 지배 체제가 가지고 있는 억압적인 요소에 관심을 갖게 되는 것은 너무나 당연한 것이다. 이러한 관점에서 최근의 소설 몇 편을 관찰해보는 것은 대단히 중요한 것처럼 보인다. 왜냐하면 유명한 소설들에 나타난 남성 지배 이념을 뛰어나게 분석함으로써 성의 정치적 성격을 드러나게 한 밀레트의 『성의 정치학』(정의숙·조정호 옮김)과 중류 이상의 주부들 사이에 내재하고 있는 '이름붙일 수 없는 문제'들을 분석함으로써 여성다운 여자로부터 개성 있는 자아 발견의 길을 모색한 프리단의 『여성의 신비』(김행자 옮김)가 출판된 것과 때를 같이하여 여성에 관한 이야기가, 소설 속의 문제로 제기되는 양상에 어떤 변화를 겪게 했기 때문이다. 이런 변화가 시작된 역사적 전거를 찾아보면 가령 『춘향전』에서나 춘원의 『무정』에서도 나타날 수 있을 것이다. 문학이 집단의 윤리라고 할 수 있는 풍속을 깨뜨려온 역사로 볼 때 뛰어난 작품에서 그러한 변화를 목격하는 것은 당연한 것이다. 그러나 아직 문학작품으로서 뛰어난 평가를 받아본 적이 없는 어떤 작품에서 그러한 변화가 나타났을 경우에는 그 작품에 대한 분석이 그 작품의 문학성과 함께 그 이념을 드러내줄 것으로 믿어진다. 여기에 속하는 작품으로서 지난 연말에 출판된 김진옥의 『나신』이라는 소설을 드는 것은 아주 우연이라고 할 수도 있지만, 우선 필자로서 이런 종류의 소설을 처음 보았다는 것이 우연만은 아니지 않을까 생각된다. 왜냐하면 그러한 종류의 작품이 갑자기 '만들어질' 수만은 없기 때문이다.

우선 김진옥의 『나신』은 장편소설이라기에는 좀 짧은 것이기는 하지만 이른바 여성해방운동을 최초로 다룬 소설인 것은 분명하다. 여기에서 최초로라는 이야기를 하는 것은 가령 춘원에게 있었던 '신여성(新女性)' 같은 여성해방의 기수들을 제외시키기 위해 붙인 부사가 아니다. 지금까지의 대부분 여성해방에 관한 자각은 여성에게는 여성으로서의 할 일이 따로 있고 여성다운 여자가 되어야 한다는 대단히 교양적인 범주에 머물러 있었던 것이다. 춘원의 작품에서 나타나고 있는 이와 같은 교양적인 태도는 사랑의 선택이라는 측면에서 자유연애를 부르짖고 있는 것은 사실이지만 그것이 내포하고 있는 남성과 여성의 관계는 프로이트가 말하는바 남성의 적극성과 여성의 소극성의 관계에서 크게 벗어나지 않고 있다. 지배와 피지배를 본능의 힘으로 표현하게 된 이러한 관계가 1917년에 일대 변혁을 경험한 점에서는 높이 평가받아야 마땅할 것이겠지만, 오늘의 문제 제기의 양상과 비교해볼 때에 커다란 차이를 발견하게 한다. 우선 여기에서 자유연애란 경제적 계층은 다르지만 교육 수준은 비슷하다는 함정을 갖고 있음에 주의하지 않으면 안 된다. 일단 교육 수준이 비슷하다고 하는 것은 자기 인식의 능력이 비슷하다고 할 수 있는 것으로서 현상적으로 나타나고 있는 경제적 차이, 혹은 사회적 지위의 차이로 비극 그 자체를 유발할 수 있는 성질의 것이 아니다. 왜냐하면 당시에 있어서 교육 수준이 비슷하다고 하는 것은 비록 그 인물의 현재의 사회적 지위나 경제적 형편이 한심한 지경에 있을지라도 그에게는 언제나 상대편과 동일한 계층에 속할 수도 있고 그보다 높은 계층에 편입될 수 있다는 가능성이 있음을 의미하는 것이기 때문이다. 진정한 비극은 그러한 가능성이 열려 있지 않은 데 있다. 따라서 이 당시의 자유연애는 부모의 선택이라는 장벽으로부터 벗어나는 것을 목표로 하고 있는 것이지 남성과 여성의 인격적인 차이를 극복하는 것을 목표로 하고 있는 것은 아니다. 그렇기 때문에 여기에서 여자 주인공들은 여성다운 여자가 되는 것을 꿈꾸고 있을 뿐 한 인간으로서 개성 있는 존재의 발견을 위해 노력하지 않는다. 따라서 이들은 '성'의 해방이라든가 남성에 의한 여성의 지배라는 상황 인식과는 정반대로 '사랑'의 신비화로 치닫고 있는 것이다. 이때 여성들이 이러한 상태에 빠지게 되는 것은 그 여자 주인공들의 의식이 눈뜨지 못했기 때문이라고 할 수도 있겠지만 보다 근본적인 원인은 남성 지배 이데올로기의 억압을 지나치게 받고 있기 때문이다. 이러한 지나친 억압 상태는 여성으로 하여금 자신의 존재에 관한 정당한 사유를 할 수 없게 만들 뿐 아니라 '사랑'이라는 신비 속에 자신의 '여성다움'을 모두 발산시키게 만든다. 그렇기 때문에 자유연애의 선구적인 작가인 춘원의 작품에서 사랑의 문제가 끊임없이 제기되면서도 여성의 사회적 지위, 혹은 남성과의 동등한 위치에 관한 암시는 전혀 찾아볼 수 없는 것이다. 이러한 작품에서는 사랑이라는 것이 이성에 대한 야릇한 호기심이나 상상처럼 일종의 연애 감정으로 처리된다. 그렇다면 여기에서 사랑이란 결혼이라는 제도 장치를 거쳐서 가정을 이루는 것만을 목표로 하는 것인가 하는 질문을 던질 수 있다. 만약 여기에 그렇다는 대답이 가능하다면 그것은 그 사회의 구성원으로서 양성(兩性)의 결합만을 염두에 두고 있는 것이지, 양성의 결합 양상이나 양성의 존재에 대한 물음을 갖고 있는 것은 아니다. 이렇게 되면 자유연애가 여성의 해방이라든가 성의 해방에 관계되는 것이 아니라 그 반대의 기능을 하게 된다. 그러한 예는 김동인의 「김연실전」에서 전형적으로 드러나고 있다. 이 작품의 여주인공은 당대의 신여성으로서 일본에 유학 중인데, 선구자로서의 자아의식을 '자유연애'에서 찾고 있다. 그러나 이때의 자유연애는 이성에 대한 맹목적인 동경과 섹스에 대한 이상 심리로 그려져 있다. 물론 이 소설 자체가 춘원의 자유연애에 대한 비판으로서 씌어졌다는 주장이 있기는 하지만, 이러한 여주인공의 태도는 자신의 자유의 획득을 위한 노력이 아니라 '노예' 상태로 빠지기 위한 노력으로 보인다. 여기에서 이성에 대한 맹목적인 동경이라는 것은 여주인공이 사랑의 대상으로 생각하는 사람을 동경하게 되는 과정이 대단히 즉물적이고 동시에 자신에 대해서 하나의 인격체라기보다는 여자로서의 의식을 갖고 행동한다는 점에서 대단히 보수적이라는 사실로 설명되어진다. 반면에 섹스에 대한 이상 심리는 성적 쾌락만이 지나치게 강조됨으로써 성 자체가 소비적 성질을 띠는 데서 찾아질 수 있을 것이다. 이런 현상은 성의 지나친 억압 상태에서 벗어나는 과정으로 설명될 수 있겠지만 그러나 그렇다고 해서 성의 완전한 해방이 가능한 것은 아니다. 이러한 신여성들과 비교하여볼때 최근의 이른바 1970년대 소설에 나타난 여주인공들의 모습은 좀더 다른 양상을 띠고 있다. 이미 다른 글에서 언급한 바 있지만 최인호의 『별들의 고향』과 조해일의 『겨울 여자』는 둘 다 여자를 주인공으로 내세운 소설로 널리 알려져 있다.

우선 『별들의 고향』의 주인공 경아는 신파조 연극의 주인공과 같은 기구한 운명 속에 살고 있다. 그는 첫번째 남자인 강영석을 만날 때까지는 얼굴이 예쁘고 마음씨가 착한 평범한 여자에 지나지 않는다. 그런데 그가 첫번째 사랑에 실패하고 두번째 남자인 이만준의 재취로 들어간다. 여기에서 주목되는 것은 그가 전통적인 여자관에서 조금도 벗어나지 않은 여자라는 사실이다. 전통적인 여자관이란 여자는 남편과의 사랑이 가장 중요하고, 그 남편의 사랑을 독차지하는 것이 인생에서 성공하는 것이라는 사랑의 신비주의를 믿는 것이다. 이 사랑의 신비주의는 여자를 남자와 동등한 인격체로 바라보는 것이 아니라, 여자란 남자에게 '소유당하는' 것임을, 그러므로 여자에게는 사랑이 인생의 전부라는 것임을 이야기한다. 그런데 그의 첫번째 사람인 강영석은 가정이라는 제도 속에 들어오고 싶어 한 경아를 노리갯감으로 삼는다. 그러니까 그의 사랑의 실패는 자신이 '노리갯감'인지 아닌지 경계해야 되는, 그래서 끊임없이 영원한 '소유물'이 되지나 않는지를 경계해야 되는 남성 지배 사회의 규칙을, 아니 운명을 잘못 선택한 데에서 온다. 그는 '사랑한다'는 말을 너무 쉽게 믿는 잘못을 저질렀기 때문에 사랑에 실패하고 만다. 이상하게도 그는 그때마다 아파서 드러눕게 되고, 그가 식욕을 얻게 되면 그러한 실패를 극복하고 나선다는 의미가 된다. 두번째 사랑의 상대인 이만준과의 사랑은 어쩌면 가정이라는 그의 목표에 가장 가까이 다가간 것일지도 모른다. 돈 많은 남편이 밖에서 일을 하고 있는 동안에 그는 집안을 아름답게 가꾸고 따뜻한 목욕물을 받아놓는 '행복'을 누린다. 그러나 그것이 한 남자와 한 여자의 진정한 '만남'으로 이루어진 것이 아니라 자신이 '소유당한' 데에서 나온 것이었기 때문에 이만준의 닫힌 문을 열고 들어가려고 했을 때에 파탄의 조짐이 나타나고, 자신의 순결이 육체적인 것에서 의심을 받으면서 두 사람의 관계는 깨어질 수밖에 없게 된다. 이 두 번에 걸친, 제도가 허락한 사랑의 실패로 그는 남성이 지배하는 사회로부터 끈질긴 보복을 받는다. 그는 술집을 전전하면서 남자들의 한때의 '소유물'이 된다. 경아의 세번째 남자라고 할 수 있는 뱃사람이 자기가 경아의 '소유자'임을 내세우고 나서는 것처럼, 그는 남자의 노리갯감으로 완전히 변모하여 알코올중독자가 되고 마침내 얼어 죽고 만다. 이와 같이 실패한 삶을 살면서도 그는 전혀 비관주의에 갇혀 있지 않고 언제나 낙관적인 태도를 지니고 있다. 이것은 자신을 억압하고 있는 현실이 너무나 강한 힘을 갖고 있어서 그것에 정면으로 도전을 했을 경우에는 패배할 수밖에 없다는 것을 알고 있는 경우라고 말할 수가 있을 것이다. 그렇기 때문에 현실에 대한 희망도 체념도 있을 수가 없고 또 기대와 회한이 없기 때문에 닥치는 대로 살 수 있는 능력을 갖게 되는 것이다. 그러나 그만한 얼굴과 착한 마음을 가졌는데도 잘못 사는 것을 그의 잘못으로 돌리는 것은 그로 하여금 요조숙녀가 되기는 바라는 남성 지배 이념에서 나온 생각일 뿐이다. 그에게서 찾을 수 있는 성도덕에 대한 새로운 태도는 어쩌면 외형적인 엄숙주의 속에 감추어진 위선의 장막을 벗겨본 것이 될 수도 있다. 그러나 좀더 근본적인 문제는 여성 자신이 그처럼 충실하게 좇으려고 했던 남성 지배 이념이 그를 배반한 사실에 있다. 그런데 이 소설에서 그가 그러한 사실에 의식의 눈을 뜨지 못하고 있기 때문에 이 소설 자체는 매우 소비적인 성질을 띠게 된다. 여기에서 소비적인 성질이라는 것은 그에 대한 모든 미화 작업이 남성 지배 사회의 처지를 한 번도 떠나지 않고 있음을 말한다. 이러한 과정은 또한 김문호라는 인물과 헤어지는 장면에서도, 또 김문호가 그의 주검을 뒤치다꺼리하는 장면에서도 드러나고 있다. 그렇기 때문에 이 소설의 수많은 독자들이 이러한 소비적인 성질에 매혹되었을 것이라는 오해를 받게 될 수도 있다.

이러한 최인호의 소설에 견주어 조해일의 『겨울 여자』의 주인공 이화는 훨씬 더 적극적인 인물이다. 더 적극적이라고 해서 그가 처음부터 성 개방주의를 부르짖을 만큼 의식의 눈을 뜨고 있었다는 것은 아니다. 그도 처음으로 남자를 알기까지는 일반적으로 소설에서 드러나는 것처럼 얌전하고 얼굴이 예뻤다. 그렇기 때문에 첫 남자인 '민요섭'을 만났을 때에 입맞춤마저 거부할 정도였고, 첫번째 입맞춤이라 할 수가 있는 '우석'과의 만남이 이루어진 다음에 일주일이나 앓아눕는다. 그러나 그다음부터 그는 '가족 이기주의'에 눈을 떠서 혼인을 하지 않기로 결심을 하고 수많은 남자를 경험한다. 자기 자신이 한 남자에게 얽매어 있지 않다는 것을 보이기 위해 '수환'과도 성교를 하고, 자기와 연애를 하고 싶으면서도 선생이라는 체면 때문에 망설이는 허민을 위선으로부터 벗어나게 하려고 자기의 몸을 주고, 미국 유학을 다녀온 것과 좋은 가문을 배경으로 혼인하기를 강청해오는 안세혁에게 자기의 몸을 주고, 야학을 하고 있는 '광준'과 동거 생활에 들어가면서도 혼인을 원하지 않는다. 이와 같은 그의 행위를 보게 되면, 아마 여성해방 쪽에서 볼 때에 우리의 소설 역사에 이만큼 진취적인 '성관'을 가지고 있는 인물은 드물 것이다. 이를테면 김동인의 「김연실전」에 나오는 김연실이 순전히 성적인 쾌락을 좇은 면에서는 최초의 인물이라고 하겠지만 이 경우는 여자의 해방에 역행하는, 다시 말해서 남자의 성적인 도구로서의 기능을 강조하는 것에 지나지 않는다. 그러나 이화는 가정이라는 집단이 남성 지배 사회의 이기주의의 소산이라는 것을 의식하고, '혼인'이라는 것이 합법적인 '소유' 의식임을 깨달은 것이다. 그리고 그러한 상황으로부터 해방된다는 것이 '성'의 해방과 관련을 맺지 않을 때에는 불가능하다는 것을 깨닫고 있다. '일부일처제'가 '가정 이기주의'의 소유 개념에서 나왔음은 널리 알려진 사실이지만, 그것이 '성'의 소유를 보장해주면서 또 남자에게는 여자를 살 수 있게 하고(왜냐하면 남자가 경제 능력을 갖고 있으니까) 여자에게는 육체적인 순결을 지키는 대가로 생활의 보장을 받게 하는 것임은 분명하다. 문학이 모든 억압으로부터 자유로워지려는 것이며 지배와 피지배의 불평등을 극복하는 것을 지향하는 것이라면, '가정'과 '성'이라고 하는 금기를 여자 주인공이 깨뜨려버리고 있다는 점에서 지금까지 나온 어떤 소설보다도 『겨울 여자』가 전위적인 소설인 것은 사실이다. 실제로 이화가 자신의 벗은 몸을 보고 달아나려는 허민에게 "똑바로 보세요, 선생님. 도망치지 마시고요. 지금 보신 게 제 참모습이에요"라고 외치는 것은 위선의 허울을 벗고자 하는 대단히 도전적인 태도를 보여준 것이다. 그러나 이러한 이화의 태도가 정말로 진보적인 의미만을 갖는 것일까 하는 질문에 '그렇다'라고 대답할 수가 없다. 그 까닭은 우선 주인공 이화 자신이 성행위를 할 때에 한 번도 쾌감을 느끼지 않았다는 데에 있다. 그것은 그가 자신의 몸을 준다는 점에서 남자와의 동등한 관계를 유지한다는 진취적인 의미를 띠고 있으면서도 석기와의 경우를 빼고는 언제나 그쪽에서 스스로 '주고' 있다. 자기의 성적인 욕망과는 상관없는 모성적인 태도를 고수한 점에서 대단히 보수적인 여자관을 갖고 있다. 자기를 갖고 싶어 하는 남자의 욕망을 채워주고자 하는 그의 태도는 자신의 욕망을 한 번도 드러내지 않음으로써 또 하나의 위선으로 갈 가능성을 안게 된다. 물론 그가 바로 그 쾌감으로부터 벗어나 있기 때문에 더 청순하게 보일 수는 있을 것이다. 그러나 그 청순함이란 바로 남성 지배 사회가 바라는 것이어서, '여자는 이래야 된다'는 보수적인 태도와 관련을 맺고 있다. 그렇기 때문에 그는 여자로서 이 사회가 부여하고 있는 감정으로부터 벗어나지 못한 채 남자의 보조자로서의 처지를 지킬 뿐이고 남자와 여자라는 타고난 구별에 의문을 던지고 있지는 않으며 그로 말미암은 존재론적인 고민에도 빠지지 않는다. 어쩌면 이처럼 고민에 빠지지 않는 것은 이화가 만난 남자들이 모두 그와 비슷한 의지를 가진 사람들이기 때문일지도 모른다. 세상 사람들의 분노의 대상이 되고 있는 아버지에게 저항하는 민요섭, 데모하다가 군대에 들어가서 죽은 석기, 야학을 하려고 집을 뛰쳐나와 온갖 고초를 겪는 광준, 그와 뜻을 같이하고 있는 수환 들은, 이화가 잡지사 기자로 있을 때에 취재의 대상이 되었다가 그의 의식을 눈뜨게 한 '공단 주변'과 같이 그의 변모와 같은 길에 들어선 사람들이다. 이것은 조해일의 다른 소설에서도 보이는, '인물'에 지나친 신뢰감을 부여한 데에서 나온다. 특히 이 두 여자 주인공들은 남성 지배 이념에 철저하게 물든 남자들이 바랄 수 있음 직한 여성으로 나타나고 있기 때문에 대단히 부정적인 모습을 보이기도 한다.

그러나 이 두 작가의 작품들이 진보와 보수라는 두 면을 한꺼번에 가지고 있는 것은 이들 작가만의 책임이라고 할 수는 없을 것이다. 왜냐하면 남성 중심의 엄숙주의가 지배하고 있는 사회 속에서 살면서 그것으로부터 완전히 벗어나는 것은 불가능한 것일지도 모르기 때문이다. 중요한 것은 그 모순을 인정하면서 그 모순을 의식화시키는 작업일 것이다. 문제는 이러한 작품들이 남성 지배 이념에 따라 또다시 오그라들지 않도록 경계할 수가 있느냐 하는 데에 있다. 최근에 부쩍 늘

어가고 있는 여성에 대한 출판물들은 여성뿐만 아니라 남성들도 그러한 경계를 할 수 있다는 가능성을 높여주는 것이다. 왜냐하면 여성을 좀더 객관적인 처지에서 바라볼 수가 있고, 여성 문제를 보편적인 불평등의 문제로서 파악할 수가 있고, 성적인 '힘'의 지배나 경제적인 부의 지배로부터 벗어나지 않으면 진정한 인간 해방이 있을 수가 없음을 알 수 있기 위해서는 여성의 해방이 결코 남성들의 관용으로 이룰 수 있는 것도 아니고 여성의 감상주의로 이룰 수 있는 것도 아님을 이 출판물들이 보여주고 있기 때문이다. 자유로운 삶, 억압이 없는 삶, 평등한 삶을 문학이 바라는 것이라면 여자에게도 인간의 이름으로 그러한 삶을 요구할 권리가 있는 것이며, 또 있어야 될 것이다. 그런 뜻에서 문학 속에서 여자가 사랑의 신비주의를 구현하는 사람으로 미화되는 것을 바랄 것이 아니라 그 신비주의가 남자의 지배 이념에서 나온 것인지 아닌지를 끊임없이 물어보아야 할 것이다. 그때에 여자의 문제는 보편적인 삶의 문제인 위선과 허위와 지배의 정체를 밝히는 것이 되며, 우리의 진정한 위치를 스스로 깨닫게 할 수가 있을 것이다.

4

위의 두 소설과 비교해볼 때 김진옥의 『나신』은 훨씬 본격적인 여성해방을 위한 소설이라 할 수 있다. 여기에서 여성해방을 '위한'이라고 한 이유는 그 소설 자체의 테마나 작가의 의도가 그런 식으로 드러나고 있기 때문이다. 이 소설의 여주인공 설지영은 시인이며 대학의 영문학 교수로서 화가인 남편과 홀아버지가 된 시아버지와 친정어머니 그리고 시누이와 함께 사는 전통적인 가정의 주부이다. 여기에서 금방 눈에 띄는 것처럼 그의 직업이 영문학 교수라는 사실과 전통적인 가정주부라는 사실 때문에 이 두 직책(?)의 조화가 문제로 등장하고 있는 것이다. 대립되는 이 두 직책에 대해서 "만일 시를 쓰는 일과 학교에 나가서 가르치는 일이 그녀의 어깨에 두 날개를 달아주었다면 주부로서의 역할은 그 두 날개를 끊임없이 부러뜨려 그녀의 비상하려는 몸을 지상에다 끌어내리고 비끄러매는 오랏줄과 같은 것"이라고 비교하고 있다. 여성으로서 이 두 직책을 동시에 맡고 있다는 것부터 사실 이 여주인공의 특수한 상황을 이야기해준다. 그런데 시아버지가 이 여주인공에게 학교를 그만두라고 한다. 학교를 그만둔다고 하는 것은 평범한 여성으로서 생활만을 한다는 것을 의미한다. 여기에서 주인공은 여성으로서의 삶을 부르짖는 것이 아니라 여성의 인간 회복, 혹은 인격 회복을 위한 싸움을 시작한다. 첫째 그 가정을 뛰어나와서 남편에게 이혼에 동의할 것을 요구한다. 둘째 자신의 새로운 사랑을 찾았지만 결혼하지 않고 생활한다. 이 두 가지 과정을 거치는 동안 설지영은 끊임없이 여성의 삶의 조건에 대한 반성을 하게 된다. 그는 여성으로 태어났기 때문에 받는 여러 가지 고통이 형벌이나 다름없지만 그 형벌의 참모습이 드러나지 않는 것은 사랑이라는 신화 때문이라고 한다. 부모를 사랑하고 자식을 사랑하고 남편을 사랑하기 때문에 여성이 인격을 갖춘 인간이기 전에 여성이어야 하는 모순에 대해서 통찰력을 보인 그는, 시아버지의 요구가 '돈이나 색정'만으로 여자 위에 군림해온 그 강압적인 생활에서 유래한 것임을 알고, 시아버지의 얼굴에서 "수백 년의 긴 세월을 통해 여성을 인간의 자리에서 추방시켜 모든 인간적인 것을" "박탈하여 하나의 노예로" 만든 "이 나라의 남성의 얼굴"을 보게 된다. 그때 그녀는 "난 내 주인이야"라고 외치게 된다. 이 외침 속에는 결혼을 한 두 사람 가운데 여자에게는 "가정이라는 혹"을 지니게 되고 그 안에서 "남편이 밤늦게 잠자기 위해 귀가할 때 그를 맞아주는 하나의 얼굴", "늘 거기 있는 하나의 얼굴"로서의 자아를 인식하게 된다. 이러한 자아 인식과 함께 그가 자신의 남편에 대한 예리한 통찰력을 보이게 되는데 그것은 그 자신이 남편을 선택하는 과정에서 보인 안이한 태도에 대한 반성을 동반하고 있다. 남편인 재일의 끈질긴 추구에 그만 자신을 떠맡긴 그는 재일에게 '품위'도 '재질'도 '탐구열'도 없다는 것을 알고 있다. 그 재일이라는 인물이 아내에게 행사하는 것은 "그 사내라는 육체 속에서 무한히 솟아나오는, 무한히 들끓어 나오는 정열, 아니 정욕"이었던 것이다. 그것을 사랑이라는 이름으로 호도하고자 하는 남성 지배 이념은 바로 남근 숭배 사상에 지니지 않는 깃이다. 그렇기 때문에 그의 아내가 된 여자는 그의 소유물로 생각하게 되고 그러한 아내의 이혼 요청에 대해서 그 소유물을 포기하고 안 하고는 피소유물인 여자의 의사와는 무관하게 어디까지나 그의 의사에 달려 있다고 생각하는 것이다. 결국 그러한 재일이 자신의 사생아와 함께 온 또 한 사람의 여자로 인해서 이혼에 동의하는 것으로 끝나지만, 그러나 설지영으로서는 그 이혼이 한 인간과의 결별을 뜻하는 것이 아니라 탄생과 죽음 사이에서 자기를 실현하는 첫걸음이 되고 있다. "남성이 그들의 권위와 실리를 위해 여성을 '나' 아닌 다른 것으로 만들어 놓은 현실", 여성을 "인간의 자리에서 추방시켜 '여자'로, 아내로, 어머니로 며느리의 자리에 몰아넣은" 현실을 뛰어넘기 위해서 설지영은 새로운 사랑을 찾아간다. 그리하여 그는 오늘의 여성해방운동이 부딪치고 있는 모든 문제를 거론하게 된다. 우선 가정생활이란 여성만의 노동으로 꾸려가는 것이 아니라 남성과 함께 영위되는 것이고, 여성도 남성과 마찬가지로 노동을 할 수 있는 기회를 가져야 하고, 남성과 마찬가지로 경제적 힘을 소유해야 되며, 사회적 활동을 통해 가정 안에만 갇혀 있는 생활에서 벗어나야 한다는 것이다. 그리고 여성해방운동에 있어서 가장 어려운 문제 중의 하나인 자식의 양육 문제에 대해서는 남녀가 같이 살지 않더라도 둘이서 기를 수 있다고 하면서 중요한 것은 여자를 보는 남자 눈이 "관용을 베푸는 것이 아니라 근본적으로 생각을 바꾸는" 것임을 강조하고 있다. 그러니까 진정한 여성해방은, 모든 여자를 남성의 도구로 생각하고 그 위에 군림해온 남성들로 하여금 그러한 의식의 미망을 헤쳐 나오게 하는 한편 여성의 의식의 잠을 깨는 데서 가능한 것이다.

그러나 이처럼 이론적으로는 거의 동의할 수 있는 이 소설 『나신』이 실제 읽는 과정에서는 대단히 메마르게 느껴지고 설득력을 갖기 못하는 이유는 무엇인가? 이것을 단순히 논리와 감성 차이로 돌릴 수는 없는 것 같다. 왜냐하면 이 소설에서 작가가 주장하고 있는 것이 너무나 이로정연하게 나타나 있는 반면에, 주인공 자신의 삶에는 아무런 망설임과 갈등이 없는 것이다. 그렇기 때문에 주인공은 자기의 뜻대로 삶을 이끌어가고 마침내 새로운 여성해방의 시대로 들어서게 된다. 그러나 바로 이처럼 쉬운 해결에 도달할 수 있는 것이 여성의 문제라면 그것은 진정한 문제일 수 없다. 그 안에는 당연히 이론과 실제, 혹은 논리와 현실, 혹은 이성과 감성 사이에 끊임없는 갈등과 모순과 투쟁이 있을 수밖에 없는 것이다. 그럼에도 불구하고 이 소설에서는 그러한 자기 내부의 모순·갈등·투쟁의 과정이 나타나 있지 않기 때문에 작가가 주장하고자 한 것이 줄거리를 따라 평면적으로 구성되어 있을 따름이다. 이것이 소설의 주인공에게 필요한 '자유'와, '자율적인 생명력'을 감소시킨 것으로 보인다. 소설이 어떤 이념의 주장이 아니라 현실의 무한한 탐구여야 한다는 것도 사실은 주인공의 사고와 행위의 궤적이 단선적(單線的)인 하나의 방향으로만 진행되지 않는 데서 나온 이야기이다.

그럼에도 불구하고 이 소설의 중요성은, 오늘의 우리 사회에 있어서 여성의 문제를 감상적인 사랑의 신화로 다루지 않고 현실적인 문제로서 제기한 데 있다. 그것은 남성이 지배하고 있는 우리 사회에 있어서 불평등의 한 중요한 양상을 드러냄으로써 여성해방이라는 구체적인 이슈가 보편적인 의미로 확산될 수 있는 것이기 때문이다.

5

문학은 우리의 삶 속에 존재하고 있는 모든 불평등의 정체를 밝히고 모든 억압의 정체를 밝히는 일관된 노력을 해왔다. 그렇기 때문에 문학은 모든 것이 체제화되는 것을 경계하고 그것으로부터 벗어날 수 있는 정신의 힘을 길러왔다. 그러한 점에서 최근의 소설들이 그러한 기능을 담당하고 있는 것은 당연한 일이다. 다만 여성해방의 문제에 관한 한 그 문학적 성과가 대단한 것이 못 되고 있는 것이 사실이지만, 위에서 살펴본 것과 같은 새로운 시도가 시작된 이상 그것이 의식화될 수 있는 가능성은 열려 있다고 보아야 할 것이다. 문학이 이미 알고 있는 아름다움만을 추구하는 것이 아니고, 이미 정해진 방법으로만 씌어지는 것이 아니기 때문에 또 우리 자신이 삶이나 세계의 정체를 새로운 문학을 통해서 알려고 노력하지 않으면 안 되기 때문에 여성해방운동을 소설의 테마로 삼으려는 것과 같은 새로운 노력은 그것이 곧 문학의 새로움에 기대할 수 있을 것이고 동시에 우리가 작품에서 새로운 요소를 읽어내는 데 도움을 줄 수 있을 것이다.

오늘날 우리 사회에서 여성은 가령 실업자를 계산할 때에는 노동 인구에 포함되지도 않고 있다. 해마다 대학을 졸업하는 많은 여성들이 자신의 능력을 발휘할 수 있는 기회를 얻지 못하고 있다. 우리 사회 곳곳에서는 여성 진출을 막거나 한정시키는 장치가 마련되어 있다. 게다가 산업화하는 과정에서 공원의 7할이 여성으로 이루어져 있음에도 불구하고 여성의 진급은 한정되어 있다. 이러한 현실에서 여성이 스스로의 표현을 얻게 되고 그러한 불평등을 의식화시키는 작업은 우리의 보다 좋은 사회를 위해 필요한 일이다.

신문소설과 예술성

1

이희승의 『국어대사전』에 의할 것 같으면 '신문소설'이란 "신문에 연재하는 소설, 흔히 통속적인 장편소설을 여러 회(回)에 나누어, 날마다 계속적으로 싣는데, 특히 독자의 흥미를 이어 가도록 하는 것이 그 특징임"이라고 되어 있다. 여기에서 주목하게 되는 것은 신문소설이 본질적으로 흥미 본위의 통속적인 소재에 중점을 두고 평이한 내용을 다룸으로써 사건의 전개를 중요시하고 소설의 주제나 인물의 성격, 언어의 탐구 등은 별로 문제가 되지 않는다는 것이다. 그렇다면 신문소설을 이야기한다는 것은 결코 문학적 논의가 되지는 못할 것이며 다만 그러한 신문소설과 독자와의 관계라는 사회학적인 관심의 표현에 지나지 않을 것이다. 그러나 사회학에서 다루는 문화 현상과 문학사회학에서 다루는 문학 현상을 엄격하게 구분 짓는 것이 대단히 어려울 뿐만 아니라 그 두 분야의 상호관련성이 인정되는 것과 마찬가지로 순문학과 통속문학을 엄격하게 구분 짓는 것도 대단히 어려운 문제이며 이 두 문학 양상의 상호관련성도 인정하지 않을 수 없는 것이다. 물론 순문학은 소설에 있어서 주제나 인물의 성격이나 언어의 탐구 등의 양식을 갖춘 것이고, 통속소설은 소설의 소재에 중점을 두고 평이한 내용으로 사건의 전개에 중점을 둠으로써 문학 양식에 대해서 크게 관심을 갖고 있지 않은 것이라고 쉽게 말할 수도 있을 것이다. 그러나 여기에서 그 기준을 어디에 두느냐 하는 문제를 제기하게 되면 아무도 여기에 한마디로 대답할 수 없을 것이다. 그렇기 때문에 많은 비평가들이 그 기준을 세우려고 노력해왔다. 이러한 노력 가운데 어떤 비평가는 문학작품을 좋은 작품과 나쁜 작품으로 구분하기도 한다. 이 비평가에 의하면 나쁜 작품은 '작가나 독자들에게 일시적인 쾌락'만을 가능하게 하는 작품으로서 '삶에 대한 반성을 불가능하게 하며' '사고의 정당한 진전을 방해하며' '주어진 조건 속에 독자를 맹목적으로 이끌어들인다'고 하는 반면에 좋은 작품은 주체의 삶에 대한 태도와 세계 인식을 끊임없이 상기시켜 삶을 반성하게 한다는 것이다. 요컨대 좋은 작품은 그 작품의 독서를 일회적인 소비 행위로 전락시키지 않고 그 독서를 통해서 세계에 대한, 자신의 삶에 대한, 문학에 대한 끊임없는 질문을 던지게 함으로써, 독자로 하여금 자신의 의식의 잠을 깨게 하는 창조적 행위에 가담하게 하는 것이다.

이와 같이 통속문학과 순문학을 구분하고 나쁜 작품과 좋은 작품을 구분하려는 의도는 문학을 비교적 교양의 방법적인 도구로 생각하고자 하는 상당한 의지에서 유래하는 것이라 할 수 있다. 그것은 순문학이 일정한 교양을 갖춘 대상을 전제로 출발한 것이며, 동시에 문학 고유의 영토를 확대 심화시키려는 문학 자체의 자율적 요구에 의한 것임을 말한다. 그렇기 때문에 문학에 있어 소설 문학은 부르주아 시대의 문화의 꽃으로 전개될 수 있었던 것이다. 다른 문학 양식보다 그 역사가 짧은 소설 문학이 특히 프랑스의 부르주아혁명 이후 가장 왕성한 문화적 역할을 담당하였던 것은, 그것이 일정한 교양을 바탕으로 하지 않으면 심오한 접근을 할 수 없다는 소설 특유의 예술 양식을 갖고 있기 때문인 것이다. 적어도 그 사회의 중간 계층으로서 교육을 제대로 받고 적당히 시간적, 경제적 여유를 소유한 독자들이 아니면 문학작품에의 심오한 접근을 시도할 수 없었던 것이 19세기의 현실이었다. 이것은 어찌 보면 소설 문학 자체가 가지고 있는 모순일는지도 모른다. 왜냐하면 부르주아 계층을 바탕으로 해서 성장한 문학 양식이 '그럼에도 불구하고' 부르주아적 삶 속에 자리 잡고 있는 온갖 모순을 일깨워주고 '의식의 잠'을 깨워주기 때문이다. 그러나 대부분의 예술 양식이 그러한 것처럼 소설 문학 양식이 부르주아 계층의 산물이라고 하는 것은, 어떤 개인이 '어느 집안' 출신이라는 사실처럼 전혀 소설 문학의 책임은 아니다. 이와 같이 실험적으로 주어진 것을 극복하고자 하는 것이 소설의 역사에서 분명히 볼 수 있는 것과 마찬가지로 그 출신이 중요한 것이 아니라, 그 출신에도 불구하고 자신의 삶을 어디까지 어떻게 이끌어 갔느냐가 중요한 것이다. 오늘날의 소설이 19세기의 소설보다 왜소해졌다거나 덜 소설적이라고 하는 것은 바로 소설의 기준을 19세기의 그것에다 두고 있음을 의미하며 소설 자체를 제도화하고자 하는 본의 아닌 보수주의의 영향을 받고 있음을 의미한다.

소설의 역사에서 보면 대부분의 뛰어난 소설가는 소설의 양식에 대한 질문을 던지거나 새로운 혁명을 가져온 사람들이다. 이것은 소설이 그 특유의 양식을 개발하는 것 자체를 끊임없이 그 자신의 문제로 삼아왔다는 것이다. 말을 바꾸면 좋은 소설은 소설의 양식에 어떤 혁명을 시도하게 되고, 그러한 양식의 시도가 소설 내용의 변화와 언제나 일치해왔던 것이다. 그것은 소설이 판에 박힌 양식 속에 적당히 살을 붙인 이야기가 아니라는 것을 단적으로 말해준다. 따라서 소설 양식의 변화는 소설에 대한 교양을 상당히 갖추지 않은 경우에 정당하게 파악될 수 없는 것이다. 이와 같은 양식의 변화는 그것이 무조건 새로운 것을 추구해야 한다는 데서 유래하는 것이 아니라, 지금까지 있었던 양식으로부터 벗어나고자 하는 자유의 의지에서 기인하는 것이다. 말을 바꾸면 판에 박힌 문학 양식으로는 자유로운 정신을 표현하는 것이 불가능한 것이다. 더구나 문학이 드러내고자 하는 현실 자체가 끊임없는 유동 상태에, 다시 말하면 움직임 속에 있다는 것을 감안할 때 문학 양식의 변화는 당연한 것이다.

3

그러나 이렇게 문학 양식이 변화함에 따라서 오는 결과는 어떻게 해석해야 하는가? 다시 말하면 모든 대중이 읽는 문학작품이 아니라 일부 교양 있는 사람만이 읽는 문학작품이란 그 자체로서 필요충분조건인가? 그렇지 않으면 대중을 위한 문학이 필요한 것인가?

물론 19세기 이후의 소설 양식의 변화는 가령 평소에 소설에 관한 상당한 관심을 갖지 않았던 사람으로 하여금 소설로부터 멀어지게 했을 가능성을 충분히 내포하고 있고, 그렇기 때문에 일부 엘리트 문학인들의 전유물화되는 경향이 있다는 것도 알려진 사실이다. 이러한 소설과 독자와의 관계는 그렇다고 해서 미술과 음악이 그 향유자에 대해서 갖고 있는 관계와 유사한 것은 아니다. 가령 하나의 미술 작품은 특히 시장이 형성된 이후는 소수 부르주아 계층의 전유물로 변해버렸고, 그리하여 일반 개인으로서는 그 소유를 꿈도 꿀 수 없는 상태에 빠져버렸다. 소설과 같은 활자 문화는 개인이 소유가 대단히 손쉬운 반면에 한 폭의 그림은 전시회나 미술관에 가서야 잠깐 '구경'을 할 수 있을 뿐이다. '우리 아파트' '우리 마누라' '우리 땅'과 같은 소유 개념이 팽배해진 풍토 속에서 좋은 그림은 그 그림이 갖고 있는 진정한 가치에 의해 평가된다기보다는 그것이 한 폭뿐이며 그 값이 얼마 나간다는 교환가치 때문에 어떤 계층의 전유물로 떨어지고 있는 실정이다. 반면에 좋은 문학작품이 대중적 관심을 끌지 못할 정도로 양식의 변화를 가져왔다면 그것은 반드시 부정적 의미만을 갖고 있는 것은 아니다.

우선 앞에서 언급한 것처럼 통속소설이 본질적으로 통속적인 사건의 전개에 중점을 두고 있다고 하는 것처럼 소설의 양식에 대한 질문을 던지지 않는다는 것은 근본적으로 소설의 통속화를 의미하는 것이다. 그러니까 소설의 양식이 소설의 주제, 인물의 성격, 소설의 구조, 화법·문체 등의 복합적인 문제와 결부되어 있다는 것을 감안한다면 소설 양식의 변화는 통속소설에 익숙한 사람들에게는 필연적으로 어떤 '낯섦'을 가져올 수밖에 없는 것이다. 역으로 말하면 사건의 전개에만 관심을 가진 독자가 있다면, 그 독자에게는 어떤 소설이나 바로 얼마나 아기자기한 에피소드가 들어가 있느냐에 따라서만 평가될 것이 뻔한 이야기인 것이다.

오늘날 문학사회학에서 소설이 소비재로 떨어지는 현상을 통해서 독자의 자기소외 현상의 도구로 사용되는 것을 지적하고 있는 것도 그 때문이다. 마치 서부 영화를 보듯이, 혹은 텔레비전 방송극을 보듯이 예기치 않은(어쩌면 늘 기대하고 있는) 사건의 연속 속에서 아슬아슬한 장면을 넘길 때마다 박수를 치거나 안도의 한숨을 쉬는 일은 독자가 주인공을 자신과 동일시함으로써 현실에서의 자신의 왜소한 입장은 생각지도 않고(아니 오히려 그 순간만은 잊고) 만족을 느끼게 되는 것이다. 이것은 자신의 일상적 삶의 괴로움을 잊고 그 순간만은 '다른 세계' 혹은 '불만 배설의 순간'을 사는 것으로서 괴로운 현실로부터 스스로를 소외시키는 것이다. 이와 같은 현상은 독자가 자신의 현실 인식을 하는 괴로운 작업을 자기도 모르게 회피하는 결과를 가져오며, 그리하여 현실에 대항할 수 있는 힘을 스스로 약화시키는 결과를 가져온다. 문학작품이 소비재가 되지 않아야 한다는 주장이 나오는 이유는, 시장경제 구조에서 소비재가 갖고 있는 일반적 특성을 바로 그 경제적 구조 때문에 문학작품도 감수할 수밖에 없는 데 있다. 가령 하나의 아이스크림이 우리에게 줄 수 있는 것은 일시적인 쾌락이며, 저택에서 시원한 맥주를 마시면서 불우했던 과거를 생각하며 자신의 출세를 만족해하는 것은 어떻게 출세했느냐 하는 과정에 대한 반성을 전혀 고려하지 않은 채 현재의 처지를 다행으로 생각하게 되고, 돈과 권력이 지배하는 사회에서는 무조건 그것을 쟁취하는 데만 급급하게 되는데, 이러한 것들은 통속소설에 나타나는 사건들의 가장 중요한 테마가 되고, 그러한 사건만을 좇아가는 것은 바로 소설 자체를 소비재로 생각하기 때문인 것이다.

따라서 일부 문학에서는 교양소설을 비롯한 지금까지 대부분의 소설에서 나타나고 있었던 인물들의 전기적(傳記的) 성격을 배제하려 하고 있는데, 그것은 아무리 새로운 소설 양식을 시도한다고 하더라도 사건 중심의 전기적 요소가 일반적 흥미의 주축을 이루고 있는 한 소설이 삶과 세계와 문학에 대해서 질문을 던지게 하는 역할보다도 자기소외 현상을 일으키는 역할을 더 하게 된 데서 연유한 것이다. 독서 행위에서 연유하게 되는 이와 같은 자기소외 현상을 다룬 소설들 가운데 대표적인 예를 든다면 그것은 아마도 플로베르의 『마담 보바리』일 것이다. 쥘 드 고티에가 정의하고 있는 '보바리즘'과 마찬가지로 플로베르의 주인공들에게는 개인적인 반응에 대해서 무지하고 일관성이 없어서 개인적 반응 자체가 없는 것처럼 나타나는데 그 때문에 플로베르의 인물들은 외부 환경의 암시에 복종하는 듯한 인상을 준다는 것이다. 실제로 엠마 보바리는 자신이 자기 내부에서 자연 발생적으로 나온 욕망에 따라 행동하는 것이 아니라 자신이 동경하고 있는 파리 여성의 흉내를 내려고 여러 가지 모험을 하고 있다. 그렇다면 왜 엠마 보바리가 자연 발생적 욕망을 갖지 못하고 외부 세계에서 암시받은 욕망을 갖게 되는가? 르네 지라르가 명쾌하게 분석해내고 있는 것처럼 엠마 보바리는 '가짜 욕망'에, 사르트르의 표현을 빌리면, '자기기만'에 사로잡혀 있는 것이다. 엠마 보바리가 '가짜 욕망'에 사로잡히게 되는 것은 그녀가 사춘기에 읽었던 '통속소설' '여행기' '신문·잡지' 등이 그녀의 내부에 자리 잡고 있는 자연 발생적 사고를 파괴했기 때문인 것이다. 그러니까 그녀는 용빌이라는 시골에서 파리의 유행을 좇고 싶어 하고 파리 여성처럼 행동하고자 한다. 그러므로 『마담 보바리』는 가짜 욕망을 그린, 그리하여 가짜 욕망을 통한 인간의 탐구를 한 소설이라는 것을 상기해야 한다. 르네 지라르가 이러한 분석을 하게 된 것은 오늘날 소비 중심의 시장경제체제 속에서는 우리의 욕망 자체가 자연 발생적인 성격을 잃게 되고 외부로부터 주어진 '가짜 욕망'의 지배를 받게 된다는 현대 사회의 속성을 드러내기 위한 것이었다. 오늘날 상품의 광고 체제가 모두 그러한 것처럼 그리고 모든 소비재 상품이 그러한 것처럼 통속소설의 독서는 '독자'를 가짜 욕망으로 유도하는 것이다. 이 경우 그와 같은 욕망으로 유도당한 계층에게만 그 잘못을 돌리는 것은 아파트 투기에 뛰어드는 일반 서민들의 가짜 욕망만을 비난하고, 그러한 가치 체계를 만들어놓은 사회구조에 대해서, 그리고 그러한 욕망을 만들어놓은 대자본가의 농간에 대해서는 눈을 감는 것과 같은 것이다. 오늘날 신문소설에 관한 논의를 하기 위해서는 바로 이러한 구조적 작용과 신문소설과의 관련을 전제로 하지 않을 수 없을 것이다.

4

신문에 대한 정의는 이 분야에서 내릴 수 있는 것이겠지만 일반적으로 생각하고 있는 신문은 '일반 사회 또는 특수 사회의 보도 기관으로서, 새로운 보도나 비판을 매일매일, 또는 일정한 기간을 두고 신속하고도 보편적으로 전달하는 정기 간행물'이라고 할 수 있을 것이다. 그렇다면 '보도'와 '비판'을 중심으로 한 정기 간행물에 소설이 연재된다는 것은 본래부터 소설이 그 장식적인 효과를 갖고 있는 것이지 근본적인 내용의 중심을 이루는 것은 아니다. 그렇다면 이제 두 가지 질문을 던져볼 수 있다. 하나는 만일 신문소설이 단순한 통속소설이라면 문학 쪽에서 문제의 대상으로 삼을 수 있는가 하는 것이고, 다른 하나는 신문의 장식품으로서 신문소설이 매일매일의 지면에서 차지하는 비중은 사회학적으로 무슨 의미를 띨 것인가 하는 것이다. 그러나 엄격하게 말한다면 이 두 질문은 그 질문 안에 들어 있는 가정(假定) 자체가 틀린 것이기 때문에 잘못 제기된 것이라고 할 수 있을 것이다. 우선 신문소설이란 모두 통속소설이라는 가정 자체는 신문소설이라는 것이 단순히 신문에 발표된 소설이라는 발표 지면에 중점을 두고 있다는 점에서, 그리고 우리의 문학작품 가운데 중요한 작품들도 신문소설로 발표되었다는 점에서, 잘못된 가정이라는 것이다. 그리고 신문소설이 한국의 신문학의 역사로 볼 때에 상당히 중요한 몫을 차지하고 있다는 것을 인정하게 되면 신문소설은 단순한 장식품이 아니라는 것을 알 수 있다.

한국에 있어서 근대적인 의미의 신문에 소설이 발표되기 시작한 것은 아마도 『매일신보』에 발표된 춘원의 『무정』부터라고 해야 될 것이다. 흔히 하는 말로 신문학의 효시가 『무정』이라면 한국 소설은 태어날 때부터 신문과 관련되어 있었다고도 할 수 있을 것이다. 물론 여기에서 한국 근대문학의 출발점이 『무정』이라고 말하고자 하는 것이 아니라 신문이 최근 60~70여 년 동안에 한국 문학과 밀접한 관계를 맺어왔다는 것을 말하고자 하는 것이다. 『무정』뿐만 아니라 춘원의 대부분의 장편소설, 염상섭의 『삼대』, 채만식의 『탁류』 『태평천하』, 홍명희의 『임꺽정』 등이 모두 신문 연재소설이었다는 사실은 바로 신문과 한국 문학과의 관계를 나타내주는 단적인 예라고 하겠다. 물론 신문 연재소설이란 우리나라에만 있는 것이 아니다. 필시 일제 강점기 일본의 신문에서 소설 연재의 수법을 빌려왔을 것이겠지만, 원래 연재소설은 19세기 유럽의 신문에도 널리 유행했던 것이다. 그러나 유럽에서는 인쇄술의 발달과 함께 단행본으로 나온 소설들이 일반 시장에서 활달하게 유통됨으로써 연재소설은 오히려 특수 분야로(다시 말하면 탐정 소설·공상 소설·사건 소설 등) 한정되면서 퇴화의 길을 걷게 된다. 다시 말하면 오늘날은 중요한 일간지에서 거의 연재소설이 사라졌고 바캉스 계절에나 가벼운 읽을거리로 연재소설이 등장하고 있는 형편이다. 물론 이것은 유럽 특유의 문화 유통 구조와 관련된 것이겠지만, 소설이 장편 중심으로 이루어진 사회라는 것을 고려한다면 충분히 이해될 수 있는 것이다. 왜냐하면 장편소설의 경우는, 그것이 신문에 의존하지 않고도 그 자체로 문학적 상품이 될 수 있기 때문이다. 더구나 유럽의 근대화된 신문들은 보도 해설 비판의 자유로움 속에서 '소설'과 같은 장식품을 필요로 하지 않을 뿐만 아니라 연재에 의존하는 소설이 언젠가는 그 연재적 성격 때문에 문학의 자율성에 침해를 받을 수 있다는 것을 인식하고 있기 때문인 것이다. 구미의 신문이 문학작품의 발표 지면으로 제공되는 것이 아니라 작품에 대한 보도와 비평의 지면으로 제공되는 것도 사실은 신문 본래의 성격과 부합하게 된 것이다. 말하자면 신문이 교양물과 오락물 중심으로 지면 구성을 하고 있는 것이다. 그렇기 때문에 이들의 신문에서 연재소설이 사라졌으며(일간지일 경우 우리 신문의 5~10배의 지면을 가졌음에도 불구하고), 우발적인 사건이나 개인의 생활보다는 구조적 모순, 이념적 모순, 정책적 모순,

사회적 모순에서 야기된 사건들의 보도와 논설이 압도적인 지면을 차지할 수 있는 것으로 보인다.

5

반면에 우리의 경우에는 일제 강점기, 그러니까 신문사 초기에 소설에 제공되던 지면이 아직도 계속 제공되고 있다. 아니 계속 제공된다기보다는 확대 제공되고 있다고 하는 것이 더 정확한 표현일 것이다. 왜냐하면 1일 8면의 신문에 연재소설이 평균 3편씩 실리고 있기 때문이다. 물론 이러한 지면 제공이 어쩌면 한국 장편소설의 터전을 마련하는 데 기여한 점은 높이 사야 될 것이다. 앞에서 든 일제 강점기의 작품 외에도 수많은 좋은 소설이 신문을 통해서 발표된 것을 인정하지 않을 수는 없는 것이다.

그러나 한 가지 달라진 것이 있다면 초기의 신문에 소설을 연재한 것은 다분히 교훈적 의도가 삽입된 것으로 보이지만 오늘날과 같이 여러 편의 소설을 한꺼번에 연재하고 있는 것은 문학작품을 오락적인 소비재로 전락시키고자 하는 음모가 깊이 개재되고 있는 것처럼 보인다. 물론 좋은 작품을 쓰느냐 통속소설을 쓰느냐 하는 것은 결국 작가의 책임으로 돌려야겠지만 그러나 하나의 작품이 '진정한 가치'로만 평가되고 '교환가치'로는 평가되지 않는다면 오늘의 우리 사회의 구조 속에서는 작가가 당장 생활 자체의 어려움을 겪어야 하기 때문에 신문 측에도 상당한 책임이 있는 것이다. 특히 최근의 신문지면 구성을 보면 신문 자체가 문학작품에 오락적인 기대를 걸고 있음을 알 수 있다.

8면의 지면에서 언제부터인지 스포츠 기사가 한 면을 차지하고 있고, 각 신문마다 감상적 회고담을 한두 편씩 싣고 있고, 소설을 3편이나 연재하고 1주일이면 2회씩 색도인쇄(色圖印刷)의 내용 없는 기행문 혹은 선전문을 싣고, 그리고 가정란이 여러 차례 나오는 것을 보면, 신문의 지면 구성이 보도·해설·비판의 기능이라기보다는 오락 중심으로 짜여 있음을 알 수 있다. 이러한 지면 구성에서 신문소설은 '일시적인 쾌락'만을 가능하게 하는 '가짜 욕망'의 '중개자' 역할을 담당할 수 있는 것이다. 그것은 마치 보바리 부인의 욕망이 사춘기 때 읽었던 삼류 소설에 의해 간접화된 것과 마찬가지라 하겠다. 실제로 최근의 일부 연재소설을 읽게 되면, 처음부터 아무런 재능도 없이 낯을 내놓고 섹스·스포츠·은어 등을 가지고 덤비는 것을 볼 수 있다. 그러나 이러한 작품의 존재는 최근에만 있는 현상이 아니라 과거에도 수없이 있었다.

중요한 것은 이렇게 많은 작품 가운데서도 남는 작품은 그렇게 많지 않을 것이고 따라서 작가가 선택할 길은 작가에게 맡겨야 할 것이다. 당장 연재되는 몇 편의 소설을 보고 한국 소설을 운위할 정도로 조급한 반응을 보일 필요는 없을 것이다. '소설이 타락한 세계에서 타락한 방법을 통한 진정한 가치의 추구'라면 작가는 '가짜 욕망'에 호소하는 경우와 '가짜 욕망'을 추구하는 주인공의 과정을 통해 '가짜 욕망'의 정체를 밝혀내는 경우에 따라서 자신의 선택을 할 것이다. 여기에는 이러한 소설들을 하나의 소비재로 생각해서 '세상을 잊기' 위해 소설을 읽는 것이 아니라, 소설을 통해서 자신의 정확한 인식에 도달하는 독자의 창조적 노력이 필요한 것이다.

만약 신문이 한국의 장편소설에 기여해왔던 과거의 역할만을 생각한다면, 분명히 작가들도 신문에 연재를 함으로써 한 편의 소설을 쓰면서 생계도 유지할 수 있는 것은 사실이다. 그러나 최근의 잡지와 출판 풍토로 보면 과거보다는 훨씬 더 장편소설에 넓은 지면이 열려 있는 것 같다. 특히 최근에는 신문 연재를 통하지 않고도 전작(全作)의 발표가 수없이 가능한 예들을 보면 신문 연재의 시대가 그렇게 오래갈 것으로 생각되지는 않는다. 물론 이러한 예견은 앞으로 신문이 계속해서 독자에게 오락물만을 제공할 것인지 아닌지에 따라서 상당히 달라질 것이다. 하지만 지금처럼 연재소설을 가지고 신문의 판매 부수의 경쟁에 계속 나서는 경우에는 작가가 매월 고정된 수입 때문에 끊임없이 작가로서의 자유의 침해를 받게 될 것이고, 자신의 고정 수입을 확보하기 위해서는 자신의 '명성'(연재소설 작가로서의 명성)에 매달리게 되어서 작가가 자신의 작품의 '교환가치'만을 생각하게 되어 '진정한 가치'를 망각하게 될 것이다. 실제로 상당히 많은 작가들이 바로 그 때문에 자신의 재능을 펼쳐보지도 못하고 통속 작가로 살았을 수도 있다는 가정을 해본다면, 오늘의 신문은, 보도와 비판의 기능을 제대로 하지 못했다는 비난 외에도, 독자들의 '가짜 욕망'만을 불러일으켰다는 비난도 면할 수 없을 것이다.

오늘의 산업사회의 특징이 바로 '가짜 욕망'으로 표현될 수 있다면, 문학과 언론의 역할은 바로 그 '가짜 욕망'의 '가짜성(性)'을 밝히고 진정한 가치를 추구하는 데 있는 것이다. 문학이 본질적으로 현상 유지가 아니라 현상 파괴적 성질을 갖고 있는 것도, 그러한 역할에서 기인하는 것이다. 이와 같은 인식에서 출발하게 되면 신문소설은 그 '대중성'을 극복하여 '예술성'을 지니게 될 것이다. 아니 보다 정확히 말하면 '대중성'과 '예술성'이 대립 개념이 아니라 그 두 개념의 통합 개념으로 나타날 것이다.

문학에 있어서 사조와 반사조

우리의 문학 교육에 있어서 가장 많은 비중을 차지하고 있는 것이 아마도 우리의 경험에 비추어 볼 때 이른바 '문예사조'라 할 수 있을 것이다. 이때 문예사조란, 시대에 따라 변화하고 있는 문학·예술의 경향·유파 혹은 운동을 지칭하는 것으로서 일반적으로 '문학사'와 거의 혼돈된 개념으로 사용되어왔다. 물론 문예사조와 '문학사'의 관계에 대한 검토를 하기 위해서는 이 두 개념에 대한 정확한 검토로부터 출발하는 것이 당연한 일이겠지만[1] 여기에 대한 고찰은 뒤로 미루고 우선 문학사조에 대한 검토로부터 시작해보자.

문학 교육에 있어서 문학사조사가 압도적 중요성을 갖게 되는 데 결

---

1 문학사에 대한 개념 규정은 최근 김윤식·김현에 의해 시도되었고(민음사 『한국문학사』 참조), 김주연이 문학사 기술에 따른 제문제를 논한 바 있다(열화당 『문학비평론』 참조).

정적인 역할을 한 것은 아마도 백철의 『신문학사조사(新文學思潮史)』일 것이다. 이 책이 처음 발간된 것은 1947~49년으로, 일제로부터 해방을 맞은 지 몇 년 뒤의 일이다. 그 당시까지만 해도 정리된 문학사가 별로 없었던 우리 형편에 있어서 이 책은 저자 자신의 주장대로 우리 문학에 대한 최초의 '사적(史的)' 정리라고 말할 수 있을 것이다. 그러나 백철 자신은 "문학사라면 역시 작품사적(作品史的)인 것이 더 본격적인 것이라고 할 터인데 특히 사조사라고 하는" 이유를 첫째, 자신이 영향을 받은 '근대적 문학관'과의 관련 때문이라고 하면서 브란데스의 영향을 들고 있다. 이때 '근대적 문학관'이란 무엇인가 하는 것을 문제로 제기할 수 있다. 둘째, 문학의 근원적 측면을 사상에 둠으로써 사조사를 '문학사적 큰 방법론'으로 생각하게 되었다는 것이다. 그 예로 아놀드의 이론을 원용하고 있는데, 여기서 과연 문학의 근원적 측면을 사상에 둘 수 있느냐, 있다면 그때 사상이란 무엇인가 하는 문제가 제기된다. 셋째로 한국의 신문학이 발전된 것이 사조사의 형식을 취한 데서 이루어졌다고 주장하면서 한국 문학 자체의 요구에 의해 사조사를 쓰게 되었다고 이야기하고 있다. 여기서 세번째의 문제로 제기될 수 있는 것은 신문학의 발전이 과연 사조사의 형식을 취했느냐 하는 것이다. 물론 이렇게 몇 가지 문제를 제기하는 이유는 『신문학사조사』 자체가 갖는 그 당대로서의 역사적 의미를 부인하고자 하는 것이 아니다. 그것은 오히려 해방 후 30년이 지난 오늘날 우리가 아직도 극복하지 못하고 있는 문학사론(文學史論)의 모순을 반성·극복하고자 하는 데 있다.

우선 첫번째 문제를 검토해보면 문학사 자체가 작품사여야 한다고 주장하면서도 사조사라고 하는 이유가 외국의 문학주조사(文學主潮史)의 영향이라고 했을 때, 우선 세번째 문제와 관계된 것임을 금방 알 수 있다. 그러나 이때 근대적인 문학관이 어떻게 해서 사조사관(思潮史觀)이 되었는지 밝혀지지 않고 있다. 가령 브란데스의 주조사를 근대적 문학관으로 본다면 동시대의 텐느가 쓴 근대적 문학사인 『영문학사』는 근대적 관점이 아니었던가 하는 반문을 감당하기 어려워지고, 만약 20세기의 문학사관을 근대적 문학사관으로 본다면 귀스타브 랑송의 『프랑스 문학사』나 티보데의 『1789년에서 오늘에 이르는 프랑스 문학사』는 근대적 관점 속에 들어가지 않는단 말인가 하는 반문을 해소하지 못하게 된다. 둘째 문제에 해당하는 사상사(思想史)로서의 문학사조사는 문학에 있어서 사상이란 결국 문학이 관련을 맺게 되는 그 시대의 정신사(精神史)라는 사실을 염두에 두고 한 말임을 쉽게 간파할 수 있다. 그러나 문학이 정신사와 연관을 맺었을 때의 사상이란 철학적인 것일 수 없고 더구나 문단적(文壇的) 움직임일 수는 더욱 없다. 왜냐하면 정신사로서의 문학은 구체적 작품의 분석 없이는 불가능한 것이고, 작품 분석에서 얻어진 정신과 그 시대와의 연관 관계를 밝히는 것이 사조사가 될 수 있기 때문이다. 특히 아놀드의 이론 가운데 "창작의 능력을 발휘시키는 데 있어서 필수의 요건은 사상이다"라는 인용은 이 말이 가지고 있는 문맥(文脈)의 생략으로 인해 완전히 왜곡된 것임을 알고 있어야 된다. 왜냐하면 여기에서 아놀드가 이야기하고자 한 것은 한 시대의 정신과 작품 사이에 존재하고 있는 혈연관계를 작품의 분석을 통해서 비평이 밝힐 수 있다는 전제에 의한 것이었지, 어떤 사상이 어떤 작품의 제작에 필수 요건이라는 것은 아니기 때문이다. 더구나 이 주장이 쓰여질 즈음에는 이미 반사조 풍조가 유럽에서 상당히 강하게 대두된 사실을 감안하게 된다면 그것이 근대적 문학관과 아무런 관계가 없음을 깨닫게 한다. 문학사가 한 민족의 문학을 통해서 민족성이나 사회적 분위기, 그래서 그 시대의 특성을 추출해내는 것이라면 과연 문단적 형식을 취하고 있는『신문학사조사』가 거기에 도달할 수 없었던 것은 당연할지도 모른다. 세번째의 문제는 바로 두 번째의 문제와의 상관 속에서 제기된 것이다. 즉 어떻게 해서 한국 문학의 발전이 사조사의 형식을 취했느냐 하는 문제는, 이미『신문학사조사』자체 내부에서 그 부정적 전거를 내보임으로써 스스로 부인한 셈이 되었다. 그것이 바로 이 책의 서론 말미에 인용된 박영희·박종화·양주동의 주장에서 찾아지고 있다. 더구나 인도주의·자연주의·낭만주의·상징주의 등의 사조가 한국 문학 속에서 어떤 사상을 대변한 것인지 찾아보려고 했을 때 거기에 특별한 사상이 존재하지 않음이 스스로 밝혀지고 있다. 바로 그러한 이유들 때문에 몇 년에 무슨 작품, 무슨 잡지, 무슨 운동이 있었다는 연대기적 나열만을 묶게히게 될 뿐, 그리고 누가 자연주의를 부르짖었고 누가 낭만주의적 작품을 썼는가 하는 사실만이 남아 있을 뿐, 어떤 시대에 나타났던 작품들의 심층구조에 자리 잡고 있는 공통분모의 발견은 불가능하게 하고 있다.

특히 작품의 분석 결과 대신 압도적 지면을 차지하고 있는 것이 당시 문단에서 많은 잡문을 썼던 사람들의 인용이라는 사실은 한국에 있어서 사조사의 맹점을 드러내는 가장 중요한 징조인 것이다. 한국의 문예사조론이 외국 사조론의 무비판적 도입이었다는 것은 그래서 가능했던 것이고 여러 사람에 의해 지적·비판된 바 있다. 그럼에도 불구하고 문학 교육으로서의 문학사조사는 여전히 중요한 자리를 차지하고 있어서 이 땅의 문학 교육에 참으로 유감스러운 결과를 낳고 있다. 우리가 실제로 배웠고 지금도 가르치고 있는 문학사에 관한 문학 교육은 '문학사=문학사조'라는 등식을 보편적인 사실로 유포시키고 있고,

문학이라면 으레 문학사조사를 염두에 두게 해서 한국 문학의 맥락을 3단계로 구분한 상태에서 파악하게 한다. 즉 고대문학, 신문학 그리고 현대문학 등이다.

현재 문학사조사가 다루는 부분은 주로 '신문학'이라는 범주 속에 들어가는 춘원 이후 대개 해방까지의 문학이 되고 있다. 그래서 해방 이후에나 춘원 이전(더 정확히 말하면 신소설이전)에는 문학사조가 없었던 것으로 기록되고 있다. 이것의 모순은 물론 문학사조사에 대한 개념 자체를 서구의 문학사조에서 빌려온 데서 온 것이 분명하다. 말을 바꾸면 서구에서의 문학사조가 일단은 어떤 시대에 있어서 존재했던 문학 유파(類派) 혹은 문학운동에 의해 형성된 것이라고 한다면 한국에서의 문학사조가 어떤 시대의 변천 과정에 있어서 정신적 혹은 문학적 반영으로 나타났다는 이론을 얻지 못함으로써 시대의 정신이나 문학의 특성을 발견해야 되고, 민족성을 드러내야 되는 문학 연구의 근간을 이루는 부분을 찾아내지 못하고 말았던 것이다. 그 때문에 문학사조사를 알고 있다는 것이 기껏해야『백조』파는 낭만주의 문학, 『폐허』파는 퇴폐주의,『창조』파·『폐허』파·『개벽』파·『조선문단』파 등은 자연주의, 후기『개벽』파·『조선문단』파 등은 신경향파, 문학『문예운동』파는 프로 문학, 그리고 모더니즘이나 농민문학·국민문학·주지주의 등에 소속된 작가와 작품 이름 등을 외우는 것에 지나지 않게 되었다. 우선 여기에서 주목하여야 할 것은, 이 모든 유파나 문학운동이 불과 20~30여 년 만에 거의 동시대에 이루어진 것이라는 사실, 이들을 구분하는 데 있어서 객관적 기준이 없다는 사실(왜냐하면 때로는 잡지 중심이었고, 때로는 그룹 중심이었고, 때로는 작가가 제창한 주장에 의했기 때문이다), 그리고 그것을 주장하는 데 작품 분석이 선결 요건으로 따르지 않았다는 사실 등이다. 이것은 문예사조사 자체가 갖고 있는 허구성을 여실히 노정하는 것이기도 하지만, 문예사조사의 근본정신을 망각한 것이다. 애당초 문학사조사의 이름으로 문학의 역사를 정리한 사람들의 의도는 한 민족의 정신사로서의 문학이 시간이라는 자연적인 축을 따라서 변화해갈 때 시간의 축을 정신사의 여러 가지 성격에 의해 나누어보고자 하는 것이었다. 그렇기 때문에 문학사에 있어서 시대구분의 중요성이 강조되었고 최근에 씌어진 문학사(예를 들면 김윤식·김현 공저의 『한국문학사』)에서는 그 문제 중의 일부를 해결하고자 했던 것이다. 그러나 문예사조사가 어느 시대 문학의 특성을 하나의 '주의(主義)'로 파악하고자 했을 때 여기에는 '역사의 발전'이라는 이른바 발전 사관(發展史觀)이 그 근저에 깔려 있음을 간파해야 된다. 이 문제는 뒤에 다시 제기하기로 하고 우선 한국에 있어서 문학사조사가 문학사 혹은 정신사에 있어서 시대구분에 아무런 도움을 주고 있지 못했다는 것을 주목해야 한다. 말을 바꾸면 한국 문학의 역사 내부에서 뚜렷한 사조를 발견하지 못하고 서구의 사조론(思潮論)에 의해 동시대의 여러 문단적 경향을 해석하려 한 것에 지나지 않는다는 것이다. 그랬을 경우 한국의 문예사조사는 부재의 상태에 있다고 보아도 지나치지 않을 것이다.

그렇다면 문예사조사를 다시 써야 할 것인가? 문학을 하나의 역사로서 바라보고자 한다면 여기에 긍정적 대답이 나올 수 있을 것이다. 그러나 여기에는 몇 가지 전제를 필요로 한다. 우선 한국 문학의 긴 역사 속에서 시대별로 그 시대를 특징지을 수 있는 사조를 발견하는 일이다. 이 사조의 발견은 그러나 지금까지 있었던 방법으로, 즉 계몽주의·낭만주의·사실주의·상징주의 등 서구적 사조의 개념을 그대로 적용함으로 가능한 것이 아니라 한국 문학 자체 안에서 서구적 사조의 개념에 상응할 수 있는 정신의 특징을 발견하는 일이 급선무가 될 것이다. 이때 정신의 특징은 작가의 단순한 주상에도, 어떤 잡지를 중심으로 한 집단적 행위에도 우선권이 주어질 수 있는 것이 아니다. 그것은 오직 작품의 분석에서 얻어진 결과에 가장 큰 우선권이 주어져야 한다. 이 말은 '문학'이라고 할 수 있는 모든 글에서 사조사의 형성 과정을 지켜보아야 한다는 것을 의미한다. 그러니까 지금까지 있어온 문단사, 혹은 문학운동사(잡지 중심에 의한)로서의 사조사에 대한 개념 자체의 재검토가 우선 작품, 혹은 텍스트 중심으로 진행되어야 한다.

문학사가 문학 연구의 한 방법론이어야 한다는 주장의 근거는 문학사가 작가의 생애 혹은 잡지의 발간, 작품의 발표 등의 단순한 연대기적 기록이 아니라는 데 있다. 가령 프랑스의 문학사 중에 사조사의 형식을 갖춘 랑송의 『프랑스 문학사』의 경우, 각 사조의 개념을 보여주고 있는 부분을 분석해보면 실증주의적 방법론에 의한 작가와 작품이 중심이 되어 있고 그 밖의 잡지의 발간이나 작가의 생애 등이 보조적 역할을 담당하고 있다. 이것은 한국에 있어서의 문학사조사가 작품 분석에서 얻어지는 모티프의 발견, 사고 구조의 발견을 통한 문학 자체의 변화 양식에 이르지 못하고 있는 현실에 머무르게 한다. 말을 바꾸면 문학사가 문학 연구의 방법론이 되지 못했다는 한국 비평계의 취약점을 드러내놓은 것이다. 그런 의미에서 김윤식과 김현 공저의 『한국문학사』는 문학사 자체로서 보거나 비평계의 현실로 볼 때 중요한 업적이 아닐 수 없다. 이 저서의 중요성은 한국 문학사에 있어서 시대구분 문제를 정면으로 제기함으로써 전통 단절론을 극복하려 한 한편, 문학사를 사조사로 보지 않고 작품 분석에서 얻어진 정신사로 파악하고 있을 뿐 아니라 한민족의 역사 속에 그것이 어떻게 자리 잡을 수 있는지 그 가능성을 제시하고 있다는 점에서 찾아질 수 있을 것이다.

여기에서 발레리가 문학사에 대해서 꿈꾸었던 점을 상기할 필요가 있다. 발레리는 문학사를 "작가들의 역사로도, 그들의 문인으로서의 경력이나 그들 작품 경력의 돌발적인 사건들의 역사도 아닌, 문학을 생산하고 소비하는 것으로서의 정신의 역사로"[2] 생각하고 있었다. "그래서 이러한 역사는 어떤 작가의 이름을 들먹이지 않고도 이루어질 수 있을 것이다"라고 하였다. 제라르 주네트 같은 비평가는 이와 같은 발레리의 생각이 이미 보르헤스Borges나 모리스 블랑쇼M. Blanchot 같은 작가의 생각에 반영되고 있다고 이야기하고 있다.[3] 사실 티보데의 문학사를 읽으면 이런 주장의 가능성이 이미 모색되었음을 알게 된다. 즉 그의 문학사는 끊임없는 비교와 주입(注入)의 방법을 통해서 작가들 사이의 명확한 구분이 흐려지게 하는 데 도달한 하나의 '문학 공화국république des lettres'을 세웠던 것이다. 주네트에 의하면 "문학적 장(場)의 통일된 이 해석 방법은, 문학이 독립적인 작품들의 단순한 집합도 아니고, 개별적이고 우연한 일련의 일치에 의해 좌우되는 것도 아니기 때문에, 이유 없이 속이지 않는 대단히 심오한 이상적 꿈인 것이다. 문학이란 긴밀히 결합된 하나의 전체이고 동질물로 구성된 하나의 공간, 그 안에서 문학작품들이 서로 닮고 서로 결합하는 하나의 공간이다. 문학은 또한 문화라는 더 넓은 공간 속에서 다른 방(房)들과 이어진 하나의 방이다. 이 두 가지 이유로 문학은 내적이고 외적인 구

---

2 폴 발레리, 『전집』 II권, p. 560 참조.
3 제라르 주네트의 비평집 『문채』 중에서 구조주의 비평의 필요성을 역설한 부분, 특히 p. 165 참조.

조 연구에 의존하고 있는 것이다."[4]

발레리에서 시작된 문학사의 방법론에 대한 이러한 성찰은 주네트에 오면 완전히 구조주의적 태도로 변모하게 되는데, 여기에서 주목해야 되는 것은 연대기적 문학사 서술에 반(反)하는 반사조의 태도이다. 왜냐하면 문학적 장(場)의 통일된 해석 방법은 어떤 작품이 무슨 주의(主義)에 소속되었는지 밝히는 것이 아니고, 하나의 작품이 가지고 있는 복합적인 구조, 그리고 그 작품이 다른 작품과 이어지는 이른바 '텍스트의 상호성intertextualité'을 결정짓는 제요소(諸要素)를 밝히는 것이 되고 동시에 그것이 문화라는 공간 속에 어떻게 자리 잡고 있는지 규명하는 것이기 때문이다. 이렇게 되면 벌써 문학사 서술이 문학 연구 방법론으로서 역할을 담당하는 이유가 분명해진다. 이것은 르네 웰렉이 "문학의 역사, 다시 말하면 하나의 역사이면서 문학인 어떤 것을 쓴다는 것은 정말로 가능한 것인가?"[5]라는 질문을 던진 다음에 문학사 서술의 가능성을 찾으려 했던 것과 거의 일치하는 태도이다. 실제로 지금까지 존재하는 대부분의 문학사가 르네 웰렉의 지적대로 "사회사(社會史)이거나 문학이 나타내고 있는 사상사(思想史)이거나, 다소간 연대기의 순서로 배열된 특정 작품들에 대한 일련의 인상과 판단들"이었다. 그렇기 때문에 대부분의 문학사에 있어서 시대구분이 문화사(정치·철학·예술 등의 분야)의 시대구분과 일치하게 되었고 따라서 문학 외적 요소가 '문학'을 결정짓는다는 비과학적 사고의 지배를 받았던 것이다. 그러므로 웰렉의 다음과 같은 말은 대단히 주목할 만하다. "문학을 정치적·사회적 혹은 인간의 지적 발달의 단순한 복사(複寫)

---

4 주네트, 같은 책, p. 165.
5 르네 웰렉·오스틴 워렌 공저, 『문학의 이론』 불역판, p. 355.

나 피동적 반영(反影)으로 생각할 수 없다. 문학의 시대구분을 세울 수 있는 것은 오직 순전히 문학적 기준으로부터일 뿐이다."[6] 그 구체적인 예를 들면 '낭만주의'라는 말의 정의를 어떻게 내릴 수 있으며 그 시대 구분을 어떻게 할 수 있을까 하는 질문 앞에서 어떤 문학사가(文學史家) 개인의 입장을 '임시로' 혹은 '편의상' 받아들이지 않는 한 거의 속수무책이 되기 때문이다.[7] 정치사, 사회사 혹은 철학사와 같은 문화사의 시대구분으로 문학사를 보려는 태도는 두 가지 점에서 주목을 해야 한다. 하나는 그 많은 문학작품들의 분석 연구가 불가능한 이상 문학의 역사 자체를 '그럴듯하게' 꾸밀 수 있는 유일한 방법이면서 동시에 문학 외적 요소의 지배를 받는 것이고, 둘째는 이른바 역사에 있어서 '발전 이론(發展理論)'을 그대로 쫓아갈 수 있는 심리적 위안이다. 그러나 문학 연구의 방법론으로서 문학사는 그것이 문화사에 종속되는 것을 받아들이는 것도 아니고 '발전 이론'을 추종하는 것도 아니며 그 것을 통해서 위안을 얻을 성질의 것은 더구나 아니다. 그렇기 때문에 오늘날에 이르기까지 문학사에서 시대구분의 근간을 이룬 바로크 문학·르네상스·고전주의·낭만주의·사실주의·상징주의라는 용어에 대한 재검토의 토론이 끊임없이 계속되고 있는 것이다.[8]

그러면 지금까지 이러한 시대구분이나 용어에 의해 씌어진 문학사혹은 문학사조사는 무슨 의미를 갖는 것일까? 아마도 이 문제는 세 가지 관점에서 생각해볼 필요가 있을 것으로 보인다. 첫째는 문학 유파

---

6 같은 책, p. 370.

7 문학사의 시대구분에 관한 문제점을 웰렉은 같은 책, 19장「문학사」항목에서 상당히 자세히 다루고 있다.

8 웰렉, 같은 책, p. 372 이하 참조.

혹은 문학운동이 어떻게 전개되었는지 지식으로서 알아보는 데 필요한 것이리라. 이것은 과거의 역사적 사실을 실증적 방법으로 구명해 나가는 데 아마 절대적으로 필요한 과정일 것이다.

둘째 이미 씌어진 제사조사(諸思潮史) 하나하나가 씌어진 당대(當代)에 있어서 문학 연구의 태도를 알아보게 한다는 것이다. 이른바 문학 연구사학(文學硏究史學)의 연구 재료로서 그것이 갖는 의미는 일차 사료(一次史料)의 가치를 갖는 것이다. 그러나 이러한 두 가지 측면에 있어서 문학사조사가 갖는 의미는 그것이 과거 사실의 검증으로 끝났을 때는 대단히 한정적인 것에 지나지 않는다.

따라서 셋째로 그러한 연구 방법론이 오늘에 있어서 갖는 의미(부정적이든 긍정적이든)를 발굴하여 문학 연구의 새로운 방법론을 모색하는 데 도움을 얻는 것이 되도록 하지 않으면 안 된다. 아마도 이 세번째의 문제가 전혀 제기되지 않고 있기 때문에 아직도 우리의 문학 교육은 재래의 문학사조사의 범주 안에 머물러 있을 것이고 그 타당성을 묻지 않는다. 바로 여기에서부터 진정으로 문학 연구의 방법론에 대한 검토가 출발할 수 있다는 사실을 염두에 두어야 된다. 그러나 그렇지 못한 현실 때문에 문학 연구의 방법론이 한국 문학에서는 대단히 빈약한 자리를 차지하게 되고 실제로 소설이나 시를 읽는 방법론이 극히 제한된 상태에 머물고 있는 것이다. 사실 오늘의 한국 문학비평에서 수사학적인 차이를 제외한다면 극히 다양하지 못한 방법론이 다섯 손가락으로 꼽을 정도로 단조롭게 진행되고 있는 것이 현실이다. 우리와 비교할 수 없이 다양한 문학 연구가 행해지고 있는 경우에도 문학사 혹은 문학사조사에 대한 비판이 가능한 것은 바로 문학 연구의 다양성에 기인하고 있다. 동어반복으로 보일 이런 주장은 결국 달걀이 먼저냐 닭이 먼저냐 하는 문제와 마찬가지이기는 하지만 보다 깊게 생각해보면 이 두 가지가 서로 표리의 관계에 있음을 알 수 있다. 가령 에밀 졸라의 『루공마카르 총서』를 자연주의적 작품으로 본다는 것이 졸라 당대와 지금의 우리 입장에서 똑같은 의미를 지닐 수는 없는 것이다. 19세기 말기의 '문화'의 전후 관계로 볼 때 당시 자연주의의 제창(提唱)은 문학을 어떻게 보아야 할 것이냐 하는 문학의 근본적 문제에 상관되는 것이었다. 그때 자연주의는 문학에 대한 일종의 태도이며 관점이고 동시에 이념이었던 것이다. 그러나 지금의 우리에게는 그들의 자연주의가 내포하고 있던 모든 것들이 하나의 과거의 사실이고 따라서 교과서적 지식으로 배우게 된다. 그러나 지식으로서 자연주의란 그 자체로서는 이제 아무런 의미를 갖지 못한다. 오늘날 거기에서 '의미'를 태어나게 하는 것은 자연주의라는 관점을 오늘날 어떻게 해석을 해야 되고, 그것이 지금의 우리와 어떤 거리를 갖고 있는지 밝히는 데에 있을 것이기 때문이다.[9] 좀더 부연하면 현존의 한국 작가의 어떤 작품을 자연주의적 작품이라고 이야기하는 것은 아무런 의미가 없다. 그 작품의 존재 이유는 그것이 '지금', '여기'에서 문학에 관한 어떤 인식 태도를 보여준 데 있는 것이고, 그것이 나아가서는 인간과 우주에 대한 새로운 태도를 발견하게 하는 데 있는 것이다. 이 새로운 태도의 발견은 오직 '문학'을 통해서만 가능한 것이고, 따라서 그것의 '문학성 littéralité'은 그 작품이 고유하게 소유하고 있는 문학적 양식의 발견으로서 나타날 수 있는 것이다.

---

9 롤랑 바르트가 1969년 '문학 교육'이라는 제목으로 있었던 토론 발표회에서 '문학 교과서에 대한 반성'이라는 연설을 한 것도 문학 교육에 대한 새로운 인식이 필요함을 강조하기 위한 것이었다.

여기에는 두 가지 노력이 가능하다. 즉 한편으로는 자연주의라는 개념을 19세기 후반의 유럽적인 것으로부터 해방시키면서 오늘의 개념으로 바꾸어놓는 작업이 있을 수 있다. 그랬을 경우 자연주의란 문학의 역사에서 시대구분의 척도로 쓰여질 수 없는 문학의 보다 보편적인 개념이 될 것이다. 다른 한편으로는 그것이 보편적인 개념이라면 구태여 자연주의라고 쓸 것이 아니라 새로운 용어를 사용하는 것이 타당할 것이다. 그랬을 경우 문학 연구의 방법론으로서 문학사는 사조주의(思潮主義)로부터 당연히 벗어나게 될 것이다. 우리나라에서 오래전부터 있어온 리얼리즘의 논란도 이와 같은 차원에서 바라보았다면 오늘날처럼 그것이 신비주의로 빠지지는 않았을 것이다. 모든 사조에 관해서 항상 염두에 두어야 할 것은 그것이 체제와 상관되고 있다는 사실이다. 말을 바꾸면 고전주의가 귀족 사회의 유지를 위한 기사도 정신의 정화(精華)로 나타났고, 18세기의 문학이 귀족 사회로부터 부르주아사회로의 이행을 지향하는 체제 속에서 새로운 철학적 질서를 세우는 데 기여했고, 낭만주의·사실주의·자연주의·상징주의가 부르주아사회의 융흥과 분화, 그리고 새로운 계급 형성의 기틀에 그대로 반영하고 공헌하게 된 것이었다. 그러나 문학사조사를 이렇게 바라보게 되는 것은 문학사조사 자체가 '문화사'와 별도로 이루어진 것이 아니라 그 일부로 귀속되었기 때문이다.

바로 그러한 이유로 러시아혁명 이후 러시아에서 가장 전위적인 문학 연구에 도달했던 러시아 형식주의자들은 리얼리즘과 같은 친체제적 방법론을 버리고(리얼리즘이 체제에 가담했던 사람들에 의해 계속 주장되었다는 사실을 주목하기 바란다) 형식주의 이론을 정립했던 것이다. 그들은 "모든 문화 분야 가운데 문학사는 식민지 영토의 법률을 가지고 있다"[10]고 주장하면서 "그 대표자들은 문학사 속에서 전통적 규범과 법칙의 설립을 내다보고 문학 현상의 역사성l'historicité을 그 연구에 적합한 역사주의l'historicisme와 혼동한다"[11]고 이야기한다. 문학사도 문학 연구의 방법론으로서 과학이 되어야 한다는 이들은, 문학사라는 용어 자체가 순전히 문학적 사실들의 역사와 모든 언어학적 활동의 역사를 감추고 있기 때문에 대단히 막연한 것이라고 지적한다. 이 용어가 '문학사'를 '문화사' 속에 편입될 준비가 되어 있는 분야로 나타내기 때문에 과장된 것이라고 이야기하는 러시아 형식주의자들은, 문학의 역사적 연구에서 중요한 것은 두 가지 원칙을 구분하는 데 있다고 한다. 즉 문학의 제현상(諸現象)의 기원에 관한 연구와 문학의 가변성에 관한 연구가 그것이다. 여기에서부터 그들은 문학의 내적 구조의 연구를 거쳐 그것을 인접 분야의 구조와 조응을 하게 해야 한다고 주장한다. 이러한 전위적 방법론을 개척한 이들의 이념이 실제로 리얼리즘 이론을 부르짖었던 사람들의 입장에서 보면 반체제적일 수밖에 없었던 것이고 그렇기 때문에 그들은 대부분 스탈린 시절 후기에 숙청의 대상이 되었던 것이다. 이들의 이론이 그러므로 프랑스의 '신비평(新批評)' 이론과 만나게 되는 것은 당연한 귀결이다. 구조주의 방법론을 도입한 프랑스의 신비평 작가들은 문학작품의 내적 구조의 분석으로부터 인간의 모든 행위가 이루어놓은 현상의 구조적 분석에까지 손을 대면서 외형적으로 '순수 비평'을 부르짖고 있는데 그 내면에는 가장 이념적인 요소가 자리 잡고 있는 것이다.

---

10 러시아 형식주의자들의 불역판 엔솔러지, 『문학의 이론』 가운데 티니아노프의 「문학진보론(文學進步論)」 p. 120.

11 같은 글, p.121.

그러면 이들이 왜 문예사조를 포기하고 반사조로 가는 것일까? 그
것은 우선 어떤 작품을 고전주의·낭만주의·사실주의·자연주의·상징
주의라는 사조에 의해 바라봄으로써 이른바 지배 사관(支配史觀)의 발
전론(發展論)에 동조하는 결과를 가져오기 때문일 것이다. 실제로 문
학사조사의 전개 과정을 근대 사회로의 역사 속에 편입시키게 되면 가
령 낭만주의 문학이 사실주의 문학으로 발전하게 된다는 논리를 인정
하게 되는데 이것은 문예사조사 자체를 선적(線的) 개념으로 바라보
는 것에 지나지 않는다. 그러나 문예사조사는 가령 낭만주의→사실주
의→자연주의→상징주의의 순서로 흐르게 되어 있는 것은 아니다. 다
시 말하면 자연주의나 상징주의 시대에도 낭만주의적 작가와 작품이
존재하고 있고, 달라진 것이 있다면 어떤 특정한 시대에 있어서 문학
을 상징주의라는 관점에 의해 파악했다는 정도의 차이밖에 없는 것이
다. 그랬을 경우에 오늘날에 와서 어떤 작품을 사실주의적 작품이라고
이야기한다는 것은 거의 의미가 없는 것이다. 그것은 첫째 현재의 어
떤 작품을 과거의 사조 속에 편입시키는 모순을 낳게 되고, 둘째 문학
에 대한 개념을 응고시키는 결과를 가져오게 하고, 셋째 문학이란 무
엇인가 하는, 문학 스스로가 제기해야 되는 문학 내부의 질문법을 배
제해버리는 것이기 때문이다. 특히 오늘날에 와서 반론이 제기되고 있
는 발전 사관이란 결국 체제에 순응하게 되고 체제에 의해 수렴당할
수밖에 없다는 가설이 깊은 논리적 근거를 갖게 된 경우에 문학 자체
의 영토 보존은, 사조론(思潮論)으로 가능한 것이 아니라 수렴당하지
않을 새로운 패러다임의 발견으로 가능한 것이다. 체제는 언제나 모든
현상을 발전으로 이야기함으로써 체제의 존재 가치를 인정하게 하고
강화시켜 나가는 메커니즘을 갖고 있는 것이다. 그러므로 새로운 패러

다임은 발전론의 허구성이 어디에 있는지 밝혀주는 것이어야 되고 따라서 문예사조의 역사 속에서 이루어진 대치substitution 이론의 정립을 가능하게 하는 구조적 분석 위에서 행해져야 하는 것이다.

러시아 형식주의자들이나 프랑스의 신비평 작가들이 시도하고 있는 문학의 구조적 분석·인식은 문학 연구에 있어서 두 가지 점에 주목을 하고 있다. 하나는 어떤 문학작품을 이루고 있는 구성 요소의 발견이고, 다른 하나는 그 요소들이 그 작품의 구조 속에서 갖고 있는 기능의 발견이다. 극도의 복합적인 존재인 문학작품은 바로 여러 가지 구성 요소에 의해 하나의 다층적(多層的) 그리고 다의적(多意的) 망(網)을 형성하고 있고 그 망 속에서 각 요소는 제각기의 기능을 갖는 것이다. 문학작품에 있어서 의미망(意味網)은 바로 그 구성 요소 사이의 관계와 그 기능들의 위치, 그리고 이 모든 것의 총화(總和)에 의해서 결정되는 것이다. 따라서 구성 요소와 기능에 대한 구조적 분석 없이는 어떤 작품의 의미망에 도달할 수 없는 것이다. 문학작품에 대한 이러한 태도는 문학작품을 하나의 체계système로 보는 것을 의미하며 그것은 곧 문학 외의 모든 것도 체계로 봄으로써 문학 체계의 연구가 가질 수 있는 확산적(擴散的) 가능성을 염두에 두고 있는 것이다. 그렇기 때문에 "이렇게 이해된 문학사는 한 시스템의 역사이다"[12]라는 논거가 가능한 것이다. 따라서 공시적(共時的) 문학 연구를 통시적(通時的) 방법으로 배열할 경우 '문학의 구조적 역사'에 도달하게 되는데 그것은 역사를 갖기 위한 문학사가 아니라 어떤 시대에 살고 있으면서 문학을 어떻게 보아야 할 것인가 하는 방법론으로서의 문학사가 되는 것이다.

---

12 주네트, 같은 책, p. 168.

이와 같은 신비평의 움직임을 관찰하다 보면 우리의 문학 연구와 문학사에서 반성해야 될 가장 중요한 실마리가 찾아질 수 있을 것이다. 그것은 첫째 문학을 다른 분야에 예속시켜온 습관 때문에(본의에 의해서든 그렇지 않든 간에) 문학의 자치적 영토를 확보하려는 노력의 부족이다. 말을 바꾸면 현실과 문학을 동일시하려는 노력이 팽배해 있다는 것이다. 물론 그러한 노력의 근원은 현실이 가지고 있는 중압감을 극복하려는 데 있다는 것을 알 수 있지만, 그러나 여기에서 다시 한 번 생각해보아야 할 것은 '칼'이라고 쓴 문자가 실제로 우리의 손을 벨 수 있다는 미망(迷妄)에 젖어 있으면 칼이라는 문자는 언젠가는 우리의 기대를 배반하게 된다는 사실이다. 역사적으로 일부 사회에서 끊임없이 필화 사건이 일어나고 있는 것은 문학을 현실과 동일시함으로써 문학 자체를 제도의 도구로 전락시키고자 하는 사고에서 유래한 것이다. 소쉬르 이후의 언어학에서 쓰고 있는 기의(記意, signifié)와 기표(記標, signifiant)의 구분이 구조주의 문학비평에 도입되는 것은 그런 관점에서 이해되어야 한다. 둘째로는 문학의 자치령을 확보하려고 하는 노력이 없기 때문에 문학비평이 추구하는 것이 한국 문학의 양식이나 형태를 분석하려 하지 않고 오히려 형태가 없는 문학의 윤리성을 강조하게 된다. 이것은 곧 오늘날에도 윤리 비평이 압도적인 세력으로 팽창하여 문학인을 지사(志士)로 착각하게 하는 풍토를 낳고 있다. 이것은 문학사를 여전히 문화사 속에 예속시키려는 음모에 지나지 않을 뿐만 아니라 문학을 영원히 계몽주의 속에 구속시키려는 태도이기도 하다. 문학의 윤리는 모든 것으로부터, 그리고 모든 신비주의로부터 완전히 자유로워지고자 하는 그 전복성에 있는 것이다. 문학은 불온한 것이고 불온한 것이어야만 하며 따라서 전위적인 것이며, 문학이 언제나 어떤 윤리나 도덕을 주장하고 강조하는 것은 아니다. 셋째 모든 구조에 대한 확실한 분석 결과가 없는 경우에, 그리고 문학에서 윤리적인 것이 지배하는 경우에 문학사는 앞에서 웰렉이 지적한 대로 사회사(社會史)나 사상사(思想史), 혹은 연대순으로 정리된 특정 작품에 대한 인상에 머무르게 된다. 가령 어떤 작품을 놓고 휴머니즘이 짙게 깔려 있다고 하는 식의 인상비평은 문학 자체에 대한 질문의 여지를 배제해버리는 태도에 지나지 않으며 그렇게 되었을 때 문학은 문학 외적인 도전 앞에서 너무나 무기력한 상태에 빠질 뿐만 아니라 문학이 할 수 있는 것과 문학이 해야 되는 것을 스스로 포기하는 것이 되고 만다. 문학에서의 도덕주의의 근거가 깊은 의미에서 문학 외적 질서에의 동경을 의미하는 것도 그 때문이다. 넷째 따라서 문학 연구의 방법론과 문학의 탈도덕주의(脫道德主義)가 개척되지 않는 한 문학은 당대의 질서를 매도한다는 이름 아래 또다시 자신을 구속하게 될 다른 질서를 요구하게 되는 모순에 빠지게 된다. 문학의 자치령과 자유를 획득하는 것은 인간을 억압하고 있는 모든 질서로부터의 해방에 도달하는 길이다. 그러나 그것의 가능성이 쉽게 열릴 수 있는 것은 아니다. 그렇기 때문에 오늘의 문학이 지향하는 것은 체제 자체가 수렴해버린 '오염된 문학'이 아닌 새로운 것이어야 된다. 그러기 위해서는 문학사조사에 대한 종래의 순응주의적 태도로부터 탈피해서, 인상비평이나 도덕적 비평을 버리고 분석비평의 과정을 거쳐서 문학의 새로운 정의에 도달할 수 있어야 된다. 그렇게 되는 것만이 과거 속에 자리 잡고 있는 작가들—가령 허균이라도 좋고 춘원이라도 좋고 염상섭이라도 좋은 작가들—이 연대적으로는 우리와 다른 시대를 살았지만 우리와 동시대적 인물이 되는 것이다.

비판의 양식으로서의 비평

비평의 현황

최근의 한국 비평은 출판의 활기와 함께 상당히 활발한 저서들을 내
놓고 있다. 이와 같이 많은 비평서들이 근년에 출판되고 있는 것은 그
것이 곧 우리 비평계의 수준과 함수 관계에 있다고 말해질 수 있는 것
은 아닐지 몰라도 일단은 긍정적인 현상이라고 할 수 있다. 그것은 우
선 소설이나 수필의 독자들이 광범위해진 것과 마찬가지로 비평의 독
자도 전에 비해 그 양적인 증가를 이룩했다고 말할 수 있기 때문이다.
그것은 또한 비평의 본질이 문학적 대상에 대한 인식의 범주를 넓히는
것이며 동시에 비판적인 성찰을 통해서 삶의 문제를 문학의 문제로서
제기하는 것이기 때문이기도 하다. 특히 문학의 지성적인 성질이 가장
직접적으로 드러나는 장르가 비평이라고 할 때에 이와 같은 비평서들

의 출판은, 어느 의미에서 한국 문학의 이론에 관한 활발한 논의가 이루어지고 있음을 의미함과 동시에 문학 자체가 가지고 있는 비평적 기능이 강화되고 있다고 할 수도 있다.

실제로 이러한 현상을 뒷받침할 수 있는 것은 최근 몇 년 동안에 이루어진 비평적인 업적을 살펴봄으로써 드러나고 있다. 우선 문학사의 정리 작업으로서는 한국 문학사의 시대구분을 새로이 시도하면서 재래의 문학사에서 볼 수 있었던 문단사적인 요소를 극복하고 있는 문학사의 업적, 소설의 역사를 연대기가 아닌 테마에 의해 파악한 문학사의 업적, 그 밖의 근대문학의 기점에 관한 새로운 접근을 하려고 한 문학사론의 업적을 들 수 있을 것이다. 이처럼 문학의 역사에 관한 저서가 나온다는 것은, 비평계의 관심이 꾸준히 확대되어왔으며 그 층도 대단히 두터워졌다는 것을 의미한다. 말을 바꾸면 하나의 문학의 역사를 정리하기 위해서는 문학작품이나 작가에 대한 연구가 이미 다각적으로 진행되어왔음을 그것은 뜻하는 것이다.

가령 일제 강점기의 작가나 작품에 관한 연구가 크게 진행되지 못했던 해방 당시만 해도 문학사라 하면 백철의 『신문예사조사』 정도에 지나지 않았다. 물론 김태준이나 임화의 저서가 있기는 했지만 그들이 월북했기 때문에 그들의 작업은 이야기조차 되지 않았다. 여기에서 굳이 이런 이야기를 하는 이유는 처음으로 나타난 문학의 역사에 관한 기술이 외국의 문학사조에 맞춘 문학 운동의 역사가 되었던 것이 꼭 저자의 개인적인 능력의 문제가 아니라 우리 비평계가 안고 있었던 한계라는 것을 이야기하기 위해서인 것이다. 한 사람의 문학사가가 작품 중심의 문학사를 서술하기 위해서는 수많은 비평가와 문학 연구가 들에 의해서 많은 작품들이 분석 평가되어야 하는 것이다. 이와 같은 비평계의 작업이 바탕에 깔려 있지 않은 상황에서의 문학사 서술은, 작품에 근거를 둔 것이 아니라 작품 외적인 요인을 중심으로 작가와 작품을 배열하는 수밖에 없었을 것이다. 그러나 최근에 몇몇 새로 쓰인 문학사가 나올 수 있었다고 하는 것은, 문학의 역사를 서술하고자 한 사람들의 문학사에 관한 관심이 고조되었음은 물론이지만 그보다도 그러한 작업에 종사할 생각이 들 만큼 비평계의 층이 두터워졌을 뿐만 아니라 문학비평 혹은 문학 연구에 여러 가지 관점이 적용되었고 작품에 관한 분석이 상당히 축적되었기 때문일 것이다.

그러한 축적의 측면에서 보면 1960년대 이후, 특히 1970년대에 들어와서 비평가들의 작업에 여러 가지 경향이 대두되고 있음을 보게 된다. 그 경향을 대충 분류해보면, 첫째는 과거의 문헌을 확인하고 고증함으로써 어느 작품, 어떤 작가를 역사 속에 위치시키려는 실증주의적인 비평 경향이고, 둘째는 어떤 작가가 누구를 위해서 글을 쓰고 있는가 하는 문제와 어떤 작품이 무엇을 이야기하고 있는가 하는 문제를 중점적으로 평가 기준으로 삼고 있는 이념화(理念化)된 비평 경향이고, 셋째는 문학이 비판적 기능을 수행하는 것은 그 미학적 양식에 의하지 않고는 불가능하므로 문학이 그 양식의 끊임없는 혁명을 통해서 모든 문학 외적인 것으로부터 문학의 영토와 인간의 자유를 보존해야 한다는 의식화된 비평의 경향이고, 넷째는 문학의 아름다움이 일상적인 아름다움과는 달리 순수한 것이기 때문에 문학의 순수성은 지켜져야 한다는 순수주의적 비평의 경향이다. 이러한 네 가지 경향은 그것이 전적으로 조화를 이루지 않게 되었을 경우 비평의 정상적인 발전을 저해하게 된다. 여기에서 전체적 조화를 이야기하는 것은, 절충주의적인 입장을 취하자는 것이 아니라 이 네 경향이 상보적인 관계에 있음을 의미하는 것이다. 가령 실증적인 검증을 거치지 않은 이념화나 의식화는 비평을 공허한 이론으로 만들거나 당위론적인 도덕으로 만들 수 있으며, 문학 행위에 대한 의식화된 질문을 제기하지 않는 실증주의란, 어떤 작품의 세계를 그 작가의 가문이나 타고난 성격이라는 결정론으로 증명하게 될 수 있고, 다른 경향을 도외시하는 순수주의는 절대적인 미(美)가 그 미를 만들어낸 시간과 공간을 초월하여 존재하는 것처럼 이야기함으로써 문학을 지나치게 신비화할 수도 있고, 그럼으로써 문학의 독립성을 주장하지만 결국 지배 계층의 이념에 봉사할 수밖에 없는 것이다. 따라서 이 네 경향이 상보적인 관계에 있을 경우 과거의 순수·참여의 대립 관계는 충분히 극복될 수 있으며 비평의 건전한 풍토가 마련될 수 있는 것이다.

그러나 이와 같은 상보적인 관계가 우리의 삶에 관한 화해적(和解的) 태도를 의미하거나 어느 면에서의 순응주의를 의미하는 것은 아니다. 그것은 우리가 삶에 대한 부정(否定)의 몸짓을 갈수록 크게 할 수밖에 없는 오늘의 현실에서 문학이 경험한 여러 가지 변모에 대해서 성찰해보면 드러날 수 있는 것이다.

문학의 현대적 특성은 그 비판적 양식에서 찾아질 수 있을 것이다. 이때 비판적이라고 하는 것은 무엇을 위한 비판이 아니라 비판 그 자체가 미학적 양식이 된 비판을 의미한다. 문학이 이와 같은 비판적 양식이 된 것은, 문학이라는 하나의 문화 현상이 그 스스로의 모습을 투영해볼 수 있는 거울을 상실한 이후의 일이다. 다시 말하면 17세기의 고전주의 문학 양식은 루이 16세의 절대 왕권이 강력한 체제를 이룩했던 당대의 문학으로서 그 특성을 갖고 있다. 좀더 자세히 살펴보면 이러한 특성은 17세기 문학의 엄격한 율격과 상관되고 있다. 고전주의 문학은 삼일치법(三一致法)이라는 엄격한 규칙을 준수해야 했던 양식화(樣式化)된 문학이었으며 따라서 관정(官廷)이나 귀족에 속하지 않은 사람들은 소유할 수 없는 계층화된 문학이었다. 그 때문에 몰리에르처럼 문학의 소재가 당시 새로이 대두되고 있던 부르주아나 시골의 서민들로 되어 있을 경우에도 그 문학이 서민적인 문학이 아니라 귀족적인 문학의 범주를 벗어날 수 없었던 것이고, 실제로 그 문학을 감상한 계층은 귀족이었다. 이와 같은 현상은 부르주아 시대의 문학의 정수라고 할 수 있는 소설 문학에 있어서도 드러난다. 소설 문학이 문학의 한 장르로서 활발히 진행된 것은 프랑스혁명을 전후해서이다. 프랑스혁명이 부르주아혁명이라는 사실을 염두에 두게 되면, 소설이 문학 장르로서 그 중요한 몫을 담당하게 되는 것이 부르주아 계층의 대두와 함께라는 것을 쉽게 알 수 있을 것이다. 이 경우 고전주의 문학에 있어서 귀족 계층이나 소설 문학에 있어서 부르주아 계층은 문학이 스스로의 모습을 투영해볼 수 있는 거울에 해당하는 것이다. 그런데 17세기에 강력한 왕권과 함께 엄격한 율격을 갖추었던 고전주의 문학이 18세기에 들어와서 그 율격을 벗어나게 되는 것은, 고전주의적인 성격의 상실을 의미한다. 그리고 이러한 성격의 상실이 18세기 부르주아 계층의 대두와 귀족 계층의 약화라는 현상과 일치하고 있는 것은 전혀 우연의 소산이라고 볼 수 없다. 이와 마찬가지로 부르주아의 대두와 함께 그 본령이 드러나기 시작한 소설 문학은, 19세기 즉 부르주아 혁명 이후에 가장 활발한 전개를 보이게 된다. 소설의 활발한 전개는 주로 주인공의 힘이 막대하고, 줄거리가 파란만장하게 흘러가고 그 구성이 극적(劇的)으로 잘 짜여진 것으로 이야기되고 있다. 그것은 특히 20세기에 와서 소설의 주인공이 왜소화되었고, 줄거리가 19세기의 그

것처럼 거창하지 못하고 유위전변(有爲轉變)이 약화되었다는 의미에서 소설의 위기가 논의되고 있는 것으로 알 수 있다. 그러나 우리가 실제로 목격하게 되는 것은 그렇다고 해서 소설 문학 자체가 소멸되어가고 있는 것이 아니라는 것이다. 다시 말하면 비록 주인공이 이제는 전처럼 뛰어난 의지를 소유하지 못했다고 하더라도 소설 속에 존재하고 있고 줄거리가 극적으로 짜여 있지는 않지만 무엇인가 이야기되고 있는 것이다. 이러한 것을 말하자면 소설의 변화라고 할 수 있을 텐데, 이 변화가 부르주아 계층의 변화와 관련을 맺고 있다는 사실을 주목해야 할 것이다. 즉 부르주아사회에 있어서 개인은 자신이 소속된 집단의 이념의 실현을 목표로 삼고 있는 것이다. 그렇기 때문에 그 사회에서는 소설의 주인공이 실제 현실의 개인보다 거대한 힘을 갖고 현실에서 이루어지지 않는 꿈이나 무형을 실현하게 된다. 그것을 그 집단의 이념이 요구한다는 말이다. 그러나 그러한 부르주아 계층의 시민사회가 이미 이상(理想)이 아니라는 자각과 부르주아사회의 모순에 대한 자각이 이루어지면서 소설의 인물이 필연적으로 변화를 겪을 수밖에 없게 된다. 소설의 참조 대상(參照對象)인 거울로서의 부르주아 계층의 역할이 붕괴됨과 동시에 19세기적 소설의 주인공도 해체되었다. 말하자면 소설의 주인공이 무한한 창조적 정신과 의지의 소유자로서 그 구현을 위해 남다른 능력을 보이는 것이 아니라 현실에 압도되어 나타나고 있는 것이다. 이처럼 왜소화된 주인공은 자신에게 어떤 창조적인 능력이 있는지조차도 알지 못하고 삶에 관한 어떤 신념을 갖지 못하는 것이다. 그러므로 오늘의 소설은 19세기적인 이념의 인물을 상실함으로써 문학 양식으로서 자신의 문제를 스스로에게 제기하기에 이르렀던 것이다.

여기에서 문학은 첫째 스스로의 거울을 상실한 현실에 대해서 비판적인 양식이 되는 한편, 둘째 문학 양식 자체에 대해서 비판적인 것이 된다. 그렇기 때문에 모든 위대한 작가는 자신의 작품을 통해서 자신이 살고 있는 세계의 비판되어야 할 것을 문제로서 제기함과 동시에, 자신이 선택한 문학 양식을 문제로 삼게 된다. 그러한 점에서는 비평도 마찬가지이다. 하나의 작품이 대상에 관한 작가의 분석·종합의 결과라고 한다면 그 작품이라는 대상에 관한 분석·종합의 결과를 비평이라고 할 수 있을 것이기 때문이다. 모든 비평은 문화의 현상에 대한 비판적 성찰에서 비롯된다. 그러나 그러한 성찰은 대단히 복합적인 성질을 띠고 있기 때문에 한마디로 '옳다'든가 '그르다'고 이야기할 성질의 것이 아니라 바로 그러한 관점의 선택 과정을 문제로 삼을 성질의 것이다. 비평의 비평적 성질은 모든 대상을 새롭게 보려는 보편적인 이론을 추구하는 동시에 그 포용의 과정 속에서 비판적 양식을 탐구하는 데 있기 때문이다.

이러한 관점에서 보면 17세기의 고전주의 문학을 궁정 문학이라는 이유로 매도한다거나 19세기 소설들이 부르주아의 산물이라고 타기하는 것이 비평은 아니다. 비평은 오히려 어떤 문학적 경향이나 양식이 어느 시대에 어떤 계층에 의해 향유되었다는 사실을 확인하는 것으로 끝나는 것이 아니라, 그러한 경향이나 양식이 오늘의 우리의 문학과 정신에 어떤 의미를 띨 수 있는지 찾아야 하는 것이다. 왜냐하면 문학 작품은 그 문학적 양식을 통해서 스스로를 넘어선 세계를 드러내 보이기 때문이다. 바로 그렇기 때문에 오늘날에도 몰리에르가 읽히고 발자크 소설에서 새로운 의미가 끊임없이 추구되고 있다. 말하자면 완성된 형태로서 제시된 문학작품은 끊임없는 독서 행위에 해당하는 비평에 의해 열린 세계로서 우리에게 제시되어 있는 것이다. 문학작품이 '열린 세계'라고 하는 것은 해석이 끝난 것이 아님을 말한다.

정명환/부정적 지성의 힘

정명환의 『한국작가와 지성』은 제목에서 이미 이야기하고 있는 것처럼 한국의 몇몇 작가의 지성적 측면에 관한 고찰이라고 할 수 있다. 근대 작가와 현역 작가 15인을 대상으로 한 이 책은, 그것이 작가의 지성적 측면에 주된 조명을 비추고 있기 때문에 저자 자신의 지성이 함께 발휘되고 있다는 점에서 대단한 주목을 요구한다. 저자 자신이 서문에서 밝히고 있는 것처럼 "프랑스 문학을 공부하는" 한편 "우리 문학에 관심을 가져"온 결과로 이루어진 이 저서는 "우리 문학의 선배들에 대한 이 고찰이 그들 자신과 나아가서는 한국 문학의 전체상(全體像)을 정립하는 데 다소라도 도움이 되었으면 하는" 저자 자신의 겸손에도 불구하고, 사실 대단한 중요성을 갖고 있다. 그런 중요성은, 저자가 끊임없이 한국 문학의 보다 넓은 지평을 열기 위해서 외국 문학의 현상과 한국 문학의 현상을 비교 검토를 시도하는 데서 찾아질 수 있을 뿐만 아니라, 그러한 비교를 통해서 한국 문학 자체에 대한 비판적 성찰에 도달하고 있다는 데서 찾아질 수 있다. 여기에서 비판적 성찰은 외국 문학 전공자에게서 나왔다는 점에서 대단히 중요한 의의를 갖는다. 그것은 한국 문학 전공자의 관점과는 다른 관점, 혹은 보다 다양한 관점에서의 검토가 한국 작가 혹은 작품에 시도되었다는 사실을 의미한다. 물론 수록된 글 전부가 비판적 성찰을 주된 톤으로 삼고 있다는 점에서 한국 문학은 비판받아야 마땅한가라는 당위론을 끌어내려고 한다면 그것은 이 책을 한국 문학 이론의 넓은 공간 속에 포용하지 못하는 옹졸한 결과를 가져올 것이다. 중요한 것은 한국의 작가나 작품이 여러 가지 비판과 반성을 통해서만 확고한 자리를 마련할 수 있고, 보다 건강한 모습을 갖출 수 있다는 사실에 있기 때문이다. 더욱이 저자 자신이 "작가의 세계"라는 용어는 "어떤 작가가 지닌 특수한 세계관이나 인생관 그 자체라기보다도 그가 지향하는 세계나 인간에 이르기 위해서 움직이는 과정과 작용하는 방법을 가리키는 것"이며, "부정적 지성이 발휘되는 자장(磁場)을 뜻하는 것"이라고 말하고 있는 것처럼, 부정하는 자세가 결여된 것은, 지성 자체의 본질을 망각한 데서 나올 수 있는 것이다. 실제로 가령 문학사에서 전통의 계승 문제를 이야기할 때 앞에 있는 문학을 그대로 받아들이는 계승이란 추종이 되거나 아류를 낳는 것을 의미하기 때문에 진정한 계승이 되지 못한다. 반면에 앞에 있는 문학을 부정하게 되면 그 부정을 통해서 새로운 전통을 창조하게 되고 여기에서 전통의 창조적 계승을 얻을 수 있다. 이러한 예는 서구에서의 문예사조를 보면 얼마든지 찾아볼 수 있다. 고전주의 문학의 엄격한 율격(律格)에서 개인을 느끼지 못하고 제도만이 지배하는 것을 느끼게 되었을 때 낭만주의 문학은 바로 고전주의 문학의 부정을 통해서 새로운 문학 전통을 창조하였고, 따라서 전통의 창조적 계승에 도달할 수 있었다는 것이 그것을 말한다. 이와 같은 부정의 노력은 한편으로는 문학 자체의 총체성(總體性)에 기인하는 것으로 보이며, 다른 한편으로는 세계 자체에 대한 총체적 인식의 노력에서 기인하고 있는 것으로 보인다. 문학의 총체성이란, 문학작품들이 내포하고 있는 요소들이 하나의 관점에 의해서 완전히 해석될 수 있는 것이 아니라 모든 관점을 모두 동원한다고(이 자체가 이미 불가능한 것이지만) 해도 완전히 해석될 수 없는 데서 말할 수 있다. 그렇

기 때문에 문학에 있어서 하나의 경향이 강조된다고 하는 것은, 필연
적으로 다른 경향의 대두와 함께 부정될 수 있다는 전제 밑에서 행해
지는 것이며, 다른 경향의 대두는 이미 주어진 관점에 다른 관점을 덧
붙이는 작업이 되고, 동시에 두 경향의 변증법적 논리에 의해 모든 다
른 새로운 경향의 대두 가능성을 내포하게 되는 것이다. 그러나 이와
같은 노력에도 불구하고 하나의 문학작품이란 또 다른 여러 가지 접근
가능성이 열려 있는 것이기 때문에, 가령 그 작품의 구조에 의한 접
근, 그 문체에 의한 접근, 그 작품의 테마에 의한 접근을 통해서 총체
적인 작품의 어떤 모습이 밝혀질 수 있을 따름이다. 그러나 바로 이러
한 여러 가지 접근을 시도하는 이유나, 그 시도를 통해서 도달하고자
하는 상태는 바로 세계에 대한 총체적 인식, 그것이다.

그렇기 때문에 정명환의 '부정하는 지성'은 '널리 생각한다'는 지성
본래의 특성을 유지하면서 긍정적 세계의 창조를 위한 작업으로 일관
되고 있다. 여기에서 끊임없이 발견되고 있는 것은 변증법적인 사유와
실존적 문제의식이라고 말할 수 있다. 저자는 각 작가에 대한 검토를
하면서 하나의 문제를 제기한 다음, 언제나 그 반대 명제를 들고 그것
과의 대비를 통해 그다음 단계를 추출해내려고 노력하고 있으며, 작
가 자신과 작품과의 관계에서 존재론적인 차원의, 혹은 상황과의 관
련에서 실존적 결단 차원의 문제 제기를 하고 있다. 이러한 시도는 실
제 저자의 글들을 읽게 되면 저자처럼 많은 학식과 뛰어난 판단력, 그
리고 명석한 분석 능력이 없는 경우에는 대단히 어려운 일이 아닐까
하는 생각이 들게 한다. 그렇기 때문에 저자의 부정이 갖는 의미가 각
작가에게 있어서 어떤 양상으로 나타나는지 살펴볼 필요가 있다.

이 책의 제일 첫머리에 수록된 「이광수의 계몽사상」은 1920년까

지의 이광수 문학과 그 지성에 대한 분석과 평가를 시도하고 있다. 1920년 이후의 한국 문학 사상에서 민족과 계급, 순수문학과 참여문학이라는 분화(分化)된 형태를 발견함으로써 춘원의 문학 사상의 역할을 여기에서 끝난 것으로 보고 있는 저자는, 방대한 자료의 면밀한 분석을 통해서 춘원의 사상이 '민족주의적 계몽주의'라고 규정하고 그 것이 초기에는 "민족적 열등의식과 긴박한 정치적 상황에 대한 직접적 반응과 문학에 대한 향수가 천재(天才) 의식을 매개로 하여 결부된 형태"임을 분석해낸다. 그와 같은 천재 의식이 정치적 투쟁의 길로 갈 수 없게 되었을 때 "정치와 문화 사이의 가능한 간접적 관계마저 아예 자의적으로 단절되고 양자 중 택일의 형식으로 문화가 고려되기에 이른" 결과, 춘원의 사상은 "혁신적인 개념과 보수적인 사고관례(思考慣例)의 무반성적인 공서(共棲)"임을 입증한 뒤, 이 '공서' 현상이 근거 없는 낙관주의를 갖게 하면서 그의 계몽사상이 "하나의 이데올로기로 정비 발전되는 길을" 막고 있음을 밝혀내고 있다. 저자는 또한 춘원과 독자 사이에 "18세기 프랑스의 경우와 같은 긴장 관계가 없고 단순히 교육자와 피교육자" 관계인 수수관계(授受關係)만이 있는 현상을 발견해내고 그 결과 "이광수의 계몽사상은 기존 관례에 대한 어느 정도의 파괴 작용(破壞作用)을 가져왔다는 역사적 공적"을 인정하는 한편, "민족 고유의 비논리적이며 포괄적인 사고방식" 즉 "합리적 사고방식과는 정반대의 것을 존속시켰다"는 부정적 측면의 추출에 도달하고 있는 것이다. 이와 같은 춘원의 세계에 대한 분석 평가는 한편으로 춘원이 당대 사회에서 맡고 있었던 혁명적인 역할을 충분히 인정하면서도 다른 한편으로는 그러한 역할이 자신의 내부에서 나온 논리의 뒷받침을 받고 있는 것이 아니라 행위 자체에 대한 변호로 일관됨으로써 주어진 상황 속에서 자기 자신과의 끊임없는 대결이 이루어지지 않고 따라서 자기 외부와의 대결도 제스처로 끝나고 만 비극적 지성으로 결론을 내리고 있다. 저자의 이러한 노력은 '합리적 사고'가 저자 자신의 명석한 의식을 지배하는 기본 노선임을 밝혀주기에 충분한 것이다. 사실 이 글이 춘원의 연구에 있어서 뛰어난 성과를 거두게 된 것은 춘원이라는 권위적 선입관에 저자의 지성이 조금도 동요되지 않고 냉철하게 분석하고 평가하는 데 도달하였기 때문이다. 그러므로 춘원의 역할이 1920년을 전후해서 끝난다고 본 저자의 판단은 우리가 춘원에 대한 혹은 한국 문학 자체에 대한 애정을 가지고 있는 한 수용하지 않을 수 없다. 비판이 없는 애정은 비논리적인 신앙이 되며, 논리적 분석이 없는 애착은 객관화를 가져올 수 없기 때문이다.

저자의 두번째 글 「염상섭과 에밀 졸라」는 두 작가의 성관(性觀)의 분석을 통해서 염상섭에 대한 평가를 시도하고 있다. 이 글에서 한국의 자연주의를 부르짖은 최초의 작가 염상섭의 세계에 접근하고 있는 저자는 「개성과 예술」이 자연주의의 표현이라고 하는 일반적 견해에 대해 낭만주의적 표현임을 추출해낸다. 자연주의 선언에 해당하는 염상섭의 글에서 '객관적 검증'의 과정으로서 나타나고 있는 '성적(性的) 인간'이 주인공 스스로에 의해 '유전'과 '환경'의 작용의 인식으로 드러난 데 반하여 에밀 졸라에게 있어서는 그것이 외부적이고 객관적 관점(觀點)에 의해 파악되고 있는 데서, 저자는 염상섭과 에밀 졸라의 차이점을 발견하고, 나아가서는 에밀 졸라의 소설이 '설명적 언어'로 되어 있는 데 반하여 염상섭의 소설이 '주체적 체험의 언어'로 되어 있음을 논증해준다. 이 사실은 염상섭이 자연주의자가 아니라는 것을 밝혀주면서 동시에 성(性) 자체가 가지고 있는 파괴적 기능보다는 전통적인 윤리적 기능의 범주를 벗어나지 못했음을 지적하고 있는 것이다. 그러나 이와 같은 저자의 분석이 도달하고자 하는 것은 가령 작가 염상섭의 문학사적 위치를 폄하하자는 것이 아니라 작가의 세계에 대한 올바른 인식을 하자는 것이다. 이 글의 마지막에서 저자는 염상섭의 문학사에 있어서 역할을 충분히 긍정하고 있는 것이다. 말하자면 이 글은 성관이라고 하는 특정의 관점을 통해서 염상섭의 세계를 보게 되었을 때 거기서 추출해낼 수 있는 것이 문학의 총체성, 혹은 작가라는 한 개인의 총체성의 발견과 어떤 맥락을 가질 수 있는지 우리로 하여금 질문하게 만들며, 그러한 질문과 관련되지 않은 하나의 테마란 지성적 태도의 정도(正道)가 아니라는 것을 명확하게 보여주고 있는 것이다.

　저자의 「이효석 또는 위장(僞裝)된 순응주의」라는 글은 바로 그러한 저자의 태도를 더욱 확인하게 한다. 이 글의 중요성은 문학사에서 으레 다루고 있는 '카프 문학'과 '동반자 문학'의 정의가 가지고 있는 논리적 오류를 그 문학사의 기술(記述)에서뿐만 아니라 한 작가를 통해 이끌어내면서 '동반자 문학'을 "카프의 권외(圈外)에서 있으면서도 의식적으로 카프의 주의주창(主義主唱)——즉 프롤레타리아 혁명의 성취를 위한 예술 활동의 주장에 동조한 작가"(상점 필자)로 정의하고 있다. 여기에서 '의식적'이라는 표현은 저자 자신이 주체적 사유에 중점을 두기 위해 사용한 것으로서 이효석에게 있어서 그것의 사용이 가능한지 여부를 밝히는 기준이 되고 있다. 효석의 초기 작품인 「노령근해(露領近海)」에 대한 저자의 분석은, 작가의 '주체성의 본질'을 파악하기 위한 작업으로 이루어진 것이다. '합리주의적인 전통이 없는 나라'에 대한 저자 자신의 괴로운 인식에서 출발하고 있는 저자의 이러한

작업은 여러 작가가 일제하의 식민지 한국이 경험하게 되었던 불황·
이민·실업 등의 불행과 독립운동의 와중에서 쉽게 카프에 매력을 느
낄 수 있었던 이유를 세 가지 관점에서 인정하고 있다. 즉 "첫째로는
소련의 존재에 의해서 그 실효성(實效性)이 보증되어 있는 것 같았고,
둘째로는 1930년 전후의 한국의 경제적, 사회적 심지어는 민족적 난
관을 극복하기 위한 유일한 무기로서 시의적절하게 보였고, 셋째로는
1931년의 대검거사건(大檢擧事件)을 위시한 그 사상가들의 가지가지의
불행이 영웅적 수난으로 비쳤던 것이다"라고 하는 것이다. 그러나 이
러한 그 당시의 시대적 분위기에 대한 이해가 전제되었기 때문에 효석
의 동반자적인 위치에 문제를 제기하고 있는 것이 아니다. 그것은 오
히려 효석의 주인공 자신의 '둔갑'이 도식적인 '선전원'의 문학이라는
전거를 제시해줌으로써 문제화되고 있다. 씌기에서 저자는 구호화되
고 있는 작자의 주장이 작자 자신의 치열한 내적 투쟁의 소산이 아니
라는 데서 그 주장 자체의 제스처적인 성질을 밝혀내고 있는 것이며,
이와 같은 쉬운 해결은 작가 자신의 엘리트 의식을 낳게 됨으로써 그
뒤에 보게 되는 신감각주의적(新感覺主義的)인 자연과 성(性), 그리고
미(美)의 추구라는 전신(轉身)을 가져올 수밖에 없었다는 것이다. 그
러나 이러한 전신의 추출을 통해서 저자는 작자에게 지조가 없다고 비
난하는 것도 아니고, 동반자적 작가여서 혹은 자연과 성과 미를 추구
해서 주체 의식이 없다는 것도 아니다. 저자의 엄격한 지성은 "인사이
더로 머무르면서 꾸며온 아웃사이더의 유희(遊戱)" 즉 사회에 순응하
면서 도피와 분개와 비탄의 제스처에서 사르트르 식의 표현을 빌려 자
기기만을 추출해내고 있는 것이다. 이와 같은 저자의 작업이 가능했던
것은 이 책의 곳곳에서 그 편린을 볼 수 있는 것처럼 서구의 지성에

대한 연구 과정에서 저자 자신이 후진국 지성으로서 경험하지 않으면 안 되었던 괴로운 자기 성찰의 결과 때문이었다. 특히 그러한 예는 가령 "우리의 문학적 유산은 그 훌륭한 의도에도 불구하고 인생을 바꾸려는 기도에 도움을 주는 데 크게 공헌하지 못"한 사실을 통해서, 부정적 지성이 "지성의 고행"을 모르고 새로운 것을 곧 "기성의 절대적 가치로 응결"시켜버린다는 현상의 파악, 그리하여 "유교라는 절대가 형식상으로나마 부정이 되자 우리는 곧 무한히 많은 다른 절대를 갖게 된 것"이란 현상의 분석, "부정의 정신이 작품 창조의 지속적인 원천이 되지 못하고 당장에 절대적 긍정으로 옮아가 상황외(狀況外)의 문학"으로 되어버린 경향파 문학(傾向派文學)의 한계에 대한 인식 등(이상의 인용은 「이상(李箱)——부정(否定)과 생성(生成)」에서 한 것임)에서 볼 수 있다. 문학 행위가 주체와 대상의 충돌 방식의 표명이라고 생각하는 저자로서는 그러므로 자신이 대상에 작용하고 동시에 그 대상의 작용을 겪는 작업을 끊임없이 교류시킬 수밖에 없을 것이며 따라서 저자 자신이 이상(李箱)의 문학에 비교적 긍정적 지성을 발견하게 되는 것은 당연한 것처럼 보인다.

저자는 이상의 부정의 작업에서 두 가지 특성 즉 '지적 태도'와 '근대적 자아의 의식'을 추출해내고 있다. 여기에서 '지적 태도'란 "구원과 진보의 이름 아래 석화(石化)된 절대에 의지하거나 불안의 센티멘털리즘으로 빠져"버리지 않고 오늘날의 "인간조건(人間條件)"을 의식하고 있음을 의미하며 "근대적 자아의 의식"은 당시 상황 속에서 "기성의 강령(綱領)을 따르지 않고 자아성찰의 노력을 기울"였음을 의미한다. 말하자면 기존의 도덕과 질서로부터 새로운 도덕과 질서로의 탈출을 시도하고 있는 이상의 지성은 그럼에도 불구하고 자기 내부에 자리 잡고 끊임없이 자신의 사고와 행위에 작용하고 있는 기존의 도덕과 질서를 의식한다. 그것은 곧 자기 내부에 존재하고 있는 모순의 발견과, 그 모순을 극복하기 위한 내적 투쟁에의 도달과 관련을 맺게 된다. 그러나 이상에게는 새로운 도덕과 질서라고 말할 수 있는 구체적인 내용의 것이 없기 때문에 분열된 의식을 소유할 수밖에 없었다는 사실을 추출하고 있는 것이다. 그런 뜻에서 이상은 "말과 사물 사이의 넘을 수 없는 거리를 의식하면서도 말=사물 즉 비존재=존재가 되기를 바라고 그러기 위해서 '속성을 끌어'내는 작업을 죽음에 이르기까지 이어나간" 작가라 할 수 있다. 그러니까 이상은 좌절을 보여주는 작가인 셈인데 저자는, 타자의 눈에 비친 자신의 좌절된 모습에서 존재의 확인을 하려는 이상에게서 대타 관계(對他關係)를 간과하지 않고 있는 것이다. "태도의 희극"으로 표현되고 있는 이상의 대타 관계는, 타자 소유(他者所有)의 불가능성, 타자에게 소유당하지 않으려는 자신의 본능적 경계와 긴장, 그리고 이 두 가지의 사실에서 야기된 자의식이라는 세 가지 특징으로 드러나게 된다. 그러나 여기에서 저자는 이상의 부정과 절망이 절대에의 탐구 혹은 비상을 갖지 못한 데서 그 한계를 끌어내고 있다. 그것은 곧 "주체가 대상과 달라지는 최초의 양상"으로서의 부정이 "주체에 의해 대상에 가해지는 적극적인 작용"으로서의 생성 단계로의 발전을 동반하지 못한, 미분화(未分化)된 사고에서 기인하고 있다는 것이다. 이러한 저자의 관찰이 가능했던 것은 저자 자신의 실존적 질문과 변증법적인 사고가 작가나 작품에 적극적인 작용을 가함으로써, 한편으로는 자신의 지성에 대한 성찰과, 다른 한편으로는 그 지성의 대상에 대한 투쟁을 통해서 얻을 수 있는 새로운 단계로의 도약을 시도하는 데 있었을 것이다. 그러므로 "작가란 바로 성공이 없는 이 길을 스스로 선택한 사람들, 늘 다시 시작되어야 할 고역(苦役)을 스스로 선택한 사람들이다"라고 하는 저자의 정의 속에서 우리는 저자 자신이 한국 작가의 지성에 관한 괴로운 성찰을 하고 있는 이유를 이해할 수 있다.

이와 같은 저자의 지적 노력은 이 책의 2부에서 다루고 있는 현역 작가들에 관한 연구에서도 드러난다. 선우휘·오상원·최인훈의 전쟁소설에서 한국 문학의 가능성을 모색할 때에는 "서구와 비슷한 상황이 서구 작가와 비슷한 체험을 가져올 수 없다"는 한계를 인식해야 한다든가, 서기원의 소설에서 "감정적 휴머니즘의 막연성이 절망의 작가를 유혹"하고 있는 위험을 확인한다든가, 박경리에게서 새로운 인물의 창조가 가지고 있는 의미와 "지적 향수를 뿌린 센티멘털리티나 생소한 이론 취미"가 가지고 있는 한계를 동시에 파악하고 있다든가, 이호철의 변모 과정에서 한편으로 사회적인 관심의 확대를 가져오면서도 다른 한편으로 작가가 대상으로 삼고 있는 서민을 "높은 곳에서 굽어보게" 된 한계를 지적한다든가, 이청준의 소설이 가지고 있는 분석적인 힘을 통해서 이 작가 특유의 '기질'을 발견하고 있는 것도 저자가 1부에서 이미 개진한 바 있는 문학적 지성의 인식의 연장선상에 저자가 위치하고 있기 때문에 가능한 것이다.

이상과 같은 저자의 작업을 읽게 되면 한편으로 저자 자신의 분석 능력과 지적 투쟁이 한국 문학작품의 여러 가지 독서 가능성을 열어주고 있음을 알 수 있을 뿐 아니라 다른 한편으로 저자 자신이 드러내고 싶어 하는 문학의 총체성이 어쩌면 오늘의 우리 비평계의 한계를 극복할 수 있는 가능성을 보여주고 있음을 알 수 있다. 삶의 순간순간에 내적 투쟁의 과정을 통한 실존적인 결단, 감상적인 해결이 아니라 논리적인 문제 제기, 변증법적인 사고에 의한 그 문제의 또 다른 문제화, 도식적인 현실 파악이 아니라 주체와 대상의 끊임없는 대결 상태의 유지에 의한 괴로운 자아 성찰, 문학이 문제 해결에서 그 의미를 드러내는 것이 아니라 문제의 제기 과정에서 드러내고 있다는 사실의 확인 등은, 이 책이 단순한 작가론이 아니라 오늘의 한국 지성의 모습을 정립하는 데 기여할 것임을 말해주고 있다. 더구나 그러한 지성적 성찰이 구체적인 작가와 작품을 다루고 있음으로 해서 논리적 공허성을 극복하고 있는 것은 '부정'과 '생성(生成)'의 변증법에서 얻을 수 있는 중요한 수확이라고 할 수 있을 것이다.

백낙청/양심 혹은 사랑으로서의 민족문학

백낙청의 평론집 『민족문학과 세계문학』을 읽게 되면 1966년부터 시작된 그의 문학 활동이 한국 문학에 있어서 중요한 역할을 담당해왔다는 사실과 함께 역사에 대한 그의 '양심'이 그로 하여금 '역사적 인간'과 '시적(詩的) 인간'의 동시적 구현을 이론화하고 있다는 사실을 알게 된다. 이와 같은 그의 작업을 그 작업이 진행되고 있는 동안에 한국인 모두가 경험한 어려운 역사적 현실에 비추어 보게 되면 그 자신이 '시적 깊이'와 '지사적(志士的) 매서움'을 행동으로 실천하고 있음을 알게 된다. 이와 같은 실천적 지성에서 가장 중요한 것은 문학의 이념 문제를 해결하는 것이며, 그것이 제일의 과업으로 등장한다. 실제로 그의 평론집은 그러한 문학 이념의 정립에 바쳐졌다고 해도 과언이 아닐 것 같다. 그의 이러한 노력은 문학의 사회 참여와 문학인의 역사의식의 강조로 집약될 수 있고 따라서 그의 평론집 전체에서 그것이 기본적인 문제의 초점으로 등장하고 있다. 물론 문학의 사회 참여와 문학인의 역사의식의 강조는 백낙청에 의해 처음 제기되고 문제화된 것은 아니지만, 그만큼의 일관성을 갖고 깊이 있게 다루어진 예는 우리 비평사에서 찾아볼 수 없다고 이야기할 수 있을 것이다. 사실 1966년 계간지 『창작과비평』과 함께 그가 문학에 기여한 점은 그와 비슷한 생각을 가진 사람이나 그와 다른 생각을 가진 사람이나 인정해야 할 것이다. 때로는 그의 관심이 너무 한쪽으로만 치우쳤다는 비난을 하는 사람도 있겠지만, 그것은 문학 행위에 필연적으로 따를 수밖에 없는 '관점(觀點)'의 선택과 그 관점의 선택에 있어서 문학인 자신의 윤리적 결단의 문제를 도외시한 데서 나온 비난에 지나지 않는다. 비평가는 자신이 선택한 관점에 의해 발언하고 행동하기 때문이다. 문학하는 사람에게 있어서는 '글' 자체가 행동이라는 전제로부터 출발하게 되면 그의 글 전체에 흐르고 있는 역사를 올바로 보고 정확하게 이야기하고자 하는 그의 노력과 용기는 근래에 드물게 보는 문학 지성인의 의연함을 느끼게 한다.

이 글은 그의 이러한 태도에 대한 긍정적 측면을 전제로 하면서 그 나름의 논리적 문맥을 좇는 한편, 우리가 여기에서 던질 수 있는 질문을 제기함으로써 문학에 대한 반성의 계기를 삼고자 씌어진 것이다.

백낙청의 「새로운 창작과 비평의 자세」(1966)는 문학에 있어서 '순수'와 '참여'에 대한 이론을 검토하고 있다. 서구 문학에 있어서 '순수정신'이 부르주아 시대의 "유럽 중산층 이데올로기의 일환이며 플로베르 식의 염세적 순수주의는 그 퇴폐적 단계를 대표한다"고 이야기하면서 한국에 있어서 순수주의를 "건실한 중산 계층의 발전을 본 일이 없기" 때문에 뿌리박힌 부르주아 시대의 예술 신조에서 나온 것이 아니라고 주장한다. 이러한 주장의 당연한 귀결은 부르주아혁명을 완수한 서구에 있어서의 '시민 정신(市民精神)'이 한국에는 없기 때문에 올바른 참여문학이 없었다는 것일 수밖에 없다. 그러므로 "우리가 부모의 피와 살을 받았듯이 이어받은 문학 전통이란 태무하다"는 것이다. 물론 이런 주장은 「시민문학론」에서 수정되고 있기는 하지만, 그러나 문학이 "사회의 건전한 놀이로 활약할 기반이 없다"는 논리에는 별다른 수정이 보이지 않는다. 특히 이런 논리의 근거로 "국민의 1인당 연 평균 소득이 100불 내외, 6년간의 의무 교육도 거의 유명무실한 상태"를 들고 있는 데서 그 자신이 문학을 통한 사회 개혁의 신념을 가진 지식인이라는 사실을, 그래서 문학과 사회의식의 관계가 그의 가장 중요한 관심이라는 사실을 인정할 수 있는 것이다. 여기에서 백낙청은 사르트르의 '현실적 독자'와 '잠재적 독자'의 개념을 사용하면서 한국 문학의 전통적인 빈곤과 후진성을 극복하기 위해서는 "갖가지 삶과 글의 실험을 행해야 된다"고 주장하면서 "정말 새로운 창작과 비평을 위한 실험은 예술적 전위 정신과 더불어 역사적 사회적 소명 의식, 그리고 너그러운 계몽적 정열을 갖추어야" 한다는 것이다.

이상에서 살펴본 백낙청의 첫번째 글은 저자 자신이 "십수 년 전 자기의 무지와 허세"였기 때문에 평론집에 수록하고 싶지 않았다는 고백에도 불구하고 저자와 그다음의 모든 글들에 어떤 기틀 노릇을 하고 있다는 점에서 대단히 중요한 것이다. 여기에서 이 글이 다른 글들의 기틀이 되었다고 하는 것은, 한국 문학에 대한 지식에 있어서 저자 자신의 겸손을 그대로 받아들인다고 하더라도 저자가 새로운 창작과 비평의 자세로서 강조하고 있는 "역사적 사회적 소명 의식, 그리고 너그러운 계몽적 열정"이란 명제, 그리고 18세기 프랑스의 계몽주의 문학, 19세기 러시아의 문학을 "독자층의 분열과 갈등 속에서 나온" "무엇보다 감명 깊은 선례"로 파악하고 있는 자세가 그 뒤에 나온 글들에서 보다 강조되고 구체적인 실체를 얻고 있기 때문이다. 그 구체적인 실례를 들어보면 이 글에서 조심스럽게 개진되었던 문학의 사회적 책임이 문학 양식의 문제를 완전히 부차적인 것만으로 돌리지 않은 채로 '소명 의식'이라는 표현을 얻었던 데 반하여, 그다음의 글들에는 시민 의식과 민족의식으로 구체화된 것이다. 그것은 저자가 시민적 정신의 모델을 18세기 프랑스의 시민혁명에서 찾고 있는 것으로 드러난다. '자유·평등·우애'라는 프랑스 부르주아혁명의 정신 자체를 모델로 삼고 있다기보다는 그 혁명의 정신의 연장선상에서 그 모델을 '상정'하고 있는 것이다. "프랑스혁명기의 시민 계급을 통해 본 시민다운 시민의 한 모습이 우리 자신의 이상으로 삼고자 하는 '시민'의 완전한 정의가 될 수 없음을" 말하면서 "우리의 미래를 위한 이상으로 내걸려는 '시민'"이란, 프랑스혁명기 시민 계급의 시민 정신을 하나의 본보기로 삼으면서도 "혁명 후 대다수 시민 계급의 소시민화에 나타난 역사적 필연성은 필연성대로 존중해주고, 그리하여 그러한 필연성을 기반으로 하여 우리가 쟁취하고 창조해야 할 미지·미완의 인간상"이라고 주장한다. 여기에서 저자는 '자유·평등·우애' 가운데서 자유는 비교적 이루어졌지만, 소시민화 때문에 평등과 우애는 이루어지지 못한 것이므로 이 '미완의 인간상'은 평등과 우애를 이룩한 시민을 의미한다는 것이다. 이러한 논리에서 저자가 '사랑'의 개념을 들고 나오는 것은 당연한 것처럼 보인다. 그러나 '자유·평등·우애'가 시민 정신의 구현으로서 서로 유기적 관계를 갖고 있는 하나의 총체적 정신이라고 할 때에, 어느 한쪽은 실현되고 다른 면은 실현되지 않았다고 보는 것은 시민 정신이라는 이념으로서의 이 세 가지를 하나로 보지 않는 논리적 이유를 제시하지 않으면 안 될 것이다. 필자 개인으로는 어떤 혁명이든지 하나의 혁명은 주어진 시대와 장소에서의 성공을 논하는 것이 가능하지만, 그것의 영원한 성공을 기대한다는 것은 하나의 낭만적 꿈에 지나지 않는다고 생각한다. 실제로 인류의 역사상 하나의 혁명이 그 자체로 완성된 경우는 한 번도 없었으며 사실상 그것은 불가능한 것이다. 프랑스혁명의 시민 정신이 문학에서 구현된 것이 19세기 스탕달, 발자크로 이어지는 리얼리즘에서 찾아지고 있는 것도 많은 문학사가들에 의해 이야기된 것이기는 하지만, 그러나 그 '사랑'의 구현이 리얼리즘과 관계를 맺고 그리하여 괴테, 실러, 스탕달, 발자크, 톨스토이, 로렌스로 이어지는 리얼리즘의 문학이 사랑이라는 이름으로 논의될 때, 저자의 근본적인 발상이 문학을 대하는 태도에 있어서 '분석 정신(分析精神)'에 입각한 논리적 혹은 이성적 사고에서 결과한 것이라기보다는 다분히 정서적 혹은 주정적(主情的) 반응에서 결과한 것임을 보여주는 것이다. 그것은 저자 자신의 출발점이 문학 이념의 정립에 있었던 데서 기인할 수 있을 것이다. 그렇다면 그가 말하는 '사랑'의 개념이란 무엇인가?

백낙청은 앞에서 언급한 것처럼 프랑스혁명 정신에서 그 개념을 끌어낸 다음, 테야르 드 샤르댕의 '진화 의식'이 '사랑'의 구현 차원으로서 시민 의식과 상통하는 것으로 말한다. 그래서 저자는 "한용운의 『님의 침묵』은 온통 사랑의 노래이며, 김수영의 작품에서 '사랑'은 '자유'와 '참여'의 동의어로 쓰이고" 있다고 하고, "예수가 보복과 강제의 지배를 지양하고 사랑의 지배를 이 세상에 선언했을 때의 '사랑'이 차라리 그런 것이요, 불교에서 모든 중생이 다 부처가 되는 것을 목표로 하는 보살의 노력이 그런 것이다"라고 한다. 여기에서 분명히 볼 수 있는 것처럼 저자의 '사랑'은 기독교적인 '사랑'의 개념과 불교적인 '성불(成佛)'의 개념, 그리고 '자유'와 '참여'라는 시민 정신의 종합이라는 거대한 비전인 것이다. 그러나 실제로 이 거대하고도 의욕적인 비전이 논리적인 설득력을 갖기 위해서는 저자 자신의 사랑에 대한 감정이나 그 감정의 표현이 필요하다기보다는 거기에 도달할 수 있는 논리적 탐구가 필요한 것으로 생각된다. 왜냐하면 비평 행위의 설득력은 바로 논리적 탐구라는 이성적 행위가 없으면 불가능하기 때문이다. 게다가 작가의 경우에는 사랑에 대한 감정이나 그 감정의 표현이 곧 세계에 대한 그 작가의 해석을 의미할 수 있지만, 그러한 작품을 대상으로 하는 비평가에게는 작가의 해석을 대상으로 한 재해석(再解釋)이 감정의 표현으로 혹은 의지의 표현으로 끝나게 되면, 비평은 해석의 수준에 도달하지 못하는 것이다. 실제 백낙청의 '사랑'이라는 표현이 그 거창한 의도에도 불구하고 낭만적 의지의 표현 이상으로 우리에게 설득력을 갖지 못하는 이유도 여기에서 연유하고 있는 것처럼 보인다.

이상과 같은 현상은 가령 '사랑'의 실천을 이룩하지 못한 볼테르의 분석 정신이 '이성'이 아니라고 지적하면서 "낭만주의자의 '감성', 헤겔의 '이성', 사르트르의 '종합 정신'도 매한가지다"라고 못을 박고 "이제까지 모든 실제하는 인간이 생각해온 이성은 상대적인 이성이요 가장 높은 의미에서의 이성의 근사치일 수밖에 없"으니까 "다만 주어진 시대, 주어진 장소에서 얼마나 참되게 그것이 드러났는가, 다시 말해서 주어진 필연과의 공동 작업에 있어서 얼마나 이성의 역할을 증대시키는 계기를 이루었는가 하는 차이가 있을 뿐이다"라고 한 데서도 찾아볼 수 있다. 이미 시민 정신이 프랑스의 부르주아혁명의 연장선상에서 파악되어야 한다는 저자의 '이상(理想)'은, 지금까지 있었던 모든 역사적 행위가 '주어진 시대' '주어진 장소'라는 한계에서 인식돼야 할 것으로 규정짓는 것이다. 그렇다면 우리의 문학사에서 중요한 작가들의 문학 행위가 갖는 의의도 그 범주 안에서 파악될 수 있을 뿐이다. 그러한 이유에서 식민지 시대 작가를 다룰 때 그러한 한계를 인정하는 것은 당연하다. 하지만 이러한 작가들을 '사랑'이라는 이상의 척도에서만 파악을 하려고 하면 그 이상을 만족시킬 수 있는 작가란 이 세상에 하나도 없어야 될 것이다. 왜냐하면 구체적인 작가 작품과 같은 현실의 차원으로 만족될 수 있다면 이미 이상이 아니기 때문이다.

여기에서 우리는 저자가 '사랑'과 함께 자주 사용하고 있는 문학인의 평가 척도로서의 '양심' '거룩한 것' '우리들 하나하나의 타고난 순수한 마음' '인간의 본마음' 등을 살펴볼 필요가 있다. 물론 이러한 표현 자체가 모두 가치 체제가 무너지고 금력(金力)과 권력(權力)이 보는 사람 위에 군림하고 있다는 오늘날의 현실 인식에 근거를 둔 정도라면 누구나 말하는 상식적 차원에서 당연한 것이다. 그러나 문제는 그러한 현실에 대해서 어떠한 방법으로 대응할 수 있느냐 하는 데 있기 때문에 보다 철학적인, 보다 논리적인 체계를 세워주는 것이 우리에게는 필요하다. 여기에서 저자는 "한마디로 해서 예술의 마음"이란 "지극히 단순한 마음, 보통 사람도 어린아이도 알 수 있는 마음, 남의 감정에 감염하는 마음, 그러니까 남의 기쁨을 기뻐하고 남의 슬픔을 슬퍼하여 사람과 사람을 결합시키는 마음"이라고 톨스토이의 예술관을 빌려 쓰고 있다. 그리고 "우리가 강조하는 양심이란 것도 벌거벗은 본마음 그대로의 상태에서 민중과 한 몸이 되고 만인과 형제처럼 결합되는 경지를 말한다"고도 하며, "양심의 문제를 논하고 역사의 문제를 논할 때 어느 개개인의 고매한 이상이 아닌 다수 민중의 의식과 움직임을 중요시"한다는 것이다. 또한 "거룩한 것"이란 "신앙을 포함한 모든 '거룩'의 체험이 역사 안에서 일어난다는 뜻만이 아니라 바로 그 것이 일어남으로써 한 개인 한 민족의 진정한 역사가 창시된다는 뜻에 서" 역사적인 것이라고 말한다. 여기에서 문제되고 있는 사람과 사람 을 결합시키는 마음이란 다수 민중과 한 몸이 되고 다수 민중의 의식 과 움직임에 호응하는 경지를 의미한다. 그렇다면 이것은 민주주의를 표방하고 있는 나라에서 다수의 편에 서 있는 사람과는 구분되어야 할 것이다. 여기에서는 그 '다수'의 의미를 분석하고 추출하는 지적인 작 업을 거치지 않고는 모두가 자신은 다수의 편이라든가 그 다수로부터 소외되어 있다든가 하는 양자 선택적인 생각을 할 것이며 그렇게 되면 민중의 의식의 정체가 불분명해질 것이기 때문이다. 물론 '다수'냐 '소 수'냐 하는 문제를 국민소득이 얼마냐와 같은 통계 숫자에 의존하는 것과 같은 태도는 그 사회나 역사의 감추어진 구조를 도외시하고 눈에 보이는 결과만을 문제 삼는 것이 될 것이다. 그러므로 민중과 한 몸이 되는 경지는 행동으로 표현하는 것이라고 한다면, 그것이 민중의 편이 냐 아니냐 하는 것은 합리적인 분석 정신에 의거하여 현실의 여러 가 지 현상들을 밝혀 나간다기보다는 종교적인 믿음에 의한 진리의 '나타 남'과 같이 드러나는 것이 된다. 그러한 면에서 저자의 글에서 자주 볼 수 있는 '믿음' '신념' '종교적 사랑'과 같은 표현이 종교적 경지에서 제기되고 있는 것은 저자 자신이 '신념'의 지식인임을 확인시켜준다.

이러한 신념으로서의 '사랑'의 이념을 제대로 실현한 작가로 저자 는 "님을 침묵하는 존재로 파악한", 그래서 "현대의 침묵이 어디까지 나 님의 침묵임을 알고 자신의 사랑과 희망에는 고갈"을 안 느낄 정도 로 "종교적 민족적 전통에 뿌리박은 시인" 한용운을 들고, 이상(李箱)

은 "최소한의 양심과 현실 감각을 보여"주었지만 "더 오래 살았더라면 좀더 튼튼하고 좀더 시민 의식다운 사랑에 이르렀을지도" 모를 시인이고, 염상섭은 "시민 이전의 장인적(匠人的) 초연함"을 엿보이며 "투르게네프가 『부자(父子)』에서 바자로프와 아르기까지의 사이에서 그 어느 쪽으로도 기울지 못하고 고민하고 있는 데 비하여" 조덕기의 입장에 치우쳐 있고 "그 삶에 님이 있는지 없는지 따지고 들 생각은 없는" 점에서 한계를 가지고, 김수영은 참여시에 대한 "탁월한 통찰력과 남다른 정열에도 불구하고" "통일에 대한 비전이 없어서 정치권력을 공격"하지 못한 시인이고, 손창섭은 폐쇄적 작품 세계를 가진 한계를 가지고 있고, 이호철은 "뚜렷치 않은 풍자가 허무주의로 떨어지고 사실적 묘사도 결과적으로 '서민의 애환'을 수긍하는 안일한 소시민의 문학"이 될 가능성이 있는 작가이고, 최인훈은 '사랑의 결핍'과 '순전히 개인적인 자아에의 집념', '무절제한 관념의 유희'로 성공한 리얼리즘 소설의 위치에 도달하지 못한 작가이고, 김승옥은 "소시민 의식의 한계를 한계로서 제시하는 데 어느 정도 성공한" 작가이지만 그 때문에 "자신이 넘지 않으면 안 되는 한계"를 가진 작가이고, 서정인은 그 풍자가 "자조(自嘲)와 자기연민의 성격" "소시민적 원한이 담긴 비웃음의 성격"을 완전히 탈피하지 못한 작가이고, 박태순은 "변두리 인생에 대한 국외자적 연민·모멸 또는 무관심에 항의하는 작가"이기는 하지만 "밑바닥 인생에 대한 진정한 의식에 못 미치는 바가" 많은 작가이고, 조선작은 "소시민적인 나약성이나 허세 같은 것"을 보여주는 작가는 아니지만 "진정한 의미의 달관이라거나 각성된 저항의 자세"에는 이르지 못한 작가이고, 황석영은 "무슨 소재든 능히 요리해내는 외재(外才)한 작가"라기보다는 "주어진 한 작품에서도 그의 시야의 폭이 구체적으로 느껴"지는 작가라고 한다. 이와 같은 논리에는 저자 자신의 확고한 문학적 역사적 신념이 일관되고 있다. 그것은 바로 민중과 한 몸이 되고 만인과 형제처럼 결합되는 역사의식에 의한 것이다. 그러나 그러한 신념을 갖기에는 여러 가지로 부족한, 깨달음이 없는 사람들이 보자면 어떻게 민중과 한 몸이 되고 만인과 형제처럼 결합하게 되는지가 문제가 된다. 물론 민중의 편에 서서 민중 의식을 구현한다는 것이라는 이야기를 할 수 있는 용기가 없는 경우를 두고 하는 말이 아니다. 그것은 문학이 과연 이러한 지사로서의 의지를 가지고만 있으면 가능한 것인지 하는 문제와, 민중 의식이란 주장으로 나타났을 경우에만 반영(反影)되는 것인지, 그리고 사람답게 사는 삶과 같이 소박한 단계의 민중 의식으로 과연 오늘날 갈수록 지배와 피지배의 권력 메커니즘이 강화되고 있는 현실을 타개할 수 있는지 하는 문제를 우리에게 던져준다. 그뿐만 아니라 이러한 역사의식으로 한국 문학사를 바라보게 되면 문학사 자체가 단선적(單線的) 선(線)의 개념으로 파악되는 모순을 어떻게 극복할 수 있는가 하는 의문도 우리에게 주게 된다. 그러니까 한국의 문학사에서 가장 큰 시민 정신의 소유자는 한용운이었고 김수영은 그만한 업적을 남기지 못했고 그 밖의 다른 작가들에게도 그 전통은 계승되었지만 모두 한계를 지닌 작가였다는 주장은, 첫째 한용운의 시가 모두 민중에게 읽히고 이해되는 시인가 하는 문제와, 만일 그러한 역사적 사명감으로 훌륭한 문학작품이 가능하다면 한용운의 소설들도 뛰어난 민중 의식으로 이룩된 것인지 하는 문제를 던지게 만든다. 그리고 위의 작가들에 대한 검토 과정에서 저자가 끊임없이 애석해하는 것은 한용운 같은 뛰어난 시인이 있었는데 그 뒤의 작가 시인 들에게서는 그만큼의 성공한 참여문학을 이룩하지 못한 사실인 것이다.

역사는 발전하는 것이라는 기대에 어긋난 것과 같은 이러한 태도는 어떤 가치 척도를 미리 설정해놓고 그 척도에 의해서 척결하는 태도와 어떻게 다른지 알 수가 없는 것이다. 그렇기 때문에 저자가 서양의 이론을 도입하는 것을 서양 중심의 사고방식으로서 문화적 식민주의로 규정하고 있으면서도 서양에는 시민혁명이 있었는데 우리에게는 그것이 없었다는 것과 같은 단순 비교를, 시민혁명이라는 개념과 같이 서구적인 개념을 쓰지 않고는 오늘의 세계 현실을 해석할 수 없는 지식의 보편성(물론 이 지식의 보편성은 여러 상이한 사회의 구조적 동질성에서 가능한 것이겠지만)을 보게 되면, 이러한 어려운 입장이 저자만의 문제만은 아니라는 것을 알 수 있다. 게다가 지금까지 상당수의 역사학자·문학인으로부터 서양이 민주 제도를 시민혁명에서 그 꽃을 보게 되지만 우리나라에서는 신라의 화백 제도에서 그것을 발견할 수 있었다든가, 서양에는 신(神)이 있었지만 우리에게는 그것이 없다와 같은 주장을 보아온 우리는, 참다운 시민혁명이 없었고 그 시민 정신을 톨스토이나 로렌스만큼 리얼리즘의 발전으로 승화시킨 작가가 없었다는 주장과 어떤 관계에 놓여 있는지, 두번째로 질문하지 않을 수 없는 것이다. 세번째로는 문학의 전통이나 문학의 실체는 그 나라 문학작품과 작가 들에 의해 이루어지는 것이고 그 작가와 작품을 떠나서는 문학의 이념을 세울 수가 없는 것이다. 그렇다면 작가와 작품에 대한 분석의 과정을 거치지 않고 문학 밖에서 만든 가치관으로 작가와 작품을 평가하려고 하는 것은 '사랑'이나 '참다운 시민 정신'의 발전을 위한 노력이라기보다는 이미 존재하는 '사랑'과 '시민 정신'으로 재판하는 것이 되지 않을까 우려되는 것이다. 물론 "인간의 동포애적 결합을 추구하는 사람들끼리" '부분적 배타적으로 우선 뭉칠 것"이 필요하고, 그러기 위해서는 어떤 이념을 갖는 것이 필요하다. 그러나 문학은, 우리와는 다른 위치에서 우리를 억압하고 지배하는 모든 것으로부터 자유로워지는 것이 사람다운 삶을 획득하는 길임을 알고 있기 때문에, 문학마저도 지배하고자 하여 어떤 다른 이념의 절대화를 받아들이면 그 순간부터 스스로 억압과 구속의 굴레 속에 끼어드는 것이 된다.

그러므로 한 나라의 문학에 있어서 이념은 그 나라의 문학작품 속에서 끊임없이 파괴되고 세워지는 과정을 거치지 않으면 안 된다. 그러한 점에 있어서 김수영의 뛰어난 점은, 스스로 어떤 이념에 자신을 구속시키지 않고 자기 자신에게 고정되려는 모든 '이념'을 끊임없이 깨뜨리고자 하는 자유로운 정신에 있었던 것이다. 그가 문학에 있어서 전위성(前衛性)을 문제로 삼았던 것은 "새로운 창작과 비평을 위한 실험"을 참다운 전위성으로 생각했기 때문이다. 그것은 말을 바꾸면 김수영 자신이 문학의 본질적인 기능을 체제의 유지가 아니라 체계의 파괴에서 찾고 있다는 것을 의미한다. 문학은 눈에 보이는 혁명을 이룩할 능력은 없는 것이다. 사르트르 자신도 말한 것처럼 굶어서 죽어가는 어린애 앞에서 하나의 문학작품은 아무런 무게도 갖지 못하는 것이다. 문학은 국민소득을 올리지도 못하는 것이다. 이처럼 눈에 보이는 현실에 대해서 무기력한 문학이 그럼에도 불구하고 존재해야 하는 것은, "굶어서 죽어가는 어린애가 있다는 현실을 추문"으로 만들기 때문이다. 이러한 추문화야말로 문학의 파괴적 기능이 눈에 보이지 않는 전복성을 띠는 것이다. 그리고 이러한 전복성은 문학 자체가 체제화되는 순간에 이미 배반을 당한다. 체제는 현상 유지, 혹은 현상 강화를 목표로 하고 있는 것이기 때문이다. 문학이 스스로 모든 제도화를 극복하기 위해서 제도화되고 체제화되는 자신을 끊임없이 파괴하는 것은, 체제에 의해 수렴당하는 것을 극복하고 그러한 억압의 존재가 되지 않기 위한 것이며, 모든 권위 의식을 타파하기 위한 것이다. 그리고 이처럼 문학 스스로가 체제적 제도적 현실에 대한 분석을 하지 않고는 현실에 대한 파괴 능력을 상실하게 된다. 그렇기 때문에 지금까지 많은 문학인이 어떤 당위론에서 출발하지 않고 문학작품에 대한 분석을 시도하여 그 전복적인 성격을 발전하려고 하는 것이다.

이러한 작업은 오늘날처럼 현실의 정체마저 파악하기 힘든 경우에는 고도의 지성을 필요로 한다. 이것은 독자로 하여금 소외 의식을 느끼게 하기 위한 것이 아니라(하긴 그러한 현학적인 경우도 있겠지만, 그거야 우리가 논의의 대상으로 삼을 필요도 없다) 현실의 감추어진 구조를 파악하기 위한 것이다. 그러한 면에서는 민중 의식을 발견하는 데도 상당한 전문적 지식이 필요하기는 마찬가지다. 저자는 가령 롤랑 바르트, 골드만 등 구조주의적 방법론을, 그리고 그러한 방법론에서 문학의 본질과 기능의 발견에 도움을 받고자 하는 한국 비평가들에 대한 '매판성'을 상당히 단호한 어조로 비판하고 있다. 민족문학을 정립하고자 하는 저자의 입장으로서 보면 당연한 논리일는지도 모른다. 그러나 여기에서 주목하게 되는 것은, 아무런 대책도 없이 말만 많은 일부 지성인들의 존재를 귀찮아하는 어떤 사고(思考)와의 동질성, 민족에 대한 사랑만으로, 민족적 역사의 창조만으로 개인의 창조적 자유는 매판시하는 결과 중시론과의 유사성 등등이 저자 자신의 훌륭한 뜻에 본의 아닌 손상을 끼치지 않을까 우려되는 점이다. 실제로 롤랑 바르트, 골드만, 레비-스트로스 등의 중요성은 종래의 휴머니즘이 갖고 있는 허구성과 서양 중심의 발전 사관을 극복한 데서 찾아질 수 있으며 부르주아 철학의 꽃인 형이상학의 종말을 고한 데서 찾아질 수 있다. 이들의 이러한 지적 노력이 어떻게 가능했는지 알아본다는 것은 반지성적(反知性的) 풍토의 극복을 위해, 정체불명의 성질을 띠어가는 현실의 파악을 위해, 그리고 지금까지의 문학이 수렴당해온 것을 벗어나기 위해 어떤 도움이 될 것이기 때문이다.

이와 함께 저자의 '외로운 선구자'적 작업에 존경을 갖고 있는 우리는, 그 저자의 '진정한 시의 새로움'이 '역사의 새로움'이 되어야 한다는 주장에 전적으로 동의하면서도, "일제 침략의 위협 앞에서 반식민·반봉건의 사명을 띠고 열렸던 우리 문학사의 민족문학적 시대는 바야흐로 그 원숙의 경지를 쟁취하느냐 아니면 때 이른 파산 선고를 맞느냐 하는 갈림길에 들어서고 있다"든가 "위압적인 현상의 바닥을 꿰뚫어봄으로써 우리는 주변의 매판은 물론 우리 내부의 매판성을 하나하나 적발하고 시정해 나가는 고달픈 작업을 좀더 차분하고 냉정하게 그런 가운데서도 이미 승리하고 있다는 은근한 기쁨을 맛보면서 수행할 수 있는 것이다"라는 극화 현상은 '역사의 새로움'을 창조하는 것에 위배되지 않을까 우려된다. 왜냐하면 그러한 극화 현상은 자칫하면 체제적 발상과 혼동될 가능성을 갖고 있기 때문이다.

참여문학으로부터 출발하여 시민문학·민족문학·민중문학·통일의 문학으로 이어지는 저자의 문학 이념은 확실히 실존적인 결단과 용기 없이는 불가능한 것이라는 점에서, 그리고 이념 부재의 문학 풍토에 이념을 제시하고 있다는 점에서 비평사에 중요한 위치를 차지한다. 반면에 문학은 어떤 체제든지 지배와 피지배의 관계로 형성된다는 사실을 알고 반체제적 전위의 실험을 계속하는 경우, 그것이 곧 민족문학의 일원이 된다는 많은 문학인들도 오늘의 현실에 대한 반성을 하고 있고 그렇기 때문에 작품을 쓰는 것이다. 이러한 문학인들을 억압하지 않기 위해서는 저자의 이념이 그 자체로서 완성된 이상이 아니라는 사실을 인정하는 작업이 한국 작가의 작품에 대한 분석에서 이루어져야 될 것으로 보인다. 다시 한 번 강조해두거니와 비평은 작가 위에 군림하는 것이 아니고, 작품은 이념으로만 씌어지는 것이 아니기 때문이다.

　문학이 식민지 시대에도 있어야 하고 해방의 시대에도 있어야 하며 공산주의 사회에도 있어야 하고 자본주의 사회에도 있어야 하며 일인당 국민소득 백 불의 시대에도 있어야 하고 천 불 혹은 만 불의 시대에도 있어야 하는 것은 문학이 어떤 체제를 꿈꾸기 때문이 아니라(어떤 체제나 인간을 억압하므로) 그 억압이 존재하지 않는, 마르쿠제의 표현을 빌려 "완전히 자유로운 사회"를 지향하기 때문인 것이다.

김현/문학에 관한 여덟 개의 질문

글을 쓰는 행위는 글을 읽는 행위를 전제로 한다. 작가가 글을 쓰는 것이 그가 바라보는 세계와 그가 읽는 글 사이에 놓여 있는 어떤 간극을 메꾸어야 될 필연적인 요구가 그 두 가지 사이에서 태어나는 것을 의미한다면, 비평 행위도 이와 크게 다를 바가 없다. 그러나 창작의 경우에 이 둘 사이의 간극을 극복하려는 욕구가 추상화된 상태에서 그리고 언어의 상징적인 힘에 의존하는 상태에서 이루어지는 것이라고 한다면, 비평의 경우에는 그것을 극복하려는 요구가 분석과 종합의 논리적인 단계를 거치면서 언어의 전달적인 기능에 의존하여 이루어지는 것이라고 이야기될 수 있을 것이다. 이와 같은 관점에서 최근의 한국 비평들을 관찰해보면 막연한 인상이나 어떤 가치관의 일방적인 주입이라는 도덕적인 비평 태도가 전과 견주어 극복되어가고 있음을 알 수 있다. 그러나 이러한 비평의 변모에도 불구하고 아직도 한국 비평이 빠지기 쉬운 함정은 도처에 도사리고 있기 때문에 여기에 대한 끊임없는 자각이 뒤따르지 않으면 안 된다.

이를테면 문학 또는 창작을 지도해야 된다는 비평 우위의 사고방식은 작가와 작품을 전제로 하지 않기 때문에 문학 밖에 존재하는 가치관을 문학 안에 존재하는 그것보다 윗자리에 놓게 되어 두 가지 중대한 결과를 가져온다. 하나는 작가와 작품 또는 그 총체를 대상으로 삼는 문학비평이 그 대상을 다른 어떤 것을 위한 도구로 지나치게 쉽게 바꾸어버리는 것이다. 그렇게 되면 문학은 체제에 의해 수렴당해온 과거로부터 벗어나지 못하게 될 것이 분명하다. 다른 하나는 모든 제도화를 거부해야 되는 문학이 그 자체 안에 지배와 피지배의 제도를 도입하는 것이다. 이 경우에 비평은 지배와 권력 지향의 체제를 문학에 정립하고자 하는 모순 속에 빠지게 되는데, 이런 현상은 문학적인 전통을 얕잡아보는 데서 생겨난다. 문학은 어떤 것이 무엇을 지배한다는 따위의 모든 권력의 타파를 목표로 삼는데 그러기 위해서는 힘을 동경하는 신비주의를 배격해야 된다.

『한국 문학의 위상』은 위에 제기된 문제들을 다시 생각하도록 하는 8개의 질문으로 되어 있다. 첫번째 질문인 '왜 문학은 되풀이 문제되는가'에서 저자는 문학과 정치, 문학과 문학 외적인 것과의 관계를 설정한 다음에 '써먹을 수 없는 문학'이 바로 그런 이유 때문에 모든 억압으로부터 벗어나려는 우리의 노력의 표현 기구로 인식되며 그것이 바로 다른 차원에서 '문학의 역할'을 깨닫게 해주는 것임을 말해준다. 얼핏 보기에 모순되는 것 같은 이러한 명제는, 문학이 독자성을 얻게 되는 것은 "그것이 지배 계층의 이념을 선전하는 선전관의 역할에서 벗어나면서부터"라는 설명을 통해서 명백하게 밝혀지는데, 그것은 바로 문학과 권력의 영원한 대립 개념에 대한 저자의 뚜렷한 의식을 보여주는 것이다. 그렇기 때문에 이 질문은 그다음에 오는 질문들의 대전제가 된다. '문학은 무엇을 할 수 있는가'라는 질문에서 문학이 '억압의 정체'를 뚜렷하게 드러내는 불가능한 싸움임을 천명하는 그는 문학의 순수한 자율성 이론과 문학의 현실적인 효율성 이론의 대립 관계를 극복하고자 한다.

'문학은 무엇에 대하여 고통하는가'라는 질문에서 문학이 어설픈 화해를 통해 자위적인 소외 현상을 일으켜온 것을 반성하면서 억압과 그것이 만들어내는 물신적인 사고의 파괴에 도달해야 함을 이야기하고 있다. 마르쿠제의 '역승화' 이론을 원용하고 있는 이 항목에서 그는 화해에 도달하지 못하는 부정의 문학, 고통의 몸짓으로 끝나버리지 않는 부정의 문학의 의미를 강조하고 있다. '무엇이 지금 문제되고 있는가'라는 질문에서 두 이데올로기가 대립되는 상태와 고도의 기술 사회를 지향하고 있는 상태에서 그는 문학이 문제 삼고 있는 것들을 새로운 문학사의 의미에서 문학의 위치를 설정함으로써 인식하게 해준다. 문학작품을 하나의 상품으로 다루는 오늘의 현실에서 그것을 극복하는 길이 글을 쓰는 사람과 그것을 읽는 사람의 태도에 달려 있다는 언급은 얼핏 보기에 대단히 위태로운 것처럼 보이지만 그러나 글이 사물과 상징체계인 글자 사이의 긴장 관계 속에 존재하는 것과 마찬가지로, 문학이 글과 세계 사이의 긴장 관계 속에, 비평이 작품이라는 대상과 그것을 바라보는 주체 사이의 긴장 관계 속에 존재할 수 있다는 그의 조심스러우면서도 폭넓은 태도를 명확하게 보여주는 것이다. 특히 골드만과 아도르노의 대담 중의 일부를 인용하면서 그는, 내용과 형식의 이원론을 극복하고자 하면서 예술이 싸워야 하는 것이 '개념화된 진실', '의혹이 허락되지 않는 이데올로기'임을 밝히고 바로 그러한 작업이 한국 예술에 대한 태도에서 어떤 방식으로 진행되어야 되는지 구체적으로 보여준다. 특히 여기에서 그가 쓰고 있는 '여성주의'라는 말의 근거를 밝혀줌으로써 한국 예술에 대한 운명론적인 파악의 허구성을 드러내준다.

'문학 텍스트를 어떻게 이해할 것인가'라는 질문에서는, 문학 텍스트에 누가 의미를 주는 것이 아니라 문학 텍스트를 이루는 여러 묘사들의 관계 체계를 찾는 것이 훨씬 생산적이라는 그의 문학 태도가 선명하게 드러난다. 한 작가가 하나의 문학 텍스트를 쓰기 위해서는 그 작가 자신이 바라보고 있는 세계에 대한 분석으로부터 종합하는 과정을 거쳐서 글자로 변형시키는 작업이 필요하다면, 그것을 읽는 독자 쪽에도 똑같은 과정의 작업이 절대적으로 필요하다는 이러한 태도는, 문학 텍스트도 하나의 분석의 대상임을 전제로 하고 있고 독서 행위가 갖는 의의란 사물의 상태에 있는 작품의 여러 가지 뜻을 '의미화'시키는 작업임을 말해주는 것이다. 지금까지의 문학에 대한 태도가 지나치게 인상주의적이었던 것에 비추어 본다면 이러한 그의 주장은, 문학 텍스트의 연구를 통해 '문학 체계'의 발견에 도달하게 된다는 러시아 형식주의자들의 관심과 일치하고 있는 것처럼 보인다. 더구나 오늘의 우리의 비평이 도덕주의와 윤리주의 때문에 획일화되고 있는 현실을 생각할 때 여기에서 문학이 스스로 수렴당할 가능성을 더 많이 내포하게 됨을 인식하고 있는 것처럼 보인다.

이러한 문학 텍스트에 대한 기본적인 태도를 전제로 하고 던져진 질문이 '한국 문학은 어떻게 전개되었는가'이다. 그는 여기에서 '감싸기'

이론을 주장하고 있다. 그는 바로 이 이론에 의거하여 한국 문학의 전개 과정을 선의 개념으로부터 구조의 개념으로 바꾸어 생각하고 있고, 실제로 이 장은 가장 힘들여 쓴 것처럼 보인다. 여기에서 그는 한국 문학의 흐름을 4기로 나누고 제1기를 통일 신라 이전으로, 제2기를 삼국 통일 이후부터 고려의 무신란까지로, 제3기의 문학을 무신란에서 조선 왕조의 영정조 시대까지로, 제4기를 영정조에서 현대까지로 분류하고 있다. 이러한 분류는 문학사의 기술이 갖는 한계——곧 역사적 흐름과 문학사의 대조라는——에도 불구하고 그의 '감싸기' 이론의 사정거리를 측정할 수 있게 해준다. 그러나 이 분야에 대한 업적이 비교적으로 적은 오늘의 현실로 볼 때에 이러한 작업은 말하자면 하나의 출발 또는 가정이라고 생각할 수 있다. 여기에서 밝혀지고 있는 것은 문학과 체제, 문학과 지배 이념 사이에 놓여 있는 긴장 관계라고 할 수 있는데, 이것이 한국 문학의 성격을 파악하는 데 도움을 주고 있음을 깨달아 더 많은 작품 분석의 도움을 받을 경우에는 이보다 더 확실한 문학 체계의 발견에 도달할 수 있을 것이다.

그다음의 질문은 '문학에 대한 논의는 어떻게 전개되었는가'로서 일제 강점기에 행해진 한국 비평에 대한 반성을 주축으로 하고 있다. 마지막으로 '우리는 왜 여기서 문학을 하는가'라는 질문에서 그 대답으로 문학이 제도화되지 않아야 하기 때문이라고 하면서도, 그러기 위해서는 문학에 호소할 수밖에 없다는 고백을 듣게 된다.

그가 제기하고 있는 이 여덟 개의 질문은 저자 개인의 힘으로 완벽하게 수행할 수 있는 것은 아니겠지만, 바로 그 문제 제기 자체와, 그리고 그것에 대해 저자의 태도가 표명될 수 있다는 사실은, 우리 비평의 수준이 그만큼 문화적인 충격 인자로 화했음을 말해주는 것이다.

특히 그 자신의 정신적인 경험들의 뒷받침을 받고 있기 때문에 이 책은 정확한 문제의식을 던져주면서도 독자 스스로가 자신의 정신적인 경험을 바탕으로 친화력을 가지고 이해하게 해준다.

김종철·오생근/비판의 양식

오늘날 한국의 비평은 그 비판적인 성질을 상실하지 않고 앞에서 이야기한바 여러 가지 경향을 조화시키고 있는 것 같다. 특히 최근에 발간된 김종철의 『시와 역사적 상상력』과 오생근의 『삶을 위한 비평』은 그러한 주장을 뒷받침해주고 있다.

이 두 비평서는 상당히 많은 작가를 다루고 있는 특성을 가지고 있다. 작가론이 많다고 하는 것은 이들의 문학적 태도가 작품의 분석에 근거를 두고 있음을 말한다. 작가와 작품의 분석에 이 두 비평서가 근거를 두고 있다는 것은, 두 저자의 문학론이 막연한 주장으로 되어 있는 것이 아니라 어떤 주장이란 문학작품의 독서 과정에서 자연히 생성되는 것임을 이들이 인식하고 있음을 의미한다. 그러나 이 두 비평가의 개성을 알기 위해서는 이들이 한국 문학의 역사적 흐름에 대해 조명을 하고 있는 두 글 「30년대 시인들」(김종철)과 「작가의식의 변천」(오생근)을 비교해보면 어느 정도 그 윤곽이 드러난다. 우선 「30년대 시인들」은 그 제목 자체에서 이야기하고 있는 것처럼 1930년대를 "한국 시가 질적으로 양적으로 괄목할 만한 성장을 보여주었던 때"로 파악한 저자가 일곱 명의 시인을 다루고 있는 반면에 「작가의식의 변천」은 '해방 30년을 돌이켜보며'라는 부제가 말하고 있는 것처럼 해방 후 소설의 흐름을 작가 중심으로 파악하고 있다. 여기에서 쉽게 알 수 있는 것처럼 이 두 글이 문학의 흐름을 그 문학을 태어나게 한 상황과의 관련 아래서 파악하고자 한 이들의 근본적인 자세를 어느 정도 보여준다. 이 두 비평가는 문학을 한편으로는 문화라는 보다 광범한 역사 속에 투영시키는 노력을 게을리 하지 않고 있다. 다시 말하면 이들은 문학의 미학적인 양식에 관심을 갖고 있을 뿐만 아니라 그 미학적인 양식이 문학적으로 어떤 의미를 띨 수 있는가 끊임없이 질문하는 자세를 취하고 있다. 그것은 문학이 사회와 절대적인 독립의 관계에 있는 것은 아니지만 그렇다고 해서 문학이 사회에 예속된 관계에 있는 것도 아니다라는 이들의 문학관을 대변해주고 있다. 그러나 주로 시 비평을 많이 한 김종철과 소설 비평에 주력한 오생근의 입장을 보다 확연하게 알기 위해서는 이들이 모두 관심을 가지고 있는 '대중문화'에 관한 글을 읽어보는 것이 좋을 것 같다.

우선 김종철은 「대중문화와 민주적 문화」에서 오늘의 우리 사회는 대중문화의 영향으로부터 자유로울 수 없다는 것을 전제하고 대중문화 일반에 관한 이해와 그 논의에 관한 방법을 제시하고 있다. 그는 우선 대중문화에 관한 서구 사회의 논의 가운데 "현대 산업사회에 있어서 사회적 평등화의 분위기는 저급한 문화를 유도하고 사람들의 취미를 타락시키며 예술 작품을 상품으로 취급하게 된다"는 토크빌의 관점과, 여기에 이어지는 오르테가의 관점에서 "근본적으로 낭만주의적 전통"을 주목하면서, 한편으로 이들의 이론이, 산업사회의 전개가 반드시 창조적 사회를 낳지 않았다는 점에서, 정당한 측면을 갖고 있으면서도 '고급문화'와 '저급문화'를 구분하고 있는 보수적인 편견의 요소도 갖고 있음을 지적하고 있다. 이러한 저자의 인식 태도에서 문화의 이분법의 한계가 예리하게 파헤쳐지고 있다. 그것은 문제의 핵심이 저급과 고급의 구분에 있는 것이 아니라 저급 현상의 발생 요인의 인식에 있음을 말하는 것이다. 그와 같은 저급 현상의 발생 요인은 "대중사회가 대중 자신의 주체적인 참여에 의하여 움직이는 것이 아니라"는 데서 찾고 있고, 따라서 대중문화가 대중 조작의 수단으로 사용된다는 점에서 프랑크푸르트 학파의 대중문화 비판 이론의 일면을 긍정하게 된다. 그러면서 저자는 프랑크푸르트 학파 가운데서도 특히 마르쿠제가 이야기하는바 대중문화의 현실 순응주의적 작용과 가짜 욕망의 영향과 기만적 자유의 착각 등에서 발견되는 부정적 성격에 동의를 하면서도 프랑크푸르트 학파의 비판 이론이 '엘리트주의적 문화관'에 기초하고 있음을 예리하게 지적한다. 그것은 진정으로 부정적이고 혁명적인 세력이 몇몇 특권적인 지식인과 예술가 또는 소집단뿐이라는 데서 엘리트적이라는 것이다. 그리하여 그는 대중문화에 대한 토론이 '문화의 민주화' 또는 '민주적 문화'의 형성이라는 관점에서 진행되어야 한다고 주장하면서 프랑크푸르트 학파 가운데 벤야민의 이론에서 "현대적인 기술 공학에 기초하여 새로운 형태의 민주적 문화가 발생할 수 있는 가능성"을 긍정하게 된다. 비판 이론에 근거를 둔 그의 이러한 대중문화론은 이 땅에서 늘 논란의 대상이 되어온 '대중'과 '민중'의 대립을 극복하면서 그것의 전체와의 관련 아래서 이해되기를 주장하고 있는 점에서 주목을 받을 만하다.

우리 사회가 대중문화의 영향으로부터 완전히 자유로울 수 없다는 점은 오생근의 일련의 글에서도 전제되고 있다. 우리 사회가 서구식 대중사회냐 아니냐에 대한 논란보다도(「한국대중문학의 전개」) 일단 우리 사회가 "자본주의적 소유 관계의 사회"라고 전제한 그는 "민주주의와 자유 기업, 과학 기술의 발달로 인해서 예술의 민주화가 이룩되었지만 많은 사람이 예술 행위의 주체가 되고 사회적 건강성을 회복하는 질적인 민주화는 아직 요원한 상태이다. 오늘날 대중 예술은 소비사회의 대중들이 지닐 수 있는 권태의 의식을 방지하지 못하고 권태를 순간적으로 잊게 함으로써 실제로는 권태를 더욱 강화하고 마는 현상을 엿볼 수 있다"(「전환기 시대의 문화의식」)고 한 점에서 그 발상이 김종철과 상당히 유사함을 알 수 있다. 이 두 사람의 발상의 유사성은 그러나 주의 깊은 독자라면 이들이 주로 프랑크푸르트 학파의 독서를 통해서 스스로의 이론을 전개하고 있다는 사실에 있다는 것을 알 수 있을 것이다. 그렇기 때문에 오생근도 역시 대중문화 비판론자로서 오르테가, 엘리어트 등의 보수주의자와 아도르노, 마르크제 등의 진보주의자들의 이론에 주목하면서 이들의 한계도 지적하고 있다. 그러나 오생근은 "현대의 대중문화를 비판하고 거부하는 입장이 고급문화를 기준으로 삼아서 이루어진 것이어서 고급문화와의 관련에서만 대중문화의 수준을 비판할 때" 있을 수밖에 없는 오류를 성찰하기를 주장한다. 그래서 그는 "대중이 화려한 환상적 이야기에 의해서 마취될 수도 있지만 깨어날 때도 있기 때문에 대중이 문화의 홍수 속에서 언제나 피동적으로 영향을 입는다고 보는 태도야말로 근본적으로 대중을 경멸하는 엘리트주의의 음험한 노출일 뿐이다"라고 주장한다. 여기에서 볼 수 있는 것처럼 그는 보다 더 대중문화의 옹호 쪽에 역점을 두고 있는 것이다. 말하자면 김종철은 대중문화의 비판적 요소에 '민주적' 요소의 대치가 이루어졌을 경우 고급과 저급의 극복을 내다보고 있는 데 반해서 오생근은 대중문화에 비판적 요소가 많음에도 불구하고 문화가 어느 특수 계층의 전유물이기를 그만두는 것을 보다 높이 사고 있는 것이다. "글이란 누구나 쓸 수 있는 것이지 재능 있는 사람들만이 쓰는 것이 아니다"라는 발상은 작품의 신비주의를 파괴하고자 하는 현대의 전위 예술 운동과 일치되고 있다. 말하자면 언제나 고급문화만을 기준으로 삼았을 경우 그 고급의 기준은 과거의 엘리트 문화에서 나온 것이 분명한 것이고, 그렇게 되면 교육받은 대중만이 그 문화를 향유할 수 있다는 모순을 그대로 답습하는 결과를 가져올 것이다. 그러나 오생근은, 대중이 문화의 소비자라는 고정관념을 탈피하기 위해서는 고급의 개념을 극복하지 않고는 불가능하다고 한다. 그 고급이라는 신화 때문에 대중은 감히 문화의 창조적 주체가 되고자 할 수가 없었던 것이다. 마르크제 자신의 「해방론(解放論)」에서 강조하는 것도 결국 모든 문화에서 전위적 문화의 혁명적 성격이었던 것이다. 이 말은 첫째 대중에게서 고급문화가 나올 수 있기를 기다리는 것이 불가능함을 의미하며, 둘째 고급문화에 대한 열등의식을 극복하지 않는 한 대중이 문화의 소비자가 아니라 창조자가 되는 것이 불가능함을 말하고, 셋째 문화 자체가 비판적 성질을 띠기 위해서는 문화의 '고급성'마저 문제로 삼지 않으면 불가능함을 이야기하는 것이다. 이렇게 보면 김종철과 오생근 사이에 대립적 요소가 있는 것처럼 보일지도 모른다. 그러나 실제로 김종철의 '문화의 민주화'나 오생근의 '창조의 주체'가 되어야 한다는 것은 모두 '대중'을 두고 하는 말임을 알게 되면, 이들 두 비평가의 정신에 광범한 공통성이 있음을 발견하게 된다.

그러나 여기에서 분명히 알고 넘어가야 할 것은 고급문화만을 기대하게 된다면 대중은 결코 고급문화의 창조자가 될 수 없을 것이라는 사실이다. 지금까지 문화의 창조를 소수 엘리트들이 독점하고 있기 때문에 대중은 문화의 창조에 참여할 수 있는 기회가 없었던 것이다. 문화 창조에 관한 아무런 경험이 없이 하루아침에 천재가 태어나는 것처럼 고급문화를 이룩한다고 하는 것은 대중뿐만 아니라 엘리트에게도 불가능한 일이다. 말하자면 오늘날 고급문화라고 하는 것이 엘리트나 소수에 의해서 오랜 창조와 독점의 과정을 거친 끝에 이루어진 것임을 생각해야 될 것이고, 또 다른 한편으로는 고급문화라는 개념 자체에 지배 계층이 피지배 계층으로 하여금 숭상의 대상으로 삼게 만들어놓은 것은 아닌지 검토해보아야 할 것이다. 물론 오늘의 대중문화는 대부분 대중매체라는 현대 소비사회의 기구를 통한 것이기 때문에 소비적인 성질을 띠고 있는 것이 사실이다. 그러나 그 때문에 대중문화를 저급한 것으로 단정을 내리는 것은, 대중문화 속에서 긍정적인 요소를 찾아보려는 노력을 하지 않는 것이 될 것이고, 그것은 결국 엘리트의 오만의 표현으로 끝나고 말 것이다. 중요한 것은 엘리트의 세련된 문화 감각이 어떻게 하면 대중들의 거칠지만 힘 있는 반응과 상응할 수 있느냐 하는 데 있는 것이다. 이것이 대중과 지식인을 이분시키는 것이 아니라 화합시키는 방법의 모색이 될 것이다.

김종철과 오생근의 비평이 가지고 있는 힘은, 말하자면 위에서 보는 것처럼 스스로 새로운 입장을 발견하기 위해서 사고(思考) 자체를 끝까지 밀고 가는 한편, 자신의 비평이 도식 속에 빠지지 않나 늘 경계하고 있는 것이다. 그들이 다루고 있는 문학이 역사적 지성으로서의 문학과, 예술 양식으로서의 문학이라는 효용과 본질에 대한 끊임없는 물음으로 가득 차 있는 것도 그것을 의미한다. 문학의 본질이라 할 수 있는 질문의 세계가 하나의 해답으로 해결될 수 없는 것은 사실이지만, 그렇다고 해서 던지지 않은 질문은 질문도 아닌 것과 마찬가지로, 문학의 효용성에 관해서는 아무도 그 사정(射程) 거리를 알지 못하면서 끊임없이 제기하지 않을 수 없는 문제이다. 그러나 이렇게 같은 질문을 제기했다고 해서 언제나 같은 입장을 취하고 있는 것은 아니다. 그 구체적인 예를 들면 두 비평가가 공통적으로 다루고 있는 작가가 있다. 그들은 곧 이청준·서정인이다. 이청준의 세계에 관해서 김종철과 오생근은 다음과 같이 말하고 있다.

(1) 이청준의 작중인물들은 이질적(異質的)인 가치관이 존중하는 현실에서 그 어느 한편의 질서 체제를 옹호하거나 선택하지 못하고 언제나 모순된 방황 속에 분열을 일으킨다. 그것은 바로 현실에서의 작가의 위상(位相)이며 작가의 창조 행위는 그러한 방황과 혼돈 속에서 질서를 지향하는 끈질긴 의지(意志)를 바탕으로 한 것이다. 그러므로 이청준의 소설은 자아의 진실이 실현되지 않는 사회에서 갇혀 있는 인간의 정신적 모험이다. (오생근)

(2) 여하튼 심리적인 차원에 일방적인 역점을 둠으로써 이청준의 소설은 기실 물리적인 상황과 심리적인 상황의 상호 작용에 따라 빚어지는 인간 생존의 실례에 관한 균형 잡힌 관점에 이르지 못하고 있다. 따라서 소설 속에서의 인간 및 인간 행동에 대한 이해가 다분히 추상적이라는 인상을 준다. (김종철)

(1)에서는 주인공의 정신적인 질환(혹은 방황)이 사회적인 의미와 독립적이 아니라는 것을 강조하고 있는 반면에 (2)에서는 물리적 상황과 심리적 상황의 불균형 때문에 사회적인 관계가 심리적 차원으로 끝나는 데 대한 회의로 표현되고 있다. 물론 일반적인 문학 이론에서는 (2)와 같은 경우가 대단히 곤란한 예에 들지만 이 이견(異見)은 충분히 양립(兩立)할 수 있는 것처럼 보인다. 그러나 (2)의 경우는 작중인

물의 자율성에 관한 것이므로 좀더 토론의 대상이 되어야 할 것이다. 또 서정인에 관한 글을 읽어보자.

(1) 교장이란 인물이 위선자임에는 틀림없으나 그러나 독자로서는 그의 위선에 분노를 느끼기는커녕 오히려 미소를 머금지 않을 수 없다. 〔……〕 '사람이 항상 애국만 하고 있을 수 없다. 때로는 전환이라는 것도 해야 되는데, 술과 여자보다 더 효과적인 전환이 있을 리 없다.' 〔……〕 이러한 모습에서 보이는 것은 물론 어리석음과 우둔함이지만 그러나 이것은 결국 어린아이 같은 순진한 마음인 것이다. (김종철)

(2) 「나주댁」의 교장은 바로 그러한 의식의 전형적 인간이다. 그는 언제나 국가와 민족을 강조하고 부르짖으며 자기애(自己愛)에 사로잡힌다. 그는 애국이란 허울 좋은 명분 아래 내면의 진실을 은폐한다. (오생근)

여기에서 보는 것처럼 같은 인물을 놓고 한쪽에서는 '순진성'을 논의하게 되고 또 한쪽에서는 '위선'을 논의하게 된 것이다. 말하자면 (1)에서는 교장의 본성은 순진하지만 그 주변에 의해 타락된 양상으로 나타날 수밖에 없다는 데 역점이 두어진 것이고 (2)는 교장의 본성에 대해서는 언급이 없지만 폐쇄된 사회 때문에 겉으로는 애국을 하고 내면적으로는 자기애에 사로잡히는 오늘의 위선자의 정체를 여기에서 읽고 있다. 물론 여기에서 이러한 상이점(相異點)을 들추는 것은 누가 옳고 그른가를 따지기 위한 것이 아니다. 그것은 오히려 이들이 서로 상이한 관점에서 작가와 작품을 바라보더라도, 삶과 문학에 관한 비판적인 기능으로서의 비평의 자세를 다원화(多元化)하고 있음을 이야기하기 위한 것이다. 특히 이들에게 있어서 중요한 점은 비평의 비판적 기능을 다원적으로 바라보고자 하는 이들의 노력이다. 대중문학론에서 그처럼 이념적이었던 이들이 "가장 괴로운 것은 경험을 이해할 수 있게 하는 언어가 없을 때"라고 고백하면서 "인간 경험은 그것이 의미 있는 것이기 위해서는 반드시 언어에 의해 형상을 갖추지 않으면 안 된다"는 인식을 하고 있는 것이다. 그것은 바로 이들이 문학이라는 양식에 대해서 그 이전 세대들보다 훨씬 투철한 인식을 갖고 있음을 의미한다. 모든 감정적 논리적 인식을 비언어적인 상태로부터 언어적 차원으로 끌어올림으로써 문학의 참된 기능을 회복시키고자 하는 것이다. 우리의 인식이 비언어적 차원에 있다고 하는 것은 그것이 우리 자신의 태만 때문일 수도 있고 우리 주변의 억압 때문일 수도 있음을 상기할 필요가 있다.

끝으로 한 가지 더 주목해두고 싶은 것은 오생근이 '초현실주의 운동'에서 자유와 꿈의 가능성을 발견한 사실과 김종철이 '낭만주의 운동'에서 현실적인 것과 이상적인 것의 바람직한 결합을 발견한 것이 이들의 개성을 이룩하지 않았나 하는 사실이다. 내 개인적인 생각으로는 이들의 존재가 앞으로 우리의 비평계의 가능성을 짊어지고 있는 것처럼 보인다. 그것은 이들이 어떤 작가나 어떤 작품의 분석에서도 동일한 방법으로 접근하지 않고 새로운 방법을 모색함으로써 비평 방법에 대한 질문은 물론, 문학작품의 새로운 해석이 곧 비평의 본령이면서도 동시에 문학의 비판적 성질임을 증명하고 있기 때문이다. 문학이 자신의 출신을 넘어서는 것은 문학 자체마저도 문제로 제기할 때이며 그러한 고통스러운 작업이 존재하는 한 문학은 끊임없이 새로워질 것이다.

문화에 있어서 주변성의 극복

문화라는 말이 사용되는 두 가지 보편적인 의미를 보면 첫째로 적당한 지적(知的) 훈련을 통한 정신의 어떤 능력의 발전을 가리키고, 둘째로 한 문명의 지적 양상 전체를 가리키기도 한다. 그러므로 전자는 비평 감각이나 취향이나 판단의 능력을 길러주는 이미 얻어진 지식의 총화를 의미한다면 후자는 희랍 문화·동양 문화·한국 문화와 같이 시간적, 공간적 다시 말하면 지역적, 역사적 개념임을 알 수 있다. 물론 정의하기에 대단히 어려운 이 용어 자체를 이처럼 지나치게 요약하려고 했을 때 생기게 되는 오류의 가능성을 배제해서도 안 될 것이지만, 그러나 일단 그것에 관해서 이야기를 하려고 할 때는 여기서부터 출발하지 않을 수 없다.

흔히 우리는 5천 년의 역사와 문화를 가지고 있는 민족이라고 말한다. 다분히 감상적으로 혹은 감정적으로 받아들여질 이러한 표현은 그러나, 우리 민족이 살아오면서 이룩해놓은 문화적 유산들에 그 근거를 두고 있는 것이다. 이러한 태도 속에는 우리 민족 스스로의 역사와 관련을 맺고 있는 어떤 특수성 다시 말하면, 지나친 감상이 개재되어 있지 않은가 생각해볼 필요가 있다. 실제로 우리가 배워온 역사에서는 '석굴암은 세계 최고의 걸작품이다' 혹은 '우리나라는 세계에서 제일 먼저 금속활자를 발명·사용하였다' 등의 이야기를 가르친다. 이러한 표현들이 일반적으로 우리 문화나 역사에 대한 교육으로서 주어지는 것은 적어도 지금까지의 역사가 경쟁의 역사였음을 암시하기에 충분하다. 사실 석굴암이 가지고 있는 그 신비스러운 미소, 또 그것을 보존하도록 고안된 천 년이 넘는 기술 등을 생각하게 되면 석굴암 자체의 진가를 인정하고 있는 그 전문가들의 의견에 충분한 동의를 할 수 있다. 그러나 지적 사고를 하는 사람의 경우에는 그러한 사실 자체를 지나치게 과대평가해도 안 될 것이고 그렇다고 과소평가를 하는 것은 더욱 안 될 일이다. 다시 말하면 석굴암이 한국 문화유산 가운데 희귀한 것이며 고귀한 것임을 정직하게 받아들이는 한편, 그것을 과연 다른 문화보다 우월한 것으로 이야기하는 일이 타당한 일인가 질문하는 것이 필요하다는 것이다. 이러한 질문의 근거는 첫째로 '세계 최고의'라는 최상급이 갖고 있는 실제 의미를 어디서 찾을 수 있으며, 둘째 그 최상급의 사용에 있어서 사회심리적 요인이 무엇인가, 셋째 역사적으로 그러한 표현이 사용되는 예란 어떠한 것인가 등의 몇 가지 생각을 할 수밖에 없다는 데 있다.

우선 '세계 최고'라는 표현은 일단 석굴암과 비교할 수 있는 다른 지역의 문화적 유산이 있다는 것을 전제로 한 것이다. 그렇다면 그 비교 대상이 된 문화적 유산은 어떤 것일 수 있을까? 어쩌면 그것은 동남아 지역의 사원에서 볼 수 있는 불상(佛像)들일 수도 있고, 혹은 그리스나 로마 시대의 신전(神殿)일 수도 있고, 혹은 르네상스 시대의 유럽 조각품들일 수도 있을 것이다. 그러나 만약 이들이 석굴암의 비교 대상이라고 한다면, '세계 최고'라는 표현은 비교 대상 자체부터가 틀린 데서 나온 것임에 틀림없을 것이다. 우선 동남아의 불상이나 로마의 신전이나 르네상스의 조각품 들은 한국의 석굴암과 그 문화적 문맥을 전혀 달리하고 있기 때문에 비교할 수 있는 성질의 것이 아니다. 다시 말하면 미(美)에 대한 개념, 미의 양식 혹은 그러한 문화적 유물을 남긴 사회 자체가 전혀 다를 경우에는 비교를 한다고 하더라도 바로 다르다는 결론밖에 얻을 수 없다는 말이다. 가령 기원전의 유물인 고대 로마의 유적을 보게 되면 우선 그 방대한 규모 때문에 완전히 압도당할 뿐만 아니라, 그 기념물에 새겨진 조각들의 정교함을 보게 되면 석굴암과 다보탑에 그처럼 익숙해 있던 사람도 어떤 말을 해야 할지 모르게 된다. 그리고 오늘의 로마 안에 역사적 유물로서 공존하고 있는 고대 로마와 기독교 로마의 대비는 같은 로마라는 도시 안에서 시간을 달리한 것임에도 불구하고 그 우열을 비교한다는 것이 난센스임을 말해 주고 있다. 하물며 문화적 교류가 전혀 없었던 석굴암과 다보탑을 다른 지역의 문화적 유산과 비교할 수는 절대 없는 것이다. 그렇다고 해서 우리의 문화가 다른 지역의 문화보다 못하다고 말하고 싶은 것은 아니다. 인류의 역사상 문화의 우열을 이야기하는 것은 그 문화의 '힘'에 기준을 두었다는 사실을 인정해야 한다. 콜럼버스가 아메리카 대륙을 발견한 이후, 유럽은 아메리카 토착 문화를 힘으로 압도하여 미 대륙에 새로운 문화를 건설하면서 유럽 문화가 인디언 문화보다 우수한 것으로 이야기해왔다. 다시 말하면 문화의 우수성을 다른 문명의 지배에서 찾았다면, 문명의 지적 양상인 문화도 바로 '지배'에서 그 우월성을 찾고 있다는 말이다. 그렇기 때문에 무수한 서부 영화에서 우리가 목격할 수 있었던 것처럼 백인들은 언제든지 인디언을 패배시켰고, 백인은 문화인이고 인디언은 야만인이었으며, 그래서 우리도 모르는 사이에 백인 문화에 어떤 긍정적 가치 부여를 하게 되고 만다. 레비-스트로스가 말하는 종족중심주의(種族中心主義)라는 표현도 결국 여기에서 나온 말이겠지만, 바로 그렇기 때문에 '석굴암이 세계 최고의 걸작'이라는 말을 다시 한 번 생각해볼 필요가 있는 것이다. 역사적으로 다른 민족을 먼저 침략하고 지배하려고 해본 적이 없는 우리 민족이 최고의 문화적 유물에 대한 긍지를 갖게 되었다고 할 때 그 긍지란 지적 차원에서 이야기 될 수 있는 것인가? 아니면 감정적 차원에서 이야기 될 수 있는 것인가? 이질적 문화를 비교할 때 '다르다'는 것만을 말할 수 있다면 문화에는 우열의 문제가 가짜 문제임을 알 수 있을 것이고, 문화의 우열이 지배와 피지배라는 힘에 의해 좌우된다고 한다면, 우리 문화는 적어도 남을 지배하는 것은 아니었던 것이다. 그렇다면 다른 민족을 지배하지 않으면서 문화의 우수성을 이야기하는 것은 어쩌면 정치나 경제나 군사의 힘을 떠난 문화 숭배의 민족성에서 기인할 수도 있을 것이고, 혹은 그러한 '힘'의 열세에 대한 반작용일 수도 있을 것이다. 그러나 우리가 우리의 선조라고 할 수 있는 고구려·백제·신라를 이야기할 때 삼국 통일을 한 신라 문화가 백제나 고구려의 문화보다 우수하다고 하지 않는 것을 보면 문화를 정치·경제·군사의 종속적 관계로 파악하지 않는 것은 사실이다. 실제로 삼국의 문화를 이야기할 때 그 우열을 말하는 것이 아니라 그 상이한 특성을 말하고 있는 것이 그것을 의미한다. 그런데 이 경우에는 삼국의 문화가 같은 민족의 것이기 때문에 우열을 말하지 않을 수도 있을 것이다. 그렇다면 우리 문화의 우수성은 한편으로는 종족중심주의에서 나온 것이면서 동시에 다른 한편으로는 종족중심주의에 모순되고 있는 것이다. 다시 말하면, 우리 민족을 중심으로 보았을 때 다른 민족보다 우리가 우수한 문화를 갖고 있는 것으로 보이기 때문에 종족중심주의라고 할 수 있는 데 반하여, 종족중심주의가 다른 민족을 지배하는 데서 연유하기 때문에 종족중심주의라고 할 수 없는 것이다.

그렇다면 우리가 '최상급'을 사용하는 것은 다른 민족을 지배하지 못한 역사적 콤플렉스에서 나온 것이 아닌가 반문하게 된다. 이때 역사적 콤플렉스는 힘의 콤플렉스라고 말할 수 있을 것이다. 사실 한 민족이 갖고 있는 콤플렉스란 그 자체만으로는 부정적인 것도 긍정적인 것도 아니다. 콤플렉스가 없는 민족은 극복의 대상이 없기 때문에 문화에 어떤 계기를 마련하지 못하고, 콤플렉스가 많은 민족은 그 때문에 지나친 고집 속에 빠지는 것이다. 역사적으로 볼 때 문화는 언제나 주변 문화가 중심 문화를 극복하는 양상을 띠고 있다. 희랍 문화가 로마 문화에 의해 대치되고 그 로마 문화가 기독교 문화에 의해 대치되었던 것처럼 유럽의 중심은 끊임없는 대치 현상을 일으켜왔다. 이러한 대치 현상은 각 민족이 소유하고 있던 내적 '힘'의 상충을 통해서 한쪽은 중심에서부터 주변으로 물러나게 되었고 다른 한쪽은 주변에서부터 중심으로 옮겨 앉게 되었던 것이다. 그러나 문화의 대치 현상은 각 민족이 자신의 문화에 대한 취향을 다양화해가면서 스스로의 문화를 비판하는 동시에 정확하게 평가하는 복합적인 노력으로 이루어지는 것이다. 이것은 전통의 계승이 같은 민족 안에서 그 전통에 대한 비판과 부정을 통해서 이루어지는 것과 마찬가지 현상이다. 이와 같은 정확한 비판과 객관적인 평가 능력은, 그 민족이 문화를 대하는 태도에 있어서 감정적 차원에 머물러 있느냐 지적 차원에 위치하느냐에 따라 콤플렉스에 종속되느냐 극복하게 되느냐 하는 결과를 가져오게 된다.

자신의 문화에 대해서 객관적인 비판과 평가를 한다는 것은 전통에 대한 깊은 연구 없이는 불가능한 것이다. 아마도 오늘에 있어서 대학이 맡아야 되는 중요한 역할이 한편으로는 전통에 대한 깊은 연구를 하면서 다른 한편으로는 전통에 대한 냉정한 평가를 시도하는 데 있다면, 그것은 바로 문화의 주변성을 탈피하기 위한 논리적 사고의 노력이라 할 수 있다.

이러한 노력이 가능하게 되려면 그 문화의 실천적 민족과 그 민족이 구성하고 있는 사회가 동시에 갖추어야 할 조건이 필요하다. 문화의 행위자인 민족은 종족중심주의의 감정에 사로잡히지 않기 위해 지성을 갖추도록 노력해야 한다. 지성을 갖춘다는 것은 사물을 보는 눈을 이미 주어진 각도에서만 사용하는 것이 아니라 새로운 관점을 택하는 것이다. 지성의 절대적 요인이 사물을 '달리 보는 데' 있다고 하는 것은 전통의 존재 자체를 부정하는 것이 아니라 전통을 바라보는 자세를 달리하면서 그 달리하는 논리적 근거를 마련하는 것이다. 최근에 대학 사회에서 '탈춤'이 성행하는 현상도 그것이 과거에 대한 회고적 감정에서 기인하는 것인지, 아니면 새로운 전통의 창조를 위한 하나의 '다른 관점'의 탐구 의지에서 기인하는 것인지 자문해야 되는 것도 그 때문이다. 만약 전통은 무조건 좋은 것이라는 발상에서 탈춤에 대한 관심이 높아졌다면, 그것은 지금보다도 훨씬 봉건적인 시대의 표현 양식—즉 문화에 의존하고 싶어 하는 패배적 사회심리에서 기인하는 것이 되고 만다. 만약 탈춤에 대한 관심의 고조가 전통의 정확한 이해를 거쳐 극복하고자 하는 새로운 관점의 선택을 위한 과정이라고 한다면, 그것은 곧 문화의 새로운 열림에 기여하는 것이 될 것이다. 전통에 대해서 달리 생각하려는 노력만이——즉 이미 어떤 힘에 의해 주어진 감정·분위기 등으로부터 거리를 유지하려는 노력만이 문화의 새로운 장(章)을 열 수 있는 것이기 때문이다. 그리고 이와 같이 '달리 생각할' 수 있는 자유를 갖기 위해서는 그 민족이 살고 있는 사회 전체가 열린 것이 아니면 안 된다. 한 민족이 구성하고 있는 사회가 집단의식이라는 구호에 의해 개인의 창조적 능력을 규제하게 되면, 문화는 창조에 있어서 가장 중요한 몫을 담당하고 있는 개인의 갈망을 억압하게 되고, 창조에 간접적 역할밖에 못하는 집단의식의 영향을 압도적으로 받게 된다. 그러한 문화는 일시적으로 힘을 얻을 수 있을는지는 모르지만, 지식의 총화로서 필요한 '다른 생각'을 수용할 수 있는 자리가 없어지게 되는 것이다. 문화가 한 민족의 총체성이라는 점을 생각한다면, 창조의 핵심적 요소인 개인의 창조 능력을 포용할 준비가 안 된 사회는 바로 그 때문에 문화의 주변성을 벗어날 수 없는 것이다. 그것은 자신을 객관적으로 파악하고 그래서 자신을 부정할 수 있는 한 민족의 문화적 힘을 허용하지 않는 결과를 가져오기 때문이다.

그렇다면 문화에 있어서 지역성과 보편성이란 문제는 어떻게 이해해야 할 것인가? 레비-스트로스에 의하면 문화의 지역성과 보편성의 문제는 종족중심사상에 그 기원을 두고 있다는 것이다. 아메리카 인디언과 오스트레일리아 근처의 토착민에 관한 연구를 오랫동안 해온 레비-스트로스는 인류 문명에 있어서 혁명이란 두 번밖에 없다는 것이다. 한 번은 신석기 시대 혁명이고 다른 한 번은 산업혁명이라는 것이다. 오늘의 보편적인 문화로 통용되고 있는 서구 문화는 그 문명의 우수성 때문에 보편성을 얻은 것이 아니라 백인이 지배하는 세계에서, 백인중심사상이라는 관점에서 보편성을 얻고 있다는 것이다. 그렇다면 문화란 본질적으로 지역성을 갖고 있는 것이 사실이다. 이러한 지역성은 각 민족이 공간적 자리를 차지하고 있는 것에 따라서 '다르게' 나타날 뿐이며 그 우월성을 이야기한다는 것은 지배와 피지배의 관념에서 가능한 것이기 때문에 문화가 결국 정치·경제·군사의 힘의 종속적인 관계로 파악되고 있는 것을 통박할 수밖에 없는 것이다. 백인 중심으로 보게 되면 유색인종의 문화가 열등한 것으로 보일 수밖에 없는——왜냐하면 유색인이 백인의 지배를 받아왔기 때문이다——것이지만, 문화를 올바로 보기 위해서는 바로 그 종족중심사상을 떠나야 한다는 것이다. 종족중심사상이란 바로 식민지주의나 침략주의에 근거를 두고 있는 것.

　그렇다면 문화의 주변성이란 어디에서 연유했는지 분명해진다. 그것은 우리 자신이 유럽 문화 중심으로 생각하게 되었을 때 야기되는 문제인 것이 분명하다. 그렇다고 해서 유럽 문명의 힘을 인정하지 않아야 된다는 것은 아니다. 오늘날의 세계에 있어서 정치적·경제적·군사적 힘의 강대성은 유럽과 미국에서 확인된다. 이러한 분명한 사실 앞에서 '문화'의 '다름'을 주장하는 것이, 따라서 우리 문화의 주변성을 부인하는 것이 설득력을 갖기에 힘들다는 것을 알 수 있다. 그렇기 때문에 많은 사람들이 우리의 경제적 성장을 기원하게 되는 것이다. 실제로 한국이 경제적 일등국이 되었다고 가정했을 때 문화의 주변성 문제는 전혀 다른 각도에서 제기될 것이다. 그러나 일본이 전후(戰後) 경제적 일등국이 되었음에도 불구하고 문화의 주변성을 탈피했다고 말하지 않는 것은 일본 문화란 서구 문화 중심으로 보았을 때 주변 문화에 지나지 않기 때문이다. 그러므로 문화의 주변성은 세계의 질서 자체가 바뀌지 않는 한 극복될 수 없을 것이다. 왜냐하면 한쪽은 지배하는 쪽이고 한쪽은 지배당하는 쪽이기 때문이다. 그렇게 되면 '주변성'이라는 표현 자체가 타민족 중심의 관점에서 나온 것이며 동시에 열등 콤플렉스의 소산인 것이 분명해진다. 여기에서 주변성이 탈피될 수 있는 가능성은, '힘'에 가치 척도를 놓지 않는 한, 보이는 게 분명하다. '힘'에 가치 척도를 놓지 않는다고 하는 것은 배타적인 사고를 한다거나 나르시스적 자기기만에 빠진다는 것을 의미하지 않는다. 더욱이 우리 사회 자체의 구조가 서구적 경제 질서에 의해 구성된 오늘의 현실로 볼 때 그것은 불가능하다. 여기에서 중요한 것은 한편으로 전통 문화에 대한 정확한 탐구를 계속하면서 다른 한편으로는 그 문화적 전통을 서구 문화와 계속 부딪치게 함으로써 새로운 문화가 창조되도록 하는 것이다. 그렇게 되면 그 두 문화의 상충 과정에서 새로운 문화를 창조할 수 있느냐 없느냐 하는 것은 우리 민족의 능력에 맡기는 수밖에 없다. 그렇기 때문에 한 민족의 운명은 경제적 발전에만 의존하는 것이 아니라 문화의 창조가 가능하도록 열린사회를 만드는 노력에 좌우된다.

우리가 고민해야 할 것은 그러므로 세계 '최고'의 문화를 소유하지 못한 것도 아니고 노벨상을 받지 못한 것도 아니다. 우리에게 중요한 것은 우리의 과거 문화를 보존하는 것이라기보다는 새로운 문화를 창조하는 것이다. 그러한 창조는 다른 문화에 대한 콤플렉스에서 비롯되는 것이 아니라 다른 문화와의 끊임없는 부딪침으로부터 우리의 능력이 발휘되는 데서 가능하다.

오늘날 문화적 통일에 대한 논의를 하면서 생각해야 될 것은 여러 이질 문화와 부딪쳐서 이루어진 새로운 문화는 분단된 조국의 한쪽이 비록 폐쇄 사회라고 하더라도 그것과 부딪쳤을 때 소멸될 수 없는 것이어야 한다는 것이다. 그러기에 우리에게는 모든 창조적 노력이 가능한 사회가 필요하고, 사회 내부에서 끊임없이 개인의 다양한 창조를 억압하는 것을 경계해야 된다. 모든 도식주의(圖式主義)와 독단주의가 새로운 문화 창조의 가장 큰 내부의 적(敵)이라는 것도 그 때문이다.

Ⅱ

아니라 일상의 조건과 제약을 환대하는 것이었으며, 비평이 타자의 정신과 삶을 이해하려는 대화적 응답이라는 것을 확인시켜주었다. 그의 문학적 이상은 텍스트의 숨은 속성에 대한 집중적인 분석으로부터, 텍스트의 문맥과 역사적 제약

...문학과 -자신의 삶을 현실에 비추어 한 인문적 성찰을 통해 사회문화적 현실에 대한 비평적 응답을 도모한다. 19세기의 문학정신이 갖는 현재성을 증거 한다. 그는 전대의 문학과 역사의 제약

자아와 현실의 변증법
—최인훈의 『회색인』에 대하여

최인훈의 『회색인』은 그의 대부분의 소설이 그러하듯이 이 작가의 개성이 뚜렷하게 나타나는 작품이다. 그의 주인공 독고준은 다른 주인공들과 마찬가지로 자기를 둘러싸고 있는 상황에 대해서 질문을 하고 그 상황 속에서 살고 있는 자아에 대해서 질문을 하기도 하며 자신의 모습을 자괴(自愧)의 눈으로 바라보기도 한다. 그렇기 때문에 이 작품에서도 일반적으로 소설이라는 양식 속에서 생각할 수는 없는 에세이 스타일의 이야기가 독고준이나 김학이나 황노인 등의 입을 통해서 자주 나오게 된다. 실제로 그의 소설 속에서 이른바 '사건'의 설명이라고 할 만한 부분은 다른 소설에 비해 양적으로도 적은 비중을 차지하고 있을 뿐만 아니라, 1950년대의 다른 작가들에게서처럼 사회적 사건의 개인적 경험을 소설적 구성 속에서 극적인 요소로 삼고 있지 않다. 그의 소설은 사회적 현실에 대한 주인공의 경험을 표면에 내세우지 않고 일종의 배경음악으로 처리하고 있다. 다시 말하면 사회적 현실 그 자체가 소설의 표층 구조를 형성하고 있는 것이 아니라 사회적 현실이 주인공이라는 개인과 어떤 관계에 놓여 있으며, 주인공이 그 사건을 어떤 방식으로 수용하고 있고, 그 수용의 영향이 어떤 식으로 나타나고 있는가 하는 것이 소설의 전면에 나타나고 있다.

이 소설에서 주인공 독고준의 어린 시절의 경험 가운데 그의 뇌리를 떠나지 않고 따라다니는 사건은 '폭격·더운 공기·더운 뺨·더운 살·폭음'이다. 6·25전란에 있어서 폭격의 장면을 이야기하는 이 묘사는, 어린 시절의 '공포'에 관한 것이 아니라 유일한 행복의 순간에 관한 것이다. 그러나 이 '행복'의 순간은 다른 사람들이 공포를 느끼는 순간에 체험된 것이라는 이유 때문에 주인공에게는 무언가 모순된 느낌으로 받아들여져야 함에도 불구하고 주인공에 의해 포기될 수 없는 어떤 것이 되고 있다. 이러한 주인공의 특이한 감수성은 얼핏 보기에, 혹은 도덕적으로 보면 패덕한 것으로 보일지 모른다. 그러나 어린 시절을 수많은 '이야기'책 속에서 자신을 길러온 주인공의 독백 속에서 그 비밀의 정당함을 발견하게 된다. "죄의 기쁨 속에서도 이야기의 세계는 여전히 매력이 있었다. 그것은 일종의 거꾸로 선 세계, 물구나무선 정신의 풍토였다"는 고백에서 금방 알 수 있는 것은 '이야기'라는 것이 어린이들에게 금지된 어떤 것이라는 사실이다. 어른들에 의해 금지된 어떤 것은 말하자면 기존의 체제에 편입된 사람들의 눈에는 불온한 것이어야 한다. 그렇다면 '이야기'라는 것이 아직 체제에 흡수되지 않은 어린이들에게는 왜 위험한 것이고 불온한 것인가? 아마도 여기에 가장 뚜렷한 대답을 해주는 것이 소설의 기원이라고 할 수 있는 『천일야화』일 것이다. 매일 밤 이야기가 끊어질 때마다 백성을 죽이는 잔인한 술탄sultan에게 세에라자드는 매일 밤 재미있는 이야기를 들려줌으로써 백성의 생명을 구해줄 뿐만 아니라 자신의 생명도 구하게 된다. 이것을 술탄의 입장에서 보면 백성을 죽이는 체제의 종말을 가져오게 한 것이기 때문에 술탄의 체제에게는 불온한 것이 되고, 반면에 백성의 입장에서 보면 '이야기'가 구원의 길이었던 것이다. 이 경우, 이야기를 너무나 단순하게 해석하는 모험을 범하고 있기는 하지만, 문학이란 말하자면 이처럼 체제에 불온한 본질적 성격을 갖고 있는 것이다. 오늘날은 페르시아 시대에 비해서 더욱 체제가 강력하기 때문에 체제에 편입되지 않은 상태에 있는 어린이들에게도 어디에서나 체제에 순응할 수 있는 교육을 시키게 된다. 그렇기 때문에 집에서나 학교에서 공부를 시키며, 동시에 수설 따위를 읽는 것은 공부의 범주에 속하지 않게 된다. 따라서 소설 따위를 읽는 어린이는 처음부터 죄의식을 느끼게 되는 것이다. 그리하여 독고준은 "이야기가 더 현실적이고 현실이 더 거짓말 같은 질서를 보게 되면서 물구나무선 정신의 풍토"를 자기 안에서 기르게 된다. 이때부터 독고준은 현실의 이중구조(二重構造)를 경험하게 된다. 즉 공부를 잘해야 한다고 주장하던 체제가 어느 순간에 책에서 얻은 지식을 발표했을 때는 '소부르주아적'이라는 자아비판을 강요받게 되고, 지도원 선생의 말을 좇게 되면 어머니와 형의 말을 듣지 않는 결과가 되고, "고개를 뒤로 돌릴 적마다 거기 어머니와 형의 모습을 기대하는 마음과 그러지 말았으면 하는 마음"의 갈등을 느껴야만 되었다. 이것은 자아의 외부에 존재하고 있는 두 개의 요소가 대립되고 있는 관계로부터 현실과 자아 사이에 있는 대립, 그리고 자아 내부에 있는 두 요소의 대립으로까지 확대(혹은 축약)되고 있는 것을 보여주고 있다. 이와 같은 대립 관계는 주인공이 경험한 역사적 공간 속에서도 확인된다. 즉 남과 북으로 대립된 상황 속에서 자라온 독고준을 통해서 작가는 6·25전란을 다룬 소설가로서는 드물게 이데올로기 문제를 제기하고 있다.

이 이데올로기의 문제 제기는 적어도 작가 자신이 소속된 집단의 이념에 대해서 논의한다는 점에서 지극히 당연한 것이다. 그럼에도 불구하고 최인훈에게 있어서 이것의 중요성은 동시대의 다른 작가들이 거의 이 문제를 다루지 않고 있기 때문에 강조될 수 있다. 최인훈이 독고준의 입을 통해 이야기하고 있는 두 이데올로기에 대한 태도는 해방 직후 채만식의 태도와 비슷한 발상 위에 서 있다. 그것은 이 두 이데올로기가 외부에서 주어진 것이라는 이유 때문에 이 땅에 토착화하는 데 무수한 모순을 동반하고 있다는 사실의 주장에서 엿볼 수 있다. "제국주의를 대외정책(對外政策)으로, 민주주의를 대내정책(對內政策)으로 쓸 수 있었던 저 자유자재한, 행복한 시대는 영원히 가고 우리는 지금 국제 협조, 후진국 개발의 새 나팔이 야단스러운 새 유행시대(流行時代)에 살고 있으니, 민주주의의 비료(肥料)로 써야 할 식민지를 부앙천지(俯仰天地) 어느 곳에서 탈취(奪取)할 수 있으랴. 그러나 식민지 없는 민주주의는 크나큰 모험(冒險)이다"라고 이야기하는 것처럼 주인공의 이데올로기에 대한 사변(思辨)은 끊임없이 계속된다. 이러한 주인공의 태도 속에서 자칫하면 두 이데올로기를 배척하고 새로운 '한국적' 이데올로기의 설정을 염원하는 것처럼 생각하기가 대단히 쉽다. 그것은 그러나 최인훈의 문학이 지향하는 바가 아니다. 최인훈은 말하자면 '한국적' 이데올로기의 설정 자체도 또 다른 집단 이념의 지배 속으로 들어간다는 이념의 속성을 알고 있으며, 이 경우 이념이란 개인의 자유와 모순되는 것이며 또 다른 체제화를 의미한다는 것을 알고 있는 것이다. 그렇기 때문에 김학이 독고준에게 동인(同人)으로 가담할 것을 요구했을 때 독고준은 그 제안을 거절하는 것이다. 개인이 어떤 집단에 소속되었을 경우에는 필연적으로 그 집단의 유지를 위한 집단 내부의 요구에 순응해야 하고 그렇게 되면 집단 내부의 질서 때문에 개인이 자유로운 사고를 할 수 없게 되는 것이다. 물론 여기에는 두 가지 관점을 들 수 있다. 하나는 사고의 자유를 어느 정도 희생하면서라도 집단 내부에서 모순을 함께 살며 자신의 이념을 정립하며 실천하는 것이 좋다는 관점이고, 다른 하나는 그런 집단으로부터 벗어나서 자신의 자유로운 사고가 집단에 반영이 되든 안 되든 상관없이 그 자체로서 자신의 삶을 이루게 되어야 한다는 관점이다. 그러나 문학의 속성이 체제에 의해 수렴당하는 것에 대항하는 것이라면 최인훈의 주인공이 두번째 관점에 서는 것은 바로 문학의 보존이라는 작가의 선택의 결과라고 생각해야 할 것이다.

그러나 최인훈의 주인공의 괴로움은 과연 집단에 소속되지 않는다고 해서 자신의 '에고'를 지킬 수 있는 것이 아니고 그러한 '자아'로서의 삶만으로 자신의 지성을 만족시킬 수 없다는 데 있다. 다시 말하면 자신의 밀실(密室)은 부단한 외부의 도전 속에 놓여 있고 따라서 주인공은 '광장'이나 '밀실' 어느 한쪽만을 선택할 수 없는, 그래서 양쪽을 왔다 갔다 하는 방황을 숙명으로 갖게 된다. "애써도 추켜세울 수 없는 이 정신의 자세. 회색의 의자(이 작품이 처음 발표된 때의 제목이 '회색의 의자'라는 것을 기억하기 바란다)에 깊숙이 파묻혀서 몽롱한 눈으로 세상을 바라보기만 하자는 이 자세. 그러면서도 학의 말에 반발하고 싶고 그들이 만들고 있다는 서클에 퍼뜩 생각이 미치곤 한다. 나

라는 놈은……" 이와 같이 자신을 자괴의 눈으로 바라보게 되는 독고
준은 개인과 사회의 갈등을 진지하게 반성하고 있는 지성을 소유하고
있다. 이러한 주인공을 내세우고 있는 최인훈은 문학이 현실을 개조
하는 혁명의 직접적인 수단이 될 수 없다는, 그러면서도 문학이 개인
과 사회 사이에 있을 수밖에 없는 모순과 갈등을 개인의 고통의 측면
에서 쓸 수밖에 없다는 태도를 취하게 된다. 역사 속의 문학이 사람으
로 치면 '회색인'의 자리를 차지하고 있는 사실에 대한 고통스러운 인
식으로부터 최인훈 문학의 진정한 의미는 드러난다. 그것은 문학이 칼
이나 총, 정치적 발언이나 경제적 계획처럼 현실의 개조에 직접적인
영향력을 발휘할 수 없음에도 불구하고 언젠가는 개인의 조건을 개선
하는 데 어느만큼 영향을 미치리라는 기대를 저버릴 수 없는 데서 비
롯된다. 그 때문에 김학이 "혁명이 가능했던 상황이란 없었어. 혁명은
그 불가능을 의지로 극복하는 거야"라고 했을 때 독고준은 "사랑과 시
간"이라고 대답을 해놓고 "그러나 얼마나 기다려야 하는가. 언제 우리
들의 가슴에 그 성령(聖靈)의 불이 홀연히 댕겨질 것인가. 그것은 기
다리면 자연히 오는 것인가. 만일 너무 늦게 온다면. 사랑과 시간. 이
것이 스스로를 속이는 기피가 안 되려면 무엇이 있어야 하는가"라는
무수한 사변(思辨)의 세계에 빠진다. 이 사변의 세계는, 문학을 선택
한 이유가 스스로 낭만적인 혁명가가 될 수 없는 데 있다면 바로 문학
자체의 속성이라 할 수 있을 것이다. 그렇기 때문에 그 '무엇이' 최인
훈에게는 바로 문학 활동 그것일 수밖에 없다. "혁명·피·역사·정치·
자유, 그런 낱말들이 그들의 회화를 풍성하게 만들고 있었으나 그들
의 경우 그것들은 장미꽃·저녁노을·사랑·모험·등산 같은 말과 얼마
나 다른지는 의문이었다. 왜냐하면 그들에게는 그 무거운 낱말들——

혁명·피·역사·정치·자유와 같은 사실의 책임을 질 수 있는 것은 언어뿐이었다. 사실(事實)에 영향을 주고 외계(外界)를 움직이는 정치의 언어가 아니라 제 그림자로 쫓고 제 목소리가 되돌아온 메아리를 반주하는 수인(囚人)의 언어 속에 살고 있었다"와 같은 언어 인식은 '언어'와 '현실' 사이에 놓여 있는 심연을 어떻게 극복할 수 있는가 하는 최인훈의 작가적 고민이었고, 그의 날카로운 통찰력은 "그들의 언어가 수인의 언어여야만 했던 것은 그 언어를 품고 있는 사실의 세계를 반영한 탓이었다"고 이야기하게끔 되었다.

작가로서 이러한 언어에 관한 성찰은 언어가 적어도 눈에 보이고 혹은 정신적으로 경험한 세계를 어떻게 하면 언어와 사실 사이에 있는 깊은 단절의 간극을 메우면서 재구성해낼 수 있는지 반성하는 단계로 넘어간다. 그렇기 때문에 독고준은 이유정의 그림에 관한 태도를 보며 자신도 그림을 그렸으면 하는 강렬한 충동을 느끼기도 한다. 이유정의 전위적 그림에서 독고준이 부러워하는 것은 그림에서는 물감이나 구도가 현실에 의해 오염되지 않은 순수한 상태로서 창조될 수 있었기 때문이다. 반면에 언어에 있어서 순수성은 그 자체로 역사의 때에 의해 오염되어 있는 것이기 때문에 경험한 세계를 그것으로 재구성하는 데 있어서 가능한 것은 소설의 양식의 변화를 꾀하는 것이다. 그러한 이유로 최인훈의 소설에는 띄어쓰기가 무시된 수많은 기록이 나타난다. 이른바 낙서에 해당하는 이 부분들은 의사 전달의 기능을 가진 언어의 사용에 작가 자신이 부끄러움을 느끼고 있음을 보여주는 동시에, 한 문장 한 문장의 연속 속에서 의미가 흘러내려야만 한다는 교과서적 태도로부터 탈피해서 사고의 무수한 편린들이 여기저기에 거점을 마련하고 있음으로 해서 하나의 '이야기'의 구조가 소설의 구조로서 가능하다는 것을 보여주고 있다. 그러한 이유 때문에 최인훈의 소설은 사변으로 가득 차 있으면서도 그 사변이 바로 이야기로 바뀌지 않고 하나의 집합을 형성하고 있다. 사변의 집합체라 할 수 있는 최인훈의 소설은 그러므로 이로정연, 그래서 대단원(大團圓)으로 가는 극적 결말을 갖고 있지 않다. 이러한 그의 소설을 읽는 독자는 아마도 주인공과 자신을 동일시해서 소설을 읽는 동안만은 자신의 삶을 잊어버리고 마치 자신이 주인공이나 된 것처럼 소설 속의 삶을 사는 일을 방해한다. 이 소설적 조작은 최인훈의 소설이 독자에게 현실의 도피 공간이 되지 않음을 이야기하며, 동시에 독자로 하여금 고통스러운 자신의 삶에 끊임없는 질문을 던지게 하며 자신의 현실로부터 떠날 수 없도록 깊은 의식(意識)을 갖게 하고 나아가서는 소설과 문화에 대한 독자 자신의 태도를 반성하게끔 한다. 이와 같은 소설 문법의 파괴는 한편으로 소설의 제도화를 방지하며 다른 한편으로는 언어와 현실 사이에 있는 음모 관계를 어느 정도 드러나게 해준다.

그렇다고 해서 최인훈의 소설이 '아무렇게나' 씌어진 작품이라는 것은 아니다. 『회색인』의 첫 장을 보면 김학이 소주병을 들고 독고준을 찾아온 장면이 나오고 마지막 장에도 같은 장면이 나온다. 이것은 작가가 이 소설의 공간을 구조화하고 그 구조 속에서의 정신의 모험을 시도하고 있음을 알게 한다. 따라서 이 소설은 그 자체로는 닫힌 공간임을 알게 되지만 다른 한편으로 1958년과 1959년이라는 사건의 시간을 통해서 얼마든지 계속될 수 있다는 앙드레 지드적 명제인 열린 공간임을 보여준다. 여기에서 앙드레 지드적 명제라고 하는 것은 지드가 그의 '유일한' 소설이라고 하는 『사전(私錢)꾼들』에서 "이 이야기는 계속될 수도 있을 것이다"라고 한 것을 염두에 둔 것이다. 격자소설(格子

小說)의 양식을 띤 이 소설에서 지드는 이야기 자체가 얼마든지 계속될 수 있지만 어느 순간에 작가에 의해 '임의로' 끝낼 수밖에 없는 성질을 강조함으로써 소설의 열린 구조를 보여주었다. 따라서 『회색인』의 열린 구조는 그 뒤에 씌어진 『서유기』에 의해 뒷받침을 받고 있다.

그렇다면 독고준이 '당증'을 가지고 매부를 위협한 사건과, 그가 김순임과 이유정을 사랑했던 것은 어떻게 설명되어질 수 있는가? 우선 당증은 체제가 사용하는 '상징'이다. 이 상징이 이데올로기의 대립 속에서 때로는 개인의 긍정적 측면이 되고 때로는 부정적 측면이 된다. 이 부정적 측면이 지배하는 사회에 있어서 그 '상징'이 갖고 있는 제도적 허위의 힘은 실제로 막강한 것이 된다. 그러니까 개인이 어느 체제에 소속되어 있을 경우에는 그 개인을 결정짓는 요소가 체제에 의해 마련된 무수한 상징의 집합에 지나지 않는 것이며, 따라서 그 개인은 '자아'를 가질 수 없게 된다. 독고준에게는 하나의 휴지에 불과한 '당증'이 그의 매부에게는 삶을 좌우하는 힘을 갖게 되는 것이다.

그리고 김순임과 이유정은 독고준에게 자신의 두 개의 얼굴을 대변한다. 독고준이 어렸을 때 경험한 '성(性)'의 눈뜸은 그가 경험한 모든 것들 중에 가장 진실한 어떤 것이었고 그의 '에고'에 감추어진 비밀이었다. 그가 처음에 김순임으로부터 강한 성욕을 느낀 것은 본래로 돌아가고 싶은 원초 감정(原初感情)이라 할 수 있을 것이다. 뿐만 아니라 자신의 소외된 감정을 기독교적 신앙을 통해서 해결하고자 하는 김순임에게서 독고준은 일종의 동류의식을 느꼈던 것이다. 반면에 이러한 감정적 세계와는 별도로 독고준의 지성은 무수한 정신의 모험을 시도하며 현실에서의 패배를 작품으로 보상하려는 이유정에게서 지적 동류의식을 발견하게 된다. 독고준이 마지막에 김순임의 방으로 들어가지 않고 이유정의 방으로 들어간 것은, 자신의 두 개의 얼굴 가운데 지성 쪽을 택한 것을 의미한다. 이러한 선택은 작가 최인훈이 현실의 투사를 업으로 택한 것이 아니라 소설의 작가를 업으로 택한 것이기 때문에 당연한 귀결인지 모른다. 이것은 최인훈이 정신의 투쟁을 계속하겠다는 의지의 표현인 것이다.

모순과 의식화
─서정인

이른바 1960년대 작가 가운데서 서정인은 대단히 지적인 작가로 알려져 있다. 지적인 작가라고 하는 이유는 작품의 양이 그의 데뷔 연도에 비교해서 그렇게 많은 편은 아니지만, 작품 한 편 한 편이 소홀히 다룰 수 없는 단단함을 지니고 있을 뿐만 아니라, 사건의 줄거리 중심의 소설가가 아니라는 데서 찾아질 수 있을 것이다. 또한 그의 문체는 대단히 응축되어 있어서 작품을 쉽게 읽어버리는 것을 방해하고 있다. 이러한 작가 서정인에게는 두 권의 창작집이 있다. 그 하나는 1976년도 문학과지성사에서 간행한 『강』이라는 창작집으로서 11편의 작품을 수록하고 있고, 또 하나는 1977년 홍성사에서 간행한 『가위』라는 창작집으로서 9편의 중·단편을 수록하고 있다. 그의 간단한 약력을 살펴보면, 그는 1936년 전남 순천에서 태어나서 순천고등학교를 나온 뒤

서울대학서 영문학을 전공했고, 미국 하버드 대학에서 유학을 한 영문학 교수라는 현직을 가지고 있다. 그가 문단에 데뷔한 것은 1962년 단편 「후송(後送)」이 『사상계』 신인 문학상을 수상하면서였고, 1976년에는 중편 「가위」와 창작집 『강』으로 '한국문학 작가상'을 수상함으로써 1960년대 이후 지금까지 작품 활동을 중단하지 않은 작가이다.

서정인의 소설들을 읽게 되면, 그의 소설이 다른 작가의 작품들과 다른 요소들을 갖추고 있다는 인상을 받게 되면서도 그 다른 요소들이 무엇인지 밝히는 작업을 쉽게 할 수가 없다. 그 이유는 보편적으로 독자들에게서 발견되는 게으름에서 찾아질 수도 있을 것이다. 이때 게으름이란 일반적으로 하나의 문학작품의 독서를 일회적인 행위로 생각하고 그 줄거리를 일단 파악하게 되면 더 이상 거기에서 끌어낼 것이 없어질 정도로 그 작품이 완전히 소비되었다고 생각하는 데서 나오는 게으름이다. 그러나 이때의 게으름은 서정인이라는 작가 개인의 작품에 관련을 맺고 있는 것이 아니라 모든 문학작품을 심심풀이로 생각하는 자세와 관련을 맺고 있다. 말하자면 답답하고 할 일 없을 때, 혹은 문화적 교양을 갖추어야 되겠다고 생각했을 때 문학작품을 찾게 되는 이러한 태도는 서정인 개인의 작품뿐만 아니라 모든 작품의 독특한 성질을 줄거리에서만 찾게 만들어버리는 것이다. 그리고 그러한 줄거리에의 관심에서 서정인의 작품을 읽게 되는 독자는 기대했던 것만큼 아기자기한 줄거리도 발견하지 못할 것이고 극적인 이야기의 전개도 즐길 수 없을 것이다. 그 이유는 서정인의 작품들이 극적인 사건 중심으로 전개되고 있지 않을 뿐만 아니라 작가 자신의 관심이 주인공들에게 어떤 사건을 만들어주는 데 있는 것이 아니라 사람과 사람의 관계의 양상을 보여주고자 하는 데 있기 때문이다. 이러한 현상을 그의 작품에서 구체적으로 살펴보는 것이 우선 필요한 작업인 것 같다.

　그의 데뷔작이라고 할 수 있는 「후송」은 티나이투스라는 병을 앓게
되는 주인공 성중위가 후송이 될 때까지 겪는 여러 과정을 그리고 있
다. 우선 '귀에서 소리가 난다'는 그 증상을 타인에게 이해시키려는 그
의 노력은 두 가지 방면에서 방해를 받는다.

　　"귀에서 소리가 나요."
　　"그렇지요. 소리가 난다는 건 드물지만 반대로 안 들린다는 경우는
　　많아요. 특히 사병들의 경우가 그렇습니다만. 그러나 성공한 예는 드
　　물지요."

이 대화에서 볼 수 있는 것처럼 주인공 성중위의 자각 증상은 다른 사
람에게 전달될 수 없는 비극적인 요소를 갖고 있다. 그것은 자기 자신
에게만 "소리가 나"는 증상이며 다른 사람에게 그 소리를 들려줄 수
없는 증상이다. 말하자면 타인과 공유할 수 없는 이 '병'의 자각은 마
치 언어의 소통이 불가능한 세계의 선언과 같은 의미를 띠고 서정인의
작품에 등장한다. 왜냐하면 다른 사람에 의해 인식되지 못하는 개인의
이러한 형편이 그의 대부분의 작품에서 되풀이해서 나타나고 있기 때
문인 것이다. 이때 그의 주인공은 그러한 상황의 극복을 위해 타인에
게 그것을 설명하려고 든다. 이러한 설명의 노력은 그러나 "소리가 나
는 경우"보다 "안 들리는 경우는 더 많다"는 군의관의 설명처럼 자신
에 대한 믿음과 신뢰의 부족이라는 개인적인 불신감에 의해 방해를 받
으며 동시에 제도적인 장치에 의해 방해를 받고 있다. 제도적인 장치
라고 하는 것은 후송된 병원에 이과(耳科)가 없다든가, 오디오 테스트

의 시설이 안 되어 있다는 것을 의미한다. 여기에서 자신의 자각 증세 (이것을 자아의 진실이라고 해도 좋다)를 타인에게 지각시키려고 하는 개인의 노력과 병행해서 보아야 되는 것은 그 과정에서 느끼게 되는 개인의 좌절감이다. 여섯 번에 걸친 후송의 시도가 성공했다고 이야기 하는 순간에 그곳에도 결국 이과가 없다고 하는 사실은 후송의 본질에 대한 재검토를 요구하게 된다. 후송의 본질에 대한 재검토는 곧 후송 이라는 제도 자체의 실현에 있는 모순을 문제화하는 것이다. "약을 써 요, 약을. 나도 50야전에서 일로 넘어올 때 바이스로이 한 보루 썼지 않았수"라고 하는 장대위의 어조 등에서 충분히 그러한 것을 알 수 있 을 것이다. 사실 이러한 제도적인 모순에 대한 지적은 서정인 소설 어 디에서나 나타나 있다. 그러나 그러한 지적에도 불구하고 서정인의 소 설은 그러한 모순을 부각시킨다거나 그러한 모순을 고발하는 형식을 취하지 않는다. 말을 바꾸면 서정인은 소설에서 그 모순 자체의 즉물 적인 실체를 보여주고 있는 것도 아니고 그 모순에 대한 직설적인 반 응을 보여주고 있는 것도 아니다. 그만큼 서정인의 주인공은 자기 자 신의 정직한 의식화의 가능성을 모색하고 있는 것이지 그런 모순의 현 실과 대결을 시도하고 있는 것은 아니다. 그렇기 때문에 여기에서 드 러나는 현실의 모순은 주인공의 탐구 대상이 아니다. 주인공의 탐구 대상은 자신의 의식화 자체인 것이다. 이때 현실의 모순이란 주인공 의 자아 탐구의 부산물로 나타날 뿐이며 그렇기 때문에 그의 주인공 은 모순에 대해 비분강개를 토로하는 것이 아니다. 그러나 모순에 대 해서 비분하지 않는다고 해서 서정인의 주인공이 그러한 현실에 순응 한다는 것은 아니다. 오히려 그의 주인공은 그러한 현실에 대해 비분 하는 것이 현실 인식에 있어서 얼마나 단순화된 것인지 알고 있다. 따라서 서정인의 주인공이 자신을 '설명'하려 하지만 실패하는 것은 사물을 언어화하고자 하는 모든 노력의 실패를 상징하고 있고 그 실패가 오늘의 우리의 고통의 정체라 하겠다.

바로 그러한 이유로 서정인의 소설들은 「미로(迷路)」에서 극히 초현실주의적 양상을 띠게 된다. 그것은 주인공 '나'가 군인이나 학교나 제단이나 심포지엄 등과 현실적인 관계를 맺지 못하고 극도로 추상화된 대상으로서 그것들을 제시하는 것으로 드러나고 있다. 여기에서 이 대상들이 추상화되었다고 하는 것은 그것들이 전체로서의 현실로 내 앞에 드러나기 때문이며 전체로서의 현실이 된 대상들은 그것 하나하나가 갖고 있는 일상적인 개별적 의미를 버리게 됨으로써 한편으로는 추상화되고, 현실적으로는 무의미화되는 것이다. 현실적으로 의미를 벗어난 대상이 실제로 존재한다는 사실은 초현실주의의 무의미의 의미와 상통하고 있는 것이다.

집 뒤는 빈 벌판이었다. 그 벌판에는 아주 퇴락한 고총이 하나 있을 뿐 아무것도 보이지 않았다. 그러나 나는 별로 당혹하지 않았다. 둘째 문제는 이미 해결이 되었었고 첫째 문제도 어느 사이에 해결이 되어 있었다. 즉 나는 박사에게 아무것도 묻지 않는 것이 좋았다. 남은 것은 셋째 문제뿐이었는데 셋째 문제라면 나의 생각에 관한 것이었고 사실 내 자신의 생각에 관한 일이라면 내가 박사보다 더 잘 아는지도 모를 일이었다.

이러한 마지막 구절에서 볼 수 있는 것처럼, 이 작품은 거의 논리적인 일관성이 없이 전개되고 있다. 그러나 이러한 일관성의 결여에도 불구하고 박사를 만나러 집 뒤로 갔을 때 거기에 나타나는 '퇴락한 고총'처럼 수많은 이미지들이 주인공의 심리적인 상태를 초논리적으로 표현하고 있는 것이다. 그렇기 때문에 주인공 '나'가 만난 현실들은 고발의 대상이 아니라 그 만남의 결과 즉 나의 절망의 심연을 비추는 거울들인 것이다. 그리고 그러한 면에서 가장 성공을 거둔 아름다운 작품으로 「강」을 들 수 있는 것으로 보인다.

세무서 직원 이씨, 국민학교 선생 박씨와 함께 늙은 대학생 김씨는 군하리 잔칫집에 가는 버스 안에서 삶의 허무와 그 허무를 지탱해주고 있는 생활의 편린들을 보여준다. 뿐만 아니라 그들은 군하리에서의 하룻밤을 보내면서 삶의 허무 속에 아직도 남아 있는 자신의 쓸쓸한 흔적을 만나게 된다. 하나의 천재가 열등생으로 변모해가는 과정들을 여인숙인 이모부 집에서 일하며 '일등'을 하는 소년에게서 다시 만나는 우울한 현실은, 삶이 자신의 노력의 대가로 돌아오지 않는 모순의 또 다른 인식이라고 할 수 있을 것이다. 술로 의식이 몽롱해지는 가운데서 국민학교에서 '천재'가 중학교에서 '수재'가 되고 고등학교에서 '우등생'이 되고 대학에선 '보통'이다가 사회에 나올 때 '열등생'이 된 현실을 상기하게 된 주인공에게는 소년이 바로 그 절망의 거울인 것이다. 이러한 삶에 대한 절망 의식 때문에 그들은 말하자면 거의 단편적이며 순간적인 몇 마디 말로서 그 절망의 표면을 뒤덮고 있다. 군하리로 가는 버스 속에서 그들이 던지는 말은 마치 우리가 우리의 깊은 슬픔을 감추고자 했을 때 짓게 되는 미소처럼 공허한 것이면서도 이 소설의 전체적인 흐름을 결정짓는 것이다. 왜냐하면 그러한 농담 다음에 여인숙의 소년을 본 주인공의 시야에는 "가난한 대학생. 덜커덩거리는 밤의 전차. 피곤한 승객들. 목쉰 경적 소리. 종점에 닿으면 전차는 앞뒤 아가리를 벌리고 사람들을 뱉어낸다"와 같은 장면이 나타나기 때문이다. 이 불행의 이미지에 대조되고 있는 장면은 술집 여자가 늙은 대학생의 이불을 덮어주는 장면이다. 이 소설의 첫 문장이 "눈이 내리는군요"인 것처럼 마지막 문장이 "밖에서는 눈이 소복소복 쌓이고 있다. 그녀가 남겨논 발자국을 하얗게 지우면서"라고 되어 있는 것은 그 모든 삶의 곡절들이 그 순간에만은 눈에 가려서 그들이 무구의 순간을 경험함을 이야기하는 것이다. 여기에서 이 늙은 대학생과 여자와의 관계는 '눈' 내리는 그 분위기로서만 남아 있을 따름이다.

이와 같은 서정인의 소설을 읽으면 이 작가가 작품을 통해서 어떤 '주의' '주장'을 내세우는 작가가 아니라 독자로 하여금 비교적 자율적으로 그 작품에 대한 태도를 결정짓게 하는 작가라는 것을 알게 된다. 왜냐하면 이 작가가 그리고 있는 주인공들이 대개는 소시민적인 안락을 추구하고 있는 것 같지만, 그렇다고 해서 그들을 모두 속물(俗物)의 도덕적인 타락이라는 이름으로 매도하고 있는 것만은 아니기 때문이다. 여기에서 매도한다거나 경외한다는 표현이 이야기하고 있는 것처럼 서정인에게는 어떠한 인물도 완전히 긍정적일 수도 없으며 완전히 부정적일 수도 없는 것 같다. 아니 모든 진정한 작가에게는 완전히 부정적이거나 완전히 긍정적일 수 없는 것이 당연한 것이다. 왜냐하면 작가는 어떤 유형의 인물을 매도하거나 칭송하기 위해서 소설을 쓰는 것이 아니라 그 인물에 대해서 생각하고 질문을 던지고 그리하여 우리에게 감추어져 있는 어떤 것의 모습을 밝히기 위해서 소설을 쓰는 것이기 때문이다. 그러한 면에서 서정인의 「나주댁」의 다음과 같은 문장은 그의 작가적 개성을 잘 나타내주고 있다.

애국을 전문으로 하는 사람들은 서울에만 몰려 있는 것이 아니라, 종종 벼랑에 핀 꽃처럼 대단한 벽지에서도 산견되는 수가 있다. 그들은 그 희소가치로 인해서 더욱 빛이 찬연하고 기세가 대단하다. 아무도 그들의 우국충정을 폄할 수 없다. 그들은 갈수록 창궐하는 애국적 부정부패와 민족정기의 망국적 타락에 대한 끊임없는 경고이고 제동장치이다.

시골의 어느 교장 선생을 묘사하기 위한 이 서두에서 "애국을 전문으로 하는 사람"에 대한 작가의 태도가 과연 어느 쪽인지 알 수 없는 것은 사실이다. 그러나 '지성인'과 '교육자'로서 자신에 대한 지나친 자부심을 갖고 있는 이 교장이나 그 교장의 라이벌로 등장하는 윤교사가 모두 소시민적인 안락에 빠져 있는 것은 사실이지만 이러한 소시민을 선택한 사실을 가지고서 이 작가의 소시민적 성질로 오해할 수는 없는 것이다. 왜냐하면 서정인은 어느 한 인물의 편에만 서는 법이 거의 없을 뿐만 아니라 그 인물의 개성적인 의사표시를 언제든지 그다음에는 뒤엎고 있기 때문인 것이다.

여기에서 한 인물의 편에만 서지 않는다는 것은 이 작가의 소설 기법에 있어서 관점과 관련을 맺고 있으며, 한 인물의 개성적 표현을 뒤엎는다고 하는 것은 언어의 '뒤틀림'을 이 작가의 문체에서 끊임없이 발견하고 있다는 말이다. 우선 이 작가의 작품에 있어서 시점의 변화는 어느 작품에나 일어나고 있다. 그러나 그 가장 특징적인 작품으로는 「원무(圓舞)」를 들 수 있을 것이다. 「원무」는 모두 여섯 명의 인물이 서로 엇물고 돌아가는 일종의 우연의 결합(혹은 이별)을 가리키는 것이다. 제1장에서는 변호사의 딸 임원희가 기차 속에서 앞자리에 앉아서도 자신을 무시했던 탈영병 박일호와 만나서 함께 설악산에 가서 일주일을 보내고 온다. 이때 원희는 그 일주일의 여행 후 다시 학교에 나가면서 "자기의 행동이 승리도 복수도 아무것도 아니었다는 것을 깨달았"던 것이다. 제2장에서는 그 탈영병 박일호가 자신의 고종 사촌형 집의 간호원으로 있는 순이와 육체적인 관계를 즐긴다. 제3장에서는 그 순이가 자신의 동생을 위해서 그 동생의 담임인 윤두석을 찾아가서 시인인 윤두석의 지도를 받는다는 명목으로 시를 쓰며 육체적인 관계를 갖는다. 제4장에서는 윤두석이 자기 학교의 음악 선생인 정삼화와 짝을 이루게 된다. 제5장에서는 정삼화가 자신의 배우자로서 석민의 뒷바라지를 해주는 이야기로 되어 있다. 제6장은 자신의 출세 뒷바라지를 해준 정삼화와 헤어진 석민이 변호사의 딸인 임원희와 짝을 이루게 된다. 그러니까 이 소설에서는 인물들이 서로 고리가 되어 짝을 이루고 있는데 즉 임원희 – 박일호/박일호 – 순이/순이 – 윤두석/윤두석 – 정삼화/정삼화 – 석민/석민 – 임원희라는 6쌍이 그것이다. 말을 바꾸면 6명의 인물이 쌍을 바꾸며 원무를 추고 있는 형태가 된 것이다. 이 여섯 명의 인물들을 통해서 작가가 시도하고 있는 것은 화자의 시점 이동이다. 3인칭 소설로 쓰인 이 작품에서 화자는 표면에 나서지 않고 있지만 끊임없이 작중인물들의 심리적 추이의 일면을 좇아감으로써 객관적인 서술이 아니라 주관적 서술을 감행한다. 그러나 이때 주관적 서술이 대단히 단편적으로 그리고 순간적으로 나타나 있기 때문에 화자가 대상과 거리를 유지하고 있는 것처럼 보이는 것이 아니라 작중인물이 작중 현실에서 소외되어 있는 것처럼 보인다. 그렇기 때문에 그의 주인공들은 모두 현실의 적극적인 승리자가 아니라 패배자들인 것이다. 물론 여기에서 탈영병 박일호와 실패한 시인 윤두석뿐만 아니라 석민의 경우도 패배자라고 하는 것은 그가 비록 지금 출세주의에 휩쓸리고 있지만 그것은 바로 그의 일차적인 대패배(고시에 불합격했다는 사실로 그는 바로 이 패배를 평생 극복하지 못할 것이다)에 비교할 때 전혀 그의 승리를 보장해주지 못할 것이다. 그러나 이러한 주인공들에게서 보이는 현실을 체념의 현실로 파악하는 것은 "인생의 핵심은 될 수 있으면 피하는" 주인공 혹은 화자의 시점을 그대로 작자의 시점으로 바꿔놓은 데서 가능한 것이다. 그러나 서정인에게 있어서 이러한 주인공들의 제시가 그러한 소시민적인 안락의 긍정이라고 생각할 수는 없다. 그의 대부분의 소설에서 발견되는 소시민적인 인물들은 화자의 시점에 작중인물들의 시점이 뒤섞임을 통해서 화자의 서술 대상이 되면서, 동시에 소설의 주체인 화자로의 끊임없는 변모 가능성을 내포하고 있다. 그것은 말을 바꾸면 작가가 화자를 통해서 자신에 대한 의식화를 시도하고 있는 것이 된다. 이와 같은 의식화는 자신의 삶 속에 있는 긍정적인 요소와 부정적인 요소를 감정의 개입 없이 바라볼 수 있는 가능성을 열고 있다. 그렇기 때문에 「강」의 늙은 대학생, 세무서 직원 이씨, 국민학교 선생 박씨, 「나주댁」의 교장, 그리고 심하게는 「원무」의 석민에 이르기까지 이 모두가 도덕적인 단죄의 대상이 되는 것이 아니라 그들이 살고 있는 현실에 대한 반성과 동시에 자신의 삶에 대한 반성을 불러일으키는 요인이 되는 것이다.

　반면에 서정인의 뒤틀린 문체는 그가 서술하고 있는 대상에 대해서 생각을 하게 한다. 가령 「가위」에서 "아직은 그들에게 양심이 조금은 남아 있군요. 그러나 머지않아 반드시 그들은 우열을 따지려들 거예요. 의학 박사에게 진료를, 철학자에게 사상을, 문인에게 시를, 그리고 단거리 선수에게 달음박질을 그들은 반드시 따질 거예요. 전문가에게

246

서 그 전문 분야를 파렴치하게 강탈해버리는 것은 아직은 그들에게 자신이 없다는 증거죠. 그들에게 자신이 생기면 그들은 그들이 탈취해간 전문 분야를 전문가에게 돌려주고, 그에게 그의 전공 분야를 가르치려고 하죠"라고 하는 것처럼 동어반복 비슷한 이러한 언어의 뒤틀림 속에는 작가의 무서운 증오가 제동을 받고 있으면서 그 감정적인 반응이 논리적인 이성의 차원으로 바뀌고 있는 것이다.

그래서 그의 소설의 수많은 대화 속에서는 '말장난' 비슷한 것이 그 역할을 하고 있다. 예를 들면 "어머니, 독자가 되어서 죄송해요"라는 아들에게 "아니다. 네가 독자여서 얼마나 다행인지 모른다"고 하면서 "이런 꼴을 두 번씩 보고 싶은 어미가 세상에 어디 있겠니?"라고 어머니가 대답하는 것처럼 서정인의 주인공은 원통해서 눈물을 흘려야 할 때 이러한 반어법을 무수하게 쓰고 있다. 이 반어법은 진지하지 못한 작가의 태도를 의미하는 것이 아니라 현실에 대한 모든 반응을 언어로 하겠다는 작가의 의지의 표현인 것이다. 「가위」의 후기(後記)에서 서정인은 "문학은 그것 자체의 슬기의 샘을 가지고 있지 않다. 슬기의 샘이 없는 것이 문학의 슬기다"라고 하면서 "문학은 한 우물을 파는 사람이 단지 너무 깊이 팠기 때문에 스스로 판 우물 속에서 도저히 헤어 나오지 못할 때 그 사람에게 그 우물에서 솟아나올 슬기의 샘물을 파헤쳐주는 것이 아니라, 그에게 남이 될 수 있는 힘을 주어서 제 모습을 제 모습대로 바라볼 수 있게 하여 그의 굳어진 마음을 부드럽게 해주고 닫혀진 영혼을 열어주고 비열해진 정신을 끌어올려준다"고 적고 있다. 요즈음 그의 작품들은 이러한 문학의 태도뿐만 아니라 작가 서정인의 삶에 대한 경륜의 깊이를 알게 해준다. 특히 금년에 발표된 「사촌들」과 같은 작품이 그렇다.

질서에서의 해방

──김승옥

김승옥의 네 편의 작품을 다시 읽게 되면 이 작품들의 시간적 배열을 생각하게 된다. 발표 연대로 보면, 「건(乾)」, 「역사(力士)」, 「무진기행」, 「서울, 1964년 겨울」의 순서를 밟고 있으면서도 주인공의 나이로 보면 「건」, 「역사」, 「서울, 1964년 겨울」, 「무진기행」 순으로 생각하게 된다. 물론 이런 연상이 자칫하면 단편 하나하나가 갖는 완결성과 독립성을 해치게 되기 쉽기 때문에 상당한 조심성을 갖고 보아야 할 것이다. 그러나 이러한 과정으로 놓고 보면 대단히 그럴듯한 이야기를 끌어낼 수 있다. 즉 시골에서 가난하게 살던 한 소년이 6·25사변의 경험을 어떻게 살고 있는가 하는 모습을 「건」에서 보게 되고, 그런 소년기를 갖고 있는 시골 출신의 청년이 서울의 하숙방에서 '가풍(家風)' 없는 생활을 하게 되어 '질서 정신(秩序精神)'을 잃고 있는 모습을 「역사」에서 만나게 되고, 그러한 그가 직장도 없이 서울의 추운 거리를 방황하면서도 별로 절망의 제스처도 쓰지 않는, 그러나 생활이라는 단단한 껍질 밖에서 겉돌고 있는 것을 「서울, 1964년 겨울」에서 확인하게 되고, 여전히 시골 출신의 청년이 이번에는 제약 회사 사장의 과부 딸과 결혼함으로써 이른바 출세의 길에 오르게 된 사람으로 변모하여 고향에 다시 들르게 되는 장면을 「무진기행」에서 목격하게 된다. 물론 이들 작품의 주인공들이 갖고 있는 이름 자체가 다를 뿐만 아니라 주인공 각자가 자기가 소속된 작품 안에서만이 주인공이기 때문에 그들을 하나의 인물로 생각하기는 어렵지만, 그러나 그들의 삶이 가지고 있는 보편성의 의미를 확대해 보는 경우 그들을 하나의 인물의 전개로 보아도 충분히 가능한 독서가 될 수 있을 것이다. 그랬을 때 김승옥 소설의 주인공이 갖고 있는 의미는 무엇인가. 그것은 아마도 우리 사회 속에 뿌리 뽑힌 사람들과 뿌리박고 있는 사람들의 삶에 대한 깊은 관찰의 결과라고 할 수 있을 것으로 보인다. 아직 사회에 뿌리 자체를 내려보는 시도조차 할 수 없는 나이의 어린애를 주인공으로 다루고 있는 「건」은 그 뒤에 오는 성인 주인공들이 이제는 잊혀졌을 법한 어린 시절의 어려운 추억들, 그러나 아름다운 과거로서가 아니라 사물을 의식하는 적극적 의지가 자리 잡기 이전의 상흔으로서, 직접적인 인과 관계를 보여주지 않는 추억을 보여주고 있다. 그 어린 주인공의 입장에서 보면 의식되지 않았을 빨치산 기습 다음 날의 이야기들이 작가의 입장에서 보면, 혹은 독자의 입장에서 보면 현실인 것은 분명하다. 말하자면 시체가 땅바닥에 엎드려져 있는 장면, 아버지가 시체 매장의 일을 해내던 장면, 방위대 본부가 된 그 저택 등 모든 것이 주인공의 의지와는, 혹은 주인공의 의식과는 아무런 상관없이 거기 '있음'의 상태에 놓여 있는 것처럼 이야기되고 있지만, 그러나 한편으로는 자기 의지와는 상관없는 그러한 것들이 주인공의 삶을 결정 지어주고 있음을, 다른 한편으로는 어쩌면 자기 의지와 깊은 음모 관계를 맺음으로써 결정 지어주고 있음을 깨닫게 하고 있다. 그것이 가장 깊게 나타나는 것이 결국 윤희 누나를 형과 친구들의 음모의 함정 속에 빠지게 하는 데 주인공 자신이 끼어드는 것으로 드러난다.

　　윤희 누나 앞에 서자, 나는 온 세상이 빙글빙글 도는 듯이 어지러워서 몸을 가눌 수가 없었다. 억울한 일로 선생님께 꾸중을 들을 때 나는 그런 기분을 느껴본 적이 있었다. 누나는 아침에 보았던 그런 한복 차림을 하고 있었다. 나의 전언(傳言)을 듣고 나서 누나가 아주 명료한 음성으로 간단히 승낙했다. 바보, 바보.

이렇게 술회한 주인공은 "형에게 유리한 구실을 덧붙이기"까지 함으로써 '바보'라고 외치는 감정과 모순된 행위를 하기에 이른다. 아마도 여기까지 읽게 되면 "누구나 자기가 사랑하는 사람이 죽기를 바라는 적이 있다"는 『이방인』의 명언을 연상하는 일이 어렵지 않다. 그러나 이러한 비교에 앞서서 상기해두어야 할 것은 빨치산의 습격으로 불타고 있는 그 저택이 어린 주인공의 삶과 연관되어 있다는 사실이다. 이제 이 불탐으로 인해서 주인공이 가지고 있던 행복한 시절의 모든 것과 절연의 상태에 들어가게 된다는 것을, 그래서 미영에 대한 추억도 그것으로 끝나고 그리고 윤희 누나와의 관계도 끝난다는 것을, 그래서 이제 다른 주인공의 현실적인 세계로 갈 수밖에 없는 연관 관계를 보여주는 것이다. 이러한 주인공의 모습은 김승옥의 문단 등장 작품인

「생명연습(生命演習)」에서 주인공의 과거 이야기로 진술되고 있다. 여기에서도 주인공은 외간 남자를 끌어들이는 어머니를 죽이자는 음모를 형으로부터 제안받지만 이제는 그 음모에 끼어드는 것이 아니라 스스로 음모를 꾸미는 사람과 음모의 대상이 되는 사람을 '사랑'할 정도로 성장해 있다. "형이 어머니의 거의 문란하다고나 해야 할 남자관계를 굳이 내세우며 우리를 설복시키려고 애쓰고 있었지만 '그것은 우리를 철부지로 여기고 있었기 때문일 것이다. 철부지에게는 본능적인 의협심이 행위의 충동이 되는 걸로 형은 생각했을 것이었다.' 사실 나도 그 따위는 아무것도 아니라고 생각했다. 형의 의도는 그 너머에 있는 것이었으니까——누나는 귓등으로 흘려버릴 정도로 모든 것을 알고 있었다." 어린 시절의 이와 같은 경험을 보다 추상화시켜보면 김승옥의 주인공들은 끊임없이 '자기 세계'를 갖고자 노력한다고 표현할 수 있을 것이다. 그러나 그러한 자기 세계는 곧 외부의 도전에 의해서 무너지게 된다. 「건」의 주인공이 미영이나 윤희에게 갖고 있는 감정이나 '저택'에 대한 집념을 갖고 있는 것이 결국 '자기 세계'의 구축을 위한 노력이라면 빨치산의 습격 이후 윤희를 형의 음모 쪽으로 끌어들이게 되는 것은 바로 그러한 자기 세계의 붕괴를 그대로 드러내고 있는 것이다. 「생명연습」에서 '왕국'으로 표현되고 있는 것도 바로 누나와 '나'가 이룩하고 있는 '자기 세계'를 의미하지만, 그러한 세계가 "아버지의 사망 이후에 비롯된 것"으로 인해 신기루의 상태로 넘어가게 된다는 것을 주인공은 알고 있다. 그렇기 때문에 그들은 "남들은 별생각 없이 예사로 사는 그런 생활을 할 수는 도저히 없는 것"이 되고 만다.

"예사로 사는 생활"을 김승옥의 주인공이 그대로 살 수 없다는 것은 「역사」에서도 드러난다. 서울의 가난한 하숙방 신세를 면하지 못하고 있는 「역사」의 주인공은 자기의 무질서하고 무기력한 생활에 대한 어느 정도의 반성이 잘사는 사람들의 세계에 대한 무지에서 기인하는 방향으로 그를 움직이게 함으로써 '질서'가 있고 '가풍'이 있는 집으로 하숙을 옮기는 데까지 이르기는 하지만, 그러나 하숙을 옮긴 뒤 삶의 정체를 파악하는 과정이 그 이전의 세계인 「건」이나 「생명연습」에서 보여주었던 '자기 세계'의 또 다른 붕괴를 나타내주고 있다. 그것은 우선 이 사회에 뿌리를 박고 있는 사람들처럼 사는 자들의 삶의 허구성을 드러내주는 한편, 이 사회에서 뿌리 뽑힌 자라고 할 수 있는 「역사」의 자기 세계 보존을 위한 안간힘을 상당한 친화력을 가지고 표현하는 것으로 나타난다. 그랬을 때 이 두 부류 사이에 있는 하숙생 '나'는 무엇인가, 하는 질문을 자연스럽게 제기하게 된다. 그에게는 '무형의 재산'도 없고, '가풍'도 없다. 그렇다고 그는 삶의 허위성을 그대로 받아들일 수도 없다. 결국 그가 자기의 존재를 드러내는 유일한 방법으로 택하게 된 것이 기타를 치는 것과 홍분제를 사용하는 정도로 끝나게 된다.

절망감이 마루 끝에도 마당 가운데서도 방바닥에도 차서 감돌던 창신동의 그 집에서는 식구들에게 그들이 오래전에 잃어버렸던 형체 없는 감동 같은 것을 조금씩은 깨우치고 영혼의 안정에 얼마간은 공헌할 수 있었던 나의 기타는 그래서 노인들이 우연한 한마디에서 갑자기 자기의 늙음을 발견하듯이 낡아빠진 모습으로 방의 구석지에 기대어져 있지 않으면 안 되게 된 것이었다.

이 기타로 이어지는 자기 세계의 무기력함을 '허무 의식'이라고 부르기도 하겠지만 그러나 그것은 단단한 외부 세계에 부딪쳤을 때 너무나 초라하게 되고 만다. 그 외부 세계란 허위로 가득 찬 것이기는 하지만, 그것의 힘은 대단한 것이었다. 그래서 "이 가족의 계획성 있는 움직임, 약간의 균열쯤은 금방 땜질해버릴 수 있도록 훈련되어 있는 전진적 태도, 무엇인가 창조해내고 있다는 듯한 자부심이 만들어준 그늘 없는 표정—문화라는 말을 쓸 수 있는 사람들이 있다면 바로 이 사람들이었다"고 이야기하기에 이른다. 아마도 이 구절처럼 우리에게 있어서 우리의 삶을 언제나 수렴당하는 상태로 빠지게 하는 지배 이념의 정체를 극명히 드러내주는 대목도 드물 것처럼 보인다. 그렇기 때문에 주인공 스스로도 '비겁한 보상 행위'라는 자책을 즐겁게 받아들이게 되는데 그것은 수음으로 자기 세계를, 보잘것없는 자기 세계를 비밀스레 갖게 되는 선교사의 누력에 다름 아닌 것이다. 이 경우 이들을 비난하는 행위야말로 지배 이념의 관점을 가지고서 자신과 똑같이 소외된 사람을 내리치는 행위에 지나지 않을 것이다. 그것은 영혼을 사러 다니는 마귀로 보이는 어머니의 삶에 대해서도 마찬가지다.

이러한 김승옥의 소설은 말을 바꾸면 우리를 지배하고 있는 이념들이 우리 자신 속에 얼마나 뿌리 깊게 자리 잡고 있으며 동시에 그 이념에 훈련된 우리 자신이 언제든지 지배당하고 싶어 하는 모순 속에 빠질 가능성이 있음을 드러내주고 있다. 그것은, 가령 힘에 대한 동경이나 잘사는 사람들의 세계에 대한 동경이나 질서에의 동경 등에서 찾아볼 수 있다는 것이 너무나 분명하다. 그런 면에서 김승옥의 반질서주의(反秩序主義)는 아마도 1960년대 소설 가운데 가장 전위적 성격을 띠고 있다고 이야기해도 지나치지 않을 것이다. 문학의 전위성(前衛性)은 정신의 전복성에 근거를 두어야 하는 것이고 그런 면에서 김승옥의 소설들은 우리에게 굳어져가는 문화에 대한 전복의 의미, 다시 말하면 가장 음모적 성격을 갖는다.

아마도 이러한 소설 양식이 잘 드러나는 것이 「서울, 1964년 겨울」이라 할 수 있다. 주인공 세 사람은 이제 문화의 어떤 현상에 대해 해석하려는 태도마저 취하지 않고 있다. 아직도 서울의 어디에 뿌리박지 못하고 있는 하숙생 '나'는 여전히 밤거리를 헤매고 있으면서 그러나 이번에는 무의미한 것 같은 말장난을 하기에 이른다. 얼핏 보면 이러한 주인공의 행위가 '허무주의'에 근거를 두고 있는 것으로 보이기 쉽겠지만 이미 수많은 패배를 경험한 주인공이 오염된 언어가 갖는 '수렴적' 성격에 대한 깊은 인식을 우리에게 전달해주고 있는 것이다. 이것은 이야기하지 않음으로써 이야기하게 되는, 사르트르 식의 표현을 빌리면 침묵의 언어화의 또 하나의 양식인 것이다. 이 침묵의 의미화가 극에 도달하는 부분은 "김형, 우리는 분명히 스물다섯 살짜리죠?"라고 시작되는 대화에서 "두려워집니다"로 이어지는 대목이다. 어쩌면 이것이 그 앞에 있었던 무수한 '말장난'을 의미의 차원으로 옮겨놓고 있는 것이다. 이런 김승옥 소설의 전복성을 이해하지 못하면 문학이란 힘의 시녀적(侍女的) 위치를 벗어날 수 없을 것이다.

앞에서 언급된 소설에서보다 가장 나이가 많이 든 주인공이 등장하는 것은 「무진기행」이다. 시골 출신으로 서울에서 그 많은 거리를 방황하던 주인공이 이제 이 사회에 뿌리를 박게 되었고, 그래서 옛날의 그 쓰라린 기억이 있는 고향으로 가 과거의 수많은 편린들이 아직도 현실로 존재하고 있음을 확인하고 돌아오는 이 소설을 읽으면 「생명연습」에서 이야기된 구절을 연상하게 된다. "하나의 세계가 형성되는 과정이 한마디로 얼마나 기막히다는 것을 나는 잘 알고 있다. 그 과정

속에서 번득이는 철편이 있고 눈뜰 수 없는 현기증이 있고 끈덕진 살의가 있고 그리고 마음을 쥐어짜는 회오와 사랑도 있는 것이다." 다시찾아온 무진에서 주인공이 만나는 사람은 세무서장 조, 후배 박, 성악을 전공한 인숙 등이고 이들의 삶이 보여주는 것은 바로 '현기증'과 '살의', '회오'와 '사랑'이 뒤얽힌 '나'의 과거 바로 그것의 확인이다. 이제 제약 회사 전무로서 뿌리 뽑힌 자의 위치를 벗어났음에도 불구하고 자신의 삶에 자리 잡고 있는 허위를 벗어나지 못해 '부끄러움'으로여행을 끝내는 주인공은, 바로 자신의 삶을 정직하게 바라보려는 사람의, 그럼에도 불구하고 자신이 속해 있는 사회의 질서 속에 휩쓸리고말 수밖에 없는 사람의 화신이라 할 수 있다. 그것은 우리의 눈에 보이는 '적' 그것만이 아니라 '무진'의 안개처럼 언젠지도 모르게 우리의정신을 포위해서 그 속에서만 메커니즘을 좇게 하는 눈에 보이지 않는적, 그래서 때로는 우리가 친밀감마저 느끼게 되는 그 적의 정체를 우리 자신 안에서 파악하게 한다. 말을 바꾸면 '자기 세계(自己世界)' 자체의 존재에 대한 가장 복합적인 검토가 김승옥 소설의 주류를 형성하고 있다는 말이다.

그러나 김승옥 소설의 보다 큰 감동은, 작품 한 편마다 가지고 있는완벽성이라 할 수 있을지 모른다. 이 완벽성의 문제는 여러 가지 방법론을 염두에 두고 하는 말이지만, 우선 여기서 주목할 수 있는 것은소설 한 편이 갖고 있는 공간의 단단함이라 하겠다. 「건」의 경우 방위대 건물로 쓰이고 있는 저택이 소설의 첫머리와 끝부분에 자리 잡고있고 바로 그 방위대 본부의 '불탐'이 주어진 시간과 공간 속에서 삶의어느 순간의 완전한 붕괴를 가져오고 있음을 보게 된다. 그 경우 처음에 등장하고 있는 윤희나 미영이의 이야기가 가령 의상 하나에 이르기까지 어느 것도 '불탐'과 연관되지 않은 것이 없도록 완벽하게 유기적 관계를 유지하고 있다고 할 수 있다. 좀더 길게 쓸 수 있었더라면 이 소설을 이루고 있는 제요소의 유기적 관계를 충분히 하나하나 검토할 수 있겠지만 여기서는 이 정도로 지적하는 것으로 만족할 수밖에 없다. 「역사」에서는 화자 중에 작가의 자리를 차지하고 있는 자의 이야기가 소설의 앞과 뒤에 자리 잡고 있고 또 다른 화자가 이야기 전체를 술회하는 구조를 갖고 있어서 소설에 있어서 주인공 – 화자 – 작가의 관계에 대한 검토를 가능하게 한다. 뿐만 아니라 이 소설은 완결된 것임을 명확하게 보여준다. 「무진기행」의 경우 "무진 10km"에서 시작해서 "당신은 무진읍을 떠나고 있습니다. 안녕히 가십시오"로 끝남으로써 역시 이 작품이 완결된 것임을 보여준다. 이렇게 완결된 작품은 독자의 독서에 있어서 대상을 분명히 해주고 있어서 이 공간 속에서 독자의 재구성이 가능해진다. 바로 이 재구성이 작품을 창조적 대상으로 바라보고 독서를 창조적 행위로 바꾸어놓는다.

김승옥의 소설 속에는 언제나 대립 개념이 자리 잡고 있다. 이 대립 개념의 정체를 밝혀보는 것은 어쩌면 김승옥의 작품을 읽는 데 중요한 열쇠를 제공할 것으로도 보인다.

> "빨갱이 시체 구경도 한 이태 만에 하는군."
> 어느 영감이 그렇게 말하며 침을 탁 뱉더니 돌아서서 갔다. 〔……〕 나도 그래야만 하는 것처럼 땅바닥에 침을 뱉고 살그머니 사람들 틈을 빠져나왔다. 내가 몸을 돌렸을 때 두어 발자국 저편에 벽돌이 쌓여 있는 더미의 강렬한 색깔이 나의 눈을 찔렀다. 엉뚱하게도 나는 거기에서야 비로소 무시무시한 의지(意志)를 보는 듯싶었다.

여기에서 금방 눈에 띄는 '시체'와 '벽돌', '주검'과 '의지' 등의 대립 관계는 김승옥의 길고 복합적인 문체의 주류를 이루고 있다고 해도 지나치지 않는다. 그러나 이러한 대립 관계는 한 문장 안에만 존재하는 것이 아니고, 가령 「무진기행」에 있어서 조와 나, 옛날의 나와 현재의 나, 「역사」에 있어서 서씨와 할아버지, 「건」에 있어서 나와 아버지, 「생명연습」에 있어서 어머니와 형 등 무수하게 찾아볼 수 있다. 그런데 중요한 것은 이러한 대립 관계가 '나'와 같은 하나의 인물 속에 동시에 존재하고 있다는 사실이다. 이것을 한마디로 삶의 모순 관계라고 말할 수 있지만, 그것이야말로 어쩌면 김승옥이 가장 괴로워하고 극복하고 싶어 하는 대상일지도 모른다. 아니 그 모순을 철저히 살고자 하는 삶을 그는 바라고 있을 수도 있다. 이제 거기에 대한 탐구가 독자 쪽에서 이루어지기를 바란다.

김승옥처럼 많지 않은 작품으로 동시대의 관심을 크게 일으킨 경우, 그것이 때로는 지나칠 수도 있고 때로는 동시대의 친화력(親和力) 때문일 수도 있다. 그러나 다시 읽게 되는 김승옥의 경우, 그것이 결코 지나치지도 않았고 단순한 시대적 친화력만도 아니라는 것을 확인하게 된다. 지금에 와서 그의 작품을 읽으면서 확인하게 되는 것들은, 가령 이 작가가 지나치게 내면세계로 가는 것은 잘못이라거나, 문체의 아름다움에 도취됨으로써 외적 현실을 외면하게 된다는 것이라거나, 그 결과 미의 알맹이 없는 추구로 떨어지고 만다고 하는 등, 그에게 쏟았던 애정이 담긴 여러 가지 우려들이 어디까지나 '우려'로 끝나고 있을 뿐, 이들 작품이 읽기에 따라서는 얼마든지 다시 읽힐 수 있고, 다시 읽는 작업이야말로 독자에게 주어진 권리요 의무라는 이른바 독서법의 개발에 중점을 두게 된다는 것이다. '우려'를 갖게 되는 것은 우선 '씌어지지 않은 작품'을 이야기하는 것이기 때문에 공허하다는 것이다. 비평 행위가 독서 행위를 전제로 했을 때는 일단 하나의 작품을 하나의 완성된 공간으로 보아야 하고 우선은 그 공간 안에서 모든 문제 제기를 할 수 있어야 된다. 그것은, 작품을 하나의 총체로서 파악하지 않고 현실의 총체로서 파악하는 태도를 취하는 데서 야기되는 여러 가지 오류를 피하게 해준다. 그리고 작품을 현실의 총체로서 보게 되면 어떤 작품 속에서 무엇이 이야기되고 무엇이 빠졌다는, 이른바 문학의 소재주의가 앞서게 되고 어떻게 이야기되었느냐 하는 문학의 방법론이 도외시된다. 문학작품을 읽는 경우 무엇에서 출발해서 어떻게를 거쳐 결국 존재 차원에서 의미 차원으로 이행한 다음의 무엇이 문제가 되어야 하기 때문에 우선 김승옥의 작품을 읽는 방법이 여러 가지가 있을 수 있다는 사실을 받아들여야 된다. 그렇게 되었을 때 김승옥의 작품에서 독자 개개인이 갖고 경험하게 되는 '감동'이 무엇인지 이야기할 수 있을 것이다.

소설가와 이야기의 기법
——홍성원·박태순

5권의 신작 소설집을 한꺼번에 다룬다는 일은 그것이 어떤 공통적 성격을 갖고 있지 않는 한 대단히 어려운 일에 속할 것이다. 아니 어쩌면 무모한 일이라고 할 수 있을 것이다. 그렇다면 홍성원의 『무사(武士)와 악사(樂士)』, 박태순『가슴속에 남아 있는 미처 하지 못한 말』, 이문구의 『엉겅퀴 잎새』, 황석영의 『심판의 집』 그리고 조선작의 『고독한 청년』 등으로 묶여진 '현대작가신작선집(現代作家新作選集)'에서 공통적인 요소란 어떤 것이 있을 수 있을까? 아마 그 첫째로 꼽을 수 있는 점은 이 작품들이 하나의 출판사(열화당)에 의해 동시에 출판되었다는 것이리라. 이것은 한국 출판계의 현실로 볼 때 상당히 획기적인 일이다. 지금까지 무수한 문학전집들이 이미 발표된 작품을 어떤 기준에 의해서 선정 출판한 것이어서, 그 판매 자체도 외판 조직이라는 대량 공급 시대의 유통을 꾀하였던 것이고, 따라서 작가 개개인의 작품으로 독서층에 접근한 것이 아니라 출판사의 외판 조직으로 접근한 것이었다. 이것은 독서층의 능동적 선택의 기회를 감소시킨 반면에 여러 작가들로 하여금 자신의 작품 선집을 갖게 하는 이점이 있었다.

그런데 이번에 나온 5권의 신간은 처음부터 독서층의 선택에 자신을 맡기는 좀더 과감한 기획이라고 볼 수 있을 것이다. 이것은 어쩌면 한국 소설의 발표 수단에 있어서 새로운 풍토를 마련하는 계기가 되는지도 모른다. 한 작가의 문단 등단 수단이 각 신문사의 신춘문예에 응모하든가 어떤 잡지사에서 추천을 받든가 하는 것은, 문학인의 층이 얇은 시대에 문인 지망을 하게 하는 일종의 충격 요법이라고 한다면, 작품이 좋을 경우에는 기성이든 신인이든 언제든지 출판이 가능하고 또 읽힐 수 있는 풍토가 된다는 것은 그만큼 독서층이나 출판계가 어떤 의지를 갖고 있다는 이상적 상태라고 볼 수 있을 것이다. 특히 이번 신작들은 작가나 출판사 측으로 볼 때 일종의 모험에 해당할 것이다. 그것은 작품이 신작(新作) 혹은 개작(改作)이기 때문에 독서층의 반응이 미지수라는 점에서 과감한 일이라는 말이다. 이미 읽혀서 어느 정도 독서층의 호응을 받은 작품만을 출판한다는 것은 작가에게나 출판사에게 있어서 안이한 생각을 낳게 하고 동시에 어떤 작품에 대한 당대의 호응 여부에만 의존한다는 것은 한국 문학의 폭을 스스로 구속하는 결과를 가져올 것이다. 당대의 호응을 받지 못했던 작품이 뒤에 굉장한 평가를 받는 일이 우리에게도 있어야만 할 것이고 그런 면에서 작가의 작품 발표가 월간지나 계간지에 의존하는 것이 꼭 바람직한 일은 아닐 것이다.

두번째로 이들 신작의 공통점은 그것이 30대 작가들에 의해 씌어졌다는 점이다. 일반적으로 한국 작가들의 경우 가장 활발하게 작품 활동을 하는 때가 대개 30대였다는 사실을 생각하면 이들의 신작 발표가 이렇게 한꺼번에 이루어진 것은 우연이 아닐 것이다. 그것의 일면을 이 신작들의 서두에 실린 자작(自作) 연보에서 발견할 수 있을 것이다. 그러나 이러한 공통점들이란 말하자면 문학 외적인 것에 지나지 않는다. 물론 이들 작품들이 갖는 공통점을 작품 내에서 찾는다고 하더라도 인상비평이나 도덕 비평을 할 경우 가능하기는 하겠지만, 그것은 결과적으로 이들 작가의 개성을 전제로 하지 않게 되기 때문에 자칫하면 오늘의 한국 소설 일반의 문제만을 이야기하기 쉽다. 그렇기 때문에 이들을 전체적으로 조응하기보다는 여기에서는 이들 중에 두 작가의 개성이 작품 속에서 어떻게 드러나게 되는가만을 주목하고자 한다.

홍성원의 『무사와 악사』는 이야기꾼으로서의 소설가를 확인하게 해주는 작품이다. '이야기꾼'이라는 말은 이 작가의 직업적 작가로서의 자질을 이야기하기 위한 표현이다. 이번 소설뿐만 아니라 홍성원의 작품은 어느 것이나 '잘 읽히는' 것이다. 그의 소설에는 독자로 하여금 일단 책을 들기만 하면 읽게 만드는 힘을 갖고 있다. 그 힘이란 것이 말하자면 이 작가의 이야기꾼으로서의 직업적 성격을 결정짓는 것이 된다. 이 경우 여기에서 그의 많은 작품 하나하나에 나타난 요소들을 일일이 열거할 수는 없지만, 그러나 그 요소들의 공통분모가 그의 '화법(話法)' 혹은 '서술(敍述)'과 관계되고 있다는 것은 말할 수 있다.

이 소설의 화자는 '나'이고 이야기의 기본 틀은 김기범이라는 58세의 남자의 일생을 쫓아가는 것이다. '쫓아간다'는 것은 화자인 '나'가 한편으로는 작가의 입장(혹은 신의 자리)에 서서 이미 화자가 알고 있는 사실, 즉 화자의 기억 속에 자리 잡고 있는 김기범의 과거를 술회하는 동시에 다른 한편으로는 화자와의 관계가 중단되어 있었던 동안에 일어났던 김기범의 과거를 페이지의 진행에 따라 독자와 함께 알게 되어간다는 것을 의미한다. 따라서 이 소설에는 세 단계의 '사건'이 베를 짜는 것처럼 얽혀서 '이야기'라는 하나의 천을 형성하고 있는 셈이다. 이른바 '사건의 시간'에 의거할 것 같으면 ① 김기범과 화자 '나' 사이에 이미 알고 있는 김기범의 잠적 이전의 '사건'이 첫 단계의 그것이고, ② 화자와 손중호가 추적을 통해서 밝혀낸, 잠적으로부터 김기범의 죽음에 이르는 후일담(後日譚)이 두번째 단계의 그것이고, ③ 화자와 손중호의 추적 행위 자체가 세번째 사건인 것이다. 바로 이 세 가지 사건이 여러 개의 단편(短片)으로 나뉘어서 그것들이 일련의 조합combinaison을 이룸으로써 이 소설의 구조를 형성하고 있다. 좀더 단도직입적으로 시간의 축에 의해 나누어 보면 ③이 현재에 해당하고 ②가 가까운 과거에 해당하며 ①이 오래된 과거에 해당된다. 참고로 이 소설의 1장과 2장의 시간적 조합을 보면 1은 ③-②-③으로 되어 있고, 2는 ③-①-③-①-③-①로 되어 있다. 그리고 이 소설의 마지막 장인 6은 ③-②-③으로 되어 있다.

좀더 관심이 있는 독자라면 이러한 이 소설의 화법 구조를 자세히 분석해봄 직하다. 그러나 이 정도에서도 밝혀지고 있는 것은 작가가 우선 현재의 어떤 사건(김기범의 죽음)을 이야기해놓고 그다음에는 그 직전에 있었던 사건으로 돌아갔다가 다시 현재로 되돌아온다. 그러고는 다시 현재로부터 출발해서 김기범이라는 인물에 대한 독자의 궁금증을 풀어주기 위해(아니 궁금증을 더 크게 하기 위해) 오래된 과거의 에피소드로 넘어갔다가 다시 현재로 오고 그리고 또다시 오래된 과거의 다른 에피소드를 하나 소개하는 형식을 취한다. 이렇게 함으로써 독자에게 미지(未知)의 세계에 대한 궁금증을 복돋은 다음에 이번에는 화자 자신의 궁금증까지 곁들인 김기범의 잠적 이후의 에피소드를 추적 행위와 번갈아가며 소개하게 된다. 그렇기 때문에 '사건'에 관심이 많은 독자는 이 작가의 이러한 조합 기술에 의해 소설을 끝까지 쫓아가게 되어 있는 것이다. 언제나 새로운 에피소드에 대한 기대를 하게 하는 이러한 화법은 소설의 기원이라고 할 수도 있는 『천일야화』에서부터 가장 정통적인 기법이라 할 수 있을 것이다. 그런 면에서 나는 이 작가의 '이야기꾼'으로서의 자질을 이야기했던 것이다. 그런데 이 작품의 중요성은 아마도 작가 자신이 이 인물에 대해서 어떤 평가를 내리지 않으려고 노력함으로써 마지막에 "그의 몫이 무엇인가는 내게는 끝내 풀 길 없는 수수께끼다"라고 소설을 끝맺게 된다. 그것은 직어도 독자로 하여금 소설을 한 번 읽음으로 해서 그 소설 자체를 '소비'해버리는 것을 막으려는 의지의 표현인 것이다. 작가가 어떤 인물에 대해서 평가를 내리게 되면 일반적으로 작가에게 영합하는 성격을 갖고 있는 독자들은 그 평가를 좇게 되는 것이다. 그렇게 되었을 때 독자가 인물로부터 자기 자신을 돌아볼 수 있는 기회란 감소되며 동시에 돌아본다고 해도 그 평가의 도덕성 속에 휩쓸리는 것이다.

박태순의 『가슴속에 남아 있는 미처 하지 못한 말』은 이 작가가 1974년 이후 침묵을 지키다가 내놓은 작품이다. 서평자로서는 일련의 '외촌동' 계열의 작품들 이후 5년 만에 대하는 이 작가의 작품이다. 아마 기억하는 독자들은 이 작가가 애정을 갖고 다루었던 '변두리 주민'들에 대한 뛰어난 풍속도를 상기하고 있을 것이다. 박태순의 작품이 갖고 있는 특성은 '풍속도'가 하나의 객관적 사물로서 끝나는 것이 아니라 그것이 '자기'와 어떤 연관 속에 놓이고 있는지 밝히려고 드는 동시에 독자로 하여금 그것을 생각할 수 있게 만드는 데 있을 것이다. 이번의 『가슴속에 남아 있는……』도 그러한 의미에서 우리로 하여금 그 줄거리만 쫓아가게 하지는 않는다.

이 소설이 다루고 있는 대상은 한 월남 가족(越南家族)과 그 주변의 인물들이고 시대는 8·15해방 직후이다. 우선 여기에서 주목하게 되는 것은 이 작가의 초기의 작품들이 서울의 젊은이와 사랑의 문제를 다루고, 그 후 외촌동의 일상적 삶에 대한 깊은 이해의 문을 연 다음, 「무너진 극장」과 같이 최근의 역사적 사건들을 다루었다는 점이다. 그러나 이러한 소재들을 다룰 때 박태순은 언제나 무엇을 설명하거나 그것을 밝히고 어떤 의미를 부여하려 하지 않았다. 이것이 아마도 박태순의 가장 큰 장점이자 개성이었고, 이것을 발견한 사람에게 박태순의 소설은 많이 읽힐 것이다. 그의 소설과 그 소설의 독서 행위가 이룩하게 되는 어떤 관계가 제대로 형성되지 않은 경우에는 읽히기 힘든 것이 그의 소설이다. 사실 그의 소설에는 아기자기한 사건이나 드라마가 없어서, 독서 행위를 통해서 자신의 '현실적' 괴로움을 잊고 싶어 하고 독서 속에서만은 자신이 선녀나 영웅이 되고 싶어 하는 독자에게는 무미하게 보일 것이다. 그러나 그의 소설은 언제나 읽는 사람으로 하여금 자기 자신과 소설과의 관계, 자기와 상황과의 관계, 상황과 소설과의 관계를 생각하게 하는 것이었다.

그런 의미에서 이번의 『가슴속에 남아 있는……』도 마찬가지라 하겠다. 태룡이 일가가 황해도에서 월남하여 서울의 판자촌 근처의 옛 절터에 자리 잡은 해방 직후의 혼란기는, 그것을 체험한 사람들에게는 지나간 추억으로 남아 있을 것이다. 그러나 이러한 소설적 설정의 중요성은, 그것이 과거의 사실로 존재하는 데 있는 것이 아니라 현재적 의미로의 전환에 있는 것이다. 어느 시대에 있어서나 자기 시대를 과도기라고 이야기하는 것이 현상 유지를 위한 속임수에 지나지 않는다는 것을 이 작품은 이야기하고 있고, 따라서 과거에 대한 기록이 과거의 단순 시제에 밀폐되지 않는 경우를 보여주고 있는 셈이다. 그러니까 이 작품은 월남민이라는 '뿌리 뽑힌 사람들'의 어렵고 서러운 삶을 기록하고 있으면서 동시에 그것이 가질 수 있는 보편적 의미를 드러나게 한다.

'태룡'이라는 어린이를 주인공으로 내세운 점은 여기에서 두 가지 중요성을 갖는다. 하나는 그가 아직 사물의 판단 능력을 크게 갖고 있지 못하기 때문에 어떤 사건에 대해서 편견을 갖고 기술하지 않는다는 점이고, 또 다른 하나는 이 작품이 다른 작품에서처럼 주인공의 죽음으로 끝나는 것이 아니라 그다음이 열려 있는 상태로 끝나게 된다는 점이다. 태룡은 비록 나이는 어렸지만 그 나름으로 감당해야 할 자기 외부로부터 오는 여러 가지 비극을, 남들이 비극이라고 생각지도 않는 상태에서, 경험하게 되는 것이다. 그렇기 때문에 그는 소설 속에서 자기 이름을 바꾸게 되고 또 마지막에 할머니의 품속을 떠날 줄 모르게 된다. 그것은 태룡이로 하여금 가정이 무엇인지(확실하지는 않지만) 생각하게 되는 계기가 되고 그것이 뒷날 국가나 민족이 무엇인지 생각하게 될 여지를 남겨놓게 된다. 이 소설의 서두에 '움직이는 방'의 이미지가 나오고 마지막에 또다시 그보다 더 근사한 '움직이는 방'이 나오는 것은 결코 우연이 아니다.

그러나 이러한 것들이 소설이라는 특수한 기구 속에 자리 잡게 되는 것은 이 작가의 화법에 의존하고 있다. 우선 화자가 정면으로 나서지 않고 거의 작가와 밀착된 상태로 소설의 뒷면에 숨어 있음으로 해서 3인칭 소설이 갖는 특성을 잘 살리고 있음을 주목해볼 필요가 있다. 이따금 "아버지는……" 하고 서술될 때 자칫하면 화자가 태룡이가 아닌가 생각하게 되지만 "태룡이는……" 하고 나오는 지문(地文)을 보게 되면 목소리의 주인공이 소설 속에 얼굴을 디밀고 있지 않은 저자라는 것을 알게 된다. 이러한 화자를 통해서 작가는 자주 '서술(敍述)' 속에 개입되는데, 이것은 지금 독자가 읽고 있는 것이 사실 자체가 아니라 작가가 소설이라는 하나의 작품을 쓰고 있음을 충분히 알게 한다. 그것은 마치 독자가 이 작품을 읽을 때 그 속에서 동화(同化) 현상을 일으키지 않으려고 하고 있는 것처럼 보인다. 게다가 이 소설의 문체는 엄숙하게 무엇을 주장하는 것처럼 되어 있지 않기 때문에 작가가 하고자 하는 이야기가 상당히 노출되어 있음에도 불구하고 전혀 그러한 인상을 주지 않는다. 이러한 기법들이 이 작가의 개성을 이루고 있기 때문에 이 점에 주목하게 되는 독자는 그의 소설을 즐겁게 읽게 될 것이고 동시에 소설을 읽는 일이 자기 자신과 다른 것과의 관계의 정확한 반성과 인식의 길임을 깨닫게 될 것이다.

대부분의 재능 없는 작가들이 우리 사회의 대중적 감상에 호소해보려는 시도를 여러 차례 행하였음에도 불구하고 이 두 작가가 바로 그러한 시도를 한 번도 하지 않고 오히려 그러한 것으로부터 초연할 수 있었던 것은 이야기의 기법이 곧 이야기의 내용이라는 작가로서의 자각이 이들 두 작가의 의식을 한 번도 흔들어놓지 않았기 때문일 것이다.

융합되지 못한 삶
──박순녀·김원일·박시정

소설이 갖고 있는 가장 뚜렷한 특징을 든다면 그것이 언제나 '인물'을 갖고 있다는 사실일 것이다. 그것은 소설의 역사 이후 오늘의 가장 전위적인 소설에 이르기까지 변함없는 사실이다. 그런데 소설이라는 장르가 개발된 이후 그처럼 오랫동안 무수한 작품들이 '인물'을 다루어왔음에도 불구하고 그것이 계속해서 소설 속에 출몰하고 있는 이유는 무엇인가? 아마도 여기에 대한 가장 확실한 대답 중의 하나가 '인물'이 곧 '사람'의 어떤 모습을 반영하고 있기 때문이라는 것이리라. 그러니까 사람의 생활이 계속되고 있는 한, 다시 말하면 인간의 역사가 존속되는 한 소설이란 존속할 것이고, 그 소설은 '인물'을 갖게 될 것이다. 그러나 '인물'은 소설의 오랜 역사 속에서, 작가의 소설에 대한 태도에 따라 끊임없이 변모해왔다. 특히 오늘날에 와서 인물이 소설 구조 분석에 있어서 내재적(內在的) 요소로 받아들여지고, 따라서 그것이 소설적 기술(技術)에서 기능적 성격을 띠게 되는 것은, 소설의 본질을 밝히려는 사람들에게 있어서 중요한 이론적 진전을 의미하기까지 한다. 그러나 그렇다고 해서 '인물'의 부재(不在)를 소설 속에서 이야기할 수는 없다. 다만 어떤 인물이 지금까지 있어온 인물들과 어떻게 다른가를 이야기하는 것만이 가능할 뿐이다. 실제로 소설 속에서 인물을 빼버리고 나면 소설을 이루고 있는 여러 사건들이 '시간'을 갖지 못하게 된다. '인물'이 '인간'이 아닌 것처럼 소설 속의 '시간'도 우리가 살고 있는 현실적 '시간'은 아니다. 그러나 한 편의 소설 속에는 우리가 살고 있는 시간과 다르기는 하지만 그 소설 속의 여러 사건들을 어떤 방식으로든지 정리하게 하는 '시간'이 있다. 결국 그 시간이 비시간적으로 배열된 여러 사건들을 우리로 하여금 정리하도록 해준다. 소설 속의 사건을 사건이게 해주는 소설의 시간은 그 구조에 있어서 우리가 살고 있는 현실적 시간과 대단히 유사하다. 이 유사성 때문에 현실의 시간과 소설의 시간이 혼동되기도 하지만, 그 때문에 소설 속에 있는 인물의 상황도 허구인 것이다. 허구의 상황이 너무 쉽게 현실적 상황과 대비되는 경우, 문학작품이 현실의 직접적인 번역이라는 이론을 낳게 한다. 특히 소설적 시간이 독자에 의해 경험된 시간과 일치하는 경우 두 시간의 혼동은 더욱 심화된다. 그러나 소설적 시간은 소설이라는 하나의 미학적 장치에 의해 조작된 시간이다. 소설 작품이 이미 있었던 어떤 사건을 소재로 다루었을 경우에도 그것이 그 사건을 보고하는 르포르타주나 신문 기사와 다른 점은 바로 이 미학적 장치 때문인 것이고, 그렇기 때문에 소설 작품은 경험한 사건과 독립적으로 존재하게 된다. 미학적 장치에 의해 하나의 소설 속에 들어온 어떤 사건은 현실 세계로부터 허구의 세계로 그 근거를 바꿈으로 인해서, 하나의 특수한 혹은 '기발한' 독립적인 어떤 것이 아니라 보편적인 의미로의 확산(擴散)이 가능한 어떤 것이 된다. 이러한 관점에서 소설을 읽는다는 것은 얼핏 보기에는 읽는 사람의 개인적인 감동을 경시하지 않나 하는 의구심을 갖게 만드는 것처럼 보인다. 그러나 이 경우에는 도대체 감동이란 어디에서 오는 것이며, 과연 그 감동이 긍정적인 것인가 하는 문제를 제기해야 되기 때문에 또 다른 차원에서 다루어야 할 것이다. 그러나 이렇게 몇 가지 점만을 들게 됨으로써 벌써 소설 자체의 복합성과 소설이 갖는 복합적인 관계가 얼마나 다층적으로 이루어지는지 짐작할 수 있게 한다. 따라서 지금부터 읽고자 하는 세 권의 소설집에 대한 이야기는 소설의 일면에 관한 것임을 전제로 한다.

1

박순녀의 두번째 단편집 『칠법전서(七法全書)』는 이 작가가 1965년부터 1977년에 걸쳐 발표한 단편들 19편을 모은 것이다. 이들 단편이 다루고 있는 소재들로 보면 대개의 경우 남북 분단 이후의 월남 가족에 관한 이야기와 남녀의 사랑, 그리고 주인공 각자가 그 속에서 살고 있는 상황에 대한 비극적 인식이 혼합된 것으로 나타난다. 가령 단편집의 첫머리에 실린 「칠법전서」라는 작품에서는 주인공인 최판사와 옥희, 그리고 민숙이라는 세 사람의 관계가 화해적 결말로 가지 못하는 비극으로 끝난다. 그리고 「귀향연습(歸鄕練習)」과 이와 비슷한 이야기를 하고 있는 「전시대(前時代) 이야기」에서는 남북 분단 이후 월남한 여주인공이 자기의 상황 속에 뿌리를 박지 못하여 실향민의 향수를 달래지 못하고 있고, 남주인공은 전쟁의 경험에서 상황에 대한 불안을 안고 미국으로의 탈출을 실현시키게 된다. 그런데 이 두 개의 에피소드는 박순녀 소설에 있어서 주류적(主流的) 테마를 형성하고 있는 것 같다.

박순녀 소설에서는 언제나 '사랑'의 이야기가 등장한다. 이때 '사랑'이란 남녀 간의 문제를 의미하게 되는데, 이 작가에게서 그것은 때로는 극도로 미화(美化)되어 나타나기도 하고 때로는 이루어질 수 없는 어떤 것으로 나타나기도 한다. 가령 「사랑병 환자」에 있어서 '정자'라는 주인공이 선보는 일에 상당히 '신나' 있다가 결국은 "안 되겠어. 사랑을 해야지. 그래서 파란 것도 노랗게 보이고, 노란 것도 빨갛게 보여야지"라고 결론을 내리며 사랑을 통한 결혼으로 자신의 삶의 방향을 결정한다. 이 경우에는 사랑과 결혼 사이에 등식의 성립이 가능하며, 결혼과 행복에도 등식이 성립하는 것처럼 보인다. 그런데 「전시대이야기」에서는 그렇게 사랑으로 맺어진 부부가 결국 그 행복을 누리지 못하게 되고 만다. 남편의 출세욕 때문에 처음에는 자신이 그 남편의 부인이라는 사실마저도 숨겨야 하는 곤경을 당했고, 그다음에는 남편이 도미(渡美)해버린 뒤 자신의 도미를 가능하게 하지 않는 데서 사랑을 잃어버리게 된다. 주인공은 이제 '바람'을 피우고 싶어 한다. 그러니까 여기에서 사랑이란 도덕에 순응하는 것이라는 주인공의 사고방식을 접하게 된다. 그리고 이러한 사고방식에서 결국 사랑의 지속이란 사랑하는 사람들 사이에 주어진 '의무'가 이행되는 한에서 가능하다는 것을 「빨간 한복의 여인」에서 이 작가는 보여주고 있다. 어떤 회사의 간부로 파월(派越)된 남편을 둔 노영이 자기 집에 하숙을 하게 된 '남자'를 사랑하기에 이르지만, 그녀는 남편과의 관계가 깨어지는 윤리 의식 때문에 한전무와의 사랑에 종지부를 찍게 된다. 작가는 이러한 노영의 이루지 못한 사랑을 미화하고 있다. 그러니까 이 여주인공의 사랑은 한 남자의 '아내'로서의 의무 쪽을 선택함으로써 아름다운 것으로 그려진 것이다. 반면에 「감사합니다」에서는 주인공이 가정의 주부로서 모든 의무를 다한 다음 그 의무의 수행이 개인적 허탈감을 가져온 날, 다른 남자와 유예된 사랑에 빠지게 된다. 이 소설에서는 작가 자신이 전혀 어떤 윤리적 문제를 제기하지 않은 채 주인공의 유예된 사랑을 미화하고 있다. 그러나 좀더 주의 깊은 독자라면 이 여주인공에게 있어서 이 '유예된 사랑'을 제외하고는 모든 의무가 이행되었다는 사실을 간파하게 될 것이다. 그렇기 때문에 "정말 신이 있다면 그녀가 얼마나 열심히 살았는가를 알아주리라" 하고 생각하기에 이르는 것이다. 따라서 이러한 입장에서 보면 사랑과 결혼, 결혼과 행복의 등식 자체가 무너지고 있음을 알게 된다. 이 말은 결혼이 여러 가지 의무를 동반하는 '지속'적인 행복을 의미하는 반면에, 사랑은 '순간'적인 행복을 의미하게 된다(「칠법전서」의 옥희의 가출도 똑같은 것을 보여준다). 그것은 의무가 집단적인 윤리에서 나온 것이고 사랑이 개인적인 감정에 뿌리를 박고 있다는 이 작가의 태도를 엿보게 한다. 그렇기 때문에 이 작가의 소설에서 모든 드라마가 윤리와 사랑의 모순에서, 다시 말하면 집단과 개인의 갈등에서 기인하고 있다는 것을 알 수 있다. '사랑의 방황'이라고 일컬을 수 있는 작품들이 사랑이란 과연 있는가라는 사랑 자체에 대한 본질적인 질문을 제기했더라면 보다 많은 설득력을 갖지 않았을까 생각되는 것도 그 모순과 갈등의 깊이를 좀더 도식화(圖式化)되지 않은 상태에서 바라볼 수 있었으리라는 가정 때문인 것이다. 왜냐하면 이따금 드러나는 '가족' 혹은 '가정'이라는 것에 대한 문제 제기가 이들 주인공들이 지켜야 할 최소한의 보루로서 남아 있는 한, 의무는 피할 수 없는 것이고 따라서 '의무'가 갖게 되는 이념적인 측면이 도외시되기 때문이다.

이처럼 '의무'의 이념적 측면을 거론하는 것은 그러나 순전히 어떤 가정(假定)에 의한 것은 아니다. 그것은 이 작가의 또 다른 테마인 '실향'의 아픔과 상관되기 때문이다. 이 단편집에서 '실향민'을 다루고 있는 것은 「귀향연습」「전시대 이야기」「싸움의 날의 동포(同胞)들」「내가 버린 어머니」「대한민국의 거지」「강바윗돌씨(氏)」「판문점식 넋두리」 등이다. 여기에서 다루어지고 있는 실향민들은 거의 모두가 자신의 새로운 고향을 구축하지 못한 채 불행한 삶을 살고 있다. 그들은 모두 부모나 형제의 죽음을 목격했거나 그렇지 않으면 이별한 슬픔을 간직하고 있다. 그러나 그들이 정작 불행한 것은 사실 그들의 이러한 과거 때문이 아니라, 그들이 살고 있는 현재 때문에 그런 것이고, 또 현재가 이처럼 불행하니까 과거의 슬픔마저도 현재의 원인으로 등장하게 된다. 「강바윗돌씨」와 「판문점식 넋두리」를 제외하고는 작품 속의 시간이 6·25전쟁을 전후한 때여서 이들의 불행은 바로 전쟁 그 자체에서 기인하게 된다. 이 소설의 주인공들은 전쟁의 와중에서 남북으로 밀려 다녀야만 하거나 그렇지 않으면 전쟁의 폐허에서 생계를 유지할 수 있는 길을 찾아 헤맨다. 이들은 계속되는 혼란 속에서 삶의 안정을 찾기는커녕 언제나 죽음의 위협 속에서 살게 됨으로써 그들이 고향을 떠나온 행위 자체에 대해서 회의를 느낀다. 그래서 어떤 주인공은 '고향'으로 돌아갈 것을 기도해보려고도 하지만, 그것은 불가능하게 되어서 이들의 방황은 더욱 계속된다(예컨대 「귀향연습」「대한민국의 거지」). 따라서 이 소설들을 읽게 되면 이른바 1950년대 작가들의 작품을 연상하게 된다. 이들 주인공에게서의 최소한의 희망도 사실은 행복한 가정과 생계의 터전의 소유에 있지만, 그러나 상황은 이들에게 그 정도의 관용도 베풀지 않는다. 말하자면 그들이 설 땅이 없는 것이고, 따라서 그들은 영원한 '실향민'이라는 이른바 뿌리 뽑힌 자들인 것이다. 그것은 개인의 행복을 추구하는 주인공과 그 주인공이 살고 있는 상황 사이에 있는 갈등을 이야기하는 면에서 일종의 알레고리의 의미를 갖는다. 왜냐하면 전쟁이라는 특수 상황이 아니더라도 개인의 행복을 보장해줄 만한 상황이란 존재하지 않는다는 보편성을 드러낼 수 있기 때문이다.

2

이처럼 뿌리 뽑힌 사람들을 다루고 있는 것은 김원일의 『오늘 부는 바람』에서도 마찬가지다. 밀가루와 아교를 섞어 굉장한 연고인 것처럼 장터를 휩쓸고 다니는 벤조 일행(「불타는 혀」), 신학도로서 며칠 동안의 실종 뒤에 정신병원에 갇혀서 과연 정신병자인지 아닌지 알 수 없게 된 이치민(「침묵」), 막노동자로서 여기저기 공사판에서 얼마의 돈을 모아 자신의 행복을 찾아왔다가 순자의 출산으로 그 돈을 병원에 온통 지불해야 되는 창수(「허공의 돌멩이」), 어린 나이에 가난을 못 이겨 가출한 뒤 세차장에서 일하다가 부잣집 딸을 죽이게 된 억수(「굶주림의 행복」), 풍년옥의 3번 아가씨로서 이복 오빠로부터 강간을 당하고 난 다음 아버지와 함께 채소 장삿길에 오른 미숙(「오늘 부는 바람」), 전쟁 중에 손자와 함께 가출해버린 며느리를 찾아 장터마다 쫓아다니는 '장씨'(「일출」) 등은 그들이 처해 있는 상황 속에 뿌리를 박지 못한 불행한 인물들이다. 그러나 김원일은 박순녀와는 달리 각 주인공들이 자기의 이야기 속에서 자신의 삶을 어떻게 결말짓고 있는가 하는 데 더 많은 관심을 쏟고 있다. 그것은 김원일의 주인공이 불행의 제스처를 취하지 않는 데서 찾아질 수 있을 것이다. 가령 벤조 일행이 속임수로 장사를 해놓고도 자신들을 불행하게 한 상황에 대해서 할 수 있었던 것이 가짜 연고를 파는 것이었거나 한 것처럼 그날의 수입으로 만족해하고, 창수가 사산(死産)한 다음 마취 상태에 있는 순자의 손을 붙들고 "우리 둘은 말이다, 살아야 된단 말이다"라고 외치고 있고, 살인을 한 김억수가 죽음을 후회하지 않으면서 검사에게 "어머니요? 필요 없습니다. 만나면 뭘 해요. 보고 싶지도 않은걸"이라고 외치고, 미숙이가 어머니의 죽음에도 불구하고 그리고 이복 오빠로부터 강간당하고도 아버지의 손수레를 따라 채소 장사에 나가며 "껌보다도 더 질긴 삶이 내 발을 땅에다 굳건히 세우고 있을 뿐"이라고 느끼고, 장씨가 칠보와 며느리를 찾아 함께 돌아오며 해가 솟아오르는 것을 보는 등, 이 모든 결말들이 각 작품 속의 이야기를 '끝난 것'으로 만들어준다. 물론 이러한 작품들이 때로는 가난한 사람에 대한 애정의 표시로, 때로는 상황에 대한 분노로 보이기도 하지만 그러나 이 작가는 소설이란 어떤 사실의 보고가 아니라 씌어지는 것이고 따라서 하나의 작품마다 어떤 완결미(完結美)를 주어야 한다는 생각에 사로잡혀 있는 것처럼 보인다. 그렇기 때문에 박순녀 소설에서는 개인적인 육성(肉聲)을 느끼게 되지만 김원일에게서는 짜임새 있는 '이야기'를 듣게 된다. 그리고 그러한 짜임새가 뚜렷한 완결미를 보이는 작품이 「마음의 죽음」

이다. 한 화가가 '고통'의 연작을 미완으로 놓아둔 채 마음의 방황만을 일삼다가 결국 약혼자의 얼굴에 칼을 던짐으로써 고통의 절정으로 끝나고 있는 것이다.

3

박순녀가 국내의 실향민을 다루고 있다면, 그리고 김원일이 이 땅에서의 뿌리 뽑힌 자들을 다루고 있다면, 박시정의 『날개 소리』는 이 땅을 떠남으로써 실향민이 된 한국인을 다루고 있다. 박시정의 소설의 주인공들은 대부분 스스로 실향민이 되기를 선택한 사람들이며 또한 삶의 공간을 바꾸어서 새로운 정착민이 되기를 바라는 사람들이다. 이 주인공들이 선택한 사회는 문명과 부(富)의 상징으로 보이는 미국이지만, 그러나 그들이 거기에서 만나는 삶은 풍요도 아니고 행복도 아니다. 그들이 실제로 누릴 수 있는 경제적 안정과 문명의 이기(利器)의 사용이 삶의 보람으로 바뀔 수 없었던 데서 그들의 불행은 기인한다. 특히 주인공들이 경험하게 되는 '고독' '이기주의' 그리고 그 사회에 있어서 '위화감(違和感)'은 다분히 그들이 한국인이기 때문에 더욱 느끼게 되는 것이리라. 그들이 '문헌화된 국적'을 미국인으로 갖고 있기는 하지만 그러나 그들이 받은 교육, 타고난 인종은 우선 이미 문헌적 절차로 뛰어넘을 수 있는 것은 아니다. 그러니까 '문화의 때'는 오랜 시간의 축적에 의해 쌓여진 것임을 쉽게 간파할 수 있고, 그렇기 때문에 그들이 국적을 바꾸었거나 단순한 유학이었거나 그 속에 완전히 융화될 수 없는 불행을 처음부터 가질 수밖에 없었던 것이다. 특히 그들이 기대한 미국 사회가 어떠한 것인가에 따라 미국에서의 삶에 대해서 느끼는 불행의 질이 달라질 것이다. 박시정의 주인공들이 끊임없이 외치는 '외로움'이란 미국 사회 속에 끼어들 수 없는 일종의 '문화의 벽'이 그들에게 가로놓여 있기 때문이다. 이 '문화의 벽'은 그러나 그들이 단순히 한국인이고 '김치'를 먹고 자랐다는 감상적 이유 때문만은 아닌 것이다. 그것은 경제적 부나 문명이 발달한 사회라는, 기구 자체를 괴물처럼 거대화시켜버린 데서 비롯되는 것으로서 미국 태생의 미국인들 자신이, 특히 그 사회를 움직이는 계층에 들어가지 못한 미국인들도 느끼는 것이다. 이른바 개인의 소외 이론이 유럽과 미국에서 더욱 깊이 논의되는 것은 바로 그 때문이다. 개인이 상황에 대해서 느끼는 소외감은 경제적, 정치적, 문화적 집중 현상이 일어나는 사회에서는 어디서나 느끼는 것이다. 그랬을 경우 박시정의 주인공이 외로움을 느끼는 것이 그들이 한국인이기 때문이라고 생각하는 것은 일종의 감상주의에 지나지 않는다. 그들이 체제 쪽에 서서 지배 계층에 속하지 않는 한 소외 현상은 어디에서나 일어날 수밖에 없다. 따라서 그들의 괴로움과 고독이 귀국함으로써 영원히 해결될 수 있는 성질의 것이 아니라는 데 삶의 비극성이 있는 것이고 이 소외 현상이 그들만의 문제가 아니라는 데 박시정 소설의 보편적 의미의 확산이 가능한 것이다.

이상으로 3권의 소설집을 에피소드와 인물 중심으로 살펴봄으로써 얻은 것은 하나의 단편이 독립적인 작품으로서 최소한 하나의 에피소드와 인물을 갖고 있다는 것이다. 그리고 이들이 결국 개인과 사회라는 화해할 수 없는 모순 관계를 다루고 있다는 점에서 정도(正道)를 걷고 있는 것처럼 보인다. 그러나 이러한 사실은 문학의 출발점이지

도달점은 아닐 것이다. 그것은 문학이라는 양식이, 특히 단편소설이라는 양식이 바로 이들이 다루고 있는 사회에서 어떻게 존립할 수 있느냐 하는 질문의 제기를 동반할 수밖에 없기 때문이다. 그러한 의미에서 이들 세 작가의 다음 작품을 기다리고 싶은 것이다.

사건과 관계
──윤홍길

윤홍길의 창작집 『황혼의 집』에 수록되어 있는 작품을 모두 읽게 되면 이상한 감동을 경험하게 된다. 감동이라고 해서 꼭 어떤 비극의 극적(劇的) 전이(轉移)에서 오는 그러한 화려한 어떤 것이 아니다. 그렇다고 해서 작은 에피소드 하나하나가 특별한 호기심을 끌 만큼 대단한, 혹은 기발한 이야기를 갖고 있는 것도 아니다. 그런데도 불구하고 윤홍길의 소설을 읽다 보면 도중에 그만둘 수 없는 어떤 힘을 느끼게 된다. 그리고 그 힘에 끌려서 그의 소설을 읽고 나면 별로 유쾌한 느낌이 들지도 않지만, 그러나 방금 읽은 그의 소설에 대해서 다시 생각하게 되고 되씹게 된다. 아마도 이러한 점이 윤홍길을 다른 작가와 구별하게 되는 그의 독창성이라고 이야기할 수 있을지도 모른다. 그렇다면 윤홍길의 소설이 가지고 있는 힘은 어디에서 오는 것일까?

윤홍길의 소설이 다루고 있는 이야기들은 극도로 과장된 것도 아니고, 이야기 자체를 미화시킨 것은 더구나 아니다. 그의 소설을 읽게 되면 우리가 살아온 삶의 편린들을 도처에서 발견하고 확인하게 되는 정도다. 「황혼의 집」이라는 단편은 6·25사변의 와중에서 한 어린이가 본 '경주'네 집이 망해가는 과정, 그래서 그 전란의 패망과 '경주'의 삶과 '내'가 어떤 관계를 맺고 있는 것을 보여준다. 「집」은 주인공 '나'가 자신의 집 철거를 중심으로 형과 아버지에 대한 관찰을 이야기하고 있다. 「장마」는 수복(收復) 직후에 있었던 외삼촌과 삼촌의 대치되는 상황을 중심으로 '나'의 가정에서 있었던 비참한 일화를 길게 이야기하고 있다. 이 세 편의 작품에서 비슷한 분위기를 느끼게 되는 것은 사건 자체의 시간이 비슷한 시기에 이루어졌고(우리에게 그것을 암시해주는 것은 그것들이 6·25사변과 가깝다는 사실이다), 소설 속에서 이야기를 하고 있는 화자가 '나'라는 어린아이기 때문일 것이다. 물론 세 편의 사건이 전개되는 장소가 같은 곳이 아니고 주인공들도 같은 인물이 아니다. 이것은 이들 세 편의 작품이 비슷한 사건의 시간을 갖고 있으면서도 각각 독립된 작품임을 입증하고 있다. 반면에 한 월급쟁이의 공상적 모험을 다루고 있는 「어른들을 위한 동화(童話)」나, 숙직 교사의 삽화를 보여주고 있는 「타임 레코오더」, 일급 정교사 강습을 받고 있는 동안에 일어난 작은 사건을 이야기하는 「제식훈련변천약사(諸式訓練變遷略史)」, 무료한 사람들이 오갈 데 없이 시간을 보내는 산호다방을 그리고 있는 「몰매」, 어렸을 적의 한 친구 '문명남'의 오늘을 이야기하는 「내일의 경이(驚異)」 등은 앞에서 열거한 주인공 '나'가 성인이 되었음 직한 시기의 사건을 다루고 있다. 그러니까 뒤에 열거한 5편의 작품들은 비교적 최근이라고 할 수 있는 사건의 시간을 갖고 있다. 물론 이렇게 이야기하는 것이 작품의 세계와 현실 세계를 구별 없이 바라보기 위한 것은 아니다. 다만 이 작품들이 다루고 있는 이야기가 '그럴듯함'을 갖고 있다는 것이다. 그러나 소설이 갖고 있는 '그럴듯함'은 그것 자체로 어떤 의미를 태어나게 하는 것은 아니다. 의미를 태어나게 하는 것을 작가의 개성이라고 할 때, 윤흥길의 작품은 여러 가지 면에서 개성을 드러내고 있다.

우선 윤흥길의 작품에서 주목을 할 수 있는 것은 화자의 입장이다. 대부분의 작품에서 윤흥길의 화자는 '나'라는 1인칭이다. 일반적으로 1인칭의 화자는 주인공으로서 1인칭이냐 아니면 사건의 관찰자로서 1인칭이냐 혹은 작가의 대변자로서 1인칭이냐로 구분될 수 있는데 윤흥길의 화자는 이러한 명확한 구분이 없이 쓰이는 1인칭이다.

> 작은 언덕과 작은 언덕, 그리고 낮은 산과 낮은 산들을 앞에 주욱 거느린 채 그 세모꼴의 머리로 하늘을 떠받치고 선 건지산은 언제 보아도 모습이 의젓했다. 하기야 늘 의젓만 보아온 그 건지산이 갑자기 그럴 줄 몰랐다고 느껴지던 우스꽝스런 한때도 있긴 있었다. 밤이면 어른들이 거기 모여 불장난을 한다. 어떤 때는 훤한 대낮에도 산봉우리에서 모개모개 연기가 피어오르는 걸 볼 수 있다. 밤마다 그들은 얼마나 많은 오줌을 지리는 것일까.
>
> ──「장마」

이 인용문에서 볼 수 있는 것처럼 3인칭의 기술인지 1인칭의 기술인지 알 수 없는 '나'의 이야기는 거의 작가의 입장을 대변하고 있으면서, 동시에 작가가 '나'라는 어린이의 관점에 서려고 노력함으로써 '나'는 화자면서 동시에 주인공이 된다. 이러한 화법의 중요성은 실제로 「장마」의 주인공이 '할머니'라고 해도 좋을 텐데, 모든 등장인물이 동시에 주인공이 되고, 거꾸로 말하면 아무도 주인공이 아닌 것 같은 인상을 주는 데 있다. 사실 윤흥길의 소설에서는 어디에서나 복수(複數) 주인공들이 있을 뿐 소설 전체를 지배하는 하나의 주인공이 있는 경우는 드물다. 이 말은 작가가 어떤 주인공 하나를 선택해서 편애를 하지 않는다는 사실과 상통하게 된다. 작가의 편애가 드러나지 않는다는 사실은 얼핏 보기에 작가의 무정견(無定見)을 이야기하는 것처럼 들릴는지 모른다. 그러나 사실은 바로 여기에 윤흥길 소설의 중요성이 있다.

윤흥길의 소설에는 소설적인 드라마 혹은 사건이 크게 부각되지 않고 따라서 주인공 하나하나가 어떤 사건을 어떻게 저지른다거나 사건의 핵심적인 순간에 독자의 기대를 벗어날 만큼 기발한 일을 하지 않는 것으로 드러난다. 반면에 그 사건이 이루어지는 분위기라든가 그런 사건 앞에 처해 있는 어린 주인공의 개인적인 태도가 소설의 전개에 주축을 이루는 이유는, 윤흥길 소설이 대부분 1인칭으로 씌어졌으면서도 그것이 복합적인 1인칭이라는 사실로 설명될 수 있으면서, 동시에 바로 복합적인 1인칭의 사용이 결국 작가 자신의 사물을 바라보는 태도와 상응한다는 점을 확인시키는 데 있다. 가령 「황혼의 집」의 나, 경주, 경주 언니 그리고 심지어 경주 어머니와 「집」의 나, 형, 그리고 아버지까지 포함해서, 「장마」의 두 삼촌과 두 할머니, 그리고 나, 이들이 살고 있는 삶을 보면 어느 누구에게도 호오(好惡)의 판단을 내리지 않고 있는 작가의 태도를 볼 수 있다. 분명한 것은 이 세 편의 소설 속에서 화자인 '나'가 어린 시절에 만나게 되는 그 작은 사건들을 정신의 상처로 간직하게 된다는 사실이다. 그랬을 경우 '나'의 입장에서 보면

'나'는 피해자가 되고 다른 사람들은 가해자가 되고 만다. 그러나 윤홍길은 바로 가해자-피해자로 보려는 대립 개념을 그대로 도입시키지 않고 있다. 그렇기 때문에 그의 소설을 읽는 독자들은 이야기의 진전에 따라 때로는 이 인물을 피해자로 보게 되고 때로는 저 인물을 피해자로 보게 됨으로써, 아슬아슬한 위험을 극복해가는 주인공의 삶 속에 자신을 동일화시키는 태도를 지속적으로 가질 수 없게 된다. 이것을 독자의 입장에서 보면 독자에 대한 작가의 배반 행위라고 이야기할 수 있을 것이다. 그러나 작가의 입장에서 보면 어떤 사건을 단순하게 파악하지 않으려는 강력한 의지의 표현이라고 할 수 있을 것이다. 좀더 과감하게 이야기하면, 현실의 부조리나 사회의 갈등 속에 소외된 사람들 사이에서는 그들 자신과는 상관없이 피해자와 가해자의 자리를 번갈아가면서 서로 차지하게 된다는 작가의 인식 세계를 그대로 드러내준다는 것이다. 이 경우 작가나 화자가 어느 쪽에다 편애를 갖고 있다면 그것은 곧 '이야기'를 통한 하나의 폭력 행위와 다를 바 없다. 대개의 경우 우리 소설이 갖고 있는 도덕주의는 소설 속에 이미 '선인'과 '악한'의 구별을 전제로 하게 하고, 바로 그 때문에 소설이 객관적 현실 인식을 바탕으로 해야 된다고 주장하면서 일종의 구호를 외치게 된다. 유명한 '테제 소설'이 빠졌던 함정이 바로 여기에 있었던 것이고, 또 소설이 그렇지 않아도 사회로부터 소외된 독자들로 하여금 또 다른 자기소외의 기회와 장소를 제공하게 된 것도 바로 그러한 소설이 주축(主軸)을 이루었기 때문이다. 바로 그렇기 때문에 소설 속에는 '지사(志士)'란 존재하지 않고 '문자'만이 있다는 전위적인 이론이 소설에 대한 반성을 주장하고 나섰던 것이다.

윤홍길이 주인공에 대해서 취하고 있는 비도덕주의적 태도는「황혼의 집」의 '경주'로 하여금 '한 접시의 송편'이라는 미끼에 말려 '하찮은 유혹'에 쉽게 넘어가게 하고, 동시에 유혹에 넘어간 '경주'나 유혹을 한 마을의 아낙네들 어느 쪽도 비난하지 못하게 만든다. 또 다섯 개의 초콜릿 때문에 집안의 비밀을 팔아 집안을 온통 뒤집어놓은「장마」의 '나'에게도, 쓰러져 있는 권투 선수 이강민에게 펀치 드렁크를 확인하러 쫓아다니는「내일의 경이」의 '문명남'에게도 선악(善惡)의 기준으로 이야기할 수 없게 한다. 심지어는「제식훈련변천약사」에 등장하는 강명록 교수마저 독자로 하여금 미워할 수 없게 그리고 있다. 아니「타임 레코오더」에서는 남몰래 학교 묘목을 뽑아 가다 들키자 자기의 몸을 바치겠다는 강철영 엄마, 남의 약점을 이용하고 경영자에 아부하는 김씨에게까지도 선악의 판단을 내릴 수 없게 만든다. 그랬을 때 작가 윤흥길은 사물을 대할 때 언제나 가치판단 직전의 상태에 머물러 있는 것처럼 보인다. 다시 말하면 이 판단 중지의 상태야말로 윤흥길의 비도덕성을 이야기할 수 있는 핵심적인 문제로 제기된다. 왜냐하면 선악을 판단한다는 것은 결국 작가에게 도덕적 성격이 있다는 것을 의미하고 도덕적인 성격은 결국 무엇인지 이미 존재하고 있는 것에 대한, 다시 말하면 현실에 대한 어느 의미에서의 순응주의를 깊은 의미에서 추구하게 된다는 논리를 가능하게 하기 때문이다. 그랬을 경우 작가는 완전히 판단 중지를 해야만 되는가 하는 질문이 제기된다. 그러나 여기에 대한 대답은 '아니다'일 것이다. 작가는 이미 자기가 하고자 하는 이야기를 작품을 통해서 선택한 사람이고 이 선택을 통해서 그는 이미 판단의 단계에 가 있는 것이다. 바로 그런 이유 때문에 윤흥길은 그가 그리고 있는 대상들을 친화력을 가지고 포용할 수 있는 것이다. 이것은 말을 바꾸면 윤흥길 자신이 자기를 중심으로 모든 대상과 적대(敵對) 관계를 유지하는 것이 아니라 그 적대 관계를 뛰어넘는 것이다. 그것은 '작가'와 '주인공' 혹은 '독자'가 만나는 부조리한 현실에 대한 책임의 한계를 어느 한편에서 찾으려는 것이 아니라 그 전체에서 찾으려는 것이다. 실제로 「황혼의 집」이나 「장마」 등 모든 작품에서 보게 되는 현실을, 작가는 자신과 상관없는 것으로 바라보지도 않고 또 어떤 인물 하나에다 그 책임을 전가시키지도 않으며 작은 사건을 전체적으로 묘사함으로써(그런 의미에서 1인칭으로 쓰인 주관적 소설 같은 그의 작품이 뛰어난 객관성을 띠고 있다) 에피소드 하나하나가 갖는 복수적(複數的) 의미를 드러나게 한다.

그러나 윤홍길의 비도덕성은 바로 그 때문에 가장 도덕적 측면을 가지고 있다. 그것은 어떤 사건이나 사물 앞에서 작가가 이미 판정을 내림으로써 범하게 되는 작가의 '폭력'에 대한 가장 강한 거부를 하고 있는 데서 찾아진다. 윤홍길이 소설 속에서 혹은 소설집의 '후기(後記)'에서 '부끄러움'을 이야기하고 있는 것은 자신의 의도와는 상관없이 스스로 가해자와 피해자가 될 수밖에 없는 모순을, 주어진 현실 속에서 살 수밖에 없기 때문인 것으로 보인다. 그리고 그러한 그의 태도를 단적으로 이야기해주는 것이 그의 소설에 있어서 사건 혹은 에피소드 자체를 묘사하지 않는 것으로 나타나고 있다. 사실 이러한 현상은 윤홍길 소설 전체에서 눈에 띄는 것으로서, 「황혼의 집」에서 경주가 송편 때문에 한 이야기가 무엇인지, 「장마」에서 내가 초콜릿 때문에 한 이야기가 무엇인지, 「몰매」에서 정확한 사건의 자초지종이 무엇인지 등 보통 소설에서 이야기의 근간이 되는 것들이 생략되고 있다. 이것은 윤홍길이 사건이나 에피소드에 관련된 사람들의 관계, 그것을 진술하고 있는 사람과의 관계 등 모든 것을 관계로서 파악하고 그 관계를 밝히고자 하는 것으로 나타난다. 그러니까 사건이나 사물을 그리려고 했을 때 작가 자신이 범할 수밖에 없는 오류를 '관계'의 묘사를 통해서 극복하고 있다. 이것은 글이 사물이나 사건 자체일 수 없다는, 그리고 사물 자체를 그릴 수 없다는, 그래서 사물과 사물 사이의 관계를 묘사할 수밖에 없다는 글의 성격까지도 내보여주고 있는 것이다. 더구나 이야기에 있어서 우리에게 중요한 것은 사물 자체라기보다는 사물과 사물과의 관계라는 것을 생각할 때 윤흥길 소설의 매력의 정체를 깨닫게 한다. '관계'의 중요성을 이야기하고 있는, 대단히 폭력적이었던 「제식훈련변천약사」의 강명록 교수의 다음과 같은 이야기는 그러므로 윤흥길 소설을 이해하는 데 기억해둘 필요가 있다.

　"기왕 말이 나온 김에 이 자리에서 흉금을 모두 털어놓는 게 좋겠군. 모두들 내가 너무 심하다고 그러지만, 따지고 보면 나로 하여금 그렇게 심하게 굴도록 유도하는 건 자네들이야. 나와 자네들 사이는 일종의 줄당기기야. 줄당기기에서 번번이 지기 때문에 자네들은 자꾸 매저키스트가 되어가고 나는 또 반대로 번번이 이기기 때문에 결국 원치 않는 사디스트가 되고 마는 셈이지. 처음에는 물론 불평을 억눌러가며 질서와 단결이 생명인 집체 훈련을 강행할 수밖에 없는 나 자신이지만, 그러다가도 억누름을 서로 주고받는 그 과정에 맛을 들이다 보면 차츰 목적하고 수단이 전도되어서 종당에는 가르치기 위해서 억누르는 게 아니라 억누르기 위해서 가르치는 형국이 된단 말야."

이와 같은 '관계'의 메커니즘에 대한 인식이 드러나는 것은 「어른들을 위한 동화」에서도 마찬가지다. 우화적 수법으로 그려진 '노비'의 반응은 윤흥길 소설로서는 과장된 것이기는 하지만 바로 우리 스스로 우리를 구속하고 싶어지게 되는 우리의 조건을 잘 이야기해주는 것이다. 이처럼 '사물'을 그리는 것이 아니라 '관계'를 서술하기 때문에 독자들은 윤흥길의 소설에서 사건의 흥미진진한 진행을 발견하기보다는 어떤 하나의 사건 혹은 에피소드만을 쫓아갈 수가 없게 된다. 그래서 독자 자신도 판단을 중지하고 쫓아가면 책을 덮고 난 다음에 방금 읽은 소설들을 다시 생각하게 만든다. 달리 말하면, 독자로 하여금 완전히 작품 속으로 자기소외를 시키지 않게 하고 그럼으로써 독서가 끝난 다음에 자신의 현실적인 삶에 대해서 반문할 수 있는 여유를 갖게 한다. 말하자면 우리도 모르는 사이에 우리의 내면을 갉아먹고 있는 것은 사건이 아니라 그 사건에 얽혀 있는 여러 가지 '관계' 때문이고, 바로 그 관계 속에서 우리가 살고 있기 때문이다. 좋은 소설이란 그 소설과 그 것을 읽는 독자 사이의 단순한 관계를 방해하는 소설이라고 할 때 윤흥길의 소설은 작가 자신이 자기를 들여다보는 방법이었던 것처럼 독자에게도 같은 작업을 가능하게 하는 것이라는 점에서 중요한 의미를 갖는다.

소설에 대한 두 질문
——이청준·윤흥길

1

이청준·윤흥길, 이 두 작가의 신간 창작집을 함께 읽다가 보면 이 두 작가의 소설에 대한 태도를 비교하고 싶은 호기심을 떨쳐버릴 수가 없다. 물론 이러한 비교가 범하기 쉬운, 말하자면 유추(類推)에 의해 이끌어내기 쉬운 두 작가의 비슷한 점과 다른 점의 나열로 끝나게 되면 그것은 한낱 호사가(好事家)의 호기심 그 자체만을 만족시킬 가능성을 갖고 있는 것은 사실이다. 하지만 동시대를 살고 있는 두 작가가 제시해주는 문제들은, 그것이 비슷하든 다르든 간에 한국 소설에 대한 검토로서 의미 있는 어떤 것을 우리에게 내보일 수 있을는지도 모른다. 여기에서 '의미 있다'고 할 수 있는 것은 가령 문학이란 무엇인가와 같이 근본적인 질문과 만나게 되거나, 혹은 소설은 씌어져야 할 것인가, 소설은 무엇을 이야기하는 것인가, 혹은 작가는 소설을 통해서 무엇을 생각하고자 하는가 등등 우리가 언제나 질문의 형식으로만—준비된 대답이 없이—갖고 있는 것들을 다시 한 번 생각하게 만드는 것이기만 하면 충분하다. 만약 어떤 문학작품이 이상과 같은 질문 가운데 어느 것도 우리로 하여금 다시 생각하게 하지 않는다면, 그것은 소설을 소설이라는 문학 장르를 떠나서 생각하게 되는 이야기—즉 어렸을 때 어른들로부터 재미로 듣거나 교훈을 얻도록 들려진 이야기, 혹은 삶이 골치 아파졌을 때 그 골치 아픈 삶을 잊고 쉬고 싶어서 휴식의 수단으로 읽는 재미있는 이야기, 혹은 현실에서 자신이 패배하고 그래서 이루지 못한 꿈을 상상 속에서 찾거나 자신의 용기 없음을 배설하는 수단으로 읽게 되는 이야기—에 지나지 않게 만드는 것이다. 이 경우 소설은 '기괴한 사건'을 그럴듯하게 꾸며내는 것에 지나지 않거나, 우리가 살고 있는 삶에 가까운 이야기를 남의 불행을 보는 것 같은 재미로 엮어가는 것이다.

그러나 소설은 그 역사의 일천(日淺)함에도 불구하고 현실과 가장 깊은 관계를 맺어온 것이 사실이다. 여기에서 깊은 관계를 맺어왔다고 하는 것은 소설이 단순한 현실의 반영이라는 낡은 주장에 근거를 두고 있는 것이 아니라, 골드만의 표현을 빌리면 소설이 "타락한 세계에서 타락한 방법으로 진정한 가치를 추구하는" 문학 장르라는 것과 같은 이론에 근거를 두고 있는 것이다. 말을 바꾸면 이 문학 장르로서의 소설의 기능이 작가 자신이 그가 살고 있는 세계에서 갖는 기능과 유사한 데서 소설과 사회와의 관계가 작가와 현실과의 관계와 상응하게 됨을 의미한다. 그러나 그렇다고 해서 작가가 살고 있는 세계나 주인공이 살고 있는 세계가 직접적인 방법으로 상응하는 것은 아니다. 가령 어떤 소설이 삶의 부조리를 그림으로써 현실이 내포하고 있는 부조리와 직접 대치되는 것이 아니며, 현실의 모순을 그렸기 때문에 좋은 소설이 되는 것이 아니다. 소설은 절대로 현실을 있는 그대로 그릴 수 없다. 만일 소설이 현실을 있는 그대로 그리는 것이라고 한다면 다큐멘터리나 르포르타주가 소설보다 훨씬 현실에 가까운 것이며, 따라서 소설은 다큐멘터리나 르포르타주보다 하급 장르에 속하게 될 것이다. 이러한 유추 관계를 좀더 분명하게 보여주기 위해서는 회화와 사진을 비교함으로써 충분할 것이다. 물론 소설 작품 속에는 우리가 현실에서 볼 수 있는 무수한 요소들이 들어 있는 것이 사실이어서 소설을 현실의 복사판으로 오해할 여지는 충분히 있다. 그러나 그러한 현실의 요소들은 소설 속에서는 이미 현실의 요소가 아닌 것이다. 그 요소들은 이미 작가에 의해 선택되어진 요소들이며, 나아가서는 작가 자신에 의해서 '소설적 배열'에 따라 현실에서와는 다른 기능으로 하나의 작품을 구축하는 요소가 되는 것이다. 말하자면 작가가 현실을 그리려고 했더라도 이미 작가는 현실을 분석해서 종합함으로써 현실의 요소들을 작품의 구성 요소로 바꾸어놓은 것이고, 따라서 그 요소들은 다른 '질서'에 기여하기 위해 소설 속에 자리 잡고 있는 것이다. 여기에 '다른 질서'란 소설이 소설 작품이게끔 하는 것이며, "타락한 세계에서 타락한 방법으로 진정한 가치"를 추구하게끔 하는 것을 말한다. 그렇기 때문에 골드만 같은 사람도 "현실을 전혀 전치(轉置)시키지 않거나, 조금 전치시킨" 작품을 삼류 소설로 규정짓고 있는 것이다.

그렇다면 무엇 때문에 소설은 '다른 질서'나 '진정한 가치'를 한마디로 이야기하지 않고 그 많은 지면을 '소비'해가며 '말'을 하고 있는가?

그리고 그 많은 '말'은 한낱 요설에 지나지 않는 것일까? 어떻게 보면 정신의 놀음인 것 같은 소설의 긴 이야기는 바로 '탐구'라는 소설적 숙명에서 기인한다. 여기에서 탐구라는 말은 소설이 첫째로는 소설가라는 개인의 작품이면서 동시에 보편적 가치를 획득해야 된다는 이중의 짐을 지고 있기 때문이며, 둘째로 소설가가 살고 있는 세계에 대한 분석·종합의 과정을 거치게 됨에 따라서 그 과정 속에서 요구되는 방법론적 선택의 필연성이 개입되기 때문이고, 셋째로는 그 결과를 소설이라는 미학적 양식 속에 어떻게 구성하느냐 하는 문제가 뒤따르기 때문이다.

2

이청준의 창작집 『예언자』에는 6편의 중·단편이 실려 있다. 이 창작집을 기간(旣刊)의 그의 창작집들과 비교해보면 지금까지 이 작가가 추구해온 세 가지 계열의 작품이 한꺼번에 그 모습을 드러내고 있는 것처럼 보인다. 첫째는 이미 「줄」 「매잡이」 「과녁」 등에서 볼 수 있었던 문화 공간에 있어서 장인(匠人)의 삶의 의미에 대한 탐구로 집약될 수 있는 계열로 「불 머금은 항아리」가 여기에 속하고, 둘째는 오늘의 이 땅에서 볼 수 있는 개인들의 삶의 특유한 경험들을 소설적 소재로 삼고 있는 「눈길」 「거룩한 밤」 「예언자」 「황홀한 실종」 등이 있고, 셋째는 작가란 무엇이며 글을 쓴다는 것은 무엇인가 하는 문제를 정면으로 다루고 있는 「지배와 해방」이 있다. 그러나 소재에 따라 구분해본 이청준의 소설 세계를 그 주제라는 관점에서 살펴보게 되면 이 세 가지 소재들이 하나의 주제를 이야기하는 여러 단계를 구성하고 있음을 간파하게 된다. 이 하나의 주제란, 작가가 소설가로서 자기 자신에게 '나는 어디에 있는 것인가?' 하는 질문의 제기 방법이라고——좀 지나치게 요약한다면——이야기할 수 있을 것이다. 물론 이처럼 '한마디로' 말하고자 하는 경우의 위험은 우리가 일상적 삶에서 흔히 목격하게 되는 것처럼, 즉 격언이나 금언을 구사하는 것이 대부분 일종의 허위의식으로 체제를 강화하거나 권위 의식으로 남을 억압하는 수단이 되는 것처럼, 비평의 폭력이 될 가능성을 언제나 내포하는 데 있다. 더구나 소설 문학이란 격언이나 금언처럼 한마디로 말할 수 없는 것을 문학 속에 양식화시키는 것이기 때문에 그 위험 부담은 훨씬 큰 것이다. 그렇기 때문에 이렇게 요약하고 나서는 것은 이청준 소설의 '향성 tropisme'에 대한 하나의 가설의 의미밖에는 없다.

좀더 구체적으로 작품을 읽어보자. 「불 머금은 항아리」의 장인(匠人)인 '허노인'은 오늘날 흔히 볼 수 있는 인물이 아니다. 자신이 만든 도자기가 돈으로 환산되는 것을 거부하며, 오직 그의 희망은 완벽한 하나의 도자기가 나오기까지 무수한 고통을 감수하고(어쩌면 그 고통의 감수가 그에게는 희열일지도 모르지만) 그런 작품을 만들어내는 정신이 '용술'에게 전해지기를 기다리는 인물인 것이다. 그렇다면 왜 이청준은 그러한 인물을 계속해서 그리고 있는가? 아마도 이 작가는 그 장인의 삶에다 어쩌면 오늘의 자신을 비추고 있는지도 모른다. 이 장인이 오늘의 생활 질서로 볼 때에는 아주 이단적 인물인 것은 분명하다. 우선 이 작가의 장인-주인공들에게는 이른바 일상적 삶의 뿌리가 없다. 일상적 삶의 뿌리가 없다는 것은 이들에게는 줄 타는 광대거나 활을 쏘는 사람이거나 매를 잡는 사람이거나 항아리를 굽는 사람이거

나 모두 경제적 시장 질서와는 상관이 없는 사람이라는 것이다. 이들
은 모두 자신이 이룩하고자 하는 완성된 장인의 경지에 도달하기 위해
서만 노력할 뿐, 그것을 쉽사리 다른 무엇과 바꾸려 하지 않는다. 이
러한 인물을 다루는 것이 복고적 감상에 근거를 두고 있지 않은 데 이
청준의 중요한 점이 있다 할 수 있다. 다시 말하면 이들은 교환가치가
지배하는 시장경제체제 속에서는 일상적 행복을 누릴 수 없도록, '진
정한 가치'만을 추구하고 있다. 그러나 이들이 '교환가치'를 추구하지
않기 때문에 이들은 스스로를 사회로부터 유리시키게 되고, 따라서 시
장경제의 입장에서 보면 '문제아héros problématique'가 되는 것이다. 이
소설 속에서 외부 사람들이 끊임없이 '분매산'으로 달려가서 도자기를
시장으로 끌어내리려고 하는 것은 '진정한 가치'가 추구되고 있는 그곳
에 시장경제체제가 도전하고 있는 양상을 말해주는 것이다. 그러나 결
과적으로는 그러한 장인적 삶이 어려워지는 것은 '진정한 가치'의 추
구에 의해 만들어진 것이라고 하더라도 그것이 유통되는 과정 속에서
완전히 '교환가치'의 질서 속에 수렴되고 말기 때문이다. 그렇기 때문
에 이청준 소설의 장인들은 타락한 사회에서 타락한 방법으로 진정한
가치를 추구하게 되지만 그 진정한 가치는 간접화 현상에 의해 그 장
인이 살고 있는 사회 속에서 교환가치로 평가받게 된다. 이와 같은 현
상을 이 소설의 화자 자신도 "그 사기장의 갸륵한 삶을 항아리를 빌려
소개한다는 노릇이 거꾸로 그 경섭의 자랑거리만 더해주는 꼴이" 된
다고 하면서 이야기를 중단하겠다고 함으로써 자각하고 있는 것이다.
그렇다면 이청준은 자신이 그리고 있는 장인에게서 예술가와 상응되
는 점을 발견하고, 따라서 그 장인의 모습을 통해서 작가가 이 땅에서
사는 데서 야기되는 고통의 정체를 밝히고자 했음을 알 수 있다. 더욱

이 경섭이라는 사람의 입을 통해서 이러한 예술 작품이 교환가치를 높이는 데 정치적 이념의 도구로 수렴되고 있음도 아주 반어적 수법으로 파악되고 있다.

그 사람 원래는 우리 민족 고유의 예술과 재능을 누구보다도 깊이 사랑하고 있었던 사람이 아닐까요. 전 무엇보다도 그가 뭔가 실의에 차서 세상을 숨어 떠돌고 있었던 데 주의할 필요가 있을 것 같아요. 그는 뭔가 말을 못할 상처를 지닌 사람이었는 데다가, 그런 상처를 지닌 사람이라면 몇 해 전이 바로 삼일만세 사건이 있었던 그 무렵의 시대 분위기에서 해답을 구해볼 수도 있을 테니 말입니다. 사내의 실의가 민족의 운명이나 만세 사건 같은 곳에 기인되고 있었다면 우리 민족의 깊은 자존심으로 실패한 조각의 사기그릇에조차도 그런 애정을 기울여 쏟을 수가 있는 일 아니겠습니까……

라고 말하는 대문에 이르게 되면, 모든 예술 작품의 이념적 도구화가 만연하고 있는 풍토 속에서 문학인이 극복해야 할 또 하나의 어려운 국면이 무엇인지 이 작가는 보여주고 있는 것이다. 다시 말하면 문학 작품이 한편으로는 시장경제의 간접화 현상에 의해, 다른 한편으로는 정치적 이념의 간접화 현상에 의해 끊임없이 수렴당하고 있는 현실과의 투쟁임을, 그래서 작가는 자기가 살고 있는 사회에서 그 중심으로부터 밀려나는 '문제아'임을 자각하게 만든다.

이처럼 장인과의 유사 관계로서 파악된 작가의 삶이 더욱 구체적 예증으로 드러나고 있는 것은 표면적으로 주인공이나 화자가 작가이거나 작가 지망생으로 등장하는 다른 소설들에서임을 확인하게 된다.

『예언자』 이전에 출간된 대부분의 작품에서 그러한 것처럼 이청준은 여기에서도 그 주인공이나 화자로서 작가, 혹은 작가 지망생을 내세우고 있다. 「눈길」의 주인공 '나'는 아내와 함께 시골에서 홀로 사는 어머니를 찾아갔다가 예정을 앞당겨 오게 된다. 「거룩한 밤」(원제는 '불알 깐 마을의 밤')은 주인공 '나'가 아파트 촌에 살다가 자신만이(불임 수술을 받지 않음) 그 아파트의 질서를 지키지 못해 일어나는 에피소드를 이야기해준다. 「예언자」의 주인공 나우현은 살롱 여왕봉에 드나들며 예언을 한다. 이 세 주인공은 소설을 쓴다고 되어 있으면서도 많은 작품을, 혹은 좋은 작품을 쓰고 있는 것으로 이야기되지 않는다. 여기에서 첫번째 문제가 제기된다. 그것은 '왜 이들이 작품을 쓰는 일에 실패한 작가인가' 하는 것이다. 그다음으로 이 주인공들의 일상적 삶이 보편성을 잃는 문제다. 다시 말하면 「눈길」의 '나'는 어머니에 대한 '부채'가 전혀 없다고 하면서 어머니를 찾아보는 것이 최소한의 '의무' 때문임을 주장하기는 하지만, 그러나 그가 어머니와 맺고 있는 관계는 '증오'로 표현해도 좋을 것이다. 이것은 일상적인 모자 관계를 벗어난 것이다. 「거룩한 밤」의 주인공은 '불알 깐 마을'의 일상적 보편성을 떠나서 낮이면 관리 사무소의 방송 소리에, 밤이면 너무 일찍 찾아오는 정적에 못 견디다가 결국 자신도 '불임 수술'을 받기로 결심하고 만다. 그는 이 아파트 촌의 "수준엔 맞지 않은 사람"으로서, 대낮에 어린애의 머리핀 잃어버린 것까지 광고하는 관리 사무소의 방송에, 그 아파트 단지 안에서 늘 마주치게 되는 여자들의 시선에, 그리고 너무도 일찍 잠들어버리는 아파트 단지의 밤 풍속에 고통을 당하고 있는 것이다. 여기에서 주인공의 고통은, 자신이 살아온 일상적 보편성과, 아파트라는 새로운 일상적 보편성의 부딪침에서 야기되는 것으로서 어떻게 보면 주인공 자신의 보수적 가치관에서 기인하는 것처럼 보일 수 있다. 그러나 아파트 단지의 획일화 현상에 비추어 본다면 주인공의 그것이 개성과 집단의식의 대립 현상임을 충분히 감지할 수 있다. 이때 집단의식이란, 시장경제의 질서가, 그래서 체제가 부여한 교환가치의 질서가 지배 이념으로 군림하고 있는 집단의 유니폼이 되는 것이며, 언젠가는 개인의 '불알'마저도, '거세된 집단'의 간접화 현상에 의해 '부재(不在)' 상태로 넘어갈 수밖에 없는 의식의 사물화, 혹은 물신숭배의 양상을 그대로 표현하고 있는 것이다. 이러한 양상의 결과가 드러나는 작품이 「예언자」라 할 수 있다.

이 작품의 주인공 나우현은 가면을 쓰게 된 여왕봉의 장래를 예언하고 있다. 여기에서 작가는 가면이라는 하나의 상징을 통해서 하나의 작은 공간이 개성을 빼앗겼을 때 감수할 수밖에 없는 부서운 실과에 대해 천착하고 있다. 우선 가면이 주어진 것은 홍마담이라는 인물에 의해서이다. 홍마담으로 대표되는 체제의 지배 이념은 '나우현'으로 대표되는 '작가'와 부딪칠 수밖에 없겠지만, 형식이 내용을 규정하든 내용이 형식을 규정하든 간에 일단 가면이 주어지자 그 살롱 안의 모든 질서는 바로 가면이라는 형식의 지배를 받게 되고, 따라서 홍마담은 모든 가면 위에 군림하게 된다. 그러나 홍마담이 가면이라는 체제를 도입한 다음부터 그녀 자신도 그 체제를 유지하고 강화시켜 나갈 수밖에 없는 것이 말해주는 것처럼 그녀는 자신이 만들어놓은 체제에 의해 이끌려가게 되고, 따라서 그 유지 방법은 더욱더 강화되었던 것이다. 반면에 나우현은 바로 그 체제로부터 스스로를 밀려나가게 함으로써 그 살롱의 '문세아'로 님게 된다. 여기에서 또 하나 주목해둘 문제는 나우현이 불행의 예언만을 한다는 사실이다. 말을 바꾸면 작가는 현실의 개선 방안을 내놓는 정책 수립자도 아니고 체제의 강화에의 기여자도 아니라는 것과 유사한 기능을 갖고 있는 것이다. 작가가 할 수있는 것이 우리를 억압하고 있는 모든 것을 파괴하는 것과 마찬가지로 나우현이란 인물이 하는 일은 남의 불행을 예언하는 것이다. 이 불행이 가면의 체제의 지배를 받고 있는 '여왕봉'이라는 사회의 운명에 관련을 맺게 되었을 때, 개인 나우현은 자신이 소속된 체제의 변화가 없음에 따라서 그것과 같은 운명을 감수할 수밖에 없었던 것이다. 이것은 작가가 진정한 가치를 추구하면서도 그것을 추구하고 있는 자신의 작품이 교환가치의 지배를 받게 되고 또 자신이 그 작품을 통해서 얻은 명예에 의해 환산되어버리는 사회에서 그러한 방식으로 작품 활동을 할 수밖에 없다. 따라서 그러한 체제의 붕괴와 함께 자신의 존재의 붕괴도 예견하게 되는 비극적 존재라는 의미 구조를 형성하게 됨을 말하고 있는 것이다.

여기에서 우리는 '왜 쓰는 데 실패한 작가인가' 하는 첫번째 문제에 대한 암시적 해답을 보게 된다. 그의 주인공들이 좋은 작품을 쓰는 데 실패한 이야기를 통해서 이청준은 한편으로 주인공과 작가의 구조적 동질성을 보여주고, 다른 한편으로 주인공의 실패한 이야기를 통해서 작품을 완성하여 작가가 추구하는 진정한 가치의 일면을 내보이는 것이다. 일종의 모순 논리에 다름 아닌 이와 같은 구조의 동질성에 대한 이청준의 인식은 그렇기 때문에 '왜 쓰는가' 하는 문제에 대한 끊임없는 반성으로 계속되고 있다.

실제로 이 문제를 정면으로 다루고 있는 「지배와 해방」을 보면 그러한 인식의 과정에서 한 사람의 작가가 왜 계속해서 자기 확인을 하게 되는지 이해하게 된다. '언어사회학서설(言語社會學序說) ③'이라는

296

부제가 붙은 이 소설의 화자 지욱은, "말들의 지나친 혹사와 확대로부터 비롯된 마지막 배반"에서 떠돌아다니는 '말들'을 감금하려고 시도하는 가운데 '이정훈'이라는 젊은 소설가의 말과 만난다. 여기에서 '말의 배반'이라는 것은 진정한 가치의 추구로서 사용되던 말이 교환가치가 지배하는 사회에서 '타락'된 양상을 띠기 때문에 씌어진 것으로 보인다. 소설의 인물 이정훈은 '글을 왜 쓰는가' 하는 문제를 제기하면서 최초의 자신의 출발에 관한 이야기를 하게 된다. 글을 쓰게 된 최초의 동기를 개인적 '복수심'이라고 말한 그는 "독자와 사회에 대한 한 작가의 책임이란 그러니까 결국 그의 개인적인 삶의 욕망과 독자들의 삶을 위한 어떤 일반적인 가치 질서의 실현이라는, 복수가 기여가 되어야 한다는 그 지극히도 이율 배반적인 관계 속에서 힘들게 마련되어야 할 운명의 것임을" 밝히고 있다. 여기에서 "개인적인 삶의 욕망"이란 골드만의 표현을 빌리면 '개인의 갈망'에 해당하게 될 것이고, '독자들의 삶을 위한 가치 질서'란 이미 간접화되어서 드러나지 않는 '진정한 가치'에 해당하는 것이리라. 여기에서 금방 알 수 있는 것은 '개인적 욕망'이 작품을 쓰는 동기라면 진정한 가치는 작품을 쓰는 수단에 해당하게 되고 따라서 이 소설에서 이야기하는 복수심은 전자를 의미하며 '지배욕'은 후자를 의미하게 된다. 이때 복수심이란 개인의 감정적 소산을 의미하는 것이 아니라 '이것은 아니다'라는 '파괴적 정신 질서'를 말한다. 그러므로 작가가 그의 소설로 지배하는 세계는 '현실의 세계 자체는 아닌' 것이다. 작가의 진정한 가치는 현실 속에서는 언제든지 수렴당하고 패배를 당하는 것이기 때문이다. 따라서 작가의 지배욕이 이루어지는 것은 소설의 완성이라는 문학적 양식의 범주에 속하게 되고, 그렇게 되면 그것은 독자로부터 그 양식에 대한 동의를 얻어내는 정도에서 멈추게 된다. 그러나 이러한 동의가 이루어지는 순간에 소설의 세계는 현실의 세계로 바뀌면서 간접화 현상을 감수할 수밖에 없기 때문에, 작가는 "언제나 그가 도달한 세계에서 또 다른 다음번의 이념의 문을 향해 끝없이 고된 진실에의 순례를 떠나야 하는 숙명적인 이상주의자일 수밖에 없"는 것이다. 다시 말하면 작가가 소설을 통해서 소설을 파괴하고 그래서 새로운 소설의 창조로 가는 영원한 '문제아'임을 자각하고 있는 이청준은, 그렇기 때문에 "작가는 혁명가와 다르고, 사회 개혁 운동가와도 다르며 목사와도 다르고 정가의 야당 지도자와도 다르다"고 주장하고 있다. '억압이 없는 완전한 자유'를 꿈꾸고 있는 이러한 문학적 태도는 '말'에 대한 탐구가 없으면 불가능한 것이다.

그렇다면 여기에서 우리는 다음과 같은 사실을 확인할 수 있게 된다. 첫째, 이청준 소설에서 무수하게 나타나고 있는 격자소설의 양식이란 말에 대한 탐구를 하고 있는 작가 자신의 자기 점검의 수단으로 나타나고 있다. 둘째, 그렇기 때문에 그는 소설을 쓸 수 없는 상황에서도 바로 소설을 쓸 수 없다는 이야기로 소설을 쓰게 되고, 그렇게 함으로써 문학의 자율성을 보존하고자 하는 작가로서의 생명을 유지한다. 셋째, 그의 소설에 자주 나타나고 있는 일상적 삶의 불행이란 일상적 삶이 교환가치의 지배를 받고 있는 한 불가피한 것이고, 따라서 그 불행을 아파하는 행위보다는 그것을 구성하고 있는 것의 정체를 드러나게 하는 행위가 작가의 몫에 해당한다는 것이다. 넷째, 그의 소설의 구조가 언제든지 처음에는 하나의 사건, 혹은 사물을 던져놓고, 그것을 밝혀 나가는 끈질긴 노력을 읽는 독자들에게도 요구하게 되는 것은 바로 소설이 하나의 '탐구'임을 독자 쪽에서도 인식하게 하는 방법이 되며, 동시에 새로운 소설 양식이 현실에 의해 쉽게 수렴당하지 않도록 하는 방법이 되고 있다. 다섯째, 그의 소설은 대부분 소재가 어떠한 것이든 일상적 삶과 예술적 삶에 대한 증오로 가득 차 있는데, 그것은, 문학 자체가 현실과 문자의 접점을 이루고 있는 것이기 때문에, 끊임없이 그 양편으로부터 도전을 받고 있다는 자기 자신의 위치에 대한 자각과, 그래서 그 두 가지를 동시에 포용하고 싶은 정신적 갈등에서 기인하고 있는 것처럼 보인다. 다시 말하면 사랑의 변용으로서 그의 증오는 자신의 문학 행위가 서야 할 위치를 확인하는 작업이라고 생각될 수 있다는 것이다.

3

『황혼의 집』에 이어 윤흥길이 두번째 창작집으로 낸 『아홉 켤레의 구두로 남은 사내』를 읽게 되면 첫번째 창작집에서 제기되었던 몇 가지 문제들이 약간 달라지기는 했지만 그대로 제기되고 있으면서 새로운 문제들을 다시 생각하게 한다. 물론 소재 면에서 보면「양(羊)」과 같은 작품은 어린이가 시골에서 보낸 6·25동란의 뒷이야기라는 점에서, 전에 발표한 몇몇 작품과 상당히 비슷한 것 같고 또 '성남(城南)'이라는 특수한 삶의 공간을 배경으로 이루어지고 있는「엄동(嚴冬)」「아홉 켤레의 구도로 남은 사내」「직선과 곡선」「날개 또는 수갑」「창백한 중년」 등의 작품을 보면 새로워진 것처럼 보이기도 한다. 그러나 이러한 소재들의 선택이란 그것 자체가 하나의 특수한 경험(정신적이든 실제적이든)에 기인한 것이기 때문에 그것 자체로서는 비슷하든 달라졌든

별로 중요하지 않다. 중요한 것은 소설이라는 문학 양식 속에 그 소재들이 어떻게 자리를 잡느냐, 그래서 그 소재들이 본래의 의미로부터 새로운 의미로 어떻게 이행하게 되느냐 하는 데 있는 것이다. 골드만이 "소설은 현실을 그대로 그릴 수 없다"고 말한 것도 우리가 사회에서 볼 수 있는 사람이나 사건이 소설 속에 들어오면 소설이라는 양식에 의해 새로운 의미 구조를 갖게 되기 때문이다.

그렇다면 『황혼의 집』에서 "모든 것을 관계로서 파악하고 그 관계를 밝히고자 한"(졸고, 「사건과 관계」 참조) 윤흥길의 소설 양식은 「아홉 켤레의 구두로 남은 사내」 「직선과 곡선」 「날개 또는 수갑」 「창백한 중년」 등 네 편이다. 이 네 편의 작품 속에서 윤흥길은 권기용이라는 한 인물을 등장시킴으로써 기묘한 효과를 거두고 있다. 얼핏 보면 순환소설에 있어서 한 인물의 전형을 창조하고 있는 것 같은 권기용은 사실 선과 악이라는 도덕적 기준으로는 판단할 수 없는 복합적인 존재라는 면에서 첫 창작집에서 볼 수 있었던 상당히 많은 인물들을 결합시켜놓은 것 같다. 「내일의 경이」의 문명남과 혈연관계가 있는 것으로 보이는 그는, '안동 권씨'로서 대학 출신이라는 면에서 '교육받은 양반'이라는 간판을 갖고 있다. 반면에 그가 살고 있는 삶은 철거민 도시라고 할 수 있는 곳에서마저 단칸 셋방을 면하지 못할 뿐만 아니라 그는 자신의 아내 해산 비용을 마련하지 못해 잠적해버리는 인물이다. 그의 아홉 켤레의 구두는 '교육받은 양반'을 상징하고 있으면서도 일상적 삶은 그의 간판과 전혀 맞지 않는다. 그는 "이래 뵈도 난 안동 권씨요" "이래 뵈도 나 대학까지 나온 사람이요"라는 말을 "스스로 가장 비참하다고 느껴지는 순간"에 내뱉게 된다. 이러한 역설을 반어적으로 사용하는 그에게는 자신이 살고 있는 사회가 흔히 통용되는 것처럼 출신이나 학벌로 규정지을 수 있는 것도 아니라는 인식을 하게 되는 과정으로 드러난다. 그렇다고 해서 그 사회가 열심히 일하는 사람에게만 '훌륭한 생활'을 가능하게 하는 것이 아니라는 것도 그 후 수없이 되풀이되는 에피소드를 통해서 드러나고 있다. 그의 불행은 말하자면 '대학 나온 양반'이라는 간판과, 그럼에도 불구하고 일상적인 삶에서 밑바닥 인생을 살 수밖에 없는 지배 이념과 피지배 이념의 중간점에서 그 자신이 방황하도록 되어 있는 자신의 자각에 기인하고 있는 것이다. 이론과 실제의 어긋남이 극화(極化)된 그의 경우, 어느 한쪽을 버리면 그 불행으로부터 벗어날 수 있을 것인가? 혹은 어느 한쪽을 과연 버릴 수 있을 것인가? 그는 바로 아홉 켤레의 구두를 불태움으로써 한쪽을 버리기로 작정하고 가난한 사람답게 자동차에도 뛰어들어보고, 그 결과 얻게 된 '동림산업'의 잡역부 생활도 하게 된다. 그러나 운명처럼 이미 경험해버린 자신의 학력은 자신을 둘러싸고 있는 사람에 의해서 버려지지 않는다. 공장의 직공들은 그를 사장의 염탐꾼으로 생각하고 회사의 경영진은 그에게 일을 맡기지 않는, 말하자면 노동자도 경영자도 아닌 상황으로 몰고 간다. 이와 같은 권기용의 위치의 변화는 그의 불행으로 본다면, 마찬가지라고 할 수 있다. 구두를 태우기전에 있어서 권기용은 '대학 나온 양반'이라는 정신과, 먹고살기 위해서는 아무거나 하는 노동자의 정신을 동시에 소유하고 있었기 때문에, 그는 그 어느 계층에도 속할 수 없는, 자신의 내부에서의 불행을 갖고 있었다고 한다면 구두를 태운 다음의 그는 경영진에서도 노동자에서도 받아들이지 않는(자신은 이미 선택했음에도 불구하고) 외부에서의 불행을 갖고 있는 것이다.

그렇다면 권기용에게 달라진 것이 있다면 무엇인가. 그는 "한쪽에선 작업 중에 팔이 뭉텅 잘려져 나간 사람이 있고 그 팔 값을 찾아주려고 투쟁하는 사람들이 있는 반면에, 다른 한쪽에선 몸에 걸치는 옷 때문에 거기에 자기 인생을 걸려는 분들도" 있다는 생각을 하며 "옷도 중요하고 팔도 중요하다"고 생각함으로써 자신이 서야 될 자리를 선택하기에 이른다. 이 같은 권기용의 변화는 그 복합적인 성격으로부터 벗어난 것을 암시하고 있는데, 그것은 곧 그 자신의 정신적 구제를(그 자신의 기도가 실패할 수밖에 없는 것은 분명함에도 불구하고) 의미한다. 그렇다면 어설픈 강도 역을 하던 때의 떨림, 아니 그보다 먼저 광주 단지 사건에서 혼자서 서울로 가려 했던 그의 조용한 탈주 등은 어디에서 온 것일까. "대학을 나왔다는 이유로 나는 당연히 분노해야 할 대목에 가서도 감정을 억제하지 않으면 안 되었다. 많이 배웠다는 이유로 세속적인 이익이 보장되는 일에 뛰어들기 앞서 먼저 저열한 본능부터 다스리고 보는 까다로운 절차가 필요했다"고 하는 권기용 자신의 고백이 말해주는 것처럼 그것은 대학이라는 교양 장치에서 기인한 것이다. 그렇기 때문에 그는 그러한 자신에 대해서 구두를 태우기 전에는 '부끄럼'을 느꼈고, 권기용뿐만 아니라 「아홉 켤레의 구두로 남은 사내」의 오선생도 '부끄럼'을 느끼고 있고, 「엄동(嚴冬)」의 박선생도 '부끄럼'을 느끼고 있다. 대학이라는 교양 장치는 말하자면 이상과 현실 사이의 간극을 인식하게 하는 장치이며, 그 장치를 통해서 사람들은 공포를 배우고 그리고 그 공포 때문에 이론과 실제의 간극을 부끄러워하는 것이다.

　여기에서 우리는 「아홉 켤레의 구두로 남은 사내」의 오선생의 괴로움을 다시 한 번 검토해볼 수 있다. 그는 "무슨 수를 써서든 이놈의 단대리를 빠져나가자고 아내에게 소리치던 그날 밤" 영 잠을 설치고 찰스 램과 찰스 디킨스를 비교한다. "램이 정신분열증으로 자기 모친을 살해한 누이를 돌보면서 평생을 독신으로 지내는 동안 글과 인간이 일치된 삶을 산 반면에, 어린 나이에 구두약 공장에서 노동하면서 독학으로 성장한 디킨스는 훗날 문명을 떨치고 유족한 생활을 하게 되자 동전을 구걸하는 빈민가의 어린이들을 지팡이로 쫓아버리곤 했다는 것이다. 〔……〕 가급적이면 나는 램의 편에 서고 싶었다. 그러나 디킨스의 궁둥이를 걷어찰 만큼 나는 떳떳한 기분일 수가 없었다"고 하면서 "우리는 소주를 마시면서 양주를 마실 날을 꿈꾸고 수십 통의 껌값을 팁으로 던지기도 하고, 버스를 타면서 택시 합승을, 합승을 하면서는 자가용을 굴릴 날을 기약했다"고 자괴감을 갖고 반성하고 있다. 그러나 이러한 반성의 근저에는 교양 장치에 의해 조작된, 자기 자신의 능력과는 전혀 상관없는 도덕수의가 수인公의 의식에 뿌리박고 있음을 여실히 드러내준다. 선악의 뚜렷한 구분이 서게 하는 교양 장치는 그 사회에서 '좋은 것'은 모두 다 꿈꾸게 한다. 예쁜 마누라도 있어야 되고 귀여운 자식들도 길러야 되고 좋은 집도 가져야 되고 남보다 높이 올라가야 되고 가난한 사람을 도와야 되고, 요컨대 자신의 정신과 육체의 평안에 필요한 모든 것이 갖추어져야 하는 것이다. 그러나 그러한 모든 것이 이루어지기는 정상적인 방법으로는 어려울 뿐만 아니라 그것들 가운데 상당한 것은 부르주아사회의 시장경제가 만들어놓은 '교환가치'의 산물인 것이다. 여기에서 우리는 이청준 소설과 윤흥길 소설의 차이점과 만나게 된다. 이청준의 주인공이 일상적 삶의 행복이라는 환상을 갖고 있지 않은 데 반하여 윤흥길의 주인공은 끊임없이 그러한 행복을 추구하되 실패하는 현상을 내보이고 있다. 이런 차이는 이청준의 소설이 이중적(二重的) 구조를 갖고 있지만 윤흥길의 소설은 평면적 구조를 갖고 있다는 사실에서 기인할 것이다. 다만 여기에서 확인되는 것은 '소설이 무엇이며 문학이 할 수 있는 것이 무엇인가' 하는 질문이 이청준의 관심이라면 윤흥길의 관심은 '소설이 무엇을 이야기하는 것인가'라는 사실이다.

그렇다면 윤흥길의 소설은 왜 이러한 여러 인물들의 삶을 그리고 있으며 왜 그들을 한마디로 재단하지 않는가? 아마 여기에서 윤흥길 자신의 소설에 대한 태도가 드러나는 것으로 보인다. 그의 소설은 바로 그러한 인물들의 삶의 에피소드들을 교훈적으로, 다시 말하면 교양 장치를 통해서 내보이고자 하지 않는다. 소설이 만약 교양 장치가 되어버린다면 거기에 남는 것은 '윤리'와 '도덕'밖에 없을 것이다. 윤흥길은 그러한 인물들을 자신의 소설 속에 포용함으로써 그가 살고 있는 사회의 숨은 구조를 드러내고 싶은 것이다. 문학은 거지에게 한 푼의 동정을 주는 것이 아니라, 그리고 공장의 직공들에게 임금을 올려주는 것이 아니라, 그러한 사람들을 있게 하는 사회구조를 드러내는 것이다. 그 사회에는 오선생이 맺고 있는 관계가 있으며, 권기용이 소속된 계층이 있으며, 안순덕이 살고 있는 삶이 있는 것이다. 이들의 삶이란 그것이 하나하나 분리된 상태에서 파악될 경우 그것은 곧 특수한 경험이라는 이유로 하나의 이야기로 전락하게 되지만, 그것이 전체적 구조 속에서 파악되었을 경우에는 의미망(意味網)의 한 요소가 된다. 그렇기 때문에 각 인물이나 사건 하나에 독특한 의미를 주려고 하는 것은 이야기를 단순화시킬 뿐만 아니라 소설 작품을 '주장'으로 바꿔놓게 되며, 따라서 문학이 어떤 이념의 도구로 바뀌게 된다.

그렇다면, 윤흥길의 『황혼의 집』과 『아홉 켤레의 구두로 남은 사내』 사이에는 어떤 변화가 있는가? 『황혼의 집』의 일반적 소설 구조는 '사건' 자체가 아니라 '사건'과 '사건'의 관계였다. 그렇기 때문에 이 창작집에서는 사건의 극적 효과가 배제되어 새로운 소설 양식의 가능성을 보게 된다. 반면에 『아홉 켤레의 구두로 남은 사내』에서는 사건의 극적 장면의 생략이라는 수법이 사용되고 있지 않다. 다시 말하면 그러한 장면의 묘사를 통해서 극적인 효과를 노리고 있는 것이 『아홉 켤레의 구두로 남은 사내』의 구조적 특성이라 할 수 있다. 그렇다면 여기에서는 소설이 '이야기'를 하는 어떤 것이라는 전제가 있음을 알게 된다. 말을 바꾸면 메시지 전달 기능이 윤흥길의 소설에서 강화되고 있다고 말할 수 있을 것이다. 이러한 변화는 한편으로 주인공의 특수한 경험이 강화됨으로써 주인공의 강력한 인상이 부각되어 소설의 '재미'를 구성하게 되고, 다른 한편으로는 소설 양식에 대한 질문이 약화된다. 그렇다면 이러한 변화를 통해서 윤흥길의 소설에 대한 태도가 변했다고 말할 수 있을 것인가? 여기에 대한 대답은 이다음에 나올 그의 작품들에 주목해보아야 가능할 것이다. 작가는 언제나 자기 자신의 작품들에 대한 괴로운 성찰을 그다음 작품으로 이야기하는 사람이기 때문이다.

4

소설은 흔히 한마디로 규정해버릴 수 있는 것을 한마디로 이야기하지 않는다. 가난하고 억압받는 사람이 있는가 하면 그들을 지배하는 사람이 동시에 존재하고 그리고 그 두 계층 사이에 '부끄러워'하는 사람들이 있는 것이 소설의 공간이라고 한다면, 그들이 태어나고 변모하는 과정을 탐구하는 것이 그들을 있게끔 한 현실의 정체를 밝히는 소설의 구조의 탐구가 된다. 그렇기 때문에 이청준과 윤흥길의 소설을 읽게 되면, 타락한 사회에서 아무런 힘을 갖고 있지 못한 소설이 그럼에도 불구하고 중요한 자리를 차지하게 됨을, 그래서 보존되어야 할 영토임을 확인하게 된다. 다만 여기에서 작가들은, 자신의 소설의 주인공이 타락한 방법으로 진정한 가치를 추구하고 있는 것처럼 자신의 그러한 삶을 자각하고 있기만 한다면, 자신의 현실적 무력함 때문에 소설을 쓰는 작업을 포기할 수 없다는 것을 알게 될 것이다. 그렇기 때문에 '왜 쓰는가?' '소설이란 무엇인가?' 하는 질문은 바로 작가 자신이 언제나 새롭게 제기해야 할 질문이며 동시에 독자(비평가를 포함해서) 쪽에서도 문학작품을 대할 때마다 제기해야 할 영원한 질문이 되는 것이다. 질문이 없는 창작이나 독서는, 그것이 틀에 박히게 된다는 이유 때문에, 따라서 필요에 따라서만 행해지기 때문에 진정한 의미에서 창조적인 행위가 되지 못하고 소비적인 행위가 되는 것이다.

초월적 힘, 혹은 파괴적 힘
——조해일

1970년 「매일 죽는 사람」으로 작품 활동을 시작한 조해일은 그동안 『아메리카』 『왕십리』 두 작품집 외에도 『겨울여자』 『지붕 위의 남자』 등으로 널리 알려진 작가다. 이처럼 많은 독자를 갖고 있는 작가일수록 독자 쪽에서는 이 작가가 어떠한 작가인가 하는 질문을 던질 기회를 많이 갖지 못하게 된다. 왜냐하면 자기 스스로 어떤 작가인가 알아보기 이전에 다른 사람들에 의해 평가가 내려졌다고 생각하기 쉬울 뿐만 아니라, 그 질문 자체의 제기마저 일반적 수용 자세로부터 소외된 것이라는 심리적 압력을 받게 되기 때문이다. 가령 최근에 『겨울여자』가 베스트셀러 작가로서 조해일의 이름을 올려놓았다면, 비평가를 포함한 독자 쪽에서는 그러한 이름에 값하는 것의 정체를 밝힐 필요가 있는 것이고 동시에 이 작가의 문학적 세계란 우리에게 무슨 의미를 부여하는지 찾아보아야 할 것처럼 생각된다. 문학작품이 그것을 읽는 독자와의 관계에 있어서 습관적인 상태에 놓여 있거나 단순한 소비재에 지나지 않는 것처럼 문학의 위기를 불러일으키는 것은 없을 뿐만 아니라 우리 자신의 정신의 경직화를 필연적으로 가져오게 하는 것은 없는 것이다. 문학작품이 습관적인 상태에서 독자와의 관계를 갖는다고 하는 것은, 베스트셀러를 읽지 않으면 문화적 낙후성을 면하지 못하리라는 심리적 요소를 포함해서 베스트셀러가 된 이유를 검토하지 않은 채 '수용하는' 자세를 의미하게 되며, 소비재로서의 문학작품이란 그것이 일시적 욕망의 충족이나 무료를 달래는 도구로 전락한 상태를 의미한다. 그러므로 전자는 다분히 문화적 행위와 상관되는 것이고 후자는 사회적·경제적 행위와 상관되는 것이리라. 결국 문학작품을 통한 한 문화 혹은 한 사회구조의 탐구도 이런 방식으로 가능할 것이겠지만, 그러기 위해서는 어떤 작가의 기본 노선, 혹은 위치를 확인하지 않으면 안 될 것이다. 그리고 이런 노선이나 위치는 그 작가의 작품을 통하지 않고는 불가능하다.

조해일의 소설을 읽게 되면 이 작가의 작품들을 어떻게 분류할 수 있을지 생각하게 된다. 왜냐하면 그의 소설은 무언가를 이야기하려는 의사 전달의 강한 의지를 내포하고 있기 때문이다. 무엇을 전달하고자 했을 때 그 의지는 그 작품의 주된 흐름이 될 수 있는 것이어서, 마땅히 그 흐름을 검토해보아야 할 것이다. 가령 「뿔」과 같은 단편은 대단히 이색적인 발상에 근거하고 있다. 모든 사람들의 지게가 대개 사각목이나 합판으로 이루어진 사실을 통해서 삶 자체가 자연적 힘을 상실했음을 보여주는 한편, 재래의 '지게'가 가지고 있는 아름다움을 이 작품은 그리고 있다. 그런데 그 아름다움이 "그을은 피부는 구릿빛으로 불그레 상기하기 시작했고, 빛나기 시작했으며 이제 그 행진이 큰 길에 이르자 눈, 코, 귀, 입, 저마다 또렷이 살고 서로 도와 세상에서 가장 아름다운 남자의 얼굴을 이루고 있었다"라고 표현된 것을 보면 그것의 정체는 어느 정도 드러나게 된다. 즉, 그것은 생명감으로 가득 찬 노동 행위 자체에서 발산되는 아름다움인 것이다. 그러니까 가난한 사람이 자신의 생업에 전신 투구를 하는 순간의 아름다움이라고 할 수 있을 것이다. 주인공 가순호는 바로 그 지게꾼 이전에 "그 비슷한 얼굴"을 마장동에서 보았음을 고백한다. 그때는 "자그마한 판잣집 크기의 부피로 쌓아올린 무슨 종이상자 같은 것들을 잔뜩 실은 자전거"를 타고 붐비는 자동차의 물결을 헤치고 가는 20세가량의 청년의 얼굴이었다. 이러한 아름다움은 어쩌면 작가 조해일 자신이 추구하는 것이리라. 왜냐하면 화자의 입을 빌려서 두 인물을 비교하는 부분을 읽게 되면 지게꾼의 얼굴에 나타난 아름다움은 거의 이상적(理想的)인 것임을 알 수 있기 때문이다.

그때 그 청년의 얼굴이 확실히 아름다운 것이었음에는 분명하지만 그 아름다움은 어딘가 가엾고 애처로운 것을 데린 것이었다. 그러나 사나이의 지금 저 얼굴은 조금도 애처롭다거나 하는 구석 없이 완벽하게 아름답다. 엄격함과 자유로움을 한꺼번에 가진 아름다움이라고나 할까, 구속과 무절제를 다 함께 벗어난, 그리하여 생명의 아름다운 본성에 이른 자기의 양식을 찾아낸 사람의 아름다움.

여기에서, 엄격함과 자유로움을 한꺼번에 가진 아름다움, 구속과 무절제를 다 함께 벗어난 아름다움, 생명의 본성과 연관된 자기 양식의 발견의 아름다움 등으로 표현되고 있는 것을 보면 화자가 이야기하고 있는 아름다움은 가장 자연스러운 것이면서 초월적인 상태에 있는 것임을 알게 된다. 왜냐하면 그것은 서로 모순되는 두 가지 성질을 동시에 띠고 있기 때문이다. 우선 '엄격함과 자유로움'에서, 그리고 '구속과 무절제'에서 볼 수 있는 것은 '엄격함과 자유로움'이 긍정적인 의미로 씌어지고 있는 반면[어의(語意) 자체도 그렇지만 그다음에 오는 '가진다'는 동사에서도 알 수 있다]에, '구속과 무절제'가 부정적 의미로 씌어지고 있고(여기에서 동사는 '벗어나다'이다), '엄격함'과 '구속', 혹은 '자유로움'과 '무절제'라는 두 비슷한 표현이 의도적으로 달리 쓰이고 있다는 사실이다. 이 구분의 척도가 결국은 "생명의 아름다운 본성에 이른 자기의 양식을 찾아"냈느냐 못 냈느냐에 있음을 화자는 밝히고 있다. 이것은 다시 말하자면 삼라만상의 변화에서 볼 수 있는 자연의 어떤 거대한 섭리가 작용하는 것 같은 현상에 대한 미적(美的) 인식이 이 인물에 대한 평가의 기준을 형성하고 있음을 이야기해준다. 이러한 인물은 사실상 모든 것이 기능화되고 기계화되고 있는 산업사회에 있어서 대단히 우화적 성질을 띠게 된다. 그러니까 실제로는 상상조차 할 수 없는 '뒷걸음질' 행진이란 말하자면 이 작가(혹은 화자)가 이야기하고 있는 것이 현실 자체가 아니라 꾸며낸 이야기임을 드러내주고 있다. 그러나 반면에 이 뒷걸음질 행진을 쫓아가다 보면 독자들은 현실에서 검증될 수 있는 여러 장소를 만나게 된다. "남산으로 오르는, 이 도시에서 제일 오랜 육교 밑을 지나고 DDT나 밀가루를 뒤집어쓴 것같이 보이는 거대한 서울특별시 농업협동조합 건물 앞을 지나서 건너편으로 서울역을 바라보며, 교통센터 건물을 끼고 돌아 USO 앞으로 빠져나왔다"라고 묘사하는 대목에 오면 독자는 완전히 그 현장 하나하나를 현실에서 검증하게 된다. 그러므로 이 소설을 읽다 보면 그 우화적 인물이 현실적으로 존재하고 있는 듯한 착각을 일으키게 된다.

이러한 현상은 「멘드롱 따또」에서도 드러나고 있다. 군대 내무반 생활에서 일어날 수 있는 여러 가지 사건들이 배경을 이룬 가운데 '멘드롱 따또'라는 별명을 가진 김관호의 죽음에 이르는 이야기를 쓰고 있는 이 작품에서도 김관호는 남다른 크기의 체구와 힘과 인내심의 소유자이다. 그러나 그러한 외모와는 달리 그의 직업이 병아리 감별사여서 대단히 우화적 성질을 띠게 된다. 말하자면 큰 체구와 강한 힘에 어울리는 직업이 아닌 것을 갖고 있다는 사실과, 개인의 힘이나 능력과는 상관없는 조직 사회 속에 그 인물이 끼어 있다는 설정이 대단히 우화적이라는 말이다. 그리고 그런 면에서는 놀라운 솜씨를 자랑하는 '단도 아저씨의' 이야기 「전문가」도 마찬가지다. 남달리 재빠른 칼을 쓰는 그를 읽게 되면 소설이란 한편으로 '현실 같은' 그럴듯한 이야기이면서 동시에 그것이 현실 자체가 아니라 작가에 의해 만들어진 이야기라는 대단히 상식적이면서도 중요한 사실을 깨닫게 된다. 작가에 의해 '만들어진' 세계로서의 소설은, 필연적으로 작가의 세계에 대한 태도와 문학에 대한 태도의 표현을 동반할 것이다. 그렇다면 조해일 주인공 가운데 이처럼 '남다른' 능력의 소유자가 많다는 것은 무엇을 의미하는가? 가령 이것을 직설법의 세계로 보았을 경우에는 일단 그 '남다른 능력' 즉 초월성을 통해서 주인공이 독자의 호기심을 끌고 있다는 사실을 생각할 수 있을 것이다. 그런 면에서는 뿔과 같은 지게를 지고 뒷걸음질 치는 「뿔」의 주인공이나, 힘은 장사이면서 온순하기 짝이 없는 「멘드롱 따또」의 주인공이나, 뛰는 놈 위에 나는 놈 있다는 식의

「전문가」의 주인공이 독자의 호기심의 대상이 되는 것은 분명하다. 그러나 만약 이러한 호기심과의 관련 아래서만 생각될 수 있는 소설이라면 소설이란 단순히 기괴한 이야기의 전언에 지나지 않게 될 것이다. 그런데 소설이 아직 근대적 문학 양식으로 등장하기 이전의 설화, 혹은 옛날이야기에서 소재로 사용된 기괴한 이야기가 소설에서 흥미의 주축으로부터 밀려나가게 된 것은, 소설 문학이 삶과 세계의 어떤 양상의 표현으로 인식되었기 때문이다.

소설 작품에 있어서 가령 삶의 진위(眞僞)를 구분하는 것이나 좋은 것과 나쁜 것을 구별하는 것은 그것 자체로서는 소설 특유의 성질이라고 할 수는 없을 것이다. 이러한 문제는 인간의 삶에 대한 고찰과 관계된 모든 분야에서 끊임없이 제기되는 문제이면서 동시에 어느 정도의 지적 사유를 하는 사람들이 언제나 어떤 판단을 내림으로써 자신의 윤리적 결단을 내보이는 문제인 것이다. 소설 특유의 성질은 아마도 이러한 결단의 결과에 대한 평가의 중요성을 부여하는 것이라기보다는 그 결단에 이르는 과정을 통해서 삶에 대한 탐구, 세계에 대한 탐구를 하는 데 있을 것이며, 동시에 그것을 소설이라는 문학 양식을 통해서 한다는 데 있을 것이다. 그렇기 때문에 신화시대의 서사시는 개인의 힘과 이상(理想)이 현실과의 큰 간극 없이 이야기될 수 있는 문학 양식이었지만 근대 이후의 소설은 역사 속에서 그 간극의 제기로부터 그것의 극복의 문제를 다루는 문학 양식으로 등장할 수 있었던 것이다. 따라서, 소설이 특수한 능력을 가진 인물을 그린다거나 그런 인물의 특수함 자체에 호소하는 양식을 버리게 된 것도 우선은 그러한 능력에 대한 태도 자체(다시 말하면 인식 자체)의 현실적인 변화를 의미하며 동시에 그만큼 현실 자체가 단순화될 수 없다는 사실의 자각을 의미하는 것이다. 그러한 면에서 조해일 소설의 진면목(眞面目)이 드러나는 것은 역시 중편 「아메리카」와 장편 『겨울여자』라고 할 수도 있을 것이다.

「아메리카」는 서울에서 대학을 중퇴하고 군대에 갔다가 제대한 주인공 '나'가 대학으로 복학하지 않고 생활을 하기 위해 어느 미군 기지촌의 '얄루 클럽'에서 보낸 생활 수기 형식을 취하고 있다. 줄거리만을 좇게 되면 주인공 '나'가 제대 후 곧 당숙이 경영하는 클럽에 가서 미군을 상대로 하는 무수한 여자들의 삶에 대한 관찰을 하는 이야기임에 틀림없다. 물론 여기에서 '관찰'이라는 말이 의미하는 것처럼 주인공은 그들과 생활을 같이하면서도 그의 삶이 곧 그 여자들의 삶과 동화되는 것(물론 도덕적인 관점에서 보는 사람은 그의 생활과 그 여자들의 생활 사이에 어떤 다른 점도 없다고 할 테지만)은 아닌 것이다. 이렇게 이야기하는 데는 적어도 두 가지 이유가 있다. 하나는 그가 그 직장을 갖게 된 것이 그 클럽에서 일하는 여자들처럼 다른 직업을 찾을 수 없었기 때문이 아니라는 사실(왜냐하면 서울의 친구가 그의 직장을 마련하려고 했지만 그가 거기에 응하지 않았기 때문이다)이다. 둘째 그 여자들이 몸을 파는 입장에 있는 데 반하여(여기에는 사회적으로, 심리적으로 대단한 죄의식이 동반되어 있다) 그는 자신의 몸을 판다기보다는 그 여자들의 그 생활을 이용해서 살고 있는 입장에 있다는 사실이다. 따라서 그는 그 여자들의 생활을 관찰할 수도 있었고 필요에 따라서는 자신의 성욕을 해결하는 데 그 여자들을 이용할 수도 있었다. 그러나 거의 아무런 자의식(自意識)도 노출시키지 않은 이러한 관찰자로서의 '나'가 그 여자들과 동일한 삶의 의식을 소유하게 되는 것은, 자신이 그 여자들과 함께 경험한 몇 가지 사건을 통해서이다. 바꾸어 말하면 그 여자들과 같은 장소에서 생활하면서도 자신의 위치를 그 여자들과 구별하여 파악하고 있던 그가, 그 여자들과 함께 몇 가지 삶을 경험함으로써 그 여자들과의 공동 의식을 소유하게 되었다. 이것은 이해관계에 의한 것이 아니라 최소한의 생존에 대한 의식의 동질성의 발견에 의한 것이다. 그가 여기에서 경험한 사건 특히 그의 의식에 어떤 변화를 초래한 사건이 한기옥의 죽음이라고 한다면, 그 뒤를 이어 군표의 개신(改新), 기옥의 장례식, 쑴바귀회와 벌거숭이 산의 방문, 그리고 대홍수 등의 사건들이 그러한 변화에 기여를 하게 되고, 그 때문에 주인공은 소설이라는 '수기(手記)'를 쓴 것이다. 이 수기를 통해서 주인공은 자신이 그 여자들과 같은 입장에서 현실을 인식하게 되고, 그러나 그러한 생활 자체를 의식화시키는 데에 도달하는 과정을 보여준다. 그렇기 때문에 그는 한기옥이 흑인으로부터 당하는 현장을 목격한 직후 "방금 본 사건의 충격적인 모습과 끌려간 여자가 당할 폭력에 대한 상상력이 내 어두운 시야와 머릿속에 가득 차 나를 짓눌렀다. 그리고 광포한 폭력 앞에 아무런 방비 없이 내던져진 여자를 위해 아무 일도 해주지 못한 내 용렬한 자기 방어 본능이 견딜 수 없이 부끄럽고 구역질났다"고 고백한다. 이러한 고백 이전에 그는 자신의 눈앞에서 벌어지는 사건들에도 어떤 비판적 자세를 취하지 않는다. 그러니까 주인공의 의식의 눈뜸은 일상적으로 부딪치는 여러 가지 현상들에서가 아니라 한 여자의 부당한 죽음이라는 사건을 통해서라는 것을 알 수 있다. 이것은 주인공의 의식에 어떤 계기가 있을 경우에만 비판적 관점을 도입하게 된다는 보편적 사실의 확인에 지나지 않는다. 그렇지만 중요한 것은 그러한 주인공의 변모 과정을 통해서 미군을 상대하는 여자들의 삶의 대한 올바른 인식에 도달한다는 사실이며, 이 여자들의 삶의 현장이 가난의 지배를 받고 있는 한국적 삶의 현장이라는 보편적 사실을 그 밑바닥에서부터 보여준다는 데 있다. 그렇기 때문에 조해일의 소설 가운데서 비교적 묘사적인 성질을 띤 「아메리카」가 다른 단편들에 비하여 강렬한 전달 기능을 갖게 된다고 말할 수 있을 것이다.

그러나 다른 한편으로는 주인공의 의식 변모 때문에 이 소설이 독자들에게 밑바닥 삶의 새로운 모습을 보여줄 수 있었다. 다시 말하면 뜨거운 여름날 주검을 어깨에 메고 가는 여자들의 긴 장례 행렬이라는 현장을, 그리고 그 햇볕 아래서의 벌거숭이 무덤들이 보여주는, 삶의 종말이 갖게 되는 황량함을 전달하고 있다. 거기에는 '어떤 힘'의 존재가 그들의 일상적 삶을 지배하고 있는 동시에 불안해야 하는 쪽은 언제나 지배를 당하고 피해를 당하는 사람들일 수밖에 없다는 작가 자신의 강한 현실 인식이 뒷받침되고 있다.

주인공의 관점의 변화는 말하자면 이러한 현실 앞에서 자신은 그 현실과 독립된 존재로, 혹은 최소한 무관한 존재로 생각하고 있던 것에서부터 그 현실에 융합된, 혹은 상관된 존재로 생각하는 것으로의 이행(移行)을 의미한다. 이것은 주인공의 의식이 지배 계층으로의 '승진'을 꿈꾸는 것으로 피지배층에 속한 자신의 불행을 잊고자 하는, 현실에의 순응을 의미하는 것이 아니다. 그것은 지배 계층으로의 승진을 의미하는 것이 아니라 그 지배 계층의 존재를 무화시키고자 하는 주인공의 윤리적 결단에 속한다. 그렇기 때문에 주인공은 그 미군 부대 주변을 떠나지 않고 그들과 함께 폭우의 재난을 경험하고 그것을 극복하는 작업에 참여하게 된다. 이 경우 그 이재민들을 돕는 미군의 행위와 주인공 '나'의 행위는 결코 같은 수준에서 파악될 수 없는 것이다. 똑같은 행위라고 하더라도 미군의 행위는 지배적 존재로서의 '아량'에 근거를 두고 있는 것이어서 그 행위 자체가 피지배적 존재와의 융합을 의미하는 것은 아니다. 오히려 그것은 지배의 위치를 강화하는 역할을 맡게 된다. 반면에 주인공의 행위는 그 이재민들과 운명의 동질성을 파악하는 행위이지, 그 이재민들을 자신과는 다른 계층으로 파악하고자 하는 행위는 아닌 것이다. 이 같은 비극에 대한 인식 태도는 그 비극 자체를 기쁨으로 생각하는(왜냐하면 비극이란 스스로 살고 있는 것이 아닐 경우에는 언제나 재미있고 흥미진진한 것이기 때문이다) 관점을 넘어서는 것이며 동시에 독자로 하여금 넘어서게 하는 것이다.

그러나 여기에서 또 하나 주목해야 하는 것은, 주인공이 자신의 삶을 그곳 주민들(사실 주민들이라고 불리긴 하지만 그들이 실제로는 뿌리 뽑힌 자들임을 기억해두자)의 그것과 융합시켰다고 해서 그것이 곧 주인공의 구제(救濟)를 의미하지는 못한다는 사실이다. 물론 여기에서 주인공의 투쟁하고자 하는 의지가 성공을 한다면 그것이 주인공 자신의 구원이 될 수는 있을 것이다. 그러나 그러한 구원은 일시적으로 호도된 구원에 지나지 않는다. 왜냐하면, 주인공 자신의 의식의 눈뜸이 그처럼 쉽게 보상을 받을 수 있는 현실이라면 문학작품 속에서 그러한 인물들을 다룰 것이 아니라 현실 속에서 그러한 보상을 바라며 행동하는 것으로 충분할 것이기 때문이다. 문제는 현실 자체가 그러한 행위를 진정으로 가능하게 하지 않을 뿐만 아니라, 외형적으로 그러한 행위가 보상을 받는 것으로 위장하는 능력을 소유하고 있다. 다시 말하면 현실은 그러한 인물을 긍정할 경우 언제나 그 체제 자체의 유지, 혹은 강화에 필요한 범위 안에서만 긍정하는 것이다. 따라서 「아메리카」에서 주인공이 의식의 변화 이후에도 소영웅주의(小英雄主義)에 사로잡히지 않는 것은, 주인공이 행위를 통해서 구원을 발견하는 것과 같은 도식주의로부터 벗어나 진정한 자기 현실의 발견에 천착하게 되었기 때문일 것이다.

조해일의 모든 작품에 나타난 인물들이 대부분 '좋은 사람'과 '나쁜 사람'으로 구분된다는 것을 앞서 지적한 바 있다. 그러나 이러한 구분 자체에는 이미 인간에 대한 사랑과 기대를 이 작가가 가지고 있음을 암시하게 된다. 말을 바꾸면 그의 인물들이 작품 속에서 맺고 있는 관계들은 비교적 편안한 관계, 즉 복잡하지 않은 관계인 것이다. 그것은 작가 자신이 어떤 인물의 설정에 있어서 인물의 성격화에 따른 신뢰감을 각 인물에게 많이 부여하고 있음을 의미한다. 이러한 인물의 창조는 한편으로 그 인물 자체의 자율성(自律性)의 몫이 적어진다고 할 수 있는 반면에, 다른 한편으로 그 인물에 대한 작가의 태도가 애매하지 않고 분명한 데서 가능하다고 할 수 있다. 이와 같은 태도의 명확성은 이 작가의 정확하고 지적(知的)인 문체와 함께 조해일의 소설을 읽는 데 큰 편안함을 마련해준다. 특히 「이상한 도시의 명명이」「방」「통일절소묘(統一節素描)」 등과 같이 공상적인 주제를 다룰 때 대단히 경쾌한 느낌을 주며 「아메리카」처럼 심각한 주제를 다룰 때에도 감정의 개입이 극도로 억제된 효과를 주게 된다. 그러나 이러한 작가의 인물에 대한 신뢰감이 『겨울여자』의 경우에는 너무 쉽게 드러남으로써 인물 자체가 제기하는 문제점들을 약화시키는 것처럼 보인다. 여성의 해방과 가정이라는 터부에 대해서 지금까지 나온 어떤 소설보다 전위적 성격을 띤 이 소설에서, 주인공 이화가 제기하는 문제는, '진보'와 '보수'가 동시에 내재하고 있는 우리의 지적(知的) 상황에 대해서 틀에 박힌 stéréotyper 접근에 지나지 않는다. 이화가 만나는 남자가 '선의의 사람들'임을 보게 되면, 그것이 인물에 대한 지나친 신뢰감을 부여한 데서 기인했음도 알 수 있다. 그러나 「아메리카」와 『겨울여자』의 작가로서 조해일은 우리 현실의 가장 큰 터부를 문학이라는 양식 밑에서 다룬, 그래서 문제를 제기한 작가로 남을 것이지만 식민지적 현실의 발견과 '가정'의 문제화는 결코 이처럼 간단히 파악될 성질의 것이 아니라 진정한 작가가 모두 탐구해볼 성질의 것이다.

Ⅲ

골드만과 발생구조주의(發生構造主義)

프랑스의 현대 비평을 특징짓는 가장 중요한 것은 아마도 작품의 겉으로 드러난 내용을 다루는 것이 아니라 바로 하나의 작품이 가지고 있는 보이지 않는 구조를 다루는 것이라고 할 수 있을 것이다. 이른바 신비평이라는 범주 속에 들어가는 발생구조주의 비평, 정신분석학적 비평, 테마 비평, 사회학적 비평 등등의 현대 비평은 재래에 이와 유사한 이름을 가진 비평이 있었다고 하더라도 그것을 작품의 구조와의 관련 아래서 생각해보면, 전통적인 비평과 다른 점을 금방 내보이게 된다. 즉 그것은 문학작품을 하나의 큰 구조로 보고 그 구조를 구성하는 여러 가지 요소가 작품 안에 구조화되어 있다는 전제(前提)에서부터 시작된다. 여기에서 이야기히고저 히는 문학시회학에 있어서의 발생구조주의 이론도 신비평에서 하나의 중요한 몫을 담당하고 있다.

발생구조주의 이론의 제창자는 프랑스의 20세기 비평가 가운데 손
꼽을 만한 뤼시앵 골드만Lucien Goldmann(1913~1970)이다. 골드만의
문학사회학 이론의 철학적인 출발점은 골드만이 1945년 소르본 대학
시절에 쓴 논문 「칸트에게 있어서 우주와 인간의 공동체」라고 할 수
있다. 여기에서 골드만은 사회적 조건들을 분석하고 나아가서는 철학
자·작가·예술가 들의 창조적 작업과 그 사회적 조건들의 관계를 규
명하려고 시도하였다. 사회 전체와 문학적 창조 사이에 있는 관념상
의, 그리고 기능적인 제관계(諸關係) 체계에 관한 탐구를 전개시킨 골
드만은, 문학사──다시 말하면 문학 외적(文學外的) 서술(叙述)이거나
텍스트의 주석에 지나지 않는 문학적 역사를 극복하고 동시에 인과론
적 사회학주의를 극복한 하나의 '진정한 문학사회학'을 정의하기에 이
른다. 실제로 문학적 역사, 그리고 인과론적 사회학주의에서 얻게 되
는 여러 가지 증명과 통계가 그의 눈에는 예술적 현상의 성격을 파악
할 수 없는 것으로 보였기 때문이다. 차차로 설명하겠지만, 그리고 골
드만 자신의 글인 「문학사회학에 있어서 발생구조주의」에서도 분명히
볼 수 있지만, 문학작품이 사회의 반영이라든가, 어느 사회에 어떤 요
인이 그 사회를 어떻게 바꾸었다든가 하는 따위의 얼핏 보면 그럴듯한
이론들이 허구이거나 무의미한 것임을 규명하는 것이, 그래서 다른 방
법론을 제시하지 않을 수 없는 것이 골드만의 일생의 작업이 된 것은
그의 칸트에 관한 논문에서부터 시작된다. 그의 대표적 저서의 하나이
며 파스칼의 『팡세』와 라신의 연극에서 나타나는 비극적 비전에 관한
연구서인 『숨은 신』에서 골드만은, 변증법적 방법으로 '진정한 문학사
회학'의 수립을 성취하였다. 그가 사용한 변증법적 방법은 작품의 현
실을, 다시 말하면 문학 텍스트들과 그 텍스트들의 개념적 구조를 구

체적으로 제시하는 것을 목표로 하며, 바로 그 작품의 현실을 가능하게 한 사회 자체의 합리적 총체성을 끌어내는 것을 목표로 한다.

　그렇다면 골드만이 말하는 '진정한 문학사회학'이란 무엇인가. 여기에 대한 대답을 얻기 위해서는 루카치의 『소설의 이론』과 르네 지라르의 『낭만적 거짓과 소설적 진실』이라는 두 이론에서부터 출발한 골드만의 『소설사회학을 위하여』를 살펴보는 것이 필요한 것으로 보인다. 골드만은 우선 소설을 타락한 세계에서 진정한 가치를 추구하는 타락한 과정이라고 정의한다. 이때 진정한 가치란 "비평가나 독자가 진정한 것이라고 평가하는 그런 가치가 물론 아니라 소설 속에 명백히 제시되어 있지는 않지만 내재적 양태로 소설 세계 전체를 구성하는 그런 가치"라는 것이다. 그러니까 이 가치는 각 소설이 가지고 있는 특수한 것이며 따라서 소설마다 다른 것이다. 여기에서 '타락'이라는 말은, 이야기의 주인공이 이상(理想)과 현실의 합일점을 보여준 서사시나 설화와는 달리 주인공과 세계 사이에 극복할 수 없는 단절이 있음을 뜻한다. 따라서 이 단절이 있는 소설은 비극이나 서정시가 되고, 단절이 없거나 우연적으로만 존재하는 경우에는 서사시나 설화로 귀착된다는 것이다. 그러나 이 두 경우 모두 소설의 주인공은 루카치의 표현을 빌려 '악마적'인 광인(狂人)이거나 죄인(罪人)이기 때문에 결국 '문제적 인물'이며, 그 문제적 인물은, 획일주의와 인습의 세계에서 진정한 가치를 모색하는 그의 타락하고 정당하지 못한 추구 방법이, 결국 개인주의 사회에서 소설가들이 창조한 새로운 문학 장르, 즉 소설이라고 불리는 것의 내용을 구성하게 된다. 그러니까 주인공이 진정한 가치를 추구하는 데 따라서 주인공과 사회는 타락이라는 양상에 의해 공동체가 된다는 것이다. 여기에서 볼 수 있는 주인공과 세계 사이에 있는 대립과 공동체라는 역설적인 관계가 '소설'이라는 것이다. 이때 문제되는 것이 르네 지라르가 이야기하는 '진정한 가치의 간접화 현상'이다. 위에서 인용한 "주인공의 타락하고 정당하지 못한 추구 방법"이란 말은 바로 이 간접화 현상을 의미하는 것으로서 주인공이 추구하는 진정한 가치가 직접적으로 나타나지 않고 겉으로 드러나지 않은 채 소설의 구조를 조직하게 된다. 이때 주인공은 세계를 '초월'하려 하고, 작가는 바로 주인공의 의식을 '초월'해야 한다는 것이다. 루카치에게서는 '아이러니'라는 말로, 지라르에게서는 '유머'라는 말로 표현되고 있는 이 '초월'이 "소설의 창조를 미학적으로 구성한다고" 말하는 골드만은, 그렇기 때문에 루카치의 표현을 빌려 "소설이란 소설가의 윤리가 작품의 미학적 문제가 되는 유일한 문학 장르"라고 규정한다.

이상이 골드만이 말하는 구조적 분석에 해당하는데, 전통적인 소설 사회학이 이 문제를 밝히지 못한 이유는 "소설사의 초기에는 소설이 자전적이거나 사회 연대기였으므로 그들은 언제나 사회적 연대기가 다소간 그 시대의 사회를 반영하고 있다는 점을 지적할 수 있었던"데 두고 있다. 그리고 전통적인 사회학이 의식의 사물화를 현대소설의 변형과 관련시키면서도 카프카나 카뮈의 부조리(不條理)의 세계, 그리고 자율적인 대상들로 구성된 로브그리예의 세계와 같은 소설의 현상이 제1차 세계대전 이후에 등장한 이유를 밝히지 못했음을 골드만은 지적하고 있다. 다시 말해서 "이 전통적인 분석은 소설 문학의 내용을 구성하고 있는 어떤 요소들과, 그 요소들이 반영하고 있는 현실—즉 문학작품 속에서 전치(轉置)되지 않은 채로거나, 전치되었다고 해도 그게 분명하게 보이는 현실—의 관계를 다루었던 것이다."

그러나 골드만의 발생구조주의의 이론에 의할 것 같으면, 소설 사회학이 접근해 갔어야 할 가장 첫번째 문제는 소설의 형태 그 자체와 그 소설 형태가 전개된 사회 환경의 구조 사이에 있는 관계, 다시 말하면 문학 장르로서의 소설과 현대 개인주의 사회 사이에 있는 관계가 어떤 것인지 알아보는 데 있는 것이다. 여기에 골드만의 발생론적 분석 이론이 근거를 두고 있는 것이다. 브뤼셀 대학의 『사회학』지에 실린 골드만의 「문학사회학에 있어서 발생구조론」에서도 여러 번 언급하고 있는 것처럼 소설 작품이 집단의식의 단순한 반영이 아니라, 사회구조와 소설 구조 사이에는 '동질성'이 있고 그렇기 때문에 소설의 구조 분석을 통해서 사회의 구조 분석에 도달할 수 있으며 동시에 소설 구조를 사회구조에다 대조시켜봄으로써 소설의 발생론적 의미화가 가능하게 되는 것이다.

골드만은 하나의 작품이 순전히 개인적 '갈망aspiration'에 의한 것도 아니고 그렇다고 해서 집단의식의 갈망에 의한 것도 아니라고 말하고 있다. 다시 말하면 개인적 갈망은 집단의식의 갈망이 '간접화 현상'을 통해 구현된 것으로 보며, 따라서 문학작품은 '복합적인 형태'를 띠게 되어 작품의 복합적인 구조가 태어난다는 것이다. 그렇기 때문에 작품의 구조는 작가가 살고 있는 "집단의 사회적 생활 속에 아무런 기반도 두지 않은 순전히 개인적 발명의 소산이라고 생각할 수 없다"는 것이다. 여기에서 골드만은 다음과 같은 가설을 내세우고 있다. 즉 "소설의 형태란 시장을 위한 생산으로부터 유래한 개인주의 사회에서 일상적 삶을 문학적 차원으로 전치한 것"이라는 가설이다. 그래서 소설의 문학적 형태는 인간이 일반적으로 재물과 맺고 있는 관계와 엄격한 대응 관계에 놓여 있으며 나아가서는 시장을 위한 생산 사회에서 인간이 다른 인간들과 맺고 있는 관계와도 엄격한 대응 관계에 놓여 있다

는 것이다. 여기에서 인간이 재물과 맺고 있는 관계가 자연스럽고 건
전한 것이려면 그 관계가 사용가치valeur d'usage의 지배를 받아야 할 것
이다. 그런데 시장 중심의 생산 사회, 팽창 경제체제에서는 그 관계가
교환가치valeur d'échange의 지배를 받게 된다. 이처럼 인간과 재물, 인
간과 다른 인간 사이의 관계가 사용가치가 아니라 교환가치의 지배를
받게 되는 것은 골드만이 앞에 말한 것처럼 간접화 현상이다. 따라서
인간과 재물의 자연스럽고 건전한 관계는 새로운 경제적 현실 때문에
인간의 의식으로부터 제거되거나 내면화되어버린다. 이런 사회에서는
물건을 만드는 사람은 그가 만들어내는 물건의 사용가치와는 상관이
없다. 그에게 있어서 사용가치란 오직 그에게 이익이 되는 것만을 얻
기 위한 필요악이며 자기 사업의 수익성을 보장해주는 충분한 교환가
치에 지나지 않는다.

　현대의 사회생활에서 가장 중요한 몫을 담당하고 있는 경제생활에
서는 인간과 사물이 질적 차원에서 맺고 있는 모든 관계는 사라지고,
인간 상호 간의 관계와 마찬가지로 인간과 사물과의 관계들은 간접화
되거나 타락한 관계로, 다시 말해서 순전히 양적 교환가치로 대치되고
있다. 물론 그렇다고 해서 사용가치가 완전히 사라졌다는 것은 아니
다. 오늘날의 사용가치는 소설의 세계에서 진정한 가치가 그러한 것처
럼 경제생활 속에 내면적으로만 작용하는 성질을 띠고 있는 것이다.

　그런데 겉으로 드러난 현상으로 본다면 경제적 삶이란 이처럼 타락
한 가치인 교환가치만을 추구하는 사람들로 구성된 것으로 보이지만
생산의 측면에서 본다면 소수의 개인들—여러 방면에서 창작을 하는
사람들—이 주로 사용가치를 지향하고 있는데 그렇기 때문에 이들은
사회에서 밀려나며 문제적 개인이 된다. 그러나 이들 창작하는 사람들

도 그들의 작품을 시장에 내놓고 명성을 얻고 그 명성에 따라서 가격이 정해지면, 진정한 가치 즉 사용가치를 추구하는 작품이 교환가치라는 타락화의 간접화 현상을 통할 수밖에 없게 된다. 다시 말하면 질적 사용가치는 내면화된 반면에 양적인 교환가치가 표면화된다는 것이다. 바로 그렇기 때문에 그런 사회에서 이들이 문제적 개인으로 태어나는 것이다. 따라서 시장경제에서 진정한 가치, 즉 사용가치가 간접화되고 있는 것과 마찬가지로 문학작품 속에서도 진정한 가치가 간접화되고 있고(소설이 타락한 세계에서 타락한 방법으로 진정한 가치를 추구하는 이야기라는 말이 바로 이것을 두고 한 말이다), 작가가 진정한 가치를 교환가치를 통해서 추구함으로써 문제적 개인이 되는 것과 마찬가지로 소설의 주인공도 진정한 가치를 타락한 방법으로 추구함으로써(르네 시라르에 의하면 세르반테스의 『돈기호테』의 주인공들과 노스토옙스키의 『영원한 남편』의 주인공들의 예가 전형적인 것이다) 문제적 인물이 된다. 여기에서 우리는 왜 소설과 사회가 엄격한 대응 관계를 갖게 되고 그 두 가지의 구조가 동질성cohérance을 띠고 있는지 이해하게 된다. 다시 말하면 "소설 장르의 구조와 교환의 구조, 이 두 구조는 두 개의 다른 평면 위에 나타나는 하나의 동일한 구조라고 말할 수 있을 정도로 엄격하게 대응되고 있는 것"이다.

이상과 같은 발생구조주의 이론에서 이야기하고 있는 작품과 사회 사이의 구조적 대응 관계라는 골드만의 작업은, 마르크스주의자들을 포함한 전통적 문학사회학과는 다르다. 골드만 자신이 밝히고 있는 것처럼 전통적 문학사회학은 "중요한 문학작품들과 그 작품들이 태어난 어떤 집단의 집단의식conscience collective과의 관계를 밝혀놓는 것이었다." 그런데 마르크스주의 이론가들이나 실증주의 문학사회학이나 상대주의 문학사회학에서 "사회적 삶이 문학적, 예술적 혹은 철학적 차원에서 표현되려면 집단의식이라는 중간 매체를 통해서만 가능하다"고 생각해온 데 반하여, 골드만은 경제적 삶의 구조와 문학적 표현 사이에 엄격한 대응 관계가 있다고 했을 때 거기에 필수적인 중간 매체로 여겨졌던 집단의식과 비슷한 구조란 전혀 찾아볼 수 없었다고 말한다.

골드만은 마르크스주의 이론에서 사물화된 사회société réifiée에 동화되지 않은 프롤레타리아만이 새로운 문화의 기초를 구축할 수 있는 유일한 사회집단이라고 말하는 것을 비난한다. 즉 그것은 문화 창조자의 정신 구조와 일부 집단의 정신 구조가 근본적으로 일치되었을 때에만 비로소 중요하고 진정한 모든 문화 창조가 태어날 수 있다는 전통적인 사회학 이론에서 나왔다는 것이다. 골드만은 그 이론의 오류를 서구 사회에서 예를 들고 있다. 즉 서구의 프롤레타리아는, 사물화된 사회와 무관하거나, 혹은 혁명 세력으로서 그 사회들의 조합 활동과 정치 활동을 통해서 마르크스가 예언했던 것보다 훨씬 좋은 지위를 그 사회에서 차지하게 되었다는 것이다. 그리고 문화적 창조는 사물화된 그 사회로부터 점점 더 위협을 받으면서도 중단되지 않고 있고 소설 문학은 현대 시, 현대 회화와 마찬가지로 어떤 특정 사회집단의 의식과 결부되지 않은 채 문화적 창조의 진정한 형태로 존재하고 있다는 것이다. 이처럼 마르크스주의 이론을 비판하면서도 골드만은 상품에 대한 물신숭배fétichisme de la marchandise 이론과 의식의 사물화réification 이론이 문학과 사회와의 대응 관계를 파악하는 데 중요한 분석임을 강조한다.

그렇다면 경제적 구조와 문학적 표현 사이에 맺어진 관계가 어떻게 해서 집단의식과 상관없이 이루어질 수 있을까? 여기에 대해서 골드만은 네 가지 요인의 작용을 들고 있다. 즉 ① 그 사회의 구성원들의 사고에는 간접화라는 범주가 생기는데, 그것은 말을 바꾸면 부르주아사회의 사고 양식이 완전히 '가짜 의식'——그 의식 속에서는 간접화를 유발한 가치가 절대적이 되고 간접화된 가치는 사라지게 된다——으로 대치된다. 다시 말하면 돈과 명성이 진정한 가치로 가는 데 단순한 간접화 단계가 아니라 절대적 가치가 되어버리는 경우가 그것이다. ② 이런 사회에서 몇몇 개인은 그들의 사고와 행동 양식이 절대적 가치의 지배를 받음에 따라 문제적 개인이 된다. 그렇다고 그들이 간접화 현상에서 완전히 제외된 사람들은 아니다. 이 부류에 제일 먼저 드는 사람들이 작가·예술가·철학자·신학자·행동가 등 창작하는 모든 사람들로서, 작품의 질을 먼저 생각하지만 그렇다고 상품성이나 사물화된 사회의 반응을 진히 고려하지 않는 것은 아니다. ③ 중요한 작품은 절대로 순전히 개인적 경험의 표현일 수 없다. 따라서 소설 장르는, 작가의 비개념적 불만과, 질적 가치를 직접 추구하려는 정서적 갈망이 사회 전체에 혹은 작가가 소속된 중간 계층 사이에서 전개되었을 경우에만 발생하고 전개될 수 있는 것이다. ④ 시장경제체제라는 자유 사회, 즉 부르주아사회에도 보편적인 가치 개념이 있는데 그것은 경쟁 시장의 존재와 상관된 자유 개인주의 가치 개념으로서, 자유·평등·사유재산권·관용·인권·인격의 개발 등이다. 소설의 구성 요소가 된 개인의 전기라는 성격은 이 가치 개념들에서 생겼던 것이다.

이러한 가설의 도식을 골드만은 서구의 경제구조의 변화 역사에서 사실로 확인하고 있다. 점점 붕괴되어 가는 소설 형태의 변화 현상, 그리고 작중인물로서의 개인과 주인공이 사라지는 현상이 일어나는 것은, 서구에서 자유경쟁의 경제구조가 카르텔과 독점 경제체제로 대치뭬으로써 개인주의가 사라지면서부터라는 것이다. 여기에서 골드만은 소설의 변화를 두 단계로 나누고 있다. 즉 첫째 단계는 과도기적인 것으로 이 기간 동안에 개인의 중요성이 사라짐으로써 소설의 내용으로서의 전기, 다시 말하면 문제적 개인의 전기가 상이한 여러 이데올로기에서 유래한 가치 개념들로 대치되는 경향을 초래한다. 여기에서는 제도·가족·사회집단·혁명 등 사회주의 이념이 서구 사회에 끌어들였던 공동체와 집단 현실이라는 사상들이 중요시된다. 두번째 단계는 카프카로부터 누보로망에 이르는 아직 완성되지 않은 단계로서, 그 특징은 문제적 주인공과 그 주인공의 전기를 다른 현실로 대치하려는 모든 시도를 포기하는 것이고, 주제가 없는 소설과 진전을 보이는 추구가 없는 소설을 쓰려고 노력하는 것이다. 그 대표적인 예로서 골드만은 앙드레 말로를 첫 단계의 경우로, 알랭 로브그리예를 두번째 단계의 경우로 분석을 시도하였다. 여기에서 골드만은 문제적 주인공 소설은 전통적인 견해와는 달리 부르주아의 역사와 그 발전에 결부되어 있는 형태이지만 부르주아 계층의 실제 의식 혹은 있을 수 있는 의식을 표현하는 문학 형태는 아니라고 말하면서, 오직 발자크만이 유일하게 부르주아 계급의 의식적인 가치 개념들로 구조화된 세계를 거대한 문학적 표현으로 구성하였다는 것이다.

이상과 같은 발생구조론적 분석 이론을 실제로 문학작품 하나하나에 적용할 때 그 방법론적인 문제는 작품의 구성 요소를 어떻게 재단 découpage하느냐에서부터 구체적인 과정을 거치게 된다. 이 재단에는 문학과 사회의 구조적 동질성을 전제로 하고 있기 때문에 재단된 작품의 요소 하나하나가 의미 구조structure significative를 갖고 있는 것이어야 한다. 그렇게 되면 문학작품을 구성하고 있는 보이지 않는 요소들이 사물의 상태로부터 의미 작용의 상태로 옮기게 된다. 이런 분석의 과정을 거치게 되면 하나의 구조인 작품을 구성하고 있는 부분적 구조들이 전체 구조인 작품과 동질성을 갖게 되는 것을 알게 되고, 이 경우 작품은 그 부분적 구조들을 '감싸는 구조'임을 알게 된다. 이러한 '감싸는 구조' 관계는 문학작품과 그 문학작품이 태어난 사회와의 관계에도 그대로 나타나는 것이어서, 결국 문학사회학이 다루어야 할 것은 하나의 작품이 어떻게 구조화되고, 그리고 구조화된 구성 요소들이 해체 구조화의 과정을 거쳐 그 작품을 감싸는 구조와 동질화를 이룩하는지 알아보는 것이 된다. 이와 같은 과정을 거치게 되면 발생구조론에 의한 분석은 필연적으로 '이해'와 '설명'이라는 두 개념을 추출하게 된다. 하나의 작품의 구조 분석에 있어서 그 작품의 구성 요소들을 밝히는 것은 그 작품과의 관련 아래 보면 이해가 되고, 그 작품을 감싸는 구조와의 관련 아래 보게 되면 그 설명이 된다. 이러한 끊임없는 대조를 하는 것이 발생구조주의에 있어서 변증법적인 성질을 띠게 되는 것이다.

* 골드만의 발생구조주의 저서: 『칸트 철학에의 입문*Introduction à laphilosophie de Kant*』『숨은 신*Le Dieu caché*』『변증법적 탐구*Recherches dialectiques*』『소설 사회학을 위하여*Pour une sociologie du roman*』『인문과학과 마르크시즘*Science humainnes et marxisme*』『인문과학과 철학 *Sciences humaines et philosophie*』『라신론*Racine*』『정신적 구조와 문화적 창조*Structures mentales et création culturelle*』『루카치와 하이데거*Lukàcs et Heidegger*』.
그 외에 루카치의 『소설의 이론*La Théorie du roman*』과 르네 지라르의 『낭만적 거짓과 소설적 진실*Mensonge romantique et Vérité romanesque*』이 중요한 참고 문헌이 된다.

구조주의와 문학 연구

1950년대부터 지금에 이르기까지 논의되고 있는 구조주의란 하나의 사조인가? 우리가 지금까지 배워온 여러 사조들, 다시 말하면 고전주의·계몽주의·낭만주의·사실주의·자연주의·상징주의·초현실주의·실존주의 등을 생각하면 구조주의도 하나의 사조로 볼 수 있을 것이다. 그러나 인간의 사상적(思想的) 흐름을 염두에 두고 있는 이와 같은 단순한 판단은 구조주의라고 하는 것을 너무 쉽게 파악함으로써 그것이 표방하고 있는 깊은 뜻을 호도해버릴 가능성을 갖게 된다. 우선 본질적인 측면으로 보았을 때 지금까지 존재했던 모든 '주의(主義)'가 문학이나 예술, 혹은 인간의 철학적 사유에 있어서 이념적 성질을 띠고 있는 데 반하여, 구조주의는 이념적 성격을 갖고 있기는 하지만, 사실은 그 방법론에 더 큰 역점을 두고 있다고 생각할 수 있기 때문이다.

둘째로 따라서 기존의 '주의'가 작용하고 있는 범주는, 문학·예술·사상은 물론 수학·윤리학·물리학·생물학·심리학·언어학·철학·인류학 등 거의 모든 과학science에 걸쳐 있는 것이다. 그렇기 때문에 구조주의적인 입장에서 씌어진 글을 읽게 되면, 가령 그 글이 인문과학에 속하는 것이라고 하더라도 무수하게 많은 생소한 용어들과 만나게 된다. 그 생소한 용어들은 말하자면 구조적 사고의 양상에서 나온 것이기 때문에 지금까지 우리가 생각해온 사고 양식으로 볼 때, 다시 말하면 인간의 현상을 역사주의적 관점에서 보거나 인상주의적 관점에서 보거나 혹은 인본주의humanisme적 관점에서 볼 때, 그 글을 읽는 사람으로 하여금 소외감을 느낄 정도로 전문화된 인상을 준다. 그러나 좀더 깊이 관찰해보면, 지금까지 행해진 모든 분석·연구가 한편으로는 도덕적 관점에서 이루어진 것이며, 다른 한편으로는 자기중심적 관점에서 이루어진 것이었기 때문에, 과학적인 객관성을 얻지 못했음을 알게 된다. 여기에서 도덕적 관점이란 '인간의 역사가 정의의 승리다'라는 극히 단순한 논리 위에 파악함으로써 역사 자체를 기존의 사고 양식 위에서만 바라보려는 태도를 의미한다. 그랬을 때 도덕적 관점은, 역사적으로 힘의 승리만을 정당화시켜버림으로써 패배한 진실을 은폐하게 되는 것이다. 그리고 자기중심적 관점이란 세계의 역사에서 힘의 우위를 누리고 있는 서양의 경우, 문학의 척도가 서양 중심으로 되어 있는 것처럼, 대상을 구체적으로, 객관적으로 바라보지 않고 자신이 처해 있는 입장에 유리하게 바라보는 인상주의적 관점을 의미한다. 따라서 이러한 관점이 지배하고 있는 한, 세계 자체에 대한 올바른 인식에 도달할 수 없는 것이다.

그렇다면 세계에 대한 인식의 잘못된 점을 어디에서 끌어내고 있는 것인가? 그것은 바로 지금까지 인류의 역사 자체가 행복하지 못했다기보다는 갈수록 불행해지고 있으며, 지배와 피지배의 관계는 보다 큰 극화 현상으로 발전되고 있는 데서 찾아지고 있다. 좀더 부연하면, 세계에 대한 새로운 해석을 내릴 수 없는 상황과의 부딪침에서 지금까지 있었던 사고 양식에 대한 재검토가 시작되었다고 할 수 있을 것이다. 가령 철학에 있어서 근대적 발전은 신의 세계와 인간의 세계를 구분함으로써 고도의 형이상학을 구성할 수 있었던 데 있다면, 오늘의 철학은 더 이상 형이상학을 밀고 갈 수 없는 상태에 놓여 있는 것이다. 부르주아 사상의 꽃이라고 할 수 있는 형이상학 철학이 이처럼 어떤 벽에 부딪혔다고 하는 것은 흔히 부르주아 계층의 문화 중심적 위치가 무너진 데서 찾아지고 있기도 하지만, 그 근본적인 원인은 우주관의 변화가 물리학에서 이루어지지 않고 있는 데서 찾아지고 있는 것이다. 말을 바꾸면 뉴턴 이후의 물리학이 급속도로 발전해오다가 아인슈타인에 이르러 혁명적 우주관을 성립시키게 되지만, 그 이후에는 우주관의 변화를 가져오지 못하고 있는 것이다. 그렇기 때문에 철학도 새로운 우주관을 만들어내지 못하고 있다. 이것을 역으로 말하면 철학에서 새로운 우주관을 만들어내지 못하고 있기 때문에 물리학도 아인슈타인 이후 새로운 우주관을 형성하지 못하고 있다는 것이 된다. 이러한 상황 아래 철학은 지금까지의 모든 방법론에 대한 재검토를 실시할 수밖에 없는 상황에 빠지게 되고, 그리하여 분석철학으로의 전환을 모색하게 되었던 것이다.

그렇기 때문에 구조주의는 하나의 분야에서만 나타난 하나의 사상적 이론이 아니라 여러 분야에서 나타난 일종의 방법론이라고 해도 지나치지 않을 것이다. 우주의 여러 가지 현상이 동질적 구조를 가지고 있다는 전제를 받아들이고 있는 구조주의는, 수학에서는 '집단groupe' 의 개념을 낳게 되는데, 이 이론은 메이어슨E. Meyerson의 인식론이 근 거를 두었던 반대 명제antithèse의 인위적 성질을 밝혀내주게 된다. 그 리고 특히 수학에 있어서 구조주의 학파라고 부를 수 있는 부르바키N. Bourbaki의 '모체 구조(母體構造)structres mères' 이론이 현대 수학의 중요 한 자리를 차지하게 된 것도 구조적 사고의 이론화에서 기인하고 있으 며 이것이 결국 현대 논리학에 기여하게 된다. 물리학에서는 로렌츠H. A. Lorentz의 '변형 공식(變形公式)', 즉 시간과 공간의 수축(收縮)을 미 분 계산(微分計算)에 삽입시켜주는 '변형 공식' 등이 구조주의 이론에 입각한 것이며, 생물학에서는 모건C. Llyod Morgan의 '분출 이론'과 베 르탈란피L. Bertalanffy의 '생체론(生體論)' 등으로 게쉬탈트 이론의 영향 을 받은 사람들이 여기에 속한다. 심리학에서는 게쉬탈트 심리학이 바 로 구조 심리학의 형식을 세우고(볼프강 쾰러W. Köhler와 막스 베르트하 이머M. Wertheimer를 들 수 있다), 사회심리학(컬트 레빈K. Lewin과 그 제 자들을 말한다)으로 확대되었다. 문학의 연구에 가장 영향을 많이 미 친 구조 언어학의 경우에 있어서는 공시언어학(共時言語學)linguistique synchronique 이론을 들 수 있는데 블룸필드Bloomfield, 소쉬르de Saussure, 촘스키N. Chomsky, 방브니스트E. Benveniste 등에 의해 "하나의 구조는 내 적 요구에 의한 자율적 존재"라는 이론으로 정립됨으로써 오늘날 언 어학이 인문과학의 꽃으로 등장하게 되었다(이 방면에 관해서는 『언어 과학이란 무엇인가』, 문학과지성사 참조). 그리고 인류학에서는 레비-스 트로스Lévi-Strauss의 구조 인류학을 들 수 있다. 레비-스트로스는 인류 의 문화에 있어서 발진의 이론을 부정히고 구조적 동질성을 가진 다양 한 문화들의 존재를 주장하면서, 만약 인류 문화에 있어서 큰 혁명이 있다면 그것은 두 번밖에 없었다는 것이다. 그 두 번의 하나는 신석기 시대 혁명이고 다른 하나는 산업혁명이다. 이른바 '미개 사회'에 대한 구조적 연구에 해당하는 레비-스트로스의 작업은 오늘의 서구 문화가 원시적 생활을 하고 있는 토인 문화보다 우월하다는 것이 힘을 존중하는 서양 문화 중심적 사고방식에서 나온 것이며, 동시에 세계의 지배를 염두에 두고 있는 이른바 지배 이념의 소산이라는 것이다. 그렇기 때문에 그는 토착민들의 원시 사회와 서양의 문명사회는 관점이 다른, 따라서 참조 체계(參照體系)système de référence가 다른 두 사회이고, 따라서 두 사회를 그대로 비교할 수는 없다는 것이다. 그러나 레비-스트로스의 중요성은 이러한 그의 사상의 이념적 성격을 바탕으로 한 그의 방법론에 있다. 『야만적 사고』의 한 장에서 레비-스트로스는 신화적 사고의 성격을 일종의 지적(知的) '뜯어 맞추기'라고 한다. 이 뜯어 맞추기의 특성은 애당초 그 작업에 쓰이도록 구성되지 않은 도구 전체를 자신의 작업에 사용한다는 데 있고, 그 점에서 그 작업은 엔지니어의 작업과 비슷하다. 그래서 '뜯어 맞추기'의 규칙은 언제나 당장 가능한 방법으로 조립되어야 하고, 옛날 구조들에게서 떨어져 나온 폐물들을 하나의 새로운 구조 속에 투여하는 것이다. 이 경우 '뜯어 맞추기'란 분석과 종합이라는 이중(二重)의 작업을 함으로써 빨리 제작해야 경제적이다. 여기에서 분석이란 이미 구성되어 있는 여러 다양한 집합들에서 다양한 이질적 요소들을 끌어내는 것을 의미하며, 종합이란 이처럼 다양한 이질적 요소들을 가지고 새로운 집합을 구성하는 것이다. 그렇게 되면 이질적 요소들은 새로운 구조에 기인하는 것이 되면서 본래 가지고 있던 기능을 잃어버리게 된다. 이것을 가령 어린이들의 장난감 '에디슨 블록'에 비교하면 쉽게 이해될 수 있으리라. 에디슨 블록으로 기차를 만들었을 경우 블록 하나하나는 기차라는 하나의 구조를 형성하는 요소가 된다. 그런데 그 기차를 부수어 얻은 블록으로 집을 만들면 블록 하나하나는 집이라는 하나의 구조를 구성하는 요소들이 된다. 그러면 처음에 기차의 바퀴 역할을 했던 것이 나중에는 집의 창문 역할을 하기도 하고, 처음에 기차의 화통 역할을 했던 것이 나중에는 집의 굴뚝 역할을 할 수도 있을 것이다. 여기에서 창문과 바퀴는 전혀 그 기능이 다르기 때문에 문제가 되지 않지만, 화통과 굴뚝은 얼핏 보기에 그 기능이 같다고 할 수 있다. 그러나 구조적 사고에서는 이 둘의 기능이 유사한 것처럼 보이는 것은 우연적 사실이며 화통이란 기차라는 전체적 구조와의 관련 아래서만 화통이고, 굴뚝이란 집이라는 전체적 구조와의 관련 아래서만 굴뚝인 것이다. 따라서 화통과 굴뚝은 그것이 구성하고 있는 구소 속에서만 기능을 갖고 있는 것이며 농시에 그 둘의 기능을 유사하다고 비교할 수 없다는 것이다.

이러한 구조주의적 방법론이 문학에서는 문학 연구의 방법론으로 크게 영향을 끼치고 있다. 이른바 '신비평'이라고 불리는 문학 연구 방법론으로서의 구조주의가 한편으로는 심리학적 문학 연구, 다른 한편으로는 사회학적 문학 연구 그리고 언어학적 문학 연구 등에 압도적인 영향을 끼치고 있다. 가령 사회학적 문학 연구에 있어서 골드만은, 소설이 사회나 집단의식의 반영이라는 재래의 낡은 주장을 뒤엎고, 소설과 사회의 구조적 동질성을 밝혀냄으로써 문학사회학의 새로운 정립을 시도하였다. 골드만은 그의 『소설 사회학을 위하여』에서 "소설이란 문제적 개인individus problématiques들을 통하여 타락한 세계에서 타락한 방법으로 진정한 가치를 추구하는 이야기"로 규정하면서 작가와 주인공, 주인공과 인간 사이에 있는 동질성을, 그리고 소설과 사회 사이에 있는 구조적 동질성을 간접화 현상에서 찾아내고, 소설 세계의 형태란 결국 "시장을 위한 생산으로부터 발생된 개인주의 사회에서 일상적인 삶이 문학적인 차원으로 뒤바꿔진 것"이라고 함으로써 발생구조주의 이론을 확립하기에 이른다. 이러한 구조적 문학 연구가 가장 활발하게 진행되고 있는 것은 언어학적 방법을 도입하여 다양하게 진행되는 신비평 쪽에서이다.

롤랑 바르트가 명확하게 지적하고 있는 것처럼 언어학이 다루는 것은 하나의 문장을 이루고 있는 여러 가지 요소를 그 기능에 따라 밝히려는 것이다. 그것은 A. 마르티네의 표현을 빌리면 "문장은 가장 작은 단편segment인데, 그것이 담화(談話)의 완전하게 그리고 전체적으로 대표하는 단편인 것이기" 때문이다. 따라서 언어학은 문장보다 상위의 대상을 다루지 않는다. "왜냐하면 한 문장을 넘어서면 거기에는 다른 문장들이 있기 때문이다." 그것은 마치 "꽃을 묘사하는 식물학자가 꽃다발을 묘사하는 데 종사할 수 없는" 것과 마찬가지다. 그러니까 언어학자는 문장 하나하나를 별도로 다루게 되지만 문학 연구가는 꽃다발에 해당하는 여러 개의 문장을 대상으로 하고 있다. 좀더 부연하면 언어학에서 다루는 하나의 문장은 그것을 구성하고 있는 여러 요소들의 집합에 의해 이루어진 것이라고 한다면, 문학 연구에서 다루는 하나의 작품은 그것을 구성하고 있는 여러 문장들의 집합에 의해 이루어진 것이다. 여기에서 이른바 언어 과학의 방법론이 문학 연구(또는 담화 연구)에 적용될 수 있는 가능성이 발견된 것이다. 즉 작가의 개인적인 육성은 파롤parole에 해당하는 것이고 일반적 성격으로서의 담화는 랑그langue에 해당하는 것이다. 그렇기 때문에 하나의 문장이 몇 개의 단위unités와 규칙règles과 그 문법을 가지고 있는 것처럼 담화도 단위들과 규칙들과 문법에 의해 이루어진 것이다.

　문학작품에 있어서 '단위'와 '규칙'과 '문법'을 찾으려고 하는 일련의 노력이 바로 문학 연구의 객관성의 가능성을 시사해주고 있고, 이 객관성이 문학 연구의 과학화, 즉 문학 과학의 길을 열어주고 있다. 특히 이러한 일련의 작업이 최근의 문학 연구가들에 의해 상당히 활발하게 진행되고 있고 그 구체적 업적이 쏟아져 나오고 있다. 그 첫 번째로 들 수 있는 것이 러시아 형식주의자들이다. 원래 1915년에서 1930년 사이에 러시아에서 있었던 이 문학 연구 운동은 대부분 처음에는 언어학에 종사하던 로만 야콥슨, 토마체프스키, 시클롭스키 등이 문학 연구에 전념함으로써 제기되었던 것인데, 처음에 '형식주의'라는 이름이 주어진 것은 이들이 문학 연구에 있어서 문학작품만을 대상으로 삼고자 했기 때문에 전통적인 문학 연구가들이 그들을 비난하기 위해 사용한 데서 기인했다. 그러나 이들은 과감하게 이 호칭을 받아들이면서 문학 연구에 있어서 감상적 정당화, 성급한 사회적 현실의 조응, 작가의 생애에 의한 문학작품의 해석, 주인공이나 작가의 심리 분석에 의한 접근을 '자기기만mauvaise fois'과 책임감 없는 인상비평이라고 배격하면서 문학 연구를 문학작품 내부로 국한시키려고 했다. 이들은 문학작품을 하나의 '체계'로 보고 역사주의적 연구보다는 '내재적 연구'의 방향으로 전개시켰다.

　이 '내재적 연구'의 결과로 밝혀진 개념들 가운데 중요한 것을 들면 '주제'와 '우화'의 구분(졸고 「분석비평서설」, 『문학과지성』 통권 26호 참조), '작품 구성의 문학적 방법', 문학작품에서 '동기(動機)motif와 동기화(動機化)motivation'의 발견, '이야기체적 형태의 유형typolpgie des formes marratives', 그리고 문학작품에 있어서 제단위(諸單位)들의 '기능(機能)'

과 문학작품의 인접 '계열' 등으로서 오늘날 분석비평에서 적용되고 있는 것들이다. 이 이론이 구미(歐美)에 알려지게 된 것은, 아직도 언어학자와 문학 연구가로 활약하고 있는 로만 야콥슨이 미국에 망명하여 하버드 대학과 M.I.T에서 강의를 맡는 한편 촘스키에게 언어학 분야에서 영향을 미치고 유럽에서 구조주의 언어학자들이 트루베츠코이를 발견하게 됨으로써였다. 그리하여 프로프의 『옛날이야기의 형태학』이 1958년에 미국에, 1965년에 프랑스에 번역 소개되었고 러시아 형식주의자들의 논문을 모은 『문학의 이론』이 1965년에 프랑스에서 번역 출간되었다. 게다가 로만 야콥슨 자신의 저서인 『일반언어학시론』 I, II와 『시학의 제문제』도 불역판이 나와 있다. 특히 『일반언어학시론』 I권의 4부는 시학을 다루고 있고 『시학의 제문제』는 구체적인 작품을 대상으로 분석하고 있어서 그의 이론의 적용이 어느 정도 가능한지 볼 수 있다. 그가 레비-스트로스와 함께 시도한 보들레르의 「고양이」라는 시의 분석은, 문학작품의 객관적 독서에 대한 하나의 가능성을 명확하게 보여준 것이다.

　이러한 러시아 형식주의 이론들과 함께 문학의 객관적 연구에 결정적 계기를 마련한 것은 프랑스의 구조주의 비평가들이다. 여기서 구조주의 비평가들이란 대단히 넓은 의미로 쓰인 말로서 특히 신비평 계열의 비평가를 염두에 두고 있다. 이 계열의 대표적인 인물로는 우선 롤랑 바르트를 들 수 있다. 바르트는 소르본 대학에서 고전문학을 전공한 다음 여러 곳에서 교수로 지냈고, 현재는 프랑스의 국립과학연구소의 한 분과를 맡고 있고, 프랑스의 대학원 대학인 에콜 프라틱 데 오트 제쥐드에서 '기호와 상징의 사회학'이라는 세미나를 주제하고 있으면서 작년에 콜레주 드 프랑스의 종신 교수가 되었다. 그는 프랑스

'기호학sémiologie' 이론을 최초로 정립한 학자로, 원래 F. 소쉬르의『일반 언어학 강좌』에서 그 근원을 발견하고, L. 엘름슬레브, A. 마르티네, E. 방브니스트, 촘스키 등의 언어학 이론과 프로이트 이후의 정신분석학 이론, 레비-스트로스의 인류학 이론, 미셸 푸코의 철학 이론의 도움을 받으며 '언어의 대의미 단위(大意味單位)'들의 '과학'을 세우려고 했다. 이러한 그의 노력은 '기술écriture'이란 무엇인가 하는 것을 검토하고 있는『기술의 영도(零度)』를 1953년에 발표함으로써 시작되는데, 뒤이어『기호학의 제요소』에서 언어의 성격과 그것의 연구 방법론을 제시함으로써 객관적 연구의 방향을 보여주었다. 그가 그 후에 발표한『미쉴레, 그 자신으로』는 테마 비평의 새로운 시도였고,『신화론』은 프랑스인들의 일상생활을 현대의 표현 수단(예를 들면 텔레비전·라디오·신문 등)의 분석을 통해 기호학적 해석을 기도한 것이다. 또한 1966년에 나온『유행의 체계』에서는 의상과 그 의상에 대한 글과 그 글이 가지고 있는 의미 체계를 기호학 입장에서 객관적으로 밝히고 있다. 물론 이러한 연구가 문학의 객관성과 어떻게 연관될 수 있느냐는 반문이 있을 수 있다. 그러나 좀더 주의 깊은 독자라면 표현의 도구로서 문학작품이 갖는 성격과 바르트가 다루고 있는 대상 사이에 있는 의미 체계로서의 유사성을 발견하게 될 것이다. 더구나 바르트 자신이 '설화'의 본질을 파악하고자 했을 때 '사물'과 그 사물을 표현하는 기표(記標, signifiant)와 그것이 의미하고 있는 기의(記意, signifié)의 관계를 가장 직접적으로 보여주는 유행을 대상으로 선택하는 것은 당연한 것으로 보인다. 그렇기 때문에 바르트는 이러한 일상적 대상으로부터 문학작품으로 관심을 확대했던 것이다. 그는 1963년에『라신론』에서 정신분석학의 도움을 받으며 한 작가에 대해 새로운 해석에 도달할 수 있었고, 1976년에는 『S/Z』에서 발자크의 한 단편에 대해 자세한 분석을 했다. 여기에서 그는 '성(性)의 애매성'과 '거세(去勢)'라는 테마를 드러나게 했다. 이러한 그의 관심이 1973년에는 『텍스트의 쾌락Plaisir du texte』을 통해서 인간과 '기호' 사이에 있는 깊은 관계를 밝히게 된다.

그러나 이러한 바르트의 작업들은 막연한 인상비평의 범주에 속하는 것이 아니라 텍스트 자체의 엄격한 분석을 통해서 '내재적 구조비평'에 충실하기 때문에 그 이론적 근거를 객관적 기준에 의해 밝히지 않으면 안 된다. 바로 그러한 방법론들이 이상의 저서들에서도 명백하게 지시되고 있을 뿐만 아니라 1966년에 『코뮤니카시옹』이라는 학술지에 발표된 「이야기의 구조적 분석 서론」이라는 글에서도 명확하게 드러난다. 그는 이 글에서 현대 언어학 이론과 러시아 형식주의자들의 방법론, 그리고 프랑스 신비평 이론들을 종합적으로 수용하면서 '이야기récit'의 구성 요소들과 그 관계를 밝히고 있다. 그에 의하면 '이야기'가 하나의 시스템인데 그 시스템은 여러 개의 '단위'에 의한 일종의 조합combinaisons이고, 단위들에는 여러 가지 계층이 있기 때문에 가장 작은 단위가 어떤 것인지 찾아내야 되며, 또 단위들은 이야기 속에서 '기능'을 갖고 있다는 것이다. 이 기능을 크게 보면 두 가지로 나눌 수 있다. 하나는 '배열적 기능fonctions distributionnelles'이고 다른 하나는 '통합적 기능fonctions intégratives'이다.

러시아 형식주의자인 프로프와 프랑스 신비평가인 클로드 브레몽이 쓰고 있는 '배열적 기능'을 롤랑 바르트는 그냥 '기능'이라고 이름 붙이고 통합적 기능을 '징후indice'라고 부른다. 이 '기능'과 '징후'라는 카테고리 밑에는 여러 개의 하위 기능과 징후가 있고 그 하위 개념들의 최종적 단계가 가장 작은 단위를 형성하며 그 단위들의 관계가 결국 하나의 '이야기' 혹은 '작품'을 결정짓게 된다. 그래서 바르트는 이 단위들의 어떤 '문법' 혹은 '규칙'에 의해 '서술의 사절(辭節)syntagme narratif' 속에 결합되고 있는지, 그 기능적 조합을 밝히고 있다. 그다음에 다루게 되는 것은 소설의 '인물personnage'로서, 부르주아 소설에 있어서 '인물-사람'이 지배적 개념이었지만 그것이 곧 문학작품의 객관적 독서를 방해하는 것임을 지적하고 인물이 이야기의 단위로서의 중요성을 갖게 됨을 밝힌다. 이 때문에 인물과 주제의 관계, 인물과 '행위의 단위unités d'actions'와의 관계를 강조하게 된다. 이러한 과정들을 거쳐서 바르트가 밝히고자 한 것은 결국 '이야기의 시스템'이 갖고 있는 '뒤틀림'과 '확대', 그리고 '모방(模倣)'과 '의미(意味)'라는 성격이다.

사실 이러한 바르트의 '문학 과학'을 위한 노력은 한편으로는 그레마스A. Greimas나 프리에토L. Prieto 같은 기호학자들에 의해 심화되고 있다. 그레마스는 1966년에 『구조적 의미론Sémantique straturale』, 1970년에 『뜻에 관하여Du sens』, 1976년에 『기호학과 사회과학 Sémiotique et Science sociales』을 발표하는 한편, 1976년에 『모파상』이라는 책에서 모파상의 「두 친구」라는 단편을 기호학의 이론으로 자세하게 분석하기에 이른다. 한편 프리에토는 1964년 『정신(精神)의 원리』에서 '기의(記意)'의 기능적 이론의 기초를 보여주고, 1966년에 『전언(傳言)과 신호(信號, Messages et Signaux)』, 1975년에 『일반 기호학과 일반 언어학 연구Etudes de linguistique et du sémiologie générale』 『적절성과 실제 Pertinence et pratique』(적절성이란 일반성 의미로 쓰인 것이 아니라 언어학에서 내재율에 근거를 둔 엄격한 의미로 쓰인 것이다)에서 기호학에 관한 시론들을 발표하였다.

이 두 사람이 언어학과 문학 연구의 중간적인 기호학 이론을 전개시키고 있다고 한다면 제라르 주네트와 츠베탕 토도로프는 문학 연구로서의 문학 과학을 정립하려고 노력함으로써 롤랑 바르트의 이론에 대해 실제적 분석비평을 제시하여 그 뒷받침을 하고 있다. 주네트는 1966년 『문채*Figures*』 첫 권을, 1969년 『문채』 II를, 1972년 『문채』 III을 발표하여 이른바 프랑스 신비평의 구조주의적 방법론으로 문학 연구의 과학화에 기여하고 있다. 한편 토도로프는 1966년 롤랑 바르트의 지도 아래 『문학과 의미』로 문학 박사 학위를 받는다. 이 책에서 토도로프는 라클로의 『위험한 관계』라는 작품을 분석하여 소설 속에 존재하는 여러 가지 요소들을 '뜻'의 상태로부터 의미의 상태로 옮겨놓는 최초의 시도를 한다. 그는 1968년 『구조주의란 무엇인가』에서 『구조시학』 편(編)을 집필하고, 1970년 프로프의 이론적 뒷받침을 받아 『환상 문학 입문Introduction à la littérature fantastique』을, 1971년에는 『산문의 시학Poétique de la prose』을 발표하여 주네트와 함께 문학 연구로서의 '시학(詩學)'을 정립하려고 노력하고 있다.

이상의 문학 연구가들은 사실 구조주의적 방법론이 각 분야에서, 특히 언어학·철학·심리학·사회학 등에서 이미 어느 정도 제시된 뒤에 문학 연구의 새로운 가능성을 발견했다는 점에서 어쩌면 방법론에서는 문학 외적 영향을 받았다고 할 수 있으나 연구 대상은 문학작품으로 국한시킨 의의를 갖는다. 다시 말하면 지금까지 역사상 처음으로 문학작품을 하나의 총체적 구조로 파악하고 그 구조를 이루고 있는 요소들을 작품 안에서 찾음으로써 문학을 문학 아닌 것들의 종속적인 존재로부터 자율적인 존재로 바꿔놓고 있다. 그들의 이러한 작업은, 체제에 수렴된 상태로부터 문학의 영토를 되찾는 작업이면서 동시에 문학작품이 자기소외의 수단이 되지 않도록 하기 위한 것이다.

그렇다면 구조주의를 어떻게 정의할 수 있을 것인가? 이 문제를 언급하기 전에 한 가지 밝혀두어야 할 것은 구조주의자들이 도달하고자 하고 연구하고자 하는 공통의 이상은 '이해한다'는 것이고, 반면에 그들의 비평적 의도는 앞에서 본 것처럼 끊임없이 가변적이라는 사실을 인정해야 한다는 것이다. 따라서 다른 학문적 태도와 비교한다면 결국 구조주의에서는 다양하고 모순된 노력을 보게 될 수밖에 없다. 그러나 정확하지는 못하지만 비슷하게 정리해본다면 첫째, 하나의 구조란 변형transformations의 한 체계système라고 할 수 있다. 이 체계는 체계로서의 법칙들을 갖고 있고 동시에 변형 자체에 의해서 보존되고 윤택해지는 것이다. 그러므로 하나의 구조는 총체성totalité·변형·자동 조절autoréglage이라는 세 가지 성격을 내포하고 있다. 둘째, 구조의 발견은 형식화를 가능하게 할 수 있는 것이어야 한다. 따라서 이 경우에는 이론가의 작품이 문제되는 것이고 반면에 창작가의 작품 구조는 이론가와는 독립적으로 존재하는 것이다.

여기에서 다시 한 번 생각해야 되는 것은, 변형에 의해 구조라는 사상 속에 모든 의미에서의 형식주의들을 포용해야 한다면, 구조주의가 완전히 경험주의적이 아닌 모든 철학적 이론을 포함하게 된다는 것이다. 그리고 하나의 구조에서 문제되는 것이 그 요소 하나하나의 독립된 의미가 아니라 그 요소들이 구조 전체와의 관련 아래서만 문제된다는 점에서 구조는 총체성을 갖고 있다. 그리고 구조들의 본질적 성격 중에 세번째 성질인 자동 조절이라는 것은, 구조들이 스스로 조절되며 동질성을 지향하고 있다는 것이다.

이와 같은 구조의 성격과 구조주의의 성격으로 볼 때 구조주의는 그

것이 어쩌면 하나의 사조로 끝날는지도 모르지만(왜냐하면 새로운 우주관이 가능해지거나 새로운 방법론이 대두되면, 연구 방법론으로서의 구조주의는 다른 것으로 대치될 것이기 때문이다) 그러나 그것이 미치게 될 영향은 아마 앞으로 상당한 기간 동안 계속될 것이다. 구조주의의 성과가 이제야 각 분야에서 나오기 시작한 오늘날, 벌써부터 그것을 하나의 사조로 정의하기에는 너무 이르다. 더구나 구조주의 이전에 있었던 여러 가지 '주의'가 체제에 의해 수렴당해버린 데 대한 투철한 인식에서, 새로이 엄격한 용어들(그렇기 때문에 어려운)을 작성해 가고 그리고 여러 분야의 종합적 성찰을 바탕으로 하고 있기 때문에 방법론으로서의 구조주의는 앞으로 해야 할 많은 작업을 눈앞에 두고 있는 것이다.

러시아 형식주의 이론

형식주의Formalisme라는 말은 1915년에서 1930년 사이에 러시아에서 주장되었던 비평의 한 경향을 지칭한다. 원래는 이 경향과 반대되는 전통적인 비평가들이 이 경향을 비방하기 위해서 사용했던 형식주의라는 표현을 여기에 속한 문학 연구가들이 그대로 사용함으로써 이제 널리 쓰이게 되었다. 형식주의 이론은 처음에는 구조언어학, 혹은 좀 더 범위를 좁혀서 말하자면 프라그 학파Le Cercle linguistique de Prague가 대변하는 언어학에 속하는 것이지만, 오늘날에는 그 구조주의의 방법론적인 결과가 여러 분야에까지 적용되고 있다. 초기의 이 형식주의 운동은 당시의 전위 예술인 미래주의Futurisme(여기에 속한 시인이 마야코프스키이다)와 관련을 맺고 있다. 그리하여 형식주의자들의 생각은 오늘의 과학적 사고 속에 자리 잡고 있고, 그들의 글들은 점점 광범위한 분야에서 적용되고 있다.

그렇다면 형식주의란 어떤 의미로 쓰인 것인가? 우리나라에서도 '형식주의'라 하면 좋은 의미가 아닌 것처럼 여기에서 '형식forme'은 '내용contenu'과 반대 개념인 것은 분명하다. 그러나 이때의 이러한 구분은 '내용'은 좋은데 '형식'이 나쁘다든가, '형식'은 좋은데 '내용'이 나쁘다는 내용/형식의 이원론을 주장하기 위한 것이 아니다. 그것은 하나의 작품을 하나의 작품이게끔 하는 그 '문학성littérarité'을 결정짓는 것을 찾고, 그 문학성을 발견하기 위한 것이다. 여기에서 노베르트 비너의 다음과 같은 말을 들어보자.

> 문학이나 예술의 위대한 고전들에서조차 오늘날 사람들은 그 작품들의 정보적인 가치를 다시 발견하지는 못하고 있다. 왜냐하면 독자들은 그 작품들의 내용에 너무나 익숙해 있기 때문이다. 오늘날 어린 학생들은 셰익스피어를 좋아하지 않는다. 왜냐하면 그들은 셰익스피어 작품들에서 이미 알고 있는 수많은 인용들만을 보게 되기 때문이다.

이 말은 문학작품의 감상을 줄거리 중심으로 하게 되면, 가령 소설의 독서가 옛날이야기를 듣는 것과 다름이 없음을 의미하는 것이다. 그리고 이처럼 줄거리를 알게 되면 위대한 작품도 읽지 않은 채 읽은 것 같은 착각에 빠지게 되는 것이다. 그리고 이런 식으로 독서의 방향을 결정해버리면 어떤 작품을 읽어도 그 작품에서 새로운 가치를 찾아내는 것은 불가능해지고 만다. 그러니까 형식주의는 하나의 작품의 문학성을 찾아냄으로써 그 작품의 가치와 그 작품의 새로움을 동일화시키는 것이다.

연구의 대상을 작품으로 국한시킨 형식주의는, 창작 행위 자체의 신비를 벗기는 것이 아니라(사실 이것은 불가능한 것이라고 믿었고 이 점에서 골드만과 같은 발생론자들의 업적은 그 이후의 것임이 드러난다) 기술적인 의미에서 그 작품의 제작을 묘사하려고 노력한다. 그리하여 러시아 형식주의자들은 새로운 용어의 도움을 받아서 그들 선배들이 설명할 수 없는 것으로 규정했던 것을 설명하고자 한다. 이들의 이론적인 중심 테마들을 보면 ① 감상적 언어와 시적(詩的) 언어의 관계 ② 시구(詩句)의 음성학적 구성(로만 야콥슨의 경우) ③ 시구의 구성 원칙으로서의 억양intonation(에켄바움) ④ 시와 산문에 있어서 운율과 리듬(토마체프스키) ⑤ 시에 있어서 리듬과 의미의 관계 ⑥ 문학 연구의 방법론(티니아노프) ⑦ 옛날이야기의 구조(프로프) ⑧ 이야기체 형태의 유형학(시클롭스키) 등이 있다.

이러한 테마들을 연구하는 데 있어서 전제되는 것은 하나의 작품을 구성하고 있는 여러 가지 요소들을 그 기능에 따라 분석하고(여기에서 프로프 같은 사람은 옛날이야기에서 31개의 기능 단위를 설정하기에 이른다), 그 기능들 가운데 쌍수(雙數)를 발견하여 재구성하고, 그러한 체계들을 '계열체série'로 묶게 된다. 여기서 중요한 것은 '동기motive'의 발견이라 할 수 있다. '동기'란 영어로는 motive, 독일어로 motiv라고 하는 것으로서 줄거리를 구성하는 기본적인 단위들을 지칭한다. 그리고 이러한 동기들이 하나의 작품의 구성composition을 이룩하는 것을 '동기화' 혹은 '동기 작용motivation'이라고 부른다. 따라서 '동기 작용'은 한편으로 이야기체의 구성 혹은 구조적 구성과 관련되고 있으며 다른 한편으로는 인간 행위의 이유를 밝혀주는 심리적, 사회적, 철학적 이론의 내적 구조와 관련되고 있다. 따라서 하나의 문학작품에서 '동기 작용'은 '현실적인 환상illusion de réalité'을, 다시 말하면 그 미학적 기능을 증가시킬 것이다. 그러므로 '사실주의적' 동기 작용도 하나의 예술적 방법인 것이다.

러시아 형식주의자들은 또한 하나의 문학작품의 분석에서 '우화 fable'와 '주제sujet'를 구분하고 있다. 여기에서 우화는 이야기 혹은 이야기에 해당하는 것을 구성하고 있는 시간적 순서의 시퀀스, 혹은 인과관계의 순서로 놓인 시퀀스를 말하는 것으로서 모든 동기들의 합계를 의미한다. 반면에 이야기체의 구조라고 말할 수 있는 '주제'는 이러한 동기들을 주어진 예술적 질서에 따라 제시한 방법을 말한다. 예를 들면 하나의 사건을 이야기하는 데 있어서 시간적인 순서를 그대로 밟는 경우도 있고 과거·현재·미래로 왔다 갔다 하면서 그 사건을 서술하는 경우도 있다. 여기서 시간적인 순서를 밟지 않는 것은 그 작품의 '주제' 때문이며 거기에는 여러 가지 동기들이 동기화되어 있기 때문이다. 또 하나의 사건을 놓고 여러 인물이 관점을 바꿔가며 서술하는 경우가 있는데, 이것도 결국 그 소설의 주제 때문이다. 따라서 '주제'란 '시점'에 의해 간접화된 구성이라고 할 수 있다. '우화'란 다시 말하면 허구적 작품의 '원료'의 정수(精髓)라고 한다면 '주제'는 바로 그 '우화'의 정수인 것이다.

이러한 관점에서 본다면, 소설 속에 나타난 시간은 두 가지로 구분할 수 있다. 즉 우화의 시간은 사건 자체가 진행된 기간의 전체적인 시간을 의미하게 된다. 이것은 일부 구조주의 문학 연구가들이 '사건의 시간'이라고 부른다. 그러나 '이야기'의 시간은 '주제'에 해당한다. 이야기의 시간은 작가가 그 주도권을 쥐고 있는 '독서'의 시간이며 '경험된' 시간인 것이다. 그렇기 때문에 작가는 10년의 시간을 단 몇 줄로 쓸 수도 있고, 하룻저녁의 무도회를 두 장(章)에 걸쳐 길게 서술할 수도 있다.

'주제'와 '우화'의 관계는 작중인물들의 제시 방법에서도 드러난다. 고유의 이름을 가진 인물을 제시한다거나 무명의 인물을 제시하는 것, 혹은 한 인물의 소개를 할 때마다 하나의 문단paragraphe을 사용하거나 그 심리적, 사회적 신분을 이야기하는 것 등은 모두 '주제'와 관련을 맺고 있다. 또 인물의 행위를 어디서부터 서술하느냐에 따라 그 주제는 달라진다.

초기의 형식주의자들이 일반적인 이론을 세웠다면 후기의 형식주의자들은 그 이론의 보다 구체적인 문제로 들어가게 된다.

이들 가운데 대표적인 인물인 시클롭스키V. Chklovski(1893)는 처음에는 언어학을 전공한 학자로서, 오포이아즈Opoiaz(시적 언어연구회의 약자)의 창설자로서 형식주의의 핵심적인 인물이다. 스스로 작가이면서 문학비평가인 그의 저서『산문의 이론에 관하여』는 소설의 이론과 주제의 이론에 관한 업적으로 평가받고 있다.「단편소설과 장편소설의 구성」에서도 보여지는 것처럼 그는 작품 구성에 적합한 '방법들procédés'이 있다는 것을 증명하고 그러한 방법들이 일반 문체론적 방법들과 맺게 되는 관계를 밝히고 있다. 이러한 그의 작업은 가령 '옛날이야기' '구비 문학' 세르반테스의『돈키호테』, 톨스토이의 작품들 등과 같이 대단히 다양한 작품들의 분석에 근거를 두고 있다. 그의 첫 번째 글인「작품 구성의 방법들과 일반 주제론적 방법들 사이에 있는 관계」에서 그는 우선 '주제'의 구성에 적합한 방법들이 있다고 주장하게 되는데, 이 방법들의 존재는 수많은 구체적인 작품들에서 그 예를 찾아냄으로써 밝혀진다. 그리하여 그는 주제에 관한 전통적인 생각을

변형시키는데, 주제란 일련의 동기들의 단순한 결합만이 아니라는 것
이다. 그는 주제를 테마론적 요소들의 계층으로부터 작품 제작의 요소
들의 계층으로 옮겨놓았다. 그리하여 주제라는 개념은 '우화'라는 개
념과 일치하지 않는 새로운 하나의 의미를 과시하게 된다. 그리하여
주제의 구성 규칙들이 문학작품의 내재적 특질로서 형식의 연구라는
범주 속에 들어오게 되는 것이다. 여기에서 형식이라는 개념이 그 새
로운 특징들로 보다 풍부한 요소가 되고, 형식이라는 말이 가지고 있
는 추상적 성질로부터 벗어나게 된다. 그러니까 그때까지만 해도 형
식이라는 개념이 형식주의자들에게 문학이라는 개념과 혼동되고 있고
문학적 사실이라는 개념과도 혼동되고 있었던 것이다. 그리하여 시클
롭스키는 주제 구성의 방법들과 문체론적 방법들 사이에서 일종의 유
사점을 발견하게 되는데, 그것이 그의 이론적인 중요성을 갖게 된다.
서사시의 특성이라고 할 수 있는 계단식 구성이 가령 '음(音)의 반복',
'동어 반복', '동어 반복의 병치법(竝置法)' 들과 같은 계열체에 속하게
되었던 것이다. 이 계열체는 '세분화(細分化)'와 '속도의 지연'이라는
방법 위에 세워진 문학예술의 일반적 원칙에서 나온 것이다.

시클롭스키는, "새로운 형식은 새로운 내용을 표현하기 위해서 나
타난다"고 하는 베셀로프스키의 민속학적인 견해를 다루면서 다른 관
점을 하나 제시한다. 즉

예술 작품이란 다른 예술 작품들과의 관계 속에서 지각되며, 그 작
품이 다른 작품들과 이루게 되는 연상 작용의 도움을 받아 지각되는
것이다. 모작(模作)은 물론 모든 예술 작품은 어떤 모델과 병치(竝置)
되고 대립됨으로써 창조된다. 그러므로 새로운 형식은 새로운 내용

을 표현하기 위해서 나타나는 것이 아니라, 옛날 형식, 즉 미학적인 성격을 상실한 낡은 형식을 대치하기 위해서 나타나는 것이다.

그러므로 시클롭스키에게 있어서 문학작품이란 개별적인 하나의 사실처럼 지각되는 것이 아니며, 작품의 형식은 그 자체로서가 아니라 다른 작품들과의 관계 속에서 느껴지는 것이다. 시클롭스키의 글에서 소설 연구에 있어서 가장 큰 역할을 담당하고 있는 개념이 앞에서도 언급한 바 있는 '동기 작용(動機作用)'의 개념이다. 주제의 구성 과정에서 사용된 방법들은 가령 '계단식 구성' '고리식 구성' '병치법' '격자화(格子化)' '구슬 꿰기' '열거법' 등 여러 가지로 다양하다. 이 다양한 방법들을 발견함으로써 러시아 형식주의자들은 한 작품의 구성 요소들과, 그 작품의 재료를 형성하는 요소들 사이에 차이성이 있다는 것을 생각하게 된다. 그 요소들이란 가령 '우화', 동기들의 선택, 작중인물, 사상 등을 가리킨다. 그리하여 시클롭스키의 연구는 한 작품을 '구성하고 있는 방법procédés constructifs'의 연구에 중점적으로 집약된다.

그러므로 시클롭스키의 '동기 작용'이라는 개념은 러시아 형식주의자들에게, 문학작품들 특히 장편소설과 단편소설에 접근할 수 있는 가능성과 작품 구성의 세부(細部)를 관찰할 수 있는 가능성을 제공한다. 이것이 바로 시클롭스키가 그다음에 쓴 두 논문 「주제의 전개」와 「로렌스 스턴의 『트리스트럼 샌디』와 소설의 이론」에 나타난 테마인 것이다. 이 두 글에서 시클롭스키는 방법procédé과 동기 작용의 사이에 있는 관계를 검토하고 있다. 그는 세르반테스의 『돈키호테』와 스턴의 『트리스트럼 샌디』를, 문학사 문제를 제외하고는 단편소설과 장편소설의 구성을 연구하는 데 적합한 대상으로 생각한다. 그에 의하면 『돈키호테』는, 단편소설(『데카메론』 같은 것이 이 유형에 속한다)과 한 사람의 주인공을 갖고 있는 장편소설(여행에 의해서 동기화된 '구슬 꿰기' 방법의 도움을 받아 구성된) 사이에 있는 하나의 '중간 산맥'이라는 것이다. 그가 『돈키호테』를 그 예로 들게 된 이유는, 이 소설에 사용된 방법과 동기 작용이 전체적으로 동기화된 하나의 장편소설을 형성하기에는 충분히 얽혀 있지 않기 때문이다. 그러니까 전체적으로 동기화된 장편소설이 되려면 그 작품의 부분들이 더 잘 '용접'되었어야 한다는 것이다. 이 소설에서는 재료가 '용접'이 안 된 채로 갖다 붙여만 놓은 경우가 허다하고, 작품 구성의 방법들과 실제 적용된 상이한 방식들의 차이가 너무도 뚜렷하게 나타나고 있다. 소설의 그 후의 전개에서 보면 "뿌려놓은 듯한 재료가 소설의 육체 속에 점점 더 파고들어가는 것이다"라고 그는 말한다. 시클롭스키는 「『돈키호테』는 어떻게 만들어졌는가」라는 글에서 특히 주인공의 불안정한 성격을 보여주고 다음과 같은 결론을 내리고 있다. "이런 유형의 주인공은 소설적 구성의 결과인 것이다." 여기에서 우리는 소설의 재료보다 주제의 우위를, 그리고 구성의 우위를 주목하게 된다. 그러므로 시클롭스키는 스턴에 관한 분석의 끝부분에서 '주제'와 '우화'의 차이를 다음과 같이 이야기한다.

흔히 사람들은 주제라는 개념을 사건들의 서술(내가 우화라고 부르기로 하자고 제안하는)과 혼동하고 있다. 사실은 우화란 주제를 형성하는 데 사용되는 하나의 재료에 불과한 것이다. 예술적인 형식들이란 그 형식의 미학적인 요구에 의해 설명되는 것이지, 실제 생활에서 빌려온 외부의 어떤 동기 작용에 의해 설명되는 것이 아니다. 작가가 소설에서 경쟁자를 등장시키기 위해서가 아니라 장(章)을 바꾸기 위해서 행위를 지연시키고 있을 때 작가는 그 작품의 미학적 법칙, 즉 작품 구성의 두 가지 방법이 의존하고 있는 미학적 법칙들을 우리에게 보여주는 것이다.

여기에서 주제와 우화의 차이점은 분명해진다. 주제란 작품의 구성을 의미하며 우화란 작품의 하나의 재료인 것이다. 그리하여 시클롭스키는 「장편소설과 단편소설의 구조」에서 주제 구성의 특수한 방법들을 발견했던 것이다. 그다음에 예견되는 것이 소설의 역사와 이론에 관한 작업이 될 것임은 분명해진다. 또한 시클롭스키는 「장편소설과 단편소설의 구조」에서 '직접적인 이야기'의 문제를 '주제가 없는 단편소설의 한 구성 원칙'으로서 제시하고 있다.

이러한 형식주의자들의 연구는 최근에 수많은 문학 연구사들에게 영향을 미치고 있다. 그 점에 관해서는 이미 토도로프의 '변형 이론'과 바르트의 '이야기의 구조적 분석'을 소개하면서 이미 언급한 바 있다. 참고로 이들의 업적 가운데 중요한 번역본을 들면 프로프의 『옛날이야기의 형태학』(영역본 1958, 불역본 1965), 츠베탕 토도로프에 의해 편집, 불역된 러시아 형식주의자들의 『문학의 이론』(1965), 로만 야콥슨의 『일반언어학시론』 I·II권과 『시학의 제문제』의 불역판, 빅토르 시클롭스키의 『산문의 이론에 관하여』(불역본 1973) 등이 있고, 에를리히의 『러시아 형식주의』(영어판 1955)가 네덜란드에서 출판되었다. 참고로 『문학의 이론』의 목차를 소개하면 로만 야콥슨의 「시학의 과학을 위하여」라는 서문에 이어, 제1부에는 에켄바움의 「'형식적 방법'의 이론」, 시클롭스키의 「방법으로서의 예술」, 야콥슨의 「예술적 사실주의에 관해서」, 비노그라노프의 「문체론의 임무」, 티니아노프의 「구성이라는 개념」과「문학의 발전론」, 티니아노프와 로만 야콥슨의 공동 작업 「문학의 연구와 언어학의 연구의 제문제」가 수록되어 있고, 제2부에는 브리크의「리듬과 구문(構文)」, 토마체브스키의「운문에 관하여」, 시클롭스키의「단편소설과 장편소설의 구성」, 에켄바움의「산문의 이론에 관하여」와「고골리의「외투」는 어떻게 만들어졌는가」, 프로프의「환상적인 옛날이야기들의 변형 이론」, 토마체프스키의「테마론」이 수록되어 있다.

이들 형식주의자들의 이론은 문학 연구의 과학화를 목표로 하고 있고 또 그 점에서 여러 가지 호응을 얻고 있는 것도 사실이다. 그러나 이들의 이론이 보편적인 의미를 띠기에는 아직도 이들의 작업이 초보적인 단계에 머물러 있다고 할 수 있다. 왜냐하면 인류가 남긴 문학작품은 그 양이 막대할 뿐만 아니라 그 다양성 또한 헤아릴 수 없기 때문이다. 그러나 이러한 새로운 노력이 없이는 문학의 새로움은 밝혀지지 않을 것이다. 이들의 작업 가운데 특히 산문의 연구는 불모(不毛)의 상태 혹은 부재의 상태에서부터 출발한 것이다. 그러한 점에서 이들의 중요성을 인정하지 않을 수 없다.

분석비평서론(分析批評序論)

오늘날 문학이 할 수 있는 것은 무엇인가? 문학이란 과연 무엇인가? 아마도 문학에 관심을 가진 사람이면 누구나 이 문제를 제기하는 것이 당연한 것이겠지만, 그러나 이 문제에 대한 완벽한 대답을 '감히' 했다고 생각하거나 한다고 생각한다면, 그것은 이미 삶과 세계에 대한 완벽한 정의를 내렸다고 하는 것만큼이나 무모할 수밖에 없을 것이다. 말을 바꾸면 문학이란 것 자체가 어떤 존재체로서 고정되어 있는 것이 아니라 변화하는 양태로서, 혹은 존재하는 양태로서 이루어지고 있는 것이기 때문이다. 그럼에도 불구하고 문학 연구, 혹은 문학비평의 무수한 노력은 모두 '문학의 본질'에 대한 규명을 이상(理想)으로 삼고 진행되어왔다. 가령 우리에게도 널리 알려진 사르트르의 『문학이란 무엇인가』는 시와 산문의 다른 점을 규명함으로써 '문학의 본질'을 밝혀

보려 했던 것임을 우리는 알고 있다. 그러나 이때 시와 산문의 구분은 장르의 차이에 대한 전제를 받아들임으로써 이루어진 것이다. 시와 산문이라는 장르 차이의 인정은, 시와 산문이 갖는 형태와 그것들의 언어에 대한 태도의 차이가 선험적으로 '있다는 것'을 논리적 출발점으로 삼고 있음을 감안하게 되면, 문학에서 이 두 장르의 구분이 이루어져야 할 필요성의 근원적인 문제 제기는 뒤로하고 우선, 그 내용을 달리하고 있는 이 두 장르의 존재 자체를 인정하는 데서 출발한다는 것을 알 수 있을 것이다. 그랬을 때 문학비평, 혹은 문학 연구의 대상이란 무엇인가? 그것이 시나 소설과 같이 어떤 장르의 귀속된 작품이나 작가여야만 할 것인가? 이 문제는 문학의 범주와 상관되는 것으로서 가령 운문만 있었던 시대에서부터 장르가 뚜렷이 구분되었던 시대, 그리고 오늘날처럼 일부 문학에서 장르 구분 자체가 불분명해진 시대에 따라 전혀 다른 성질의 것이 되고 만다. 이것을 좀더 부연하면, 장르의 차이는 언어를 사용하는 방법의 차이로 규정짓게 된다고 이야기할 수도 있을 것이다. 실제로 사르트르의 이야기를 빌리면 "산문은 본질적으로 효용적인 것이다."[1] 그러므로 산문가는 "말을 사용하는 자"라고 규정되고 있고, 시의 언어는 사물이고 시인은 인생에서 "스스로 좌절하도록 처신하는" "패배(敗北)의 증언자"로 규정되고 있다. 이때 시가 언어의 비정상적 사용을 암시하고 있음을 쉽게 이해할 수 있다. 여기에서 주목하게 되는 것이 바로 자연 언어, 즉 '나무' '저녁놀' 혹은 '나의 마음' 등과 같은 것이 산문가에게 의해 씌어졌느냐 시인에 의해 씌어졌느냐에 따라 그것이 지시하는 것, 혹은 그것이 의미하는 것이

---

1 사르트르, 『문학이란 무엇인가』, 김봉구 옮김, 삼성출판사, 1976, p. 37.

달라진다는 사실이다. 그러나 이 경우에는 시가 무엇이고 소설이 무엇인지 밝히지 않으면, 다시 말해서 장르의 구분이 선명치 않으면, 이런 구분의 의미가 불분명해지게 된다. 물론 지금까지 있어온 문학 연구나 비평의 업적으로도 충분히 장르의 구분을 인정할 수 있다. 그렇지만 문제는 이런 구분 자체가 과연 합당한 것인가 하는 문제를 제기하게 되면, 바로 문학의 본질에 대한 질문은 원점으로 돌아오게 된다. 그렇기 때문에 문학 연구가 당장으로서는 그런 장르의 구분에서부터 시작될 수밖에 없는 것이다.

그러나 지금까지 있어온 문학비평은 크게 말해서 '휴머니즘'이라는 말로 모든 것을 재단하려고 해왔다. 물론 구체적으로 들어가면 가령 리얼리즘과 같은 용어가 이야기하는 것처럼, 문학작품에서 언어의 속성에 대한 연구를 도외시하고 오히려 문학 외적인 것의 지나친 개입으로 문학의 본질에 대한 과학적 고찰을 하지 않으려 해온 것이 지금까지 문학비평, 혹은 문학 연구의 일반적 경향이었다. 그런데 실제로 산업혁명이나 프랑스혁명 이후, 세계가 '발전'했다고 했을 때, 과연 인간의 삶의 입장에서 본다면 그것은 진실인가 하는 질문이 최근 대단히 많이 제기되고 있다. 가령 물질적 측면에서 혹은 생활의 편리함이라는 측면에서 관찰할 때 이런 질문에 긍정적 대답을 충분히 할 수 있을 것이다. 그러나 우리가 살고 있는 세계에 있어서 우리의 삶의 조건, 혹은 인간 조건은 개선되었는가, 혹은 발전되었는가라는 질문 앞에서는 아마 아무도 감히 긍정적 대답을 할 수는 없을 것이다. 이렇게 볼 때에 문학적 측면에서는 '휴머니즘'을 이야기하든 무엇을 이야기하든, 그것이 이미 '불순해진 언어'에 의한, 불평등한 우리의 조건들, 그리고 우리를 행복하지 못하게 하는, 우리를 억압하는 것들의 강화에 어느 정도 바쳐진 것인가를 생각해보지 않을 수 없다. 아마도 이러한 질문에서부터 우리 자신이 쓰고 있는 언어에 대한 재검토가 일어나게 되었고 우리의 삶을 구조적으로 결정짓고 있는 제현상(諸現象)에 주목하게 된 것이 당연한 귀결일는지 모른다. 그러나 이유야 어쨌든, 오늘날 문학비평, 혹은 문학 연구의 과학화가 시도되고 있는 것은, 문학이 그 구체적 작품의 있음으로 해서 실증적인 비평 혹은 연구의 대상을 가진다는 데 있다. 이때 실증은 작가와 작품과의 관계라든가 작가의 사회의식이라든가 어느 작가가 언제 무엇을 썼다는 등의 문학 텍스트 외적 고증(考證)을 의미하는 것이 아니다. 그것은 문학 텍스트를 하나의 완결된(일시적으로) 대상으로 보고 그 대상 내부의 법칙을, 그 대상을 이루고 있는 제요소(諸要素)를, 그 제요소들의 상관관계를 밝히는 것으로서 이른바 작품의 구조를 끌어내는 노력과 아울러 문학작품의 '문학성'이 무엇인지 밝혀내는 방향으로 기울어지고 있다. 특히 오늘날 언어학 이론과 현대 논리학 이론, 정신분석학 이론의 발전이 지금까지 사용되고 있었던 문학 용어들의 직관성에 관한 반성을 불러일으키는 데 도움이 되고 있고, 바로 그러한 정신에 입각하여 논리적·객관적 정의를 내려가며 새로운 문학 용어와 이론을 정립하는 것이 급선무로 대두하게 되었다. 이것이 문학 언어의 논리적 분석을 가능하게 하고, 나아가서 문학을 문학 아닌 모든 억압적인 요소들로부터 보호하여 문학이게끔 할 수 있는 가능성을 찾게 하는 길이 될 것이다. 오늘날 하나의 소설이 '소비품'으로 떨어지고, 텔레비전처럼 자기소외의 방법으로 떨어져서는 안 된다는 데서 분석비평은 시작된다. 가에탕 피콩에 의하면 "오늘날 소설가란, 자기가 사물에 관해서 작업하는 것이 아니라 말에 관해서 작업하는 것임을 알고 있다. 소설이란, 세계와 인간의 비전을 가져오는 것이며 한 시대의 문제에 대답하는 것이다. 〔……〕 그러나 소설가란 세계로부터 벗어남으로써(se dégager: 참여한 다는 s'engager와 대립적인 뜻), 그리고 다른 법칙에 따라서 그 세계를 구성함으로써만 세계를 밝힐 수 있다."[2] 여기에서 '벗어난다'는 것은 자기가 살고 있는 세계 속에 묻히지 않는 것을, 그리고 '다른 법칙'이 라는 것은 소설이라는 언어를 매체로 한 문학 양식이 요구하는, 세계 자체의 법칙과는 다른 어떤 것임을 금방 알 수 있다. 피콩의 이야기를 좀더 읽어보면 "소설가의 목적이, 인간과 인간이 살고 있는 세계에 관 한 어떤 비전을 전달하는 것이라면 소설가란 현실적 사물의 관찰로도 혹은 내적 목소리의 청취로도 이 비전을 받아들이지 않고, 오직 하나 의 언어를 창조함으로써 그 비전을 정복하는 것이다"라고 말하고 있 다. 이런 단언이 오늘날 이른비 '새로운 문학의 양식'을 얼마나 넛시게 성격 지어주고 있는지 우리는 금방 인정하게 된다. 가장 최근의 소설 경향에 대해서 반 로셈 기용 여사가 이야기하고 있는 것도 바로 이러 한 피콩의 주장과 일치하고 있다. "소설은 최근의 발전을 통해서 그것 이 우선 작품에다 외적 현실을 재현하는 것도 아니고 내적 경험을 표 현하는 것도 아니지만, 언어에 대한 작업으로서 기술(記述)의 힘을 적 나라하게 드러내주는 것이다."[3] 기용 여사가 이야기하고 있는 이 '기술 의 힘'은 소설 사회학의 대가 로제 카이와가 그의 명저 『소설의 힘』[4]에 서 빌려온 듯하다. 여기에서 카이와는 "소설이란 규칙이 없는 것이다. 소설에는 모든 것이 허용된다. 어떤 예술 시학(藝術詩學)도 그것의 법

---

2 G. 피콩, 『새로운 문학의 양식』, p. 217.

3 F. 빈 로셈 기용, 『소설의 비평』, p. 10.

4 R. 카이와, 『소설의 힘』은 『상상력의 접근』이라는 저서의 제2부를 이루고 있다.

칙을 발견하지 못하고 규정하지 못한다"고 이야기함으로써 소설의 본질에 대한 주목할 만한 관찰을 하고 있다. 어쨌든 기용의 주장이 더욱 발전적으로 드러나는 것은 리카르두가 『누보로망의 제문제』에서 "오늘날 소설의 새로운 기도(企圖)는 모험의 기술(記述)이라기보다는 기술의 모험으로 정의될 수 있다"고 한 주장에서 찾아볼 수 있다.[5] 이것은 '말'의 세계가 이제 기술의 주제이며 동시에 대상이 된다는 것을 의미한다.

이렇게 현대소설이 문제될 경우, 피콩의 다음과 같은 주장을 읽어볼 필요가 있다. "현대소설이란 본질적으로 하나의 작품이고 하나의 특수한 우주다. 그것은 현실의 오마주도 아니고 내적 비전의 반영도 아니다. 〔소설에서〕 현실에 관한 비전이 형태를 취하게 되는 것은 밝혀진 구조들의 구축을 통해서일 뿐이다."[6] 그러나 이러한 주장은 모든 현대의 대소설들에 적용하는 경우 여러 가지 편차가 있음도 보여주게 된다. 가령 작은 디테일에 관계된 작품들을 썼을 경우, 그 작품들이 현실에 상응한다는 것은 두 가지 의미에서만 가능할 뿐이기 때문이다. 즉 첫째는, 그들의 작품들이 현실로부터 벗어난 것이라는 점에서 현실과 상통하게 되는 것이고, 둘째는 그들의 작품 속에서 언어에 대한 작가의 작업이 스스로 내보여지고 있다는 점에서 현실과 상통하게 되는 것이다. 그래서 이들의 작품에 관한 연구가 이루어진 다음에 발자크나 스탕달이나 플로베르에게 있어서도 현실의 비전에 의미와 형태를 주는 것이 작품의 구조들이라고 하게 된다. 이것을 달리 말하면 프루스트나 조이스의 작업이 결국 발자크나 플로베르의 작업을 이해하게 하는 데 도움을 준다는 말이다. 그러니까 새로운 작가들이란 언제나, 그

---

5 J. 리카르두, 『누보로망의 제문제』, p. 111.
6 G. 피콩, 같은 책, p. 210.

전 세대 작가들이 한 작업에 대한 반성을 하고 있는 것이기 때문에 새로운 작가에 관한 독서가 그 이전 작가의 작업을 이해하는 데 큰 도움을 준다는 것이다. 그래서 현대 작가에 대한 연구는 그것이 단순한 시간적 친밀성에서만 기인하는 것이 아니라, 이른바 소설의 본질에 대한 탐구에서 피할 수 없는 것이다.

그다음에 고려해야 될 것은 '기술(記述)'의 개념이다. '기술'이라는 말은 롤랑 바르트의 『기술의 영도Le Degré zéro de l'écriture』라는 저서를 통해 널리 쓰이게 되었는데, 그 후 리카르두나 로브그리예 등이 이 용어를 사용한 뒤 이제는 신비평에서 거의 누구나 쓰고 있다. 그 개념은 '이야기의 구축에 사용된 모든 테크닉'을 의미하는 것으로서, 과학적 연구에 맞도록 엄격성을 부여하기 위해 쓰이고 있다. 여기서 테크닉이란 말이 대단히 복합적인 의미를 띠고 있다는 것을 기억해둘 필요가 있다. 즉 그것이 작가가 의식적으로 사용하는 어떤 '기법(技法)'에만 국한되는 것이 아니라, 작품 스스로가 내보이게 되는, 말하자면 '의식되지 않은' 것에도 적용된다는 말이다.

그런데, 이런 현대 작가들과 마찬가지로 문학 이론가나 비평가 들이 '예술로서의 소설은 소설의 예술을 이해하게 해준다'는, 알베레스가 『현대소설사』에서 세운 테마를 수십 년 전부터 다루어왔다는 것을 주목하게 되면, 어떤 의미에서 '소설의 본질'에 대한 연구, 특히 '구조'를 통한 방법론이 작가와 연구가의 공통적 관심의 대상이었음을 인정하게 된다. 실제로 독일의 이론가 쉬탄젤이 "문학비평사에서 지난 백 년은 소설론과 시학의 시대로 성격 지어질 수 있다"[7]고 한 주장을 보면

---

7 F. 반 로셈 기용, 『소설의 비평』에서 재인용.

이 견해가 근거 없는 것이 아님을 알게 된다. 프랑스에서는 발레리가 오늘날 사용하고 있는 의미에서의 시학이란 말을 처음 쓰고 있다. "언어가 물질이며 동시에 방법인, 작품의 창조 혹은 구성에 관계된 모든 것, ——시와 관계된 미학적 계명이나 규칙의 집합"[8]을 발레리는 '시학'으로 규정지었던 것이다. 이때 발레리는 소설에 대한 경멸을 갖고 있었다. 발레리는 이렇게 쓰고 있다. "소설들이란 나의 수동성(受動性)을 요구한다. 그것은 '말'로 나타난 것만을 믿어야 된다고 주장한다. 순간 순간마다 그 텍스트 자체를 변형시키는 일을 즐길 수 있고 행할 수 있는, 그리고 대치(代置)——모든 이야기가 그의 주제를 눈에 띄게 바꾸지 않고도 받아들이는——의 무한한 가능성을 개입시키는 창조의 능력을 일깨우지 않으려고 조심한다." 이 말은 결국 소설은 작품에 쓰인 이야기가 전부여서 독자로 하여금 창조적·상상적 독서를 불가능하게 한다는 일종의 극단적 소설 경시의 태도를 그대로 보여준다. 그 이유는 "소설가들이 그들의 인물을 소설 속에서 살고 있기" 때문이다. 그러나 이러한 발레리의 태도는, 헨리 제임스나 플로베르, 조이스나 카프카, 그리고 오늘날에 와서는 로브그리예나 뷔토르 같은 누보로망 작가들이 그들의 작품 속에서 바로 발레리의 소설 멸시론을 무산시키는 노력을 한 것을 통해서, 그렇게 큰 문제로 대두되고 있지는 않다. 오히려 주목해야 될 경향은 1966년 롤랑 바르트를 중심으로 한 일련의 문학 연구가들이 『소설의 구조적 분석 서론』에서 제기된 '시학'의 문제를 꾸준히 천착하고 있다는 사실이다. 토도로프가 『구조주의란 무엇인가』에서 「시학」 편을 쓴 것이나 그레마스가 『구조적 의미론』을 쓴 것이나,

---

8 P. 발레리, 『바리에테』, 플레이아드 1권, p. 1441.

러시아 형식주의자들의 『문학론』이 등장하게 되는 것, 그 밖의 제라르 주네트, 쟝 리카르두, 클로드 브로몽 등의 저서들에서 시도된 것들도 모두 이른바 소설의 새로운 '시학'의 정립을 목표로 하고 있다.

이 경우에 '소설의 비평'이란, 대상을 문학예술 작품으로 삼고 있는 '시학'과 공통적인 점을 갖고 있다. 이 말은 문학 이론에 의해 만들어진 여러 가지 개념들이 결국 문학의 특성을 밝히고 정의하기 위한 것임을 의미한다. 그리고 여기에서 비로소 텍스트를 구성하고 있는 제 요소들의 '기능성(機能性)'과 소설 언어의 '다의성(多意性)'이 강조된다. 물론 이 두 가지 문제가 강조되기 위해서는 소설이 서로 '동기화된motivé'[9] '기호들signes'의 체계라는 전제에서부터 출발하지 않으면 안 된다. 이것은 다시 말하면 과학적 문학 연구는 어떤 작품에서 이 '동기motivation'가 어떻게 이루어지고, 그 작품에 있는 기호들의 체계가 어떻게 작용하고 있고, 그리고 그 체계의 '다의성'이 어떤 것인지 밝히는 것임을 의미한다.

소설에 관한 여러 가지 이론들이 지금까지 수없이 있어왔다. 이들 중에서 '문학 담화'의 특수한 유형으로서 소설 작품의 분석에 특히 적용되는 개념들이 많다. 가령 퍼시 러보크Percy Lubbock나 쟝 푸이옹Jean Pouillon 같은 사람들이 사용하는 '관점point of view'의 문제를 소설 분석에서 우선 생각해야 될 것이다. '관점'은 작자(作者)와 화자(話者)를 구분하고, 화자와 인물들을 구분하고 그리하여 그들 사이에 있는 상호관계를 구체적으로 밝히게 해준다. 그다음으로 필요한 개념은 '사건'과 '기술'을 구분하는 것이다. 원래 이 개념은 러시아 형식주의자들이

---

9 이 표현은 주로 러시아 형식주의자들이 문학의 과학적 연구를 위해 만든 용어이며, 동시에 로마 시대의 시적 체계를 세우려 했던 한 문학 연구가의 용어이기도 하다.

'우화fable'와 '주제sujet'로 구분해서 썼던 개념에 일치하는 것으로서, '우화'는 소설 속에서 이야기된 모든 것 — 그러니까 허구적 사건의 시간적 순서에 따른 집합을 의미한다 — 이고, '주제'는 소설 속에서 화자가 이야기하면서 이룩한 사건의 여러 단편(斷片)들의 소설적 배열을 뜻한다. 그러니까 '주제'가 소설이 이야기하고자 한 내용을 의미하기는 하지만, 그것은 바로 이야기의 내용과 관계된 것이 아니라 어떻게 이야기되었느냐 하는 형식과 관계된 것이다. 물론 이 말은 형식과 내용의 이원성을 의미하는 것이 아니라 그것의 일원성을 뜻한다. 왜냐하면 소설의 주제는, 이야기 자체만으로 결정되는 것이 아니라 어떻게 이야기되었느냐 하는 소설의 형태와의 관련 아래서 결정되는 것이기 때문이다. 다시 말하면 소설의 소재가 줄거리라고 이야기하고, 따라서 소재에 따라 소설을 비평하는 것이 바로 지금까지 있어왔던 문학비평의 인상주의를 의미한다면, 소설의 주제는 소재에 의해 결정될 것이기 때문이다. 그러나 분석비평이 가고자 하는 길이 바로 그런 식으로 막연한 소재주의 혹은 인상주의 방법으로 소설을 보는 것을 지양하고자 하는 것이다. 그것은 작품을 소재나 인상에 의해 보게 될 경우 분석을 하더라도 구체적 대상이 막연해지고 따라서 필연적으로 어떤 가치관 혹은 윤리관으로 바라보게 됨으로써 가치관 자체가 불안한 시대에 있어서 혹은 지배 이념의 가치관이 확고한 시대에 있어서 결국 문학비평이 그 속에 종속되는 것이다. 문학이 자유로워진다는 것은 바로 그러한 종속 관계로부터 벗어난다는 것을 의미한다. 이런 입장에서 볼 때 내용과 형식의 표리 관계를 전제로 하게 되면, 구체적 분석과 검증의 대상이 되는 형식의 분석을 통해 소설의 양식을 찾아보려 하는 노력은 결국, 상황을 결정하는 주어진 '세계'에 대해서와 마찬가지로 작품에 관해 독자의 상황을 결정하게 된다. 그뿐만 아니라, '사건'과 '기술'의 구분은 또한 소설에 있어서 시간의 문제를 연구하는 데 도움을 준다. 즉 소설적 시간의 묵계convention가 결과적으로 언어의 특수성 때문에 2분, 혹은 3분의 가능성을 갖게 된다. 여기에는 사건의 시간, 기술의 시간, 독서의 시간 등이 있음을 알게 되는데, 바로 사건의 시간은 '허구fiction' 자체가 갖고 있는 시간이 되고, 기술의 시간은 '화술(話術)' 자체가 갖고 있는 시간임을 알게 되고, 따라서 '허구'와 화술의 단계적 구조가 소설을 이루고 있음을 알게 된다. 이 두 단계의 구분은 문학적 '담화'의 성격을 규정짓는 데 절대적 요건이 된다.

이처럼 소설의 비평에 그것의 대상과 분석 도구를 제공하게 되면 결국 소설 '시학'은 텍스트 비평의 필요성을 세울 뿐만 아니라 그것을 가능하게 해준다는 것을 알 수 있다. 그렇다고 해서 '시학'과 '비평'을 똑같은 것으로 혼돈해서는 안 된다. 이 두 가지는 그들의 목적에 있어서나 방법에 있어서 다르다. 가령 '시학'이 하나의 과학(혹은 과학이 되려고 하는 것)이라면, '비평'은 하나의 실제적인 적용인 것이다. 따라서 '시학'은 일반적인 것을 밝히는 노력이고 '비평'은 특수한 것을 밝히려는 것이다. 이러한 본질적인 차이는 대단히 중요한 것이기 때문에 이 두 가지 문학 연구의 성격이나 그들의 효과를 밝히는 문제가 문학 연구의 과학화를 위해서 필요한 것이다.

이론가들이 이야기하는 시학의 목적은 하나의 과학을 세우는 것이다. 다시 말하면 소설의 가능성의 여러 가지 조건들을 다루는 '조리 있는 개념적 시스템'을 발견해내는 것이다. 따라서 어떤 과학이나 마찬가지로 문학의 이론도 일반적 성격을 추출해내려고 한다. 즉 그 이론이 발견해낸 작품 해석의 여러 가지 원칙들은 곧 지금까지 존재하는 소설뿐만 아니라 있을 수 있는 모든 소설에 적용할 수 있는 것이어야만 한다. 이 경우, 그 일반성은 문학사나 경험의 차원에서 추구된 것이 아니라 논리적·언어적 차원에서 추구된 것이어야 한다는 것을 기억해두어야 한다.

그 때문에, 러시아 형식주의자 가운데 한 사람인 로만 야콥슨의 다음과 같은 주장은 말하자면 현대 '시학'의 모체로 쓰이고 있다. "시학의 대상은 문학작품도 아니고 문학 자체도 아니고, '문학성littérarite', 즉 어떤 주어진 작품이 문학적 작품이게끔 하는 것이다."[10] 하나의 작품이 문학적 작품이게끔 하는 것이 바로 '문학성'이라고 할 때 이러한 노력은 가령 토도로프가 "구조주의적 활동의 대상은 문학작품 자체가 아니"고 "문학적 담화라고 불리는 특수한 담화의 성격들"이라고 주장한 것과 일치하고 있다. 이와 마찬가지로 롤랑 바르트가 유명한 『소설의 구조적 분석 서론』에서 '이야기récit의 구조'라고 말한 것도, '모든 이야기의 공통분모'를 의미한다. 그래서 바르트 자신도 시학의 첫째 노력은 "무수한 이야기들을 묘사하고 분류하게끔 해주는 어떤 원칙"[11]을 발견하는 것이라 말했다. 이것은 시학에서 문제되는 것이 바로 형식적인 작은 분류 속에 배치시킬 수 있는 '기능적 단위unités fonctionnelles'를 결정하는 것임을 말한다. 그렇다고 해서 분류의 근본적인 원칙을 발견하는 일이 "한 시대나 한 사회의 모든 이야기들을 연구한 다음 일반적인 하나의 모델의 윤곽을 밝히기 위해서는" 아닌 것이다. 바르트는 이렇게 말하고 있다. "시학이란 연역적(演繹的) 절차를 밟도록 운명 지어졌다. 즉 그것은 우선 묘사의 가설적(假說的) 모델을

---

10 이 구절은 토도로프가 『구조시학』에서 인용한 것을 재인용한 것이다.
11 롤랑 바르트, 「소설의 구조적 분석 서론」, 『코뮤니카시옹』 8호 p. 2 참조.

상정해야만 하는 것이다. 그러고는 그 모델로부터 출발해서 분석의 대상이 된 작품에서 적용되고 있고 적용되고 있지 않은 여러 가지 종류 쪽으로 내려와야만 한다. 그러면 바로 이 적용됨과 적용되지 않음이라는 수준에서만 시학은 묘사의 독특한 도구의 도움을 받아서 이야기들의 복수성(複數性)과 역사적·지리적·문화적 다양성을 재발견하게 될 것이다."[12]

이상의 주장들에서 소설 시학의 본질적인 두 성격이 명백하게 드러난다. 그것은 일반적인 것의 밝힘과 논리적 추상화라고 할 수 있다. 이 말은 실제로 있는 소설과 있을 수 있는 소설을 모두 시학이 다루어야 한다는 것을 의미하며 그렇게 하기 위해서는 소설의 가능한 여러 조건들로부터 시학이 출발해야 한다는 것을 의미한다. 그러므로 소설의 이론은 현재까지 있는 작품을 고려하지 않고는 생각할 수 없다. 『텔켈』그룹의 토도로프가 "이미 존재하고 있는 작품의 관찰로 이루어지지 않은, 시학에 대한 이론적 고찰이란 쓸모가 없고 효력이 없다는 걸 드러낸다"고 이야기한 것처럼 대부분의 이론가들이 언제나 '이미 존재하는 작품'에 대한 고찰을 통해야 시학의 성립이 가능하다는 데 의견 일치를 보고 있다. 실제로 기호학자를 대표한다고까지 할 수 있는 롤랑 바르트나 그레마스가 계속해서 작품 분석을 통해서 이론 정립의 길로 가고 있는 것도 그것을 말한다. 그렇다고 해서 이런 분석이 그 작품에 대한 비평이라고 할 수는 없다. 가령 그레마스의 『모파상, 텍스트의 기호학』을 읽으면서 그것을 모파상의 「두 친구」에 대한 비평이라고 생각하는 것은 잘못이다. 왜냐하면 그레마스가 여기에서 노리

---

12 같은 책, p. 2.

고 있는 것은 기호학의 이론적 문제들을 작품 분석을 통해서 끌어내 가지고 기호학 이론의 정립을 시도하고자 하는 것이기 때문이다. 이런 경우는 토도로프가 『문학과 의미』란 저서에서 라클로의 『위험한 관계』에 관한 이야기를 한 것에도 적용된다. 즉 토도로프의 목적은 그가 밝히고 있는 것처럼 "시학의 이론적 문제점들에 관한 토론을 가능하게 하는 것"[13]이었다.

이렇게 보았을 때 하나의 작품을 '읽는다'는 것은 두 가지 양상을 띠게 된다. 즉 첫째는, 그 작품에 대한 비평을 하는 것이고, 둘째는 시학의 정립을 위해 그 작품의 분석을 이용하는 것이다. 그러나 하나의 작품에 대한 비평이란 시학의 정립 없이는, '문학성'을 밝히는 데 도움을 줄 수도 없을 뿐만 아니라 문학작품으로서 그것을 읽는다기보다는 어떤 '가치관'에 의해서 읽는 것이 되기 때문에 문학 외적 요소의 압도적 지배를 받게 된다. 물론 어떤 작품이 문학 외적 요소에 의해서 읽히는 것이 금지된 것은 아니다. 그러나 한 번 더 생각해보아야 될 것은 문학작품이 문학 내적 요소에 의해서 해석되고 지켜지는 한에서는 그것의 힘을 유지할 수 있지만 문학 외적 세계로 빠져나올 때는 그 힘 자체가 대단히 약화될 뿐만 아니라 지배 이념에 의해서 쉽게 '수렴'당하고 말 수밖에 없는 운명을 갖게 되는 것이다. 이 '수렴 이론'은 나중에 달리 한번 다루어볼 예정이지만, 여기서 한 가지만 더 밝혀두고 싶은 것은 '가치관'이나 '윤리관'은 '현실'과 '문자'의 중간 단계에 있는, 즉 접점에 있는 문학의 범주 밖의 문제이며 따라서 그것은 이념적 문제로 환원되고, 문학의 이념적 측면은 바로 '시학'의 정립 자체가 가능하게

---

13 J. 토도로프, 『문학의 의미』, p. 9.

할 것으로 보인다. 사르트르가 말한 '굶주린 어린이'에게 있어서 문학의 무기력성이 여지없이 비난받게 되는 것도 그 때문이다.

그러므로 한 작품에 관한 비평이 시학의 정립을 목적으로 하지 않을 경우에는 그 작품의 '총체성'을 나타내는 것을 목적으로 할 수가 없다. 왜냐하면 이 경우에는 이 특정한 작품이 현실의 전체에 연관되는 모든 것을 밝힌다는 것이 되는데, 이것이 사실은 불가능한 것이기 때문이다. 그러므로 한 작품에 대한 비평을 할 경우에는 '총체'로서 소설을 다루는 것이어야 된다. 왜냐하면, 하나의 소설은 그것이 전체를 형성하는 것이고, 그 안에 어떤 동기에 의해 계기된 여러 요소들이 융합되어 하나의 전체를 이룬 것이고, 그리고 각 작품마다 하나의 모험(사건이라는 의미), 즉 새로운 것을 제시하고 있기 때문이다. 그러므로 '총체'로서의 어떤 소설을 연구한다는 것은, 소설의 제이론(諸理論)들이 내놓은 개념들을 거기에 부합시켜보는 것이고, 동시에 소설에 접근하는 방법들을 다양화시키는 것이어야 한다. 그뿐만 아니라 그 작품이 '구조화된 하나의 총체'라고 한다면 그 작품의 여러 가지 양상들이 보충적 의미를 띨 수도, 계층화된 의미를 띨 수도 있을 것이다. 그렇다고 해서 총체로서의 하나의 소설이 단수적(單數的)이고 특이하다는 것을 도외시하면 안 된다. 분석비평의 목적은 바로 그것의 일반적 성격을 규명해냄으로써, 시학 이론의 정립에 접근하면서도, 동시에 그 작품 하나만이 갖고 있는 단수적인 요소를 끌어내는 일이 중요하다. 소설의 소재에 경도되거나, 인상주의에 의해 그 작품을 보게 되는 경우, 이 단수적 의미는 언제나 도외시될 가능성이 있는 것이다.

그러나 대상(특정한 작품)에 있어서나 방법(경험적)에 있어서나 목적(어떤 뜻을 읽어낸다)에 있어서 시학과 구분되는 비평은, 그렇다고 해서 모든 이론적 가설들을 그대로 적용하는 것은 아니다. 왜냐하면 소설의 구조적 분석이란 그 소설의 내재(內在)의 규칙 위에 근거를 두고 있는 것이기 때문이다. 롤랑 바르트에 의하면 "언어학이 문장에서 정지하는 것과 마찬가지로 소설의 분석은 담화에서 정지한다. 그러니까 〔그다음을 연구하기 위해서는〕 다른 기호학으로 넘어가야만 한다."[14] 분석비평이 작품의 내면적 비평임을 명확하게 이야기해주는 예라고 하겠다. 바르트는 "소설의 작가가 소설의 화자와 어느 점에서도 혼동될 수 없다"고 전제하고 "화자의 기호들은 소설 속에 내재하는 것이고 그러므로 기호학적 분석이 완전히 가능한 것"[15]이라고 말한다. 이러한 그의 주장은, 분석비평에 있어서 "언어학자와 마찬가지로 모든 것이 한 문장의 뜻을 판독해낼 필요가 없고 그 뜻이 전달되게끔 한 구조를 설립할 필요가 있는 것이다"[16]라고 이야기함으로써 그 구체적 적용 가능성을 명시하게 된다. 그러니까 비평은 "작품의 전언(傳言)을 재구성할 필요가 없고 그 작품의 시스템을 재구성하는 것이" 된다.

　그러나 이렇게 되면 문학작품의 자율성은 충분히 보장되겠지만 현실적인 존재인 작가와 그가 살고 있는 세계와의 관계를 어떻게 보아야 할 것인가? 사르트르는 말하고 있다. "소설을 읽는다는 것은 기호 위에서 비현실적 세계와의 접촉을 실현하는 것이다. 〔……〕 나무와 동물들, 시골과 도시들, 그리고 인간들이 살고 있는 세계. 여기에서 우선은 그 책 안에서 문제되고 있는 것들이 있고, 그다음에는 그보다 훨씬 많은 사람들이, 지칭되지 않으면서도 그 배경에 깔려 있는데, 그들이

---

14 바르트, 같은 책, p. 22.
15 바르트, 같은 책, p. 12.
16 바르트, 「비평이란 무엇인가」, 『비평론』, p. 256.

그 세계의 두께를 이룩하고 있고 [……] 그 구체적 존재자들이 내 사고의 대상이고 [그리고] 그들의 비현실적 존재가 말에 의해 인도된 내 작업의 종합과 상관관계에 놓인 것이다."[17] 그러니까 독자의 관심과 비평의 주목을 끄는 것은 우선 그 비현실적 세계(작품)인 것은 사실이다. 그러나 이랬을 경우, 문학 과학으로서의 비평이 현실 세계와 완전히 독립적으로 다루어지는 것은 비평의 범위를 텍스트 내부로 한정시키는 것이 되고 독자들이 이해관계를 벗어나버리는 것이 될 것이다.

그러나 분석비평은, 우선은 텍스트 내재비평을 하면서 다른 한편으로 '상황'과 '기술'의 관계를 밝히려는 노력을 하고 있다. 롤랑 바르트가 『S/Z』나 『유행의 시스템』 등에서 시도하고 있는 것이 바로 그것이다. 즉 서술적 수준을 벗어나면서부터 시작되는 '세계'와 '서술'과의 관계는 '상황'과 '기술' 사이의 관계에 있는 특수한 양상으로 취급될 수 있다는 것을 분석비평은 보여주고 있다. 이때 '상황'이라는 말은 실존철학에서 썼던 의미와는 다른 언어학적 의미의 것이다. 프리에토의 이론에 의하면 "의미 행위(언어학적 의사 전달의 구체적 행위)[18]의 순간에 발신자émetteur와 수신자récepteur에 의해 인식된 사실들의 집합"[19]이라고 정의되고 있다. 이 정의는 바르트가 『소설의 구조적 분석 서론』에서, 조르주 무넹이 『시와 언어학에 있어서 상황의 개념』에서 받아들이고 있는 것이다. 그러나 이 관계를 이야기하기 위해서는 또 한 편의 글을 써야 되기 때문에 여기에서 이 글을 마칠 수밖에 없다. 그러

---

17 사르트르, 『상상력』, p. 88.

18 프리에토, 『정신론의 제원리』, p. 36.

19 G. 무넹, 「시와 언어학에 있어서 상황의 개념」, 잡지 『레 탕 모데른』 247호, 1966, p. 1069.

나 이러한 분석비평의 저변에는 "모든 작품은 그것이 작품인 한(限), 형태다"[20]라고 한 루세J. Rousset의 생각이 자리 잡고 있는 것이다. 메를로-퐁티가 이야기하고 있는 것처럼 "소설가란 그의 독자에게 비전 언어(秘傳言語)를 간수해준다. 인간의 육체나 인간의 삶이 보유하고 있는, 가능성의 세계에 비전(秘傳)된 것들을."[21] 결국 문학작품을 여러 가지 단위unité의 집합물로 보고 작품 안에는 그들 단위들의 조합이 이루어지고 있는 것으로 나타나는 이들의 이론들은, 오늘날 문학 연구가 철학이나 언어학, 심리학이나 정신분석학, 혹은 사회학 들과 함께 하나의 과학으로 이루어지는 것을 목적으로 하고 있다. 그것은 문학에 대한 태도가 너무나 오랫동안 감정이나 직관에 의해 지배받아온 데서 기인하는 것이며, 특히 독립된 학문으로서의 문학 연구의 필요성이 절실히 요구되고 있기 때문이다. 앞으로 이 작업이 좀더 진행되면 '문학의 본질'을 문학 이론으로서 객관적으로 정확하게 이야기할 수 있게 될 것으로 보인다.

---

20 J. 루세, 『형태와 의미의 서론』, p. XI.

21 메를로-퐁티, 『기호들』, p. 95.

누보로망의 현재

1953년 알랭 로브그리예가 『레 고므』를 발표한 것을 계기로 갑자기 프랑스 문단에 새로운 소설 양식이 대두되기 시작한 이래, 우리나라에서도 1960년을 전후하여 '앙티로망(반소설)' 혹은 '누보로망(신소설)'이 소개된 일이 있다. 『사상계』를 비롯한 몇몇 종합지에 소개된 바 있는 누보로망은 그 뒤 거의 우리 잡지나 문학계의 관심으로부터 멀어져 가는 경향이 있는 데 반하여 프랑스에서는 그것에 관한 연구는 물론 이 계통의 작품이 끊임없이 나오고 있어서 이제 또다시 그것을 다루어볼 필요성이 높아진 것으로 보인다. 그 이유는 첫째 최근에 와서 누보로망에 대한 정의가 보다 분명해졌고, 둘째 누보로망의 이념이 뚜렷해졌으며, 셋째 이제는 누보로망이 하나의 일시적 현상이 아니라 문학적 전통 속에 깊이 뿌리박게 되었고, 넷째 프랑스의 각 대학에서 여기에 대한 강의 및 연구가 점점 광범위하게 진행되고 있고, 다섯째 여기에 대한 토론회를 비롯하여 무수한 연구 서적이 출판되고 있어서 '누보로망'에 대한 평가를 찾아볼 수 있기 때문이다. 여기에서 특히 주목되는 것은 1971년 7월 20일부터 30일까지 프랑스의 스리지 라 살에서 '누보로망, 어제와 오늘'이라는 제목으로 국제 문화 센터 주최로 누보로망 전반 및 누보로망 작가에 관한 공개 토론회가 열렸다는 사실이다. 이 토론회에는 누보로망 작가는 물론 이 분야의 연구진들인 장 알테르J. Alter, 레이몽 장R. Jean, 자크 레엔아르트J. Leenhardt, 미셸 망쉬M. Mansuy, 장 리카르뒤J. Ricardou, 프랑스와즈 반 로셈 기용F. van Rossum-Guyon, 조르주 라이아르G. Raillard, 브리스 모리세트B. Morrissette 등 50여 명이 참가하여 지금까지 있었던 어떤 토론회보다 큰 규모로 진행되었다. 그리고 여기에서 발표된 논문 및 토론 내용이 10×18판으로 『누보로망의 어제와 오늘』이란 제하에 2권으로 1972년 말에 출판되었다. 이 토론회를 계기로 1973년에는 미셸 뷔토르M. Butor에 관한 토론회가, 1974년에는 클로드 시몽Claude Simon에 관한 토론회가, 1975년에는 알랭 로브그리예에 관한 토론회가 계속적으로 개최되었고, 뒤이어 이 토론회에서 발표된 강연과 토론이 각각 단행본으로 출판되고 있다. 그뿐만 아니라 1973년에는 장 리카르두가 『누보로망, 그 자신으로』라는 저서를 발간하여 지금까지의 총결산을 시도하고, 1960년대 이후에 나온 문학사에서는 누보로망을 대대적으로 다루고 있다.

이러한 프랑스 문학 및 대학의 움직임으로 볼 때에 누보로망에 관한 평가가 지금까지 우리가 생각하고 있는 것보다 훨씬 크다는 것을 알 수 있다. 따라서 이러한 일련의 움직임을 중심으로 누보로망의 어제와 오늘에 관한 재검토를 실시하는 것이 본고의 취지가 된다.

제일 먼저 질문으로 제기되는 문제는 '누보로망이란 무엇인가?' 하는 것이다. 우선 이 말이 맨 먼저 쓰인 것을 보면, 1947년 나탈리 사로트N.Sarraute가 『미지인(未知人)의 초상(肖像)』을 발표했을 때, 사르트르가 그 책의 서문에서 '앙티로망'이라는 이름을 부른 데서 시작되었다. 그 후 신문과 잡지에서는 앙티로망 외에 누보로망 혹은 '시선 학파(視線學派)L'école de regard' 등의 이름으로 일련의 작가들의 작품을 일컫게 되었다. 이들 일련의 작가들을 그룹으로 보느냐 학파로 보느냐 하는 문제는 이들 작가들의 동질성이 어디에서 찾아지느냐 하는 것과 상관되는 것으로서 초현실주의 운동을 생각한 데서 연유한다. 그러나 초현실주의가 일정한 작가·화가 들을 중심으로 그 구성 인원이 정해져 있고 공동 선언을 발표한 데 반하여 누보로망은 공동 선언을 낸 일도 없을 뿐만 아니라 구성 멤버조차 불분명한 처지에 있고, 작가들 자신이 누보로망 작가라고 스스로 규정짓는 일이 거의 없다. 그런 의미에서 누보로망을 그룹 운동이라고 볼 수도 없고 '학파' 운동이라고 볼 수도 없다. 누보로망의 이론가로 널리 알려진 장 리카르두가 "이건 하나의 그룹도 아니고 하나의 에콜(학파)도 아니다. 거기에는 두목도 없고 집단도 없고 전문지도 없고 공동 선언도 없다"고 이야기한 것도 그 때문이다. 그래서 수많은 비평가들이 일련의 작가군(群)을 '누보로망 시에'라고 부르는 것은 그들의 자유에 속하는 문제로 그 한계가 불분명한, 막연한 호칭이라 생각할 수 있다. 그러나 그들이 누보로망의 구성을 염두에 두고 있는 한, 작가들에 대한 그들의 규정이 어디에 근거를 두고 있는지 밝혀보는 것이 그 명칭 사용의 타당성을 발견하게 하는 일이 될 수 있을 것이다.

누보로망의 작가 리스트를 맨 처음 작성한 것은 잡지 『에스프리』로서 미셸 푸코 주관으로 1958년 7, 8월호에서 누보로망 특집을 내면서 사무엘 베케트, 미셸 뷔토르, 장 케이롤, 마르그리트 뒤라스, 장 라그롤레, 로베르 팽제, 알랭 로브그리예, 나탈리 사로트, 클로드 시몽, 카텝 야신 등을 여기에 포함시키고 있다. 그런데 두번째 리스트라 할 수 있는 1972년에 출판된 『누보로망』(보르다스판)에서 저자 프랑소아즈 바케는 사무엘 베케트, 뷔토르, 케이롤, 클로드 올리에, 팽제, 로브그리예, 사로트, 시몽 등을 들고 있다. 여기에서 야신, 라그롤레가 빠진 것은 이미 이들의 작품 활동이 중단된 상태이기 때문이고, 올리에가 추가된 것은 1958년 이후에 데뷔했기 때문이며, 뒤라스가 빠진 것은 그녀 자신이 누보로망 명칭 속에 들어가기를 거부했기 때문이다. 그러나 이러한 멤버 구성에는 아무런 기준이 없다. 『에스프리』지는 "주어진 사실이 이 선택을 가능하게 했다. 이 10명의 작가 하나하나는 여러 비평가들과 조급하면서도 그럴듯한 신문들이 '소설의 새로운 학파', 혹은 '새로운 리얼리즘', 혹은 '앙티로망'이라고 부르는 데에 자주 인용되는 사람이다"라고 규정하고 있다. 그러나 프랑소아즈 바케는 이런 규정을 거부하고 있다. "조금만 거리를 두고 보면, 누보로망이란 단순히 그 꼬리표 밑에 비평에 오르내리는 사람으로 제한되는 것이 아니라, 누보로망 대부분의 특색이, 다소간 확산된 것이기는 하지만 대부분의 현대 작가들에게서 발견되는 바로 그러한 작가들로 제한되는 것이다"라고 규정한다. 그러나 이 두 기준이 절대적인 것은 될 수 없다. 『에스프리』지의 기준을 더 읽어보자. "우선 왜 이 10명의 소설가인가? 그들 각자는 다소간 차이는 있지만, 소설의 전통적 형식과 결별하고 소설 문학의 방법과 내용을 개선하려고 노력한다는 것이 다음에 엮은 글들에서 나타나고 있다." 이 같은 『에스프리』지의 기준은 많은 소설가들이 이런 성격에 들어맞는다는 점에서(예를 들면 모리스 블랑쇼, 루이 르네 데 포 레 등) 확실한 것이 못 된다. 반면에 바케의 기준은 누보로망의 작가들 대부분이 미누이 출판사에서 출판한 사실에 근거를 두고 있다. 그래서 그들 사이에 다른 점이 있음에도 불구하고 그들의 이름이 독자들의 머릿속에 같은 무리로 연상된다는 것이다. 그러나 장 케이롤은 그들과 같은 출판사에서 책을 출판하지 않았으면서도 그의 리스트에 들어 있고, 마르그리트 뒤라스는 2권의 소설을 미누이 출판사에서 출간했는데도 빠져 있는 사실로 보면, 바케의 기준도 정확하지 않다는 것을 알 것이다. 실제로 누보로망의 작가들의 범위를 넓혀보면, 위에서 든 이름 외에도 르 클레지오, 장 피에르 파이, 클로드 모리악, 필립 솔레르스, 레이몽 장, 망디아르그 등 50여 명의 작가를 헤아리게 된다.

그런데 이렇게 비평가나 신문 쪽에서 붙여준 꼬리표에서 출발한 누보로망이 1971년 '누보로망, 어제와 오늘'이라는 토론회를 갖게 되면서 작가들 스스로 '누보로망시에'의 정의에 나섬으로써 좁은 의미의 구성 작가가 정해졌다. 말하자면 누보로망이라는 이름으로 불리는 작가가 미셸 뷔토르, 클로드 올리에, 로베르 펭제, 장 리카르두, 알랭 로브그리예, 나탈리 사로트, 클로드 시몽으로 스스로 정해짐으로써 '이름' 때문에 있었던 혼란을 피할 수 있게 된 것이다. 즉 이 토론회를 계기로 그동안 누보로망이라는 이름으로 불렸던 모든 작가에게 토론회에 참가할 것을 요구하고 누보로망 작가로 불리는 것을 받아들이는지 거부하는지 앙케트를 낸 결과, 이상의 일곱 작가가 응했던 것이다. 따라서 『누보로망, 어제와 오늘』 2권에서 작가별로 연구 논문과 토론회가 다루어질 때, 이 일곱 명만이 문제가 되어 있고, 『누보로망 그 자신으로』도 마찬가지 대상을 다루고 있다. 그렇다고 해서 이들을 일반적으로 공통적인 작가, 혹은 같은 수법의 작가라고는 할 수가 없기 때문에(그러기에는 그들 사이의 소설 형식의 차이가 너무나 크다) 누보로망을 하나의 에콜이나 그룹으로 보기에는 어렵다. 그러나 그들의 소설에 대한 태도나 문학 이념적 측면은 같음으로 누보로망 작가로 보는 데는 아무런 불편이 없는 것이다.

몇 개의 예외를 제하고는 이들의 작품들이 대부분 미누이 출판사와 갈리마르 출판사에서 출판되었다는 사실은 누보로망의 대두에 두 출판사 편집자의 역할이 대단히 크다는 것을 의미한다. 즉 뷔토르, 올리에 펭제, 리카르두 등은 갈리마르와 미누이에서, 사로트는 갈리마르에서 각각 그들의 작품이 출판되었다.

그다음으로 살펴볼 수 있는 것은 이들 일곱 작가들과 각종 문학상(文學賞)과의 관계다. 문학에 있어서 상이란 그 의미 자체가 대단히 한정된 것이고, 또 누보로망의 이념으로 볼 때 그렇게 바람직한 것이 못 된다. 그러나 작가와 편집자의 관계가 누보로망의 문화사적, 사회적 측면을 아는 데 도움이 되는 것처럼 문학상과 누보로망의 관계는 바로 독자층과 연관되는 것이기 때문에 이것 역시 누보로망의 문화사적, 사회적 측면을 드러내주는 것이다. 1954년 로브그리예의 『레 고므』가 페네옹상을 받은 이후, 1955년 그의 『르 브와 이외로』가 비평가상을, 1957년 뷔토르의 『변심』이 르노도상을, 『일과표』가 같은 해 페네옹상을 수상했고, 1958년 올리에의 『연출』이 메디시상을, 1960년 시몽의 『플랑드르에의 길』이 엑스프레스상을, 1963년 사로트의 『황금의 과일』이 엥테르나쇼날 드 리테라튀르상을, 펭제의 『수색』이 비평가상을, 1965년 펭제의 『어느 누구』가 페미나상을, 1966년 리카르두의 『콘

스탄티노플의 점령』이 페네옹상을, 1967년 시몽의 『이야기』가 메디시상을 각각 수상했다. 여기서 주목할 수 있는 것은 공쿠르상과 아카데미상이 그 성격의 보수성으로 누보로망에 수여되지 못했다는 것이다. 반면 일간지 『르 몽드』『피가로』, 주간지 『렉스프레스』『누벨 옵세르바퇴르』 등 프랑스 언론계의 중추적 신문·잡지 들은 해마다 누보로망 일반이나 어떤 작가의 특집을 마련하고 있고 각 대학에서는 이 분야 강의가 계속 증가하고 있다. 특히 1971년 스트라스부르 대학에서 행한 '현대소설에 대한 찬성과 반대'의 심포지엄은 대학에서의 관심을 가장 잘 반영해준 것 중의 하나라 하겠다.

그렇다면 누보로망이란 무엇인가? 역사적인 전통으로서 누보로망은 플로베르, 카프카, 조이스, 프루스트, 지드 그리고 사르트르에서 찾아지고 있다. 즉 플로베르는 1860년대의 누보로망을, 프루스트와 카프카는 1910년대의, 조이스와 지드는 1920년대의, 사르트르는 1930년대의 누보로망을 썼다는 것이다. 이 경우, 누보로망이 어떤 고정된 소설 개념이 아니라는 것을 쉽게 알 수 있다. 그래서 로브그리예 자신의 다음과 같은 말이 이해될 수 있다. "작가는 영원한 걸작이라는 것이 없는 것이고 오직 역사 속에 작품들만이 있다는 것을 앎으로써 그리고 작품들이란 그것 뒤에 과거를 남기고 미래를 예고해주는 것을 앎으로써 작가 자신의 시대를 소유한다는 사실을 자부심을 갖고 받아들여야만 한다." 이 말은 누보로망에서 특히 주장되고 있는 '여기, 지금'이라는 공간과 시간의 축에 의한 작가의 자기 자신의 파악에 관련된 것이다. 다시 말해서 영원한 누보로망이란 존재하지 않고 오직 시간과 공간 속에서만 누보로망이 존재한다는 것을 의미한다. 그렇기 때문에 누보로망이 "같은 방향에서 작업을 하고 있는 작가들로 구성되거나 정의된 어떤 에콜이나 어떤 그룹을 지적하는 것이 될 수 없는 것"은 당연한 것으로 보인다. "인간과 세계와의 새로운 관계를 표현할 수 있는 (혹은 창조할 수 있는) 새로운 소설 형식을 찾으려고 하는 모든 작가들", "소설을 발견하기로, 즉 인간을 발견하기로 결심한 작가들"이 누보로망 작가라고 규정한 로브그리예의 정의가 한편으로는 막연한 것 같으면서도 한편으로는 가장 정확한 것이 될 수 있는 것이다.

그러면 '새로운 소설 형식', '새로운 관계'란 어째서 요구되는 것일까? 여기에 대한 가장 적절한 대답은 뷔토르에게서 찾아진다. 뷔토르는 조르주 샤르보니에와의 대담과 그의 비평서 『목록(目錄)』에서 사람이 글을 쓴다는 것은 지금까지 있어온 모든 글에서 무엇인가가 결핍되어 있는 것을 느끼고 그 '빈틈'을 메꾸고 싶은 욕망을 실현시키는 노력의 결정이라고 말하고 있다. 뷔토르는 작가란 타인의 작품을 읽은 사람이고, 바로 그러한 독서의 과정에서 '이것뿐만이 아니다'라는 생각을 한 사람이라고 이야기하고 있다. 이 말은 소설이 궁극적으로는 우리의 삶의 정체를 밝혀내는 것이고 '우주'의 새로운 인식에 도달하는 것이라는 문학의 본질에 관련된 말이다. 그런데 왜 지금까지 있어온 작품에서 '빈틈'을 느끼게 되는 것일까? 그것은 문학이 '삶의 정체'를 완전히 밝히지 못했기 때문이고 우주의 새로운 인식에 도달하지 못했기 때문일 것이다. 말을 바꾸면 문학의 역사와 전통이 그렇게 오래된 것임에도 불구하고, 인간의 삶의 조건은 그렇게 개선되지 못했다는 '현실' 인식에서 비롯되고 있다. 사실 프랑스에서는 산업혁명과 프랑스혁명 이후 물질적 발전과 '체제의 발전'이 크게 이루어졌고 바로 그 때문에 삶의 조건도 크게 개선된 것처럼 착각을 하고 있는 경향이 있지만 근본적으로 보다 면밀히 관찰할 때 삶의 조건은 개선된 것이 아니라 갈수록 악화되고 있다는 것을 반성하고 있는 것이다. 그렇기 때문에 모든 문화 현상에 대한 재검토가 1950년대부터 시작된 것이고, 바로 이러한 일련의 움직임이 소설에 있어서 누보로망으로 나타난 것이다. 삶의 조건이 개선되지 않았다는 것은 인간을 억압하는 것이 갈수록 많아지고 있고 그 힘이 갈수록 커지고 있다는 데 근거를 두고 있다. 그랬을 때 문학의 반성은, 가령 라신의 비극과 궁정의 귀족 문화의 개화(開花) 사이에는, 그리고 발자크의 소설과 부르주아 문화 사이에는 그처럼 밀접한 관계가 있다는 사실을 목격하는 데서 착안되고 있다. 그렇기 때문에 문학이 바로 그러한 억압으로부터 인간을 해방시키는 것을 노리게 되는 것은 당연한 일이지만 그렇다고 해서 어떤 정치적 이념에 귀속되는 것은 경계하게 된다. 누보로망 작가들이 특히 '앙가지망' 이론의 새로운 전개를 내세우는 것은 인간의 역사적 경험으로서의 정치적 이념이란, 어느 것이든 간에 또 다른 억압 세력을 낳는다는 실증을 갖고 있기 때문이다. 그 예로서 사회주의 리얼리즘의 새로운 귀족주의의 도발, 스탈린의 반문화주의, 그리고 전위(前衛) 개념의 체제화 등을 들면서, 문학 이념이 정치적 체제와 상관될 때에는 반드시 '수렴'당할 수밖에 없는 문학의 비극적 속성을 깨달은 것이다. 그런 의미에서 문학 운동과 정치 운동의 근본적인 차이를 주장하고 있는 로브그리예의 다음과 같은 주장은 주목할 필요가 있다. 즉 "우리로서는 우리의 투쟁이 같은 것이 아니라는 것, 그리고 언제나와 마찬가지로 이 두 관점 사이에는 직접적인 적대 관계가 있다는 사실을 정직하게 그리고 명확하게 인정해야만 된다." 이것은 정치나 경제의 도구인 군대나 공장이나 경운기 등이 효과 면에서 직접적인 데 반해 문학의 도구나 회화의 도구인 언어와 물감이 간접적이고 즉각적이 아니라는 차이에서도 비롯된다. 그렇기 때문에 누보로망에 있어서 작가의 '참여'는 언어 자체의 문제로 환원되고 따라서 '참여'라는 이름의 수많은 문학 논쟁을 백지로 만들어버리게 된다. "작가에게 있어서 참여란, 정치적 성격을 갖는 대신에 작가 자신의 언어의 현재적 문제들에 대해서 충만한 의식을 갖는 것이고, 그 문제들의 극도의 중요성에 대해 확신을 갖는 것이고, 그 문제들을 문학 내부에서 해결하려는 의지 그 자체인 것이다." 말을 바꾸면 언어의 속성에 대한 지금까지의 묵계들은 언어 하나하나가 지금까지 쓰인 역사적 경로를 보아서, 부르주아 문화나 사회주의적 새로운 귀족주의 문화에 대해서 공헌하거나 수렴당했기 때문에, 묵계 자체를 해체시키는 방향으로 가지 않는 한, '삶' 혹은 '나'와 '기술(記述)' 사이에서 발견되는 '빈틈'을 메꾸는 데 도움을 주지 못하게 되어 있다는 것이다. 그런 의미에서 누보로망의 이념은 가장 비정치적이고자 하면서 근본적으로는 영원히 정치적이고자 하는, 얼핏 보기에 모순된 것 같은 속성을 띠게 되는데, 이때 정치적이라고 하는 말은 인간의 모든 문화적 행위를 사회적 의미로 크게 보았을 때의 의미로 쓰인 것이다.

이와 같이 누보로망은 문학에 대한 문학 자체의 반성의 일환으로 출발 진행되어 오고 있기 때문에 '소설의 소설'이라고 불리기도 한다. 다시 말하면 소설의 제양식(諸樣式)에 대한 반성이 결국 누보로망에서 여러 가지 새로운 시도를 가능하게 하는 것인데 그것의 대표적인 경우가 흔히 알려진 것처럼, 첫째 소설의 형태, 둘째 소설의 줄거리, 셋째 소설의 인물, 넷째 소설에 있어서 화법의 문제 등에서 나타나고 있다.

우선 소설의 형태 문제는 이른바 소설의 구조와 상관되는 것으로서, 모든 담화는 여러 가지 단위unité에 의해서 구성된 것이라는 전제 위에서 출발하고 있다. 물론 이 문제는 다른 세 가지 문제와 독립적으로 다룰 수 없는 것이지만, 그러나 최근의 비평계에서 '이야기의 뜻sens du récit'에 관한 이론을 정립하려는 노력과 깊이 상응하고 있는 것으로 보인다.

소설에 있어서 줄거리는, 지금까지 소설이 '휴머니즘'이라는 척도에서 평가되고 있는 것에 대한 가장 큰 적대 관계로서 문제화된 것이다. 즉 줄거리가 어떤 이야기를 하고 있느냐에 따라서 소설을 보려고 하는 경우, 필연적으로 가장 애매하면서도 지배 이념적 발상인 휴머니즘으로 평가, 혹은 재단하려 했는데, 그것은 독자로 하여금 주인공의 운명을 살고, 따라서 독서를 하는 도중에 그 속에 자신을 도피시키는 소외 행위를 가능하게 한 요소로서 누보로망에서 배척당하고 있다. 그래서 롤랑 바르트는 "비극이란, 인간의 불행을 기두이들이고 그것을 승화하고 그럼으로써 그것을 필연과 지혜와 정화(淨化)라는 형식 밑에서 정당화하는 하나의 방법에 지나지 않는다. 이 수렴 행위를 거부하고 거기에 자기도 모르게 굴복하지 않는 기술적(技術的) 방법들을 모색하는 것이 오늘날 필요한 시도이다"라고 이야기하는 것이다.

소설에 있어서 인물의 문제는 줄거리 문제와 관련 아래서 생각할 수 있지만, 우선 인물이 작자와 구별되어야 한다는 것과, 화자와 구분되어야 한다는 문제도 제기되며 또한 소설 안에서 인물의 전지전능(全知全能)한 성격을 부인하는 것도 사로트와 로브그리예에 의해 처음부터 제기된 것이다. 그러나 이와 같은 인물에 대한 공격은 소설의 인물을 파괴하고자 하는 것이 아니라 인물을 탈인격화dépersonnaliser하는 것임을 롤랑 바르트가 극명하게 설명했다. 그것은 또한 언어의 속성으로서 후서를이나 메를로-퐁티가 이야기한 것처럼 언어의 이원론(二元論)

──즉 이야기하는 사람과 이야기된 사람이 있다는──과 관련을 맺고 있다. 이것이 특히 잘 나타나는 경우는 미셸 뷔토르의 작품들임이 너무나 잘 알려져 있지만, 그 밖의 작가에게서도 의도적 성격을 띠고 나타난다.

산문에 있어서 화법의 문제는 비단 소설에서만 문제되는 것은 아니기는 하지만 특히 이 문제가 제기되는 것은 이야기한다는 것이 무엇인가, 글로 쓰인 이야기 속에는 사건의 시간과 기술(記述)의 시간이 같을 수 없다, 또 소설 속에서 이야기는 흐르는 것이 아니라 단절(斷絶)된 것이어야 한다 등 묘사와 소설의 본질과 상관된 무수한 문제화를 시도하고 있기 때문이다. 결국 이 모든 문제들은 소설의 새로운 형식의 발견으로 집약되고 있는데, 그것이 오늘날 소설이 텔레비전처럼 자기소외의 도구로 쓰이고 있는 것을 거부하고 또 소설이 아이스크림처럼 소비 물자로 전락하는 것을 방지하는 길로서 모색되고 있다는 점에서, 문학 자체의 영토를 영원히 보존하기 위한 노력이라고 평가될 수 있다.

물론 이러한 것들이 그렇게 쉽게 이루어질 수 있는 성질의 것도 아니고 여기에서 설명한 것처럼 그렇게 단순한 내용의 것도 아니다. 따라서 이 문제들 하나하나를 별도로 다룬 글을 써야겠지만, 여기서는 이 정도의 소개에 그치는 수밖에 없다.

그러나 이러한 이들의 노력에 대한 평가를 가령 사르트르가 뷔토르를 전후 최대(戰後最大)의 소설가로 보고 있는 점, 골드만이 로브그리예를 현실의 발견자로 보고 있는 점, 장 리카르두가 시몽에게서 세계의 재구성(再構成)을 발견한 점, 미셸 푸코가 클로드 올리에에게서 공간의 언어를 찾아낸 점, 사르트르가 사로트의 소설에서 부정(否定)의 문학의 가능성을 발견한 점, 롤랑 바르트가 로브그리예에게서 객관적 문학의 가능성과 뷔토르에게서 단절적(斷絶的) 문학 형태를 주목한 점 등에서 찾아볼 수 있다. 게다가 누보로망의 작업이 제라르 주네트, 장 리카르두, 토도로프, 러시아 형식주의자들의 새로운 시학 이론의 정립에 일치하는 요소들을 너무나 많이 갖고 있다는 사실, 바르트, 루세, 푸코, 레비-스트로스 등의 이론들에 접근하고 있다는 사실 등에서, 하나의 지나가는 사조로 혹은 일시적 현상으로 볼 수 없는 확증을 얻을 수 있는 것이다.

특히 누보로망이 에콜도 그룹도 아니면서 벌써 20년 이상의 시간을 지탱해오고 있다는 것은 작가들 사이에 방법적인 편차가 있음에도 불구하고 그 이념적 측면이 강하기 때문이라는 사실을 알 수 있다. 그들에게는 소설에 대한 반성이 있지만 '소설이 이래야 한다'는 법규는 갖고 있지 않기 때문에, 아니 오히려 더 강히게 갖고 있기 때문에 이제는 그들 자신의 초기의 소설들에 대한 반성도 하게 되어서, 1972년 『누보로망, 어제와 오늘』이 발간되면서부터 이제는 '누보 누보로망(신신소설)'에 관한 이야기까지 하고 있는 것이다. 단순한 말장난 같은 이 같은 명칭들이 그러나 그들의 작업이 계속되는 한, 우리의 삶의 조건이 개선되지 않는 한, 그리고 문학의 영토가 위협당하는 한, 가장 근본적이고 중요한 의미를 잃지 않게 될 것이다.

누보로망의 문학적 이념

1

1957년에 발표된 알랭 로브그리예의 「시대에 뒤진 몇 가지 개념」[1]이
라는 글을 읽게 되면, 누보로망에서 거부하고자 하는 개념들이 무엇인
지 알 수 있다. 우리가 흔히 어떤 소설 작품에 관해서 이야기할 때 듣
게 되는 표현들은 '인물' '소설의 분위기' '소설의 내용' '작가가 하고
싶어 하는 말' '작가의 이야기꾼으로서의 재능' 등등이다. 이러한 표
현들은 소설에 대한 일종의 '거미줄'처럼 우리를 사로잡게 되어서 그
러한 표현들을 초월한 소설 인식을 방해하게 되고, 따라서 소설에 대

---

1 알랭 로브그리예, 『누보로망을 위하여』, pp. 25~44.

한 하나의 관념을 이미 형성해버린다. 즉 '소설이란 이러한 것이다'라고 하는 이미 만들어진 개념, 그러므로 소설이 무엇인지 토론할 수 있는 여지를 배제해버리는 개념이 이미 존재하고 있기 때문에 소설의 성격은 그 속에 갇혀 있는 것이다. 그랬을 경우 소설이란 이미 주어진 조건 속에서만 어떤 변화가 가능한 것이고 따라서 소설이 자기 자신과 세계, 혹은 우주와의 관계를 드러내는 것이라는 전제를 인정하게 되더라도 그 새로운 인식이란 언제나 주어진 범주를 넘어서는 생각할 수 없다. 예를 들면 기독교적 질서의 범주 속에서만 모든 사유가 허용된 중세 사회에서 지구가 평평하다는 전제를 받아들이지 않고는 우주의 인식이 불가능했던 것처럼 '인물'과 '이야기'를 떠나서는 그 개념조차 생각할 수 없었던 것이다. 그리고 이러한 개념은 지금까지 있었던 소설의 양식을 종합한 결과로서 이루어진 것이었다. 그렇다면 소설의 변화나 소설이라는 개념의 변화는 필연적으로 '이미 존재했던' 테두리 안에서만 가능한 것인가, 그리고 그 경우에 소설의 근본으로부터의 변화란 가능한 것인가 하는 질문을 상정해볼 수 있다.

2

이와 같은 질문법을 가지고 소설의 변화 과정을 더듬어보는 것은 흥미있는 일일 것이다. 가령 발자크의 소설에서 '인물'이란 부르주아사회가 그 융성기에 접어들었을 때 그 사회의 전형적 인물을 대변하고 있었다. 그러니까 소설 속에 나타난 인물은 그러한 몇 가지 전형들에 부합하는 것이어야 했던 것이다. 이때 인물의 전형이란 그 인물이 소속된 집단을 전제로 한 '개인individu'이었다. 이러한 '개인'으로서의 인물은 그 집단이 가지고 있는 여러 가지 속성을 벗어나지 못하면서 그 안에서 여러 가지 시도를 행하게 되는데 그렇다고 그 시도를 통해서 다른 집단의 개인으로 변모하는 것을 의미하지는 않는다. 따라서 발자크의 인물은 아무리 다양한 노력을 해도 자기가 소속된 집단의 개인으로서 갖게 되는 운명을 벗어날 수 없었던 것이다. 다시 말하면 발자크의 인물은 자신이 소속된 집단의 대변인이었으며 그의 운명은 그 집단의 운명과 상통했던 것이다. 이와 같이 발자크에게서 개인=집단이라는 등식의 성립은 그 집단의 흥망성쇠와 사회적 위치를 설명하고 드러내주는 데 좋은 본보기를 보여준다. 그러나 이와 같은 인물의 인식 방법은 곧 그것이 그전 시대의 사고 유물이 잔재로 남아 있음을 깨닫게 한다. 공화국 체제가 들어서기 전의 상태인 왕국 체제에서는 왕이 곧 국가였다. 따라서 왕이 거동을 한다는 것은 곧 국가라는 집단의 거동을 의미하였으며, 기록으로 남아 있는 역사의 기술(記述)에서도 '왕이 스페인으로 거동했다'는 표현 대신에 '프랑스가 스페인으로 거동했다'는 표현을 썼으며, 오늘날에도 '대통령은 다음과 같은 사실을 결정했다'는 표현 대신에 '프랑스는 다음과 같은 사실을 결정했다'고 쓰고 있는 것이다. 이와 같은 표현들이 갖고 있는 근본적인 정신은 개인=집단이라는 사고 양식에 다름 아닌 것이다. 그런데 발자크와 달리 플로베르에 있어서 인물의 개념은 발자크적인 성격 외에 다른 것을 갖게 된다. 즉 그 인물이 개인적 성격을 소유하게 된다. 개인적인 성격의 소유는 그 이전까지의 '인물'로 보았을 때 인물의 혁명이라고 말해질 수 있을 것이다. 왜냐하면 인물=개인, 개인=집단이라는 등식에서 인물=집단이라는 등식을 유발하지 않기 때문이다. 여기에서는 이미 '인물'이 집단 속에 소속된 개인이면서 동시에 그 집단과는 상관없는 '존재자être'의 모습을 보여주고 있다. 그렇기 때문에 플로베르의 인물은 발자크의 인물보다 더욱 자유로운 '자아moi'로서의 삶을 갖게 되고 따라서 그 삶 속에 예측할 수 없는 요소가 더욱 많이 개재되어 있다. 이런 인물의 변화가 프루스트에 오면 더욱 심화되는 것을 주목하게 된다. 즉 프루스트에게 있어서 개인＝집단은 소설의 표면에서 사라지고 그 배경을 이루고 있을 뿐이며 오히려 인물＝자아가 그 전체의 표면을 장식하고 있는 것이다. 따라서 프루스트에게 있어서 '인물'의 개념은 발자크의 그것과 완전히 달라진다. 그리고 이와 같이 인물이 달라짐과 동시에 필연적으로 소설 양식이 달라지는 것을 주목하게 된다. 그러나 그렇다고 해서 플로베르나 프루스트에게 왜 발자크와 같은 인물을 내세우지 않느냐고 비난할 수 있을까? 여기에서 우리는 첫번째 문제를 얻게 된다. 소설의 인물은 이미 존재한 것을 의미하지 않는다는 것이다.

두번째로 생각해볼 수 있는 것은 이들 작가들이 정말 소설가라고 했을 때 그 근본적인 특색이 '인물을 창조'하는 데 있다는 것이다. 일반적으로 소설가란 자신의 인물을 창조하고 있음은 위에서 본 대로이다. 따라서 발자크는 우리에게 고리오 영감을 남겨주었고 도스토옙스키는 카라마조프 형제들을 남겨줌으로써 소설을 쓴다는 것은 '인물'을 남겨주는 것이 되었다. 그러나 여기에서 생각해볼 것은 소설 속의 인물이란 특정의 인물이라는 것이다. 로브그리예는 다음과 같이 말하고 있다. "하나의 인물이란 고유한 이름, 가능하면 2중의 이름 즉 성(性)과 이름을 가져야만 한다. 그 인물은 부모도 있고 유산도 있다. 또 직업도 있다. 만약 재산이 있다면 더 좋을 뿐이다. 마지막으로 그는 '하나의 성격', 자신을 반영하는 얼굴, 이 사람 저 사람에서 본뜬 과거를 가지고 있어야만 한다. 그의 성격이 그의 행동을 명하고 그로 하여금 사건이 있을 때마다 정해진 방식으로 반응하게 한다. 그의 성격은 독자로 하여금 그를 평가하고 사랑하고 미워하게 해준다. 바로 이 성격 덕택으로 그 인물은 훗날 자기의 이름을 인간의 전형에 물려주게 된다."[2] 이러한 말이 의미하고 있는 것은 인물이란 한편으로는 독창적인 것이어야 하고 동시에 다른 한편으로는 하나의 범주를 설정해주는 것이어야 한다는 것이다. 독창적이라는 것은 다른 인물로 대치될 수 없는 특수성을 갖고 있다는 것이고 범주를 설정해준다는 것은 일반화될 수 있는 보편성을 갖고 있다는 말이다.

그러나 이러한 인물의 개념도 최근에 와서는 또 달라지고 있다. 가령 사르트르의 『구토』나 카뮈의 『이방인』에서 주인공의 이름이 그 이전 소설의 그것처럼 중요하지 않다는 사실을 비롯해서 베케트가 한 편의 소설 속에서 주인공의 이름을 바꾸고 있는 사실, 그리고 포크너가 두 인물에 같은 이름을 쓰고 있는 사실, 카프카의 『성(城)』에서는 주인공의 이름이 K라는 두음 문자만을 사용할 뿐 가족도 과거도 없다는 사실 등을 보게 되면 이미 주인공이란 누구여도 상관없고 무명이어도 상관없으며 반투명 상태로도 있을 수 있다는 사실을 보여준다. 이러한 사실을 로브그리예는 "이름을 갖는다는 것이 발자크적인 부르주아 시대에는 아마 대단히 중요했을 것이다. 그리고 성격이 백병전의 무기였고 성공의 희망이었고 지배의 실습이었을 경우, 그만큼 더 중요했을 것이다"[3]라고 말한다. 말하자면 이름을 남긴다는 것이 어떤 시대의

---

2 같은 책, p. 27.
3 같은 책, p. 28.

어떤 체제에 있어서 성공할 수 있다는 희망을 갖고 그 희망이 달성되면 남을 지배한다는 사고방식의 소산임을 예리하게 지적하고 있는 것이다. 만약 주인공이 미천한 집단 출신이면서 온갖 어려움을 극복하여 성공하게 된다면 그것은 곧 인간이라는 베일 속에 현실의 온갖 모순을 감추면서 그 모순과의 타협을 이루었거나 자신의 피지배적 상황을 지배적 상황으로 바꾸었음을 의미하며, 이러한 희망을 갖게 하는 것은 현실과 대결할 수 있는 힘을 다른 현실의 전제 밑에서 사용하게 함으로써 일종의 자리바꿈 혹은 지위 바꿈을 노리게 되는 것이지 결코 그 모순 자체의 파괴를 기도하는 것이 아니다. 더구나 오늘의 세계가 개인을 그 집단의 도구로 사용함으로써 자아는 언제나 무수한 억압을 받고 있는 것이다. 말하자면 자아가 존재할 수 있는 땅이 마련되어 있지 않은 지금의 현실로 본다면 개인이란 거대한 현실 속에서 하나의 상품으로 전락해버린 것이다. 아무도 현실 전체를 바라볼 수도 없거니와 그 현실을 볼 수 있다고 하더라도 개인으로서 어떻게 할 수 없는 상황 속에서, 개인이란 팽창 경제의 체제 속에서 생산이나 관리를 담당하는 월급 얼마의 상품에 지나지 않는다. 이 경우 개인에게 창조적 능력이 있는 '인간적' 호소를 하는 것은 아직도 우리가 살고 있는 현실에 희망이 있음을 가르치는 것이 될 것이며, 따라서 그 현실이 지향하고 있는 방향에 순응하게 만드는 것이 될 것이다. 반면에 현실이 인간적이라는 신화를 벗기는 단계에서는 개인이 하나의 상품 이상의 가치를 가질 수 없다는 비극적 인식을 가능하게 해주며 동시에 그러한 절망을 더욱 크게 자각하도록 밀고 가면 거기에서 결과하는 것은 그 모순의 자연적 폭발일 것이고, 이때 상품으로서의 개인은 그런 상황으로부터 빠져나와 그 폭발의 원동력이 될 수 있다. 말하자면 소설이 현실의 보이지 않는 혹은 감추어진 구조를 드러내게 한다는 것은 보다 고상하고 인간적인 인물의 창조에 있는 것이 아니라 눈에 띄지 않게 인간을 사물화시켜버린 현실의 내면을 드러나게 하는 것이며, 따라서 우리 모두가 스스로를 상당한 힘과 상당한 자유와 상당한 기회를 갖고 있는 존재로 생각하며 '인간'이라는 표현에 연연함으로써 인간으로서의 대우를 희망으로 간직하는 것이야말로 우리가 스스로를 구속하는 행위가 되는 것이다. 문제는 인간으로서의 대우를 희망하는 데 있는 것이 아니라 그 희망을 어디에서 찾느냐 하는 데 있다. 다시 말하면 인간을 지금의 상품화로 만들어버린 체제 쪽에서 그것을 요구한다면 그것은 이미 역사 자체가 이야기하는 것처럼 불가능한 것이다. 따라서 인간 개개인이 그러한 자신을 자각해서 자신을 억압하고 있는 모든 것의 정체를 드러나게 하고, 그 모든 것이 더 강화되지 않게 하고, 그리고 자신의 자각의 힘이 억압의 존재를 파괴하는 상태로 가야 하는 것이다. 만약 이러한 상태를 가정한다면 사물화된 인간을 다룸으로써 그 자각 능력을, 비록 괴롭고 피곤한 일일지라도, 기르지 않을 수 없는 것이다.

3

소설이란 대부분의 경우 하나의 '이야기'를 의미하기 때문에 진정한 소설가란 '이야기를 할 줄 아는 사람'이라고 할 수 있다. 그렇다면 소설가는 어떤 이야기를 할 수 있을까? 앞에서 이야기한 주인공을 상정하지 않고는 이야기란 있을 수 없는 것이다. 그렇기 때문에 소설이란 인물의 이야기라고 할 수 있을 텐데, 이 인물의 이야기란 그 인물을 중심으로 일어나는 유위변전(有爲變轉)의 사건을 자초지종 보고하는 것이 될 것이다. 따라서 『잃어버린 환상』이란 소설에서는 뤼방프레를 중심으로 한 어느 집단 사회의 유위변전을 이야기하는 것이며, 『보바리 부인』이란 소설은 마담 보바리의 인간적 모험과 고통과 생애를 이야기해준다. 이때 소설은 그럴듯한 유위변전을 발명해내는 것이다. 여기에서 작가는 그 모험들이 실제로 존재하는 사람들에게 일어난 것처럼 만들지 않으면 안 되고, 작가가 그 사건의 증인이었음을 나타내주어야 한다. 그럼으로써 독자와 작가 사이에는 하나의 묵계가 성립한다. 즉 작가는 자신이 이야기한 것이 사실이라고 믿는 척하게 되고 독자는 모든 것이 꾸며낸 것임을 잊을 것이다. 이렇게 되면 이야기를 잘한다는 것(즉 좋은 작품을 쓴다는 것)은 흔히 통용되고 있는 미리 주어진 도식(圖式)에다 맞추어 쓰는 것이다. 즉 현실에 대해서 이미 갖고 있는 기존 관념에 맞춘다는 것이다. 그렇게 되면 어떤 상황이나 어떤 사고가 뜻밖에 발생할 경우에도 소설이란 그 도식에 따라 유려하게 진행될 수밖에 없는 것이다. 이처럼 막히지 않고 이야기가 흘러간다는 것은 작가가 모든 것을 다 알고 있다는 것이고, 따라서 독자는 작가가 제시하는 이러한 이야기들을 기분 전환이나 여가 선용의 수단으로 삼게 된다. 그런데 문제는 소설이 진지한 독자에게는 기분 전환이나 여가 선용 이상의 의미를 갖게 된다는 데 있다. 그것은 소설이 현실 인식의 수단이라는 끝없는 목적으로 사용될 때, 작가가 이처럼 다 알고 있는 이야기로써 충분할 수 있는가 하는 질문을 제기하게 만든다. 더구나 현실이라는 것이 우리 눈앞에 제시될 때 소설에서처럼 어떤 질서감을 갖고 있는 것이 아닐진대, 이처럼 질서 정연하게 제시된 소설을 그럴듯하게 생각하고 현실과 유사하다고 생각하는 독자의 사고방식은 어디에서 기인하는 것인가? 이것을 알랭 로브그리예는 하나의 조직적이고 합리적인 체계에 관계된 것이라고 말하며 이러한 체계는 곧 부르주아 계급에 의해 장악된 권력 체계와 상응하는 것으로 파악하고 있다. 왜냐하면 소설의 기술적인 요소들이라고 이름 하게 되는 발자크 소설에서 볼 수 있는 것들이란 3인칭의 사용, 사건의 연대순으로의 배열, 단선적 줄거리, 열정들의 규칙적인 기복, 에피소드 하나하나의 종말(終末)을 향한 지향 등등인데, 그런데 이 모든 것이 사실은, 안정되고 일관성 있고 연속되고 단의적(單意的)이고 그리고 완전히 판독해낼 수 있는 세계의 모습을 독자에게 강요할 것을 목적으로 삼고 있기 때문이다. 말을 바꾸면 개인이 살고 있는 세계란 이처럼 안정된 세계도 아니고 이처럼 일관성 있는 세계도 아니고 이처럼 연속되고 또 단의적인 세계도 아니며 언제나 완벽하게 읽어낼 수 있을 만큼 쉽고 명확한 세계도 아닌 것이다. 그런데도 독자들(비평가를 포함해서)이 그러한 소설을 요구한다면 그것은 바로 괴롭고 힘든 현실을 자각하고자 하는 것도 아니고 독서하는 동안이라도 다른 세계, 즉 영웅이 있는 세계로 들어가서 자신의 투쟁 능력을 기르고자 하는 것도 아니다. 그것은 오히려 현실을 잊고자 하는 일종의 도피 현상이며 더 나아가서는 자신의 현실을 소설의 현실에 일치시킴으로써 안심하는 현상인 것이다. 그렇기 때문에 체제 쪽에서는 그러한 소설의 인물들이 갖는 이야기가 잘 정돈된 것이기를 원하게 되고, 그러한 소설들이란 작가의 본의와는 달리 체제에 협조하는 쪽으로 기울어지게 된다. 독자들이 자기 자신을 스스로 고통스러운 현실에서부터 소외시키도록 하는 이러한 소설의 이야기들이란 얼핏 보면 독자들의 최소한의 행복을 보장해주고 있는 것 같지만, 사실은 현실에 대한 독자들의 무관심과 따라서 기분 전환으로서 문학 인식을 돕게 되는 것이며, 그것은 곧 독자로 하여금 일종의 허위의식에 사로잡히게 하는 것이다. 그러므로 이러한 의식에 사로잡힌 작가에게 있어서 '이야기를 한다'는 것은 불가능하게 된다. 그러나 이야기를 한다는 것이 불가능하다고 해서 소설 속에서 아무것도 일어나지 않는 것은 아니다. 다시 말하면 자신의 생애를 가진 전통적인 인물이 사라졌다고 해서 인물 자체가 소설 속에 존재하지 않는다고 결론을 내서는 안 되는 것이다. 소설 속에 인물이 존재하는 양식이 달라졌을 뿐이지 인물이 없는 소설이 존재할 수 있다는 것은 아니다. 이와 마찬가지로 모든 사건과 모든 모험을 제거하려고 시도하는 것이 누보로망이 아니라 이야기의 '새로운 구조'의 탐구가 바로 누보로망인 것이다. 누보로망의 선구자들 가운데 가령 프루스트와 포크너의 작품들을 예로 들 경우, 여기에도 사실은 수많은 이야기들이 들어 있다. 그러나 이들의 이야기들은 발자크의 이야기들처럼 연대순으로 적혀 있는 것이 아니다. 프루스트에게 있어서 이야기들은 해체되었다가 '시간의 정신적 건축'을 위해 재구성되고 있다. 그리고 포크너에게서 "주제들의 전개와 여러 가지 결합들은 작품 자체가 드러내 보이는 것을 그때마다 다시 감추고 파묻어버릴 정도로 모든 연대 순서를 뒤엎어놓고 있다." 또 베케트의 소설에서도 비슷한 현상이 일어난다. 즉 베케트 소설에도 여러 가지 사건이 있기는 하지만 그 사건들은 끊임없이 부인(否認)되고 의심 속에 빠지고 스스로 파괴되고 있다. 그러니까 이들 소설에 일화(逸話)가 없는 것은 아니다. 이 일화들이 있기는 하지만 그것들의 확실한 성격, 그처럼 안정된 상태, 그처럼 순진무구한 상태로 존재할 수 없다는 것이다. 그런 면에서 누보로망도 마찬가지다. 사건이 없는 소설이란 없는 것이기 때문에 어떤 사건이 있긴 하지만 그것은 끊임없이 불확실한 상태로 빠지게 되고, 앞에서 있었던 사건과 인과관계로 맺어지는 것이 아니라 언제나 예측 불허의 상태로 대치되고 있으며 따라서 이야기 자체가 "흐른다"[4]기보다는 단절된 상태로 지속되고 있어 독자로 하여금 언제나 '마음 놓고' 읽을 수 없게 하고, 항상 불안한 상태에 빠지게 함으로써 작품 속으로의 편안한 도피를 할 수 없게 하고, 동시에 현실로부터 자기소외를 하게 만들지 않고 자신의 현실로 끊임없이 되돌아오게 만든다.

그렇다면 누보로망에서의 줄거리는 현실과 아무런 상관이 없는 꾸며낸 에피소드의 편린들을 순서 없이 배열한 것만에 지나지 않는가? 얼핏 보기에 그러한 착각을 주고 있는 누보로망은 사실에 있어서 우리가 끊임없이 하나의 이야기 체계를 부여하고 있는 우리의 삶을 '지금, 여기에ici, maintenant'라는 관점의 도입을 통해서 뒤집어놓고 있는 것이다. 다시 말하면 우리의 삶에서 일어나는 여러 가지 일화들을 전통적인 소설에서는 어떤 의도에 의해 서로 선후(先後)가 되고 계기(契機)되고 인과관계(因果關係)가 되도록 엮어놓음으로써 일화 하나하나를 연관시키게 되고, 따라서 그 이야기의 줄을 따라 줄거리가 흐르게 되어 있는 것이다. 바로 이러한 흐름의 조작을 통해서 소설가는 '그럴듯함vraisemblance'을 만들어내게 되고, 독자는 바로 '그럴듯함'에 의존하여 소설의 이야기를 실제로 일어나고 있는 것과 같은 착각도 하고 그 이야기에 자신의 삶을 대입시키는 소외 과정을 겪기도 한다. 그러나 누보로망에서 바라보는 현실의 여러 일화들이란, 이처럼 이로정연하게 선후 관계가 분명한 것이 아니며 하나의 일화가 다른 하나의 일화의

---

4 바르트, 「문학과 비연속」, 『비평론』, pp. 175~87, 특히 p. 177.

원인이 되고 결과가 되는지는 아무도 모른다. 말하자면, 전통 소설에서처럼 일화들을 실에 구슬 꿰듯 엮어놓는 작업은 한편으로 현실을 왜곡시키는 작업인데, 그러한 왜곡도 '무구한innocent' 상태로 이루어지는 것이 아니라 어떤 의도에 의해 불순하게 왜곡된 것이다. 그 의도란 현실을 평온한 것으로 혹은 안락한 것으로 혹은 질서 정연한 것으로 보게 만드는 것이다. 그러나 소설을 떠난 현실이란, 다시 말하면 우리가 살고 있는 현실이란 사실은 그처럼 평온하거나 안락하거나 이로정연한 것이 아니다. 더구나 오늘날처럼 복잡한 고도의 산업구조 속에 갇힌 우리로서는 과연 현실이란 무엇이다,라고 이야기하는 것 자체가 틀린 것이다. 왜냐하면 이제 현실이란 아무도 무엇인지 알 수 없는 것이기 때문이다. 그러므로 우리가 삶에서 보는 일화 하나하나는 이어져 있는 것이 아니라 어떻게 이어져 있는지는 모르지만 그냥 '여기' '지금' 있는 것이다. 그랬을 때 '여기' '지금' 있는 일화 하나하나를 있는 그대로 그렸을 경우, 그것 하나하나의 연관 관계가 보일 수 없는 것은 당연하다. 그러나 이처럼 전혀 현실과 동떨어진 것같이 묘사된 것이 사실은 현실에 더욱 가깝다. 즉 여러 일화들을 서로 계기되는 것으로 이어놓는 것은 필연적으로 그 일화들을 바라보는 사람의 주관의 개입을 초래하게 되고 그렇게 되면 또다시 심리(누보로망 작가들이 그처럼 매도하고 있는!)의 작용이 일화의 본래적 성격을 완전히 뒤틀리게 만든다는 것이다. 그렇게 되면 소설은 비인간화된 상황에서 또다시 대문자로 쓴 인간의 허위에 찬 이야기로 되돌아갈 수밖에 없다는 것이다. 그러므로 그 일화들을 바라보는 사람의 주관이 개입되지 않은 상태의 일화들이 그대로 묘사될 수만 있다면 그것 이상으로 현실에 가까운 것일 수가 없다. 따라서 그것은 곧 일화들을 있는 그대로 묘사하는 것이 과연 가능하느냐 하는 문제로 귀착하게 된다. 여기에서 누보로망은 여러 가지 시도를 하게 되는데 그 가운데 롤랑 바르트가 이야기하는 객관적 문학, 혹은 대물(對物) 렌즈의 문학과 비연속적(非連續的)인 것으로서의 문학이라는 두 가지 현상은 그러한 누보로망의 대표적 측면이라 할 수 있다.

4

그렇다면 '인물'이 자신의 과거를 갖고 있지 않고, 따라서 그 인물들이 가지고 있는 에피소드들이 하나의 실에 꿰듯이 연속적으로 이어지지 않다고 하는 내용으로 요약될 수 있는 누보로망에 있어서 사물화 현상이란 어떻게 설명되어질 수 있는 것인가? 과연 누보로망은 소설이라는 일종의 예술 양식을 완전히 내던져버린 것인가, 그리하여 문학을 하지 말자는 것인가? 이러한 회의에 대한 현재까지로서의 대답은 '아니다'라고 할 수 있다. 말하자면 회화에 있어서 그 개념 자체가 끊임없이 변화해오고 있으면서도 색과 공간의 활동이라는 회화의 재료를 떠날 수 없었던 것과 마찬가지로(가령 여기에 움직임mouvement의 개념이 들어갔다고 할지라도), 문학에 있어서 소설의 개념은 달라지고 있지만 소설이 재료로 삼고 있는 언어와 인물과 일화 들을 떠날 수는 없는 것이다. 달라진 것이 있다면 인간의 의사 전달의 매체라고 할 수 있는 언어(실체로서의 언어 자체도 끊임없이 변하고 있다)에 대한 태도가 달라진 것이고, 이야기라는 언어의 수레를 이끌고 있는 견인차인 인물의 절대적인 힘이 약화된 것이며, 따라서 그 인물들이 낳은 일화들이 옛말처럼 일관성 있게 하나의 방향으로 '흐르지' 않는다는 데 있는 것이다. 그러니까 인물이 자신의 이어진 생애를 소설 속에서 갖지 못한다는 것은 바로 신화시대 이후에 있어서 점차로 인간이 현실 속에서 자신의 의지에 의한 삶을 갖고 있지 못하게 되어가고 있는 사실과 상통하게 된다. 좀더 부연하면 앞에서 언급한 것처럼 상품화된 인간이란 그가 살고 있는 체제 속에서 자신의 의지로 사는 삶의 분량보다도 체제가 부여한 삶의 분량을 압도적으로 많이 살게 되기 때문에 인간이 곧 사물이라는 상태에 있음을 이야기하게 된다. 이때 인간은 어느 백화점에서 '연말 대매출'이라는 상품 광고의 네온사인과 같은 사물의 상태와 별로 다르지 않다. 소설 속에서의 이러한 인물의 묘사는 사실은 현실 속에서의 인간의 자연적인 모습에 다름 아닐 것이다. 그런데 일반적으로 자연적인 모습은 자신의 의지와 재능으로 모든 난관을 극복해서 마지막에 영웅적 승리(그것이 장엄한 비극적 죽음으로 끝나거나 문자 그대로 승리를 거두거나)에 도달하는 데 있는 것으로 착각을 하고 있는 것이다. 이러한 인간의 모습은 결국, 그 인간이 살고 있는 체제의 힘에 의해 상품화된 인간의 모습을 왜곡시켜서 만들어진 것임을 깨닫게 되면, 자연스러운 것이 아님을 알게 된다. 그렇게 때문에 상품화된 인간은 자신의 월급이 많아지면 많아질수록 체제 자체가 조작해놓은 방향에서 남이 갖지 못한 상품들(예를 들면 남보다 큰 아파트, 호화로운 집, 혹은 자동차 등)을 구입함으로써 자신의 인간적 힘의 확대에 도달한 것 같은 착각에 빠지게 된다. 물론 여기에서 주의해야 할 것은 상품화된 인간을 그 사람의 책임만으로 쉽게 돌려버리는 것과 같은 어리석음을 범하지 않아야 한다. 문제는 인간을 상품화하고 있는 체제 그 자체에 있는 것이기 때문이다. 그런데 이러한 현실에도 불구하고 소설 속의 인물을 '인간답게' 그리기를 요구한다고 하는 것은 가령 피카소에게 왜 인간의 모습을 인간답지 않게 그리느냐고 힐책하는 것과 다를 바 없는 것이다. 그렇기 때문에 소설 속에 나타난 인물이 이제 누보로망에서 사물과 다름없이 등장하게 되는 것은, 많은 사람들이 자신의 상품화 현상을 자각하지 못하고 있는 상태에서부터 자각하게 하는 것이라고 이야기할 수 있는 것이다. 하이데거가 사뮈엘 베케트의 『고도를 기다리며』를 평하면서 "인간의 조건, 그것은 바로 '여기에' 있다는 것이다"라고 했는데 로브그리예는 바로 이 구절을 상기시킨 적이 있다. 이 말에서 '여기에 있다'는 것은 '다른 곳'에 있는 것이 아니라 '여기에' 있음을 이야기한다. 누보로망에서는 전통적 인물이란 '여기에' 있는 인물이 아니라 '다른 곳'에 있는, 아니 이제는 어쩌면 어느 곳에도 있지 않게 된 인물이다. 따라서 누보로망의 사물화된 인물이란 '여기에 있는' 인물이란 것이다. 로브그리예에 의하면 작가의 모든 기술tou l'art de l'auteur은 대상에게 '여기 있음'을 부여하는 것이고 동시에 대상으로부터 '어떤 것'이라는 인상을 떼어내는 것이다. 여기에서 '어떤 것이라는 인상'은 이미 사물을 왜곡시킨 상태를 이야기하는 일종의 수렴 단계라고 생각하면 된다. 따라서 누보로망에서 대상으로 삼고 있는 사물화된 인물들이란 모두 '여기 있기' 위해서 이루어진 인물이다. 이 경우 인물들은 그들의 전통적인 성격에 비추어 거의 균형이 잡히지 않은 것처럼 묘사되고 있거나(우선 그 인물의 직업·가문·생애의 분량이 너무 적다는 점에서) 그렇지 않으면 무의미한 것처럼 묘사된다. 그러나 그러한 묘사들은 적어도 '어느 순간'에 '어느 장소'에서 관찰된 대상의 가장 충실한 모습이 되는 것이다. 왜냐하면 '어느 순간' '어느 장소'에서 관찰된 대상이 어떻게 직업과 가문과 생애를 한꺼번에 보여줄 수 있을까 하는 질문을 던져보면 알 수 있기 때문이다. 따라서 생애로부터 어느 순간, 어느 장소에 의해 때 아닌 인물들의 묘사의 연속이란 무의미하게 보일 수 있는 것이다. 그러나 사실은 이러한 인물의 묘사가 소설이라는 하나의 거대한 체계 속에서 때로는 하나의 구조적 단위를 형성하고 때로는 하나의 참고 표식(參考標識)이 됨으로써 기능적인 역할을 하게 된다. 그렇기 때문에 롤랑 바르트가 "인물이 없는 이야기란 이 세상에 한 편도 없다"고 하면서 "만약 현대 문학의 일부에서 인물을 공격한다고 한 경우에도 그것이 인물을 파괴하기 위한 것이 아니라 인물을 탈인격화하기 위한 것이다"[5]라고 말한 것이다. 이러한 현상은 사물에 대한 우리의 인식 태도에서도 뚜렷하게 나타나고 있다. 바르트가 분명히 밝히고 있는 것처럼 사실상 모든 사물은 조작적인 힘에 의해 파악되고 있다. 다시 말하면 사물이란 그 사물이 쓰이고 있는 기술적 성격이 언제나 즉각적인 외양으로 부각된다는 것이다. 예를 들면 곰탕이란 먹는 음식이고, 로브그리예의 소설 제목이기도 한 '고무'란 지우개이고, 다리란 건너야 하는 물질이다. 그렇게 되면 사물이란 전혀 엉뚱한(다시 말하면 예기치 못한) 구석이 없는 것이 되며, 따라서 그 사물의 명백한 기능에 따라 사물은 일상생활의, 혹은 도시의 장식품에 속하게 되어버리는 것이다. 그러나 작가가 그 사물을 묘사하는 경우에 그러한 사물의 성격을 벗어나는 순간까지 밀고 가게 되면 묘사는 도구를 공간으로 변형시킨다. 이 상태에 도달하면 사물의 기능이란 환상에 지나지 않았다는 것을 알게 되고, 따라서 환상적이 아닌 현실적인 것은 그러한 사물을 관찰하는 인간의 시각적 움직임뿐이라는 것

---

5 바르트, 「이야기의 구조적 분석 입문」, p. 16.

을 알게 된다. 다시 말하면 사물을 관찰하는 사람의 진정한 인간성은 사물의 사용이라는 관점을 넘어서야 시작된다는 것이다. 결국 사물 자체를 그 본질로서 파악하는 묘사와, 그 묘사를 통해서 한편으로는 이미 하나의 방향으로만 하게 된 사물의 인식(다시 말하면 사물의 용도에 따라서만 사물을 인식하게 하는 제도화된 관점)을 벗어나고, 다른 한편으로는 그러한 묘사를 통해서 인간이 자신의 객관적 모습을 발견하게 되는 과정을 누보로망, 특히 로브그리예의 사물관에서 발견하게 되는 것이다. 이처럼 사물을 용도에 의해서 바라보는 태도는 레비-스트로스가 '원시 사회'와 '서구 사회'의 문명 비교에서 명확하게 지적해넘으로써 비단 소설이나 문학에 국한된 맹점이 아니라 문화 전체를 바라보는 태도와 관련을 맺고 있는 지배 이념의 소산으로 드러난다.[6]

이와 같은 관점에서 보면 소설의 일화들을 하나의 실에 꿰지 않는 것과 같은 누보로망의 비연속적 줄거리 문제도 마찬가지이다. 전통적인 관점에서 보면 글을 쓴다는 것은 '내용'이라고 하는 대범주(大範疇) 속에서 말들을 서로 흐르게 하는 것이었고, 바로 여기에서 형성되는 내용이 이야기가 되는 것이다. 그러므로 모든 문학은 그것이 인상적인 글이거나 지적(知的)인 글이거나를 막론하고 하나의 '이야기'인 것이다. 말을 바꾸면 '이야기'란 하나의 사건이나 하나의 사상을 설명하기 위한 말들의 유창한 흐름을 의미하게 되는데, 이 경우 말의 흐름이란 그 대단원(大團員)이나 결론(結論)을 향한 진행을 의미한다. 그러나 앞에서도 언급한 것처럼 하나의 일화를 보고하는 경우에 있어서도 일반적으로 그 용도에 따라 일화는 왜곡될 수밖에 없는 것이다. 따라서 누

---

6 레비-스트로스, 『종족과 역사』, pp. 13~17, 『구조인류학』, pp. 3~33.

보로망에서는 전후 관계에서 떼어낸 어느 순간의 일화, 어느 장소에서의 일화(왜냐하면 우리가 관찰할 수 있는 것은 그 일화의 이전 이야기나 이후 이야기가 아니기 때문이다)들을 관찰하는 사람의 주관적 해석이나 강요된 해석을 붙이지 않고 보고하는 것을 노리게 된다. 그것은 그 일화를 '있는 그대로' 보고하는 유일한 방법이 될 것이다. 이 경우 일화들은 사물과 같은 존재의 상태를 취하게 된다. 그러나 이처럼 무의미한 것과 같은 일화 하나하나가 소설 속에 자리 잡게 되면 그것이 소설이라는 큰 체계 속에서 구조적 단위를 형성하기도 하고 혹은 '정보적 기능'을 수행하기도 한다. 따라서 이러한 누보로망을 읽게 되면 이야기가 여러 개의 일화들에 의해 조작돼 있음을 깨닫게 된다. 가령 미셸 뷔토르의 『모빌』이라는 작품(일반적으로 뷔토르의 소설은 두 계열로 구분하고 있는데, 하나는 전통적인 방법으로도 독서가 가능한 쪽이고 다른 하나는 그것이 불가능한 쪽이다. 『모빌』은 후자에 속한다)에서 미국의 묘사가 완전히 여러 개의 조각들을 붙여놓은 것 같은 인상을 준다. 레비-스트로스 표현을 빌리면 '뜯어 맞추기bricolage'[7]에 의해 이룩되어 있는 이 작품은 일화 하나하나를 독립적으로 해석할 수 없도록 되어 있는데, 이러한 일화들이 책이라는 하나의 거대한 구조 속에 들어옴으로써 그 일화들 사이에서 '의미'가 태어나게 하고 있다. 그러니까 사물의 상태에 있는 일화의 편린들이 하나의 체계를 이룩하게 됨으로써 의미를 낳는 것이다. 이러한 실험은 이른바 문학작품이라고 하는 문화의 일면에 대한, 더 구체적으로 말하면 우리가 첫 페이지부터 열어서 읽게 되는 책 자체에 대한 깊은 성찰의 결과라는 것을 알려준다.

---

7 레비-스트로스, 『야만적 사고』, pp. 26~47.

그러나 이와 같은 사물화 현상은 오늘의 조직 사회가 노리고 있는 인간 의식의 '사물화réification'를 가장 정확하게 표현하고 있는 것이다. 그렇다고 해서 소설 문학이 이러한 사물화를 조장하기 위한 것이라고 이야기하는 것은 누보로망의 근본적인 정신이나 이념에서 볼 때, 틀린 것이다. 작품 안에서 사물화된 인간, 사물화된 일화를 객관적으로 묘사하려고 하는 것은, 지금까지의 전통적인 작품이 사물화되어가는 인간의 현실을 외면한 채 고상하고 인간다운 현실로 미화시킴으로 인하여 그 작품의 현실을 독자들로 하여금 의식하지 못하게 하였던 것에 대한 반성으로부터 결과한 것이다. 독자는 그처럼 미화된 현실을 읽음으로써 자신의 사물화에 눈을 감고 자신의 사물화를 묵인함으로써 체제가 요구하는 방향에 본의 아니게 기여해왔던 것이다. 이러한 기여는 작가의 편에서도 마찬가지라 할 수 있을 것이다. 그러므로 오늘의 누보로망에서 인간 현실의 사물화 현상이 일어나고 있는 것은 인간 의식의 사물화를 위한 것이 아니라, 바로 인간 의식의 사물화를 자각하게 하기 위한 것이다. 이러한 현실의 진정한 자각은 한편으로 미화된 소설적 재미의 요체를 이루었던 인물과 줄거리의 성격을 바꿔놓음으로써 독자들의 자기소외의 여지를 제거하는 데서 가능하다. 독자들은 이처럼 사물화된 인물과 줄거리에서 전통적인 재미를 찾는 것이 아니라 자신의 삶의 어떤 모델과 상관되는 구조를 찾는 방향으로 가게 되고, 그렇게 되면 자신의 고통스러운 현실, 즉 사물화된 모습을 소설을 통해 자각하기에 이른다는 것이다. 이러한 자각에 도달한 독자는 자신의 투쟁의 대상을 놓치거나 그것에 무관심해지는 것이 아니라 그것과 대결할 수 있는 방법을 모색할 것이다. 그렇기 때문에 누보로망은 언제나 새로운 사물의 인식 방향을 찾게 될 것이고, 따라서 누보로망에 있어서 사물화 현상은 고정된 요소로 남는 것이 아니라 새로운 변모의 가능성을 끝없이 내포하고 있다. 따라서 누보로망이란 하나의 소설 개념을 고정시키는 작업이 아니라 개념 자체를 영원히 변화시키고자 하는 정신이라고 말할 수 있다.

우선 이상과 같은 누보로망의 문제 제기는, 예술이 결국 세계의 가능성이라는 진지한 질문 자체라는 사실을 깨닫게 한다.